他川里住着一颗明珠.

KUWEI
酷威文化
图书·影视

画七 著

上 册

江苏凤凰文艺出版社
JIANGSU PHOENIX LITERATURE AND
ART PUBLISHING

目录

楔子

新年即将过去。树梢上的雪被风吹落在打着卷儿的灯笼上，雪水沁湿了薄薄的灯纸，里头的灯芯也暗了些许。

皇城刚换了新的主人。一场彻彻底底的血洗之后，长夜萧瑟，人人自危。寒宫深巷里积落的洁白上只有宫女太监小心翼翼地踱过。

天牢中，陈鸾抱着膝头窝在角落，单薄破旧的衣裳尚不能阻挡外头披着森寒盔甲佩戴着长剑的守卫，更别提抵御牢中无孔不入的湿寒。

她眼也不抬，只是挪了挪身子，离一脸灰败的纪萧远了些。

寒夜漫漫，这天牢终归太过肃杀，陈鸾与纪萧这两个向来养尊处优的人怎么也合不上眼。

又是一声悠长的叹息，陈鸾隐隐地蹙眉，稍稍动了动身子，朝着颓废不已的纪萧看去。

做了十几年的储君，而今却被诬陷入狱。这种叫天不应叫地不灵的绝境，足以让这个一向没脑子的废太子长吁短叹许久。

"镇国公府的两颗明珠，最后竟是你命苦些。"

纪萧艰难地扭头对着陈鸾出声，松垮的衣襟下露出纵横的鞭笞红痕。

陈鸾讥讽地抿了抿唇，倒也没说什么。

她是镇国公府唯一的嫡女，满身富贵荣宠，及笄之后嫁的更是当朝太子，身份地位可见一斑。朝局动荡，变幻莫测。王权交替之际，纪萧被废，作为太子妃的她自然也逃脱不了，落在这萧瑟天牢中。

而陈鸾的庶妹陈莺，早早地傍上了八皇子纪焕，如今却成了那梧桐枝上的凤凰，身居妃位，荣宠不衰。

思及此处，陈鸾心底竟奇异般地平和下来。

门外几盏晃晃悠悠的烛火，便是这牢里仅有的光亮了。有人提着灯笼开了牢门，将两人的饭菜送了进来。今日的饭菜没有馊味，比之前日好上了不知多少，甚至在菜叶子底下还躺着几片不大不小的肉。

纪萧红了眼，又极快地别过身去。阴柔的面庞笼在阴影里，和黑暗恰到好处地融在一起。

陈鸾稍稍一愣，而后将饭菜挪到他的跟前。她头一次出了声，声音微哑却又带着一丝如释重负："吃吧，最后一回了。"

行刑前的最后一顿饭，又称断头饭。这饭今天终于轮到了昔日风光无限的太子夫妇品尝。

片刻的沉默过后，纪萧抬起的眼角泛起了浓烈的红色，脊背已是不堪重负地弯了下去。他伸手将那饭菜打翻，汤水和干米粒就洒了满地。

陈鸾也不去管他，只是自顾自地捧着她的那份饭食，将一粒粒米全送进干裂的唇里。橘色的微光泛起，恍惚间，眼前似又出现了一道颀长的身影。

一阵幽幽刺骨的风穿过，陈鸾激灵灵地打了个寒战，她用手环着膝头，露出瘦削的侧脸。

她已经许久许久不敢去想那人了。

不敢想，也不能想，那是一道在时光里腐烂的伤疤，一触就是钻心的疼。

纪萧定定地望了她几眼，而后咧着嘴勾出缕意味不明的笑，似嘲似讥："我早知他心若铁石全不顾兄弟之情，却不承想连你都能割舍得下。"

陈鸢丝毫不为所动，整个人平静得如同一潭死水。她澄澈的眸子印着纪萧如今狼狈的样子，反问："我与他何来的干系？"

"罢了，说来说去是孤无能，既护不住爱人又护不住正妻，从前种种倒是苦了你。"纪萧在她眼里寻不到什么端倪，片刻后自嘲地摊手发笑。

苦了她一个世家闺秀，日日遮掩着他与幕僚的丑闻，嫁入东宫三年尚是清白之身不说，还没过上一天舒心日子。

这一生，既无夫君宠爱，也无子嗣承欢膝下。

陈鸢垂眸想了想，倒也真的觉出一丝苦意来，悠悠绵绵空空荡荡的。她摇了摇头道："怨我自己。"

识人不清，错把毒蛇当亲友，被花言巧语轻易蒙骗。这一切都是她自己的错，最后的结局无论好坏、遗憾或是后悔，她都生受着。

夜深了，外头正下着雪，天气也是一冷再冷。陈鸢到底是娇惯久了的，哪里受得住这般冻？还没挨到天亮就发起了高烧，浑身颤抖着缩成小小的一团。

她烧得迷糊，混沌中只觉得自己在繁碎的记忆里漂浮、挣扎，痛苦得紧。直到额上沁了一大片冰凉，才总算觉着好受了一些。

醒来的时候，陈鸢的头还有些晕，入眼是一片明黄。头顶上垂下绣着精巧花样的流苏，床榻边的小几上放着一个金熏香炉，袅袅的烟中净是清淡的甜味。

床边候着两名身着碧色衣裳的宫女，见她醒了，忙不迭地上前伺候。宫女扶着她半坐起身，问道："姑娘可觉着好些了？"

陈鸾原本被宫女搭着的手微微缩了一下，视线在屋子里扫了一圈又收了回来，想说些什么，最后却只轻轻点了点头。

已经有许久没听着人唤她一声"姑娘"了。

嫁入东宫之后，在国公府娇生惯养着长大的大姑娘便成了高不可攀的太子妃娘娘。

身子尚还酸胀着提不起力气，陈鸾咽下递到嘴边的水，问："我这是在何处？"

之前的记忆铺天盖地席卷而来，阴暗幽深的天牢里成群结队的老鼠小虫，悬在头顶寒光闪闪的各种刑具，叫她一下子就想起了自身的处境。

断头饭都叫她吃了，现如今这又是在哪儿？

那两个宫女彼此对视几眼，而后默默低了头，对此避而不答。只是吩咐人将药与饭菜呈上来，便关了门出去了。

透过开门时的缝隙，陈鸾瞧见了站在门外头的侍卫，也看到了阳光下泛着寒影的刀剑。

无须多问，她心里已有了数。

送进屋的汤药十分管用，陈鸾的病好得很快。除了不能出这小院子，日子倒也算得上一个清闲自在。

几日的晴天过后，天气骤然转寒。午膳后便开始飘起了鹅毛大雪，很快就落满了整个皇城，填塞了幽道曲巷。

陈鸾披着一件纯白的大氅，看着院中大雪压弯了树梢，几片雪花挟着天地间的寒意落在她温热的唇瓣上，又温柔地化成了水。

她的身形太过单薄，这几日一直伺候着的巧云步子顿了顿，而后低声劝道："姑娘，外头冷。您风寒才好，先进屋歇会儿吧，晚些尚衣局会送来衣裳。"

送来衣裳后便要面圣。

无端端的，陈鸾的心绪便有些乱了。

一个是如今万人之上的君王，一个是穷途末路的阶下囚。他们两人走到如今这般局面，倒也真没什么好说的了。

在沐浴更衣的时候，巧云想起这位以前的脾性，仍是忍不住劝上几句。提醒时自然是小心翼翼的："皇上对姑娘念着旧情的，如今姑娘处境算不上好，留在宫中步步为营才算上策。"

言下之意，便是叫她抓住今晚这大好的机会。

如今世人皆以为前太子妃已随废太子受刑死去，却不知叫人捉摸不透的新君早已大费周章地将陈鸾捞了出来，变了个身份留在了宫中。她们这些贴身伺候的人自然会想起前些年两者间传得沸沸扬扬的流言。

可退一万步来说她已为人妇，这般见面本就不合常理。

陈鸾倏地睁开了眸子，也不知是想起了什么。她好半晌都没有吭声，一开口却是问起了时间："今日是二十六了吧？"

巧云点头道了声是。

纪萧已经死了，死在前天，一个难得的太阳天。与他一同命赴黄泉的，是那个在东宫作威作福引万人非议的幕僚。

陈鸾合着眼眸便没有再说话了。

这两人的死在她心底泛不起一丝涟漪，只是唇亡齿寒这个道理她再清楚不过。纪萧已死，她自己的结局又能好到哪里去呢？

天色一点点暗下来，淡淡的青黛色汇聚在一处，接着才是铺天盖地浓得化不开的幽深暗黑。雪仍在下，于是黑中便还透着点点银光。

竹扫帚上也积了一层雪，巧云拿去角落里敲落。回来时正好瞧见一个面生的小宫女，手里头捧着一个酒壶。

"姑娘，这是皇上命奴婢送来的温酒，请姑娘尝尝。"那小宫女行了一个半礼，也不多说什么，将手中的酒壶放下便走出了小院子。

巧云深深皱眉，总觉得这小宫女长得面熟，可又想不起在哪见过。

陈鸾为自己倒了一碗，澄亮的酒液醇香温热。她盯着瞧了一会儿，什么也没说，连着喝了几口，呛得眼泪直在眼眶里打转，又辛又辣。

辛辣过后，便是散不去的苦涩。

这酒的后劲有些大，陈鸾还未出院就觉得脑子有些发热。但被路上的夜风一吹，又清醒了几分。

纪焕还在处理政务，陈鸾便被引到偏殿之中。静待了片刻，她觉着有些热，也觉出些许紧张来，便打开窗子瞧着外头的雪景出神。

直到门外成串的脚步声传来，陈鸾才回过神。青葱般的指甲立刻嵌入嫩肉里，生疼。陈鸾迫使自己面色如常地朝着为首的人行了个礼。

男人仍是一身清凌凌的黑色，与昔日不同的是黑色缎面上盘旋着活灵活现的祥龙，凌厉、威严，高高在上。

偏殿的香炉里熏着松香，碾着空气一丝一缕逸散出来，缠绕在那人身上。也不知是殿中的地龙烧得太旺，还是因为陈鸾眼里骤然而起的一层水汽，她竟一时瞧不清楚那人的面容。

香气催动着体内的热意，陈鸾的意识却还清醒着，她甚至可以十分清楚地感觉到凌厉的视线落在自己的身上，一寸寸地往下挪，若凌迟一般。

仅仅是一个眼神，就令她僵直了脊背，坐立难安。

好在纪焕的目光并没有在她身上停留太久。他大马金刀地坐在黄梨木椅上，手掌下的椅手是一条腾云驾雾的祥龙，神情阴鸷，淡漠肃杀。

死一样的寂静里，她定了定心神，行了个大礼，低声道："陈鸾谢皇上不杀之恩。"

身居高位的男人轻而又轻地嗤笑一声，并没有开口说话。他修长瘦削的手指把玩着手里的玉串，一双眸子不带丁点儿温度。

陈鸾胸膛处却燃起了一团烈火，莫名的悸动传到四肢百骸，叫她一口气也匀不上来。那热力散得极快来得极猛，只是片刻的工夫，她清丽灵韵的杏眸便蒙上了一层薄纱。

那酒……酒有问题！

这种灼热到浑身每一处的感觉一经蔓延便酿成燎原大火。沉闷的气氛里，君王久久不叫起，陈鸾实在撑不住，身子一软，滑在冰凉的凳脚下，温热的茶水泼了一地。

这样的变故出乎所有人意料，纪焕目光一凝，修长的手掌微微朝外扫了扫，殿中伺候的人便都低头躬身退了出去。

纪焕缓步走到陈鸾的跟前，然后蹲下了身子，黑色的衣角垂到地面上，渗着凛然的光。他深深皱眉，问道："风寒还未好？"

他们明明靠得那样近，可分明又隔着四年的时光。陈鸾忍着眼泪摇头，抬起头又只能看见一个模糊而坚毅的轮廓。

"送来的酒……热……"她低声回应，缩成小小的一团。纪焕瞧着她这副模样，不动声色地皱眉，沉默了片刻后已是冷声簌簌："不愿见朕便不见，无需这般。"

她生来酒量浅，几口就醉。唯一一次见她喝酒，还是四年前庆祝他得了军功，小小的姑娘醉得不轻，红着脸轻轻扯他的衣袖，追问他到底喜不喜欢她。

他第一回将那份喜欢袒露在她面前。可她醉得彻底，半个字也没听见。

半个月后的金銮殿上，年迈的皇帝笑着昭告百官，将镇国公府嫡女许给太子纪萧做太子正妃。朝臣心思各异，揣度其中含义。

那日寒风戚戚，纪焕回到王府便病了一场。病重时他时常想着，是否她有着种种情非得已。

可陈鸾亲口对他说，纪萧位高权重稳坐储君之位，嫁给他她心甘情愿得很。

最可笑不过的是，明明是她先来撩拨，日日缠着他，最后却要他一笑泯然，恍若什么也没发生过。陈鸾轻轻松松脱身而去，反倒是他，耿耿于怀了那样久。

旁人说不得，念不得；自己也想不得，触不得。

陈鸾这时除了摇头，已说不出半句话来，身子里的火烧得极旺，她咬着下唇，隐隐猜出了那酒中放的药。

纪焕步步逼近，近到可以清楚瞧见她鼻翼上沁出的一排细密的汗珠，浅淡的茉莉味儿一缕缕勾人，他终是伸手抬起了美人儿的下巴，对上了她那双迷蒙中带着水雾的湿漉漉的大眼。

无端的，男人的眼神更冷了几分。许久，他慢条斯理地松开了手，缓缓吐出一个字："查！"

生在皇家，长于宫廷隐秘之中，这种情形他仅是看上一眼，心中就有了判断。

偏殿外依旧是漆黑的一片，纪焕居高临下地望着缩成一小团的女人，心底烦躁，他敛眉凝声道："朕命人去请太医。"

小姑娘却早没了理智可言，细嫩的小手蹭在他干燥的掌心，酥酥麻麻勾人至极。

她细细地哼着难受，嗓音又糯又柔，全然不同于这几年里的冷淡意味，叫人心软得一塌糊涂。

连生杀予夺的帝王，也愣怔片刻，旋即眼底燃起惊天火焰。

其实他有很多话想问，这些话落在心里积成了灰，一度叫他觉着如鲠在喉。可见到她傻里傻气地冲着他笑，他便一句话也说不出来了。

小姑娘仍是当年的模样，青涩有余全然不似嫁了人，这会儿失了神志便开始说起胡话来。海棠色的小袄衬得人越发唇红齿白，笑起来傻气得惹人怜爱。

她歪靠在软垫上吐气如兰，含了水的眸里润着朦胧的雾，什么也不做便是一幅韵致极佳的美人醉酒图。

纪焕神色阴鸷，起身几步将人捞起来，她便软软地靠在他身上。温热的脸颊在龙袍上蹭了又蹭，只是那么一瞬间，他便被女人身上独有的茉莉香逼得手背隐隐冒出青筋。

而后明知不可为，却仍是选择做了错事。

攻城略地之时，男人高大的身子一顿，僵硬得如同塞北的寒雕，一双狭长剑目中情绪纷杂，最后缓缓沉浸，沁出丝缕难以察觉的笑意来。

小姑娘发髻松散，一支玉簪松松垮垮斜插着，而后掉到地面上滚了几圈，发出脆生生的轻响。

雪白的肌肤上乌发蜿蜒，白与黑的交织叫人挪不开眼，间或几声低音呢喃，叫这夜都有了几分活色。

窗外的雪越下越大，到了后半夜，又无端端下起了阵雨，打得小庭院中的枯叶蜡梅落了一地。

连日来的大雪为皇城的每处飞檐翘角都覆上了一层银白，树梢枝头也都结起了冰棱子，天气冷得出奇。

御书房中地龙烧得极旺，熏香袅袅。胡元弯着腰踮着脚送上一盏香气四溢的热茶，不敢扰了君王半分。

纪焕睨了一眼那散着热气的茶盏，倏而开口问："叫你去查的事，可有结果了？"男人这话说得格外轻缓，像是饶有兴味的样子，胡元心中一咯噔，头已习惯性地低了下去。

"禀皇上，查清楚了。

"酒是恕妃娘娘送去的，里头掺了少许前朝禁药。"

前朝禁药，那可不容易弄到手啊。

御书房中足足静了半盏茶的工夫，纪焕神色莫辨，最后扯了扯唇角，弯出一个嘲讽的细微弧度："她竟有这样的胆子。"

占了这偌大的后宫中唯一的妃位，封号又是一个"恕"字，自是泼天的富贵与尊荣。可伺候主子爷的老人儿都心照不宣，那位恕妃娘娘之所以能在后宫站稳脚跟，不过是长得与废太子妃有五六分相似罢了。

可即使是这样，这位恕妃娘娘也近不了主子爷的身，好在生了一颗七窍玲珑心，又极会利用自己的优势，这才可以保住明面儿上的荣光。

只是这次怎么敢犯下如此大事？

纪焕起身，衣襟袖口处绣着的金龙张牙舞爪狰狞生威，他粗砺的食指按在小臂之上。昨夜她被用了禁药，两人又都是毫无经验无甚章法，难免孟浪了些。

她一张小脸煞白，被死死困着，娇侬软语声声燕啼勾得他根本歇不下来。

想到这里，纪焕的目光又逐渐柔了下来。

"说说东宫的事。"他言简意赅临窗而立，半边脸浸在外头的岑白雪光之中。

袅娜而起的熏香在空气中弥散，胡元上前几步禀报："回主子爷的话，奴才今儿个清晨押了原在东宫伺候的几人问话。从他们口中探得，大姑娘嫁入东宫后事事如常，只是与废太子分榻而眠三年，就是平素节日里，两人说话也是寥寥几句，不欢而散。"

纪焕拢在袖袍下的手掌紧了又松，面色岿然不变，只是终究被这几句乱了心绪。

胡元接着道："有几回迫于皇太后施压，急着抱皇孙，废太子曾有意与大姑娘促成好事……"说到这，胡元不得不硬着头皮将话说完，"只是大姑娘性子摆在那儿，几回都想法躲了过去。这才留住了清白之身。"

纪焕坐在紫檀木椅上，像是极疲惫般合了眸子，如同一条深渊潜伏的恶龙，浑身的鳞与爪都泛着浓重的寒光。

案上的茶还泛着热气，纪焕突然开口："后位尚空，你跟在朕身边也有许多日子了，依你所见，谁能担此位？"

胡元一怔，愣是半天没有说话。

这位主才登基便有大臣联名上书请求立后，可后宫妃嫔本就少，居妃位的仅有一位，皇上更是提也没提起过这件事。

这昨日才见了废太子妃，今日就有了立后的想法，若说是巧合，他是怎么也不信的。

胡元心里忽然生出一个荒诞的想法。

许是他的表情太过诧异微妙，纪焕皱眉沉声："罢了，问你也说不出个所以然来。"

朝中局势未稳，这事需要缓着点来。

他们未来的时间还那么长。

相比于这个，有一人须得先处置了。

"陈氏使用禁药秽乱宫闱，德不配位，禁足期间……"纪焕话锋陡转，狭长的剑眉一挑，挑起簌簌寒雪。

"暴毙身亡。"

简单一句话便定了生死，胡元不敢多言，手臂上激起了一层的细疙瘩。

陈鸾又回到住了十几日的甘泉宫里，巧云细细观察着她的神色，又呈了几碟子精美小巧的糕点到小案几上，轻声道："姑娘先吃些糕点垫垫肚子吧，今日雪大，约莫午膳会送得迟些。"

一身都裹在雪白狐大氅里的妙人儿盯着窗外被雪染上颜色的亭子出了神，只露出一张潋滟芙蓉面。巧云见她无动于衷，正想着再劝几句，便见着了陈鸾那双水晶般的眸子，含着水，也浮着红肿，那些轻飘飘的宽慰话便再也说不出口了。

陈鸾想起昨夜的荒唐事，纤长且密的睫毛便颤巍巍地扇了几下，最后狠狠闭上。

怎么会发生这样的事呢？

她尚在闺阁中时，对纪焕曾是一腔深情，这事在京城中不算什么秘密。

年少那样地喜欢一个人啊，哪怕她碍着礼仪嘴上断断说不出口，心底也是那般认定的，他们青梅竹马合该在一起的。

只是被陈鸢蛊惑着决意嫁入东宫的时候，这些年少的深情与旖念便都尘封于心底，不再提及。

哪怕纪萧昏庸无道不得人心，连带着自己也被镇国公府当作弃子，兵败之后被囚于大牢，这些在她心中也翻不起半点风浪。

心如死灰，自然是没有那许多的爱恨痴怨。

可昨夜的事，到底是太过荒诞。

她再怎么也是废太子之妻，占着太子妃的名分，这样的事但凡泄露一星半点出去，便是惊天的丑闻。

就是死后被人们提起，也是要被戳着脊梁骨骂的。

身子处处皆是酸痛。陈鸢姝艳的眉眼拢着寒烟，直到离着老远，瞧到了那浩浩荡荡的仪仗队。为首的女子一身素淡的青色小袄及长裙，嘴角抿着若有若无的笑意，身侧的宫女皆是低眉顺眼地为她执着伞，湿了自己大半边衣裳。

那女子似也注意到了陈鸢的视线，身子微微一侧，站在茫茫雪色中，隔着走廊冲着她抿唇露出淡淡的笑意来。

这一笑间的风情，竟有五六分神似陈鸢。

巧云这时候也看见了这幅情景，瞳孔一缩，极快地附在陈鸢耳边叮嘱道："恕妃娘娘估摸着是听闻了些什么。若是待会儿说了什么，姑娘且忍着些，日后定有机会解了这般困境的。"

毕竟这位的身份也曾十分尊贵，如今见了庶妹，倒要反过来行大礼，就怕她心高气傲受不得气，最后吃了亏。

可似乎无需她劝，美人抚上贴着还未来得及摘下的窗纸，细细摩挲半响，唇畔竟漾起一缕笑意，生生冲淡了凛冽寒意。

陈鸢才行至门口，守在这院子里伺候的宫女太监已是跪了一地，外头寒气袭人，隔着一层素色流苏珠帘，嫡姐庶妹自出阁后头一次相见，身份已是天差地别。

黛青色的宫装瞧起来大气，宛若莹白中一抹嫩绿翘出了头。陈鸢美目一扫，将屋中一切收于眼底，她慢条斯理地取下外头罩着的披风，冲着巧云等人道："都下去吧，本宫有话与姐姐说。"

等人都退出屋外，陈鸢勾了勾嘴角，掀了掀眼皮，声音透着慵懒："时至今日，娘娘终是得偿所愿了。"

算计了那么多，谋了一个妃位后也坐不安稳。时时刻刻想着排除异己，下药下到君王面前，她这个庶妹，也是天大的胆子。

"只要皇上能厌弃姐姐如蛇蝎，妹妹铤而走险一次又有何妨？"

陈鸢到底是有些恨，声音里都透着些许的不甘与厌恶。

她实在是想不明白，就陈鸢这么个一脑子稻草的榆木疙瘩，在纪焕见识了她当初贪图权贵如今又妄图攀龙附凤后，怎么还能安然无恙地活着？

纪焕如此冷静自持，自然是知晓什么该留什么不该留。

她等了一早上，甘泉宫却还是杳无音信。陈鸢到底是按捺不住，亲自来了一趟。

作为统管六宫的妃子，于公于私她都该处置了这个犯上作乱的女人。

旁人知晓了，也只会夸赞她深明大义。

只是皇上那……

可恨此次杀敌一千自损八百，哪怕她自认没有露出马脚，也必惹人怀疑。

陈鸢微微一愣，旋即嘲讽地笑："没出息的东西，从小到大净是这些不入流的手段。"

外头风停雨止，她平静地喝下那杯淬了毒的避子药。水红色的宽袖边绣着点点银色花样，如同天的边缘最后一线惨白。

她微微合眼，放下精巧的酒盏，似是想到了十分好笑的事，道："说来你与你那娘倒是像极，两头没心没肺的白眼狼。"

陈鸢见她饮下那酒，心里落下了一块大石，此刻也不恼，只是拨弄着颜色鲜艳的护甲，轻言妙语道："姐姐一手好牌落到这般境地，着恼也是正常。可成王败寇，如今尘埃落定，姐姐输给了我。'鸢'这个字，当初爹应当给本宫的，可惜了这个寓意极好的字。"

那药发作得极快，腹中一波一波的抽痛蔓延到心口。陈鸢轻轻扯了扯嘴角，外头的雪光照得屋子里也是一片亮堂，只是那光全数落在陈鸢身上，而她狼狈地伏在地面上，如同那些灰末子一般见不得人。

她从没输给过陈鸢，她只是输给了自己。输给了自己的识人不清，愚昧无知。

渐渐地，她已经没有太多力气睁眼，只听到外头突然吵闹起来。先是男人略显慌乱的冷喝声，再是女人声嘶力竭的求饶声，可这些都离她越来越远了，身子越来越冷，越来越沉。哪怕被男人搂在了怀里，那种寒凉仍是无可阻拦地入侵，拖拽着她往更深更黑的地方下坠。

陈鸢有些费力地将眼睛撑开一条缝，第一眼就见到了男人冷硬的眉眼，像锋刃一样。她弯了弯眉，极低极细地问："皇上，外边冷吗？"

必定是冷的，不然他的手怎么会抖成那样？

纪焕稳了稳心神，伸手抚了抚她乌黑的鬓发，声音却哑得不成样子了："太医马上就来了，再撑一下。"

她的周身萦绕着男人身上带着的青竹味，这味道叫人心安。她轻叹一声，断断续续地道："原……原想着在佛堂度此残生的，如今看来，怕是不能了。"

经了昨夜，什么都不能了。

17

她每说一句，纪焕手上的力道便大一分，直到手背上都冒出青筋，他才开口道："莫说胡话，朕不爱听这些。"

这样沉闷的气氛里，每一分每一秒都被无限拉长。纪焕见怀中的小人儿气息越来越弱，忍不住厉声喝道："太医人呢？都不想活了吗？"

"无用的。"陈鸾伸手扯住了他半片袖角，她彻底没了睁眼的力气，自然也没看见男人眼角的一片浮红。

两人皆心知肚明，喝下了这样的药，太医来了亦是无用。

天上的神仙也救不了她。

屋外不知何时刮起了风，那自北而来的寒意似乎能击垮人心底的最后一丝防线。陈鸾动动小指都觉着有些力不从心，她唇上干得起了皮，颜色却还是嫣红得触目惊心，说出的话也一缕缕碎成了烟："昨日，我不该去……去养心殿的，可我想……想……"

哪怕走到这般境地，她仍是想见见他。

可这最后一句话，她已然是说不完了。

她的身子慢慢变得冰凉，变得僵硬，面上仍是那副娇俏无害的模样。纪焕深深皱眉，墨色的瞳孔中漫上一层灰蒙蒙的雾，任谁都看得出，这漠然无波的神色里压抑着怎样的怒火与寒凉。

真正失去一个人是什么感觉？

再没有求而不得，再没有夙夜难寐。她完完整整地离开，什么也没有留下，了无牵挂。而伴着他的，将会是永无止境的无底深渊，到死为止。

这日是一年中最冷的一天。就在人们以为皇帝即将立后时，后宫中唯一能说得上话的恣妃因动用禁药被废，死后被丢在了乱葬岗。与此同时镇国公府获罪，府上一百多人被尽数流放边疆。

第一章

梦醒

四月，云霞裹着最后一缕残阳没入昏沉的薄纱中，暮色缓缓入侵，凉风拂动杨柳枝。整个镇国公府只点着零星的灯，伺候的下人们从各条回廊小巷中蹿进黑暗深处，去到各自当差的院里。

清风阁里，丫鬟流月轻手轻脚地放下床幔，点上几盏灯烛，又将小金炉里的茉莉香换成了安神的檀香，这才将门带上出去了。

院子里的枣树枝丫被风吹得微动，流月和葡萄守在门外。后者有些担心，皱着眉头压低了声音问："小姐今日怎的睡了这样久？可是身子不舒坦？"

流月摇头："许是前日那一通闹，小姐心底不畅快，咱们守着听吩咐便是了。叫小厨房将菜热着，没准小姐等会子起来饿了。"

屋子里，陈鸢纤细的手指头一点点抚过绣银线撒海棠花的被面，被面如丝似锦，触感如流水一般。她微微欠身，再次拿过放在床头上的小铜镜。

镜中女子眉目弯弯，几缕细碎的黑发垂在鬓边，温婉灵动有余。那双澄澈如山泉水般的眸子又多添了七分娇媚，这一身的灵气与透彻，绝不像她方才梦中的那般晦暗颓唐。

陈鸢合了眼，任手中的铜镜松落坠在锦被上，疲惫一般紧紧地抿起了唇，眉心浅皱着陷入了沉思。

从午间到现下天黑时分，她自己都数不清对着这铜镜照了多少回。

她骨子里还铭刻着梦魇里毒药入喉时辛辣灼热的滋味,更记着坠入无底深渊时的那般寒凉与无力的感觉。

都是梦而已。

这一切太过荒唐,简直闻所未闻,比民间的神话传说还要离谱。

可那梦是如此真实,她却又不得不信上几分。

此时还在门外守着的流月和葡萄,是她的贴身丫鬟。可这两人,在她嫁入东宫后对那幕僚不满背后抱怨了几句,这事不知被哪个有心人听了去,抖到了纪萧跟前,等她事后带着人找到她们的时候,两人早已断了气。

这些事,她原以为早就忘了。可无意间想起时,那些细节就像是在脑海深处生根发芽了一样,一桩桩都钉在了血液里,长在四肢百骸间,越想遗忘就叫嚣得越厉害。

屋子里的檀香味有些重,熏得人胸腔有些闷。陈鸢动了动身子,从床榻上起身,雪白的指尖拂开浅紫的床幔。轻纱遮面,她掩唇低低咳了声,准备唤人进来伺候。

在外边守着的两个丫鬟听了动静,忙不迭推门进来。流月心细,见着她就担忧得直皱眉:"姑娘的脸怎的这样苍白?可是天寒受凉了?"

陈鸢抿出一个淡淡的笑:"无事,就是贪睡起来头有些晕。"

等用了晚膳,天已完全黑了下来。陈鸢斜卧在那张黄花梨罗汉床上,腰上搭着一张薄毯。她院里屋中用的皆是上好之物,所用所食半分不敢含糊。

是了,她这会儿还是镇国公府唯一的嫡女,千娇百宠在老太太膝下长大,是镇国公捧在手心里的熠熠明珠。生得又是顶好的模样，府里府外提起她唯有夸赞，没有一个说不好的。

她现在尚在梦魇里的错误发生之前，可似乎一切又没有什么意义。成亲的日子已定下，下月月末她便要被抬进那个吃人的东宫，被冠以太子妃的身份，苦守到死。

而那些她最不想说的伤人的话，都已经说出了口，就像泼出去的水，怎么也收不回来了。

前途茫茫，一手的好牌却颓势已显，留给她谋算逆转乾坤的，只有短短一个月时间。

"姑娘，小郡主送来帖子，说十二日在王府办个小宴品诗弹曲，请姑娘届时前往。"

葡萄将手中精巧的鎏金帖子交到陈鸾手中。后者一双杏目微眯，沉默片刻后轻轻颔首，随手将帖子搁在手旁的小几上，揉了揉隐隐发痛的额角，朝着西北的方向瞥了几眼，问："这事二小姐可知晓了？"

流月如实点了点头道："帖子才送来，二姑娘就欢欢喜喜去福寿院见了老太太，怕是想跟着姑娘一块儿去的。"

她记得梦魇中就是如此，她虽然兴致缺缺，但听了老太太的话，还是带着陈鸾去了。

梦里的她想着，她身为长姐已有婚约，但妹妹尚无着落。这个庶出的二妹妹听话又乖巧，还处处为她思虑着出谋划策，若不替她找一门好的亲事，她良心难安。

然而这般的好心换来的却是彻头彻尾的算计和毒酒一杯，这一回却是不能叫她们如愿以偿了。

被人算计得满盘皆输是什么滋味，总该叫她们好生尝尝。

小几上才冲泡上的枫露茶，原本蜷缩的叶片遇到了沸水，倏而便舒展开吐露芳香。陈鸾将天青色的茶盏捧在手心里，热意弥漫。她觉出些火辣辣的痛意来，低头一望，嫩生生的手心留着两个弯弯的月牙印，却是被指甲掐得破了皮。

一夜辗转难眠，直到天边泛起黑青色，陈鸾才堪堪合眼浅睡过去。梦中也不安稳，没多时便一身汗地醒了过来。

用了早膳过后，陈鸾坐在妆奁台前，镜中的人略显憔悴，眼下一团乌青，却还是个十足的美人坯子。葡萄替她梳发的时候，她侧首朝着院子外瞧了瞧，阳光从窗口照进来，落在她莹白的手指上，细小的绒毛也映得分明。

一切都还来得及，这样活着真好。

梳妆打扮是因为要去老太太屋里请安。

福寿院离着清风阁不远，没几步路便到了，陈鸾还没进里屋，就听见了老太太温和的笑声，看样子被里头的人哄得心情舒畅。

她脚下的步子微不可见地顿了顿，而后浅浅地笑，露出两个小梨涡来。

掀了帘子进去，老太太歪在软垫子上，左首亲亲热热偎着陈鸾，右首坐着一身素衣的康姨娘。

陈鸾的目光落在一脸娇憨的陈鸾身上，一寸寸往下挪，眼底蓄起乌云千重，又似锋利的刀刃一般。不过仅仅一瞬间的工夫，又是风停雨止，晴空万里了。

见到陈鸾来了，老太太眼睛都笑得眯成了缝。她伸出满是褶皱的手，冲着她招了招，连声道："鸾儿来了？快些到祖母跟前来，可用过早膳了？"

老太太微微坐直了身子，这一动，就叫陈鸾本来伸出的手落了个空。她嘴角一僵，下意识就望向了缓步走向老太太的陈鸾，深深吸了一口气，而后站起身来笑着说："姐姐，祖母正念着你呢。"

陈鸾似笑非笑地瞥了她一眼，而后自然而然地握住了老太太的手，美目一扫，眉眼弯弯带笑，一口娇音软语又柔又轻："鸾儿不如二妹妹和姨娘勤快，早晨起来头有些犯晕，倒是耽搁了时辰，请祖母责罚。"

老太太拍了拍她的手，笑意不减反浓，就连声音也是带了真真切切的疼爱进去："若是求责罚，怎会这样娇着来？你这丫头，就惯会用这招叫祖母心软，祖母可不就得可着劲儿地疼你？"

康姨娘这会儿也笑着插话道："这府中上下，就大小姐最会讨人欢喜。莫说老太太受不住，就是国公爷那儿，也当宝贝一样疼呢。"

这府中上下都知道陈鸾的性子，这位一出生就是金贵的。虽说打小就没了娘，可身份摆在那儿，更有府上两座"大山"的疼爱，就连这国公府唯一一个姨娘都说不得半个字的不是。

陈鸾不想与她们多说，却碍于老太太的颜面。她捺着性子抿了口香茶咽下，目光自陈鸾和康姨娘身上掠过，像是突然想起什么一样提起："祖母，昨日南阳小郡主给鸾儿下了帖子，说是十二日王府有个小宴，京都里达官贵族、男宾女眷去的不少，特邀鸾儿前去瞧瞧。"

老太太摆了摆手，叹了一口气，有些怅然道："去吧，这几月府中上下都在忙你的婚事，也是拘着你了，日后这样的机会可不多了。"

可不是，进了东宫那座大牢狱，莫说诗词宴了，便是出趟宫都难如登天。

她是说什么也不会重蹈覆辙再入火坑了，那代价太沉痛。

陈鸾垂了垂眸子，果不其然又听到老太太说道："将你二妹妹也带上一同去，叫她与小郡主等人多多结识。你们两姐妹感情好，只是鸾丫头命没有你好，可虽做不得皇子正妃，做正经的官夫人那是绰绰有余了的。"

陈鸾不动声色地去瞧陈鸾的表情，瞧到了意料之中的片刻扭曲狰狞，她眼中的笑才浓郁几分，继而挽着老太太的手臂面露难色。

官夫人？她陈鸾的目标何止是官夫人？

若只是官夫人，就没必要千方百计叫她嫁给太子而放下纪焕了。只怕是听了自己那糊涂爹的什么话，暗地里在纪焕身上下了赌注了。

而与陈鸾心情截然不同的，当属陈鸾了。

她只不过生来是庶女，若论样貌才艺，也是样样拿得出手不输嫡女的，怎么在众人心里，她陈鸾一个榆木脑袋就做得太子妃，而她只能做个仰人鼻息的官夫人，卑躬屈膝一辈子？

何等的不公平！

她偏要一步步往上爬，有朝一日叫这高高在上的嫡女跪在她面前！

好在嫡姐蠢笨，没有嫡母帮衬，又是个对里软和的性子，说什么信什么。眼看着东宫婚期将近，自己总算有时机能接触到八皇子。让她陈鸾再风光一时，待进了东宫，有她好受的。

那人不会叫她好过的！

老太太年纪大了，福寿院里点着的是最安神安心的檀香。缕缕青烟缭绕，一片寂静中，陈鸾的眉越皱越紧，最后拧成了一个结。

老太太久久不听她出声，微一侧首，浑浊的眼珠子转了转，落在陈鸾的面上，问："这是怎的了？"

陈莺松松地揽着老太太，半晌，像是极为难一样看了看面色不佳的陈鸾，而后轻轻叹了口气，道："十二日祖母和姨娘要去寺里上香，二妹妹不若陪着一同前往？"

老太太每隔一段时日便要去寺里烧香拜佛，以求家人平安，诸事顺遂。康姨娘又是后院唯一的女人，为表孝心，自然也就次次跟着去了。

老太太笑着挥了挥手，慢吞吞地道："我这一把老骨头，有康姨娘陪着便够了。你二妹妹年纪小，玩心重，去了寺里也静不下心来。你且带着她去外头见见世面吧。"

这最后一句话，说者无意听者有心，陈鸾猛地抬头，又极快地低下头，面上一派的乖巧谦卑。

从小到大，各种大宴小宴发来帖子都是邀请陈莺前往，她陈鸾并无资格参与。更莫提每年的宫宴，她是想也不用想的。

小时候便也罢了，可如今她马上及笄，再不出去与这京城显赫世家的贵女活络活络，便真成了那井底之蛙了。

似是感受到什么，陈莺似笑非笑瞥了陈鸾一眼，接着有些犹豫地抿了抿唇，凑到老太太耳边小声说了几句。

说完，老太太的笑容便逐渐消失了。她沉默许久，而后低叹了一声。

康姨娘见状，不动声色地用手肘推了推陈鸾，使了个眼色。

陈莺便上前几步走到陈鸾跟前，笑眯了眼睛亲亲热热地问道："姐姐与祖母说什么悄悄话呢？"

老太太年轻时最看中嫡庶之别，只是人老了，想过几天舒心日子。而二姑娘和康姨娘看着也是老实的，不会整什么幺蛾子扰人心烦，再说这庶出的也是亲孙女，哪怕在心里的位置远不如大姑娘，那也是费了不少心思的。可大姑娘方才那一席话，倒是把她惊醒了。嫡出庶出之间，从来横亘着一座不可逾越的大山，庶出一旦言行举止不合规矩，那丢的可是镇国公的脸。更莫提大姑娘还是未来的东宫正妃，更是容不得一丁点的污点。

老太太想到这，态度自然也就冷了下来："不该问的就别问，平日里你娘怎么教你的？一点规矩也没有。"

陈鸢愣了片刻，而后福了福身，再抬起头来时，眼睛都泛了红。

啧。

陈鸾用雪白的帕子擦拭着泛红的指尖，笑得无声。装可怜扮柔弱，一向是自己这个庶妹的拿手好戏，可既然是做戏，那总有看戏的人不配合的时候。

这府上的人最看重的是什么，没人比她更清楚，也没人了解得比她更透彻，那是她以生命为代价才领悟到的。

老太太见了陈鸢微红的眼眶，再一联想到陈鸢方才附在她耳边所说的话，不由得垮了脸沉声道："这几日你就跟在我身边，好好学习礼仪规矩，东嬷嬷会教你。"

陈鸢咬咬牙，不明白为何老太太态度转变得如此之快。但她素来聪颖，知晓此时再说什么只会叫老太太着恼，于是顺从乖巧地冲老太太身边的嬷嬷笑了笑，道："劳烦嬷嬷了。"

老太太疲惫地朝着她们挥了挥手，合了眼眸道："你们都回去吧，老婆子今日乏了。"

陈鸾与康姨娘退了出去，这屋里立时少了那股甜腻的花香味。外头树枝招展，各色花苞含笑点头。陈鸾敛了敛眼中的波澜，而后起身凑到老太太跟前，轻言轻语道："祖母好生歇息，鸾儿明日再来看您。"

老太太向来疼惜她，将她养在膝下事事为她想着。只是后来发生的那些事，老太太也无力回天，还因为心疼她生了一场大病，那一病就再没好过。

可是陈鸾知道，老太太再疼爱她，那也是建立在镇国公府蒸蒸日上的前提下。若有谁成了府前的拦路石，那便是触了她的逆鳞，什么祖孙情深都是云烟几缕。

自己会成为一颗可有可无的弃子，也并不奇怪。

陈鸾从回忆里脱身，脸上的笑容浅了几分。她才想起身出门，便听老太太发了话："鸾丫头，你坐过来陪祖母说会儿话。"

老太太仍是闭着眼的，一双干枯如竹枝的手捏着乌黑发亮的檀木珠串。陈鸾于是顺从地坐在老太太身边，妙曼的身子带着甜甜的暖香，嘴角也溢出两个小梨涡，一派的温和静雅。

"自打皇后娘娘发话你与太子的婚约作数后，你这丫头的性子便沉稳了许多，看着不似以前那般娇气爱胡闹了。"老太太有些感慨，将手中的手串放在一旁的桌子上，握了陈鸾的一只手摩挲。

"你打小没了娘，你爹又忙着公事，自小被祖母带着长大，小小的一团长成如今这般貌美的俏姑娘。眼看着你的婚事定下，又是那样富贵的去处，祖母才总算可以放下心来。"

陈鸾皱了皱眉，想起那森冷的东宫与阴恻恻的纪萧，心底的厌恶顿生。

老太太似乎知道她在想什么，叹了一口气压低了声音劝慰："祖母知晓你的心思不在太子身上。可皇后娘娘金口玉言，你下月就要进东宫，万万不可再生出什么不该有的念头。否则进了东宫，自己吃尽苦头不说，也会连累了国公府。

"你对八皇子那些心思，该尽数放下了。"

陈鸾动了动嘴唇，声音有些哑："鸾儿知道了。"

所有人都知晓她对纪焕的心思，唯独他始终熟视无睹，恍若未闻。

直到皇后发了话，他才沉着一张脸找了过来，神色阴鸷地开口就问她是何意思。

她能是何意思？

老太太点到为止，见她乖巧应下，也就乐呵呵地换了话题："十二日南阳王府小宴，你还是带着你二妹妹去。这几日我叫嬷嬷好生教教她规矩，总也得替她寻门好的亲事。

"你与小郡主交情好，叫她莫因为等闲人的几句碎话而对你二妹妹有了不好的看法。

"国公府好，你们这些小辈争气，祖母也就死而无憾了。"

陈鸾尽数应下，又留在福寿院用了午膳，晌午时分才回到自己的清风阁。阳光洒在人的发髻与衣裳上，像是镀了一层金光。

葡萄没有跟着去福寿院，这会儿见她回来了，行了个礼之后指了指书屋冲她使了使眼色，道："小姐，国公爷方才来了，就在书屋里等着呢。"

唯一的嫡女琴棋书画皆精通，镇国公陈申乐得如此，特意吩咐人在清风阁辟了个不小的书屋出来，专供她作画作诗。

这般的宠爱，足以叫人眼红。

陈鸾望着书房的方向，眼前似又重现了那年雪夜，天寒地冻，她收到了陈申的亲笔来信。

白纸黑字，信纸上还结着霜。一向疼爱自己的父亲冰冷而强硬地通知她，陈鸢被抬入八皇子府为侧妃，八皇子有为，纪萧东宫储君之位不稳。

那最后一笔却是叫她好自为之。

陈鸢心底最后一丝暖意，自瞧了那封信后，便彻底散了。

她其实是不明白的。当初为巩固镇国公府的地位，劝她嫁入东宫的是他，怎么最后倒说出这等绝情的话来。

她眼前的雪花与此刻的艳阳重叠在一起，无端端的，冬日的寒意就席卷而来，激得她手臂上起了细小的疙瘩。陈鸢在原地沉默地站了片刻，才扬起一个笑，道："葡萄，沏两杯六安茶送到书屋里。"

推开书屋的门，墨香味冲到鼻尖，明明味不浓她却觉着鼻尖一酸。

陈申正站在黑檀木书案后仰头看挂在墙上的字画，那都是她的心血。

听到推门声，陈申的目光从墙上的那幅画上移开，朗笑后道："这画不错，细腻真实，足见是下了大功夫。"

陈鸢眉眼弯弯带着零星的笑意，青葱一样的手指抚上那干了的山水画，白皙的指尖却在山峰溪涧间停了下来，而后摇头道："爹又在胡乱夸人了，这画柔软有余，却不够大气磅礴，山巅缺失该有的锋利。"

陈申不料她竟有这样的见解，不由得多看了她几眼，而后点头道："有长进。"

陈鸢笑了笑，有些疏离地问："爹今日怎么有空来鸢儿这里坐坐？"

陈申挥了挥手，愁得直接皱了眉："恒儿不叫人省心，正该好好念书做功课的时辰，溜去外头听戏班子唱曲，简直离谱！"

陈昌恒是府上的独苗，哪怕是姨娘所生，可吃穿用度却样样不差于嫡女。虽然整日游手好闲不学无术，但架不住子嗣艰难的国公府稀罕，骄纵得能上天。

"恒哥儿大了，或许爹爹与祖母可考虑帮着相看门当户对的人家，先将婚事定下，也好叫恒哥儿安安心。"

陈鸾笑意不达眼底，因为她清楚地知道陈申这次来找她是为了什么事。

果然，没说几句话，陈申便沉吟着开口："康姨娘进府十余年，也生下了恒儿与鸢儿，如今两人到了该议婚的年纪。可这嫡庶到底有别，爹便寻思着将康姨娘扶正，这样恒儿与鸢儿也能寻到更好的人家。"

与记忆中如出一辙的说辞，陈鸾面无波澜地听完，而后偏首问了一句："将姨娘扶正不是小事，爹可有与祖母商量过？"

必然是没有的。

也是不敢开这个口的。

所以才先来找了她，以她为突破口，想叫老太太松口。

可她傻，她分明记得梦魇里的她毫不犹豫就点头同意了。

丝毫不顾那是她娘用生命为她争取来的嫡女地位，也是镇国公府唯一的嫡出位子。

现在回过头来想想，自己也觉着可笑至极。

陈鸾垂下眼睑，纤长的睫毛在脸上投下一小片阴影，她突然低低地出声："爹，您不是答应过娘亲，这镇国公府只会有鸢儿一个嫡出子嗣吗？"

话一出口，陈申脸上的笑就变戏法一样没了，一时之间，屋子里安静得可怕。

小丫鬟进来送茶，两杯热气腾腾的六安茶香气四溢，屋子里的墨香味瞬间被压了下去。陈鸾亲自接过一杯送到陈申跟前，糯声道："爹，先饮杯茶吧，这六安茶还是上回鸾儿从小郡主那儿拿回来备着的，鸾儿记着爹爹就喜欢这味茶。"

伸手不打笑脸人，更何况这事本就是自己理亏。陈申只得压着怒气从喉间生硬地"嗯"了一声接了过去，随手就放回了案几上，不满之意任谁都看得出。

陈鸾柔嫩的掌心被热茶烫得通红一片。她将手往里缩了缩，任由绣着海棠花样式的宽大袖口遮了那碍眼的红痕。

脆弱叫不关心自己的人见了便成了一种狼狈，而这不是她想展现的。

陈申没想到自己这个嫡女居然会出口拒绝，就着一口热茶勉强压抑住喷薄欲出的怒气，他深深皱眉，捺着性子叮嘱道："下月月末你便要入东宫，太子殿下与你也算自幼相知，你莫仗着几分年少情谊胡乱耍性子。

"另外……为父前阵子嘱咐你的话可听进去了？"

陈鸾那双时时含着情蕴着雾的蒙眬杏目一点点冷下来，最后又缓缓敛了翻涌的风云，归于平静，樱唇轻启道："爹爹无须多说，为了镇国公府的百年荣华，鸾儿做什么都是应该的。"

她是含着笑说出这番话的，轻飘飘几句，却叫陈申满意地点了点头，夸道："鸾儿懂大局识大体。"

自小被他这样耳提面命，再怎么不识大体的人也该生出为家族牺牲的意识来了。

其实最叫陈鸾心寒的是，陈申在朝堂沉浮明明知道一些什么，却还是将她推给了太子。而后尽心竭力为庶妹谋算，对她不闻不问，充作弃子。

抛开浓于骨血的亲情不说，便是为了那声叫了十几年的爹，他怎么能做到这个份上？

陈申心中的一口气顺了大半，终于正眼看了站在自己跟前俏生生的嫡女，陈鸾长得像她娘，面若芙蕖眉目如画，特别是那一双涟涟含情的杏目，看一眼就似要溺在里头一般。

一想起陈鸾的娘，陈申心底就堵着一口气，连带着看自己嫡女，眼神也柔不起来。

那人已经死了，却叫他无数个日夜都睡不安稳。心爱的人只能委屈做妾，十几年过去也扶不了正。老太太也是一味偏宠嫡女，无数次打压庶女。若他还不对那方好些，岂不是叫人寒心？

陈鸾一出生就是嫡女，十几年的娇宠无度，他自认没有亏欠过什么。若说有，那也只有这回……

如今八皇子与东宫之间的明争暗斗还没出来个结果，龙椅上那位又眼看着撒手不管，这个时候，他不该贸然就将嫡女送入东宫的。

因为这意味着，他国公府明确表态站在太子的阵营里。

可若是最后八皇子胜算高出太子，那就不得不另做打算了。

人对被自己利用的人或多或少会有些许的亏欠感，陈申想到这事上头，语气也柔和了下来："你与鸾姐儿向来好得不分彼此，想来也是不忍她随随便便许个寻常人家嫁过去的，是吗？"

外头屋檐下通着一条长廊，长廊上爬着一条条纠结弯曲的藤蔓，阳光照不到那廊子里，长年森冷却有风轻抚而过。陈鸾定定地瞧了几眼，而后低头勾唇笑，声音清明："不知爹想将二妹妹配给哪般人家？"

她眸子里满是清澈的笑意，又因为那杯氤氲着热气的茶而蒙上一层朦胧的雾，似真似假，含糊不清。

陈鸾透明的指甲刮过茶盏壁上的青色花纹，见陈申久久没有说话，柔声细语地问："爹对二妹妹多有疼惜怜爱，对她的婚事自然也是尤为上心。放眼京都的英雄俊杰，能入爹眼中的怕是没有几个。"

她挑眉回眸，嘴角随意一勾便是魅惑撩人的模样，一字一句吐露的却蕴着不一样的讥讽寒意："建威将军算一个。"

她顿了顿，而后莞然一笑："八皇子殿下也算一个。"

她眼睁睁瞧着陈申的脸色一变再变，最后化为沉沉的铁青色，心底竟分不清是解气多些还是漠然多些。

"胡闹！这些话也是你一个姑娘家能说出口的？"陈申眉头紧皱，显老的脸上却布满了狐疑，一双浑浊的眼死死地盯着陈鸾的神色，试图看出什么破绽来。

陈鸾转过身去看那些挂在白墙上的字画，轻飘飘的袖摆拂过黑木案儿，耳畔是自己冷静的声音："建威少将军身边还未有知心人，爹平日里又对他多有夸赞，想来是有意送二妹妹入将军府的。"

陈申嘴角动了动，而后有些疲惫地点头敷衍道："爹确实有此想法，只是镇国公府的庶女，到底配不上少将军……"

"爹，此事您还是先与祖母商议吧，女儿做不得这个主。"

陈鸾笑着打断他的话，同时也提醒着这个被枕边风吹得昏了头的男人，这府上真正能做主的是谁。

若是老太太能点头同意，他堂堂镇国公哪里会纤尊降贵来征得她同意？

结果自然是不欢而散。

夜里起了风，陈鸢想着白日里的事，心里闷着一口气不上不下。洗漱完之后躺在柔软的雕花床榻上，一双杏目敛去了白日里的柔意，变幻出刀剑一般的锐利来。

恨啊，毒酒入喉，身子逐渐变得冰冷僵硬。这等蚀心腐骨的滋味，她到现在还清楚地记着，却在白日里不得不装出一副姐妹情深、乖巧识大体的模样来。

头顶上榴红的流苏被一缕不知从何方来的风吹得左右晃动。陈鸢脸上蔓延着泪痕，片刻后狠狠合了合眼，透明如水晶的指甲深深嵌入细嫩的掌心里，掐出两三个月牙来。她愣怔片刻，而后在微风过堂时轻声低喃："这回，再论输赢。"

将康姨娘扶正这事，陈申到底是硬着头皮亲自跑了一趟福寿院。

十日，天公不作美，到处皆是一片雾蒙蒙，到了晌午时还下起小雨来。

陈鸢才用过午膳，此刻正坐在书屋的硬椅上，望着桌案上平铺开的白纸出神。片刻后屏息凝神提笔写了几句，簪花小楷字迹娟秀，只是寥寥几句过后便停了下来。她咬了咬下唇，又忆起养心殿的那个晚上，男人面色沉如水清冷如谪仙，可呼吸却是极火热的，如岩浆一样滚烫地拂过她的下颚与唇瓣。

她有些心烦意乱，皱着眉头将那纸揉碎了。

那些伤人的话都已说出口，就算这信完好无损地到了他手上，估计也是被直接丢开不看的。

再说到了这个节骨眼上，不能出什么岔子了。

西南小院那一家，目光可一刻不离地盯在她身上。这清风堂中，谁知道被安插了多少眼线？

陈鸢松了松隐隐作痛的手腕，想着哪日找个好的由头出府，亲自去找纪焕解释一番。

皇后金口玉言断没有再收回的道理。她不想入东宫，没有谁会站在她这边，迫不得已的情况下，她也只能去求纪焕。

还没等她想个好法子，葡萄就满脸焦急地走了进来。陈鸢抬眸淡声问："怎么了这是？"

葡萄因为走得有些急，鼻尖都冒出些细小的汗珠来。她往外看了一眼，低声禀报道："小姐，您快去福寿院看看吧，国公爷方才与老夫人起了争执，老夫人被气得晕了过去！"

陈鸢脸上的笑意顿消，有些哑然地开口："怎么会？"

她上回之所以叫陈申与老太太商量了再作决定，是因为笃定了他没有那样的胆子。

虽然陈申对她淡漠，对她娘无情无义，却是个实实在在的孝子。老太太年岁大了，什么事能提什么事不能提他比谁都要清楚，怎么这会儿倒拎不清了？

等陈鸢到福寿院的时候，才发现场面远比她想象的热闹。

康姨娘跪在屋外的青石砖上哭得梨花带雨，陈鸢稍好点，却也被这样兵荒马乱的场景惊得眼眶泛红。

原以为老太太怜惜恒哥儿，这事多提几次也不是没有希望。可万万没想到这才刚开口老太太就动怒至此，若是里头那位真出了什么事，他们娘仁儿都要吃不了兜着走。

想进国公府后院的人可是数都数不清，陈申又正是壮年。若真进了别的女人且有了其他的子嗣，那荣宠哪还有她康姨娘的份？

未经多久，康姨娘和陈鸾便都回过味来。此时跪在还残留着湿气的地面上，两人对视一眼，后者嘴唇翕动几下，细微的声音便传进康姨娘的耳里："娘，等会儿进去好生认个错，这段时间都别提起这事，祖母念着恒哥儿，不会如何发作的。"

她们还有恒哥儿。至少现在恒哥儿是镇国公府的独苗，也是她们手中最大的一张底牌。

陈鸾远远看见了她们狼狈垂泪的模样，脚步顿了顿。就在流月和葡萄以为她会上前安慰几句的时候，她脚下却拐了一个弯，直直地朝着里屋去了。

里头老太太才睁开眼睛，陈申诚惶诚恐一脸歉疚地跪在床前。陈鸾见状，也撩了衣裙在老太太床榻前跪下，担忧地凑近了问："祖母可觉得好些了？"

老太太看着跪在床榻前乖巧的嫡孙女，再看看糟心的嫡子，差点又要一口气提不上来，缓了缓捂着胸口指着门外声嘶力竭地喝道："是谁叫你有这等混账想法的？国公府正妻之位，她也配染指？"

陈鸾头一回见到老太太发这样大的火，当下就伸手轻抚她的胸口，轻声劝道："祖母切莫再动气了。"

可老太太眼睛睁得老大，直挺挺地坐着，手指颤巍巍地指着一脸灰败的陈申，声音竟带上了几分哽咽："你莫不是忘了苏媛是怎么没了的？"

陈鸾心头一紧。

苏媛是这国公府的当家主母，也是她的娘。这个名字一直是国公府的禁忌，她长这么大也没听人提起过零星半点儿。

今日头回听得，竟是从老太太嘴里。

"娘！大姑娘还在这呢，儿子知错了，您别再说气话了！"

屋里关了窗子，浓郁的药味和雅淡的香气纠结缠绕在一块儿，陈鸾眉心微不可见地一皱。

老太太余怒未消，胸膛剧烈起伏几下，指着陈申的手指抖得厉害："只要我还活着一日，便决不会答应这事！

"谁想要这国公夫人之位，且叫她亲自来与我说！"

老太太斩钉截铁，话中不留一丝余地。陈申抬起头来朝陈鸾使了使眼色，嘴上却一一应了下来："娘别动气，儿子以后再不提这事了。"

陈鸾眼底划过一丝讥笑，随后也轻声细语地劝："祖母身子重要，想必康姨娘是绝没有这等想法的。"

老太太从鼻子里重重冷哼一声，而后拍了拍陈鸾的手背以示安抚，声音沙哑疼惜："鸾丫头莫怕，祖母为你做主，谁也欺不到你头上来。"

陈鸾纤长的睫毛上下扇动几下，一大颗水珠子便盈盈而出，悄无声息地落在老太太的手背上。

"叫跪在外头的人回去吧，老婆子受不得她这样的大礼！传到外头不明就里的人耳里，还以为我亏待后院姨娘了呢！"老太太声音不重不轻，却带着一股子摄人心魄的寒意。

这话说得重，陈申也不敢接，只是擦了擦额上细密的汗珠，赔笑道："母亲这是说的什么话。府上无主母，后院的事皆是母亲一手操持，康姨娘是晚辈，听您训导是应该的。"

老太太不想再看见这个惹人心烦的嫡子，有些疲惫地挥手，将人赶了出去。

"鸾儿，祖母觉得有些闷缓不过气来，你去将窗子打开些。"

屋子里药味袅袅，陈鸾膝盖跪得有些发麻，这会儿站起身来将窗子推得半开，凉风涌入，她半眯着眼，缓步走到老太太的床前。

方才陈申一出去，老太太就屏退了左右伺候的人，陈鸾心头一颤，直觉以为老太太要将她母亲的事告诉她了。

可这样的预感却是错的，老太太只是和蔼地拂了拂她细碎的鬓发，昏暗浑浊的眼里闪着密密的水光："还好鸾儿有了那般好的归宿，日后必定大富大贵，光耀满门。"

陈鸾微微动了动嘴角，而后垂着眸子点了点头，道："祖母对鸾儿的好，鸾儿都知晓。"

说罢，她顿了顿，有些失落地道："祖母别因爹爹和姨娘生气，他们都是为了恒哥儿有一门好的亲事。"

瞧，以德报怨这事她也会做。甭管她心里想的是什么，这话，她一定得说的体贴漂亮。

这还是她从陈鸾那儿学到的本事。

老太太闻言，也是叹了一口气，幽幽道："这事你别操心，恒哥儿自有他的造化。"

陈鸾从福寿院回来的路上，踩着青石路上的碎石子，些许的愉悦从那一双清眸中流泻出。流月心思细腻，也笑着道："亏得老夫人没听了国公爷的话，将那康姨娘扶正。可见老夫人啊，是站在小姐这边的。"

陈鸾心底也是松了一口气，她勾了勾唇角："祖母注重嫡庶，想要一跃登天，哪有那么容易？"

葡萄却是懵懵懂懂，紧跟着问："小姐往日里不是很喜欢康姨

娘与二姑娘吗？上回御赐的香墨都给二姑娘送去了，自个儿一点也
没留。"

陈鸾侧首，将鬓发绾到耳后，有些感慨地道："我对人好，人
却不记着我的好。白白付出真心，临到头还要被反咬一口。"

葡萄皱眉不解，还想再问，就被流月使眼色止住了话头。

小姐明摆着与庶出那头离了心，多问无益，日后多防着点那头
才是正道。

陈鸾回到清风阁后，便听小丫鬟来报，说是国公爷在康姨娘院
子里发了好一通火，连带着二小姐都掉了几回眼泪，最后国公爷拂
袖而去，直到晚上也没回来。

陈鸾听到之后，并没有感到意外。陈申就是那么个人，再爱也
狠得下心，好叫老太太那瞧见消了心里的火。

再说，都是做戏罢了。

罚了康姨娘那边，府上顿时清净许多，陈鸾每日里去福寿院陪
陪老太太，再不就是应付着陈鸢一日精过一日的变脸术，日子倒也
过得飞快，且乐趣十足。

国公府上都是人精，一段时间下来，大小姐和二小姐不和的传
言便悄然流传开来。

四月十一日晚，天微暗，院子里的花草叶子边缘开始染上墨
黑，一点点被暗夜侵蚀。清风阁各个角落都点起了灯，晃悠悠的与
天上的明星遥相呼应。

葡萄推门进来，皱着眉头禀报道："小姐，康姨娘带着二小姐
来了。"

陈鸾停下了手中的动作，瞧着夜色翘了翘嘴角，淡笑着颔首

道："算着时日，也该来了。去请进来吧。"

日前倒是看着消停了，只是明日就是南阳王府的小宴，这康姨娘到底是沉不住气，将一向心高气傲的陈鸢带来了。

康姨娘和陈鸢并排走进来的时候，衣裳上散出一阵浓烈甜腻的花香。陈鸢笑得再自然不过，一双盈盈杏花瞳里满是亲近。

仿佛记忆中的那些不堪与卑微，全是一场浮生梦。

康姨娘一直僵着的身子悄悄放松下来，风韵犹存的面上表情也自然了许多。

陈鸢十分自然地挽上了陈鸢的胳膊，声音带着点熟悉的撒娇，柔柔腻腻，叫人生不出拒绝的心思来。

"姐姐这段时间一直没去梨花轩瞧我，我心里惦念着姐姐，用过晚膳后就拉了姨娘往姐姐这边来了。"

陈鸢被她环着的半只胳膊都起了细小的疙瘩，她朝着伺候的丫鬟吩咐："去沏两杯青竹茶进来。"

说罢，她借故与陈鸢拉开了些距离，道："前些日子我身子不怎么舒坦，恐过了病给姨娘与二妹妹，这几日才好过了些。"

陈鸢身弱体寒，身子娇贵得很。往日都是一副不胜娇弱的模样，清风阁每回请医问诊动作都不小。

这样一想，陈鸢的心里才好受点。

病死了才好！

一盏茶品到最后，陈鸢也没主动提起王府小宴的事。眼看着夜深了，康姨娘频频朝陈鸢使眼色，示意她赶紧开口。

陈鸢倒是不急，指尖摩挲着茶盏上温润的花纹，脸上的笑意越积越深，直到最后缓缓起身准备送客。

"姐姐——"

陈鸢回眸，一脸茫然，极轻地从喉间"嗯"了一声，问："妹妹可有什么事？"

陈鸢一看她这样淡然自若的模样就极其想冲上去撕烂那张伪善的面目。

说什么姐妹情深，那日她与姨娘跪在福寿院前，她陈鸢看笑话一样地盯了许久，最后头也不回地去了里屋。

而将姨娘扶正的事，若是陈鸢早早就点头应允下来，老太太那又怎么会闹得那样厉害？

说来说去，她不过就是占着一个"嫡"字罢了。

陈鸢咽了咽口水，有些艰难地出声："姐姐……明日南阳王府小宴，妹妹能否跟姐姐一同前往？"

上次老太太恼了康姨娘，连带着恼了她，她几次入不得福寿院的门。

眼看明日就是赴宴之日，她这才有些慌乱地来了清风阁，原以为陈鸢是个聪慧的，可坐在这好半晌也不见她提起半句。

陈鸢上下打量她几眼，倏而笑出声来，道："妹妹还在为这事烦心？祖母早与我提过了，小宴自然是要带上你的。咱们姐妹之间，也好有个伴，你怎么还忘了？"

陈鸢的目光一瞬间阴沉下去，指甲掐进肉里。

绕了这么久，陈鸢就是想这样羞辱她一番？

等两人走了，陈鸢在外头的罗汉小床上斜躺着，窗子开了一条缝，夜风如水流泻进来，吹动着层层轻纱床幔，也吹乱了陈鸢蜿蜒及腰的乌发。

流月轻手轻脚地进来换了熏香，又将窗子关严实了，才道："小姐早些睡吧，明日还得赶个早呢。"

等人都退出去，红烛印着陈鸾精致的面孔，在屋里投下一片黑影。她皱了皱眉，无端端地又想起梦魇里的种种：天牢里的森森刑具，牢房中的爬虫老鼠，以及养心殿中稳坐皇位的男人。

他沉着脸，一字一句地问她当初为何不嫁他。

四月的夜里，陈鸾没来由地被一阵寒意惊醒，起身细瞧才发现自己就在外头的罗汉床上睡着了。

这一惊醒，便再也睡不着了。

梦魇里这时的她万念俱灰，这小宴自然也没去。可听着南阳小郡主后来提起，纪焕和纪萧都是有去的。

此时此刻，她心里竟又生出一股子胆怯来。

她可还一直记着，她对纪焕说过什么口不择言的话。

那男人肯定记到骨子里去了！

十二日一早，天边还泛着乌青，一团团隐在暗里的乌云正缓慢地完成蜕变，准备开始一日复一日的忙活，清风阁里的烛光暗淡下来。

陈鸾醒得早，葡萄和流月进来伺候的时候，她已呆坐在梳妆台前许久。一头如瀑的青丝配着素白的中衣，倒是隐隐将她脸颊上勾魂摄魄的媚意压下去几分，衬出些清冷素净的美来。

陈鸾一向不喜争强好胜，年少时一腔的心思都放在了纪焕身上。男人性子孤僻，时常都是一身清冷的黑衣，她也就配着一身白衣，素淡得不成样子。

加上陈鸾数次的明示暗示，最后风头都叫盛装打扮的陈鸾得了一半。

京都明珠中，竟也有了她的一席之地。

陈鸾想起那些往事，眼神蓦地冷了几分。

"我记着上回宫里赐下来一批散花锦，老太太拿出去叫人做了件桂子绿堆花长裙送了来。今日就穿那件吧。"

葡萄与流月诧异地对视了几眼，而后迟疑着道："小姐，老太太那日也给二小姐送了一件，若是二小姐等会儿穿了那件……"

那岂不是就撞上了吗？

陈鸾挑了挑眉梢，眼中藏起一抹深意。她站起身来，望着西南小角的方向，轻喃道："梨花轩现在必定十分热闹吧。"

可不是忙得人仰马翻吗？

为了获得八皇子殿下的青睐，自然需要精心装扮一番，好拔个头筹。

"可不是？奴婢天未亮就出去剪花枝，瞧着就梨花轩的灯亮得最早。"葡萄撇了撇嘴，小声嘀咕了几句。

陈鸾垂眸，瞧着手腕上温润水白的玉镯子，一双润透的杏花眸里沁着水儿。她嘴角一扬，牵出两个勾人的小梨涡，有些漫不经心地拨弄着手钏："无须多想，她今日穿的定是老太太那送去的衣裳。"

一则是为了讨老太太欢心，二则老太太送去的东西也确实是精品。老太太素来在意国公府的形象，再加上她那日说的几句话，自然会对梨花轩那边格外注重些，就是小玩意儿物件，都送过去两回了。

这下子，流月也皱起了眉头，不解地问："既然小姐猜到了，为何还要穿那套？"

陈鸾轻笑着解释，声音如淌过山涧的清泠山泉："老太太向来嫡庶分明，陈鸾的东西再多，也越不过我去。"

再好也好不过她去。

这只怕也是陈鸢费尽心力算计她叫她跌落云端的原因。

再说御赐的东西，本就稀少，送去陈昌恒那的一件长袍就已匀出不少去，再多的肯定是没有了。

老太太做事不糊涂，反而很精明。

今日是个好天气，天幕洒下柔和的光，微风带着四月的甜香柔和，拂过府中的每一寸土地，枝头树梢，红粉莹露。

所以陈鸢与康姨娘的心情也是极好的。

只是两人脸上的笑容，在看到姗姗而来的陈鸢时，就迅速消失了个彻底。

马车早早就在府门口候着了，一前一后。一辆等会儿去南阳王府赴宴，一辆去寺里上香。

陈鸢由葡萄扶着站在了陈鸢与康姨娘的跟前，先是蹙着眉轻咳几声，而后抬眸柔柔地提醒道："姨娘与二妹妹来得真早，这四月的天也是有些冷的，可别染了风寒。"

说者无意听者有心，陈鸢紧了紧手里的帕子，目光又在陈鸢的身上扫了一圈，有些僵硬地开口道："姐姐多虑了。姐姐今日怎的穿上了这身？那日我去清风阁小坐的时候，姐姐可是瞧都没瞧一眼，就叫人收起来了。"

这是在怨她悄无声息地就穿了这衣裙抢了她的风头？

陈鸢脸上的笑缓缓敛了去，皱眉反问："二妹妹这是说的什么话？祖母送来的衣裳，我怎会看也不看一眼？这不孝的污名，我可承受不起。"

觉察出她话语里的不豫，康姨娘急忙笑着出来打圆场："大姑娘别气，你二妹妹的性子你也是知晓的，口无遮拦，没什么坏心思的。”

实际心思比谁都要黑。

陈鸾配合着缓了神色，但还是皱眉说了几句："在府上我不同二妹妹计较，可外头人不知二妹妹的脾性，谨言慎行该时时记在心上。不然上回就不会惹得三公主不快，说你小家子气了。"

这一番话下来，陈鸢彻底哑了。

这么多人站在这里，各种异样的眼光投过来，陈鸢恨不得缝了他们的眼睛。

她知道陈鸾说的是哪次，那回还是老太太带着去的。建威将军府的老夫人生辰，许多王公贵族皆上门贺寿，她很少见过那样的大场面，许多人也认不全。

谁知竟一时惹得乔装而来的三公主不快，最后还是多亏了陈鸾和小郡主出面赔了个不是，这事才平息下去。

陈鸾见她面色灰白不定，嘴角弯出一个细微的弧度，余光又瞥见前来的老太太一行人，心头略感遗憾，随后有些不忍地宽慰道："罢了，二妹妹也别将此事放在心上，等会子小宴，你跟在我身后便可，我将小郡主等人介绍你认识。"

陈鸢极勉强地嚅动嘴角道："多谢姐姐好意，鸢儿一定听姐姐的话。"

陈鸢目光落在她那身曳地描花粉霞长裙上，同是眼下时兴的长裙，描的花样却大不相同。陈鸾身上的是落落大方的芍药，花枝从腰间蔓延到裙底，衬得那张本就精致的脸庞多了一些清冷。而自己呢，只是几朵素白芙蕖，细看对比之下，高下立现，敷衍至极。

话说到这里，头顶的阳光破开重重云霞，散发出暖意的光芒。老太太挂着镶金嵌珠的拐杖蹒跚而来，后头跟着一大帮伺候的丫鬟婆子。

临行前，老太太特意拉着陈鸾叮嘱了几句："鸾丫头好生看着你二妹妹，可别再叫她的急性子惹了贵人。"

她这声音说大不大说小不小，陈鸾霎时间白了脸，绞着帕子憋着两眼泪水，心底的委屈一个接一个冒了上来。

若不是老太太从小拘着她，不叫她跟着去那样的场合，她又怎至于如那井底之蛙一般走到哪都叫人笑话？

三公主那日装扮得和书童一样，不男不女的，她又如何认得？

这一切怎么能怪她？

康姨娘面色也不太好看，但到底是经历过风浪的人，当即就握了她的手，悄悄地使了个眼色。

陈鸾这个不可一世的嫡小姐，好日子马上就要到头了，她得忍着过了这最后一个月。爹都说了，以后镇国公府，定会全力支持她的夫主。

八皇子不会拒绝一块这么大的肥肉的，他现在十分需要这样强大的助力。

陈鸾的心情缓缓平复下来，面上也能自如地挤出一缕笑来。

第二章

宴会

　　马车一路颠簸，一路无话。陈鸢借口头晕，几次三番回避陈鸢的问话，只在下车时轻声告诫："等会子别乱跑，若是像上次那样惹了贵人，我怕是也保不住你了。"

　　今日王府设宴，来的都是权贵。

　　表面上是设宴赏花赏诗，实则是为了给小郡主相看人家，这样的盛事，自然热闹非凡。

　　陈鸢与小郡主交好，这才一下马车，便有郡主身边伺候的人前来问安，态度恭敬道："大小姐，二小姐，郡主有请。"

　　王府气派，比起镇国公府又是一番景象。一路上穿过假山长廊，最后弯弯绕绕看到了一个湖中亭，将她们带到这的丫鬟解释道："大姑娘，郡主就在亭中，等了有一会儿了。"

　　陈鸢眉头微微一皱，抬眸望去，四周都是碧绿的湖水，在阳光下泛起波光粼粼的褶皱，如同平铺起伏的一条绿毯。亭子外边有帷幔随风而舞，是以瞧不清里头坐着些什么人。

　　一道长桥飞跃湖面。陈鸢与陈鸢并肩而行，脚才下了长桥，就有珠环碰撞的清脆声响起，一阵香风飘然而至。

　　笑着出来相迎的人是南阳郡主，陈鸢瞧着那张娇嫩熟悉的面庞，不免回想起一些事。没见着人的时候倒也罢了，现在见了她活生生娇俏的模样，不免眉头一皱，鼻尖一酸。

　　"佳佳。"

她的声音一哑，南阳郡主就皱了眉，冷声问身边的丫鬟："下去问问，谁给我的来客不愉快了？"

陈鸾一愣，旋即笑出声来，反握了她的手道："怎么还是这样的急性子？在你这，谁敢叫我不愉快？"

她不行礼，陈鸾却得行礼恭声请郡主安。南阳郡主素来不喜她，但碍着陈鸾的面子，十分生硬地"嗯"了一声，而后吩咐道："赏花会在月轩举办，我母妃在张罗着。小羽，你带二小姐去。"

语气十分笃定，是半分不容人拒绝的意思，陈鸾有些无措，抬眸看了陈鸾一眼。

没人回她的眼神，只有一个纤瘦的背影。

陈鸾最后跟着那小丫鬟走的时候，陈鸾才回了头，一眼看到她捏得死紧的拳头，不由得勾唇笑了笑。

"何事这样急？非得将我那二妹妹支走？"

"你那二妹妹，每回都是这样一副柔柔弱弱的模样，上回那招恶人先告状竟搞到三公主身上去了，你还不长点记性？"

沈佳佳冷哼了声，目光在陈鸾身上停了停，而后神色有些复杂地碰了碰她的手肘道："我才从外祖母那养病回来就听说了你的事。我母妃与我说，与太子的亲事你自己也是欣然应允的，可是真的？"

陈鸾呼吸一滞。

"你对八皇子的心思，还有谁比我更了解？你到底是怎么想的？"

风从湖面刮来，陈鸾伸手撩了撩耳边的发，眼里闪着一种有如实质的悲伤，问："真的假的，这事都没可回旋的余地了。你了解我的心思，但也看到了纪焕的态度。"

从来都是无言而冰冷的拒绝。

沈佳佳闻言深深地皱眉，有些诧异地问："我怎么听三公主说起，八皇子找过你的。"

陈鸾深深吸了一口气，不知该如何与她说起这事。

沈佳佳不愧是最了解她的人，仅凭几个表情就看出了端倪，直问道："我就问你，可后悔了？"

"我今日使诈，将一人请了过来，你若不想结这门亲事，我便带你去见他。"

"你快些作决定，再晚些人就直接走了。"

四月的风，方才吹着还是柔的，这会儿却候而变得冷了。陈鸾蓦地清醒过来，似凉水从头灌到了脚。

虽然已经知道他定会来，但万万想不到竟是小郡主骗来的。

不过想想也是，他那人那样冷的性子，这样的场合，自是能少沾惹就少沾惹的。

沈佳佳凝神，轻轻环住她的肩头，冷静而理智地分析给她听："如今太子势微，皇上对八皇子青睐有加，这种时候你嫁过去，讨不着好的。"

她日夜跟在南阳王与兄长身后，对朝堂局势有着自己的见解。这些话记忆里她也曾隐晦地提起过，只是没有如今这般入骨直白。

陈鸾自然知道她的好。这样的话若是被一个翻脸无情的人听了，对王府来说也是一场不小的祸事。

她们自小相交，好得如同一个人，不然沈佳佳也不能这样揉碎了掰开了跟她讲明白。

趋利避害是人的天性，时至今日，她更明白这有多不容易。

轻柔的帷幔卷起，明纱一角拂过她的小半边脸颊。陈鸾的声音又低又哑："他在哪儿？"

沈佳佳见她终于开口问，心里总算松了一口气："太子今日也来了，现在我父王陪着呢。知道八皇子也在府上，肯定是命人请出去观赏他那新凿出来的莲花池子了。

"等会儿我借机寻个由头叫你俩见上一面，时间有限，长话短说。"

陈鸾有些艰难地点头，侧首露出白皙耀目的脖颈，原就时时蕴着水的杏眸润得像块极好的玉。她樱唇轻启，道："佳佳，多谢你，总是这样替我着想……"

话还未说完，沈佳佳就笑着握了她的手，爽朗地说："我们这么多年的密友，何必说'谢'这个字？"

在去月轩的路上，陈鸾心中装着事，总归是有些心不在焉，直到沈佳佳突然提起这次小宴的目的。

"这回我在岭南外祖那待了段日子，惹了些事。回来后我母妃便开始费心思替我相看人家，父王和兄长自然都听她的，可恨我如今瞧见这些人心口就堵得慌。"

陈鸾有些好笑地问："这满京城的才子俊杰，竟没一个能入得了咱们南阳郡主的眼？"

沈佳佳撇嘴，轻轻地哼了一声："倒也不能说看不上，只是王府盛极一时，我兄长又已经与尚书府的那位大小姐定了亲，我的婚事，怎么也不能再显赫招摇了。

"如此一来，我父王与母妃，倒更中意一些寒门书生，如这回的探花郎。可你也知晓，我惯不爱文绉绉的书生，平日里交流都累得慌。"

陈鸾抿了抿唇，带着些许试探的意味问："你觉得建威将军府那位少将军如何？"

　　沈佳佳皱了皱眉，而后摇头道："听闻这位少将军才回京都，我与他尚未见过，也不知他人到底如何。你怎么突然问起这个？"

　　陈鸾笑而不语，她记得梦里的沈佳佳与这位少将军一见钟情，且成亲后恩爱有加，只是一直没有子嗣，也算是一件憾事。

　　月轩中花团锦簇，芳香四溢，许多后院主母聚在一处闲聊，京中的大家闺秀也都分散开来，各有各的小圈子。

　　陈鸾与沈佳佳相携而来，这两颗京都耀眼至极的明珠，一来就抢占了所有风头。陈鸾的手原本抚上一片绿叶红花，结果瞧了这场景，竟一时没有收住力道，那花从枝头上掉落下来，骨碌碌在地面上滚了一圈。

　　她狠狠咬牙，而后悄然无声地隐入角落里。

　　男宾女眷间隔开了一条长廊，陈鸾与沈佳佳站在藤蔓覆盖的阴凉处，同那许多眼中泛光的大家闺秀一样，两人一眼就注意到了那边的一行人。

　　纪萧在前，永远都是一副温文尔雅的翩翩君子模样，手中执着一柄纸扇，扇上垂着一块环形美玉，在梦中这块玉他直到死还佩在身上。

　　玉上面刻着一个"禅"字，旁人不知的也看不出什么端倪来，可陈鸾却知道，禅就是东宫那幕僚的小字。

　　她目光呆了一瞬，直到纪萧身边的男人皱眉冷眼望来，隔着一条长长的廊子，陈鸾看不真切他的表情，却真实地感受到了那一眼中的冽冽寒意。这一刻暖光尽散，凛冬忽至，陈鸾半分动弹不得，只觉得血液里都沁入了雪花碎末。

男人依旧是一身再清冷不过的黑衣，衣衫上压着金丝边纹。内敛沉静之下，自带一股逼人的气势，姿态清冷孤傲，可又偏偏显得风光霁月，高高在上。

但陈鸾见识过他这副皮囊下藏着怎样的谋略与杀伐果决。

也见识过，褪下衣裳后他坚毅的下颚滑过汗珠，再一滴滴落到她身上的模样。

她不敢再深想下去，慌乱地别过眼，坐在一方石凳上歇息。几位眼生的官家小姐从她跟前走过，细微的议论声传入她的耳朵里。

"这便是镇国公府的嫡小姐吧，果真是富贵极了，穿的衣裳都与咱们不一样。"

"说起富贵，这都算不得什么。皇后娘娘金口玉言，这位可是铁板钉钉的未来太子妃娘娘呢，那才叫没边的尊荣，光耀门楣呢。"

陈鸾抬眸望去，心下生出几丝躁意来。

沈佳佳凑过去与南阳王妃耳语几句，而后走过来轻轻按在她的肩头，细语道："我已派人去请了，你想个由头去方才那个湖中的亭子，那边是我日常做功课时的去处，断然不会有旁人贸然闯入。"

陈鸾轻轻颔首，抬眸环视一圈，而后起身去到南阳王妃身边，歉声道："娘娘恕罪，家妹初来王府，这会儿也许是迷了路，鸾儿带着人去找找。"

南阳王妃也跟着看了看四周，有些焦急地道："我命人去寻吧？王府地大，你二妹妹又不熟，怕是会失了方向的。"

"娘娘忙着就是了，鸾儿先去周遭寻一圈。"

她与沈佳佳交好，南阳王妃也算是瞧着她长大的，更何况此处人多，闹出动静只怕会出岔子，王妃自然没有不应允的道理。

陈鸾到的时候，湖面正生浪，如绸的水面一层叠过一层，她走得急，光洁白皙的额头上浮上一层细密的汗珠。

而她想见的人，长身玉立在亭阁中间，一身凛然寒意相随。听到了动静，那人转过身来，与她四目相对。

陈鸾眼前的人影与往昔重合在一起，她的身子却已不受自己控制，一步步走近，直至到了男人跟前，她才极低地问候："八皇子殿下。"

纪焕微挑剑眉，冷然问："南阳骗我？"

这四个字从男人嘴里吐出来，漫不经心的，却又叫人心头一凛。

她其实从不叫他八皇子殿下的，人人皆知国公府嫡女骄纵，时时跟在八皇子身后，人前装装样子，人后却是口口声声直呼其名。

就连衣裳，都从来是一黑一白的求相配。

她口中声声念着他，却要成为纪萧的妻了。

纪焕的目光落在她裙摆处妖艳的芍药花上，目光又无端冷了几分，见小姑娘抿着唇难得的怯生生也不说话的模样，他眉间蹙雪，压下心底生出的烦躁，问："说吧，寻我有何事？"

陈鸾心头发怵，有些怕他漠着脸眼底风雪簌簌的模样。她咬了咬下唇，有些磕绊地答着："上回我身子不舒坦，头昏脑涨的，说的那些话你别当真。"

纪焕袖袍拂过石亭上摆放着的黑白棋局，修长的手指按在一颗白子上。小姑娘的声音又娇又糯，每个字眼里都透着忐忑与不安。

他自然知道她说的是什么事。

那回他大病初愈，尚且出不了门的时候，总觉着她会如往常一般，借着各种由头潜入皇子府，古灵精怪地冲着他笑。

可没有，自始至终她连声问候都没有。

再见面时，她从头到尾像变了个人一般，端庄沉稳，冷静理智，十足的高门贵女模样，灵气尽失。

她明明白白地告诉他，皇后发了话，她即将入主东宫后院成为太子妃，她还说自己没什么不情愿的，相反高兴得很。

他没有资格过问她什么。

男人迟迟不说话，气氛便尴尬地凝滞。陈鸢离他近了些，小小的人只到他胸口的位置，他们之间隔得是那样的近，他一低头一伸手，便可以将她揽住，锢在怀中。

纪焕缓缓合了眸子，再睁开时，眼里已是一片清明："你还小，我不会与你计较这些。"

陈鸢以前只道他凉薄清冷，可直到这时才知，什么是透彻心扉的寒凉，什么是彻彻底底的疏离。

陈鸢俏鼻一酸，眼眶就不受控制地发热，她低着头，瞧见自己勾金压边的鞋面和上头嵌着的洁白珠子，更忽略不了男人腰带上垂下来的祥云文玉，温润透莹，雕工精湛。

原本挂着的是她送出去的黑金边小荷包。

现在什么都换了。

只怕东西也都丢了。

纪焕眉尖紧蹙，小姑娘一张面庞含羞带怯艳若芙蕖，小小的鼻头泛起粉嫩的颜色，是个男人瞧了都要生出几分不忍来。

八皇子瞧过的美人实在太多，似乎在这样的诱惑下也能坐怀不乱。可只有纪焕自己心里清楚，他其实不敢对上面前女人的那双澄澈清眸。

原就润着水含着情的杏眸，这会儿蒙上了一层薄若青烟的雾。

明明是极委屈的表情，却偏偏脉脉含情，勾魂摄魄。

他就是不看，也能想象得出那幅场景。

一眼便深陷，两眼即沉沦。

陈鸾敛了泪挤出个牵强的笑来："我与你相识这么多年，那样的话谁听了心里都不舒服。今日托南阳郡主将你请来，就是想当面赔个不是，殿下别怪罪于她。"

小姑娘褪去往日的骄蛮，越发成熟知礼起来，纪焕掩在袖袍下的十指松了又紧，面上仍是一派风轻云淡波澜不显，最后陈鸾剑眉紧锁，轻微颔首。

"臣女告退。"

她的声音轻得能被风吹去，男人指尖微动，终于开了口。声音低沉又沙哑，透着一缕不为人知的挣扎："皇后虽然认下你与太子的婚事，但未必没有回旋之法。

"你回去好生想想，婚姻之事非儿戏，想明白想通透了再来寻我。"

陈鸾脚步顿下，心头的一块大石轰然落地。

纪焕才说完便有些懊恼，太子妃之位何其尊贵，这世上诸多女子对此趋之若鹜。自讨没趣的事，难不成他纪焕还要做两次？

天空此时阴沉下来，白云转黑，厚厚的一层压在头顶，令人压抑郁闷。湖中金色的鲤鱼跃出水面，划一道灿灿的波光。

饶是男人心中再不想低头，也不得不承认，这件堆花裙衬得小姑娘明眸澄澈，唇红齿白。

她从小跟在他身后，亦是从小到大的美人坯子。

他原以为她会如上回一样，眼也不眨一下地拒绝，毅然决然地想嫁给纪萧，可陈鸾停下来了。

小美人泪眼婆娑，却咬着下唇不叫眼泪花了妆，傻气得很。带着浓浓的鼻音，陈鸾反反复复地小声啜泣："我不想嫁。"

一瞬间，纪焕似乎能听到心底那根弦崩落，他眉眼依旧是极冷的，可声音却如过涧的山风，清朗明澈，徐徐而来："将眼泪擦擦回府好好想想，别说一时的冲动话。"

若是再说上几句她不愿，他便无论如何都舍不得将她推出半分了。

男人颀长高大的身影渐行渐远，最后只留下一个黑点，消失在视野的尽头。陈鸾一双芊芊素手搭在护栏上，变戏法一样地敛了眼泪，抿着唇笑了起来。

还需细想什么？

她决不会再入一次东宫，也不会再与纪萧有丝毫的瓜葛。

过了不久，沈佳佳带着南阳王妃一行人走过来，临近了才对她眨了眨眼。南阳王妃不明就里，拉着陈鸾的手道："鸾丫头原来在这里。是了，这湖是近两月才挖出来给佳佳习画所用，你没来过。"

陈鸾笑着揉了揉眉心，轻声细语地解释道："鸾儿在附近寻了一圈，也没见着二妹妹的人，又犯了头疼的毛病。见着这湖中有个亭子，便稍坐了会儿，叫王妃与郡主忧心了。"

"好孩子。"南阳王妃越发觉着她纯真良善，但同时对陈鸾的印象直降了几个度。

果然，嫡出庶出到底是不同。什么镇国公府双姝，这种小道流言就信不得。

不满归不满，好好的一个大活人在小宴上失了踪影，哪怕只是个不打眼的庶女，也不可能放任不管。况且今日男客来得多，就怕一不小心冲撞了。

南阳王妃侧首对着身边的嬷嬷道："多叫几个小厮丫鬟，每一处都找找，若见着了陈二小姐，即刻来禀。"

陈鸾这时也皱起了眉，陈鸾就是再蠢也该知晓今日不是能乱跑的场合，怎么这会儿人都不见了？

就在这时，一个穿着碧色衣裳的丫鬟慌慌张张跑出来，见了陈鸾，就如同见了救星一样大喊："大小姐，不好了！二……二小姐她方才被人推进前面的池子里了！您快去救救二小姐啊！"

来的人是陈鸾身边伺候的大丫鬟，名字还是老太太亲自取的，叫清湾。此刻体面的衣裳上满是泥土与水渍，披头散发满脸泪痕。

"什么？"陈鸾瞳孔蓦地一缩，与南阳王妃对视一眼，一行人急匆匆往前方的池子去了。

她们到的时候，长满荷叶的池子里已没有半分动静。陈鸾身子一软，眼泪就顺着脸颊滑落，捂着胸口催道："快去救人！"

这样的事自然是吸引来了不少的女眷，甚至还惊动了长廊那头的男客。

南阳王妃也急得上火，连声问清湾："可看清楚你家小姐是被何人推下去的？"

清湾哪里认得王府里的贵人？这会儿嗫嚅着说不出半个字，想了又想才颤声描述起来："是一位红衣裳的姑娘，眼尾还有一颗……一颗泪痣。"而且高高在上，毫不讲理，才见面就命人将小姐推下了池子，之后极尽讽刺，扬长而去。

南阳王妃脸上的怒色戛然而止。陈鸾与沈佳佳对视一眼，后者沉思片刻，点了点头。

如此一来，陈鸾心里头就有了个底。

陈鸾被水性好的小厮捞起来的时候，已是进气多出气少了。原本一张清秀的瓜子脸现在死一样的白，发丝与衣衫紧贴着皮肤，身子还散发着池水的腥味，狼狈不堪。

于是她被急忙送到后院厢房，请郎中来诊治。一顿忙活下来，谁也没有再问是谁推的那一下。

红衣泪痣，敢在王府嚣张横行推人下水，且与陈鸢结了梁子的，只能是那个嚣张跋扈惯了的三公主。

偏房里，南阳王妃端坐着，清湾见终于有人肯理自己，急忙又重复了几遍那人的容貌身姿，说完还砰砰磕了几个响头求南阳王妃做主。

做主？这个主谁做得起？

陈鸢额心隐隐直跳，她伸手揉了揉，而后冷声道："一派胡言！

"分明是你护主不力，此刻还敢在王妃面前颠倒黑白，浑不知罪，可是你主子平日里太惯着你了？"

说罢，陈鸢冲着南阳王妃歉意地笑了笑，有些疲惫地道："娘娘恕罪，切莫信这丫鬟的胡言乱语。

"流月，将清湾扣起来带回国公府，听老太太处置发落。"

清湾不敢置信地瞪大了眼睛，才要出声说话就被王府的下人捂了口鼻拖了下去。

就在这时，有人风风火火一路闯了进来。一袭耀目至极的红衣，颜色热烈似火，肤色白得如雪，眼尾处弯着一颗泪痣，灼灼逼人。

"南姨。"

出人意料的是，三公主生得极为娇柔瘦弱，声音又软又勾人，漫不经心地拨弄着护甲，眼尾一挑，似是极无奈地冲着南阳王妃撒娇抱怨："方才在院子外头，本宫就听人说，推二姑娘下水的人长得与本宫一模一样。

"本宫被泼脏水也不止一回两回了。可佳佳与鸾儿皆是本宫好友，这事儿还是不要生出什么误会的好，所以我特来瞧瞧二姑娘。"

偏房不大，一静下来，便只能听到外头不知名的虫鸣声。窗口处放着早间才剪下来的月季花枝，盈盈花苞呈半开半合之态，欲拒还休，极尽风流。

三公主凤眸微睁，眼尾一颗泪痣更添七分媚态。哪怕与南阳王妃说话时，也是一副百般散漫的模样，一身风华，红衣曳地，威仪自成。

南阳王妃虽是长辈又历尽风浪，但这会儿表情还是僵了一瞬，而后轻轻叹了一口气，柔声道："那丫鬟被吓得失了神志，满嘴胡言乱语，三公主何必往心里去？"

这倒霉亏，恐怕得镇国公府自个儿认下了。

谁敢为了一个庶女的死活，去质疑被帝后捧在手中、放在心尖上的骄横小公主？

上回这三公主乔装出宫听戏，被礼部侍郎家的嫡二小姐冲撞了，三公主是个什么脾性？叫人扣了那嫡二小姐就要往侍郎府去。那个嫡二小姐也是个没眼力见的，不但没老实下来，反而几次三番推搡三公主的贴身侍女，各种辱骂威胁不堪入耳。

三公主彻底没了听戏的心思，站起身就给了那嫡二小姐两巴掌。还没等那嫡二小姐反应过来，三公主就先捂着胸口晕了过去。

传出去便成了三公主身娇体弱，还被那嫡二小姐推得撞到了柱子上气得晕了过去。

帝后震怒，勒令侍郎回府好生管教子女。自那事后，再没人看见过那倒霉的嫡二小姐。

南阳王府虽家大业大，但也不想惹上这位身娇体弱的金枝玉叶。

更何况这事，本就与王府无关。

三公主纪婵这才漫不经心地点头，葱指轻点眉心，慵懒之感展露得淋漓尽致，她微微侧首，望向陈鸾，皱起了眉："那污蔑本宫的丫鬟……"

陈鸾敛了敛眉，有些无奈地回道："公主放心，我已命人将她押回国公府，交给父亲与祖母处置。"

"也好，总不能叫本宫白白接了这害人的脏水。"

陈鸾哭笑不得，低声应下。

外头还有那样多的女眷，南阳王妃也不能放着不管，细声嘱咐沈佳佳几句，也就带着人走了。

旁人自然也不好多留，小小的偏房终于安静下来。

纪婵挥了挥袖上轻纱，屏退了左右，而后莲步轻挪走到半支的窗前。她又从白玉瓶里将那开得最好的花枝抽了出来拿在手中，语调散漫地笑问陈鸾与沈佳佳："这王府小宴怎的本宫都没见到半个合眼缘的人？"

陈鸾眉目弯弯，走过去嗅了嗅那开了大半的月季，片刻后道："是有些寡淡。瞧来瞧去，还是咱们三公主绝色，旁人皆入不得眼。"

沈佳佳"扑哧"一声笑了出来："这话不真。"

纪婵凤眸勾人，这会儿也缓缓漾出个笑来，手上的镯子泛着润泽的水光。她微微颔首："若这话是佳佳所说，我还信几分，可从鸾儿嘴里说出，就不尽实诚。

"有八皇弟在，鸾儿眼中哪还容得下旁人？"

陈鸾脸上的笑意一点点消散，对此避而不谈，转而换了个话头。

"我那二妹妹……"

纪婵似笑非笑，漫不经心地点了点头道："来而不往非礼也。你那庶妹上回叫嚣着要将我丢出将军府去，这回被我撞见了，也不能真不顾忌你的脸面，只好丢在池子里，好叫你那庶妹清醒清醒。

"说来，本宫实在是良善。"

陈鸾嘴角扬了扬，抿出一个十分细微的弧度，露出两侧醉人的小梨涡，显然心情愉悦。

纪婵眼波流转，收了那副散漫慵懒的模样正色道："我这回来，也是想问问鸾儿与我皇弟间到底是怎么回事？"

沈佳佳的面色也严肃起来："说起来，我也是心头存疑。不过一个月的工夫，鸾儿怎么就与八皇子殿下闹成了这样？"

陈鸾心里自是乱成了一团麻，她寻了软凳坐下。还未开口，眉头就已经先皱了起来。继而幽幽道来："我们几人从小玩到大，我自孩提时就跟在他身后，算来也有六七年了。

"他既没有回头瞧过一眼，又没有半句承诺之言。我这个人没什么耐心，这样遥遥无期的等待我是真的受不住。"

无期限的等待最容易磨灭希望。

再说，她也不欠他什么。

"我不小了，同龄的姑娘大多有所婚配。那日陈鸾和府上的姨娘一同来劝我，晚上我爹又找我说了这事。当时头脑一昏，就答应了下来。"

也未必没有逼自己放弃的意思，只是破釜沉舟之后，哪料到要去的是那样吃人的去处？

陈鸢又想起记忆中从前在东宫受的荒唐气，眼神一分分寒了下去。

纪婵冷哼一声："本宫可没听说过有哪家姨娘敢插手嫡小姐婚事的。手伸得够长，也不怕给人剁了？

"还有你那个二妹妹，心里存着什么见不得人的心思也只有她自己清楚。鸢儿你太良善，总将人心想得太好，只是人善被人欺，你该多提防一些。

"早知道这样，方才下手时就该叫人蒙了麻袋先打一顿出气。"

三公主护短的性子无人不知，陈鸢心头微暖，轻轻颔首。

"鸢儿，本宫和你说句实诚话。八皇弟他性格就摆在那儿，哪回身边不是清清冷冷的一丝人气也无？"纪婵手中的花枝落在了地上，香气蒙了尘，原本娇艳欲滴的花骨朵顿时失了颜色。

再加上他城府谋略极深，如今羽翼已丰，皇帝年老病重，渐渐地竟有放权给他的意思。

陈鸢合了合眼，心中默念。是了，他对谁都是如此，她也不是例外的那个就是了。

纪婵凤目一挑，接着问："方才他与你说了什么？"

陈鸢心里藏着事，心不在焉地说了几句，眼底已蕴起波光："这桩婚事匆忙，如今国公府与东宫皆在加紧筹备。我除了去求他，再没别的办法了。"

纪婵抿了抿唇，走过来拍了拍她的肩道："不管怎么说，只要你真的想清楚了，本宫与佳佳都向着你，谁也欺不了你。"

回去时，已过了午膳的时间。天空灰蒙，眼看着就要有一场大雨兜头而下。

马车一路驶得平稳，今日发生了这样多出人意料的事，陈鸾觉得眉心隐隐作痛。她闭着眼按揉，心想回去后肯定又是一顿兵荒马乱。

且不说善于吹枕边风的康姨娘，就是她那永远拎不清向着庶女的爹，也不好打发。

她甚至能够猜到那会是一副怎样的嘴脸。

真是没个清净。

京都最大的酒楼里，纪萧率先喝下一杯竹叶酒，俊逸的面容上自始至终都噙着笑，身后伺候的小厮极有眼力见地又替他斟满。南阳王与几位将军，包括陈申都赫然在座。

"八皇弟，今日你我兄弟该畅饮尽欢。"纪萧站了起来，朝着纪焕举杯。

与纪萧截然不同的是，纪焕浑身都布着无形的冰棱子，可又偏偏生得一副顶好的皮囊，剑目锋眉，龙章凤姿。此刻男人掀了掀眼皮，视线落在纪萧的脸上。

气氛一瞬间凝固，酒楼里的喧嚣声皆远去。

半晌后，纪焕有些慵懒地扯了扯嘴角，沉着声音徐徐道来："前阵子受了伤，太医嘱咐喝不得酒。"

这话分明意有所指。谁敢行刺当朝皇子？

那些大臣一瞬间失了笑，面面相觑。再看到太子一瞬间阴沉下去的面色，都战战兢兢不敢多言。

纪萧心中冷哼一声，兀自坐下，再不去问他，倒是和几位将军喝得极为开心。

今日来的不是名副其实的幕僚，就是游移不定的中立派。如今神佛打架，皆怕祸及自身。

陈申也是精明之人，早早的与南阳王站在一处。饮酒可以，话却不想多说。

但今日这局本就是为他镇国公府而设，哪能叫他这样轻易糊弄过去？纪萧心知，比起放任他左摇右摆做个墙头草，还不如彻底断了他的后路。今日正好当着纪焕的面跟他表个态度。

纪萧喝了许多，意识却还清醒。他佯装醉酒站起身来，将手搭在陈申的肩膀上，后者一瞬间全身僵硬，却没胆子推开。

"国公爷，再过月余孤就该改口唤你岳丈了，你我该喝一杯。"

这话如同平地一声雷，陈申被炸得一身汗毛倒立，苦笑着与太子对饮了一杯。再抬头看向纪焕，男人目光淬着冰，把玩着手中的小巧酒杯，神情阴鸷漠然，骇人至极。

纪焕将杯中酒一饮而尽，而后望向灰蒙蒙的天空，剑眉深皱。他强忍着告诫自己，现在还不是时候，再给小姑娘一点时间。

四月的天说变就变，到了未时，竟真下起雨来。先还只是一滴两滴在虚张声势，不过是一炷香的工夫，大雨兜头而下，落成一扇扇雨帘，如珠似玉，平抚尘埃，润泽万物。

清风阁的屋檐下流水滴滴，又汇聚在青石板的缝隙中，一小洼一小洼的，带着花草的淡淡香味。

窗子半开，雨被风吹成丝散去，能飘进来的已是少数。陈鸾玉手托腮斜倚在窗子前，身形窈窕，曲线勾人。流月端上一盏才熬好的姜汁桂圆茶放在一旁的小几上，唤道："姑娘莫在风口站着了，先喝几口茶去去寒气吧。"

京都每逢雨天都是有些湿冷的，陈鸾体寒畏凉，故而屋子里常是暖和的。御赐的龙凤金炉里熏的也是前阵子老太太那儿送来的上好松香，袅袅烟气一触即散，手中都留着余香。

陈鸢抿了几口姜茶，热流自舌尖蔓延，暖了身子的每一处。今日这一闹，多少也叫她放下了心底的一块石头。

总算要与错误的命运岔开了。

陈鸢早已被送回镇国公府，如今还躺在梨花轩里昏睡着，老太太得了消息急忙赶了过去。

陈鸢褪下手上的玉镯子，闭着眼揉了揉皓腕，漫不经心地问："梨花轩那边怎样了？"

葡萄替她揉着额心，轻声回道："如姑娘所料，那边闹得不可开交。老太太请了大夫给二小姐诊治，听说康姨娘已经哭得晕过去两回了。"

真是心急。

陈鸢纤长的睫毛微微扇动，抿了抿嘴角："瞧着吧，老太太马上便要差人过来了。"

"康姨娘不是想着要我给个交代出来吗？我还真想瞧瞧他们能拿出个什么说辞给三公主。"陈鸢声音清冷如寒泉，带着七分的不以为然。

"今日这事哪能怪得到您的头上？分明是二小姐突然没了踪影，您还跟着找了那么久，弄得自个儿头昏脑涨的。"

况且二姑娘惹谁不好，惹到三公主头上。她家姑娘又没有天大的本事，哪儿能替她做这个主？

陈鸢微微抬头露出雪白的脖颈，朝着窗外望了望，幽幽雨帘尽收眼中，有嬷嬷撑着伞急匆匆绕过长廊朝着清风阁而来。

"瞧，找上门来了。"陈鸢话里柔中附讥，而后起身。

一张灼若芙蕖的小脸在昏暗中叫人挪不开眼。

来的是老太太身边伺候的，自是语气恭敬地请大姑娘往梨花轩走一遭。

陈鸾低头咳了几声，凝脂一样的面颊上便现出两团病恹恹的红来。流月"哎呀"一声，满含担忧地道："姑娘身子原就弱，今日为了找二小姐还好生折腾了一番，这样下去可怎么吃得消啊？"

来的那嬷嬷也算是瞧着陈鸾长大的，这会儿听了流月的话，再看看陈鸾的脸色，也是眉头一皱，有些心疼地安慰："姑娘莫急，老太太只是想问姑娘一些话。问完了姑娘就可回来歇着了。"

陈鸾笑着颔首，轻言慢语道："自小的毛病了，我无碍的。"

这时外头的雨势虽收，但斜风裹着针尖一样的春雨，如同附骨之蛆。陈鸾一步步走着，裙摆被雨丝浸透。等走到梨花轩时，嘴唇都泛着虚弱的白。

康姨娘与老太太都在，一个哭得梨花带雨，眼下红肿了一圈；一个面色严肃，暗含忧心。

陈鸾还在床榻上躺着没有醒来。流月收了伞，扶着陈鸾走到里屋。

隔着层层床幔，陈鸾只是朝里瞥了一眼，就默不作声地转了视线，朝着老太太福了福身，恭声道："鸾儿请祖母安。"

康姨娘还在一旁看着，老太太的语气算不上温和。哪怕看到陈鸾的裙摆还在滴着水，也仅仅只是掀了掀眼皮。

"祖母问你，你二妹妹这到底是怎么回事？早上出去时都还好好的，回来怎么就成了这副样子？"

陈鸾垂下眼睑似是在想什么，好半晌没有开口回答。

老太太用拐杖敲了敲地，咚咚的响声回荡在屋子里，她脸上现出浓重的怒意来："你二妹妹身边的丫鬟清湾，还是从我院子里出去的。到底犯了什么事，让你连我的面子都不顾及，急匆匆就毒哑了她？"

她被嬷嬷扶着起身，走到陈鸾跟前沉声道："鸾丫头，你叫我太失望了。"

陈鸾讶然抬头，两汪清澈的眸子里满是错愕，她眉头紧皱："清湾哑了？"

在南阳王府时还是好好的，怎么突然就哑了？难怪老太太这般气恼。

康姨娘脸上还透着几道泪痕，脸上的胭脂都已化开，言语中更是声声哽咽："大小姐，南阳王府的人将鸾儿送回时，只说是落水所致，对此缄口莫言。可鸾儿一向怕水，见了池子就躲，好端端的怎么就……就突然落水了？"

不等陈鸾接话，她又朝着老太太哭诉，险些背过气去："老太太，妾身卑贱，但鸾儿就算是庶女也是您的亲孙女啊！求老太太做主！"

陈鸾目光一冷，语气生硬也蕴着些怒气："听姨娘的意思，难不成是怀疑我推二妹妹落的水？"

果真是人善被人欺，一个姨娘都可以随意质疑府上唯一的嫡女。传出去，她在这府上可还有一丁点正经主子的样？

康姨娘咬咬牙，对此避而不答，反而跪在了老太太的跟前狠狠磕了几个响头，道："求老太太给鸾儿做主！无论内情如何，总该查清楚事情始末，将幕后害人者绳之以法！"

最后那四个字康姨娘咬得极重，明显意有所指。

谁管是不是陈鸾做的，只要老太太这样认为，那就是真相！

反正现在无一人可证陈鸾的清白。这罪，怎么也不能叫自己女儿白受了。

陈鸾险些被气笑，晶莹透亮的指甲嵌入细嫩的掌心肉里。她想起旧日被这两人百般算计，到最后一无所有，连命都保不住。怎么害人时，她就不想想这四个字呢？

尖锐的痛感让理智回归，陈鸾眉心一片寒霜，跟着看向老太太。

老太太是经历过大风大浪的人，自然不可能因为康姨娘的一面之词就给嫡孙女定了罪，只是到底心里也是不满的。

若不是心中有鬼，为何要急匆匆将人毒哑？

"鸾丫头，祖母问你，你要如实回答。鸾儿落水一事，与你有没有干系？"

老太太顿了顿而后沉声道："改日我去南阳王府走一遭。若不是你干的，就无人能在你身上泼一滴脏水！"

换言之，若是她干的，说谎也逃不脱。

陈鸾十指微动，而后撩了裙摆跪下，字字笃定："祖母，二妹妹落水，与鸾儿无关。"

老太太一双深邃的老眼如鹰，能洞悉人所有的心思。她定定地看了陈鸾许久，而后疲惫地摆摆手："罢了。"

老太太这一声"罢了"出口，康姨娘的面色就变了。她跪着几步挪到老太太的跟前，握着老太太捻着佛珠的手，声泪俱下："老太太，您瞧着鸾儿现在这副昏迷不醒的模样，难道就一点儿也不心疼吗？大小姐是您孙女，鸾儿也是啊！"

老太太被她闹了一下午，人老了本就体力不济，这会儿火气上头，一把将她甩开，怒声斥道："老婆子我何曾说过不管？你倒是说说，这事该怎么管？"

康姨娘愣了愣，而后缓缓低下头，声音却一字不落传进了在场所有人耳中："若真与大姑娘无关，为何那唯一的证人清湾却被毒哑，半个字也说不出来？

"大小姐从小骄纵，却对您十分孝顺。可这回，明知清湾曾是您身边伺候的人，仍义无反顾地毒了那丫鬟，将唯一的人证毁了啊！"

梨花轩里一瞬间静得能听见针落的声音，外头雨淅淅沥沥地下，屋里人各藏心思。

陈鸾原是跪着的，这会儿却缓缓站了起来。玉白的芙蓉面上已被气得染上霞红，险些咬碎一口银牙。掩在海棠纹宽袖之下的双手松了又紧。

"今日我总算见识到了姨娘血口喷人的本事。"

她转而面向老太太，纤长的睫毛上盈盈挂着颗颗泪珠，欲落不落的，那叫一个我见犹怜，声音里更是带着浓重的颤意："姨娘问我要一个交代，我倒要问问姨娘，该怎么给三公主一个交代！"

陈鸾不喜熏香，是以梨花轩中充斥在鼻尖的尽是果香。只是在这样的雨天，果子的清香就带上微末的腐朽陈烂味，叫人心头平白一躁。

陈鸾的声音清脆悦耳，在这屋子里惊起滔天波澜，震得人心动荡。

"祖母，若清湾真是鸾儿命人毒哑的，为何还要留她一条命回来让大家生疑？

"您再想想，南阳王妃与您也算熟识，为何这次派人来却是三缄其口，多的一字不提？"

连着两句话，正正问出了老太太心中疑惑的地方。

陈鸾见老太太表情有所松动，极低极轻地叹了一口气。她望着床幔之后躺着的人，将事情的始末娓娓道来："下马车时我百般叮嘱二妹妹，叫她跟在我身边。可我才与小郡主说上几句话，二妹妹人就不见了。我与王妃皆派人去寻，就在这时清湾从一条小道上冲了出来。她一身狼狈，险些冲撞了王妃，直说有人将二妹妹推到了水中。"

说罢，她见康姨娘张了嘴想说话，又不疾不徐地补上一句："二妹妹落水时，我与南阳王妃和小郡主走在一块儿，祖母若是不信，可派人往南阳王府求证。"

话说到这个份上，老太太的脸色缓和了许多，怒意也缓缓消散，沉着声音继续问："那后来呢？"

陈鸾默声片刻，清冷的视线落在康姨娘身上，而后转过头来，正面迎上老太太探究的目光："祖母光听得康姨娘的栽赃之词，可有细想过，为何在南阳王府发生了这样的事，王妃却不管不问，一口咬死只说是个意外？"

老太太目光一厉，而后缓缓点头："这其中可有什么隐情？"她坐守镇国公府后院多年，自然知道有些事该是个什么处理方式。

南阳王府的态度着实令人捉摸不透。

陈鸾弯了弯嘴唇，挤出几丝苦笑来。声音中似也糅着些委屈与涩意："后来我与王妃问清湾是何人推二妹妹下的水，也好给咱们镇国公府一个交代。"

康姨娘眼底的光灭了下去，抢先问她："清湾瞧清楚是谁了吗？可……清湾又为何突然哑了？"

她的话陈鸾理也不想理。

"清湾说，推二妹妹下水的那伙人里，为首的姑娘一身红衣，眼尾长着一颗泪痣。"

老太太眉头紧皱，一圈圈的皱纹堆叠在一起，更显苍老。她停了手中转动的佛珠，嘴里反复地咀嚼那几个字："红衣……泪痣……"

不惧王府，大胆如斯；天子脚下，纵人行凶。再联想陈鸾方才说要给三公主一个交代……

老太太蓦地没了声音，直直地望向陈鸾，将声音压得极低："鸾儿，清湾口中那人可是三公主？"

陈鸾目光平淡如水，看向惊愕莫名的康姨娘，轻轻额首，红唇轻启："今日三公主所穿，正是一身红色长罗裙，而眼角的那颗泪痣，恰恰是随了皇后娘娘。"

她轻飘飘的几句话如同一座大山，老太太嘴唇嚅动几下，眼神寒了下去："清湾当着王妃的面说了这样大逆不道的话？"

光凭想象，老太太都可以猜到当时是个什么样的场景。

若是大庭广众之下便也罢了，可偏偏只有清湾一人瞧见了。一个低贱丫鬟凭着模模糊糊的片面之词，便当众指认当朝最受帝后宠爱的公主。

公主名誉受损不说，镇国公府也逃不脱去！

老太太的面色由青转白，最后说了句："如此说来，清湾也是……"老太太谨慎惯了，说到一半就停了下来朝陈鸾望去。

陈鸾低头，姝艳的眉眼之间拢着寒烟。她迟疑片刻，而后轻声道："我命人押她回来的时候，人还好好儿的。"

老太太重重叹息一声，面色复杂，觉着这事棘手得很。

康姨娘还在地上跪着，表情一时难以言喻。胭脂水粉糊在了一起，和着不断往下淌的眼泪，与日前光鲜亮丽的模样形成了鲜明的对比。

陈鸢却没有半分心软。

寒冬腊月三九天里，她在甘泉殿卑微得如同一棵蒲草，生死被拿捏在旁人手中。那个时候，也没有人顾念着姐妹之情血浓于水对她心软。

陈鸢眉心一颤，眼泪就顺着白皙的脸颊流下来，缓缓地没入下颚，滴在了手帕上。声音软糯又带着哽咽："姨娘方才口口声声说是我所为，我倒要问问姨娘，怎么平白无故的这盆脏水往我身上泼？

"平素姨娘与二妹妹话说得好听，各种嘘寒问暖，一到这个时候，便换了张嘴脸了。

"以往发生的诸多事我也就不计较了。只是今日，姨娘在祖母跟前大加污蔑我，又是何居心？"

陈鸢眼泪如珠串一般直往手帕上砸，美人落泪，梨花带雨楚楚可怜。末了，她又极轻极落寞地说："不过都是欺我无亲生母亲照拂罢了。"

连着几句话，却是句句诛心。康姨娘连连摇头否认，却不敢接半句话，因为老太太的眼神如刀一样锐利，刺得她身子一阵颤抖。

陈鸢从前性子骄纵，在得知要入深宫后便彻底变了个人，知礼得体，沉稳有度，凡事让三分。可就是因为处处忍让，才受了今日这天大的委屈。

老太太神色晦暗不明，止不住地寻思。她虽对大姑娘上心，但到底人老了精力有限，不可能事事过问。

听了方才大姑娘的这几段话，她的心如刀子在刮一样，对康姨娘的厌恶已然达到了极点。

这还是在她眼皮子底下，康姨娘就敢这样污蔑质疑大姑娘。那私底下她又到底是怎么对她的？

这一想就怎么也停不下来。

陈鸾的娘是怎么死的，没有人比她更清楚。可正因为清楚，才觉得对大姑娘百般亏欠，自小养在自己膝下，却还是被这对白眼狼母女欺负了去。

外头雨终于停了，风却越刮越大，吹得梨花轩院子口的那棵枣树拂动不止。几片绿叶轻飘飘地在空中打了个旋儿，落在湿答答的青石小路上。

陈鸾动了动身子，鞋面上圆润均匀的珠子也跟着晃了晃，朱唇嫣红，字正腔圆："清湾说的话，正叫三公主听了去。回来时，三公主朝我要个说法，说是否镇国公府的家奴都可随意污蔑她？"

这话说完，陈鸾又垂下眼睑自嘲地笑笑："早知姨娘这样疑我，今日我便不该带二妹妹去的。日后这样的事，姨娘再莫与我多说，我也不上赶着自讨没趣。"

陈鸾朝老太太福了福身，便头也不回地出了梨花轩。

青石小路的边缘布着绿色的苔藓。才下过一场大雨，沿边的绿叶红花上都缀着晶莹的雨珠，有的被风一吹，就摇摇欲坠。

陈鸾回到清风阁，经此一闹，身子是真的有些不舒坦了。但她心里想着事，躺在柔软的床榻上翻来覆去，久久闭不上眼。

该想个什么由头去皇子府寻纪焕？

这回老太太对她心怀愧疚，想来康姨娘今后一段时间的日子会很不好过，应该没时间来寻她的麻烦。

陈鸾疲惫地合了眼，被这些琐事烦得胸口闷痛，好半晌匀不过气来。

这不是她想要的生活。

陈鸢落水这事闹得全府皆知，到底是没能悄无声息地解决。老太太差人给清风阁送了许多东西，康姨娘被禁了半月的足。

两日之后，三公主亲自登了门。

陈鸢这时候已经醒了，只是身子尚虚。听了三公主的名后被吓得脸色煞白。

生死关头走一遭，她实在是怕了。

陈鸢到福寿院的时候，老太太的脸上堆满了笑，褶皱叠在一起开成了花。陈鸢脚步虚浮，都不敢抬头看一眼主座上容颜绝色的女子。

三公主纪婵面容精致，凤眸里满是慵懒与漫不经心，青葱一样的手指搭在茶盖上浅抚，额心的花钿印证着非一般的尊贵。

"既然老太太都说了是一场误会，鸢儿也与本宫再三解释过了，本宫自然不好再计较。"纪婵见着陈鸢，凤眸微亮，终于说了叫老太太宽心的话。

陈鸢瞧着两人互动的模样，眼中的暗色一闪而过。

嫡公主又怎样，现下受宠又如何？皇后只生了这么一个公主，没有兄长与胞弟照拂。未来谁登上帝位，她都逃不脱和亲外嫁的下场。

到时今日的耻辱她定要百般奉还回去！所有欺她负她的人，一个都跑不脱。

陈鸢恨得一口银牙都要咬碎，却又不得不扯着笑全程陪着。等回了梨花轩，她立马就扫落了一桌的物件，面目狰狞可怖。

难得一个刮风又不出太阳的天，陈鸢与纪婵并排走在长廊下。翠绿的藤蔓如蛇一样灵活，爬满了一根根坚实的柱子，空气中充斥着草木的清新味儿。

"公主今日怎么来了？"陈鸢眉眼一弯，就弯出了两轮月牙，面上两个小梨涡更是溺人。

纪婵随手摸了一朵开得正好的月季，又用帕子细细擦干净了手指，笑着道："我不似你，被人欺负成那样了才知晓反击。旁人敢说我一个字的不是，我就得还十句回去。只有打到他们怕，他们才不敢第二次欺到我的头上来。"

陈鸢沉默了一下，而后失笑说："你与佳佳真是同一个性子。"

以牙还牙，世间最潇洒。

纪婵走后两日，陈申突然像变了一个人般，对陈鸢嘘寒问暖，且多次提及东宫的事。陈鸢对这两个字眼打心底地敏感与厌恶，也因此她心底生出惶惶之感。

生怕事情又出变故。

于是在一个晨雾弥漫的清晨，她借着与沈佳佳一同去庙里上香的由头，蒙着一方面纱，支开左右侍候的丫鬟，从后门进了八皇子府。

第三章

承诺

八皇子府气派，却极其冷清，森寒寒的如同进了地府的阎罗殿一样。偌大的皇子府，一丝人气也没有，仆从来往皆严肃。

陈鸾脸上蒙着面纱，只露出一双载着星辰日月的澄澈眸子。晨起的雾气在她纤长的睫毛上凝成了水线，眼便像是被冻的，泛着淡淡的红。

饶是乔装如此，守着后门的小厮仍一眼认出了她。

纪焕这几日虽是休沐，但也没闲下，一早就起来去了书房。

梨花木方桌的四个桌脚雕着各式的祥云龙凤花纹，配着棕黑的扶椅，整个书房无形中多了一股清严肃穆之意。

男人站在翡翠香炉前，银白色的宽袖带起清风两缕，截断袅袅烟香。哪怕是这样的时候，他的眉心也是紧紧锁着的。

近卫方涵在书房外半跪着行礼，试探着喊了声："殿下。"

纪焕的目光从香炉上移开，转而落到墙上珍藏的字画上，声音带着晨起的沙哑，夹着丝不耐："何事？"

方涵沉默了一下，他家爷这段日子心情不好，万年漠然的脸上总是阴鸷莫测，越发叫人摸不透心思。

"殿下，镇国公府的小姐来了。"

这镇国公千金跟在殿下身后那么多年，眼看着殿下大事将成，他们这些部下还以为能等着双喜临门。怎知在这临门一脚的当口，未来的女主子就去了敌对阵营里。

若不是这样，她想进皇子府又何须如此折腾着禀报殿下？

纪焕高大的身子微顿，剑眉稍稍松动了些。虽然来得比想象中晚了些，但是到底人还是来了。

"让她进来。"他漠然出声，不含丝毫情绪，冰冷得像座没有生命的寒石雕。

皇子府陈鸾从前来过无数遭，如今却似头一回来，心境全然不同。她默不作声，一路穿过条条小径，行过回廊几重，最后到了书房门口。

方涵对着她抱拳作了个揖，陈鸾有些疲惫地抿着唇轻声问："我可否进去？"

"回姑娘话，殿下已在里头等着了。"

陈鸾这才进了书房，门在后边便被合上。她心跳如雷，一声更响过一声。

男人背对着她，高大的身躯大半没入了黑暗中，无端的瘆人，散出十足的压迫感。

陈鸾清丽灵韵的眸子泛出点点苦意，她朝着那背影福了福身，轻咬了咬下唇，道："今日陈鸾前来叨扰殿下清净，请殿下恕罪。"

翡翠香炉中燃的是最安神的檀木香，沉默过后，男人突然轻笑出声，低低沉沉，像羽毛拂过一样的撩人："你也这般严守礼法了。"

何时你我如此疏离，像是隔着无数年岁与距离一样？

纪焕转身，许是休沐不用上早朝的缘故，头上只简单地横着一支白玉簪子。身上的长袍也不是千篇一律的黑色，而是仿若皎月的银白，衬得男人眉目间都添了几许温和。

陈鸾别开了眼，低声道："本该如此，以往是我不知事，殿下莫放在心上。"

　　纪焕朝她走了几步，高大的身躯带着山一样的压迫感，沉得陈鸾大气也不敢出。

　　倒是越活越回去了，少时从未怕过他，这时候却生出畏惧的感觉来。

　　男人离得很近，屋子里满是温和不恼人的檀香，可她却分明能嗅到他身上些微清冽的冬竹香，与别的香泾渭分明，独树一帜。

　　陈鸾缓缓低头，瞧见他银白腰带上垂下的一个小香囊。她瞳孔微缩，认出这是她送他的那个。

　　一时之间，她分外恍惚，惊觉自己竟捉摸不透半分他的心思。

　　从纪焕的角度望过去，小姑娘微垂着头，他瞧不见那双灿若繁星的眸子，却能看到她嫩白的双颊和修长的脖颈，以及无处安放的小手。

　　小姑娘有些紧张。

　　纪焕剑眉微挑，眸中风雪之势稍减。他声音稍哑，如寒泉自山巅汩汩而下，又夹带些许安抚之意："今日你来，可是考虑好了？"

　　陈鸾抬眸对上男人幽深如墨的双眼，笃定地点头："考虑好了，我不想入东宫。"

　　书屋中横摆着一方紫檀嵌玉石屏风，上头雕的山林虫兽惟妙惟肖。陈鸾话音才落，泪珠儿就猝不及防地从眼眶中滚落出来，砸在素白的手背上，汇成温热的一小汪晶莹。

　　陈鸾看似有着一手好牌，实则穷途末路不知去向何方。

　　出生即是天之骄女的陈鸾有着自己的骄傲。她可以因为心底纯粹的喜欢而跟在纪焕的身后，却无法直视自己低头求他帮忙的需求。可她又不得不低头，普天之下，若说还有人能帮着她避此劫祸的，唯有他。

这就哭了。纪焕皱起眉，却无法压制自心底最深处而起的悸动与欢喜，全因她那句不愿。

他将雪白的帕子递到她跟前，修长的手指如同笔直的青竹，声音清冽："不想人，便不入了，莫哭。"

陈鸾用帕子细细地擦过眼角，想着此刻眼睛与鼻尖定是通红了，便又将面纱拿出系上，只露出一双如洗过的杏眸。

纪焕知道她生得好看，也知道引人心动的从来不是那张魅惑众生的脸庞，而是眉心之下那双含着朦胧青烟、沁着汪汪碧水的眼眸，诸天星辰皆在其中。

也只在这双眼眸之中，他才清楚地意识到，自己与那些纵情声色的男人无甚差别，会在这美色中沉沦一回又一回。

他也是俗人。

若不是朝堂风云变幻，加之镇国公府又不是寻常的小门小户，他又何至于强自按捺着等到现在，险些亲手将自家小姑娘推到别人的怀中去？

总想再等等，想给她世间最好的体面。

陈鸾丝毫不知他心中所想。她不是毫不知事的三岁孩童，自然知他轻飘飘的一句应承下，京都会掀起怎样的惊涛骇浪。

她抿了抿唇，迟疑片刻，轻言道了声谢。

纪焕漫不经心地颔首，踱步到窗前，白色压金边的靴子上纹着祥云朵朵。男人平和下来，敛了眉目的阴鸷狠厉，如天上的谪仙一般清冷出尘。

"退了与纪萧的婚事，这京都的少年俊杰，没有敢娶你的。"他背对着她，坚毅的下颚如山石，极淡地提醒。

他的胸口滚烫，心尖上站着娇柔无力的小姑娘。今日她踏入这皇子府，那此后便无人可觊觎她、欺辱她、算计她。

四月末的风已然有了一丝热意，陈鸾面色平静道："来时我就已想明白了。不入东宫，哪怕余生古佛青灯长伴，亦是无悔。"

如果这是高门贵女生来不可推拒的宿命，她为了躲过这噩梦，哪怕住在山寺里日子过得清苦一些，也是愿意的。

没有人知晓，她到底有多厌恶那些叫人猝不及防的尔虞我诈。

男人冷然挑眉，缓步走到她跟前，手指微动便揭了她那层遮盖表情的面纱，轻薄的面纱飘落在地面上。陈鸾愕然抬眸，却见他修长的手指来势不减，直接落在她泛着红的眼尾处。

时间恍若静止，万籁无声。

陈鸾微微瑟缩了一下。他在战场舍生厮杀过，常年握刀握剑的手指尖并不光滑，布着粗砺的茧子，而且带着凄冷的寒意。

纪焕从喉间笑了一声，沉沉哑哑的，鼻尖的热气蹭在陈鸾的脸颊上。她迷瞪瞪地眨了眨眼，大气也不敢出，脸颊慢慢生出红晕来。

"你瞧我这皇子府如何？"

男人眼里突然现出零星的笑意，可又稍纵即逝，陈鸾还未反应过来，纪焕就收了手离远了些。

"去寺里苦修这样的胡话就莫说了，我既然应了你，就自然会想个周全的法子。我只问你，想嫁他还是嫁我？"

他说得再平静不过，仿若问出口的只是今日午膳用什么这样轻松的话，然而银白袖袍下的手却是松了又紧。

人生头一次做这样乘人之危的事。

陈鸾呼吸一滞，以为自己听错了。

纪焕半蹲下身子，将那面纱捡了随手放在书案上，没有打算结束这个话题："皇子府后院无人，平素十分清净，没有那许多的烦心事。你若进府，便是你说了算。"

纪焕声音温和了许多，带着些许哄的意味，将嫁给他的好处一一列出。见小姑娘迷迷瞪瞪不知所措的模样，心里更是软得一塌糊涂。

"日后，我护着你。"

其实这些年，他一直都有在护着。

镇国公府后院糟心，姨娘与庶出皆不是省油的灯，许多暗招他都没办法替她接下。

皆因小姑娘在明面上，与他没有一丝一毫的干系。

他只能几次三番许给那不靠谱的三皇姐好处，让她稍护着一二。

虽然嘴上从不曾表露丝毫，但他对她自有十二分的欢喜。

陈鸢听男人一句一句娓娓道来，眼睛泛起酸意。她绞着手帕咬着下唇，不知他说这话到底是何用意。

纪焕见小姑娘默不作声，也不催促。只是站在窗前望着外头常青的树木，默算着将太子拉下马需要多长的时间。

过了许久许久，他才听到身后小小的、低低的一声："我嫁你。"

纪焕越握越紧的手一下子松了开来，眉心也舒展了些许。回身一看，不知怎的，小姑娘卷翘的睫毛上又缀上了泪珠。他俯身替她擦了，声音缱绻温和："怎么总是这般爱哭？"

"分明这阵子看着沉稳了许多。"

四月下旬，清风阁前的小院子里。君子兰与晚山茶开得极好，可见平日里是下了功夫照料的。

陈鸢从皇子府回来便是一副魂不守舍的模样，午膳与晚膳都只匆匆动了几筷就叫人撤下去了，脸上的郁郁之色看得两个丫鬟担忧不已。

晚膳过后，天渐转黑，凉风习习。夜色拂过大地，花香褪去，虫鸣声声。

陈鸢命两个力气大的婆子将屏风后的罗汉床搬了出来，就搁在窗口正对着风。葡萄边垫上软毯，边不放心地劝："姑娘身子弱，晚上风又凉，还是躺在榻上歇吧。"

陈鸢疲惫地挥手："无妨，我就在那儿侧着想些事，你们都外边守着吧。"

出去前，葡萄又想起一件事，笑着道："姑娘午间小憩的时候，老夫人身边的东嬷嬷送来了百年的老参，现在存在小库里。"

见陈鸢神色平静，她又啧啧嘴，有些惊叹地补上一句："那可是难得的好东西，国公爷库里都没有呢。"

的确是好东西，陈鸢扯了扯嘴角。那日陈鸢落水，老太太没凭没据的就和康姨娘一起对她横加指责，事后证实与她没有关系，这老参怕就是老太太的补偿安抚吧。

"明日早些唤我起来，去福寿院给祖母问安。"

陈鸢对那日的事并不耿耿于怀，也没有怨恨老太太的意思。

她太清楚那对母女蛊惑人心的本事了。

侍候的丫鬟一一退去，清风阁的里屋又恢复了灯火幽幽、无声无息的样子。陈鸢斜卧在罗汉床上舒展身子，轻微地叹了一声。

白日里的片段如同戏剧里的剪影一般，一幕幕地在脑子里掠过，陈鸢想抓住些什么，又什么也抓不住。

时至今日，她的头等要事就是想方设法毁了与纪萧的婚事，哪怕不惜为此求到纪焕的头上去。可嫁给纪焕这事，她是万万没有想过的。

她喜欢纪焕许多年，却没等来他半句应承的话。如今不想这事了，他却让她嫁给他。

而她也答应了。

陈鸾缓缓闭眼，无论如何，嫁给纪焕总是知根知底，皇子府也清净，没有钩心斗角的龌龊事。他人虽清冷，却干不出纪萧那样的荒唐事来。

这样一想，倒是她捡了个便宜。

窗子微开了一道口子，陈鸾能瞧见外头黑蒙蒙的一片，以及那在黑暗中熠熠发光的灯笼，比天上的星月还要亮。

困意袭来，梦中仍是那凄凉寒夜。她饮下毒酒，身子冰凉地靠在纪焕的胸口，男人手抖得厉害，一向沉稳自持的君王眼里蓄满惊惧。

她还梦见，他在养心殿细细擦拭她嘴角的血渍，雪白的帕子上绽开一团团的红梅，甚至污了男人身上的龙袍。

雪花纷飞的皇城，美得出奇，没有人在意一个废太子妃的死活。似乎只有世人眼中淡漠矜贵、杀伐果断的新君，在对着一具冰冷无生气的躯体述说着来日方长的情话。

哪儿还有什么来日方长呢。

梦中她踏过甘泉宫的雪地，走在秋日东宫厚厚的一层落叶上，直至漫无目的地被困死。

终于有意识的时候，天边已泛起青黑的光。陈鸾觉着眼角有些刺痛，伸手一触，手指尖上染上一颗晶莹，她微一愣，半晌无声。

梦里的场景真实得可怕，她有些恍惚。屋里昏暗幽然，蜡烛已经燃尽。她眨了眨眼，生怕天明太阳光一照进来，她又躺在了东宫殿里那张床上，身边的人死伤殆尽。

她朝着窗外头一看，满目皆是漆黑，只剩下院门口的两盏灯笼，被风吹得悠悠荡荡。

"流月。"陈鸾动了动唇，发现声音有些哑了，她轻声咳了咳，仍是不怎么舒服。

流月站在外头守夜，听了她的声音，忙不迭地端着蜡烛进来。借着烛光瞧着她面色白得不像话，一边将她扶起到软凳上坐着一边担忧地问："姑娘脸色这样苍白，可是吹风受了寒？"

陈鸾摇头："无事，方才做了噩梦。"

现在还是一身的冷汗。

待洗漱过，又用了一小碗白粥，天已亮了。

这两日都是阴天，空气中缠绕着一层灰蒙蒙的雾气，人站在十米之外，便只能瞧见一个模糊的影子。

福寿院与清风阁离着不远，不过一盏茶的工夫，陈鸾就已进了小院，正巧碰上同来请安的陈莺。

陈莺朝她友好地抿出一个笑。陈鸾瞧见了，脚下的步子顿了顿，而后直直略过她，目不斜视地朝着里屋去了，就连一个眼神也没给她。早就不想与她们演戏了，这会儿终于有个借口允许她发作，不若就此彻底闹翻，还没人能挑出她的错处来。

平白无故地对着仇人露出友好的笑，她心中憋屈得慌。

老太太经此一闹，精神也不太好。见了陈鸾，话没说几句就叫人回了，倒是将陈莺招到跟前来说了好一大通话。

"前阵子二姑娘那事，祖母错怪了你。"老太太握着她的手，重重叹了一口气，"国公府子嗣凋敝，你二妹妹虽与你不是一母同胞，但都是实打实的流着镇国公府的血脉。你们两人切莫因此生了嫌隙，日后还能互相有个扶持啊！"

说了这一大段话，老太太口有些渴。陈鸢端了茶盏递到她嘴边，沉默了一会儿小声道："祖母，往日我待二妹妹如何，这府上众人皆看在眼里。康姨娘平素对我也是嘘寒问暖，可一出了事，就急着往我身上泼脏水，这是个什么理？上回二妹妹落水之事，着实太叫鸢儿心寒。"

老太太又劝了几句，见她不愠不火也不妥协的模样，只以为她是一时意气用事，也没有太过强求。

毕竟是年轻气盛的，受不得委屈，等过些日子自然就好了。

四月如流水一般自指尖划过，消逝无痕。一入五月，天气就忽然变热许多，各府各院都开始摆上避暑的冰盆。

五月初四的傍晚，陈鸢与陈鸢在老太太屋里用晚膳。用完膳，老太太漱了口擦干净了手，一双老眼中满是笑意，不知是想到了什么，侧首与陈鸢说："明儿个是端午。今日未时进府的小丫鬟，是在小郡主身边伺候的，约你明日出去玩的吧？"

陈鸢动作一顿，笑着点头："什么都瞒不过祖母的眼。"

寻常的节日，她与小郡主等人总会约着在一块儿，逛逛南北街的铺子，在酒楼里听戏吃茶。若是端午，则又不同些。她们会蒙着面纱去朱雀桥头看龙舟，买下不同馅的粽子。

老太太了然地颔首，嘱咐道："虽是去凑个热闹，但也要注意些。如今你的身份到底与旁人不同，不是未出阁的姑娘了。"

　　陈鸢下意识地皱了皱眉，老太太却以为她是女孩子面薄，也就点到为止，转而对着陈鸢招了招手："你二妹妹身子如今也将养好了，明日便跟着你一块儿去吧，人多也热闹些。"

　　说完，见陈鸢面色不算好看，便又笑着拍了拍她的手以示安抚。

　　"好了，姐妹俩哪有隔夜的仇？这端午一家人就得和和气气、开开心心的。"

　　话说到这个份上，陈鸢心中虽是气结，可也不好再推脱。她精致的下颚微抬，露出一双清丽灵韵的杏眸，里头盛满了讥笑，说出口的话却是再柔和不过，又娇又糯，半分刺也叫人挑不出来："二妹妹若是想去，自然是可以的。只是有句话，鸢儿当着祖母的面说明了，二妹妹明日须得紧跟着，若是在人流中走散了，可怪不得我。"

　　陈鸢嘴唇蠕动几下，狠狠地攥紧手中的帕子，从牙缝间挤出一个"好"来。

　　老太太见状，笑得开怀，这才摆手叫她们回了。

　　半夜下了一场大雨，陈鸢撩起帘子朝外一看，眉心舒展了些。将手中书卷放至葡萄手上，她轻言呢喃着："今夜下了雨，明日就该放晴了吧？"

　　葡萄笃定地点头，倒是流月一下子笑出了声："哪有这样的说法？姑娘又是听了葡萄的胡话吧。"

　　陈鸢忽而有点不好意思地抿了唇，低笑道："我这几日观察得出来的结论，似乎就是这样的。"

　　去了心中的一块大石，她这几日的心情也跟着好上不少，不再惶惶不可终日。

　　早间又下了些雨，可非但没能一扫夏日的燥热，反像是以天地为笼，为这渺渺人间更添上几分烦闷。

　　青石小路蜿蜒狭长，陈鸢今日穿的是莲青色压金线绣榴花长裙，走动时珠环相撞，叮咚作响。她走出清风阁几步，想到了梨花轩那位，下意识地皱眉问："怎么没见二姑娘的人？"

　　流月才要上前一步回话，就见梨花轩的一个婆子满脸喜色地走出。这人福了福身，以某种得意的语气禀道："大小姐安。今日早上姨娘身子不适，大夫诊出了喜脉。二小姐想陪着姨娘，就不去观龙舟了，特要老奴来向大小姐告个罪。"

　　四周俱寂，陈鸢脸上笑意褪尽。她听见自己冷静的声音一字一句地吐出："既然如此，就劳你带我去恭喜姨娘。"

　　她手心紧攥着帕子，芊芊素指根根青白。她怎么也没想到，事情的走向竟发生了这样的变化。

　　此前她只知康姨娘生了恒哥儿后肚子就再也没有过动静。直到她死，也没有再蹦个一儿半女出来。

　　许是念着端午节庆，在下了一场雨后，天便放了晴。金黄的光透过洗后的云层，一束束照射下来，拂过人间万物，柔和又带着些微热度。

　　陈鸢的心情跌落到谷底，她在记忆中寻觅，确是找不到康姨娘再有过身孕的痕迹。

　　她踩着青石子路，问同样满脸忧色的流月，声音刻意压得有些低："今日那边儿是什么情况？"

　　流月明白她的意思，斟酌着回道："姑娘，国公爷自那回老夫人气晕过去，便对康姨娘多有冷淡。这小半月里仅仅只去过一回，还是为了三公子的亲事。"

陈鸾脚下的步子一顿，而后又若无其事地问："亲事？"

康姨娘一日没有坐上主母之位，陈昌恒便只能在高门贵族的庶女或寒门小户的嫡女中挑挑选选，半分都越不过去。

哪怕他是这镇国公府唯一的男嗣。

她原以为为了这门亲事，康姨娘与陈申都还得再捣鼓出什么幺蛾子来。却没承想，两人老老实实却有了这样出人意料的事。

她可没忘记祖母无意中提及，康姨娘在怀着陈昌恒的时候几次三番都打着嫡妻的主意。如今十数年过去，只怕对那个位子更加势在必得。

只是那个位子她宁可给别人，也决不会让她如愿染指。

流月见她脸色不好，换着话安慰她："姑娘不必忧心，就算姨娘这胎再得个公子，也动摇不了您的地位，老夫人是站在姑娘这边的。"

陈鸾神色微动，却是轻轻地摇头："一个就已是忍痛割爱，若再来一个，再坚定的立场也会有所动摇。"

一旦这一胎又是个男子，那将康姨娘扶正这事基本就会被提上日程了。这样一来国公府两位公子皆是嫡子，亲事或是未来承袭，皆可名正言顺。

在老太太心里，没什么比这个更重要的了。

真是让人头疼得慌。

陈鸾由流月扶着上了马车。等了一炷香的工夫，便见巷子尽头驶来一辆马车，帘子上绘着一个威猛的苍狼图腾，在阳光下闪着金色的光泽。

是南阳王府的马车。

陈鸾听着车辘辘的声音，卷了半角车帘，露出一张精致清妩的芙蓉面来。对面的车帘子也被人掀开，沈佳佳含笑望了她几眼，而后问："这是怎么了，难得寻个借口出来好好玩会儿，怎么还愁眉苦脸的？"

自家府前，陈鸾摇了摇头，并没有说什么。

两辆马车，一前一后停在京都最有名的酒楼门口。今日是端午，人比往日多上许多，酒楼上下人声鼎沸，处处皆是笑语欢声。

沈佳佳驾轻就熟地引着她从后门进，执着她的手，声音清脆如玉珠落盘："我预先半个月就叫人来订了个雅间，听说近几日新出的杏仁烧茶与莲叶羹滋味都是一绝，等会儿咱们尝尝。咱们先吃吃茶用些糕点，等会子再去朱雀桥上看龙舟，今年定又是不同的花样场景。"

陈鸾玉手托腮，莲青色的袖口往下滑落一截，露出小半段如凝脂一般的肌肤。皓腕上那水头极好的玉镯子，空落落地挂着，不胜娇俏。

"来前吃了早膳，这会儿没什么胃口。"她理了理袖口细微的几道褶皱回应着。

沈佳佳素知她脾性，稍蹙了蹙眉，问："可是出了什么事？"

她不动声色地朝左右望了望，压低了声音问："是不是八皇子……他没有应下？"

陈鸾抖了抖嘴角，白净的耳根子突然泛起可疑的红晕。她拿帕子往沈佳佳跟前招了招："不是这事，只是府上的姨娘又有喜了。"

沈佳佳表情一松，捻了块玫瑰糕送到唇边，也不吃，只是瞧了片刻，斟酌着对她说："鸾儿，镇国公府不是小门小户，当家主母之位空悬十数年，已是老夫人念旧情。咱们都十分清楚，镇国公府早晚会迎进一位主母。不管这主母是从外来的，还是从府上选的。"

陈鸢愣怔片刻，而后低眸轻声道："这样的道理，我如何不知？只是如今府上的姨娘若是再诞下一男，膝下两子一女，主母之位自然是要落在她手中的。"

她猛地闭了闭眼，晶莹的指甲深深嵌入掌心的嫩肉里，掐出两三轮好看的青白色月轮来。

她脸色变幻半晌，睫毛扇出阴郁的弧度，哂笑道："待我晚间回府，定然有人要与我商量此事。"

先是陈申，一脸喜色定是压都压不住。再是老太太，喜怒不形于色，会拉着她的手说上许多话。最后说上一句，鸢儿当是能体会祖母一片苦心的。

为了镇国公府后继有人，做什么她都应该体谅。

陈鸢微微挑起嘴角，嘲讽的神色越来越明显，最后逐渐消失在两个甜软的小梨涡中。

"你说这话也不尽然对。"沈佳佳朝她眨了眨眼，"若这事被一人知晓了，必定比你还要着急。"

陈鸢疑惑地"嗯"了一声，然而不待沈佳佳说话，眉心就已舒展开来。她哑着声音问："锦绣郡主？"

锦绣郡主刚出生不久，父母定北王夫妇就战死沙场，全府上下只有这么一个尚在襁褓中的小主子。皇帝失了亲兄长心中悲痛万分，对这个侄女几乎算得上是百依百顺，把她当成亲生女儿一样疼。

待成年后，又赐号"锦绣"，封郡主。

郡主及笄后皇帝还曾放话：满朝的青年才俊，锦绣看上哪个，他便亲自赐婚。

这样的殊荣恩宠，一时间羡煞所有京都贵女。

只是郡主所嫁非人，和离之后，整日在庄子里狩猎赛马。老皇帝疼惜不已，再次问她这朝中可有入得了她眼的男人。

这一问，锦绣郡主居然当真说有，却是当时的镇国公世子陈申。那个时候陈申与苏媛新婚不久，如胶似漆，更别说下头还有几房侍妾。

当真不是良配。堂堂郡主，怎么也不能给一个世子做妾吧。这传出去，皇室威严何在？

锦绣郡主也是个心高气傲的妙人儿，她说非君不嫁，非正房不入。而后一路漫漫，这一等就是小二十年。

当年苏媛惨死，锦绣郡主曾在她碑前上了三炷香，流着泪立言："今日我不乘人之危。只是这镇国公主母之位，除你之外只能是我。"

这样的话说过便罢，也没人真的较劲放在心上。

可那郡主，的确是一直未再有婚配。

陈鸾曾见过锦绣郡主几面，昔日的天之骄女洗尽铅华，沉淀多年，温和大气，举手投足间皆是贵气。她实在是捉摸不透，这么一个生了七窍玲珑心的郡主，为何偏偏瞧上了她那个懦弱自私至极的父亲。

"看来美人心意已定。"沈佳佳也想到了这些，当即幽幽叹了一口气，"这么多年，去劝的人定是不少的。"

不说别人，光是那上了年岁的老皇帝，就亲自去过几回郡主府，却也是无功而返，只能兀自担忧神伤，觉得对不起兄嫂临终托付。

"若是如此，你大可放心。郡主若真有意主母之位，你府上姨娘有天大的本事，也扶不了正。"

陈鸾迟疑着点头感叹道："若是这样，我倒还开心些了。"

吃完了糕点，陈鸾与沈佳佳走到外头的街市上。太阳光照射下来，落在那些华美的物件上，折射出五彩的光，看得人心头大动，恨不能将东西都搬回家去。

沈佳佳挑了一盏花灯，花灯下缀着一只小兔，一摇便晃晃荡荡。陈鸾逛了一路，也买了许多稀奇古怪又讨人喜欢的小物件。

二人都算是尽情尽兴而归。

到了正午，太阳越发炽热，人朝天上看一眼，都要被刺出来泪水。

朱雀桥上人来人往，朝下望去，只见水面波光粼粼，无数艘龙舟整齐排列，像是嵌在这丝绸上的闪耀明珠。

龙舟两侧，朱雀河的河岸上，又停着几艘画舫。画舫体形比寻常龙舟大上许多，通身黑红色，顶头又描着金色的漆光。每一艘上都站着仪态不凡的才子美人，对酌而饮，逍遥快活。

陈鸾目光轻挪，落在最前头的五艘画舫上。画舫沿角边挂上了红绸彩条，张灯结彩好不醒目，只是安静得过分，倒像是里头没人一般。

与此同时，沈佳佳的目光也落到这些画舫上。走了这许久的路，又顶着当空烈日，炎热疲累交加之际，自然想坐在画舫上顺流而下，领略不一样的好风景。

沈佳佳暗自懊恼："什么都想到了，独独忘了这事。"

陈鸾拉着她的手笑了笑，对着流月与葡萄吩咐着："去问问码头上的船家，可还有空下来的画舫游船？"

不多时流月回来了，替她撑开了遮阳的伞，回道："姑娘，那些画舫早早就被人订下了，不若咱们先找个沿河的酒楼歇息下？"

陈鸾沉吟片刻，侧首望着沈佳佳。后者不知是瞧到了什么，急匆匆地转身拿面纱遮住了脸。

"你这是怎么了？"陈鸾循着她先前站的方向看去，脸上盈盈的笑意一分分凝了下来。

大步前来的南阳王世子沈辉脸色阴沉，来势汹汹，目光直直落在沈佳佳的身上。看这副模样，沈佳佳这回怕又是在被禁了足后偷溜着出来瞧热闹的。不过叫她大惊失色的却是站在沈辉左侧不远的男人。那男人剑眉星目，笑起来极为好看，生得一副顶好皮囊。

陈鸾能听见自己身体里血液流动的声音，她几乎一瞬间就红了眼，可又怕有人瞧出她的失态，便狼狈地低着头，死死攥着手中的帕子。

纪萧。

他不在东宫，怎有闲心来这朱雀河？

河边的一艘画舫里，厚厚的一层帘子似是隔绝了天地。船外热浪滔天，人声鼎沸，船里点着冷香，放置着冰盆，悠然惬意。

南阳王与纪焕举杯对饮，醇厚的酒液在舌间漫开，浓香四溢。精巧的酒盏搁在小几上，南阳王抚掌朗笑，眼里闪过欣赏之意，连连感叹道："殿下年轻有为，若不是有镇国公府那丫头在先，本王都想将独女佳佳送与殿下，结姻亲之好。"

纪焕晃了晃手中嵌着玉石的酒盏，周身寒气如泉，一人自成世界。他今日换了常服，黑色缠金线的长袍更衬得他眉目硬朗刚毅，不似凡人。

"王爷说笑了。"

作为本朝唯一一个掌兵权的异姓王，南阳王在朝中与军中的声望颇高。王爷是长辈，此次表态又站在他的阵营里，是以一向不沾酒的八皇子也破了例。

觥筹交错，密谈甚欢。

南阳王世子坐在画舫前头守着，隔着一层薄薄的珠帘，外边的人看不见船里的情形，他要观察外边，却是简单得很。

父王与八皇子相商，他作为世子自然知晓其中利害，因此一刻也不敢放松。直到里头传来南阳王的朗笑声，沈辉紧绷的身子才松了下去。知道两人谈话已经结束，刚想命人去问可要再添一坛酒，就看见心腹下属愣直的眼神。

"世子爷，属下——好似瞧见了郡主。"那侍卫抱拳，话说得有些艰难。

郡主今日的禁足令，还是世子爷出府前亲自下的。

这才过去小半日的工夫，郡主怎么倒还怡然自得地出现在这朱雀桥上，连面纱也没蒙上一条？大大方方的深怕世子爷瞧不见一般。

沈辉顺着侍卫所指的方向看过去，一口气顿时闷在胸口。他脸色铁青，霍然起身，脚步停在里舱的珠帘前。

"父王。"沈辉朝着里舱抱拳，声音低沉恭敬。

酒盏与小几碰撞的声音清脆，南阳王笑容微敛，出声询问："何事？"

"孩儿方才在朱雀桥头瞧见佳佳了。想必又是瞒着母妃偷溜出府，要不要将她找来？"

南阳王与王妃一生相敬如宾，得三子一女，坚信男儿当多磨，这世上没有不琢而成的玉。可女儿却是不同，娇娇气气的小丫头，自小被全家人当成宝一样的护着宠着。

这一护，就到了及笄。

沈佳佳的火辣性子生在骨子里，也算是随了他，这原没什么不好。只是到了婚嫁的年龄，理应适当收敛些才是。

南阳王哑然失笑，摇头朝着纪焕道："佳佳平素里胡来惯了。"

"既来了这，便将郡主请进来吧。旁边那条画舫还无人，等会儿的龙舟赛，也可看得更仔细些。"纪焕坐在垫着软罗的长椅上，坚毅的面庞上罕见的染上了微醺之意。眼瞳如墨，黑衣清冷，执杯饮酒时又是别一般的风流倜傥。

南阳王忍不住又在心里叹了一声可惜。现如今皇帝垂垂老矣，又连着生了几场要命的大病，眼看着要撑不过这个夏季。凭着八皇子现在的手段，皇位之争必是毫无悬念。

若不是王府已盛极一时怕功高盖主，他这唯一的嫡女自该配世上最好的儿郎。

烈日当空，万物皆笼在热潮之中，陈鸾却无端端觉得身子一片寒凉。纪萧一袭月牙白的长袍，面若冠玉，展露出一身的君子气节。但她却深知他内里的昏聩无能和残暴不仁。

沈辉没想到在这能遇见东宫这位，当即面不改色地抱拳行了个礼，两人互相寒暄几句。到了沈佳佳跟前时他才隐隐沉了脸色，只是一双虎目中到底是无奈的意味居多。

沈佳佳自知理亏，冲着纪萧行了个礼，就自觉地站到了沈辉的身后。后者的脸色这才稍稍缓和一点。

　　树荫下，阳光透过两三树隙打下来，圆形的小光点落在陈鸾的左脸上，半明半暗。那张精致的脸庞始终不愿抬起，只是沉默着福了福身，嘴唇翕动几下："臣女请太子殿下安。"

　　自这桩婚事确定以来，纪萧这是头一回端详这美貌之名满京城的镇国公府嫡女。

　　倒的确是个千娇百媚的美人儿。

　　陈鸾感受到他的视线，不由得又退了几步，与沈佳佳离得近了些。

　　她深怕自己撞上纪萧那双满是算计的眼瞳时，会忍不住想撕了他伪善的面具。那段错误的故事里，她的陪嫁丫鬟一个也没幸存下来，独她一人被幽禁于深宫。

　　她无用，一人也护不住。

　　时光恍若静止，细碎的金光落在几人身上，沉默中陈鸾的额心沁出一些冷汗来。

　　好在沈辉终于开了口，冲着纪萧道："殿下，那微臣就先行告退。待来日得空，再与殿下畅饮一回，不醉不归。"

　　纪萧笑着颔首，可步子却是朝着陈鸾逼近。他脸上笑意温和，不疾不徐地道："难得见陈大姑娘出来，朱雀桥人多拥挤，恐不长眼的冲撞了姑娘。不若去孤的画舫中小坐，定煮茶相迎，姑娘也可一眼望尽这朱雀河的盛景。"

　　陈鸾脸色阴郁，才要开口便听沈佳佳笑着应道："殿下，这恐怕于礼不合。"

　　哪怕是皇后钦定的未来东宫正妃，也不能在人前与未来夫主同处一舟。就算是太子开口先邀，陈鸾也要落个狐媚惑主、不遵礼法的骂名。

纪萧摇了摇手中的玉扇，笑声醇厚："郡主多虑了，大姑娘是孤未来的正妃，孤心中自有分寸，绝不会使姑娘清誉有损分毫。"

堂堂太子话都说到了这个份上，若再不去未免太不知好歹。陈鸾银牙紧咬，才抬眸略显生硬地回道："臣女谢殿下赐座。"

沈佳佳还想再说什么，却被沈辉一个眼神止住了。

陈鸾蒙上面纱，由流月和葡萄护着，跟在纪萧的身后，两人始终隔着不长不短的距离。

近河岸的画舫上，足足摆了三个冰盆，身着纱衣的女子抱着琵琶弹奏。幽幽的声音传入外头的一片喧哗中，二者竟奇迹般地融合在了一起。

纪萧声音极低地笑着，一派温文尔雅的姿态。他饮下之前未喝完的果酒，朝着那女子道："孤有贵客来访，棱枝你先退下。"

陈鸾望着那女子恭顺地起身，眼底复杂之色更甚。她心底轻叹一声，微微福身："请良娣安。"

棱枝长得算不上倾国倾城，却极为耐看，是那种江南温柔如水的样貌，说话从来都是温温柔柔和和气气，从不与人红眼。可这样一个女子，最后却因为那幕僚一句话被赐了白绫与毒酒。只记得她死时仍是极温和的，嘴角还带着笑意。

昔时陈鸾在深宫，与她难免生出一些惺惺相惜之感，可最后棱枝死时，她自己尚且在艰难求生。能做的，似乎只有命人给她备一口薄棺，让她心无挂念地去。

棱枝连忙跟着福了福身，抿唇轻言道："姑娘折煞棱枝了。"说罢，她又朝纪萧行了礼，"妾告退。"便抱着琵琶掀了珠帘出了里舱。

在她出去的一瞬间，陈鸾清楚地看到她嘴角的笑意深了许多。

不用看到纪萧真好。

　　昏暗的船舱里，船壁上刻着精美绝伦的图案，凉风中混着淡薄的龙涎香，透着一股子莫名的压抑。陈鸾胸口闷得难受，下意识地就皱起了眉。

　　那幕僚也跟在纪萧后头，笑得温和无害，甚至亲自替两人倒了热茶。

　　陈鸾抬眸，果然瞧见纪萧眼里一闪而过的心疼之意。她不动声色地颔首，问："殿下请臣女来此，可是有事吩咐？"

　　纪萧的目光在她那双杏眸上顿了顿，后又轻笑着掀了半角帘子，示意她朝外看。

　　"方才见南阳郡主与姑娘站在朱雀桥头。天气炎热，画舫与小舟皆已被提前订完，这才邀姑娘进船，不忍美人受罪。"

　　这一番话下来滴水不漏，若是旁的高门贵女听了，只怕从此一颗心都要挂在他身上。

　　陈鸾握了握帕子，眸中的水色尤甚，两颊涌起淡淡的红晕，低声回："臣女谢殿下恩典。"

　　但她清楚纪萧的秉性，无事不登三宝殿。他今日请她上船，定然不会是因为他口中所说的疼惜美人。

　　果不其然，在轻抿几口茶水之后，纪萧稍稍敛了笑意，扯开了话题："孤与姑娘也算是自幼相识，虽说上的话不算多。八皇弟确实算得上人中龙凤，孤与他也是兄弟情深，可更是因为这样，才不得不提醒陈大姑娘一句。你要嫁的人，是孤。"

　　纪萧抚摸着小几上横着的玉箫，明眸微闭，似笑非笑地望着对面似是受了惊吓的美人，拉长了声音问："姑娘说，孤说的有没有道理？"

　　陈鸾最看不得他这副嘴脸，若不是尚存着一丝理智，她都要忍不住反驳几句，转身就走了。可最后，她还是冷着声音回道："殿下说的话，自然是有道理的。"

纪萧沉沉看了她半晌，而后温文尔雅地笑，声音中带着一丝暧昧的气息："下回再见姑娘，恐怕就是在东宫正殿了。"

陈鸾一想起那幅场景，不由得瞳孔一缩，浑身寒毛倒立。

茶盏边绿叶沉浮，一时静寂无声。陈鸾觉着此处阴冷压抑，实在受不住，起身想要告退。

"太子殿下，八皇子和南阳王来了。"有下属进来禀报。

陈鸾讶然抬眸，缓缓转身望向帘外，身子自然而然地放松下来。纪萧察觉到她的反应，面色一瞬间沉如墨。

船舱里冷香沁寒，纪萧久久没有出声。陈鸾虽巴不得现在就出了这叫人浑身不自在的地儿，却也不好贸然出声，一时之间，舱里倒是安静得有些诡异。

陈鸾抬眸，轻声细语地道："殿下既来了客，臣女便先行告退了。"

纪萧握着玉扇上的流苏把玩，闻言一掀嘴角，意味不明地轻笑："不必了，只怕我那八皇弟就是为姑娘而来。"

这样一顶大帽子扣下来，谁也吃不消。

冰盆散发着阵阵冷意，幽幽地散在空气中，缠在衣裳上，钻进骨子里。陈鸾装作不明其意，似新月的眉蹙起，问："殿下何出此言？"

美人眉目如画，恬淡温和，一双琉璃般的眸子里却已然藏了几缕不悦之意。纪萧心中盘算着此时得罪镇国公府实乃不智之举，兀自将到了喉咙口的话憋下，稍显温和地笑，缓声道："许是小郡主忧心姑娘，特叫父兄来寻。"

陈鸾明知他话中有话，却也不得不配合着勾了勾唇。

纪萧压下胸腔里的一股气，朝外挥了挥手，淡声吩咐道："快请进来。"

侍女素手挑起珠帘，纪焕与南阳王并肩而入，原本空旷的里舱瞬间变得狭窄起来，气氛越来越凝重。南阳王瞥了瞥面色不豫的纪焕，朗笑着开了口："太子殿下今日好兴致，竟也对这龙舟赛感起兴趣来？"

纪萧最不喜与这老狐狸周旋，当下扯了扯嘴角，不冷不热地说："王爷与八皇弟也是好兴致。"

陈鸾朝着南阳王与纪焕福了福身，如释重负之际，声音也轻快了许多："臣女请王爷、八皇子安。"

纪焕的目光扫过她身子的每一处，见小姑娘只是面色稍露不豫，其他并没什么异常，眼底有若实质的寒意才渐消散。男人剑眉紧蹙，声音清冷："皇兄将国公府嫡女带入画舫，独处一室，于礼不合。父皇知晓后，又该要动怒了。"

堂堂太子，当着这么多人的面被羽翼已丰的皇弟质疑，最可恨的是还拿老皇帝和皇后压他，纪萧额角冒出几根青筋。

他站起身来，月白色的长袍微微摆动，怒极反笑："什么时候皇弟爱管起孤的私事来？"

纪萧望向陈鸾的眼里含情脉脉，摇着手上的玉扇转而与纪焕对视。似笑非笑，言语间意有所指："一月后，她就是孤名正言顺的东宫正妃。孤邀大姑娘上船嘱咐些话，日后进了东宫也可尽快适应。如此有何不妥？"

陈鸾不动声色地离他远了些。

纪焕不耐与他多费口舌，他剑眉微挑，朝着陈鸾望去。小姑娘安静又乖巧，他微微柔了声音，唤道："过来。"

里舱所有人的目光都聚在陈鸾的身上，她有些茫然地抬眸，却直直坠入男人如墨般浓深的眼瞳里。

难得又见到她这副懵懵懂懂的模样，纪焕眼底闪过缕极淡的笑意，重复道："过来。"

陈鸾这回是听明白了，却不好当着这么多人的面打纪萧的脸。

人多是非多，叫那些多嘴多舌的侍女听见了，原本没什么的都要生出些什么来，白的能说成黑的去。

陈鸾沉默了一下，避开了他的视线，没有挪动脚步。

多一事不如少一事。

毕竟那日皇子府上的谈话，也只有他们二人知晓，而这天下所有人，都以为她陈鸾将入主东宫后院。

纪萧简直要被纪焕这般目中无人的模样气得头昏脑涨。他寒着脸，也顾不得什么温文尔雅的形象，怒声道："你这是什么意思？孤的太子妃，来也是到孤的身边来！"

纪焕冷眼望着他，朝前逼近了一步，已是动了真怒。

他的气势如山巍然，纪萧防备般地退后了一步，平素里总是温和儒雅的面容已然添了七分狰狞。

陈鸾见势不对，几步走到纪焕身边，微哑着声音低低唤他："殿下！"

这一声殿下，像是唤醒了时间。纪焕微微侧首，见小姑娘乖乖站了身边，一双澄澈的清眸中净是担忧之色。

他心中轻叹一声。今日他的确是被纪萧的所言所行激怒，心境被扰，竟也如毛头小子一般鲁莽行事了。

朱雀河畔的喧闹声在此时突然静了一瞬，而后又激荡起千余层声浪。陈鸾知道，那是龙舟赛即将开始了。

她将鬓边的发拢到白净的耳后，抿着唇对着纪萧歉声道："殿下的一番好心，臣女心领了。只是今日臣女早邀了三两好友出来瞧热闹看赛事，自不能此时毁约让她们苦等，还望殿下谅解。"

经此一闹，纪萧对她也彻底没了什么好印象。当下就沉着脸道："罢了，就当是孤今日多管闲事。"

纪焕冷眼瞥过去，自有侍女掀了珠帘。南阳王走在最后，大笑一声，冲着面色变幻不定的纪萧高声道："那本王只好等下回再与太子殿下畅谈了。"

这对父子就连敷衍话都是如出一辙。纪萧气极，待人都下了画舫，掀了小儿，目光阴寒瘆人："这个老匹夫！待孤日后，定要将南阳王府连根拔起。"

康禅上前，轻抚了抚他的后背，目光悠远，轻声缓劝："如此看来，八皇子确实对国公府的大姑娘动了不一样的心思。"

纪萧坐上长凳，冷冷地哼了一声，嘴角掀起凉薄的笑意："原本就是个做摆设的太子妃，他纪焕倒是当宝一般，待陈鸾入了东宫……"

折磨人的方法千百种，他纪焕有通天本事能把手伸到东宫后院？

他没有接着说下去，康禅却懂了。正因为懂了，眼底的笑意才越来越浓。

胞姐为这事千叮咛万嘱咐，万不能叫那嫡女过得逍遥快活，他如何能袖手旁观？

太子心胸狭窄，眼里容不得一粒沙子，就方才陈鸾走向八皇子的那几步，他就不会让她好过。

众人才下了纪萧的画舫，热浪便扑面而来。南阳王敛了神色，冲着纪焕道："南阳王府也订了一艘画舫，这便先走了。"

不然纪焕那儿，也容不下这么多人。

纪焕行在前头，这样热的天，男人一袭清冷黑衣，竟如闲庭漫步一般，不疾不徐，始终与陈鸾隔着两三步的距离。

两人离得这样近，陈鸾甚至能闻到他身上独有的竹香，浅淡凛然。他生得高大，陈鸾须得抬头才能瞧见他的面部轮廓，可这一抬眸，就被正午的太阳光刺得眼睛生疼。

泪水直在眼眶里打转。

她不知纪焕也来了这里，有心想问却又不好开口，直到跟着男人进了画舫里舱。

珠帘掀起又放下，清脆的碰撞声响起。

陈鸾眨了眨眼，睫毛上挂上了一颗颤巍巍的泪珠。纪焕敛目瞧了片刻，从她手中抽走了白得如雪一样的帕子，泪珠沁在帕子上，染上了一小团的濡湿。

"受欺负了？"他问得极缓慢，声音醇厚温和，眉宇间却拢着一团化不开的浓雾冰寒。

透过一层薄薄的布料，他手指尖上的温度传到她的眼睑上，温热而酥麻。陈鸾睫毛微扇，下意识地摇了摇头，从耳根子红到了脖颈："殿下怎么来了？"

他惯来清冷，喜欢独处，这样人多嘈杂的场所，他向来避而远之。

纪焕收回了手，目光落在小姑娘红透的耳根上，又想起方才纪萧叫嚣的那几句。他掀了掀唇角，道："闲来无事，出来游舟品酒。"

陈鸢的目光扫过小几上的酒坛子，弯了弯柳眉，带着些笑意问："殿下今日心情极好？"

无怪她这么问，世人皆知八皇子自律，极少沾酒，若不是年末宫宴这等重要场合，断不会举杯贪欢。

陈鸢却知他喜好美酒，酒量亦佳，只是对酒颇为挑剔。若不是心情极好，不会在人前饮酒。

她在年前，曾费尽心思命人买了一坛梅子酒送他当作新年礼。

她对他，曾经真真切切用情至深。

纪焕骨节分明的手指拂过檀色的小几，神色晦暗复杂。他不好说，老皇帝病重，朝中诸事都暗中交付在他手上，就连历代帝王直系暗卫，都交了一半在他手上。

纪萧已被架空，有名无实的皇太子，根本蹦跶不了多久就会被淹没在这残酷的朝堂之中。后世所见，也只会是史书上寥寥几笔。

可真正令他身心舒畅的，不过是小姑娘那日在府中，极低又极细的一声嫁他。

"原还不错，这会儿倒没那等兴致了。"男人剑眉星目，声音低沉，如美酒一般醇厚撩人。

陈鸢跟在他屁股后头那么多年，相处也自然些，她寻了长凳坐下，好看的杏眸里映着男人的身影，满满当当的再也挤不下别的东西。

"谁又惹着殿下了？"她拿回之前被纪焕握着拭过眼泪的帕子，手心微颤，不动声色地问道。

帘子升起小半面，陈鸢的眼前映入千舟齐行的盛景，与此同时，他们所在的画舫也开始顺水而下。

这样的场景盛大恢宏，每个人的脸上都爬满了汗水与欢笑，在阳光下璀璨生辉。她想起深冬的寒宫里，自己如一条濒死的鱼，渴望着阳光与甘霖，可一样都得不到，只能跌坐在尘埃里。

她神情蓦地有些恍惚，却在人声最旺时，被男人倾身捂了眼睛。

温热的鼻息浮在如凝脂的脖颈上，陈鸾下意识地偏头，却听到耳边一声极低的轻笑，酥麻在骨子与血液里乱窜。

她瞧不见男人的神色，只能听到他噙着笑的声音，说着心底的不悦："瞧见你与他站在一处，我心中不甚舒坦。"

何止是不舒坦？

他伸手抚在她乌黑的发上，秀发顺滑得如丝绸亦如流水，一点点从指尖泻过。他目光轻柔，极低地呼唤一声："鸾鸾。"

第四章

惊喜

一袭珠帘，两重天地。

陈鸢纤长的睫毛如同一把精致的小扇子，一下一下地拂过男人温热的掌心，带着一丝慌乱的意味，却又是别样的摄魄勾魂。

纪焕清冷的眼眸倏而变得如墨一般幽深，他另一只垂在身侧的手微微握了握，神情晦暗复杂。

陈鸢生了一张灼若芙蕖的小脸，这张脸上的一颦一笑，娇嗔怨怒他既瞧过，就再容不得旁的男人偷窥分毫。

他也是男人，自然知道这绝色容颜对男人的诱惑。更何况小姑娘身后还站着一个镇国公府，哪怕如今已经不复昔日荣光，却仍是一份不可小觑的力量。

"殿下？"陈鸢看不见眼前事物，也看不见他的表情。这样叫她有种不安全之感，当下微微侧首，带着丝疑惑开口。

"下回遇到纪萧，无需像今日这般瞻前顾后，直接推拒了就是。"他声音稍哑，如雨水滴打在布着绿苔的砖瓦上，醇厚又清冽。

说罢，他松开了手。

陈鸢重获光明，第一眼便落在男人轮廓分明的下颌上。她缓缓抬眸，又见到纪焕掀了掀嘴角，声音里带着一丝旁人难以察觉的宠溺之意："谁都无需怕。"

得八皇子如此承诺，只怕她是头一份。

陈鸢身子绷得有些紧，一双涟涟杏眸中蓄起一层薄薄的雾，朦胧隐绰。她红了小脸低声应下："谢殿下。"

面上有多感动，心中就有多清明。

若这幅场景是在从前发生，她不知要欢喜成什么样子。

可她已经不是那个单纯的陈鸾。

梦中经历的情形时时劝诫着她再也不能心无杂念地去喜欢一个人，像曾经那几年时光一样，黏着他做他的小尾巴，无关乎权势地位，没有利害取舍。那么纯粹的一腔欢喜，她只怕是再也寻不回来了。

陈鸾慢慢安静下来，像失了神一样。

纪焕如今对她说的话，又有几分是发自真心的呢？

之前耗在他身上那几年，他全然无动于衷。如今却忽然变了个人一样，就那样轻易地将她曾经梦寐以求的承诺说了出来。

说到底，她去找他是有所图谋的，是想借此改变命运的轨迹，远离东宫。而他顺势应了下来，只怕也不是全然心甘情愿。

这样深想下去，陈鸾突然有些意兴阑珊。

男人的目光如最锐利的剑，似乎能洞悉她心中藏在最深处的想法。陈鸾与他直视片刻，终是率先挪开了视线。

水声潺潺，太阳照在朱雀河的河面上，每一滴水都泛着七彩的颜色。参加龙舟赛的龙舟一马当先，将画舫远远地甩在后头。

待得太阳微敛光辉，天色渐暗，陈鸾方如梦初醒般回神。却见男人端坐在另一侧的长椅上，跟前小几上摆着棋盘，黑白子已落下不少。

陈鸾松了松手腕，踱步过去看，才一眼就蹙了眉头。

她棋艺不精，往日学习时多有倦怠，情愿去练琴，也不愿在棋盘上多下功夫。牵一发而动全身，她懒得费脑子想着如何步步为营，更不善稳扎稳打，八面玲珑。

可就是她这样的人，也能瞧出棋盘上黑白子看似势均力敌，实则黑子已是强弩之末，反倒是白子棋风凌厉，已是胜利在望。

陈鸾勾了勾唇，牵扯出极细微的笑容，问："胜负已分，殿下何必再费功夫赔子胶着？"

女人的声音娇且糯，哪怕是微微一笑，都会出现两个溺人的小梨涡。纪焕手中的白子一顿，迟迟都落不下去，最后终于落下，却是放了黑子一条生路。

这根本不是男人的棋风。

陈鸾讶然挑眉，纪焕怡然起身，清冷的眉目柔和许多，小姑娘俏生生立在他跟前，明眸善睐顾盼生辉，见此情景再硬的心肠也要软下几分来。

最艰难的三年里，他人尽可欺，每个人都可以在他头上踩上几脚，扬长而去。无人可怜无人帮衬，他只能一步一步咬着牙往上爬。无人倾诉，弱肉强食，向来如此。

你拳头硬，底气足，别人自然对你敬畏有加。没有本事就只能自甘平庸，偏居一隅，人尽可欺。

纪焕从小心思深沉，看得透彻，自然也不怨什么。他微末之时，纪萧辱他欺他，那是他自己无能，相反，若是纪萧往后落在他手里，他自然也不会手下留情。

第一次见面，陈鸾那会儿还小，粉雕玉琢的小团子，奶声奶气，没染上半分世家的世俗。他当时年纪也不大，性子虽清冷，但到底不跟小孩子一般见识。

她喜欢跟在身后便跟吧，等她再大些了，自然会停止这样愚蠢的行为。

只是出乎意料的，小姑娘已成倾城之姿，那份对他的执念倒是越来越强。

直到有一日走在喧嚣的街市上，听茶楼闲聊之人说起镇国公明珠，旁边围坐的人下意识就说出了"八皇子"这样的字眼来，他才恍然发觉——

所有人，都知道她的心思。

身为局中人，纪焕自然做不到无动于衷。唯一能做的，似乎只有一忍再忍，微末之时娶她，只会是一种委屈，更是一种亏欠。

这一等，她却要嫁人了。

纪焕的目光抽离，落在那棋盘之上，黑白子纵横。他嘴角噙着笑，将一颗白子轻捏在指尖，接着袖袍一拂，陈鸾再看的时候，棋局已然乱了。

"殿下为何？"陈鸾有些好奇地问。

小姑娘神情十分认真，眼瞳黑白分明，水灵灵的一如初见时的小奶包。

男人蓦地笑了，声音温和而儒雅，一改往日清冷："一局棋罢了，随心随性就好。"

他不想多说，陈鸾也懒得多问。瞧着天边的落日余晖，红霞一片，她睫毛微垂，开口道："我该回府了。"

纪焕轻轻颔首，起身拿了面纱亲自替她系上。温热的呼吸中夹杂着恬淡的酒香，她目光左右躲闪，脸上红晕胜霞。

"鸾鸾……"他似是有话要说，可陈鸾抬眸与他直视时，男人却先一步撤回了视线，勾了勾嘴角，道，"我会让着你。"

哪怕今时今日，她亭亭玉立地站在他的跟前，红晕满面地利用他解除与东宫的婚约。他也只觉求之不得，甘之如饴。

男人这话没头没尾，陈鸢下意识皱了眉，有些担忧地问："是不是太子那边……"

纪焕的目光冷了下来，眼瞳里透着某种漠然与蔑意："无须担忧，赐婚一事不日即将解决，无人敢逼迫你。"

十数年潜伏，一朝筹谋，他如今就等着纪萧出手了。

陈鸢上了回府的马车，太阳光敛去炽热，只将柔和均匀地洒在少女窈窕的身姿上，镀上一层金色的光晕，如谪仙神女一般。

此时朱雀河热闹散尽，纪焕站在船头，脸上的线条柔和下来。若是再换上一身白衣，与那翩翩儒雅的书生倒是极像。

小姑娘变了很多。心有顾虑，对他也是一避再避，他都看在眼里。

之前种种，皆非所愿，他有不可推脱的责任。若不是他之前受阻瞻前顾后，小姑娘也不至于会如此心慌。

她若是想躲着，藏着自己的小心思，他就纵着，一直让着。

总归接下来的风雨过去，彩虹就该来了。

回府的马车一路平稳，陈鸢隐了脸上的盈盈笑意，莹白无瑕的玉手轻抚额心。想起等会儿回府后的糟心事，眉心就不自觉地蹙了起来。

斜阳余晖洒落，太阳已敛了大半光芒，金色的暖光却更为肆虐，柔和地平铺在天空上，颜色浓郁得像是即将落下一场酣畅淋漓的光雨。

这样的场景持续了好一段时间，而后暗色翩然而至，两种颜色在空中交织缠绕，形成一层暗淡的薄纱，笼罩万物。

陈鸢才踏进府，就觉着气氛与往常大不相同，也不知是因为今日是端午，还是因为康姨娘有孕。

清风阁的枣树枝丫上，挂着一个红灯笼，散着喜庆的光，被夜风吹得左右悠悠地晃。

陈鸢坐在靠窗的罗汉床上，手里头握着的书卷一页也没翻动过。流月看出她的心不在焉，上前提醒道："姑娘快放下书吧，等会儿还要去福寿院呢。"

每年端午，都要去老太太的屋里用晚膳，以示一家团圆。

陈鸢睫毛微扇，嘲讽之意不加掩饰。

她轻轻取下手中的珊瑚手钏，换上了一个翡翠手镯。这是宫中御赐之物，水头纹理皆没话说，戴在她洁白的腕上，为明艳动人的女子添了五六分的温和乖巧。

无论是老太太还是陈申，都喜欢她听话的模样。

仿佛一瞬间的工夫，天幕上最后一丝青白色被抽离，天地间只剩下纯粹又嗜人的黑色。

天黑后不久，福寿院那边果真就来了满脸笑意的小丫鬟，冲着陈鸢福福身道："大小姐，老太太请您过去用晚膳。"

陈鸢轻轻颔首，简单梳洗一番，换了身衣裳，便跟着那丫鬟去了福寿院。

各条狭长的小路上都挂着红色的灯笼，张灯结彩的。若是不知情的人见了，怕是以为府上有新婚之人。

那个小丫鬟见了她，笑着道："这都是早间国公吩咐挂上的，庆祝今日双喜临门。"

陈鸢闻言，漫不经心地勾了勾唇角，她微微启唇，声音里夹带着恬淡的笑意："是该好好庆祝一番的。"

不知名的虫声悠悠，福寿院灯火通明，每一个往来穿梭的丫鬟婆子脸上都堆满了笑。

这笑险些伤了陈鸾的眼。

她紧了紧手中的帕子，微微勾着嘴角笑了笑，缓步走了进去。

夏日的夜里凉快，里屋中冰盆已被撤下，但仍余了寒凉的温度。老太太坐在正中的位子，许是今天着实开心，笑得眼睛眯成了一条缝，褶皱堆在一起成了一朵花。

康姨娘与陈鸾分别坐在离她最近的左右两侧，这在往日里是陈鸾的位子。

才踏进这里屋，陈鸾的步子就微顿，杏眸一扫，而后了然。什么话也没说，面上一派恬静乖巧，给老太太福了福身道："给祖母请安。"

老太太见了这个往日里最贴心的嫡孙女，心里百般不是滋味，想起接下来要说的话，更是觉得疼惜与亏欠。

若不是国公府子嗣实在是不旺，何至于如此委屈了她？

还有苏媛……

说到底，是国公府欠了她们母女。

"鸾丫头快坐到祖母身边来。"老太太冲她招了招手。

陈鸾的脸色一白。

离老太太最近的位子，她坐了一个，康姨娘坐了一个，哪儿还有位子留给陈鸾？

陈鸾淡声应是，步子不徐不疾，朝着老太太走去。经过陈鸾的时候，两人视线在空中撞上，交汇出火花。陈鸾似笑非笑，看向陈鸾的目光意味深长，而后径直越过她，裙摆带起一阵香风袅袅。

老太太身边的嬷嬷最通老太太心意，当下就命人搬来一张座椅。陈鸾颔首，轻言轻语地道："多谢嬷嬷。"

"大姑娘折煞老奴了。"

老太太布着褶皱的手拉过陈鸢的手轻抚几下，问："今日同小郡主游玩，可还尽兴？去了哪些地方玩？"

今日朱雀河的事，太子定不会叫旁人知晓，否则丢的是自己的脸面。而纪焕与南阳王府，定然也不会走漏消息。

思及此处，陈鸢抬眸，亲昵地挽了老太太的小臂，道："自然是尽兴，先去听雪楼吃了些新出的点心，而后又去看了龙舟赛。"

基本每年端午出去都是大同小异，若不是这回出去遇见了纪萧与纪焕，只怕也是没什么变化的。

老太太不疑有他，连连点头，面目和蔼慈爱："你们玩得开心便好。"

康姨娘与陈鸢一直笑着听，也不插话，可那神情俨然已是最大的赢家。

陈鸢旁若无人地与老太太说了些话，这才侧首看向康姨娘，目光带笑落在她尚平坦的小腹上，朱唇轻启："早间出门时听底下人来报，姨娘有喜？"

老太太点了点她的额心，连声笑道："就你消息灵通。"

康姨娘也跟着笑，风韵犹存的脸上尽是幸福与甜蜜，轻声回道："大夫来瞧过了，才两月有余。"

陈鸢朝着流月瞥了一眼，后者会意，上前一步附在她耳边道："小姐，已送过去了。"陈鸢颔首，冲着一脸疑惑的康姨娘道："姨娘有喜，是府中的大事。我原本还不知送些什么，正巧记起前些天祖母命人送了根百年老参到我那儿，老参乃大补之物，正是姨娘此时所需之物。"

说罢，她掩唇笑着冲老太太撒娇道："正好鸢儿借花献佛，祖母可不能怪鸢儿。"

老太太原本就觉得对她有所亏欠，这会儿更是动容。

百年老参就是宫中也寻不出多少根来，是稀罕金贵之物。她当初因为康姨娘的事对这孩子不分青红皂白训了一顿。事情澄清后，到底心里过意不去，这才叫人将这老参送到了清风阁。

可这孩子哪怕再不喜欢康姨娘，知道她有孕之后，仍能做到如此慷慨大方，可见心中将血缘之亲看得有多重要。

"真是个好孩子。"老太太声音更显柔和。

陈鸢只笑不语，垂眸望着帕子上含苞待放的红梅。她侧脸娴静醇和，像极了年轻时的苏媛，老太太见此心中一阵挣扎。

过了一会儿，前头有丫鬟来禀报，是陈申到了。

陈申虽心性不良，但生了一副好皮囊。人逢喜事精神爽，难得的一进里屋脸上就挂了笑，书生面庞更显得俊朗非凡。

陈鸢只瞧了一眼，就淡淡地挪开了视线。

晚膳十分丰盛，陈鸢却没有什么胃口。只用了几口就皱着眉勉强陪着，直到老太太放下了筷子，她才跟着放了碗筷，又拿帕子净了手。

原本是轮不到妾室上桌的，可康姨娘不同。她在府上十几年，俨然有府中主母的派头，除了没有名分，其他的待遇都等同主母。

陈申春风得意，吃得也尽兴，不知是否有事先商量，康姨娘与陈鸢用过晚膳就寻借口回了自己院子。

如此一来，静谧的里屋就只有各怀心思的三人，一时之间，谁也没有开口说话。

陈鸢瞧着这等场景，心中暗叹一声。拖了这么多年的事，还是要来了。

今夜老太太的屋里撒下了熏香，南边的窗子大开，如水的夜混合着月色，银光流淌进屋里，清冷美好有余。

没等多久，陈申突然轻咳一声。陈鸾睫毛微颤，抬眸望向他，听他斟酌着朝老太太开口："母亲，当日儿子向您请愿许康氏当家主母之位，您大为生气，要儿莫再提此事。可如今康氏即将为国公府再添一名子嗣。她贴心陪伴儿十几年，对母亲也是百依百顺，吩咐之事莫有不从。若再不扶正，恐伤人心。"

他突然叹了一口气，言辞更为情真意切："恒儿和鸾儿都到了定亲的年纪。若能将康姨娘扶正，所出子嗣皆是嫡出，我国公府嫡系子孙也可多多益善。"

陈鸾听到一半便已低了头，嘴角微翘，也看不出具体是个什么神情。

陈申说完见老太太神色复杂，便一撩衣袍，双膝落地，语气坚定："希望母亲成全。"

屋里瞬间静得能听见窗外夜风的呜咽声，陈鸾手中的帕子松了又紧，最后似是想通了什么，身子也跟着彻底松了下来。

老太太握了她一只手，声音嘶哑，有些艰难地问："鸾丫头，你觉着你父亲所说，可对？"

事情发展到如今这般境地，陈鸾说对或不对，改变不了半分结局。倒不如识趣一些，叫他们都觉着有所亏欠。

只要老太太觉着亏欠她一日，那些人就一日越不过她去。

只是理智归理智，真要将那个"对"字说出口，却需要莫大的决心。

陈鸾弯了弯嘴角，语气十分轻快，听不出一丝一毫的不悦。她甚至笑着挽了老太太的胳膊劝道："父亲说得对，姨娘等了十数年，好不容易等来这样的大喜事。鸢儿也想跟着热闹热闹，邀些世家贵女前来观礼，也好将二妹妹介绍给她们认识。"

陈申的面色好看许多，温声道："鸢儿懂事了。"

陈鸢心底嗤笑一声，替他们说话便是懂事，否则就是不识大体？

她眨了眨眼睛，接着道："鸢儿来前瞧了黄历，五日后是个好日子。不若到时祖母设宴，在宴上宣布这个消息，也好叫姨娘体面些？"

老太太有些疲惫地点头，道："就按鸢儿说的办。只有一点，若是你叫她所出子嗣压过鸢儿一头，我却是万万不能答应的。你若还有一点良知，就该好好对鸢儿才是！"老太太的声音陡然凌厉起来，目光如刀一般落在陈申的脸上。

陈申面皮抖了抖，但也是如释重负，生怕老太太反悔，急忙连声道："母亲说的什么话？鸢儿是儿子的掌上明珠，儿子断不会叫她被人欺了去。再说鸢儿和恒儿也断然做不出那等混账事来。"

窗外夜随南风起，沉沉的天幕上缀着几颗暗淡泛黄的星。福寿院中的檀香味还未彻底散尽，袅袅浮动，间或为窗外一两声鸟鸣惊去。

老太太似是极为疲惫地朝着陈申摆了摆手，声音极低又极严肃地道："你说的话，自当做到。下去吧，我有些乏了。"

面对着老太太，陈申自然不敢说一个不字。他起身告退，最后还是说了一句："那这事便麻烦母亲操劳了。"

老太太闭眼，却是回都不想回上一句了。

陈鸢眸中异色连连，今日这一切其实早在她意料之中。老太太坚持了十余年，偏不将膝下已有一子一女的康姨娘扶正，决心可见一斑。

她突然十分好奇当年母亲到底因何而死，连带着叫老太太十多年来对她常有亏欠之感。

"祖母好好歇息，鸢儿先行告退。"陈鸢福了福身，轻言细语道。

老太太却突然睁开了眼，一双浊眼中的锋利之色有若实质，她神色复杂地开口问："鸢儿，你实话告诉祖母，将康姨娘扶正一事，你可有意见？"

陈鸢一愣，随后轻轻一笑，嘴角漾开两个小梨涡，勾人又狡黠："回祖母的话，鸢儿无其他意见。姨娘早该被扶正了的，是祖母心疼鸢儿，这事才推迟至今。如今姨娘有孕，于情于理，这主母之位都该是姨娘的，鸢儿岂是那等不明事理之人？"

她说得诚恳，眼眸澄澈如山涧的小溪流水，任何人瞧了那双眼睛，都要不由自主地信了所有的话。

老太太也不例外。

老太太停下手中转动的佛珠，伸手抚了抚陈鸢的脸颊。对这孩子，她是捧在手里疼在心里，怎么对待都觉得是万般亏欠的。正是因为这样的对待与宠溺让陈申心生不满，转而对这唯一的嫡女爱答不理，反而将妾室一家宠上了天。

"鸢儿，祖母老了。"老太太布满褶皱的眉心净是沧桑，她接着道，"许多事情，祖母想管也是有心无力。你不日就要入主东宫，往后一切还要靠自己。"

陈鸢轻轻颔首，抚了抚老太太的手背，声音低落了不少："鸢儿知道祖母的心思，祖母放心便是了。"

老太太抬头看她，昔日咿呀学语的奶娃娃，如今已长成温和贤淑的大家闺秀，即将嫁入东宫，日后定然贵不可言。

"总算没有太对不起你娘的嘱托。"

陈鸢目光微闪，十分想问问老太太她娘亲的事。但以往每次一提，总惹得老太太不悦，也只能将到了喉咙口的话咽下。

日后总有办法知道的。

陈鸢回清风阁的时候，夜色已浓，流月与葡萄手中都提着灯走在她身侧。月光被乌云遮挡，只留下一个惨淡的轮廓。

她心中藏着事，如乱麻般剪不断理还乱。眼前一会儿是康姨娘与陈鸢略带得意的神情，一会儿是老太太略带沧桑的话语，最后这些画面统统散去，只剩下纪焕坚毅带笑的脸庞久久徘徊，驱之不散。

陈鸢自嘲，自己还真是个痴情之人。

隔日老太太就命人往各府送了帖子，也隐隐放出了风声。各家各户皆有精明之人，立刻就明白了国公府此举的用意。

嫡女庶女、嫡子庶子的观念在众人脑海中根深蒂固，如今虽是把一个姨娘扶正，但其所出子女都长大了，与真正倾尽心力与资源培养的嫡女仍不可相提并论。

心里门儿清归门儿清，这仍是一件盛事。

老太太早早地就将诸项事宜吩咐下去，只等宴会之日到来。

这几天康姨娘与陈鸢都老实安静得不像话，没有半分扬眉吐气之意，只每日待在自己院子里，旁的事一概不参与。

宴会前一日，陈鸢听着流月的回禀，笑得眉目弯弯。美人素手微抬，漫不经心地取下玉簪，一头的青丝如瀑散在背后，一时间淡淡的幽香散开。

她红唇轻启道："这回倒是学乖了。"

玉色阁那位等这一日等了十数年，从最貌美年轻的年纪熬到险些人老珠黄，靠着晚来的子嗣才即将登上主母之位。若是临门一脚却被人抓住了把柄，那她定然肠子都要悔青。

毕竟康姨娘比谁都清楚老太太到底有多不喜欢她，也清楚今日的松口妥协又来得多不容易。

流月端上一碟子马蹄糕放在小几上，又去外头剪了开得正好的花枝插在玉白的瓷瓶中，娇艳欲滴的花朵带着幽香招展，令这房间的颜色都盛了几分。

"流月。"陈鸢侧首，松了松皓腕轻唤，"南阳王府与公主府，可都送去了帖子？"

流月点头，神色无比认真地回道："小姐亲自吩咐的事，奴婢们哪敢怠慢？南阳王府那的帖子，老太太已叫人发了。只是三公主人不在公主府，府上的人说，公主在皇宫，也不知会不会来。"

陈鸢点头，沉默了一瞬，又道："锦绣郡主可知道这事了？"

"定是知道了的，老太太那也发了帖子去郡主府上。"

陈鸢有些意外地轻喃，秀气的眉头微蹙，老太太怎么会不知这帖子的含义？

帖子一发，要不就是笃定郡主已放下往事，国公府想与郡主重修旧好；要不就是老太太压根儿不想康姨娘坐上主母之位。

锦绣郡主脾气火爆执拗，若是当众一闹，吃亏的必然是康姨娘。届时在诸多来宾面前，国公府丢尽脸面，必会沦为京都人们茶余饭后的谈资笑柄，这绝不是老太太希望看到的。既然如此，这帖子最好是避开郡主府送。

可老太太心知肚明，还是这样做了。

这到底是何用意？着实叫人百思不得其解。

可不管怎样，阴差阳错的也算帮了陈鸾一把。

事到如今她也只能赌一次。若是郡主来，那便皆大欢喜；若是不来，也只能说康姨娘有福气。

五月十日，艳阳高照，镇国公府一早就热闹起来。

陈鸾起得早，在天还泛着蒙蒙黑的时候，就顶着露水与寒意去了一趟清冷无人的芙蓉院。这里是苏媛尚在人世时的居所，自她死后这院子就荒废下来。

老太太虽常派人来打扫，但这院子十数年无人居住，底下的丫鬟躲懒，荒草还是长满了小院子。

陈鸾踏着荒草一步步往前走，露水沾到衣裙上也浑然不顾，脸颊上的笑意始终清润有余。

月季常开，馥郁芬芳。几朵未开的月季被晨间的风一吹，洒落下露水几颗，颤颤巍巍含苞待放，散着独有的幽香。

她不知母亲长的什么样子，所有印象皆来自画像。但她知道自己长得与苏媛很像，因为老太太时常瞧着她的脸走神，也因为这张脸对她近乎有求必应，娇宠无度。

这都是母亲留给她的，甚至为此付出了生命的代价。

老太太曾亲口说过，百花之中苏媛独爱月季，芙蓉院中的月季花，就是她亲手所种。

陈鸾许久没有踏足这里，入目一片荒凉。此刻府上其他地方却是张灯结彩，来往丫鬟皆面带笑意，这一切，都是为了即将成为国公府上第二位主母的康姨娘所准备。

微风轻拂，柳枝低头。陈鸢一张小脸上似是带着清冷的仙气，若行走人间的谪仙一般，仿佛随时可以乘云而上。

"母亲，鸢儿无用。"她的声音极轻，在风中破碎得只能听见几个含糊的字眼，可一字一句中的恨意，却无法被吹散。

是她无用，负了母亲一片苦心，也负了自己一世。

她虽步步为营，处处小心，却还是叫那对蛇蝎母女登上了高位。不仅无法正大光明地报仇，还得时时堆着笑脸，甚至向老太太建议将康姨娘扶正。

纤细的手指如白玉一样娇贵，月季花枝上的尖刺十分容易便扎破了皮肤，深入到肉里。陈鸢吃痛，微蹙眉头，指尖飞快地涌出一大颗血珠，滚落到绿色的叶上，无害又妖冶。

"母亲，鸢儿定会好好地活下去。谁欠了我们的，都要完完整整地还回来。"

说罢，她深深地看了这院子一眼，转身回了清风阁。

她一如既往地用了早膳，却在梳妆打扮时，挑了最不起眼的一件月白蝶纹罗裙。

陈鸢是京都出了名的美人坯子，这月白蝶纹罗裙穿到她身上，倒也衬得人娇弱俏楚。

"小姐，今日穿这件衣裳，会不会太素了一些？"葡萄给她戴上暖玉耳坠，皱着眉头不解道。

小姐是嫡长女，又是未来的东宫太子妃。这样的盛大场合穿这身未免太过寒碜，不知道的还以为小姐在府上地位低微呢。

陈鸢微微挑了挑眉，镜中的人面色弱白，颇有几分弱柳扶风之态。她启唇轻言："昨夜风大，窗子半开，我受了些许风寒，故而今日脸色苍白。可听明白了？"

流月心思缜密，当即拉着葡萄应下。

眼看着时辰将至，天空碧蓝如洗，万里无云。太阳自东而起，洒下晨光万丈，草木从梦境中惊醒，活力焕发。

陈鸾到堂屋之时，已来了不少世家夫人。老太太坐在上首位陪着几位老夫人说话，康姨娘今日风头正盛，穿了一件偏正红的长裙，就连陈鸾也是光彩照人，脸上的笑容一刻不停。

今日，是她们的大日子，也是扬眉吐气之日。

从今往后，陈鸾有的，她陈鸾一样不差。她要光明正大地当着所有人的面，将陈鸾踩在脚下！

今日来的都是后宅女眷，因为是老太太下的帖子，有几家的老夫人也是赏脸如约而至。假山湖亭，花苑堂屋，处处都是千娇百媚的世家小姐，莺燕糯语，自成盛景。

类似南阳王府这种的顶级门楣，自然没怀什么别样的心思，纯粹是看在老太太的面上前来，但有些稍没落的一流世家就不一样了。

国公府现只有陈昌恒一个男嗣，如今将姨娘扶正，不出所料他就是镇国公世子。若是自家府上嫡女嫁过去，便是名正言顺的世子夫人，两家交好，利益多多。

有这等想法的世家夫人，不止一两位。

所以今日的康姨娘可以说是如鱼得水，脸上得意的笑容没有停过，她享受着这份迟了十几年的殊荣，只觉得苦尽甘来。

骄阳似火，烈日下陈鸾的面色就更显得苍白而没有血色。她自小用各种滋补食材，娇贵得不得了，这几日心里郁结，连带着夜不能寐，可不就成这副弱不禁风的样了？

可即使是这样，她也始终噙着几缕清浅的笑，看不出一丝一毫的不乐意与委屈来。

南阳王妃与大将军夫人坐在堂屋的坐椅上，两人交好，私下相谈甚欢。聊着聊着，大将军夫人的目光就落在了陈鸾身上，她神情不变，语气唏嘘地低着声道："妾室扶正，倒是苦了这孩子。"

众所周知，小郡主与陈鸾自小交好，南阳王妃也算是瞧着这个丫头长大的，所以开口之前心就偏了。她淡淡瞥了眼站在人前一脸笑意的康姨娘道："妾就是妾，扶正了骨子里还是改不掉小人得志的嘴脸，大姑娘无生母照拂，也比二姑娘大方得体许多。"

大将军夫人笑着附和，她们心知肚明。即使是被扶正了，这原配嫡妻所出的嫡子嫡女，也是要压继室子女一头的。

只是陈鸾这孩子从来与人为善，没见过人心丑恶，将所有人都想得同她一样良善。在她出嫁前，给她上这么一课也好，希望能让她看清，进而对人对事有所防备。

小郡主来得早，见陈鸾没来便兀自去了清风阁寻人，而陈鸾彼时才出院门，两人正正好错开。所以陈鸾未寻到沈佳佳的身影。

流月从小路上出来，附在她耳边轻声道："小姐，郡主在清风阁呢。"

陈鸾哑然失笑，转而望着眼前和乐融融宾客尽欢的场景，眸光一黯。继而意味不明地轻声笑笑："这儿有祖母与康姨娘足够了，我们回清风阁去。"

她才踏进院门，就瞧见沈佳佳坐在小花园的石凳上，俏脸微寒，一丝笑意也挤不出来。陈鸾走上前在她身旁坐下，妙声缓问："这是怎么了？谁惹着咱们小郡主了？"

伺候的丫鬟乖觉，飞快端上两杯雾气氤氲的热茶，茶叶在沸水中舒展身姿，清香袅袅。

沈佳佳瞥了她一眼，不期然撞上一双笑意盈盈的眼眸，她冷哼一声道："我为你着急憋屈得上火，你倒好，还有如此闲情逸致品茶？"

陈鸾点了点她额间的花钿，敛了神色安慰道："我知你心疼我为我着想，可今日之事，我实在是无能为力。但凡有一点办法，我也不会叫她们如此欢欢喜喜……"

她没有接着说下去，沈佳佳却懂了她的意思。可就是因为懂，才觉得憋屈得红了眼眶。

既然没有办法，就只能坦然接受，以退为进。只是退的这一步，陈鸾她该多难受啊？

"罢了，咱们就在你这院子里坐着，不去外头看那些人的嘴脸，眼不见心不烦。"沈佳佳揭开茶盏抿了一口，恨声道。

"你放心吧。"陈鸾笑着瞥了她一眼，意有所指。

只是到底没能安稳地过完一个上午。

树荫下凉爽，几缕阳光照在冰冷的石凳石椅上，已是柔和许多。陈鸾与沈佳佳错开话题，聊些近期京都发生的趣事，时间倒也过得快。

快到了用午膳的时辰，前头却还未派人来寻。陈鸾皱眉，吩咐葡萄去堂屋看看。

约莫过了一盏茶的工夫，葡萄步履匆匆地进了院子。她先是朝沈佳佳福了福身，而后附在陈鸾耳边道："小姐，三公主带着人来了，现在前头都闹起来了。"

陈鸾脸上的笑意一滞，与沈佳佳对视一眼，接着追问："可知是为何事闹起来的？"

葡萄看了看沈佳佳，有些难以启齿。虽然小郡主与自家小姐是至交，但毕竟家丑不可外扬，这样的事若是说出来，落了国公府的面子，也是落了小姐的面子。

"说吧，因何事而起？"陈鸢站起身来，头一回变了脸色，杏目中的柔意尽数转变为有若实质的冷冽。

"公主乔装而来，正巧碰上三公子从学堂归来，三公主没理会公子，径直就走了。谁知公子身边的书童看公主身边只带了一个伺候的丫鬟，非说公主对公子视而不见是为不敬，各种盘问。"

话说到这里，陈鸢彻底明白过来。三公子陈昌恒做了十几年的庶子，眼看国公府世子之位尽在囊中，便再也无法忍受别人的不敬，想用看起来略寒碜的三公主立威。

怎么想的？又蠢又毒。

他与陈鸢倒是如出一辙，狗眼看人低，小家子气深入骨子里，改也改不掉。

今日这事，自然无法善了。纪婵那个性子……

陈鸢与沈佳佳到的时候，三公主面色不豫，正坐在堂屋的座椅上。她左右两侧各立着两名侍卫，老太太在一旁低声下气地说话赔礼。

上一次是因为陈鸢，这次是因为陈昌恒。

其余的夫人都被安排进了坐席，堂屋里除了三公主纪婵和老太太，就只剩下直愣愣站着略显木讷的陈昌恒。

他怎么也想不到，这个美艳异常的少女，竟就是京都传闻中最负盛名的嫡公主，真真正正的金枝玉叶。

今日一见，惊为天人。

如此低调出行，难怪鸢儿会不小心惹到。

他心中难免有些忐忑，背却挺得更直。

陈鸢上前几步，挽着老太太问："祖母，这是怎么了，发生了何事？"

老太太瞥向陈昌恒的目光满含失望，沉沉地对纪婵叹道："是国公府管教不严，才叫昌恒冲撞了公主。求公主看在老身的面子上，莫将此事放在心上。"

纪婵美目微敛，皇家威仪展露无疑，她并没有因此而缓和声音，反而双颊燃起红晕，显然是动了真怒："你国公府可是打定主意与本宫过不去了吗？上回区区一个小丫鬟就敢往本宫身上泼脏水，这回更是被人欺到头上来。府上三公子好胆色，逮着人就要耍威风。本宫从出生到现在，从未见过如此狂妄无礼之人！"

她话说得极缓，但每个字里都蕴着怒意。

老太太连声道不敢，朝陈昌恒狠狠瞪了一眼，沉声怒喝："还不快过来给公主赔不是！"

陈昌恒抬头望了一眼斜靠在座椅上的女子，忍不住心神一动，旋即飞快地低下了头，声音儒雅温和："昌恒不知礼数，冲撞了公主，请公主恕罪。"

陈鸢这才像是听懂了，抿着唇轻声为陈昌恒求情："三公主恕罪，我这三弟他向来知礼得体，今日定不是有心的。"

"本宫瞧他就是成心的！"纪婵凤目一扫，接着道，"上回你那庶妹落水之事，本宫看在你与老太太的面上也就不多计较。今日被人欺到头上，国公府难道打算轻飘飘几句话将本宫忽悠过去，也不给个交代？鸢儿你休要替这等人求情！"

竟是连陈鸢的面子都不给了，可想而知被气到了何种地步。

这就是皇家最得宠的小公主，淡淡的几句话令老太太都感到了些许压力，不知该如何接下去才好。

冰盆散发出的冷意，和着外头穿堂而过的风起舞，再悄无声息地卷到几人身上，激起一层细小的疙瘩。

"公主抽空前来，是贵客。现已到午膳的时辰，不如公主先移步前去用膳？"陈鸾紧接着劝道，"公主放心，此事国公府定会给个态度出来。"

纪婵的目光在她与老太太之间徘徊，而后颇不情愿地起身，冷言道："但愿如此，否则本宫就只有禀告父皇与母后做主了。"

帝后有多疼爱这个小公主，每个人都知道。

陈鸾领首，而后转身对着陈昌恒冷喝，道："去祠堂跪着，没有公主命令，不准起来。"

陈昌恒难以置信地瞪圆了眼睛，下意识地想开口反驳几句，人家公主都还没发话，她陈鸾怎么就敢这样命令自己？

跪祠堂，只有犯了大错之人需要如此。他又没有犯什么大错，不过是身边书童一直煽风点火，他才不悦地数落了几句，这哪是什么重罪啊？

再说就是真的要跪，也不该是她陈鸾开口。

他脸上的表情明显而露骨，陈鸾饶有兴味地瞧着，缓声冷喝："还不去？"

陈昌恒目光不善，才要说什么，就被老太太的目光惊了回去。再不情愿终究也还是去乖乖跪着了。

饭席上那些女眷都是人精，方才见了三公主怒容的人，都有意无意疏远着康姨娘，甚至还有许多在暗地里看好戏。

今日来的都是嫡妻嫡女，对狐媚妾室有着天生的反感，对康姨娘本就尤为不耻。这会儿再看那庶子惹了三公主不快，自然是幸灾乐祸。

老太太拍了拍陈鸾的手，疲惫不堪地嘱咐："你去坐在三公主边上，好好劝劝，别将这事闹大了。"

最好能大事化小，小事化了。

陈鸾了然地颔首，她裙摆飘然，在经过康姨娘与陈鸢的位子时稍稍一顿，惊起香风一阵。二者回眸，她轻启薄唇，声音极低："今日这事，可还没完。"

康姨娘勉强维持的笑意一下子如潮水退去，陈鸢愣了一会儿，旋即咬牙问道："是你设计的局？"

她忽然想到了很多，从自己惹到三公主，到她在南阳王府落水，再是这次胞弟出事。这一切是不是都并非巧合？

陈鸢忍不住激灵灵打了个寒战。

陈鸾笑着握了她的手，被她甩开也不在意。而后轻叹了一口气劝慰道："别如此沉不住气，别人都看着呢。

"我说了，今日的事到这，可还不算完。"

明明是炎炎夏日，府上各处都要备上冰盆解暑气，可陈鸢与康姨娘却似被浸在寒冬腊月的冰水中一般，身上直起细疙瘩。

她们想大声控诉，揭露陈鸾的丑陋面目，可三公主似笑非笑的目光淡淡瞥过来，她们便一个字也说不出来了。

特别是坐在老太太身边的锦绣郡主，富贵大气至极，单是一露面就吸引了所有人的目光。

时隔多年，康姨娘与锦绣郡主再次同堂相处，任何人都会想起一些前尘旧事。今日郡主来此，也不知有没有戏可以看。

　　两人之间，无须对比，胜负自在人心。

　　陈鸾勾了勾唇，眉目弯弯，对着康姨娘浅语轻言："姨娘，你说这镇国公府主母之位，轮得到你吗？"

　　康姨娘沉沉地盯着她，陈鸾往后退了两步，径直在三公主身旁落了座。

　　不知她说了什么，三公主浅笑几声。

　　康姨娘的心直直下沉，堕入谷底。

　　这几月忙着自己的事情，倒是疏忽了这位柔弱无比的嫡小姐。而今她已然脱胎换骨，这一系列的连环陷阱，叫她们踩得毫无防备。

　　接下来还会发生什么呢？

　　答案在康姨娘心中呼之欲出，而她用手抚着小腹，怎么也不愿相信。

　　扶正的事是陈申亲口承诺，老太太也是首肯了的，况且今日府上来了如此多的勋贵夫人小姐。就算是三公主也不能公然插手臣子家事。

　　这样一想，她才隐隐觉得好受一些。

　　陈鸾装作没有见到那两道如影随形的目光，只是侧首问小郡主和三公主："国公府的饭菜可还合心意？"

　　她们都无心用膳，就是勉强用了几口，也都心不在焉。纪婵敛目，答非所问，嘴唇蠕动几下道："我今日给你带来了一个惊喜。"

　　陈鸾讶然，才要细问，就见纪婵冲她眨了眨眼，懒声道："等会儿你就知晓了，这姨娘的嚣张劲儿，我真是看不惯。"

　　午膳过后，偌大的内室瞬间就安静许多。来的都是娇贵的夫人小姐，天气炎热，午膳过后又都习惯了小憩，这时已有人起身准备同老太太告别。

三公主由侍女扶着起身，站在了人群最前方。她原本有些慵懒的神色眨眼间严肃起来，朱唇轻启，清冷的声音回荡在众人耳畔："父皇口谕，为镇国公与锦绣郡主赐婚，赐婚圣旨不日即达国公府。老夫人，这府上该热热闹闹准备一番了。"

这最后一句话，显然是对着老太太说的。

这突如其来的反转，直接令许多人瞠目结舌。一时之间，目光直往锦绣郡主身上飘。

康姨娘面若死灰，被这寥寥几句话就定了生死，十数年的期盼，一朝全部破碎。这国公府上将迎来富贵异常的主母，今后的日子里她和所出的三个孩子又该如何度过？

陈鸢就站在康姨娘的身边，她冷眼看着女人眼神逐渐空洞下去，眼眶中流下几行清泪，接着捂着小腹倒在了陈鸢的身上。

周围的人开始慌乱。老太太见了她这人事不知的样子，面色虽黑沉下去，但还是担忧她腹中的孩子。顾不得是不是叫别人看了笑话去，她连忙叫人将康姨娘抬进了玉色阁，又命人去请大夫。

一阵兵荒马乱下来，那些世家夫人小姐看戏都看足了，当下也不多待，一个个都各自回府去了。

陈鸢闭了闭眼，今日发生的事，必然会像南风过境一般传遍各大世家。大家心里都有掂量，康姨娘这辈子都不可能再坐上正室的位子。

哪怕今日之事令国公府蒙羞，她也半点不后悔。这相比于她们施加在自己身上的算计与逼迫，压根儿算不上什么。

看她们痛不欲生的模样，她只觉得心中快意。

闹剧结束后,陈鸾三人走在一块儿。沈佳佳眸中异彩连连,道:"原来你们两人早便串通好了!亏我还以为鸾儿真咽下了这口气,险些被那姨娘气得直冒烟。"

纪婵手腕上的暖玉串轻摇,玉颈微仰道:"照鸾儿的计划,我去了趟堂姐的郡主府。堂姐本就收到了帖子,自然是不甘心这样作罢的。只是这样闹事的话,免不得如市井泼妇一般,皇家脸面往哪儿放?正在左右为难之时,纪焕求到了父皇的赐婚口谕。"

有了这赐婚口谕与圣旨,一切问题就迎刃而解。

陈鸾脚下步子微顿,那人的名字如同一道魔咒,每每一听人提起,都要在心中惊起丝丝缕缕的悸动。

纪婵冲她眨了眨眼,灵动异常,声音里满是揶揄的意味:"他还托我同你说句话。"

陈鸾这回是真真切切的觉着脸上火烧一样,她转过身嘟囔着道:"我不要听,你们都莫要说些玩笑话拿我寻开心。"

纪婵与沈佳佳笑得眉眼弯弯如月牙一般,前者缓步行到她跟前,风华绝代的小脸上转瞬间换了一副神情,变得含情脉脉起来:"无人可欺你。"

陈鸾微咬下唇,几乎可以想象到说这话时男人的神情,定是极专注极认真的,如他所说每一句话,所做每一件事。可若因此说是深情承诺,那也是没有的。

那个男人,他不知"情"之一字。

眼含万物,心系天下,却无一人可使他驻足,从来如此。

经了那梦里虚无的劫难,她早已不求得到男人的真心。只要能如今日一样在关键时施以援手,助她完成心中之事,便算是两相安好了。

陈鸢蓦地回神，含笑瞥了纪婵一眼，岔开了话题："说来这段时日还得多谢你们的帮衬，不然我在镇国公府孤零零的，想做什么事都做不成，有心无力得很。"

纪婵轻咦了一声，像是突然想起了什么，直言道："鸢儿，你在信中写到的事，我堂姐或许知道。"

陈鸢身子微微一愣，旋即心中翻涌起千万层巨浪。

她派人送去公主府上的书信，里头除了康姨娘的事情，倒还提及了一事。

关于苏媛的死。

从前她活得稀里糊涂，对那对母女的话深信不疑，自然没有那份心去探究亲生母亲的死因。可如今她不想再活得那样浑浑噩噩。

每回看老太太对着自己这张脸出神，看着她表现出一日胜过一日的愧疚，陈鸢的心就像是被猫儿的爪子狠狠挠过一般。不一定痒，但绝对够疼。

"你什么时候有闲暇了，去郡主府问问吧，我堂姐十分喜欢你，定会如实相告的。"

陈鸢沉默了一下，临到头竟生出些许胆怯的心思来，片刻后颔首轻声道："我明日去拜访郡主，婵儿你先替我与郡主说一声，免得唐突。"

狭长的小道到了岔口，热风拂面。陈鸢想送两人出府，却被纪婵伸手拒绝了："你回去歇着吧，身子不好便不要强撑了，我与佳佳先回了。"

烈日当空，风却不弱。带着些微的热意，大风吹得树梢花枝摇摆不止，吹得湖边柳枝尽低头，似嗔似喜。

沈佳佳与纪婵并肩而行，两人不时低语几句。眼看着拐个弯就是大路，身后却突然追出一个人。

珠环相撞，叮当脆响，美人额间因为跑动沁出一层薄汗。她朝着面色突然冷下去的沈佳佳与纪婵福身，声音温柔至极："请三公主安，请郡主安。"

来的人是陈鸢。

纪婵略慵懒地挑眉，凤目中自是风华无双，一张小脸如话本中的花妖一般勾魂摄魄。陈鸢见了，头一次生出自惭形秽之感。

两人都不发话，只是面带戏谑地望着她。陈鸢早料到是这样的结果，当下也不觉得如何难以接受，她稳着声音道："请三公主恕罪，民女胞弟无知愚钝，先前冲撞了公主，现已被罚跪祠堂。只是他天生不足，身子弱，祠堂又阴冷。民女斗胆发问，他何时能起身？"

"这该问府上老夫人，与本宫何干？"纪婵不耐烦地皱眉，清冷出声，"若让本宫说，跪死也不足以泄心头之愤，你国公府便会依言处置吗？"

陈鸢笑容一滞，身子僵在原地，险些当众失态。

这个三公主，竟嚣张跋扈到了如此境地吗？

尚在国公府上，身后跟着的丫鬟也不少。这么多双眼睛，如今明目张胆地说想要国公府唯一的男嗣跪死祠堂，饶她是公主也有些过分了吧！

陈鸢目光一闪，想起陈鸢今日在用膳前的嘲讽话语，心中愤恨。若说今日之事不是陈鸢一手策划，她是无论如何也不信的。

这三公主和小郡主，分明也成了陈鸢手中的两颗棋子。

"我与姨娘，对大姐姐从来是百依百顺，今日却被大姐姐摆了一道，累得国公府也丢了面子。若公主认为民女口说无凭，诬陷大姐姐，可派人查查今日之事，端倪立显。大姐姐工于心计，若是公主一时不察，只怕也会做了她手中那颗棋子，落得个恃强凌弱的名声。"

这不是她该说的话。

陈鸢心跳如擂鼓，眼神却越发坚定起来，她今日哪怕杀敌一千自损八百，也要让陈鸢不得安生。

人心一旦存疑，种子便会飞快生根发芽，须臾间成长为参天大树。届时三公主的怒火，陈鸢她能受得起吗？

十多年的等待，就为今日康姨娘能被扶正。临门一脚被人摘了桃子，康姨娘忍不了，她更忍不了。

沈佳佳像是听到了好笑的事，掀了掀嘴角，勾出一抹极明艳的笑来。

纪婵彻底没了耐心，轻嗤一声，上前几步折了那被晒得有些蔫蔫的凤仙，花儿落在地上，染上了尘埃与热气："恃强凌弱如何？就是欺你又如何？不过是一上不得台面的庶女，当众编派正室所出嫡女。本宫好奇，这话你敢当着老夫人的面说吗？简直不知所谓！"

纪婵淡淡地扫了她一眼，带着人扬长而去。

陈鸢面色由白转青，如同失了所有气力一般跌坐在一旁的石凳上，连动动手指头都不能。

这与她想的根本不一样。

第五章

觐见

傍晚，残存在空气中的热气散去，绚丽的余晖还未散尽就变了一种颜色，天幕上透出沉闷又压抑的黑沉之色，乌云压顶，风雨欲来。

清风阁的墙角旁，一株小树上只有寥寥几片绿叶，枝头却颤巍巍开了几朵栀子花。花朵在无处不在的暗沉笼罩下越发显得洁白，远远看着竟有种圣洁之意。

绿叶白花正对窗口，陈鸢一伸手便可触到。纤长的玉指微抚着花朵，她神情淡然，杏目微敛。一声雷鸣响起，紫色闪电劈开了半层天，她倏而侧首回眸轻笑，低声呢喃："瞧，变天了。"

暴风雨突至，毫无征兆地便滂沱而下。

豆大的雨打落在前堂后院，将连日来的燥热镇压回泥土里。流月将浸了雨的伞收起，擦净了手上前给陈鸢捏肩，蹙眉将刚打听到的消息一一道来："大夫去玉色阁瞧过了，说是急火攻心，动了胎气，喝些药好生养着也就没事了。这会子老太太和国公爷都已经回了。"

陈鸢美眸半开半合，半晌后才淡淡出声问："康姨娘醒了吗？"

流月手下不轻不重地按捏，道："听说国公爷去的时候还没醒，现在喝了大夫煎的安胎药，应当已经醒了。"

这都小半天过去了。

陈鸢掀了掀眼皮，身子实在倦懒不想动弹，但还是打起精神准备走一遭玉色阁。

该做的样子还是不能落下。

再说耀武扬威这种事，她还真想做一回。

才落过雨的青石路有些滑，湿润的泥土气息扑面而来。夜色深深，葡萄在她左前方挑着灯，风吹得灯笼打着晃儿，如同夏夜里幽幽的萤火，竟带起一丝秋日的寒意来。

玉色阁灯火通明，早间才挂上的喜庆红灯笼还没来得及撤下，在黑夜中晃眼刺目。陈鸢驻足片刻，极低地笑了一声，眼里蕴着满满当当的愉悦。

她性子自小温和良善，可就是再温顺的兔子，被逼急了也会咬人，更莫说是她这等已看透人性冷暖的。

里屋窗子没有打开，通风不畅。屋子里全是草药的味儿，闻着就叫人觉得舌尖发苦。老太太与陈申都不在，想来是这个时辰都回去歇息了，不可能都在榻前守着。

昏暗的灯光下，只有陈鸢在伺候着。

也没等人通报，陈鸢噙着一缕淡笑直接踏步进去，引来两道如刀似剑的目光。

"姨娘，我来瞧你了。"她的声音极轻，轻得像一缕烟，"闹了这么一出，我实在是累极了，回去就提不起精神，小憩了一会儿。才要来看姨娘，谁知外头突然下起了大雨，这才来得晚了些。"

康姨娘喝了药才缓过劲来，藏在锦被里的手指尚还冰凉发僵，见她笑意温和唤出那声"姨娘"，只觉得脑子里乱成了一锅浆糊。

多年的谨小慎微，只因一时不察就落得满盘皆输的下场，还能说什么呢？

康姨娘木讷地转了转眼珠，心想这辈子她恐怕都与"正妻"二字无缘了。

圣上亲自颁下赐婚圣旨，陈申敢违抗吗？

不仅不敢，只怕还欢喜得很。

一个无家世背景的姨娘和富贵大气的亲王郡主，是人都知道怎么选。

她疲惫至极，喉咙也干得很，半晌终于嘶哑出声，语气已是不悲不喜："大姑娘棋高一着，何必深夜前来炫耀？"

陈鸢自己寻了凳子坐下，舒服地喟叹一声，抬眼望向靠在软垫上一下子苍老了不少的女人以及一脸愤恨的陈鸢，弯了弯唇："不瞒姨娘与二妹妹，我原本是没打算来的。"

她漫不经心地拨弄着透明粉嫩的指甲，有些散漫地笑道："总归我还在国公府上，那么多双眼睛瞧着呢，二妹妹与姨娘又都是爱在背后告小状的人，所以这才没了法子亲自走了一趟。"

这样毫不留情的言辞，已然是完全撕破脸皮了。

这样锋芒锐利的陈鸢，谁都没有见过。

陈鸢猛地站起身来，寒声道："装模作样的宵小之辈，我与姨娘往日对大姐姐如何，府中上下谁人不知？今时今日你又是如何待我们的？"

陈鸢蓦地抬眸，精致的脸庞上泛起病态的红晕之色。秋水般的双眸里暗含冰棱，面对陈鸢的愤恨质问，她只觉得可笑无比。

"二妹妹这话说的。"她轻声嗤笑，声音融于忽明忽暗的灯烛中，"你们往日如何待我的，我还真是有些想不明白。

"是二妹妹你在六岁时踩了我裙角叫我掉入荷花池中，落得如今伤病不断，每逢阴雨天就头昏脑涨这件事？还是康姨娘费尽心思说服我爹送我去东宫这件事？"

南边的窗子开了一条小缝，外头悬着红灯笼，喜庆得惹人，除此之外，天空下只剩一片漆黑。陈鸢莹白小脸上的笑意消散殆尽，接着道："你们对我做的事太多，我这人记性不好，一时之间也只能想出来这么几件。"

她玩味地勾勾唇，目光灼灼："二妹妹还记得别的事吗？不若替姐姐好生回忆回忆？"

康姨娘与陈鸢对视一眼，眼中皆是难以置信。这些事她们做得小心翼翼，且都已经过去，没有任何人生疑。

陈鸢她竟什么都知道？是从何时开始的？

失控与无力在脑海中撕扯缠绕，康姨娘的脸色如白霜一样。她深深吸了一口气，稳住微微战栗的身子，头一次正视这个看似除了美貌一无是处的嫡女。

可是已经晚了。

陈鸢从凳子上起身，抚了抚套在手腕上水润的玉镯子道："姨娘既然没事，那我也该回了。"

走到门口，她忽而粲然一笑，意味深长地劝道："姨娘千万保重身子，莫动了气伤了肚子里的孩子。母凭子贵，姨娘不是全然没有机会的。"

说罢，她也不管里头人是个什么反应，几步踏过门槛，冲着玉色阁外头伺候的丫鬟吩咐："姨娘身子不好，这红灯喜庆，正好压压这屋里的病气。这些天就一直挂着吧，正好郡主也要进府了，到时再撤下换新的。"

走下台阶几步，身后里屋传来的花瓶破碎声在黑暗中尤为清晰可辨。

这是陈鸢两月以来头一回睡安稳，但她心中惦念着事，起得也早。

昨日被雨打过的栀子花开得越发灿烂，陈鸾醒后便坐在圆凳上望着。一夜好梦，她眼下的乌青消退不少，葡萄端着熬得浓稠的白粥进来，笑着道："小姐，老夫人那边派人传话了，只说叫小姐早些回来，注意身子。"

老太太的松口在陈鸾的意料之中。

马车早已在府门口备好，郡主府在城东，离镇国公府很有些距离。车辘辘不紧不慢地转动，陈鸾的左眼皮突然跳了几下，她轻咳一声，压下心底的悸动。

真相就在眼前，如今，只需她伸手亲自揭开那层薄纱。

锦绣郡主得皇帝疼爱，又是定北王唯一的孩子，虽然自幼没了父母，但是待遇与公主无异，甚至因为老皇帝的宠溺，地位比一般公主都要高些。

许是纪婵昨日与锦绣郡主说过的缘故，陈鸾一下马车就见一个圆脸的婆子上前来问安道："郡主早知大姑娘要来，一早就叫老奴出来候着了。"

"京都皆传镇国公的掌上明珠容颜绝世。今日一见，才知传言不虚，果真是个极标致的。"那个婆子不卑不亢，夸起人来极真诚。

陈鸾红了脸，轻声道："嬷嬷谬赞了。"

那嬷嬷闻言只是咧嘴笑，并没有再说什么多余的话，只是那神色，显然是极满意的。

这是陈鸾头一次进郡主府，绕过了一片宁静的小花园，又走过一条缠满了藤蔓的长廊。廊下挂着木秋千，一些牵牛花藤绕上去，藤上还挂着露水，美得出奇。

那圆脸的婆子在前边带路，用手指着前头弥漫着雾气的小湖泊，笑吟吟地说："今日一早府上来了贵客。郡主让老奴迎姑娘进来时说，她在小湖边垂钓，叫老奴将姑娘直接带过去就好。"

陈鸢妙目一凝，在锦绣郡主眼中都算得上贵客的，身份有多显赫？

临近湖泊，方圆数百米雾气蒸腾，寻不到人影。陈鸢跟在圆脸的婆子身后，步子轻盈，身姿曼妙，明艳的小脸上自始至终噙着恬淡的笑意。

直到看见前方坐着垂钓的两道身影。

女人长发被风吹动，身子纤细。早起的风有些寒凉，她身上披了一层小毯子，听了动静转过头来，见是陈鸢便笑得十分温柔，如冰雪消融后第一缕春风拂过山岗："阿鸢来了？"

陈鸢头一回离这个名动京城的郡主如此近，与此同时，她的目光却不由自主地落到了另一人身上。

白衣胜雪，书生模样，背影笔挺。哪怕没有回身露脸，陈鸢都能一眼认出。

那个婆子口中的贵客，原来是纪焕。

"陈鸢请郡主安，请八皇子安。"她福了福身，声音如珠环交碰，好听得很。

锦绣郡主面容姣好，整个人如春水一样温和。她亲自扶着陈鸢起身，冲着那个嬷嬷吩咐道："去给大姑娘搬椅子过来。"

雾气寒烟轻拢慢聚，再渐渐扩开，粼粼的湖面露出真容。陈鸢坐在锦绣郡主与男人中间，来时的满腹草稿这会儿一个字也说不出来了。

万万没想到纪焕也在这，这叫她如何开口？

"昨夜下了雨，早间寒凉。可是冷了？"锦绣郡主眉目带笑地问她。

陈鸾摇头，欲言又止的纠结样子无辜得很，锦绣郡主不由得笑出了声："大姑娘有什么想问的不妨直说，咱们以后便是一家人了，无须拘着自个儿。"

陈鸾听了这话，下意识就往男人那瞥了一眼。正巧纪焕手中的鱼竿一握，一尾寸长的小鱼在空中划出半圆的弧度，落到了装着水的木桶里。

男人置若罔闻，只是松了手，又拿过雪白的帕子细细擦拭着虎口。片刻后挑眉，剑眉凝雪。极轻微的一个动作，她就知他心情不好。

不知怎的，最近几回见他，倒是少见他再穿黑色衣袍，反而偏爱起月白的素淡之色来。

陈鸾挪开目光，咬了咬下唇。毕竟是镇国公府的家事，当着纪焕的面问叫她觉着有些难以启齿。

她只觉着自个儿足够了解身侧的男人，殊不知她的一举一动，心思所在，尽在他眼中。

纪焕了解她，甚至多过她在意他。

"大姑娘是为你母亲而来？"虽然他们两个皆沉默着不开口，但锦绣郡主早得了纪婵的消息，自然知晓她一大早来此是为何事。

陈鸾敛了心神，郑重地开口问道："郡主料事如神，家母之事，鸾儿一直不知内情。今日前来，就是想请郡主告知一二。"

锦绣郡主轻轻颔首，徐徐道来："你母亲是个心善之人。实则也没什么好细说的。那年夏天，你才出生不久，皇上带着宫中妃嫔贵人前往避暑山庄避暑，国公府也有数人陪同前往。老夫人那时身子尚算硬朗，便也跟着去了，你爹带着你娘和康姨娘，你则留在了府上交给奶娘带着。只是谁也没想到，这一见便是你们母女的最后一面了。"

话说到这，锦绣郡主的语气也是唏嘘不已，感慨万千。

"那是多事之时，权极一时的左将军一家以谋逆罪被下狱，两百多口人死在菜市。谁也没有想到还有一条漏网之鱼逃脱，那人就是左将军的第四子，名叫赵谦。"

听到这里，陈鸢眉心突然跳了跳，直觉此人与自己母亲之死有关联。

果不其然，锦绣郡主接下来说的话，印证了她心中模糊的猜想。

"当时你父亲在刑部任职，负责监斩左将军一家。赵谦被家人的死刺激得一心想着寻仇，寻思着刺杀皇帝无望，便盯上了你父亲。"

听到这里，陈鸢忽而皱紧了眉心，几乎可以想象到之后发生的事。

"一次你父亲兴致大发，带着你母亲、康姨娘，还有你祖母去林子中散步，赵谦没有错过这次机会。"锦绣郡主的声音小了些，揉碎在湖面的波光里，"亏得你母亲会些功夫，拉着你父亲躲过了第一回的暗箭，身旁跟着的三两个仆从皆被乱箭射死。你父亲这才反应过来，带着你娘她们急忙往住处赶，几人都受了些刮伤。

"眼看着快要出林子了，赵谦带着将军府的一两个暗卫穷追不舍，射出了最后一箭，那箭直直地朝着康姨娘而去，那个女人贪生怕死，情急之下竟拽着国公爷衣袖不放，生生挪了个方向。"

这样一来，那箭就直命陈申的后胸位置。

锦绣郡主有些伤感地低叹："是你母亲冲上去挡了那致命的一箭。那箭贯穿心肺，回天乏力。"

天子眼皮子底下发生这等事，皇帝震怒下令彻查，可那赵谦却像是人间蒸发了一般，查无此人，十多年了也没露过面。

无奈之下皇帝封锁消息，不准他人提及，再加上镇国公府上有老太太再三严令，自然没有人敢说半个字。

陈鸾一愣，鼻尖一酸，眼眶里顿时蓄满了晶莹的雾珠。若不是竭力控制，险些在郡主面前失态。

老太太当时全程目睹，也是生死一线，对康姨娘厌恶到了极致，才回府就下了命令要将她活活杖毙。可康姨娘命大，恰巧在那时被查出了身孕，借此躲过一劫。

知晓了整件事情的来龙去脉，陈鸾只替母亲觉得心寒与不值。她拼了命想要护着的男人凉薄如斯，转瞬就什么都忘了。依旧将康姨娘一房宠得上了天，甚至还想着将人扶正。

若不是老太太一直记着念着，自己只怕也无法安然无恙地活到现在。可即使有老太太护着，阴谋与算计也从未在她身上停歇过。

锦绣郡主提起康姨娘，也是百般的不齿与厌烦，眉头一皱再皱。知道陈鸾心里此时定是不怎么好受的，不由得柔着声音宽慰："姑娘不要多想，往事已矣，过去的便过去了。"

是啊，过去的就只能这样过去了。

知情的人越来越少，旧的贵族世家提起镇国公府的原配嫡妻时，最多只会叹上一句命薄如纸，或许连这个也没有。

没有人记得曾经有过这样一位奇女子。

就连陈申每每听老太太念起苏媛这个名，眼中也只有不耐与厌倦之色。

这就是她母亲的一生。

陈鸾愣怔许久，直到泪痕被藏青色的帕子一点一点擦干。风一吹，她惊觉出些微的刺痛之感，这才恍神抬眸一看，男人长身玉立，雪白的衣角被湖风扬起，手中正拿着那条藏青的帕子。

她竭力不想在他跟前丢人，却一回比一回狼狈。好在这副模样男人见过许多次，她索性不再遮掩，朝他伸手，鼻音浓重："我自个儿来。"

言下之意，便是要他手中那帕子。

小姑娘鼻头微红，琉璃一样的杏眸中又蓄起了水雾。那双眼睛一望过来，似嗔似怨，蒙眬含情，没有一个男人可以从这般天罗地网中挣脱开身。

他纪焕尤甚。

她的手生得极小，小巧的指关节在白日阳光的照射下，现出玉一样透明的质感。

纪焕神色平和，眉间拢着无形的威压。他挑眉，不动声色地将那帕子放在美人的手上，手掌却未曾离开，而是一点点地收拢，将陈鸾小巧的手掌完完全全包裹住。

锦绣郡主不知何时已经离开了，同时走的，还有此地所有伺候的丫鬟。

只有湖面不时跃起几尾寸长的小鱼，惊起涟漪一圈又一圈。

隔着一层帕子，两只手掌温度相连，从手指尖烫到心底。陈鸾眼睛睁得溜圆，如皇后宫中养着的那只猫儿一般。

竟是这样的反应……

纪焕微微眯了眯眼，觉着小姑娘真是可爱得紧。

陈鸾脸红得如映日的余霞，她飞快地想将手缩回去，却挣脱不开半分，反而被越握越紧。

男人自幼习武，力气自然不是她能比拟的。

"可有什么话是想与我说的？"男人声音格外醇厚低哑，身上淡淡的竹香缠绕逼近，陈鸾生怕有人瞧见，急得直跺脚，又羞又急。紧张中小脸却越发千娇百媚起来了。

"快放开，会被人瞧见的啊！"这又不是什么隐蔽的场所，郡主府上那么多双眼睛那么多张嘴。单是两人独处这样的消息被人说出去，到时就是有十张嘴也是解释不清楚的。

小姑娘被惹急了，簪子上的流苏随着她的动作在丝绸一般的发间摇晃，杏眸中的晶莹凝成了一层略羞涩的雾，勾人得紧。

纪焕低笑一声，当真依她所言松开了手，紧皱的眉心也随之微缓，声音更是温和润泽许多，甚至带着点儿愉悦在里头："真没什么与我说的？"

陈鸾被他握着的那只手像是失去了所有知觉一般，不受控制地微微颤抖。她将手指头拢在海棠色绣花广袖下，心中暗骂自己不争气。

"多谢殿下昨日相助。三公主都与我说了，那赐婚的圣旨，是殿下想法求来的。"陈鸾也不再是当初那个不谙世事的小姑娘了，她很快平复了心情，一脸认真诚恳地谢道，"若不是殿下从中出力，事情定是没有那么容易解决的。"

湖边的雾气终于散尽，许是下过一场大雨的缘故，早间的太阳光并不炙热，倒是颇有几分春日阳光明媚的感觉。

纪焕稍稍颔首，鬼使神差的，竟起了几分想要逗弄小姑娘的心思。他负手而立，漠着脸淡声问："除此之外，就没有别的话了？"

话倒是真有几句，陈鸾再三斟酌，到底姑娘家脸皮薄，声音相比方才了许多。美人含羞，糯语娇喃："你往后莫要婵儿再带那样的话给我了。"

平白被她们二人好一顿笑闹。

男人已经许久没见小姑娘这副娇憨的模样，他眸光逐渐幽暗下去，声音半哑："她同你说的什么话？"

那话陈鸢自然说不出口，抿着唇嗫嚅半晌，最后跺了跺脚，腰间的玉佩也跟着晃了晃。

纪焕目光微凝，而后失笑。

同样的玉佩他手里头也有一块，为同源分离而出，一对两块。小姑娘虽不知此物含义，却曾视若珍宝，日日戴着。可自打她答应嫁入东宫后，便再也没见过了。

以为早被丢了，原是她口不对心的小脾气。

"鸢鸢，十日之内，我娶你。"纪焕一身白衣翩然，嘴角微扬，瞧起来温文尔雅大有君子风范。

陈鸢呼吸一滞，抬眸细细观他神色，不放过任何一丝细微的表情。男人身子高大，神情坦坦荡荡，没有一丝玩笑之意。

她也知道，纪焕从不说大话。

没有把握的话，他不会说；不是万无一失的事，他不会贸然出手去做。

只是这回，到底有些不一样。

陈鸢缓缓颔首，心情复杂地低声询问："时间这样紧迫，殿下该如何应对？"

"鸢鸢，这些交给我。"男人声音如山泉水淌过山涧，似乎能洗涤人心。

他掌权已久，声音自然不可避免的有些强硬，为了不吓着小姑娘，每回说话都要刻意打好腹稿，一字一句放缓放柔。

她胆子小得很，少时听了别人随便一句话，就能掉半天眼泪。长大了虽看着长进，其实仍是个外强中干的空架子。

陈鸢卷翘的睫毛微动，心竟也莫名跟着平静下来，她低下头，入目是他白底金边的低靴。

细细思来，时间竟不知不觉过得这样快。国公府的一堆破事她还没有处理妥当，自己便要嫁人了。

纪焕逼近几步，伸手揉了揉小姑娘乌黑的秀发，只觉得馨香淡淡令人欲罢不能。他手掌干燥温热，这回极有分寸，一触即离。

"鸢鸢，我不是镇国公。"他声音低沉如琴，醇厚似酒，陈鸢险些溺死在这道声音里头。

风将太阳吹进了云层，天又隐隐阴沉下来。陈鸢眨了眨眼问："殿下为何说这样的话？"

两人身份地位性情人品皆没有可比之处。他向来看不起无用之人，对陈申的能力嗤之以鼻，如今怎倒将自己与他比较起来了？

男人一派风光霁月，沉默了些许工夫，含着淡笑开口："我不是他，做不出那样的事。嫁入皇子府，没人能越到你头上去。"

这是怕她误以为天下男人一个样，说这样的话好叫她安心？

陈鸢哑然失笑。

"殿下言下之意，是准备着纳妾？"她眉心轻敛，浅斟字句，商量着问道，"改日殿下若是有心纳妾，可否与我商议一番？"

在力所能及的范围内，挑些性子温和的，也少给自己添堵。

她不想在后院里浑浑噩噩斗一辈子。

小姑娘神色十分认真，黑白分明的眸中满含诚恳，声音又娇又糯，甚是好听。只是说出的话，他怎么听都觉着不是滋味。

男人还没发话，陈鸢就已觉着自己说错了话。还没嫁进皇子府，便开始自作主张起来，这样的女人任谁都不会喜欢。

她分明是清楚他有多不喜欢别人对自己的事指手画脚的。

罢了，兵来将挡水来土掩，难不成还会比嫁给纪萧更糟糕吗？

"臣女失言了，殿下恕罪。"她云淡风轻地笑了笑，似乎方才那一问只是云烟一梦，了了无痕，纪焕见了狠狠皱眉。

他何时说过自己有纳侧妃与侍妾的意思了，怎么到她嘴里倒还真有其事了一样？

八皇子不擅言辞，此时一双眸子如幽井，越见深邃暗沉，最后有些生硬地道："我没有那等想法。"

他尝尽人间百态，与她相识于微末，那些艰苦的日子里，唯她是续命的良药。每回见着都要想着再努力往上爬几步，将这颗人人觊觎的明珠娶回府。

眼看心愿得偿，他若是有别的想法，又何必忙完手头的事情眼也不合就来郡主府？就是怕她得知真相原委暗自神伤，怎么也放心不下，这才巴巴地赶来。

她是他昏暗世界里唯一的一束天光。

陈鸾不知男人也有千回百转的心思，听了他的话也只是恬静地笑，不动声色地岔开了话题："郡主去了何处？怎么突然就不见了人影？"

天色不好，厚厚的一层乌云布着，刮来的风也渐渐有了厚重之意，脚底下踩着的鹅卵石表面都纷纷沁出水珠来。

又是风雨欲来之兆。

陈鸾落后纪焕几步，不紧不慢地跟着，男人背影笔挺，白色的衣角被风吹动，敛去了平素的漠然，棱角柔和，温和儒雅。

陈鸾心中意外平和，勾了勾嘴角，见他对此处轻车熟路，有些好奇地问："殿下常来郡主府？"

"不常来，第二回。"

同为皇室中人，锦绣郡主深得皇帝怜惜，难免时常在宫中遇上，偶尔会说上几句话，但也仅此而已。加上纪焕性子清冷，贸然拜访郡主府会招惹诟病，他自然不可能常来。

陈鸾抿了抿唇，声音中难得带着一丝外露的忐忑："殿下可见过我那二妹妹？"

想起回忆中最醒目的怨妃娘娘，陈鸾不得不承认，她对此耿耿于怀。正是因为这个人叫她清楚地知道，自己被国公府抛出去做了弃子。可潜意识里，有些更深层的原因，却叫她下意识地忽略了，那种似有还无又如鲠在喉的感觉，不是镇国公府的背叛能给她的。

纪焕剑眉微挑，小姑娘明眸清澈，微微咬着下唇，竟有些紧张的模样。

"你往日对你那二妹妹格外照拂，带出来的次数不少。"纪焕冷静地分析，眸中的暗色一闪而过。

陈鸾微愣，白皙的手指尖轻点眉心，旋即失笑："真是糊涂了。"

她突然顿了步子，身姿袅袅婷婷，脸上露出极复杂的神色。她欲言又止，最后还是将心中的话问出了口："殿下觉着我二妹妹如何？可能勉强入眼？"

纪焕掀了掀眼皮，沉默了片刻后如实回答："你父亲曾来找过我。"

陈鸾身子一僵，温软的风拂过脸颊。她回神，倏而笑出声来，声音如银铃轻荡："父亲想把府上姨娘扶正，让二妹妹以国公府嫡女的身份伺候殿下？"

小姑娘比他想象中聪慧敏锐许多，纪焕坦荡地点头承认，眼眸深邃，声音格外醇厚，如陈年的美酒，引人发醉："我拒绝了。"

男人说这话时目光落在陈鸾那张略苍白的小脸上，似焰火一般焦灼滚烫，无法忽视。而这回小姑娘却抬眸，直直迎上了他的视线，没有丝毫闪避："父亲若是下了决心，许下的必然是令殿下无法拒绝的好处，佳人妙事，何乐不为？"

她试探的意思如此明显，声音虽温缓，言辞中却已有咄咄逼人之意。

纪焕知晓她与世无争的性子，若不是真的将她惹恼了，什么事都能和和气气地商量。

那国公府又出了什么他不知道的幺蛾子？

"她入不得我的眼。"男人惜字如金，但这等时候更不想因为镇国公的愚蠢让自己背了这锅，免不得开口自证清白。

陈鸾勾勾唇，手心里的帕子一松，而后浅笑，声音柔和许多："殿下金口玉言，说过的话是能算数的。"

天色越发暗沉，陈鸾头上的鎏金步摇簪垂下几缕流苏，泛着柔和的微光。小姑娘杏目微垂，心情似是终于好了些，道："只要不是陈鸾，殿下看上谁都可。"

还未入皇子府便已大度如斯，倒确是有几分当家主母的风范。

他眼前还能浮现出少时因为与邻国小公主说了几句话，惹得小姑娘醋意大发，连着几日没个好脸色，日日跟在他身后不离的场景。

后来因为皇后这桩随口之言的婚事，他们两人之间许多东西都变了。

纪焕面色寸寸冷了下来，弯弯嘴角有些嘲讽地道："伊老夫人教导有方。"

话说到这，两人皆沉默下来。

又是一场暴雨如约而至，陈鸾没有在郡主府用午膳，而是上了马车回了国公府。

连着两场大雨下过，空气中的灰尘被尽数抚平，漫天的炙热被抽丝剥茧一样扫净。清风阁里撤下了冰盆，榻上也新添了几层绒毯。

陈鸾出生时不足月，后又被推下过荷塘。若不是每日汤药不断，百般小心地伺候着，只怕身子还要更差些。

这等阴雨天气，她只用了几口午膳便唤头疼，在罗汉小床上侧身斜躺小憩。陈鸾美眸虚闭，想到母亲的死，又想起纪焕，不免心浮气躁，半晌才昏沉入睡。

才合上眼没多久，外头就传来婆子粗砺的嗓音，如沙子摩擦在地面上一般令人不耐。陈鸾起身，还未开口发问，就已先皱了眉。

什么人这样没规矩？

流月掀开珠帘进来，面色绷得有些紧，在陈鸾耳边小声地禀报："姑娘，是老太太院里的嬷嬷，带着宫中的人来了。"

陈鸾才将醒，声音里尚还含着丝迷蒙的睡意，可脑子却已逐渐清明，低声确认道："宫中的人？"

"回姑娘，是尚衣局的女官，说是来问问姑娘成亲的礼服可有什么要改动的地方。"话才说完，就见自家姑娘寒了脸。

她们伺候的人都知姑娘心意，那东宫再显贵，姑娘也是不在乎的，不然也不会等到皇后亲自开口指婚了。

只是婚期已近，再怎么推拒都是不能的了。

最近国公府上张灯结彩，处处都布置起来，精心细致得不得了。各种压箱底的古董宝贝都被摆上明面，毕竟国公爷再娶，大姑娘出嫁，都不是可以马虎的小事。

"吉服不是有礼部负责，月前便定下来了吗？再说这日子只剩

163

几天了，再改动也是来不及了。"陈鸾眼中还蒙着一层水雾，有些不解地轻喃。

不解归不解，宫中的女官，自是不能怠慢。流月替陈鸾理了理裙摆，又重新梳整一番，才出去将人毕恭毕敬地请进来。

那女官瞧着面善，笑意盈盈地冲着陈鸾福身道："奉皇后娘娘之命，我等前来给大姑娘看吉服。若是大姑娘认为何处细节需改动，便在这几日加工改出来。"

说罢，她挥手，三个低眉顺目的宫装丫鬟便捧着托盘将那富贵至极的太子妃礼服呈到陈鸾跟前，珠光熠熠，生生闪了一屋子人的眼。

原是奉皇后之命，陈鸾轻轻颔首，仅淡淡地瞥了几眼，心底无波无澜。婚事取消，这礼服自然也不该是她穿。

"成亲的礼服，自然是礼部命人制的最好，我不懂细节，只觉瞧起来是极好看的，贸然改动，倒是会坏了这件衣裳。皇后娘娘一片好心，还望大人回去替我带句话，便说陈鸾谢皇后娘娘恩典。"陈鸾不急不缓地开口，嘴角两侧的小梨涡温软。

那女官像是早料到她会如此说，上前几步道："姑娘果然知礼得体。只是娘娘吩咐下来，说婚事虽急，却不可因此怠慢了姑娘，事事都要问过姑娘意见才好。"

皇后屡屡过问，自然可见皇家对镇国公府的重视，老太太那边来的嬷嬷笑得合不拢嘴。

"还有几句话，娘娘让我单独交代给姑娘，可否请姑娘屏退左右？"那女官笑着扫了一眼周遭伺候的人，开口问。

皇后有话交代？

陈鸾心头诧异，面色却是不变。她轻轻咳了声，淡淡开口：

"都下去伺候着，没有我的吩咐，谁也不准进来。"

待伺候的人尽皆退下，里屋霎时安静下来。屋里熏着昨日才从调香馆拿回的梨香，极淡极幽，一缕缕轻烟逸散，不似一般贵女所用之浓香，那女官眸中异彩更甚。

"不知娘娘要嘱咐些什么？陈鸾定当尊后命而为。"陈鸾不动声色地打量着眼前之人，淡声问。

那女官这回的笑容真实许多，她的目光落在那由金银丝线勾勒出的礼服上，坦然道："我等领命前来时，八皇子吩咐说，如若姑娘喜欢便在袖扣处镶嵌上几颗小个浑圆的东珠，正巧能在成亲前赶出来。"

她喜东珠与美玉，这件事，她曾在纪焕跟前随口提过。

陈鸾含着笑的瞳孔一缩，佯装不可置信地问："八皇子殿下？"

那前来的女官是皇后心腹之人，稍知一些内情，不卑不亢地答："回姑娘的话，正是八皇子殿下。"

陈鸾内心一颤，透过这事一瞬间就想到了许多。皇后也知晓了这事，纪焕这是准备做些什么？

这样要命的事，他如此大肆宣扬，是疯了吗？

陈鸾站在原地，面色转而变向青白，一时之间也不知道该如何应对这女官的问话。

那女官久混宫中，早便成了人精，仅凭一个眼神一个举动就能得知她内心想法，立刻安慰道："姑娘不必担忧，娘娘和殿下自有考量，不会有事的。"

最终，那东珠还是没能镶上去。

送走了女官，陈鸾精疲力竭，软软地瘫坐在罗汉榻上。这样的天，她白皙的额心仍沁出一层细密的汗珠来。

她与纪萧这桩玩笑一般的婚事便是皇后亲赐，金口玉言。如今纪焕是怎么说动皇后站在他那一边的？

老太太屋子里的嬷嬷格外的不懂规矩，这会儿撩了帘子进来，眯着眼笑着问："宫中的女官都和姑娘说什么了？"

这话不该是一个奴才问的，还是一个待在国公府许久的老嬷嬷。

陈鸾自然没什么好脸色，她淡淡地开口："嬷嬷莫非平素里作威作福惯了？宫中贵人的嘱托，这等事我都要向你汇报？"

那嬷嬷笑容变戏法一样地消失，跪在地上磕头，讪讪道："老太太让老奴……"

一只素白的手掌止住了她的话语，美人玉手抚香腮，神情略慵懒地启唇道："祖母那儿我自会去说，嬷嬷就别费心了。"

镇国公府就这样安静了几日，无波无澜平静得不像话。陈鸾乐得如此，整日在清风阁捧书而读，闲时就在亭子里小坐，过得比谁都要惬意舒适。

五月十五，朝中的波折变幻来得令所有人猝不及防。废太子的旨意来得全无征兆，就如同平地一声惊雷，炸得各个府上都生起滔天巨浪，一时之间人心惶惶。

在太子纪萧秘密购下的京城庄子里竟搜出了大量刀剑与铠甲。天子脚下如此行事，已是与造反无异，老皇帝正在大病中，得了这样的消息，当即就吐了一口血不省人事。

没有比这更叫人寒心的了。

帝王家，父子之情再浓也抵不过半分对皇权的渴望。

当日下午，废太子的圣旨就下到了东宫，随后如风一般传遍京城，引起震荡重重。

听说传旨的公公到了之后，东宫尚在布置红绸缎带，喜庆得很。太子纪萧一直喊着冤枉，跪在正大殿门口。皇上却始终不肯见上一面听句解释。

消息传到国公府的时候，陈鸾正在后院的假山上荡秋千。葡萄得了消息来禀报时，嘴唇白得没有一丝血色，声音都在颤抖。

陈鸾十分平静地听完了消息，一字一句都没有落下，而后当着众人的面抑制不住地翘起了唇，露出两个娇软的小梨涡。

不仅不忧心，相反瞧上去十分快活。

再到傍晚时分，册封八皇子为太子的圣旨也从正大殿传出，然后随着夜色悄然扩散，再次在世家贵族中搅起风云。

这注定是个无眠夜。

陈鸾摘了些栀子花放在水盆中，洁白的花瓣随着水纹转动。窗外夜色为伍，幽香浓郁，她坐在铜镜前，把玩着昔日收入小库中的奇珍异宝。

葡萄轻手轻脚地进来挑灯芯，见她干坐着不入睡，便试探着问道："小姐，奴婢伺候您沐浴更衣吧？"

陈鸾漫不经心地抬头，望了眼格外黑的天空，摇头道："时辰尚早，睡了等会儿也得起。今夜，注定不会安静的。"

这话音才落，就有小丫鬟提着灯前来，站在帘子外高声禀报道："国公爷与老夫人请大小姐往福寿院走一遭。"

陈鸾摊手淡笑，身子微动，掩唇打了个哈欠，眸中自然而然地蒙上一层迷雾："瞧，这不是来人了吗？"

太子被废遭囚，说不准皇帝最终会给这个长子何等惩罚。这样一来，她自然不可能再嫁过去。

老太太此时寻她过去，怕是心中已有了别的想法。

　　小路两旁树影婆娑，风一阵一阵吹过。抬眼望去，偌大的国公府，沿途竟没有一个院子是歇了灯的。红色的灯笼散发着柔和的雾光，一个接一个地挂在树枝上屋檐下，这是为陈鸾与纪萧的婚事而备的。

　　这东西晃眼得很，陈鸾向来是不喜的，这会儿瞧着却不觉得那样厌烦了。

　　福寿院里屋，人似乎都齐了，陈鸾踏步进去时，所有人的目光都聚集到了她的身上。老太太满脸的疼惜遮也遮不住，陈申神色复杂，愁眉不展。康姨娘有孕，坐得离老太太十分近，面色尚泛着病态的苍白，陈鸾则是站在陈申的身边默默不语。

　　屋里熏着淡淡的檀香，这会儿开了窗子，夜风迫不及待地涌进来。老太太掀了掀眼皮，脸上的褶皱堆到了一起，声音哑得不像话："眼看着要成婚了，竟遇到这种事，苦了咱们鸾儿。"

　　嫁是肯定不会再嫁了。

　　太子现在深遭皇帝厌恶，他们再上赶着把嫡女嫁过去，摆明了就是和皇帝过不去。

　　想来皇后那边也是自有说法。

　　只是与皇家定过亲的姑娘，这满京都的才俊，谁还敢娶？

　　思及此处，老太太浑浊的眼睛红了一圈，连声叹道："真真是造孽啊。"

　　陈鸾被老太太拉着手，微微抿唇，柔声安慰道："无事的，鸾儿又能多在祖母身边留着伺候了，祖母该高兴才是。"

　　老太太想想宫中传来的两道糟心圣旨，也是无奈至极，低叹一声："好孩子，祖母记着你的好。"

　　老太太情绪不高，陈申则是打心底地惊惧。老皇帝病重，如今八皇子得势入主东宫，更掌监国之权。在众人都没有注意到的时候，他早已不是那个需要仰他人鼻息生存的弱小皇子了。蛟龙初露头角，可藏于大海江流，如今已现搏天之势。

他们国公府失去了最佳的机会，前段时间送女入皇子府又遭到了拒绝。如今那位的心思，越发叫人捉摸不透了。

他的才华不及父祖万一，靠谨小慎微和祖上的余荫，镇国公府方才显赫至今。可谁又能知道，待得十年二十年之后，国公府久无能人所出，会没落成什么样子呢？

"大姑娘这事，还得看明日皇后娘娘那怎么个说法。"陈申沉吟片刻，颇有些无奈地说。想着陈鸾此刻的心情，他最终缓和了神色，难得劝慰一句："鸾儿也莫因此事忧心，总归国公府还有你祖母与我撑着，嫁入东宫不成，总能找到下一个好的归宿。"

陈鸾讶然抬眸，而后抿唇扯了扯嘴角，轻声细语地应着："鸾儿知道，爹爹不用担心。"

陈申这话说得着实违心，单是看他那铁青的脸色，陈鸾都能猜出七八分他心中所思所想。

于是越发有些想发笑了。

今日国公府聚成一团是为了她的事，陈鸾眸中蕴着别样的光，视线挪到康姨娘的身上，有些歉然地笑："姨娘身子可好些了？今夜这事，本与姨娘无关，倒是累得姨娘为我专程跑一趟，着实有些过意不去。"

恍若那夜的嚣张挑衅根本不曾发生过一般，她还是曾经那个依赖着姨娘与庶妹的嫡女。

康姨娘低着头，左手不自觉地抚上小腹，不知想到了什么，面色更白几分，淡声道："谢大小姐关心，我无碍，大夫开了药，日日熬着喝，身子已好了不少。"

陈鸢险些咬碎一口银牙，目光恨不得化作一柄利剑，将人前虚伪做戏的陈鸢刺个"透心穿"。

卑鄙小人，做戏如斯。

夜渐渐地深了，有若实质的浓黑如同墨汁遍洒四处，万籁俱寂之时，似乎这京都的万家灯火已熄，人们皆已入梦乡一般。

陈鸢渐渐出了神，心想也不知到底有多少人如他们现在一样，连夜挑灯秘密商谋，愁眉不展地观望去向。

而此时的八皇子府，又该是怎样一副欢呼作乐的景象呢？不过依那男人清冷孤高的性子，只怕也不会热闹到哪儿去吧。

烛火"啪嗒"一声跳响，陈鸢眼前模糊的景象慢慢变得清晰，陈申与康姨娘并肩行至门口，踏过门槛，消失在无边夜色里。

她唇畔的笑容顿时真实了许多。

沉默过后，老太太手中转动着绛黑的佛串，重重地叹息一声，睁开眼问："郡主把你母亲之事都说与你听了吧？"

陈鸢颔首，如实回答："说了。"

老太太一时之间也不知该说些什么，她手里头握着嫡孙女的手，她的母亲却因镇国公府丧命。父亲偏宠庶出一家，这孩子便只能靠在她羽翼下生存，只是残老身躯，不知还能护她到几时。

这样一想，老太太又觉着那日给郡主府送帖子这事做得也不全然是错的。

虽对不起另外三个孙儿，可国公府得皇上亲自赐婚，与郡主结姻亲之好，自是更上一层楼。她心底也是门儿清，锦绣郡主若是入了国公府，定然不会亏待陈鸢。

"你父亲不着调，真真切切负了你母亲。这么些年，祖母曾多次劝他，那康姨娘能为了一线生机拖他去死，未必没有第二次与第三次，可……"

可一向贪生怕死的陈申在这事上却一直不听劝，也不知康姨娘使了什么招数，吹的又是什么枕边风。

陈鸾睫毛微颤，乖巧温顺，不置一词。

老太太接着道："你也别怪他。"

陈鸾难得没有答话，只是低着头，小脸上布着一丝倔意，瞧起来却是楚楚可怜之态。

她自己对陈申早已绝望，自然谈不上什么怪与不怪，只是她替母亲感到不值。她没有资格替母亲原谅他，谁都没有资格。

老太太眼观眼心观心，见状也不由得沉默了一会儿，压低了声音道："这等事难论是非，你年龄尚小，等长大了便知。

"天下男子，莫不是喜新厌旧之辈，娶妻娶贤娶贵，纳妾纳美纳娇。女人间的斗争，男人都是看不明白真相的，他心中欢喜谁便下意识偏帮了谁。

"你再有理也都成了无的放矢。"

陈鸾抬眸，雪白的手腕上搭着的珊瑚如血一样，白与红的交织惊心动魄，就连侵入的皎皎月光也自惭形秽。

老太太从未与她说过这样的话，今日是破天荒的头一回。

老太太无声地笑，颇有些语重心长地道："能在感情中理智冷静、收放自如的才能算是赢家，高门贵族莫不如此。"

回清风阁的路上，丫鬟提着的灯极稳，一行人参差不齐的脚步声回荡。这回再路过玉色阁与梨花轩时，屋里的灯全都熄了，一点光亮也没有。

　　第二日一早，老太太穿着诰命朝服入了宫觐见皇后娘娘，满京都的贵族都在观望，他们自然知道国公府老夫人入宫为的是什么事。

那位名震京都的国公府嫡女，未来归属到底如何？

明兰宫中，皇后一身富贵宫装，雍容大气，仪态万千。她对老夫人的心思了若指掌，面上却是装作不知。赐座赐茶之后，她笑着开口，问："老夫人今日怎的有空入宫陪本宫品茶？"

老太太来时一路心中默念着说辞，到底也是见过大风大浪的人，当即附和着笑道："不瞒皇后娘娘，老身今日前来，是有事相问，实在是不知如何行事，还请娘娘解惑。"

皇后无子，膝下只有一女，便是三公主纪婵。但饶是如此，皇后之位却坐得稳稳当当，皇帝对其信任不疑，深得帝宠。

废太子纪萧生母早亡，自小就被抱在皇后宫里养着，这么多年下来，与帝后自然是有感情的。而八皇子纪焕出身比不得纪萧，是这几年在朝堂崭露头角后才入了皇帝的眼，将他记在皇后的名下。

孰轻孰重，想必皇后心中早有定夺。

皇后轻抿了一口香茶，唇齿生津，香气四溢。她有些惬意地眯了眯眼，柔声道："老夫人但说无妨。"

老太太斟酌着措辞，皱着眉道："当日娘娘亲自指婚，将老身孙女许给太子殿下为正妃，可……可……"

接下来的话她没有明说，意思却十分明显。

太子已废，总不能叫我孙女嫁过去一起蹲牢底吧？

明兰宫中燃着西域边国进贡上来的奇香，交杂着清冽的茶香，竟更多添了几分威严之感。皇后的表情意味不明，老太太心底突然打起了鼓。

"本宫亲口赐婚，更改怕是不能了。"沉默了许久，皇后皱起眉头，声音中已有淡淡的不悦之意。

老太太头上突然冒出了冷汗，她拄着拐杖颤颤巍巍起身，陡然跪在冰冷的大殿之上，抬眸望着凤座上端坐的人，浑浊的老眼里简直要淌出泪来。

"娘娘，国公府子嗣凋敝，只有这么一个嫡女……"怎么能眼睁睁看着她跳火坑？

她渐渐地说不下去，因为皇后掩唇笑出了声，只是笑意清浅不达眼底。

"老夫人多虑了，陈鸾与本宫的婵儿交好，这孩子也算是合本宫的眼缘，本宫自然不会害了她。"皇后的声音温和柔婉，如清风拂面一般娓娓道来。

老太太心一下子提到了嗓子眼，她眼眨也不眨地望着皇后，脸上每一条褶皱都绷得极紧。

"情况特殊，本宫昨夜还为了这事与皇上商议。"

皇后眼角眉梢都带着温软的笑意，丝毫看不出岁月留下的痕迹，她抚了抚茶盏，道："本宫当日将大姑娘许给太子做正妃，宫里宫外皆知此事。可如今，太子是八皇子。"

老太太愣在原地，一时半会儿回不过神来，似乎怎么也不理解皇后这最后一句话是什么意思。

直到冰盆中的冷气缠绕在身上，老太太激灵灵打了个寒战，心中的一块大石才陡然落地。

五月十六，正午，正是太阳最毒辣的时候。皇宫中每一片琉璃瓦都被折射出七彩的幻光，整座皇城就如同一条潜伏深渊的七彩巨龙，威严肃穆。同时这里又是那无数人往上攀爬的至高峰，这里的每一片青砖琉璃瓦，都染着猩红的血。

宫女太监们在狭长的宫道上匆匆来回，脚步声回荡在巷口，旋即隐入转角处，肩上的星碎亮光也消失在宫墙的阴影之中。

明兰宫里，凤座上的女子温和大气，一双丹目淡敛威严。许是身居高位久了，姣好的面容上一丝情绪也不外露。

老太太还跪在地上，冰冷的寒气侵入膝盖，她方才还觉得自己犹如身处寒冬腊月，这会儿却渐渐回暖了起来。

冰雪消融之后，她的心思快速活泛起来，如枯竹枝一样的手激动得微颤。千万种坏结果都想到了，独独没算到这般柳暗花明的结果。

皇后见状，也是抿唇轻笑，柔声道："老夫人快起来吧。本宫贪凉，这殿中的冰盆放得多了些，地上冷，可别伤了膝盖。"

老太太一迭声地应下，脸上的褶皱已汇成了一朵花，饶是以她素来沉着的心性，也被这样从天而落的意外之喜砸得蒙了一瞬。

"谢皇上与皇后娘娘的体恤。"

听到这话，皇后的目光微微闪烁一下，保养得十分好的手指一点一点地敲打在紫青花样的杯壁上，想到了昨日被皇帝下令囚禁的纪萧。

那个孩子若是知道他一时冲动犯下的错，不仅令他失了现在的权势地位，就连这门亲事也保不住的时候，会不会有所悔恨？

这可真算是满盘皆输啊！

皇后心里暗暗叹息一声，一步错步步错。这皇位之争，本就凶险无比，若非有十二分把握，剑走偏锋本就不可取。

老太太双脚才将踏出明兰宫的朱红色门槛，便被扑面而来的滚滚热浪打在脸上，那张布满褶皱的面皮忍不住抖了抖。

京都的夏天向来是极热的，今年若不是皇帝病重，只怕这时已经开始为去行宫避暑作准备了。

第六章

大
婚

京都的世家贵族都在观望，许多家的宅子都与国公府在同一条街上，早上就派出了小厮专门盯着，瞧得分明。这国公府的老太君早间去宫中觐见皇后时面色凝重得不像话，这会儿回来，脸上的笑容简直比天上的太阳还要显眼，像是变了个人一样。

想必是得到了非常满意的答复。

清风阁的小亭子建在怪石嶙峋的假山堆上，居高临下能够俯瞰整个国公府的风景，浅粉的帷幔每一层都嵌上了不少圆润亮泽的珠子，被风吹动时叮当作响。

树荫之下，陈鸢端坐在软垫上抚琴，琴声若空谷之音，悠扬婉转，缠绵呜咽，经久不息。

一曲毕，她白嫩的手指按在琴弦上，睫毛颤巍巍地合上。伺候在一旁的流月虽不通音律，但一贯会察言观色，知她心情不好，以为还在为废太子纪萧的事而烦心，柔着声宽慰道："姑娘莫急，老太太马上就回府了，定会带来好消息的。"

陈鸢没有说话，直到一丝凉风自耳畔掠过。她嘴角微弯，起身离座，从亭口往下眺望，嗓音微哑，轻喃道："是啊，好消息总会来的。"

她自然知道老太太会带来怎样一个石破天惊的消息。就是不知道等康姨娘与陈鸢知晓了，会是怎么个滑稽的表情。

她竟有些迫不及待地想瞧瞧了。

老太太在午膳前回来了，一路什么也没说。一群人浩浩荡荡直奔福寿院，闻声而来的康姨娘与陈鸢却被老太太以身体不适为由拒之门外。

陈鸢换了一身蔷薇色的曳地裙，石榴红的宝石手钏在凝脂胜雪一样的手腕上缠了两圈，愈发显得美人娇媚，纤柔入骨。

福寿院的门口，出来传话的婆子语气生硬，哪怕是对着怀了孩子的康姨娘也没有格外的通融："姨娘与二姑娘先回吧。老夫人年事已高，劳累了大半天，总该躺着歇歇。这外头热得慌，姨娘如今身子金贵，也该多为孩子考虑些，在玉色阁养着才是。"

那老嬷嬷打老太太嫁进国公府就一直跟在身边伺候着，这府中上下就是陈申亲自来了也得给上三分薄面。她的意思通常就是老太太的意思。

这样一大番话毫不留情地说下来，康姨娘面色已呈青白之态。陈鸢脊背绷得笔直，清秀的眼眸中闪过一片狰狞，挽着康姨娘的手自然而然地就使上了力。

老太太亲口允了姨娘扶正，三公主却携赐婚口谕而来，让他们三人沦为整个上流世家的笑柄，成为人们茶余饭后的谈资。

这也就罢了，毕竟口谕和圣旨都已下达，再怎么样这口恶气也只能他们自己忍下。

可老太太不仅不宽慰，反而处处针对丝毫不留情面，若不是姨娘现在还怀着国公府子嗣，只怕连个丫鬟都能欺负到他们头上去。

嫡女庶女的差别当真就如此大吗？

可高高在上的嫡女又如何？自从她点头答应嫁去东宫，又对八皇子恶语相向的时候，结局就注定了不会好过。

当初皇后当众赐婚，那么多双眼睛看着呢，若是临时变卦，有损皇家威严。更会让废太子彻底寒心。

除非皇帝打算彻底不念父子之情，已准备将废太子处死。

没有得到个老太太的准话，哪怕陈鸢心底笃信，那也是七上八下地直打鼓，没个着落。

康姨娘笑着抚了抚她手背上隐现的青筋，眉眼间带着淡淡的疲惫之意。这段时间事儿多，她年龄又已经大了，这一胎怀得尤为艰难。

可正因为如此，她才更不能急躁。这环环相扣的斗争阴谋层出不穷，她得好好保着腹中骨肉诞生。

母以子为贵，她当年能熬死身份远远高于她的苏媛，现如今就能凭着三个孩子与那位大名鼎鼎的锦绣郡主斗斗。

"鸢儿莫气，你好好瞧着这每一张对你暗含不屑的面孔，牢牢记在心上，这些都将成为你一路前行的动力。若你日后身居高位，他们所有人，包括你祖母，都得跪下来迎你。"

卧薪尝胆韬光养晦，陈鸢自然知道这个道理。她轻轻咬着下唇，一张清秀的芙蓉面上交织着无措，低着声音道："可上回爹爹说的是叫我以嫡女身份入八皇子府……"

嫡与庶一字之别，地位却将天差地别。

康姨娘目光黯了黯，想起这个气得脑仁都生疼。她暗自吸了一口凉气，有些无力地道："是娘拖累了你们。"

远远的，一行五六人绕过小路旁婆婆的树影，朝着福寿院而来。为首之人长裙曳地，环佩交鸣，若空谷幽兰，又似一朵富贵娇花。

陈鸢顿时无意识咬了咬下唇，她嫡姐这张脸，任何女人看了，都要生出几分嫉妒来。整个京都，能在美貌上不逊她的，怕也只有养在深宫后庭里的那朵帝王花——三公主了。

容貌与地位，在这两样上她输得一塌糊涂。

唯一能牢牢抓住的，只有爹爹的宠爱和娘亲的苦心筹谋。

"大姐姐可是来寻祖母的？祖母在午歇，这会儿谁也不见。"陈鸢松了挽着康姨娘的手上前几步，颇为善解人意地解释。

陈鸢不甚在意地扫了眼立在廊下伺候的丫鬟婆子，微微勾唇，目光暗含讥讽，倾身凑在其耳边低语："怎么？迫不及待来瞧我的笑话？"

陈鸢瞳孔微缩，女人声音极妖极柔，转了几个弯儿。好好的一句话生生被她说出七八分的不屑来。

她身子一瞬间有些僵硬，但思及已经撕破了脸皮，便也无惧起来："大姐姐莫非真以为赐婚的懿旨说收就能收回？姐姐一定十分难过吧，当初瞧上了太子的权势与太子妃的高贵，如今太子被废，若是仍要嫁过去，姐姐这样养尊处优的娇小姐，该怎么办呢？"

陈鸢漫不经心地轻瞥了她一眼，似笑非笑地反问："你肚子里打的什么主意能瞒得过谁？我，还是太子？"

陈鸢不动声色强自撑着，也是被她毫不留情面的话激得动了真怒，压低了声音冷哼："若是我嫁给了姐姐心心念念求而不得的男人，对姐姐而言，也是一种莫大的打击吧？"

陈鸢脸色寸寸冷了下来，眼眸中涌动的雾意却更迷蒙，远远瞧着，像是在笑着同陈鸢低语一般。

"嫁？由你这个庶女嫁入东宫做正妃吗？"

这句话正正好戳到了陈鸢的痛处，她心底其实门儿清。哪怕是姨娘扶正了，她入东宫，也顶多以良娣的身份伺候纪焕。

太子妃之位，轮不到她。

许是她们在外头闹出了些动静，里头一个婆子脸上含着笑出来，对着陈鸾道："老太太唤大姑娘与二姑娘进去说话。"

陈鸾妙目一扫，笑着颔首，而后莲步轻移先一步踏入了福寿院里屋。

冰盆送凉，将先前在烈日下升起的燥热之感一一抚平，屋子里重又燃起了安眠的檀香。灰棕色的床幔瞧着稳重，纱帘半挂，老太太半眯着眼靠在床头，身后垫了几个厚实的软枕，手里头还捏着那串佛珠。

陈鸾缓缓走近，将将握了老太太如竹枝节一样的手，也不先问事情是如何个说法，只是有些心疼与自责地道："祖母辛苦了，都怨鸾儿不叫人省心。"

老太太年纪大了，平素里就连到院门口走走都嫌累得慌，这回却奔波了一上午，丝毫不敢松懈，自然累得慌。

"这哪能怪你？"老太太和蔼得很，而后抬眸望着后面跟着进来的康姨娘和陈鸾，也是心情不错，笑着道："怎么都急慌慌地来了？二姑娘，你娘的身子要紧，外头天热，你该拦着的。"

老太太慈眉善目，话语温和。若是寻常时候，康姨娘定觉着有些受宠若惊，可现在这样的关头，她只觉得心中一个咯噔，一股子不妙的预感从心底升腾而起。

"祖母说得是，可姨娘说有关大姑娘的终身大事，她只有问个清楚才能安心。"陈鸾半跪在老太太的榻前，清秀的脸上交织着忧心与不安。

陈鸾简直要为这般收放自如的演技拍手叫绝。

檀香味不浓不淡，恰到好处。老太太身子往软垫上挪了挪，咧嘴笑了几声，锐利的目光落在几人的脸上，明察秋毫，似能看透人心。

"有何不安心的，皇后娘娘的赐婚懿旨早已下达国公府，还能收回不成？"老太太头上戴着抹额，正中镶嵌着一颗绿翡翠，泛着幽冷的光。

康姨娘与陈鸢紧绷的身子顿时松软下来，如获大赦般悄悄松了一口气。陈鸢抿了抿唇，颇有些难过地拧眉，冲着默不作声的陈鸢道："大姐姐也莫太忧心，想必皇上顾念父子亲情，日后总归是衣食无忧的，过得也不会太为难。"

陈鸢似笑非笑地勾了勾唇，瞥了她一眼，不想多与她说些什么。

老太太瞧着眼前这一幕，不怒反笑，将陈鸢招至床榻前嘱咐："如今八皇子入主东宫，身份更见尊贵。你们虽有年少相扶之谊，却也得好好约束自己的性子，不可再像之前那般恃宠而骄，失了身份体统。这些话，可往心里去了？"

陈鸢目光微闪，老太太话说得再清楚不过。哪怕她早有预感，也还是打心底生出了尘埃落定之感。

兜兜转转两个月，终于走上了属于自己的道路。

"祖母的话，鸢儿都记下了。"

她目光平和，声音清脆如珠玉落盘，一声应承让陈鸢与康姨娘如遭雷劈，不敢置信。

方才老太太说的谁？

定是外面日头太毒，她们站久了，这会神思不定，听错了去吧？

是夜里，幽暗的天空上，一轮皎白明月微弯，零零碎碎的星子显得有些暗淡，皆不敢与皓月争辉，一圈圈涟漪漾开，温柔了半分夜色。

老太太自宫中带回的消息飞快地传遍了府中各个角落，于是就有碎嘴的婆子念叨，先夫人在天有灵，大小姐也跟着命好福大。

老太太留他们在福寿院用了晚膳，一桌人心思各异，神情难以捉摸。似乎只有陈鸢无动于衷，甚至都没有一丝一毫的意外神情，反而十分平静地接受了这件事。

这种感觉，就像是她对此早有预料，十足笃定。

老太太只认为是她越发沉稳有度了，这是好事。

一顿晚膳用下来，陈申率先以公事未办为由去了前院。康姨娘与陈鸢自然没有理由再留，冲着老太太说了几句吉利话后福福身退出了里屋。

熏香袅袅升腾，淡然萦绕在里屋每一处。老太太目光深邃，望着陈鸢的背影沉沉出声，声音半哑："也不知你二妹妹跟谁学的样，小时瞧着倒还机灵可爱。如今大了，心思全不在正道上。"

陈鸢睫毛扇动几下，眼睑微垂，侧首苦笑着道："也不知从何时起她竟这样恨起我来。"

她有的东西，只要陈鸢欢喜，再贵重的东西她都舍得给出去。陈鸢稍稍掉几颗眼泪，她亦跟着不知所措，觉着是自己没有照顾好这个妹妹。

她曾拿陈鸢当胞妹一样对待，事事上心。

老太太重重叹息一声，吐出一口浊气，语重心长地开导她："你们是亲姊妹，没有什么解释不清的隔阂。在你出嫁前我会和她说说，太子妃之位不好坐，你需要一个助力，你二妹妹或可助你。"

陈鸾面色微冷，紧了紧手中的帕子，她清楚地知晓自己与陈鸾是生死之敌。处处算计之下，泥人也有几分气，更遑论她是一个有血有肉的人。

她头一回没有应下老太太的话，而是抬眸迎上老太太的目光。陈鸾神色坦荡自若，声音如黄鹂出谷，婉转柔和："祖母，这些年您看得分明，我以心待她，换来的全是恶意。一次两次是巧合，七次八次呢？这样的助力，不知要在我背后插多少次刀。"

一室寂静，老太太没有像往常一样动之以情晓之以理，而是一只手转起了佛珠串儿。夜风含蓄刮过，半支起的窗子"啪嗒"一声落了下来，蜡烛的火苗跳跃着闪烁几下。

"罢了，你自有考量。祖母老了，只希望你有朝一日，能叫国公府在这京都诸多贵族中，独树一帜。"老太太目光炯炯，言下之意露骨至极。

坐上一国之母的位子，必可光耀门楣，显赫一时。

"祖母的话鸾儿铭记在心，必不相忘。"陈鸾垂眸，抚着帕子上那朵盛放的牡丹柔声道。

从福寿院里出来，薄薄的云层将月亮遮了一半，仅留下一小截半弯的弧度。淡淡的银辉从天边倾泻而下，照到地面上，如同水纹一般泛起圈圈涟漪。

许是因为今日的好事，一向沉稳的流月话也多了起来，含着笑轻声道："奴婢就知道姑娘命好，得皇后娘娘与老夫人怜惜，婚事自然也差不了。"

要嫁的人还是八皇子，姑娘指不定有多开心呢。

月色与风杂糅，抚在陈鸾的面颊上，她脚下步子一顿，眼眸微闭，极舒服地喟叹一声。

终于可以离开这国公府了。

玉色阁与梨花轩终于消停沉寂下来，安静得不像话，于是连带着整个国公府都宁静了不少。全府上下挂满了红绸彩缎，皎月辉映下，更显得喜庆晃眼。

大婚的日子延后了三日，定在六月初三。那是个上上吉日，万事皆宜。

这日一早，陈鸾才用过早膳，院子里雾气还未完全散尽。早间寒凉，她难得来了兴致，带着丫鬟们去假山亭畔的小花园中采摘新鲜的花瓣做玫瑰露。

国公府里的假山是陈申花了大力气请人从岭南之地运来的，每一块都各有形状韵味，堆砌得很高。假山上又建了一个凉亭，是夏夜纳凉俯瞰京都的好去处。

陈鸾手中提着一个别致小巧的花篮，才摘了一朵嫣红带刺的玫瑰，便见葡萄过来在她耳边低语："姑娘您看，二小姐在假山的凉亭上呢。"

陈鸾只是漫不经心地瞥了一眼，旋即错开了目光道："任她去。"

许是受了刺激想不开准备寻短见呢？她总不能自己凑上去惹得一身腥。

只是她能做到视而不见，陈鸾却不能。因为她身后还跟着老太太派来的教习嬷嬷。

她目光森寒，恨不能隔空将那道窈窕身影撕碎了掷到地上。早早筹谋好的事接二连三出错，康姨娘心气郁结，小腹一夜夜地隐痛，也是一桩忧心事。

那个教习嬷嬷语气生硬："二小姐该下去给大小姐问声安。"

这个老刁奴！

陈鸢寒着脸沿着假山的阶梯一层层踱步而下，冲着陈鸢恭恭敬敬地行了个礼，叫了声大姐姐，而后脊背挺得笔直，还不等陈鸢说话，就目不斜视地带着人走了。

似乎特别走到她跟前来，就是为了行那一礼。

葡萄早就看不惯她这副傲气的模样，分明只是一个庶女，偏将自己看得那样重，也不知是哪里来的资格。这会儿有些幸灾乐祸地道："姑娘瞧，那个就是老太太特意请来教二小姐规矩的嬷嬷，听说还是宫里伺候过贵人的呢。"

陈鸢有些惊讶地抬眸，也不知是想到了什么，目光陡然变得耐人寻味起来。她轻嗤一声，道："派人盯紧了玉色阁，有什么不寻常的动静直接报给老太太听。"

康姨娘与陈鸢都不是束手待毙的人，破釜沉舟之后的反击，必定拼尽全力，又猛又凶。

废太子纪萧京中暗藏兵器一事，终于出了结果。皇帝怒不可遏，连下三道圣旨，牵连此案的数十名官员一个也没逃掉。轻者革职罢官，流放发配，重者游街示众而后斩首，朝堂动荡，人心惶惶。

昔日风光无限的太子党死的死散的散，再也难成气候。

至于纪萧本人，则被降为庸王囚于王府，没有皇帝命令，永世不得出府。

虽没有丢掉性命，可一个"庸"字扣在头上，比死来得还要屈辱。做了十余年的太子，一朝以这样的方式落幕，任谁都唏嘘不已。

　　纪焕入主东宫第四日，就命方涵给国公府送来了礼。一箱一箱地抬进来，足足十二个沉木箱子，里头是各种奇珍异宝，件件价值连城，平常时候哪件都是难觅踪影，足可见这位太子爷对未来太子妃的重视程度，毫不敷衍含糊。

　　更莫说宫里一车车的赏赐下来，陈鸾这个未来的太子妃，如今虽未入东宫，却已成了所有贵女羡慕眼红的对象。

　　就连陈申这几次见着女儿面都是一副和蔼可亲的慈父模样，一改之前的冷淡漠然。陈鸾见了只想发笑，连应付都有些懒得应付了。

　　这一家子都擅长做戏，除了老太太有时还说些直话，其他人皆是话中有话，说一句得拐好几个弯才反应得过来。

　　清晨的浓雾鸟鸣与傍晚的晚霞交织重叠，日子就这样一天天过去，终于到了六月初二。府上热闹到极致的气氛陡然凝固，丫鬟婆子们一遍遍地检查，每一处细节都不放过。

　　光是清风阁的翡翠绿花瓶都换了几个，最后还是从老太太私库里翻出一个白玉描梅枝堆雪的放在案桌上，整个屋里哪里瞧着都是镶金带红，富贵喜庆得不得了。

　　陈鸾原本平静无波的心绪也不由得跟着泛起涟漪来，这是她第二次嫁入东宫，可这回嫁的，是她真心喜欢之人。

　　也是个十足凉薄之人。

　　这样一想着，陈鸾又忆起日前胡元亲自送来的南海珍珠串与红珊瑚手钏。柔荑轻按在光洁的眉心，若凝脂的手腕上珊瑚似血，她极轻地勾了勾嘴角，露出两个惑人的小梨涡。

　　她从榻上起身，中衣胜雪，如海藻般的秀发随之松散，柔顺地垂至后腰，月色透过半开的窗子均匀地洒在她娇小的身子上。流月与葡萄进来点灯，见状忙不迭地给她拿了件外衣罩着，打趣道："小姐可是想着明日的大婚，心里高兴得都睡不着了？"

陈鸾似嗔似笑地告诫："就你们会说，这会儿我不与你们计较。等入了东宫，再这样口无遮拦，可有你们好受的。"

玩笑归玩笑，该说的还是得说。宫中不比国公府，太子妃更是被那么多双眼睛盯着，出了任何一个错处都会被揪着不放。

"小姐放心，宫中来了人教我们礼仪，奴婢与流月姐姐都牢牢记着呢，定不会给小姐添麻烦的。"葡萄笑吟吟地道。

陪嫁丫鬟的名额都定了下来，流月与葡萄自幼陪在她身边，自然是要跟着去的。还有一位是老太太亲自指定的，容貌性子皆无话可说，哪里像是去伺候的丫鬟，分明是为太子准备的侍妾。

那丫鬟唤明月，两日前就被老太太调到清风阁来伺候，瞧着弱不禁风的，陈鸾也没叫她到跟前做贴身丫鬟的活。

第二日，天边才泛起鱼肚白，整个世界尚笼罩在青黑色之中，鸟鸣蛙声一阵接一阵。陈鸾还困得眼皮都睁不开的时候，老太太就拄着拐杖由人扶着来了清风阁，身后跟着浩浩荡荡一群人。

"快，将你们大小姐唤醒来。今儿个是大日子，可不能耽误了时辰！"人逢喜事精神爽，老太太今日格外开怀，说话声音中气十足，动作也利索。

陈鸾做了一个奇怪的梦。曲折蜿蜒的廊子下，一条鹅卵石小路延伸，石子上布着厚厚一层油绿的青苔。她迟疑着不敢踏上去，直到有人从尽头踱步而来，白衣出尘清冷如玉，她看不清那人长什么样子。

奇怪的是，她竟毫不迟疑地跟在他身后走了。

被唤醒后，陈鸾尚有些迷糊，一双脉脉含情的杏眸还蕴着湿雾，宫中派来接应的嬷嬷笑着簇拥着她去沐浴。

里屋熏着恬淡雅致的梨木香，大红的床帐子上绣着龙凤纹。帐子半悬半落，放眼望去，从贴了大红喜字的窗户到老太太身上穿着的暗红马面小褂，皆取喜庆之意，讨个吉祥的彩头。

阖府欢庆，太子妃出嫁，对整个京都来说，都是一件难得的盛事。

皇帝缠绵病榻一年之久，身子全然不见好转。说句不好听的，若是哪天有个什么三长两短，以当今太子如日中天之势，太子妃定会成为那一人之下万人之上的存在。

温水慢慢浸过身子，陈鸾眼眸半开半合，手腕娇软无力地搭在沉黑色的木桶边缘，脑海也渐渐恢复清明。

进来伺候的人不少，手里提着盛花的小篮，丫鬟不时俯身掬一捧花瓣洒在水面上，幽香与雾气便无声地相融。嬷嬷拿了香露滴了几滴在水里，笑着在陈鸾耳边道：“姑娘该睁眼了，等会子的更衣洁面，烦琐着呢。再过些时辰，迎亲的仪仗就该到了，可千万不能误了时辰。”

这嬷嬷是皇后宫里的人，地位颇高。陈鸾睫毛微扇，睁了眸子道：“嬷嬷放心，我心中有分寸。”

东方的第一缕太阳光升起，从窗子里照到每个人脸上，又照到坐在铜镜前任由嬷嬷丫鬟收拾的陈鸾身上。她觉着有些刺目，就颤巍巍地眯上了眼。

不觉有些恍惚。

她嫁给纪萧时，也是这样碧空如洗的天气，日子却偏偏过得那样凄苦悲凉。

太子妃的喜服由四个丫鬟捧着，上头勾龙描凤祥云翻腾，处处都是金线银边。光是瞧着就觉出不一般的贵气。

陈鸾背脊挺直，任由丫鬟一件一件地给她换上。老太太看着粉面朱唇媚色天成的孙女，连连点头，点过头之后眼眶忍不住发酸。最后她亲自挑过那喜庆的红盖头，连声念叨："咱们大姑娘嫁得好，嫁得好。"

这个孙女是她亲自带大的，一路操心过来，这是她最上心的一个。以后的日子，她将成为天家儿媳，再不能肆意承欢膝下，不能想见就随时见着了。

陈鸾杏眸中也蕴着两汪泪，欲落不落的颇为惹人怜爱。她走上前几步，如往常一样拉着老太太的手，声音哽咽得不像话："祖母，您好生照顾自个儿，别太操劳了。鸾儿日后得空了定常常回府看望。"

老太太面色复杂，越发觉着舍不得，还是一旁的喜娘急忙圆场道："大姑娘快别哭了，等会子花了妆还得再补。这会儿太子殿下带着仪仗都快到了，可不能再耽搁时间了。"

老太太一听，急忙敛了快淌出来的眼泪，将红盖头轻轻盖在陈鸾堆叠如云的发上。又左右看了几圈，确定没有遗漏的细节，亲自给她抚平了衣裳上的每一道褶皱，这才终于松了一口气。

屋檐下的廊子里，两名丫鬟神色匆匆小跑而来，连声喊道："老夫人，迎亲的仪仗已到了国公府门口了。"

陈鸾看不见前头的路，目光所及处只有红色的布面，盖头上缀着的流苏则是随着她身子的动作微晃。

她突然觉着这些日子都像是做了一场梦，梦中她斗赢了康姨娘和陈鸾，将她们的如意算盘打得粉碎，甚至还幻想着要嫁给纪焕。

蒙着眼看不见东西，这叫她心里没着没落，极没有安全感。

跨过清风阁的门槛，两个丫鬟扶着她一步一步往外走，离这自小住着的院子越来越远。陈鸾步子稍缓，脚下像是踩着棉花一样。她微微咬着下唇，心跳一下比一下快。

踏出国公府门槛的那一刻，两侧街上的鞭炮声如雷鸣般响起。陈鸾身子微僵，几乎是眨眼之间的工夫，又悄悄放松下来。

跟前突然停了一双黑底金边的长靴，靴面上绣着张牙舞爪的蟒和祥云几朵。再往上看，是与她身上一样稳重端庄的绛红色礼服，她视野有限，只能看到一小片衣角。

纪焕来了。

流淌的时间仿佛在这一刻静止了一般，同时静止的，还有头顶上那轮璀璨夺目的太阳。明明是最热的天，陈鸾却丝毫感觉不到热意，就连吹动喜帕的风也是凉的。

她睫毛垂在眼睑下方，瞧到男人缓缓朝她伸出了一只手。宽大的手掌心中有一条刀疤从虎口处延伸到小指指根，好在手指修长，骨节分明，看起来并没有多么恐怖。

陈鸾神思恍惚，耳朵根无法抑制地泛起了红，紧接着一把火烧到了面颊两侧，白嫩的皮肤如被晚霞染红的锦云一般。

他们两人离得有些近，所以尽管周围声音嘈杂纷乱，男人清冷的声线还是稳稳入耳："别怕，是我。"

陈鸾嗫嚅着从唇齿间咬出一个"嗯"字来，而后不受控制一样地朝他伸出了手，日光下那小手白得如无瑕的珍珠一样。她不知想到了什么，手突然在半空中顿了一下。

纪焕伸手将她牵住，目光深邃而暗沉，在她耳畔低笑一声，声音醇厚："这时候还想反悔？晚了。"

陈鸾被这话逗得弯了弯眉眼，没有再说话。

男人的手掌格外宽厚，带着她朝前走。许是照顾着她瞧不见前头的路，纪焕的步子刻意放得有些缓，直到丫鬟扶陈鸾入了轿，他才勾了勾唇，自己翻身上了马。

一路花轿行得极稳，爆竹丝乐声相随，无须看也知外头场景有多热闹。

不知行了多久，爆竹声终于停了下来，只有奏乐的声音依旧环绕在耳畔。陈鸾头顶着喜帕，忍不住掀开了一个小角窥看，可视线却被车帘子牢牢挡住。她幽幽地收回目光，安安静静地坐着，等着再次踏入东宫的大门。

皇帝病重已久，故而今日并没有前来。皇后倒是出席受了陈鸾与纪焕的跪拜之礼。

等礼数一一行完，天边已经黑了下来。陈鸾身子娇弱，这回结结实实站了大半天，累得连胳膊都抬不起一下。她面色显出些疲倦，好在有喜帕掩着，旁人也瞧不出什么来。

她被送入了宫殿。

陈鸾坐在绵软舒适的床榻上，绷得极紧的神经蓦地放松下来，只恨不能就这样睡过去。

沉稳的脚步声停在了跟前，纪焕望着端坐着的小姑娘，再想到今日的劳累，难免有些心疼，沉声问："可是累着了？"

陈鸾目光瞥过周遭站着伺候的宫女丫鬟，暗自叹了一口气，摇了摇头道："妾身不累。"

成亲这事，怎么好说累？

纪焕知道她口不对心的性子，也没有说什么。只是伸手拿了秤杆挑开了小姑娘头上盖着的帕子。

红烛摇曳，合欢香一点点在殿内散开。看到肤若凝脂的小姑娘眼神躲闪着不敢与自己直视，纪焕的眼瞳颜色变得极深幽，如古井一样探不到头，心头骤然烧起一团火来。

她生来就是美人坯子，这点他心知肚明，只是没承想会美成这样，叫人见了呼吸都不由一滞。

饶是见惯了美人的太子殿下，眼神都不由得闪了一下，而后迅速恢复过来。

他漫不经心地勾唇，声音清冷如泻地的月光："今夜东宫设宴，我得出去喝几杯应付一番，等会儿就回来。"

陈鸾飞快地抬眸看了他一眼，男人剑眉星目，许是心情极好，嘴角竟还噙着几缕淡笑。

这倒是极难得的。

"好。"从正午上花轿的那刻起到现在，他都没有在她跟前自称过孤。陈鸾心中微动，也跟着漾出几缕笑意。

可男人不仅没有离去，反而斜靠在床沿边似笑非笑地望着她。陈鸾有些不明所以，直到喜娘笑着提醒一句："太子妃娘娘，该饮合卺酒了。"

陈鸾有些慌乱地低头，她还是第一次遇到这种事。在那梦魇里成婚时，纪萧与她互相看不对眼，冷冷清清将人打发出去了，莫提饮合卺酒了，就连红盖头都是自己揭的。

纪焕十分喜欢看小姑娘脸红又手足无措的模样，他执起盘中的一小杯酒递到她跟前，如愿以偿地见着她红了耳根子。

两人离得很近，近到陈鸾可以闻见他身上清冽的竹香，甚至可以瞧见他衣领下古铜色的脖颈。他们的呼吸交错在一起，那一杯酒饮下，陈鸾额上险些出了汗。

分明夜里凉快得很。

男人大步流星地离开，背影如同长在悬崖峭壁上的一棵笔挺的松树。陈鸾顿时如虚脱了般，强撑着精神道："扶我去沐浴。"

褪去了沉重的大婚礼服，陈鸾总算觉着活了过来。

窗外刮起了风，外头那棵常青树被刮得沙沙作响，又下了些细雨，宫殿外伺候的宫女挑着灯，照得庭院的地面上湿漉漉的。

芙蓉帐下铺着喜庆的红被，陈鸾才掀开被子一角，就瞧见了底下一层的花生桂圆。她挑眉掬了一捧在手里。

纪焕进内殿的时候，伺候的宫女都被遣退下去了。桌上红烛摇曳，偶尔滴下几滴烛露，不多时又在底下凝固，如此反复。

今日是东宫大喜之日，那些平素里就一直惦念着要将他灌醉的老狐狸彻底没了顾忌，一杯接一杯地敬酒，饶是他酒量再好，也是靠着南阳王世子的帮忙才得以脱身。

赶回来瞧他的小姑娘。

帐子半落不落，被子散着中间隆起一个小包。纪焕将被子掀开，见小姑娘蜷缩着身子，窝在床榻正中的位置，周遭散着些红枣桂圆等有吉祥意义的吃食。

睡觉时还下意识皱着眉，可见今日是累惨了。

今夜东宫灯火通明，夜色无声撩拨着心弦。榻上小姑娘睡得不深，纪焕倾身上前，将贴在她脸颊边的一缕细碎鬓发撩到耳后，动作极尽轻柔，却还是惹得她挪了挪身子，细声细气嘟囔了一声。

男人喝了不少酒，夜风一吹，不但没有让他清醒三分，反倒助长了些酒性。他性子清冷有余，小姑娘虽是他心底珍藏着的明珠，但多年对感情的闭口不谈也令这颗珍珠表面蒙上了一层灰。

他险些失去了她，好在如今终于寻了回来。

软玉娇香在侧，这是他纪焕明媒正娶的东宫妃。她在他们就寝的宫殿里毫无防备地睡下，卸下了这些天浑身的刺儿与小心翼翼。

这样的场景，足够叫他心甘情愿被困在这温柔乡中。

外头开始淅淅沥沥地下起小雨来，纪焕伸出大拇指刮过小姑娘粉嫩的双颊，声音低沉不少，有些感慨："真是好久没见你这般听话了。"

他一撩衣袍端坐在床沿上，脚踩着足踏，将蜷缩着侧到另一边的小姑娘拦腰抱起，不顾她发出一声又低又小的惊呼。

陈鸢只觉得一阵天旋地转，人就已从榻上到了男人冷硬的大腿上，腰间禁锢着她的那只大手犹如铁铸成般，怎么挣也挣不开。

绛红色的衣面上用银线金边勾画出龙蟒之状，威风凛凛，寒光森然。陈鸢手腕摸在凸起的纹理上，微微的有些刺痛。她抬了抬胳膊，惊觉浑身酸软得不像话。

男人贴过来的脸尚夹着外头的寒气，呼吸中还带着浓重的酒味，喷洒在她莹白的面颊上。陈鸢身子稍稍瑟缩，只是在这样的姿势下却被他锢得更紧。

小姑娘脸颊染上花苞尖上的一点嫣红，涟涟清眸含情带雾，小手按在他胸膛前，根本使不出什么力气的推阻，倒像是欲拒还迎，勾得人心痒不已。

"殿下喝多了，臣妾唤人煮碗醒酒汤进来。"她垂眸轻问，面色嫣红，吐气如兰。

纪焕爱极她这般羞到不敢抬头的小模样，他伸手抬起美人瘦削的下颌，嗓音沙哑，像是压抑着某种喷薄欲出的情绪："无妨，喝得不多。可还喜欢这毓庆宫的布置？"

先前累极，陈鸾并未细看这殿中的摆设布置。这回凝神细看，才发现这毓庆宫极为精致富贵，四面的墙上画着飞天的仕女，千姿百态各有风采，甚至东南边的小角上，还刻着只展翅欲飞的凤凰，闪着琉璃色的光泽。

紫檀案桌配着黄梨木椅；玲珑的白玉挂饰旁是锦鲤戏水样式的端砚；罗汉小榻上垫的是西北送来的狐皮裘。此刻窗子半开，夜风送了小半的凤尾叶伸展到殿内来，狭长的叶片上还坠着大颗大颗的雨滴，颜色映得如翡翠。

明眼人一看便知，主人必定是处处上心，费了心思布置的。

陈鸾挪了挪身子，有些不自在地道："喜欢的。"而后试探地问道，"殿下能否将我放下来？"他们年幼相识，十数年相伴，陈鸾从没有想过有朝一日两人会挨得这样近，这样亲密。呼吸交缠，她觉着自己好似也醉了酒一般，浑身软绵绵地使不上一点力气。

小姑娘声音有些闷，她身子娇小，被他抱着正好可以搂个满怀，身上的幽香直钻入男人的鼻子里。这殿里几种截然不同的味道便悄悄地糅在一处。

若是平常，纪焕清冷似玉，说放自然就放了。可今日也不知是否是真的喝高了，男人身躯如山一般不可撼动，反倒是愈发得寸进尺起来："鸾鸾，今日是咱们大婚之日。"

陈鸾心尖上突然蹿出一道火苗，在血液中流淌沸腾，而后那白瓷一样的小脸上慢慢飘上数缕飞霞。男人这话太露骨，让她想起梦里养心殿那夜的荒唐，不由得身子微僵。

"怕了？"纪焕声音醇厚，胸膛里带出阵阵低笑。

陈鸾微咬着下唇摇头，鬓发蹭在他冰冷的外裳上。明明没有触到皮肤，纪焕却觉着似乎身上有一片白羽一点点地划过，痒到骨子里去了。

纪焕突然觉着有些口干舌燥。在这之前，他一直以为喝下去的那些酒如同水一样，这会儿脑子里的清明却如潮水般退去。一时之间他也分不清醉了他的究竟是那酒，还是眼前这人。

"鸾鸾，把脸凑过来。"纪焕的声音哑了半截。

外头的雨下得越发大了，陈鸾依言侧首，对上那一双幽深锐利的眸子。她睫毛微颤，男人越逼越近，直到冰冷与温热触在一起，交缠厮磨。

最后陈鸾也记不得是怎样到了榻上，再迷蒙地睁着眼睡下了。到最后都衣裳完好，只是有些凌乱。

她在睡过去前还迷迷糊糊地想，为何他只是亲亲搂搂她就哄着她睡下了。

窗外夜雨越打越急，越下越大，红烛被吹得微曳。小姑娘实在是太累，不过抱着轻拍几下就困意十足，纪焕哑声低笑，手指头抚过她娇嫩的脸颊，眼底俱是笑意。

于是矜贵的太子殿下只得在洞房花烛夜亲自更衣散发。目光落在榻上那雪白的元帕上时，纪焕目光微凝，而后在中指上划开一道口子，嫣红的血溅落，如同皑皑白雪里的寒梅数朵。

一夜无梦。

到了后半夜，陈鸾不经意间翻身，却被一只大手带入温热的胸膛，男人的心跳极稳。陈鸾向来警觉，觉出不对，在黑暗中逡逡然睁眼。

小姑娘身子突然有些僵，纪焕声音中带着才睡醒的哑意，淡淡出声："被雨声闹醒了？"

陈鸾摇头，敛眉笑道："倒不是，我睡觉一向浅得很，时常睡到半夜便醒了。"

就连她自个儿也没注意到，纪焕没在她跟前自称象征太子身份的孤，她亦在无形之中恢复了从前与他相处的模式。

只是这时候的关系，远比那会儿亲密。

这也算是成全了她自小的一个愿望吧。

她想嫁他，很早就想了。

乌黑的发丝如瀑堆散，有几缕落在纪焕的鼻尖上。他伸出手指，将那几缕缠在小指上，略慵懒地眯眼，抚了抚小姑娘的脸道："睡吧，等会子要早些起来给父皇母后敬茶。"

因为纪婵的关系，陈鸾倒是见过皇后几面。女人年近四十，却是雍容华贵，风华无双，对她也算是温和亲近。

至于皇帝，她与那些世家女眷一样，都只在年末宫宴上远远看过两眼。陈鸾像是突然想起了什么，皱眉低声道："皇上的身子……"

她点到为止，纪焕却倏而睁开了眼。一双剑目锋芒毕露，哪里像是才睡醒的人，分明是一头隐藏着爪牙的凶兽。

见此情景，陈鸾敛眸："只是听父亲闲时说了几句。"

不光是镇国公府，这京都每家每户都曾讨论过皇帝的病情。宫里三天两头传来皇帝大病不起的消息，一回两回便也罢了，次数多了自然每个人都信以为真了。

难道传言有误？

陈鸾皱眉，没有再接着说下去。

纪焕见小姑娘神情闷闷，兀自不解。方才他不过是肃了一会儿脸，这就被吓着了？

真是半点也凶不得，娇贵得不像话。

纪焕将人带到怀里，粗砺的食指划过小姑娘直挺的鼻梁，带着几丝漫不经心的意味唤她："陈鸾。"

陈鸾不明所以，回眸看他，从喉咙口发出"嗯"的一声，以示疑问。

"你如今是太子妃，该叫我父皇什么？"他声音如醇厚的美酒，带着几许诱哄，眉宇间全是柔和的笑意。

陈鸾没承想他方才那般严肃竟是为了这事，她愣了愣，耳根子升腾起热气。

她嗫嚅着不说话，纪焕也不急，修长的手指带着些微的凉意，钩了小姑娘的小指慢慢把玩，轻揉慢捻。

偏偏他剑眉入鬓，俊朗异常，这般略显轻佻的动作也带着些赏心悦目。

"明日敬茶的时候记得须叫父皇。"纪焕握着小姑娘柔若无骨的手指头，神色越见柔和，陈鸾觉着这人变得可真是快。

从前只道他凉薄阴骘，却从没见过他这副模样。

"知道了。"陈鸾有些不敢看他的眼睛，今夜洞房花烛，他们却什么也没做。她心底不免藏着疑问，却是万万开不了口去问的。

纪焕揉了揉她的发，那柔顺的触感叫人有些沉迷："睡吧，离天亮还有一会儿。"

陈鸾点点头，这回没有像在清风阁一样辗转反侧许久，几乎闭上眼就睡了过去。

她虽面上不显，可有他在身边到底是安心许多。

下了一夜的雨，第二日一早，太阳却又露了面。雨过天晴，天空碧蓝如洗，空气中弥漫着泥土的清香，虫鸣鸟叫不绝于耳。

陈鸾睁眼的时候，身边的位置已经冰凉，男人早早就离开了。

流月换上了宫女的衣裳，端了洗漱盆进来伺候。陈鸾拿枯竹枝挑着干花细盐，问："殿下呢？"

皇后宫中的嬷嬷进来收走了元帕，那上面干涸的血迹叫陈鸾下意识瞳孔一缩。

"娘娘，殿下去书房了。"流月见自家姑娘面色尚好，也放下了一直提着的一颗心。

看来殿下还是知晓怜香惜玉的。

陈鸾神思恍惚，紧了紧手中雪白的帕子，越发捉摸不透他是个什么用意。

一夜的雨水滋润，殿外的草木生机勃发，陈鸾穿戴好以后，就由嬷嬷领着去了书房。

书房重地，在门外守着的是方涵与胡元。

都是老熟人。

"参见太子妃娘娘。"两人异口同声地抱拳行礼。他们都是纪焕的左膀右臂，任谁见了都要给三分薄面。陈鸾弯了弯嘴角，温声问："殿下在书房里头议事？"

东宫，浮光殿一侧的书房门口。方涵与胡元直起身子，跟前的女子是东宫太子妃，亦是自小跟在殿下身边的国公府嫡小姐。

如今两人终修成正果。

难怪一向喜怒不显的太子殿下今日天未亮就起了，心情好得叫人一眼就能看出。

"殿下每日早起都要进书房翻阅典籍，娘娘可要进去瞧瞧？"

胡元脸上布着笑，朝着书房望了几眼。

天色尚早，离去给皇帝与皇后敬茶还有段时间。陈鸾眉目似画，轻轻颔首道："劳公公进去通传一声。"

没过多久，胡元笑容满面地踮着脚从里头出来，道："娘娘，殿下让您进去。"

陈鸾并非第一次进东宫的书房，可这一次身份不同，心情自然也大不相同。

紫檀木雕花的书案散发着异香，纪焕大马金刀地坐在漆黑的座椅上，剑眉紧缩，手中拿着一份奏疏，周身气势如山凛然。

陈鸾步子顿了顿，心中竟莫名有些发怵。

"殿下。"她走到纪焕身侧，柔声轻唤。

男人的目光从奏疏上移开，落到小姑娘白皙中透着红的脸颊上，眉目缓缓舒展，从喉间低沉地"嗯"了一声，问："竟起得这般早？"

陈鸾讶然抬眸，旋即轻声反驳道："我向来是起得极早的。"

明明自己赖床的时候屈指可数，缘何他要用上一个"竟"字？

纪焕放下手中的奏疏，小姑娘声音又糯又软，说话的时候纤长的睫毛像是一柄小刷子。若是就这样望着她，必要被挠得心痒难耐。

他虽自持端重，却也是目光微闪，而后站起身来，好整以暇地道："以往皇姐约你出来，是否总要迟上那么会儿？"

男人不急不慢，徐徐道来。声音中润着柔风细雨，显得他整个人棱角都柔和了不少。

陈鸾微愣，而后脸颊渐渐飞上红霞，半晌嗫嚅着说不出话来，眉梢眼角皆是嗔意。

那会儿她情窦初开，每回托纪婵将男人唤出来的时候，欢喜得不像话，自然是一大早就起了。可女为悦己者容，她也是个俗人，总不能素面朝天不施粉黛的就去了。

纪婵深知她的心思，更不会计较这些。

但如今想来，他怕是回回都等得不耐烦吧。

纪焕走到她跟前，小姑娘生得身子玲珑，将将只到他胸口的位置。他伸手握了小姑娘的左手，没有遭到推拒。

她顺从又乖巧，一张芙蓉面上还夹带着未褪尽的霞红。

"时辰不早了，殿下可要去更衣？"

纪焕捏了捏她像是没骨头一般的小指，颔首，心中又觉着有些荒唐。

温柔乡，英雄冢。

英明神武的太子殿下从未想过，有朝一日，单单是美人低眸浅笑就叫他有些沉迷。

明兰宫大气恢宏，阳光落在琉璃瓦上，七彩的光涌动，宫殿若仙境一般夺目耀眼。

昌帝与许皇后坐在上首位，脸上皆带着慈和的笑意。帝王垂暮，但眼神中不时流露出的锐利精芒仍显露出皇家的威仪。

昌帝大病未愈，强撑着坐了会儿便离开了。倒是许皇后身边站着的纪婵，一身宫装瞧起来明艳大气，在众人没注意的当口朝着陈鸾飞快眨眼。

陈鸾心领神会，唇畔的弧度不由得大了些。

许皇后抿了几口香茶，开口挽留道："老八，今日你们夫妇就留在明兰宫用午膳吧。你父皇身子不好，你去瞧瞧陪他说会子话。"

纪焕皱眉，有些不放心地瞥了眼身侧懵懵懂懂的小姑娘。许皇后似是能瞧出他的心思，轻轻摆了摆手道："太子妃留在本宫这儿，同婵儿说会子知心话。"

纪婵同小姑娘交情极深，自然会百般维护，纪焕这才稍稍放心，拱手退出了明兰宫。

陈鸾独自面对着这位传说中圣宠不衰的许皇后，心中忐忑，自是更注意自己的一言一行，生怕行差踏错，惹得帝后有所不快。

她自认不卑不亢沉稳有度，实则心底的紧张全摆在了脸上。许皇后目光微黯，笑着朝陈鸾招手："本宫曾见过你几面，那时你年岁尚小，见天儿跟在太子身后，小小年纪就已是标致的美人坯子。后又几次三番听婵儿说起你的事，倒是个妙人儿，难怪引得太子动了凡心。"

皇后的话始终轻柔，如春风拂面一般。纪婵瘪了瘪嘴道："可不就是？鸾儿与八皇弟自幼相识，青梅竹马。如今修成正果，可见儿臣预感并无差错。"

许皇后笑意盈盈地看着，陈鸾听纪婵一本正经地说这样的话，禁不住红了脸。她面皮薄，被稍稍取笑几句就有些受不住，更何况是在后宫之主面前。

她只觉得自己心跳声中都掺杂着些许慌乱。

许皇后笑而不语，白嫩的指尖顺着杯盏上的纹路一路向下，最后停在冰冷的小几上。她斟酌了几番，索性还是开了口："三月前，皇上突然与本宫说起镇国公府的丫头不错，与庸王相配，叫本宫问问镇国公府的意见。

"镇国公没有意见，老太太更是一万个乐意。至于你，听说也是认可了的。"皇后慢悠悠地道，声音回荡在明兰宫里。陈鸾面上的笑意与血色一同消失殆尽，身子发寒发凉。

庸王，纪萧。

皇后竟提起这事来。

纪婵面色也变得凝重起来，她扯了扯许皇后的衣角，皱眉撒娇道："母后，昨日是八皇弟与鸢儿的大好日子，咱们别提那等糟心的事了。"

纪萧虽在皇后宫中长大，但并不与纪婵亲近，甚至关系颇为紧张。纪婵一向觉着纪萧胸无大志，毫无皇家子弟的傲气与才干，而纪萧自然也不会干那种热脸贴冷屁股的事，是以两人互相看不顺眼。

可皇后对纪萧有养育之恩，十几年的感情，虽比不得亲生孩子，却也是真心疼爱欢喜的。

许皇后笑意不变，她轻飘飘望了陈鸢一眼，接着道："庸王那孩子做错了事，被皇上惩罚，却也仍是实打实的皇家血脉。按理，你与他的这桩婚事不该就此作废的。更何况这也是当初你自个儿点了头的。"

陈鸢低下头，睫毛微垂，默然不语。

皇后说得没有错。

当初陈申三番五次劝诫她，说她年纪不小了，镇国公府需要依附一个强大的后台。太子纪萧与八皇子纪焕自然是最好的人选。

可陈鸢那么多年耗在纪焕身上，半点水花也没溅起。一切努力都像是沉入水里的铁块，悄然无痕地消失在了淤泥里，再也不见天日。

心灰意冷到了极致，嫁谁不是嫁？

不管因为什么原因，至少纪萧张口要娶她，而纪焕不曾。

再加上康姨娘与陈鸢见天儿往她那跑，将国公府说得风雨飘零，又说太子温文尔雅，待人极好。她脑子不开窍，竟真的信了那样的鬼话。

一点头，就再也没有回旋的余地了。

因为这个决定，她凄苦至终。可如今一切已不相同，她自然不想重蹈覆辙。

许皇后警告地看了纪婵一眼，示意她不许说话。

如今大局已定，纪焕羽翼已丰，谁也不敢惹急了他。逮了人家心上的小姑娘，许皇后不傻，心里自然有分寸。

"本宫也明白，婚姻之事，向来是父母之命媒妁之言，你便是真的不乐意也起不到什么作用。"皇后斜靠在凤座上，高高在上，眼神中的犀利锋芒一闪而过。

"母后！"纪婵跺了跺脚，小声急道。

母后今天是怎么了？特意说这些咄咄逼人的话，倒叫她两面为难。

陈鸢抬眸，冲着纪婵轻轻摇了摇头。

三公主已经帮了自己那么多了，等会儿若连累她被皇后责罚，就是她的不是了。

"只是有件事，怕是你还不知晓。"皇后脸上令人舒适的笑始终没停过，她顿了顿，深深看了陈鸢一眼道，"在皇上还没与本宫说这桩婚事的时候，老八就已入宫求了本宫一件事——半年内若是有人想求娶镇国公府嫡小姐为妻，便以各种理由拖着。"

"这到底是镇国公府家事，本宫原不好多插手，可……"皇后停了下来，望向了自个儿娇俏俏的嫡女，目光柔和下来，"可老八着实厉害，提出了一个令本宫无比心动且根本拒绝不了的条件。"

这意思便是，皇后答应了下来。

陈鸾猛然抬头，有些不可置信地望着许皇后，不明白她为何说得这般细致，将诸事掰开了告诉她。

"只是事与愿违，皇上亲口提起了这事，本宫想着，必是庸王前去求的。庸王也到了该成亲的年纪，一直拖着，好容易松口，皇上自然得答应。"许皇后最后一个音节落下，整个明兰宫静得只有宫女替皇后摇扇的声音。

陈鸾心情复杂得要命。

许皇后点到为止，说得有些累了，便端起茶盏抿了一口润润嗓子，迤迤然道："太子妃生了颗七窍玲珑心，自然知道本宫是个什么意思。既已入主东宫后院，就该恪守本分，不忘初心，才能种福缘，得善果。"

这样含枪带棍的一段话下来，陈鸾鼻尖沁出些汗来，一时之间也说不出心底是什么滋味。

皇后自然没必要骗她，更没必要胡编乱造一席话。

她一直以为，即使纪焕要娶她也必是有所图谋的。正如她当初求到八皇子府上是为了摆脱纪萧一样。

可现在突然知道，一切都不是自己想象的那个样子。

这时她才意识到，她与纪萧婚事才定下来的时候，病了的纪焕有些疲惫地去寻她时，自己说的那些扎心的话有多过分。

许下那个令皇后都无法拒绝的好处，谁也不知道他要耗费多少个日夜筹谋。她只知那定然不会是件简单容易的事。

有宫女轻手轻脚地上来摆放冰盆，上等的檀香淬上寒意，变得格外清冽幽甜。皇后笑意盈盈地叫人上了精致的糕点，恍若之前那咄咄逼人的样子没存在过一般。

陈鸾目光复杂，睫毛微垂，心中禁不住暗叹一声，百味杂陈。

皇后的这番警告，何尝不是昌帝的意思呢？

老皇帝何等眼力？做了一辈子的君王，虽然知晓并信奉成王败寇的道理，可要心无芥蒂地接受自己两个儿子是因为一个女人而反目成仇的现实，却委实有些困难。

自古红颜祸水，偏偏老八缺了心眼，看上了镇国公府那女娃娃的美色，非要娶其为妻。

而纪萧私藏兵甲的事，其中缘由种种，除了当事人心底门儿清，谁又能说得清楚呢？将自己置于百口莫辩的处境，本来就已经输得一败涂地了。

胜者自然是有资格提条件的，纪焕的条件，就是从纪萧手中抢了这门亲事。

儿女已长成苍鹰，多管无益。昌帝答应得痛快，却免不得要敲打敲打这惑君心的新任太子妃。

若是能识时务便是两相欢喜，他也不乐得临死做出棒打鸳鸯的事。可若有人听不进去，守着太子妃之位的贵女自是一抓一大把。

第七章　波折

纪焕没多时便回了明兰宫，进来时步履生风，眉间冷然。直到瞧着陈鸾挨着纪婵坐着，嘴里边咬着一块玫瑰糕，唇畔笑意温软的时候，他周身的冷意才敛去大半。

美人一笑勾魂，饶是不近女色的太子殿下，一瞬间也挪不开眼，回过神来后抚着大拇指上的玉扳指，哑然失笑。如今自己倒是越发活回去了，动不动就如毛头小子一般，沉溺在儿女情长之中。

许皇后手里摇着芙蓉扇，扇子上的流苏穗子坠落在空中，跟着晃动摇摆。她也是头一次见纪焕这般情态，声音慈和地笑着问："太子可去瞧过你父皇了？"

"瞧过了。"昌帝深信命数之说，熬到现在身子已成了一副空架子。他自知命不久矣，恨不得将毕生帝王之道全灌输给这个有旷世之才的儿子。

纪焕不爱听。

他能一路走到今天，靠的就是完全不逊于昌帝的才能谋略、杀伐果断。

皇后笑着命人看座，对他这般态度习以为常，紧接着道："日后若有闲暇，多带着鸾儿来本宫这坐坐。明兰宫清静，本宫又不爱与那些妃嫔多处，有个人陪着说话心里倒快活些。"

陈鸾心里乱得如麻，午膳也用得心不在焉，挑了几粒白净的米饭后就没怎么动过筷子。

出了明兰宫，悬在天空正中央的太阳光芒四射，宫墙的阴影落在狭长的宫道上，仿佛偌大天地间只有这一处躲凉之所。

小姑娘蔫蔫的，方才在殿里就魂不守舍，午膳也才动了几下筷子。纪焕眉头皱得死紧，停了脚下的步子。

陈鸾果真没注意到，直直地撞到纪焕身上。太子蟒袍威严肃然，她蓦地回神，男人衣裳上沾惹的竹香缭绕在鼻尖，扰得她喉咙突然有些发痒。

偏僻的宫殿前，朱红色的大门紧闭，宫女太监远远地聚在后头，见此情景，纷纷转过去。

"怎么还和小时候一个性子？这么不当心。"纪焕声音清冷，如这炎炎夏日兜头而下的凉水，能浇灭心底的每一丝躁意。

陈鸾讷讷的，没有说话。

也不知该说些什么。

她咽了咽唾沫，瞧着纪焕蹙眉冷然的模样，勉强挤出一抹笑，说："殿下总是突然停下来，事先也没个声的。"

小姑娘说这话时双眸澄澈，眼中黑白分明，里头藏匿的复杂情绪也纤毫毕现。纪焕捏了捏她小巧玲珑的手指骨，又极快地放开。

他面色寸寸沉下来，语气却仍极温和。朱红色大门的黑影下，他慢条斯理地问："母后为难你了？"

陈鸾睫毛微扇，如青葱的指甲挑起半面雪白的帕子，侧首认真地道："殿下莫乱说，母后待人温和，更何况婵儿也在，谁能欺负得了我？"

那几段话也算不得欺负，最多也只算敲打，何况这事本就是她做得不对，听训反省都是应该的。

男人细细观察她的神色，而后抿了抿唇，将她一缕飘落脸颊的发顺到耳后："天气热，先回东宫。"

纪焕只觉得小姑娘傻得慌，看似比谁都端庄，实则性子软弱，容易遭人欺负。偏还是个不争不抢随遇而安的，若不是真被惹恼了，甚至没有回击这一说法。

不然也不至于叫他那样不放心，恨不得事事过问了。

一路默然无语。热风拂面，陈鸾一直盯着前头那摆动的金边衣角，从心底慢慢升腾起一股迟钝的欢喜与雀跃来。

这情愫来得莫名，像是被压抑了许久，终于在得偿所愿后一点点迸发，继而叫嚣着喷薄欲出。

毓庆宫和太子办事的浮光殿隔着不远。飞檐翘角，青砖碧瓦，红墙绿树，东宫所有的繁华景象皆落在这两座宫殿附近。

这几日太子大婚，按理说新婚燕尔，纪焕能稍作歇息一阵，这也是人之常情。但昌帝身子一日不如一日，纯靠着汤药吊着一口气，担子全落在了纪焕身上，他便半分也走不脱。

午后，陈鸾来了睡意。冰盆搁在小几上，她腰间搭着一条薄毯，靠在软枕下，美眸半开半合，绵延出几丝困倦。

进来伺候的是明月，她轻手轻脚地将珠帘放下，清脆的碰撞声婉转入耳，和着窗子外的虫鸣声，俨然就是一曲安眠小调。

红木镶珠刻双凤纹屏风外，纪焕命人搬来了奏疏，男人威仪自成，就连皱眉时也是别一般的清冷俊朗。

明月偷偷瞥了两眼，一颗心跳得厉害。

她自恃姿色不俗，又得了老太太吩咐，自然不会把自己视作一个普通宫女，整日里看主人脸色行事，一辈子出不了头。

像太子殿下这样的男子，无论权势地位还是相貌，全京城都再找不到第二个了。她自是有野心想要傍上这样的男人。

东宫后院空荡清冷，只要她能得了殿下宠幸，哪怕做个东宫侍妾，那未来也是皇宫里正经的主子。

未必就没有一步登天的机会。

越想下去，明月脸上的笑就越甜。

她身姿窈窕，衣裙带风地走到案桌旁，福了福身，声音里满是温柔甜腻："殿下，可要沏杯茶呈上来？"

明月身上穿着宫装，却没有半分宫女的样子。不仅不垂头敛睛，反而露出一双弯弯的狐狸目，有些痴迷地望着纪焕笔挺的身姿。

她自幼貌美，打从被老太太买下日日教导的时候起，她就明白了自己的用途。

男人，尤其是位高权重的男人，骨子里都流着凉薄的血液。女人对他们来说，就如同衣裳一样，今日穿这件明日换那件，图个新鲜劲罢了。

怕是就连明媒正娶的发妻原配，在他们的心中，也不过是可以利用的棋子，真要说占了多大的分量，却是极不现实的。

既然如此，她以色诱人，哪怕得不到男人半点真心，只要得个子嗣，后半辈子就会有泼天的荣华富贵了。

纪焕丢下手中的折子，揉了揉隐痛的眉心，朝着这不懂规矩的宫女看去，剑眉紧皱，低喝道："下去。"

竟是半个眼神也不分给她。

明月眼神随之一黯，但瞧着男人隐含怒气的面庞，腿肚子都有些发软，心中默念着来日方长，这才低声告退。

殿中凉快，孔雀蓝釉三足小香炉里熏着上好的茉莉香。绕过屏风，一袭珠帘落地，隐约能瞧见里头半悬半落的床幔，也能瞧见半支起身子娇弱无力的女子。

纪焕几步走过去，里头伸出一双皎皎玉手，替他拂开了那层珠帘。

香风暗袭，美人身上披着薄毯，曲线窈窕，杏眸里蕴着层雾气，也不知醒了多久了。

"怎么醒了？"小姑娘睡得迷糊，一张小脸微红，朱唇像是滴了血一样，上头还印着一排整齐的牙印。

这是怎么了？

陈鸾一向睡得浅，心里又藏着诸多的事。说是小眯一会儿，实则当真就是闭了会儿眼，明月的声音将她惊醒，便在床榻上怔怔坐了好一会儿。

明月自恃姿色不俗，太过心急，日后若是真叫她出了头，也是个不好拿捏的。

陈鸾有些头疼，她向来不爱理睬这些。如今嫁了人，这些事反倒没完没了一样，一刻不肯安生地寻来了。

"听着动静便醒了，殿下可处理完政务了？"她声音绵绵柔柔，带着七分睡醒后的糯意，对方对刚才所见只字不提。

纪焕将小姑娘抱到怀中，粗砺的手指抚摸着她青葱一样的指尖，又去抚弄她散落满床的秀发，发间的幽香撩动人心。男人胸膛坚硬，声音醇厚暗哑："处理完了。"

陈鸾动了动身子，给自己寻了处更舒坦的地方靠着，纪焕爱极她这副身娇无力懒懒靠在他身上的模样，当下眉宇间也藏了几分不甚明显的笑意，缓声问："今日可歇息好了？"

陈鸾伸手捉了他腰上挂着的荷包，荷包下的流苏左右晃荡，她掩唇打了个哈欠，顿时眼泪涟涟，将脑袋往男人的朝服里一埋，道："还是有些困的。"

男人身上似乎带着一种令人心安的魔力，陈鸾这会儿竟是真来了些困意，睫毛扇了几下，最后合上了那双漂亮的水眸。

"睡吧，我就在毓庆宫待着。"纪焕揉了揉她的发，声音悠然，"睡醒了，也该将咱们的洞房花烛夜补齐。"

他格外爱一本正经地逗弄她，从小到大皆是如此，不厌其烦。

怀中的小姑娘身子一僵，旋即将脑袋埋得更深了些，露出来的耳根子通红。

毓庆宫中缭绕着淡雅的茉莉花香。怀中的小姑娘许是真的乏了，呼吸渐渐平缓下来，身子软和得如面团一样，腰肢纤细似是一掐就能断开，纪焕根本不敢使力抱着。

真真是捧在手心怕摔了，放在心上怕碎了。

小姑娘睫毛卷翘，如同一把小刷子，每一根都瞧得分明。这睫毛覆盖下，是那双任人看了便要觉着惊艳的杏花眸。

小姑娘睡得并不久。

胡元面色匆匆，前来禀报政事，还没走到近前呢，就见到自家英明神武从不近女色的太子爷怀中拱出一个女人的脑袋，还有一截长长的秀发。

随之而来的，还有太子爷一瞬间凌厉起来的目光。

胡元讪笑两声，这太子爷尝过了女人的滋味，总该多纳些千娇百媚的女子入东宫伺候着吧，子嗣方面也是多多益善。

主子爷那可一直催得不行呢。

陈鸾脸皮薄，此时微咬下唇，挣扎着动了动身子，声音含羞带怯："殿下，快将我放下来呀，等会儿被瞧见了。"

此番情景被人瞧见，成何体统？

古往今来，哪有这般放肆的太子妃？

纪焕不急不忙地替她理了理衣裳，手臂如同有力的铁钳，任她怎么暗暗使劲都挣脱不了分毫。陈鸾气结，用力扯了扯他荷包上的流苏穗子，将脑袋埋在他衣袍间，只露出一个弱不禁风的背影。

许久没见她这般孩子气的动作，纪焕失笑，将人好生放到榻上，声音下意识放得温和："孤方才命小厨房做了些糕点，你若是饿了，就先吃些垫垫肚子，等会子孤来毓庆宫陪你用晚膳。"

太子爷不善言语，哄她与哄小孩子的语气别无二致，在胡元的印象里，纪焕这般哄人却也算得上是头一遭。

纪焕还记着，小姑娘这一日都没吃什么东西。

实在是娇贵又难养。

陈鸾清醒了一些，眼底也蓦地染上了几分清浅的笑意，她弯了弯嘴角，露出两个甜蜜的小梨涡来："若是殿下来晚了，嬷嬷亲自做的小酥肉便没有了。"

纪焕轻快地笑了几声，揉了揉她的发。

帘子掀开又落下，男人大步流星地离去。陈鸾身子底下垫着柔软的褥子，用的是最上乘的料子，每一处都精致得无可挑剔。

她双手环着膝，想着这段时间发生的许多事。纪焕突如其来的承诺，皇后敲打警告的那席话，以及她两月前对着他说的那些口不择言的胡话。

他那么骄傲的一个人，一个身上流着皇室最高贵的血脉的人，难道真的能做到心无芥蒂，一笑泯然吗？

换位思考，若这事落在她身上，那陈鸾定然是不能释怀的。天下女子何其多，又何必再自取其辱将脸凑上去贴一回冷屁股？

陈鸾伸手拨了那面珠帘，披上外衣走到窗子口。南面的窗子半开着，热风作怪，涌动着争先恐后挤入殿中，又与冰盆中渗出的寒气相撞，屋内意外地生出些柔和之气。

浮光殿上，纪焕坐在紫檀雕花椅中，神色阴鸷，眉心紧锁。一身太子朝服泛着生硬的冷光，盯着胡元不怒反笑："他当真如此说？"

胡元身子早已僵得不能再僵，心里叫苦不迭。原以为国公府就算不聪明，也该有些眼力见，哪知事到如今，居然还敢有所倚仗地提条件。

陈申真是将他自己看得太重了。

若不是为着太子妃，这位爷哪能自始至终对国公府客客气气地忍让？

纪焕又瞥了眼手中的密信，冷声嗤笑道："太子妃入东宫不过才两日，他们就如此迫不及待地往孤的东宫塞侧妃，真当孤这东宫是想来便来想走便走的？"

胡元低眉顺目，斟酌了会儿言辞道："殿下，奴才还听闻了一件事，这事从国公府流传出来，又被迅速封了口，传出消息的人皆被灭了口。"

"说。"纪焕眼底隐着簌簌风雪，手指缝里夹着那一纸书信把玩，神色凉薄。

"太子妃娘娘昨日出嫁时，国公府二姑娘并未出现。等花轿出了门，二姑娘竟在房中上了吊，幸亏发现得早，被丫鬟拦了下来。只是醒来后竟闹着说非东宫不入，哪怕做个妾，只要能侍奉在殿下身侧，便此生无憾。"说着说着，就连见惯了大风大浪的胡元都咋舌不已，在嫡姐的大婚之日做出这等大不敬之事，若不封口，整个国公府都在劫难逃。

这可是藐视天威，是大不敬的死罪。

纪焕眸色渐深，周身气势如山，搭在椅子上的手背青筋毕现，已是怒极。

陈申那个老匹夫，真是越老越拎不清状况了，谁若用他准出差错。

其实陈申心底也算是明白，皇储之争已彻底落下帷幕。大姑娘为东宫妃，荣华富贵享之不尽，可二姑娘却像是得了失心疯一样，寻死的心都有了，气得老太太当即就一口气提不上来晕了过去。

这手心手背都是肉，更莫说陈鸢是他打心眼里从小疼到大的。更何况在他眼里，这就是件两全其美的妙事，一则太子殿下可享齐人之福，二则深宫里头，姐妹俩也好相互照应，光耀门楣。

无论对太子还是对国公府来说，这都是一件好事。

于是陈申在老太太还未醒的情况下，挥毫写了这么封信，秘密遣人送到了东宫。

殿里的气氛一下子凝固起来，胡元大气也不敢喘，片刻后壮着胆子上前，问道："殿下，这信，该如何回复？"

"不必回。"纪焕松了手，长身玉立在内殿之中，声音里杂糅着三九天里的雪沫子，"待太子妃回门之时，叫陈申亲自与孤明说。"

敢在太子大婚之日干出这样大不敬的事，可见胆量不小，心机不可谓不深。平日里在他看不到的时候，这一家又该是怎么欺负那个傻乎乎的小姑娘的？

熏香燃起，冰盆送凉，纪焕眼底寒意深浓，身形笔挺如山巅之

上的苍竹松柏。直到太阳沉入天边，余晖卷去了半边天幕，他才将
那封信放在袖口，径直去了毓庆宫。

毓庆宫里有一个小院子，院子里栽着些奇花异草，绿意盎然错
落有致，墙角边还挂着个秋千架。

陈鸢命人在秋千架上垫了层狐裘，她手里握着书卷，大半个身
子陷在里头。如海藻般的青丝被一根简单的玉簪绾起，不多点缀却
衬得她颜色更胜。

这会儿轮到明月与葡萄当值，葡萄手巧，正在给陈鸢缝荷包。
荷包里放着西域进贡的香料，难得她家姑娘闻着喜欢。

明月则在一旁替陈鸢捏肩，她长得不错，便是一身普通的宫
装也能穿出不一般的韵味来，手下的力道不轻不重，倒是个会伺候
人的。

陈鸢将书翻过一页，目光落在了明月的脸上，突然有些意兴
阑珊。她将书卷折起一个小角放在身侧，含了含唇笑道："祖母让
你跟来东宫，是为着好好伺候太子殿下的，如今在我身边做这些琐
事，有些委屈你了。"

这是要将她送到太子身边伺候的意思？明月眼眸微亮，身子却
下意识跪了下去，诚惶诚恐地道："能跟在娘娘身侧伺候，是明月
前世修来的福气，断没有半分旁的想法。"

陈鸢饶有兴味地垂眸看着她，轻声问："这样说来，你这是不
愿去殿下跟前伺候？"

怎么会不愿意？她做梦都想！

明月嗫嚅着说不出话来，险些红了眼眶。她只恨自己这张嘴太
过多话，表忠心过了头。

葡萄见状，也跟着过来插话道："娘娘仁厚，咱们能跟在身边伺候，已是旁人求都求不来的福分，哪里还想走啊？"

明月暗暗咬牙，才大着胆子张口欲言，就见陈鸾笑着摆了摆手，道："罢了，既然这样，本宫也就做回主，将明月留在毓庆宫伺候。"

明月脸色瞬间灰败下来，险些咬碎了一口银牙。

她同流月、葡萄不一样，不是打小就伺候着陈鸾的。就算留在毓庆宫，也只是个遭排挤的大丫鬟，生死皆在太子妃一念之间，哪有做东宫侍妾为自己谋划后路来得威风？

侍妾未必就不可以成为宝林与良娣，未来入住皇宫，也未必不能借贵子一步登天。

丢了这样的机会她如何能够甘心？

陈鸾又拿起书卷，却是一个字也瞧不进去了。她何尝不知道明月的想法与野心。

如今纪焕登太子位，这样的女人，在东宫只会越来越多。至于以后，后宫三千佳丽绝不仅仅是句戏言。

她与纪焕之间的阻隔会有很多。

可至少现在，她私心里并不想在他身边瞧见别的女人。

黑色的浪潮来自远方，像是盛夏夜晚成群结队的流萤，须臾之间席卷了天空，一寸也没放过。

陈鸾看着那轮寡淡的太阳一点点地沉入极海深渊，直至了无踪迹，天地被黑暗主宰。她从秋千架上起身，露出柔和的侧脸，轻声道："传膳吧。"

毓庆宫的管事嬷嬷姓苏，是从前八皇子府里伺候的老人，对陈鸾那是满意得不得了，每回陈鸾偷偷跑去皇子府，她总要变着法子做几样拿手的菜呈上来。

纪焕和陈鸾都喜欢她做的小酥肉。

瓷白的汤勺与白玉一样纤细骨感的手指，是一对叫人觉着赏心悦目的搭档，陈鸾执着白勺，舀了一口汤往嘴里送。

今日在旁边伺候着布菜的人是明月，陈鸾在旁边看着，她没有那个胆子当众献宠，也还算是老实。

纪焕慢条斯理地放下筷子，拿了那摊在一侧小几上的信纸，挑了挑眉，问："这事，你觉着如何？"

陈鸾喉咙口堵得慌，她下意识就皱了眉，也跟着放下银筷。目光落在那信上的遒劲黑字上时声音低了几度："殿下觉着好便好。"

问她做什么。

还能指望着她温柔地笑着劝他将陈鸾接到东宫来吗？这等引火烧身的事，她绝不可能做第二回。

小姑娘声音压得低，含着几缕不为人察觉的气恼，雪白的脸颊上被气得泛出些红来，想来是被陈申这般蠢毒的做法气得够呛。

纪焕神色蓦地柔和了七八分，眉梢带上了烛火的暖意，他有些玩味地开口问："你那二妹妹何时对孤情根深种起来了？"

便是年前跟在陈鸾身边出席王府生辰宴的时候，陈鸾的目光都是落在出尽风头的那几位身上的。

这口风转变之快，当真是有趣极了。

陈鸾心底憋着一口气，用雪白的帕子擦净了手，慢吞吞地站起身来，有些生硬地道："殿下龙凤之姿，京都贵女中仰慕殿下的不知道有多少，陈鸾对殿下一片情深，也在情理之中。"

说罢，抬脚就要出门。

直呼陈鸾的名，在他跟前连姐妹和睦的样子都不装了。

这小姑娘真生起气来，还是一点没变。

陈鸾纤细的手腕被男人扣住，她停下步子，却是别过头不去看他。纪焕佯装震怒，冷声道："孤未治国公府僭越之罪，你倒还气上了？"

陈鸾身子绷得极紧，眉头一皱，眼泪珠子就要掉下来。

国公府发生的事方才从胡元嘴里吐露出来，一字一句都带着十足的嘲讽意味，生生打了她的脸。

怎么会有这样荒唐的事？以生命威胁，逼着太子纳妾，他们一个个都不怕死的吗？

陈申到底还有没有脑子？

"妾不敢。"陈鸾极力控制着让自己的声音得体，却仍是泄露出一丝不明显的颤音。

纪焕眸光转暗，他站起身来，蟒袍上的金线压边在夜里也闪着泠泠的光。小姑娘兀自低着头，他伸手强硬地抬起她的下颚，不期然对上一双盈满泪的水眸。

纪焕看过美人无数，偏偏最怕见着这双含泪的眸子。

一瞧，再冷硬的心肠也要软和下来。

他心中低叹一声，将人抱到对面的长椅上坐着。姑娘软软小小的一团，身子一动，脚腕上的银铃便响动不休，叮叮当当融入夜色深处。

"瞧你那点出息，哭什么？"男人亲自拿了帕子替她一点点擦掉滚落的金豆豆，清冷的声音里分明含着疼惜。

原以为小姑娘这几个月有长进，知道伸出爪子反击别人了，可如今一看，还是个身娇体贵须得好生养着的妙人儿。

弱不禁风的，像个瓷人儿一碰就碎。

陈鸢有些慌乱地躲避着那双深如古井的眸子，将刚才被他扣着的那只手伸到他眼下晃着，一段如白玉凝脂的肌肤露了出来，显眼的是那圈红色的箍痕，看着就有些触目惊心。

"疼的。"陈鸢声音十分轻，轻得能碎在夜风中。纪焕却觉着她就在耳边吐气如兰一般，声儿娇颤颤，他不由得上下动了动喉结。

胡元很快就送来了上等的药膏，纪焕亲自替她抹上。凉丝丝的触感传来，陈鸢始终低着头不知想些什么，鬓边碎发的遮掩下，她漂亮的杏眸中一片暗黑。

"可还记得，那日在锦绣郡主府，你对孤说过的话？"

除了陈鸢，谁都可以。

这一句话，足足叫他恼火了几天，对那不知所谓的国公府二小姐的印象简直跌到尘埃里。莫说给他为妾了，就是提起这个名字，眉心也要下意识皱起来。

纪焕将暗自垂泪的小姑娘拦腰抱到屏风前的那张罗汉榻上。朝堂上的云谲波诡，战场上的刀光剑影，都没叫他这堂堂太子有所动容，唯独在一个女人跟前，瞧着那蜿蜒的两条泪痕，他不知所措。

女人缩成小小软软的一团，倒是没有再掉金豆豆了，只是身子仍一顿一顿的，许是还觉着委屈，将一张梨花带雨的芙蓉面掩在男人的宽袖下。

只露出一个后脑勺对着他。

这小性子耍的。

这事说来说去，倒成了他的错了。

纪焕伸出大掌抚了抚她柔顺如水的长发，那触感叫他有些沉迷，灯光照得男人棱角柔和了七八分，就连声音也格外醇厚温和："孤曾对你说过，若你嫁进皇子府，后院不会有那许多糟心事。你若不喜那庶女，她连东宫门都踏不进半步。莫要因为不相干的人，委屈了你自个儿。"

他自认不是那等会怜香惜玉的风流公子哥儿，仅有的耐心与疼惜，便全给了眼前的傻气人儿。

就这，她还总和纪婵嚷嚷，说他凉薄，心如铁石，埋怨她一腔心思是个人都能看出来，偏偏他恍若不觉。

哪里是不觉，分明是深陷淤泥难以自保，生怕拖累了她，一生不得欢愉。

否则以他的心机手腕，早便可哄小姑娘嫁入皇子府，也能借一些国公府的助力。

听了这两段话，陈鸾露出一双蒙眬泪眼，试探地抿唇问："那殿下会允她入东宫吗？"

纪焕一只手虚虚地将人揽着，目光肆无忌惮地徘徊在小姑娘柔软嫣红的唇边，片刻后俯身，在陈鸾惊愕的目光下一触即离。那柔软的触感叫他心底喟叹一声，随后安然应道："自然不允。"

陈鸾被这突如其来的蜻蜓点水惹得双颊绯红。她揪着男人腰间的荷包，勾唇浅笑，颇为真心诚意地道了句："谢殿下。"

她自知今日所做所说皆过了界，再加上镇国公府惹得男人大动肝火。在这样的境况下，男人还能放下身段来哄她，足以证明一些事情。

这样便已经很好了，好到甚至超过了她的预料。

小姑娘变脸的功夫倒是极好，纪焕目光暗了暗，慢条斯理地将那封信卷了放在烛光上。火蛇蹿出，散发出难闻的焦味，最后那信在两人眼前化为灰烬。

纪焕对那个"谢"字恍若未闻，反倒似笑非笑地道："鸾儿，你方才说错了句话。"

陈鸾不明所以，抬眸欲看他脸上神色，却被他伸手揽到胸前，耳畔只剩下他低低的笑声，惊起一身酥麻。

"这京都贵女中，真正对孤情深一片的，怕是只有孤的鸾儿吧？"

他的声音格外醇厚，如美酒醉人，每一个字眼都带起丝缕暧昧。

孤的鸾儿。

陈鸾不由得心尖一颤。

浓深的黑席卷天地，红烛摇曳，屏风珠帘之后，绯红色喜庆的床幔翻飞，露出里头的雕花大床。

纪焕将人轻松抱起，步子沉稳地绕过屏风，再放到绵软的榻上，声音里不觉带上了几分晦暗的欲念："昨日欠下的，今夜一并还了吧，鸾鸾。"

夜里倏而下起了雨，淅淅沥沥打在窗外的芭蕉叶上。黑暗中惊雷声声，暗紫的闪电将混沌的天撕裂，一分为二。连着几声响雷之后，暴雨滂沱而下，狂风打得院外树枝簌簌作响，豆大的雨点落在屋檐下积成了小水洼。

殿内烛火尚未燃尽，暗红的烛泪已凝结成硬块的泪痕。经这带着深浓湿意的夜风一吹，火苗摇曳几下，继续映着芙蓉帐下的几番景色。

胡元打着灯在殿外候着，寒夜凄楚，凉风袭来，守夜的仆从皆打了个寒战。直到里头太子爷沉着声音叫了水，这才各司其职，而后各自回屋歇下了。

黑漆漆的夜色下，几株枝繁叶茂的桃树上挂着各式各样的灯笼，外头糊着的喜庆红纸被雨打得褪了色，明月与葡萄值班，将这些被浸湿的灯笼一一解下。

褪了色的红，再挂着不吉利。

葡萄心直，也知道老太太送明月到自家主子身边的用处，到底忍不住多嘴劝了几句："娘娘良善，心肠软，从来不打罚下人。只要你忠心，好生伺候着，日子定过得比谁都好。"

明月手上的动作一顿，碰落了树枝上半熟的桃子，雨露从枝叶间滚下，落了她满头满脸。

这样的日子，哪里与"好"字沾得上边？

她现在正青春貌美，合该为以后的人生搏一搏。否则等过了些年岁，人老珠黄却仍为奴役，便是白白来这世上走一遭。

明月勉强挤出一个笑来道："多谢葡萄姐姐提点，我都记下了。"

最后葡萄与明月来回赶了三四趟，才将树上挂着的灯笼都揭下来。两人累得走三步歇一步，夜风刮到人身上，和刀子一样锋利。明月激灵灵打了个寒战，当下瘪了瘪嘴，更坚定了某种决心。

毓庆宫内殿，空气中弥散着合欢香的味道。珠帘半掀，陈鸾头靠在软垫上，一张小脸上还布着未干的泪痕，瞧着便是一副楚楚可怜的模样，是个男人见了都要生出七八分怜香惜玉的心来。

陈鸾松了松手腕，掩唇打了个秀气的哈欠，神情透着些许慵懒。

她又累又困，身上各处还隐隐作痛，竟比记忆中养心殿那回还要惨些。

男人比她不得章法。

这个认知叫她忍不住伸手勾了男人腰间的玉环在手里把玩，颇为好奇地问："殿下从前府上当真没有一二侍妾通房？"

纪焕坐在床沿边，被这样不伦不类的问话逼得额心突突直跳，他不怒反笑，骨节分明的长指拂过她散乱如海藻的墨发，哑着声音意有所指地反问："这些年日日有你片刻不离地跟着，哪儿来的通房侍妾？"

他向来清心寡欲，对男女之事并不看重。再加上那时自身处境并不算好，深陷泥泞沼泽，只能日夜不休部署算计以求脱困，自然没时间生出那等风花雪月的心思。

更何况小姑娘醋劲大，看得紧，从前不知收敛的时候，连那晋国小公主都被呛了声。

现在想想，两人之间与其说是有情不自知，倒不如说是别样的心照不宣。

陈鸾身子无力，听了他的话，嫣红的小脸上泛出一个温软的笑，笑意渐深渐浓，汇成两个甜糯的小梨涡。

听他亲口承认，欢愉自心底而起。饶是以她此时的心境，也觉着涟漪波动不止。

美人杏目含水，手腕轻挪，露出一截如玉藕的胳臂，上头还布着深深浅浅的红痕，瞧着触目惊心。

纪焕不由皱眉，心中暗叹一声。

这一身的冰肌玉骨，稍稍一碰就要落下痕迹，分明他已足够克制。

殿里暗香浮动，外头屋檐下积着的水这时正滴滴答答地落在青石地面上。陈鸾眼皮慢慢变重，最后竟是沾着枕就睡了过去。

帐子半挂，纪焕目光沉沉。他起身踱步到窗前，望着在风雨中岿然不动的东宫，目光一暗再暗。

万里山河尽在眼前，手握生杀大权的他，这肩上的担子比任何时候都要重。

太医院院首传来密报，养心殿那位日子怕是没多久了，估摸着也就是这一两个月的事。

这片大好河山，终将易主。

男人几乎与黑暗融为一体，恍若没有生命的雕塑一般。站了不知有多久，寒意从窗子缝隙里渗进来，他抚了抚手上的玉扳指，听着身后轻缓的脚步声，眼神中终于有了些许波动。

陈鸢睡得不安稳，无意间伸手一摸，身旁一片冰凉。

她顿时睡意全消。

隔着影影绰绰的帐子，男人的背影高大威严，厚重如山岳，似是在压抑着诸般情绪。

她踮着脚往他肩上搭了一件外袍，声音尚带着七分深浓困意，也因此更显娇糯："夜风寒凉，殿下当心身子。"

"无妨，方才想些事情睡不着，怕扰了你，这才下来吹吹风。"

小姑娘此刻小脸泛着粉红色泽，一副懵懵懂懂的模样。

当真是可爱极了。

他忍不住伸手将人带到怀里。

因着在窗口站了许久，他的外裳被风吹得冰凉，陈鸢温热的身子靠上去，不由得细细哆嗦一下。

纪焕揉了揉她的发，到底是无可奈何，俯身将软软的小人儿抱到榻上，再用锦被裹着，而后含着些许的笑，道："离天亮还有段时间，再睡会儿吧。"

明日是回门日，万一耽误了时辰惹人猜忌不说，若是再被隐在暗中的人推波助澜，不消一日工夫，小姑娘在东宫不受宠，不得太子重视的流言只怕就会被传得尽人皆知。

陈鸢眨了眨眼，乖巧地点头，身子却慢慢往里挪了挪，给他腾了足够的位置。

珠帘屏风后红烛摇曳，最后小半段烛身上遍布烛泪，外边风雨声也渐渐停歇。

小姑娘露出半截玉藕一样的胳膊，白嫩得晃眼。望此美景，纪焕忆起早先那等销魂蚀骨的滋味，眸中的光亮一点点变得晦暗幽深，声音也哑了几度，有些散漫地道："过来，抱着我睡。"

陈鸢抬眸瞥了他一眼，总觉着这男人成婚前与成婚后差别有些大，不太像同一个人。

从前他清冷漠然，言行举止皆如九重天下来的谪仙，周身都没有一丝人气，对她也是时常肃着脸。现在倒像是突然开了窍，让她有些不知如何应对才好。

小姑娘微微咬着下唇，目光晶亮，不知在想些什么。纪焕眉心微不可见地一蹙，索性连人带被揽到跟前，冰凉的唇落到小姑娘光洁的额心上，轻叹道："小呆瓜，明日替你出口气。"

他这话说得再自然不过，仿佛只是在说明日去郊外游玩这样简单的事，可陈鸢知道，他这话意味着什么。

明日的国公府，必然不会太平。

陈鸢不会放过这个机会，而她陈鸢更不会坐以待毙，由着他们合伙算计到头上。

泥人尚且还有三分气，更何况这次国公府的所作所为，不仅摆明了没将她这太子妃放在眼里，就是对纪焕，也只存了三分敬意。

放眼天下，除了龙椅上那位，还有谁敢试图用这样的法子往东宫塞人？

以为堂堂东宫太子是个任人摆布的傀儡？

说到底是国公府不够聪明，还拿纪焕当从前那个隐忍着仿佛人尽可欺的八皇子看待，哪怕如今雏鹰长成，翱翔天际，国公府也依旧受了往事的影响，下意识的多了几分怠慢。

就这一点上，陈申格外蠢笨。

自己看不清朝中的局势，乐得做根墙头草，风往哪儿吹往哪儿倒。可偏偏学不会人家谄媚的功夫，又自恃朝廷重臣，放不下身段来讨好。

窗外风雨终歇，只剩下屋檐瓦片上的积水落在地面上有规律的滴滴答答声，时间缓缓流淌而过，带起一片岁月静好。

陈鸾蓦地心安了许多，她轻蹭了蹭男人温热的掌心，嘤咛一声，就像猫儿爪子挠过一样，让男人痒到了心坎里。

本就是初尝云雨，难免食髓知味。偏生怀中的小丫头还不老实，娇声燕啼胡乱撩拨，男人缓缓合上眼，声音沙哑，暗含警告："鸾鸾，你该乖一些。再乱动，你我皆不用睡了。"

小姑娘的手乖乖地僵在了他腰间的荷包上，力道小小地攒在手心里不放，睫毛胡乱颤了几下后缓缓地闭上，就连呼吸也放得极缓。

晨起，天边才将泛出黑青色微光的时候，陈鸾就睁开了眼。身边躺着的人棱角冷硬，饶是在睡梦中也深深蹙起了眉，她手指微动，下意识地就按上了他的眉心。

这样的日子是她从没想过的，只是这样一直过下去似乎也不错。

太子妃回门是件大事，胡元早早地就照着纪焕的意思备好了回门礼，满满当当装了两三车，不敢有丝毫的怠慢。

虽则这镇国公极没有眼力见，可耐不住人家愣是生了个有福气的女儿，还阴差阳错成了太子爷的心尖尖。

许是因着下过了一场雨，夏日的燥热褪去不少，深绿的树叶旁便又绽出几朵嫩芽，处处皆是一派生机焕发的景象。

深红色的宫门大开，巍峨的宫殿群渐渐地被东宫的马车甩在身后。深浓的雾气里，只看得见一个模糊的轮廓。

马车驶得平稳，丝毫不见颠簸。

车轱辘缓缓转动，马车停在镇国公府那扇厚重的铜门口，牌匾上"镇国公府"几个大字龙飞凤舞，遒劲有力。金色的漆边在阳光下折射出七彩的琉璃光泽，威武大气，象征着曾经盛极一时的荣耀。

只是如今，在这京都贵族世家中已算没落了。

老太太被陈鸢上吊的事一闹，原就不算好的身子算是彻底垮了，整日卧床，连榻都下不得，今日自然也就没在府门前候着。

国公府人丁凋敝，因此出来迎接的人并不多，还净是些陈鸢看了就要皱眉的人。

马车还未彻底停稳，便有小厮跑着端来了小凳，纪焕长袍微掀，率先下了马车，而后亲自伸手将陈鸢扶了下来。

这样的举动俨然像是一种无声的宣示，门口站着迎接的人皆是瞳孔一缩，彼此间相互递了个眼神，各有各的心思。

看来传言不可尽信。

不管宫里再怎么自圆其说，各府上最不缺的就是人精，或多或少能猜出里头的弯弯绕绕来。

众所周知，镇国公嫡女原本是许给庸王纪萧做正妃的。

大婚当前临时换人，听着就觉荒诞不经。可这事，偏偏还真就悄无声息地成了。

与两任太子都有所牵连，陈鸾的名声自然也好不到哪里去。

按理说，被配了这样一个水性杨花的太子妃，平素再孤高清傲的人都难免沉不住气，不说明面上会有所动作给她难堪，暗地里肯定也是不怎么待见的。

可这会儿这么一瞧，却全然不像那么回事。

相敬如宾，琴瑟甚笃。

陈申站在首位，国字脸肃穆严整，这会儿一整衣袖，抱拳高声道："臣参见太子殿下，参见太子妃娘娘。"

身后几人也跟着跪下，恭恭敬敬行了个大礼。

陈鸾今日穿着一身宫装，上头绣着几朵含苞待放的牡丹，衬得她面若芙蕖腰如约素，再配以皇帝亲赐下来的石榴红宝石头面。比起成亲前，仿佛又长开几分。

锦绣郡主还未过门，今日跟着陈申一道出府迎接的，还有康姨娘和陈鸾。陈昌恒早早地就去了学堂做功课，这会儿是不在的。

纪焕剑眉一扫，向前几步单手扶起了陈申，淡声道："国公请起。"

男人的声音中敛着淡淡的威压，与从前的漠然疏离又有了几分不同，透着一股子居高临下的不悦，叫人不由心中一凛。

陈申脊背一僵，面上笑容淡了几分。

陈鸾与纪焕很快被请进了堂屋里，坐在上首位并排的两张红木椅子上。陈申陪着坐在纪焕右首第一个位子，脸上布着恰到好处的官场笑容。

陈鸢别开了目光，转而看向今日打扮得极用心的陈莺。后者满脸含羞，与陈鸢三四分相似的眉眼里蕴着别样的风情，楚楚可人，满心满眼都是陈鸢身侧的男人。

丝毫不顾及那是她姐夫，今日来是陪着嫡姐全回门之礼的。

陈鸢俏脸微寒，葱白的手指搭在花纹蜿蜒的茶盏上，抬眸与陈莺四目相对，看不见的硝烟顿时四起，她手指微微使力，指尖儿泛出娇颤颤的红来。

茶是上等的贡茶，还是皇帝赏下来的，是陈申平素最爱品的一款，屋里茶香四溢，带着些竹香的热气氤氲而起。陈鸢弯了弯眸子，放下手中的茶盏，冲着身侧清贵异常的男人福了福身，柔声细语道："殿下，祖母卧病在床，妾身放心不下，想去瞧一瞧。"

纪焕一双眸子落在她姝丽的眉间，沉默半晌后轻轻颔首，言简意赅："去吧。"

原想陪着她一同去的。

陈鸢由流月扶着起身，步子不急不缓。路过陈莺时停顿了片刻，蹙眉问她："二妹妹不与本宫一同前往福寿院吗？"

纪焕还在堂屋里坐着，但凡有点脑子的皆应该懂得"避嫌"二字为何意。

可陈莺不懂。

陈莺飞快地看了高居首位的男人一眼，而后抿唇道："回娘娘话，大夫说了，祖母身子得静养，受不得半点热闹。前几日福寿院那边就发了话，除了娘娘回门时可进，其余时候，皆不见人。"

老太太这回是真被气狠了。

陈鸾心头蓦地一软，也没有再过多停留，带着浩浩荡荡一行人便去了福寿院，并没有留意陈鸢暗暗窃喜的神情。

太阳掩在云层之下，初露头角。柔和的金光洒在人的身上脸上，并不如往日那般炽热，倒带着些秋日里的凉意，风刮过沿路的小树与盆栽，惹得枝叶碰撞，簌簌作响。

今日跟来的是心思细腻的流月，她凑上前几步，愁眉不展地问："娘娘，二小姐她分明是对殿下有意，您也真由着她去？"

方才在堂屋里，那放肆的心思就差都写在脸上了，就连她一个丫鬟都替陈鸾觉着寒心。

从小万般纵着迁就，就养出来这么一个白眼狼。

陈鸾面色不变，轻轻哧了一声，摇头笑道："嫁出去的姑娘泼出去的水，这国公府后院的事，我不好再插手。管家之权，庶女归属，都得是正房主母与老太太说了算。"

再过小半月，国公府将迎进新主母。

那位被当今圣上看得如亲生女儿一样重、身份尊贵且对康姨娘十分不满的锦绣郡主。

流月仍是有些不放心，压低了声音追问："可若是二小姐在那之前就傍上了殿下……"

谁还能阻止不成？

瞧着方才那位勾人的劲，指不定打着什么见不得人的坏主意。

第八章 意外

说这话的时候，一行人已到了福寿院的大门口，东嬷嬷早早地就在院门前候着了。

她这几日为了老太太的病，又愁又急。本就是上了年岁的人，今日一见，头发已皆白了。

"参见太子妃娘娘，娘娘金安。"东嬷嬷跪在地上行了个大礼。陈鸾欠身亲自将她扶起，有些心疼地道："何必行如此大礼，嬷嬷快些起来。"

东嬷嬷瞧着她长大，这么些年对她的疼爱不比老太太的少，反而更纯粹些。在陈鸾心中她绝对算得上个值得尊敬的长辈。

眼瞧着昔日失了亲娘，养在老太太膝下的少女终于有了极好的归宿，东嬷嬷眼眶微红，一叠声地道："老太太一早便在屋里等着了，娘娘快些进来。"

陈鸾颔首，抬脚踏过门槛，望着屋里熟悉的摆设。不知怎的，心中竟升起一阵荒谬的陌生感来。

福寿院的里屋萦绕着浓烈的草药味，浓烈得有些呛鼻，老太太吹不得风，也只好由着这味一日比一日重。

堆花的帐子下，老太太歪在软枕上，眼皮向下耷拉着，模样极疲惫地硬撑着。陈鸾快步上前，几乎是在一瞬间鼻尖就涌上一股子酸意。

在陈鸾眼中老太太一向是厉害的，在这国公府上威望极高，说一不二。却从未想过有朝一日，看似无所不能的老太太会虚弱成这般模样。

可其实她心底门儿清，老太太的年纪大了，迟早都会有这么一天的。

她只是一时之间有些无法接受。

"祖母，鸾儿来瞧您了。"陈鸾声音里透着丝丝哽咽，半跪在床沿边，地上的尘给华服的裙摆蒙上了一层灰白。

老太太这才费力睁开了眸子，扯出了个和蔼的笑，声音沙哑地应道："娘娘快些起来，这叫旁人瞧见了，咳咳……成何体统。"

镇国公府的老太君，一生都为国公府的名声活着。

陈鸾侧首朝伺候的丫鬟婆子看去，难得在人前显露了怒意，呵斥道："你们都是怎么伺候的？老太太病成这样，竟无一人禀报给本宫，也无人拿帖子入宫请太医诊治。国公府养着你们，都是当摆设的吗？"

顿时里屋跪下乌泱泱一大片丫鬟，皆是屏气凝神，大气都不敢出。

昔日大姑娘性子温和，就是稍有骄纵任性，也多是对外边的人。在镇国公府上，莫说是发火了，就连说话也从来都是温声细语的。

这样当着老太太的面大发雷霆，倒真是头一遭。

"你莫怪她们，是我自个儿不叫她们去的。"老太太笑着朝她招了招手，枯竹枝一样的手抚上陈鸾娇嫩的脸颊，带起微微的刺痛之感。

"你也知道，祖母这都是些老毛病了。太医来瞧也还是一样的话，一样的药，就便也懒得折腾了。"老太太来了些精神，说话也利索不少，拉着陈鸾问了好些话。

东嬷嬷往老太太身下又垫了个软枕，并将熬好的药端到老太太嘴边，道："老夫人，先喝药吧，冷了便没效果了。"

浓烈的药味有些呛人，老太太喝完后含了颗蜜饯，闭着眼缓了会儿，不知在想些什么。

陈鸾摩挲着老太太的手背，有些不放心地皱眉嘱咐："祖母别和那些人一般见识，为着她们气着了自个儿的身子，得不偿失。"

说起这个，老太太仍是有些动火。她双眸凌厉起来，冷冷地哼了一声，声音里痛心与怒气交织："我原以为国公府子女不说个个有大作为、大胸襟，至少走出去不会被人指指点点，连累祖上英名。只是她，她竟敢做出这样大逆不道的蠢事来，丢脸丢到天家跟前不说，就连她那慈爱的好父亲，居然也开始昏了头，任她所为！"

歇了歇，老太太突然有些无力地道："分明年前瞧着行事还像模像样的。"

陈鸾侧脸柔和，一双水眸中泛起涟漪。她静静地听老太太说完，而后睫毛微扇，拂袖将伺候的人皆遣下。

里屋静了下来，陈鸾能听到窗子外风刮过树梢的声音，也能听到老太太低沉的叹气声。

"祖母知你今日来，心中定有了计较。此处无人，你且都与祖母直说了，你意欲如何处置你二妹妹？"老太太活了这么大半辈子，什么都能猜透一点，当下也不绕弯子，直言相问。

陈鸾笑而不语，轻而又轻地叹了一口气。

老太太登时生出种不太好的预感。

"二妹妹年纪小，不懂事，以往种种，我自然不同她一般见识。"陈鸢目光落在老太太苍老的面庞上，淡声道，"可这回是她们心存侥幸，肆意胡闹。祖母却该知道，这纸总是包不住火的。"

更何况天子脚下，又正处多事之时，那些上流世家贵族，眼睛都盯得死死的。皇上与太子的眼线更是遍布整个京都，每日哪个丫鬟与哪些人说了哪些话都能查得一清二楚，更何况是这样荒诞的丑事？

根本瞒不住。

不治罪是给国公府留情面，叫他们自己关起门来处置，也为着她这新任太子妃的脸面。

话被她说得半真半假，却正戳到了老太太最担忧的地方。

那样多的世家官僚，宠妾灭妻，争爵争家产，各种明争暗斗层出不穷。龙椅上那位皆睁一只眼闭一只眼，权当没看见。

他若不想动你，便安然无事；若有心想动你，便是一件芝麻小事，也会变成诛九族的滔天大罪。

君臣相处之道，尽在其间。

老太太又寻到了床沿边的佛珠手钏，一颗一颗地抚着，嘴唇哆嗦着问："你心中是如何想的？"她对陈鸢再怎么恼恨，那也是她的亲孙女，骨子里流着的也是镇国公府的血脉。

陈鸢掀了掀眼皮，面不改色地出声："祖母该尽快给二妹妹寻一门亲事了，她也到了该成婚的年纪。"

老太太沉默片刻后点了点头，虚脱一样地靠回了软枕上，疲惫地挥手，道："罢了，罢了。你觉着哪家儿郎合适，可与你二妹妹相配？"

话虽是这样问，但老太太却已没抱什么希望。

原本还能在一般的贵族里挑挑，现在出了这样的事，怕是只能配给落寞的寒门学子了。

陈鸾沉吟片刻，精致的眉眼泛出点点阴霾，回眸瞧着老太太十分认真地道："祖母觉着，安武侯府的庶长子如何？"

老太太猛地睁大了眼。

安武侯府后宅，那是出了名的混乱，少有姑娘肯入那个虎窝狼坑。侯府里的老太太更是个拎不清的，几次三番都险些将家丑掀到圣上面前。

是整个京都贵族中当之无愧的笑柄谈资。

若不是当今圣上念着已故老侯爷的从龙辅佐之功，对后辈子弟多有照拂提携，这样的世家早不知没落到了哪里去。

莫说是庶长子，就是嫡长子老太太也是看不上眼的。

陈鸾声音柔和，又像是含着一两缕警告的意味，不紧不慢地道来："还有一事，想必祖母在病中并未听闻。当日二妹妹上吊寻死一事后，爹爹亲自写了封信，交到了殿下手中。"

老太太心有所感，难以置信地睁大了眸子，被气得手哆嗦个不停。

那个愚蠢无脑的不孝子！当真是无药可救了。

"殿下本就怒极，今日陪鸾儿回门，二妹妹这样堂而皇之若无其事地出现在人前，殿下心中会作何感想，鸾儿便不知了。如何取舍，还望祖母相告。"

是将陈鸾草草嫁给臭名昭著的侯府庶子以平息太子的怒火，还是由着这事过去，引得太子对国公府不满之感越来越深。

这道选择题，是人都会做。

原本还见些太阳的天空彻底暗了下来，如同有人拂袖打翻了墨砚似的，乌云密布，风雨欲来。

福寿院偌大的里屋，静得能听见衣角布料摩擦间的细微响动。

老太太靠着软枕喘了口气，陈鸢忙倚过去替她平抚胸口，低着头柔声细语地劝："祖母息怒，您身子不好，动不得气。"

手心手背都是肉，平素碰了哪块都是疼，更何况现在是要活生生剜下这块肉来。老太太只觉着身子里的血液都涌到眉心处，胀痛得不得了。

"当真……当真没有旁的法子了吗？"老太太乌青的嘴唇哆嗦几下，整个人如同风中的残烛，那点昏暗的光随时都可能熄灭掉。

陈鸢神色复杂，瞥到了白净纤细的手腕上挂着的羊脂玉镯子，还是她出嫁那日老太太含着泪塞给她的。

她神色复杂，别开眼不去看老太太脸上的灰败之色。

陈鸢屡次三番挑衅算计在先，新仇旧恨，今时今日就是陈鸢磕头认错跪死在她面前，她也再生不出半分恻隐之心了。

陈鸢若是真如愿入了东宫，头一个要对付的就是她。

既然如此那就让她彻底消停下来。

真应了她前阵子对陈鸢说的那句话，虽然日子过得不会多太平，但好歹衣食无忧呢。

今时今日，这话可不就又回到她自个儿身上去了？

陈鸢伸手抚了抚帕子上的花纹，掀了掀眸子，难免有些意兴阑珊。她淡淡地反问老太太："若不如此，真由着她陈鸢入东宫，祖母能担保她不会生出像前日那样的事端？"

谁也无法保证。

还未进东宫就有这样天大的胆子，自尽威胁东宫储君，更可怕的是还有个不明事理的爹在背后撑腰胡来。

日后还不定会做出什么样的事，祸及国公府。

陈鸾掀了掀眼皮，接着道："再者，莫不是祖母真认为殿下还是从前那个殿下，能任朝臣摆布，由着爹爹插手将胆大包天爱犯事的庶女塞进东宫？"

似是有所忌惮，她的声音压得极低，每字每句里都夹带着锋芒。

不知从哪吹来的风卷起半角床帘，老太太倒吸一口冷气，激灵灵打了个寒战，手里的佛珠手钏几乎拿不稳。

"外头那些流言蜚语，祖母也应有所耳闻。鸾儿与太子殿下的这桩婚事并不是一帆风顺，其中波折祖母当比谁都清楚。鸾儿与殿下有年少相伴之谊，是以殿下念着旧情，格外宽纵些，可这并不是国公府得寸进尺的筹码。"

老太太是何等聪慧的人？这些话陈鸾不说，她心里也是门儿清，只是到底还是心存侥幸，想着保下那个一时昏头的庶孙女。

老太太重重地叹了一口气道："祖母知道，你也不容易。"

踏入了那扇宫门，又有哪个是容易的？

不过都是将无奈埋在心里，有苦自尝罢了。

"既然你已拿定了主意，这事便照你说的办。"老太太不得不妥协着松了口。

陈鸾身子悄然放松了些，而后站起身来，亲自给老太太倒了盏热茶。广袖上描着的小叶牡丹拂过茶盏上那个寓意极好的"寿"字，一触即离。

她将茶盏送到老太太手中，眼睑微垂，道："此事还得麻烦祖母。"

她到底是嫁出去的姑娘，饶是太子妃也不好插手多管庶妹的婚事，不然难免落人口舌惹人诟病。

老太太明白她的意思，她接过递来的茶盏，有些疲惫地垂眼应下："等你今日回去，我便同二丫头说。今后如何，都是你们各自的造化了。"

陈鸢侧脸柔和恭顺，又同老太太说了好些话，直到老太太喝下的那碗药发了效，整个人有些昏昏欲睡了才替她掖好被角，站起身来出了里屋。

与此同时，正院书房里的气氛近乎凝成了冰。

纪焕大马金刀地端坐在黑檀椅上，两条狭长的剑眉微皱，气势凛然。桌案前摊着一份奏疏，白纸黑字，洋洋洒洒一大篇，全是弹劾废太子纪萧的。

陈申立于一侧，国字脸紧绷，不时观察一下座椅上男人的神情。

男人生得俊美无俦，偏生眉间总是含着一抹阴鸷寒凉，不由得叫人望而生畏，敬而远之。

陈申面色不由得更凝重了几分。

蛟龙少时潜伏泥潭运筹帷幄多年，终而崭露头角。这样的隐忍心计，任何人都轻视不得。

书房里熏的是调香馆所制佩兰香，白烟袅袅而起，气味如兰淡雅，有着清利头目之功效。

纪焕再一次漫不经心地瞥过那份还未呈到皇帝跟前的奏疏，面上依旧无波无澜，只是眉头皱得更深了些。

陈申向来会察言观色，这会儿忍不住低着声道："殿下若是觉得可行，臣今夜稍作整改，明日便呈交养心殿给皇上过目。"

纪焕站起身来，布着些薄茧的粗粝手指拂过那些力道遒劲的字符，终于开口道：“此事不妥。”

陈申脸上的笑容淡了几分，沉吟片刻，颇有些语重心长地开口：“殿下宅心仁厚，不肯行落井下石之事。可百足之虫死而不僵，从前庸王一派党羽众多，为避免夜长梦多，咱们总该先下手为强。”

庸王犯了那样大的罪，皇上却只将他幽禁王府，他在皇上心中的地位可见一斑。

既如此就未必没可能叫龙椅上那位心软，重新起用他。

纪焕掀了掀眼皮，冷然道：“国公爷也说了，那是从前。”

为了利益而聚在一起的散沙，个个心怀鬼胎精明得过分。纪萧被幽禁王府，除了几个坚定的旧太子党，竟没有一人上奏为其求情。

乌合之众，翻不起风浪。

龙椅上那位身子病重，可脑子还没糊涂。他这前脚才将小姑娘迎入东宫，后脚镇国公就上折子参纪萧一本，任谁都能觉出些微妙来。

到时候只怕是真正的得不偿失。

“孤心中自有计较，国公做好分内之事即可。”纪焕声音清冷，像是突然想起什么来，似笑非笑地望着陈申道，“孤记着月前国公爷与庸王在听雪楼举杯畅饮，他还曾唤过你一声岳父？”

玩笑话从男人嘴里吐出来，却是半分也没有玩笑的意思。陈申额上登时就冒出了几颗豆大的冷汗，他搓了搓手，咽了咽口水，讪讪地道：“殿下说笑了。”

纪焕置若罔闻，勾了勾唇角：“孤与太子妃自幼相识，青梅竹马，她入了东宫，孤自然百般呵护。国公爷也该好生整顿府上，丫鬟婆子碎嘴，什么该说什么不该说，都应有个尺度。”

明显的意有所指，暗含警告，言语间净是对他那嫡女的维护之意。

窗子外有风吹进书房中，吹散了袅娜而起的香烟，也吹得陈申后背冰凉，不知何时，他已出了一身的冷汗。

正在这时，书房的门被轻轻叩响，陈鸢与丫鬟端着两盏香气四溢的热茶走了进来。

今日她打扮得格外用心，头上簪着精致的鎏金蝶钗，穿着一件流彩堆花云锦裙。两颊生晕，双眸含情，瓷白的茶盏与葱白玉手交叠在一处，说不出的韵味风流。

她身子比陈鸢丰腴些，两人美得各有千秋。

"殿下请用茶。"陈鸢将茶盏轻轻放在纪焕身侧案桌上，声音娇糯，一双眼眸媚得能滴出水来。

美人倾心，这样直白的眼神与诱惑，是个男人都无法做到无动于衷。可纪焕甚至没多瞥一眼，他有些不耐烦地皱眉。

这女人身上抹的什么香？

难闻得很。

陈申冲着陈鸢使了使眼色，而后轻咳了两声，走到纪焕身侧道："臣前日写给殿下的那封信……"

纪焕长身玉立，神色晦暗，抚着大拇指上的玉扳指默不作声。就在陈鸢脸红心跳的时候，听到了男人一声轻嗤："国公府的二小姐？"

陈鸢抬眸，满脸不胜娇怯。她轻轻颔首，福了福身道："回殿下的话，正是臣女。"

纪焕的眼里蓦地蒙上一层化不开的浓雾，神情阴鸷得不像话，声音中蕴着浓烈的威严与不喜："孤与太子妃大婚当日，你做了何事？"

这话一问出来，陈申与陈鸢的脸色齐齐变得惨白，后者立刻跪伏在地上大气也不敢喘。

她从没想过真的寻死，她正青春美貌，若说真死自然是不舍得的。她只是想让陈申看到自己的决心，从而为她谋划入东宫的事，所以才以这样的方式逼得他妥协。

事过之后，国公府自然会选择灭口，她不用担心这事流传出去。

可这世上哪有不透风的墙？

到底陈申是见过大场面的，他愣怔一会儿后迅速回了神，一拍衣袖半跪在地上辩解道："殿下容禀，小女年少不懂事。那日之事全因对殿下芳心暗许，真心一片，还望殿下明察，原谅小女。"

陈申话音刚落，陈鸢白皙的脸颊上就滑落两条泪痕，哭得无声，惹人怜爱。

书房之中，窗子半开半合，外边天空越见阴沉，瞧着是要下雨的阵仗，夏风里带着闷热与压抑，吹进屋子里，荡得人心浮气躁。

纪焕漠着脸不说话，整个书屋便只听得到女人低低的啜泣哽咽声。

陈申只以为纪焕抹不开太子爷的颜面主动开口，于是在心中打好草稿，斟酌着开口，道："微臣小女虽是庶出，可平素吃穿用度，包括教学的先生，皆是比照着鸢儿来的，性子最是温顺乖巧，此次若非因对殿下的一片痴心，也不会做出这等傻事来。"

听着，倒是真像那么一回事。

纪焕如鹰般锐利的目光落在陈鸢那张梨花带雨、不胜娇楚的面庞上，而后胶着在她精致的眉眼间。

那眉目间，蕴着与陈鸢三四分相似的神韵。

他长指敲在案桌上，发出一顿一顿的轻响，陈鸢觉着跪得膝盖生疼，心却几乎要从嗓子眼里蹦出来。

男人终于开了口，带着一股子散漫的诘问，似笑非笑，只叫人觉着捉摸不透："这么说，倒全成了孤的过错？"

陈鸢纤细的身子一颤，咬着下唇低声道："臣女不敢。"

陈申急忙朗笑几声打圆场："殿下丰神俊朗，龙凤之姿，见过的女子自然都心心念念，一颗心全挂在殿下身上了。"

纪焕哑然失笑，这陈申别的本事没有，溜须拍马的功夫倒是到了家。

"殿下后院人少，鸢儿自幼善解人意，殿下每日处理完政务，听琴赏舞，消乏解疲，岂不美哉？"

陈申算不上是个贪恋美色，整日溺在温柔乡的男人，单看国公府多年没进新人，就能有所了解。可这男人嘛，特别还是身居高位年轻有为的男人，生活总得讲究些情趣。

太子妃负责管理后院琐事，端庄大气，却往往做不到温柔小意。担着正妻的名分，上要堵住外头悠悠之口，下要紧着后院作妖的侍妾，与夫君之间，最多就是做个相敬如宾。

他镇国公两个女儿，一个稳坐太子妃之位，一个牢牢抓住太子的心，在前朝也可成为一种助力。

纪焕大拇指指腹拂过方才陈鸢送上来的那盏热茶，茶香清洌，青黄的茶水褪去了灼人的热气，已然变温了。

"若她入东宫，国公府庶女，又是太子妃的妹妹，孤该给个什么名分？"纪焕有些玩味地勾唇，似是真被这个问题难住了一般。

陈鸢猛地抬眸，胸膛狠狠起伏几下，一直蓄在眼眶里的泪珠簌簌而下，这回却是真真正正的喜极而泣。

只要太子松口，她入东宫自然不可能真的做个无名无分的侍妾。

就算够不着良娣，也得是个良媛吧。

陈申瞧着小女儿这副模样，一时之间也觉着欣慰，只是该说的客套话还是得说全了："这自然是随殿下心意，能侍奉殿下身侧，是微臣两个女儿的荣幸。"

纪焕笑着笑着，神色倏而冷了下来："国公爷，在孤大婚之日行如此荒诞之事，若被父皇得知追究起来，你可知是怎样的罪？"

男人长身玉立，神情阴鸷，竟似行走人间的地府阎君般，每一个字符里都蕴着化不开的威严，森寒彻彻。

陈申的面色也跟着沉了下来，实在不知道这个新任太子爷是个什么草包脑子。

不管从什么角度来看，这都是一桩叫人无法拒绝的好事。

他国公府的庶女以侍妾身份入东宫，还能委屈了他纪焕不成？

纪焕他再有能耐，也不过是个孤傲的小辈罢了……

陈申眯了眯眼。

陈鸢这时却微微直起身子，以头伏地，哽咽着道："臣女知罪，求殿下责罚。"

纪焕有些不耐烦地挑挑眉，脚下拐了个弯，朝着门外走去。

竟是一句话也不想多说，半分面子也不给了。

黑底金边描蟒纹长靴步步平稳，路过跪着的女人身边时，才停了片刻。纪焕话语间轻带嘲弄："去年宫宴花亭之中，二小姐与安武侯庶长子在做些什么，可还要孤提醒？"

陈申难以置信地瞪大了眼睛，一张国字脸上青白交织，片刻后看向陈鸢，眼底的失望之意不加掩饰，冷着声音道："殿下所说安武侯庶长子，你可与他有过交集？"

安武侯……那是个整日里只知遛猫逗狗、眠花宿柳的浪荡子，年纪老大不小了，却只能靠祖上余荫过活。

他的庶长子，那就是比一般的寒门学士还有所不如。

陈鸢怎么会与之产生交集？甚至听纪焕的口气，两人之间还不是一般的熟稔。

陈鸢自己也是一头雾水，急忙摇头，不敢被扣上这样一顶大帽子，颤着声音否认："殿下明鉴，臣女从未见过安武侯庶长子，更不可能……不可能与他有些什么，殿下可是看错了？"

纪焕却不搭理她，侧首望着陈申，意味深长地道："孤平生最恨，便是随风摇摆不定的墙头草。"

这国公府乌烟瘴气，全是些没有脑子的东西，偏偏出了个他最喜欢的姑娘。

陈申被气得血气翻涌，指着陈鸢的手指头都在颤动，怒喝道："逆女！丢人现眼的东西！"

不过是眨眼间的工夫，他便对纪焕模棱两可的话深信不疑了。

除此之外，他也想不出旁的解释了。

不然面对这样的美事，哪个人会是这样的态度？

思及此，陈申面色铁青，一掀衣袍跪了下来，道："臣管教不严，臣有罪。"

再想到之前他所写的信，所说的话，陈申恨不得将自己一巴掌拍晕过去。

这是亲上加亲吗？

这分明是结仇啊！

先是塞了一个与废太子有婚约的嫡女过去，占的还是东宫正妃位，这回倒好，又想将庶女塞进去，还是个与人私相授受被正主撞见了的。

陈申倒吸一口冷气，嘴唇翕动几下，有心想要解释什么，却忽然觉着这个本该与他国公府最亲近的储君，只怕是对他们恨之入骨了。

纪焕勾唇，轻嗤一声，凛然寒声道："没有下次。"

陈申脊背不堪重负一样折了下来，却又不敢怠慢，只好恭声应下。

陈鸢这会儿脑子里一片浆糊。她长这样大，除了一个摆不脱的庶女身份，自认处处不比陈鸾逊色，现在遭到男人这般污蔑，那些带着不屑意味的话语，就像针尖一样密密麻麻地戳在了她的心上。

"臣女与安武侯庶长子之间没有半分见不得人的地方，自然当不起这'墙头草'的称号。

"若说墙头草，只怕臣女大姐姐才是实至名归。"

陈鸢声音有些哑，还带着轻微的颤意，也不知是被吓的还是气的。

"住嘴！"陈申起身疾步到陈鸢面前，毫不留情地扇了一巴掌，怒意滔天。

纪焕脚步停了下来，他半蹲下身子，暖黄色的衣角落到地面上，渗着暗玄色的光。

陈鸢被方才陈申那一巴掌打得脑子里嗡嗡直响，她狼狈至极地跌坐在地上。双目此刻与男人黝黑的眸子对上，倒是恢复了些许清明，她捂着印出五个指痕的左脸道："世人皆道我大姐姐对殿下用情至深，可殿下，这话您信吗？

"嘴上再怎么说爱慕殿下，可几月前她那副口不对心的模样，殿下难道真的没看见，没看清吗？

"若真的用情至深，怎么会被三言两语蛊惑着就同意嫁给废太子了？"

她口齿清晰，一字一句如同最锋利的刃，划开了那道一捅即破的窗户纸。

纪焕的目光一暗再暗，如站在山巅窥见的谷底，他伸手捏住陈鸢的下颚，力道大得她当即就落了泪。

可见心里并不如表面那般无波无澜。

陈鸢闭着眼，咬着牙暗道了一声"值"。

她不好过，陈鸢也别想好过。

大家一起下地狱最好！

她再也不想活在"陈鸢"这个名字的阴影之下了。

"臣女说的都是大实话，不然殿下……您又何须动怒？"陈鸢不顾下颚传来越来越尖锐的痛感，近乎执拗地笑道。

男人铜色的手背上露出几根显眼的青筋来，就在陈鸢痛得以为他就要这样将她骨头捏碎的时候，纪焕却像扔抹布一样将她丢开了。

陈申战战兢兢，如临深渊。他实在是想不通，为何惯来温婉懂事的小女儿，这段时间却一反常态一再惹事，简直已经到了不可理喻的地步。

诋毁陈鸢对镇国公府有什么好处？

若惹了殿下厌弃，镇国公府失去的将会是一个未来的中宫主位和满门荣耀。

"小女口无遮拦，殿下别往心里去。"这话从嘴里说出来，陈申自己都觉得苍白无力。

纪焕自然做不到无动于衷，拢在袖袍底下的手紧了又松，最后狠狠握成了拳，手背上青筋暴起，眉宇间却是一派的风平浪静。他的目光自陈鸢身上落到陈申一片惶然的脸上，不疾不徐地道："既然二小姐与安武侯庶长子情投意合，那国公爷也不必做这个棒打鸳鸯的恶人，尽快择个好日子成婚吧。"

再简单自然不过的几句话，却带着一股子强硬的压迫与命令。

陈申除了苦笑着说句"是"，也不知能做些什么使这位屡屡被国公府冒犯的储君消气了。

他冷淡地瞥了陈鸢一眼，那眼神中再没有半分从前的和蔼慈爱。他有些疲惫地想，或许老太太说得对，庶出一房，的确受不得这份宠爱。

越宠越不知好歹。

纪焕眉目寒凉，拂袖而去。

书房门开，陈鸢神色复杂，与纪焕离着几步的距离，也不知在外边听了有多久了。

两两相望，一时之间陈鸢竟和哑了一样，半个字也说不出来了。

院子里细风微拂，卷动起她小半角裙摆，露出白皙得如瓷瓦一样的脚踝，这样的美景稍纵即逝，最后还是纪焕开了口，问："老夫人身子如何了？"

"年轻时落下的老毛病，刚刚喝了药，这会儿已睡下了，殿下不必忧心。"

经此一闹，谁都没有心思再留在这国公府用膳了。纪焕颔首，而后深深皱眉道："时辰不早了，回去吧。"

陈鸾勾了勾唇角，软着声音道："妾身同爹爹再说几句话，殿下先到堂屋坐着歇会儿吧。"

纪焕点头，目光从她身上一掠而过，从书房走了出去，明黄的衣角拖延出一道打眼的金丝，拐了个弯迅速消失在视线里。

有什么东西，在方才陈鸾说那几句话时，就已经悄然发生了变化。

陈鸾最担心最无法解释的事，竟以这样的方式，猝不及防地来了。

书房里陈鸾狼狈地跌坐着，陈申怒不可遏，连着将端上来的两盏茶摔到地面上，碎片骨碌碌滚了一地。

茶水染湿了陈鸾的衣裳。她双目无神，这时候才反应过来，她彻底惹了太子厌恶，更亲自将自己的退路断了。

她要嫁去安武侯府了！

陈申将案桌拍得震天响，怒火中烧，气得心肺都在翻涌："蠢货！都怨你娘平素里太宠着你，竟一点格局与眼界都没有！这样诛心的话你都能说出口，平素里可有将你嫡姐放在眼里吗？"

"自然是没有的。"陈鸾轻轻嗤笑一声，脚下避开尖锐的茶盏碎片，声音极轻，像是在说一件再平常不过的事。

"让她们踩到我头上，不正是爹您一直默许的吗？"

她漫步到那方深黑的案桌旁，白嫩纤细的手指抚过线条流畅的椅背，掀了掀眸子，轻嘲道："这世上哪有父亲在嫡女成婚不足三日的时候，就想方设法要将庶女塞进去的？

"爹，这么多年您难道真不觉着心中有愧吗？您对得起我娘亲吗？"

"闭嘴！你懂什么！"陈申如同一点就着的爆竹，目光凌厉，怒吼出声。

苏媛在国公府，从来就是一道谁也不能提的禁忌。陈鸢幼时按捺不住心底的疑惑，去书房找陈申，才开口说了"娘亲"二字，就被罚打了手板子。

陈鸢此刻瞧他的目光与瞧陌生人没什么两样，她摊了摊手，淡声道："我是什么都不懂，只懂一样。既然国公府拿我当了弃子，那么从今日起，国公府的存亡与我再无干系。"

无论是梦魇里还是现在，陈申都做了同一个决定。

既然如此，那么就让他和庶出一家过好了。

反正，再也别想从她身上得到一丝好处与甜头。

说罢，陈鸢转身望向一直死死盯着她的陈鸾，头一回现出怒意来，寒声彻彻："下月二十号是个不错的日子，祖母与我都觉着妥帖，你就在那日出嫁吧。"

她朝陈鸾走近几步，两双有着相似风情的眸子对上，一双交织着不可忽视的怒火，一双蕴着灰暗的惨败色。

"瞧你这眼神，是觉着很不服气？"

风刮得越发急了，些微的雨丝被吹得紧贴在窗棂上，细细密密的湿痕显露出来。天空呈现出一种异样的苍白，阴云从天边聚拢，慢慢地朝远处逸散开来。

陈鸾跌坐在地上，周围是被打碎的茶盏碎片以及湿漉漉的茶水叶子，有的甚至沾黏在了那件精致的堆花裙上，整个人光鲜不再。

她慢慢站起身来与陈鸢平视，脊背挺得笔直。

她可以在所有人跟前颓废狼狈，却决不能容忍自己在陈鸢面前弯一下腰。

像是知晓她心中所想，陈鸾抚了抚手上的护甲，冰凉的触感让她身子微顿，而后掀了掀眼皮，有些散漫地道："你虽是庶女，可得爹与祖母宠爱。若没有那些害人的坏心思，未必就不可以嫁个权贵人家，得一份好姻缘。"

陈鸾连着几声冷笑，胸膛起伏几下，手指尖都绷成了青白色，声音怨毒："事到如今，你何须在这惺惺作态？你我同为国公府小姐，不过是因为嫡庶之别，我就得处处不如你？

"你说我心思歹毒，你又是什么好人不成？"

被嫉妒与怨恨冲昏了头脑的人，说什么都于事无补。

陈鸾更懒得与她多费口舌。

"你说得没错，我不是好人，所以不会放过你。"陈鸾漫不经心地说完，目光转而落到陈申的身上，后者面色铁青。今日戏剧性的一幕幕令他看得头昏脑涨，半晌回不过神来。

"镇国公，您这向来懂事又乖巧的小女儿，今日可让您刮目相看了？"说罢，陈鸾由流月扶着转身，头也不回地出了书房。

连爹都不叫了，直接称一声镇国公，陈申神思恍惚，而后从心底升起一股子说不清道不明的感觉。

他这个自小出色的嫡女，或许是真的感到了心寒，打定主意与他断绝关系了。

荷包上吊着的流苏穗子随着步子轻轻摇荡，陈鸾脊背挺得比谁都直，远远看着，纤细的背影连头发丝儿都透着一股子清傲的意味。

书屋前头是一片小竹林，这个时节，狭长的叶片都绿得滴水。陈鸾身子陡然一顿，而后扶住一根竹枝，像是不堪重负一样弯下了腰。

流月连忙扶住她另一只胳膊，担忧地连声问："娘娘怎么了？可是有哪里不舒坦？"

陈鸢摇了摇头，沉默片刻后抬起了头，眼尾处泛着银光，还带着点红。

再怎么说，国公府也是养她育她的地方，可是今日想将心怀鬼胎的庶妹塞给她夫君的，是与她有着同样血脉的爹。

而一直处心积虑想着置她于万劫不复的人，是她的亲妹妹。

活到这个份上，陈鸢自个儿想想都唯有苦笑。

"娘娘不必与二小姐一般见识，她阴谋诡计再多，也越不到您的头上去。"流月看出了些端倪来，急忙出声宽慰道。

陈鸢摇了摇头，嫣红的唇瓣失了血色，变得有些苍白，连带着声音也有些哑："不，她今日极聪明。"

陈鸢说的那些话字字诛心，但凡是个男人，就都没有可能真的置若罔闻，一笑置之。

况且那人还是个那样高傲的性子。

陈鸢今日那些话，看似是受了刺激口不择言，实则早有酝酿。今日若真让陈鸢如愿进了东宫，这段话也将会成为扳倒她的底牌。

只不过演变成了杀敌一千、自损八百的招数，陈鸢为此付出了不小的代价而已。

她现在没有国公府做依靠，便只能步步为营，每走一步都如履薄冰。

陈鸢有些疲惫地闭了闭眼，伸手揉着眉心，问："殿下现在何处？"

"许是在堂屋坐着呢，娘娘，咱们要去寻吗？"

　　一阵风贴面而过，竹叶沙沙作响，有几片晃晃荡荡从高处飘落，带着零星的湿意，打着旋儿落到潮湿的泥土上。

　　察觉到那一缕缕细密如针的丝线，流月不由得轻咦了一声，道："娘娘，下雨了，咱们先回屋避避吧。"

　　陈鸾颔首，边走边吩咐："这段时日叫人牢牢盯着玉色阁与梨花轩，万不可松懈，但凡有一丝可疑之处，即刻禀报。"

　　若不出意料，陈鸾与玉色阁的那位康姨娘都不会就这样坐以待毙的。

　　这事，不能再出岔子了。

　　雨势顷刻间变得极大，如同倒灌的江水，落得天地之间只剩下白茫茫的一片，除了那扇像珍珠串起来的雨帘，便只有摇曳在风雨中的大树，零星几棵，散着绿色的黯淡光泽。

　　堂屋中却只有急得来回踱步的胡元，还有一盏尚冒着热气的清茶。

　　独独不见男人的身影。

　　陈鸾眉心微蹙，还未来得及开口，就见胡元满脸急色地走到跟前，拿着拂尘行了个礼，道："娘娘，您可算是来了。"

　　胡元是纪焕身边伺候的老人了，平素行事滴水不漏，是妥妥的老狐狸，难得见他有这样急的时候。

　　"发生了何事，殿下呢？"陈鸾走近几步，敛了神色发问。豆大的雨打在屋顶的瓦片上，声势浩大。

　　"娘娘，宫中传来急报，皇上……皇上不行了。太子爷方才得了消息就进了宫，叫奴才留在此地护送娘娘即刻回宫。"

　　这样不得了的消息，胡元刻意压低了声音，生怕隔墙有耳。若被国公府的下人听了去，那可是要命的罪过。

"你说什么？"陈鸾才将坐下，这会儿听了这样石破天惊的消息，心跳一下比一下快。她的声音带着丝缕不稳的颤意，而后被淹没在雨里。

既是男人探来的消息，那便是八九不离十了，陈鸾倒吸一口凉气，心中快速盘算着日子。她记得昌帝虽然身子一直不好，可也撑过了几个春秋，一直到三年后的严冬才堪堪咽气。

也因此，纪萧稳坐了三年太子储君位。

难不成是因为太子提前被废，连带着昌帝也要提前逝世？

胡元急得额上的皱纹都显出来几条，他附在陈鸾耳边道："娘娘，宫里的事要紧。事不宜迟，咱们等雨势稍缓便入宫吧，太子爷这会儿恐怕已经到了。"

陈鸾身子僵硬得和石头一样，脑子却十分清明，也顾不得此刻滂沱而下的大雨，她从椅子上起身，道："咱们现在就走。流月，你命人去告知祖母一声，只说我有急事先回宫了。"

流月也知道事情严重，与一个候在堂屋外头伺候的小丫鬟耳语几句，便拿着伞小跑回陈鸾身边。

屋檐下，雨水筑成了一堵透明的城墙，头顶的伞虽将陈鸾遮得严严实实，但还是打湿了她的肩头，鬓边的碎发湿答答地贴在耳畔，陈鸾被迎面而来的强风吹得咳了几声。

胡元心底叫苦不迭。

明明好好的一个回门日，先是殿下被那个不知所谓的庶女气得险些拂袖而去，面色阴沉得能滴出水来。再是宫里突然传来密报，一代帝王生命垂危，太子爷只好先行一步入宫。

他这好不容易等来了太子妃，却又突然下起这样大的雨来，若是再惹得这位染上风寒……

太子爷真能要了他这条老命。

因着这样大的雨，马车行得十分慢，街道上的碎石子与坑洼更成了一种障碍。陈鸾被颠得有些难受，皱着眉半晌没有开口说话。

分明昨日晨间，她与纪焕才去敬过茶，老皇帝虽然脸色有些苍白，却还能起身走动，更与纪焕谈了好一会儿的话。

怎么这样突然，今日就不行了？

是另有隐情，还是命该如此？

流月拿了干净的帕子替陈鸾擦拭额角，也不敢说什么话。他们乘的这辆马车，俨然成了狂风暴雨中的一叶孤舟，艰难而缓慢地往前漂流。

也不知过了多久，马车终于驶进了宫门，深红色的大门缓缓合上，身后闹市朦胧的影子彻底消失不见，取而代之的是眼前在暴雨中岿然不动的巍峨皇宫。

等终于踏进毓庆宫的门，陈鸾手指头已冰凉僵硬得不像话，两片原本嫣红的唇瓣，也尽失了血色。她整个人几乎成了雨中的落汤鸡。

"外头落这样大的雨，娘娘怎么这时候回来了？可别染上风寒了。葡萄你去请太医，动作快点。"苏嬷嬷见状，本就严肃的神情更见厉色。她一边搀扶着陈鸾在垫着软装的小凳上坐下，一边道："老奴已命丫鬟去准备热水了，娘娘得尽快沐浴，好洗去身上的寒气。"

这样的节骨眼上，哪还有什么工夫请太医呢？

陈鸾闭眼，有些疲惫地摆了摆手道："嬷嬷先别管那许多了，扶本宫去沐浴。"

　　胡元凑过来在苏嬷嬷耳边低语几句，苏嬷嬷顿时倒吸一口凉气，稳着声音道："难怪方才听几个不懂事的丫鬟说，隐约见到有羽林军将各宫都围了起来。我还估摸是雨大，她们自个儿唬自个儿的呢。"

　　陈鸾听了这话，猛地眍了眸子，看向苏嬷嬷，问："嬷嬷的意思是说，有羽林军将整个皇宫都围起来了？"

　　这样的大事，谁也不敢妄加多言。苏嬷嬷神色肃穆，皱着眉道："先前几个丫鬟去领新来的缎子，回来就说有穿着铠甲的士兵将明兰宫和翊坤宫都围了起来，就连太后的佛堂都没能幸免。老奴以为是雨下大了，她们看走了眼，便呵斥了几句打发了。"

　　陈鸾与胡元对视一眼，都瞧到了彼此眼中的凝重之色。

　　看来皇帝病危一事，不出意料是有人暗中动了手脚。

　　沐浴之后，陈鸾才稍微觉着好过了些。苏嬷嬷为她选了一身淡色的长裙，简单又不失庄重，就连头上的簪子，也是最质朴无华的式样。

　　苏嬷嬷是宫里的老人，万事都有分寸，有什么拿捏不准的事交给她，陈鸾十分放心。

　　陈鸾到养心殿的时候，无一人阻拦，也没人说话，就连通报声都没有，竟这样让她畅通无阻地进了。

　　安静，安静到有些诡异。

　　事出反常必有妖，这话从来不假。陈鸾每一步都行得心惊胆战，手里头攒着的帕子松了又紧，直到绕过一面龙凤交缠的屏风，她脚步才停了下来。

　　心跳得如同战场上敲得正酣的擂鼓一样。

皇帝的龙榻前，乌泱泱跪了十几个人。有的陈鸢一眼就认了出来，比如面带悲戚的许皇后、眼中蓄泪的云贵妃，以及跪在皇后身侧的纪焕。男人脊背挺直，如同悬崖峭壁的缝隙里生长出的苍松，屹立风雨而不倒。

不知怎的，陈鸢竟从其背影中，瞧出了些许的寂寥与落寞来。

还有的是陈鸢从未见过的生面孔，无一例外都是一身铠甲、腰佩长剑、气势森然的大将。

竟就这样进了帝王的寝宫。

陈鸢心中一凛，默不作声地跟着跪了下来，眸子低垂，一声也不敢吭。

事实上，也根本轮不到她吭声。

外头的雨越落越急，越落越大，养心殿内帝王榻前却出奇的安静，静到能听到那武将铠甲间的碰撞声。

"父皇！"清亮悦耳的声音中夹带着哭意。陈鸢同其他人一起抬头，就见纪婵一身杏色宫装，像是才得到消息赶来一般，越过众人跪在昌帝的床榻前，泣不成声。

陈鸢多少能理解纪婵的心情，作为唯一的嫡公主，集万千宠爱于一身，嚣张任性、肆意妄为。这些名声，全是昌帝纵出来的。

诸多皇子皇女里，实则只有皇后所出的嫡公主纪婵才是昌帝的心头肉，其他人都要退一射之地。

"咳咳……"过了许久，床榻上终于传出了虚弱的轻咳，那声音就如同摇曳在风中的残烛，随时都可能熄灭一样。

"父皇。"纪婵声音哽咽，她抓着昌帝的手，模样无助得很。

"都……都来了？"昌帝由太监总管扶着靠在了软枕上，目光依旧锐利，缓慢的话语中仍蕴着让人无法忽视的天子威严。

陈鸾一抬眸，见到了昌帝乌紫的嘴唇以及苍白得没有一丝血色的脸庞。昌帝知道自己的生命已走到了尽头，十分平静地宣布着后事。

"朕驾崩后，着皇太子纪焕继皇帝位。尔等皆为朕左膀右臂，也是我朝肱股重臣，日后必得尽心辅佐太子，扬燕国之威名。"昌帝说这一大段话十分吃力，说完便躺在软枕上狠狠喘了几口气。

丞相以及跪着的那些武将皆对着龙榻磕了个头，神情肃穆，两代帝王的交接由他们见证，这是无上的殊荣，也是莫大的哀伤。

"父皇，您别说这些不吉利的话……"纪婵泣不成声，而后侧首看向跪在床侧随时待命的太医院院首，怒道，"本宫昨日来瞧的时候，父皇的身子尚还是好好的，今日病情怎么就突然恶化了？

"都还杵着做什么？快去开方子熬药，若治不好，太医院便没有存在的必要了。"

昌帝由着她胡闹，扯了扯嘴角，最后做了一回慈爱的父亲："婵儿，父皇走后，你莫再肆意胡闹，有空了就多陪陪你母后，要听话一些。"

这样的嘱咐昌帝先前说过许多遍，可没有哪一次，能像这回一样让纪婵哭着叠声应下。

反倒是许皇后面色始终平静，甚至十分从容地替纪婵擦了眼尾的泪珠，声音平稳："早该是嫁人的年纪了，皇上以往一直念着，今日趁着诸位都在，便定下人家吧。"

外头雨势稍缓，昌帝挪了挪身子，握着发妻的手，笑着道："挑来挑去，总觉得都不如意。皇后日后慢慢相看，挑个好些的，不拘富贵权势，真心待婵儿就好。"

陈鸾心中震动，人人皆言帝王家最无情。可此时此刻，那临死的帝王就如同普通的父亲一样忧心女儿的婚事，不敢擅自做主，怕她不喜，又怕对她不好，忧思重重，左右为难。

许皇后但笑不语，默了片刻后轻声慢语道："往日您总说晋国的皇太子不错，臣妾瞧着他也算诚心，不若今日就为婵儿定下这桩婚事？"

第九章

机会

这样突如其来的变故让陈鸾始料未及，不仅她深感愕然，就连跪着的丞相和老将，也都面面相觑，不知皇后此举何意。

三公主是真真正正的掌上明珠，金枝玉叶。

晋国皇太子三年前便有意迎娶，但一直被昌帝以公主年龄尚小为由拖着，故而他屡求美人而不得。

和亲下嫁、笼络朝臣、领邦交好，一直是皇家公主不可推卸的责任，可昌帝愣是拒绝了。究其原因，无非就是怕三公主嫁过去受欺负，叫天不应叫地不灵，落入遭人欺弃的绝境。

一代帝王似乎将毕生亲情都给了自己的嫡女。

纪婵自己也是微愣，直到看见许皇后眼尾的那点红，才蓦地睁大了眸子，嫣红的唇瓣失了血色，几行清泪簌簌而下，泣不成声。

她能察觉到的事，自然逃不过昌帝的眼睛。

"好了，该安排的事朕都吩咐过了，诸卿退下吧。"昌帝这会儿倒像是突然有了精神一样，眸光锐利，面色潮红，声音褪去方才的无力虚弱，像是变了一个人般。

这世间最可惜莫过于英雄迟暮，美人白头。

就在陈鸾准备跟着起身的时候，昌帝却突然指了指纪焕，淡淡地道："太子夫妇留下。"

陈鸾便又默不作声地跪回了原位，一双美眸微垂。她身子骨自幼不好，方才又淋了雨，不动倒也还好，方才不过挪了挪身子，眼前便是陡然一片发黑。

龙榻上，明黄色的床幔被挂起，同色的流苏穗子吊在半空中纹丝不动。昌帝目光平和，甚至带着点笑意，对许皇后道："朕要走了。

"你别跟着来。"

陈鸾脑袋里陡然炸开了一朵烟花，她终于明白为何许皇后会那样平静地面对昌帝病危垂死这件事。因为她从一开始就想好了，唯一放不下的可能就是纪婵了。

所以要将纪婵的婚事在此时定下，心无牵挂地追随着昌帝而去。那晋国的皇太子，自然也是许皇后考量了许久才定下来的人选。

昌帝比许皇后年长十二岁，此刻歪躺在病榻上，骨瘦如柴的老者再不是当年意气风发的少年。可美人依旧，甚至随着时间的积淀而越发温婉柔和，生生压了后宫那样多的美人一头，叫帝王再对旁的女人生不出半分怜惜之心。

也正因为爱屋及乌，才将纪婵那般纵得上了天。

交叠的两只手，一只纤细白皙根根如青葱，一只却松松垮垮光泽尽失，像是历尽岁月沧桑的老树皮。昌帝看着这场景，人生头一回生出些许不自信来。

许皇后只是抿唇笑了笑，而后侧首望向一直沉默不言的纪焕，直言不讳道："太子当初答应过本宫的，能否算数？"

从陈鸾的角度看过去，男人面沉如水，狭长的剑眉始终皱着没有一刻松动。死寂过后，他终于开口："自当算数。若有朝一日皇姐受夫家欺负，儿臣必不惜代价将其迎回，余生皆以公主礼待之，举朝上下，无人可怠慢分毫。"

这就是当初许皇后提出的要求。

他想娶回意中人，便要保她女儿一世安康荣华。

昌帝像是早有预料，对此并不吃惊，只是伸手揉了揉纪婵乌黑的发顶，声音沙哑："婵儿还小，得由你瞧着。以后啊，还不知她又要惹出多少幺蛾子来。"

"儿孙自有儿孙福，陛下不必太过担忧牵挂。二十五年前咱们都说好了，这最后一程，该由臣妾陪您走过。"

人生在世，生老病死皆不可避免。许皇后性子平和，看得格外的开，即使是这样的时刻，也没有生出什么畏惧与后悔的心思来。

昌帝皱眉，声音嘶哑之余也沉了些："说什么胡话！"

已见不悦。

许皇后却并不怕他，她从冰凉的地面上起身坐在床沿上，离昌帝更近了些。她眼中蓄了些银光，声音依旧温婉平和："臣妾承蒙圣宠，出身没落商户之家，举止谈吐不若京都贵女得宜，相貌比不得后宫诸美，陛下不弃，一路予以荣宠无度，甚至这中宫主位，臣妾一坐就是许多年。"

一个出生卑微，身后没有世家贵族支撑着的皇后，前不能使朝臣服气，后不能堵嫔妃悠悠之口，所能倚仗的只有眼前之人的怜惜。

所有人都觉得她得意不了多久。

麻雀终归是麻雀，披上了华衣，也不可能真的变成凤凰。

就连她自己一度也曾这样以为。

可出乎所有人意料的是，昌帝对这位皇后的爱宠超乎寻常，无论后宫中进了多少美人，每月他去得最多的地方依旧是明兰宫。

哪怕她占着中宫主位，却始终没能替昌帝生出嫡子，仅有的那个嫡女，也被他如珠似宝地呵护着长大，事事都纵着。

旁的公主远嫁他国，招揽朝臣，驸马人选由不得自己做主。唯有她的婵儿，昌帝始终留着不肯舍出去，千挑万选也觉得这世间没有好儿郎配得上自己的嫡女。

许皇后唇畔漾出细微的弧度，嫣红的唇瓣微动，道："陛下对臣妾说过的话从未食言，今日却要臣妾对您食言吗？"

昌帝定定地看了她几眼，而后极轻地捏了捏她的手指头，带着如以往一般的亲昵，有些艰难地妥协："朕等你。"

这恍若是世上最深情的情话，许皇后一下子弯了眉眼，被昌帝捏着的小指反过来勾着他轻轻摩挲。

与爱了一辈子的男人同时赴死，已是她目前能想到最好的事。

纪婵哽咽着只知摇头，声音断断续续，透着一股子噬人的悲伤："父皇、母后……我以后定不胡闹了，你们别……"

若是以往，昌帝与许皇后听见她这样的话，必然十分欣慰，可这时候，反倒漾出纵容的笑来。许皇后将纪婵揽到怀里，细细地叮嘱："母后与你父皇早早地就留意了，晋国皇太子是诚心求娶你，当是个不错的归宿。

"日后受了苦楚了，记着大燕永远是你的后盾。"

纪焕与纪萧不同，他是真正的君子，说过的话许皇后自然是信的。

外边的雨渐渐缓了下来，风却依旧肆虐，刮在窗子上发出呜呜的低咽声，久久不散。

回光返照的时间并不长久，昌帝眼中的光亮一点点流逝，他转而看向龙榻前自己那个最有出息也最像自己的孩子，冲他招了招手，道："老八，你过来。"

纪焕紧抿着唇，默不作声地走近了几步。

"这回的事，若查出幕后主使者，便从轻发落，留下一条性命吧。"

昌帝有些艰难地叹息一声，他是什么人物？皇位坐了这么多年，有些事他光是想着，就已猜到了结果。

长大成人的皇子并不多，也因此纪萧私藏兵器都只是被囚禁而并没有丢掉性命。更因此，在弥留之际昌帝也还是想着留他一条命。

纪焕没有立刻答应下来，而是漠着声音道："若这事主谋真是他，儿臣不会下死手，可庸王府一众附庸必得流放岭南，永世不得回京。"

昌帝沉默了一下，而后道："罢了。"

若是之前发生了这样的事，昌帝必定暴怒，将纪萧处死一万遍也不足以泄心头之愤。可就在被太医明确告知他时间不多的时候，他心头竟奇异般平和下来。

些微遗憾，些微心寒。

他都要死了，总不能再拉一个儿子去死吧。

陈鸾脑袋有些昏沉，但偶尔抬眸看着站在龙榻边清冷矜贵的男人时，便能真真正正感受出些许伤感来。

昌帝眸中的光亮燃到了尽头，他最后狠狠握了握许皇后的手，勾了勾嘴角，有些无力地闭上了眼。

这一闭，就再也没有睁开过。

陈鸾神色肃穆，恭恭敬敬地对着龙榻上那个人影磕了三个头。

丧钟九响。

整座皇城都笼罩在细雨和化不开的浓深忧伤中。钟声荡出很远，皇城的诸多世家掌舵人心头狂震，所有人的目光都越过朦胧烟雨，落在巍峨成群的宫殿上。

纪婵直接哭晕了过去。

越来越多的人进了宫，一张张生面孔上都覆着如出一辙的凝重与伤悲，他们是大燕的朝臣，来送君主最后一程。

最前头的那个身影岿然不动，宛若峭壁险峰上长得最高的那棵寒松，风雨之下更见挺拔。

没有人可以知道他此刻的心情，也无从揣度。

陈鸢却看出了些端倪，他身为储君，是这大燕未来的主人，他不能在父亲的榻前痛哭流涕。从始至终，他的情绪都得隐忍着埋在心里。

没有人安慰，也无须安慰。

自从方才纪婵晕着被扶出去，陈鸢的眉头就一直紧皱着，放心不下想跟出去看看，眼下这样的场合却又不得不跪着。

地面阴冷，陈鸢原就不太舒坦的身子更觉着有些难受，羸弱的苍白与病态的酡红涌上双颊，她勉强忍着，眉头紧皱，清眸含水。直到天色昏黑，宫中处处白衣缟素，她才从养心殿回了毓庆宫。

昏黄的灯光下，苏嬷嬷为她上着膏药，膝盖那段瓷白的肌肤上布着触目惊心的一块块瘀紫。今夜所有人都十分沉默，羽林军到现在还围着各宫挨个挨个地搜。

也不知道在搜些什么。

"娘娘您且忍着些，这个当口也不好请太医过来瞧瞧。"苏嬷嬷叹息了一声，又道，"流月出去端姜茶水了，娘娘喝了也能去去寒气，好歹能好受一些。"

陈鸢歪在那张雕花罗汉小床上，摇头道："不必声张，殿下今夜是不会回了。嬷嬷等下别忘了命人送些点心过去。"

男人一忙起来，不分昼夜，更没有闲心用膳。

京都的天最是多变，傍晚的昏暗雾霭如同披撒在天空中的锦缎，由淡淡的青黑转变为如墨汁般浓深的漆黑。原以为今夜风停雨歇，谁知这会儿又淅淅沥沥下起了雨，风来得竟比白日里还猛些。

明兰宫中，来往伺候的宫女太监们皆换上了素服。放眼望去，整个皇城都笼罩在一片哀伤的白色下。

内殿小金炉里熏着的寒香被撤换下来，东南两面的窗子微开，许皇后坐在床沿上，神色淡淡，瞧不出什么伤悲来。她褪下手中冰冷的护甲，抚了抚纪婵的脸。

荣华富贵和太后的尊号皆可舍弃，只眼前这个独女着实叫她有些放心不下。

"娘娘，药煎好了，奴婢伺候三公主用药吧？"佩玉手里端着一碗漆黑的药汁，浓郁的草药味逸散开来，许皇后皱了皱眉摇头道："给本宫吧。"

佩玉将药碗递到许皇后手里，而后敛眸，无声无息地退了下去，眼角泛着一两点银光。

伺候许皇后这么多年，她怎么可能不知道主子的心迹？

也正是知道，才不好相劝，也不能相劝。

昌帝对自家主子有多好，她们这些做奴婢伺候的，自然都看在眼里。

那是一代帝王几十年如一日的宠爱。

内殿无声，刺着凤凰尾羽的床帐子被风吹得曳动，许皇后将药碗放在一旁的小几上，有些无奈地轻声道："婵儿，与母后说会儿话吧。"

纪婵身子绷得死紧，姝艳的小脸上两点惨红，睫毛死死地闭着，怎么也不肯睁开眼睛。

是不是与她说过话了，知道她听进去那些嘱咐了，母后就能放下心来了？

放下心去陪父皇了。

她已经没了父皇，不能再没母后了。

纪婵拢在锦被下的手揪着床垫褥子不放，鼻尖一阵阵发酸，强忍着不睁眼不吭声。

许皇后如往常一样揉了揉她发红的眼尾，指尖上沾了些晶莹，她轻叹了一声："傻孩子。

"以后收敛些性子，你八皇弟与你父皇不同，不可能一而再再而三地纵着你，母后给你留了封信，也交代下去一些事情。"

说罢，许皇后有些惆怅地抚上纪婵的脸颊，替她擦去那不断滑入鬓角的泪珠，那湿热的触感让她也有了些许伤感。

"袁远是个好孩子，虽看起来顽劣了些，对你却是有几分真心的。母后已同纪焕说了，等你父皇丧期满一年便安排你出嫁。"

一个表面玩世不恭，却可在险恶的朝堂争斗中从来游刃有余、完美脱身的人，自然不可能表里如一的无害。

许皇后相信，他能护好纪婵。

纪婵再也忍不住，伸手环住许皇后的腰身，那衣裳上的香味令她心安："母后，您别走……父皇也不希望您那样做的。"

她眼眶微红，纤细的身子因为哽咽声而小小起伏，拽着许皇后的衣角怎么也不肯松手。

那小小的一片衣角，宛若她最后一根救命稻草。

许皇后目光含着细碎的笑意，朝着南边的窗子望了一眼。外头是滂沱的雨、昏黑的夜，纪婵抿着嘴说不出话来。

她知道许皇后在看什么，那是养心殿的方向，里面躺着这世上最爱她们的男人。

"婵儿，母后与你不同。母后出生商户之家，更莫提还是庶出，本身就是一叶浮萍，这样的身份，就是到普通人家做妾都是不够格的。"许皇后第一次对纪婵说起这些，明明是十分凄惨的记忆，她现在回忆起来却只觉得甜。

那个时候少年帝王出游，意气风发，却带了一个身份低微的商户女入宫，自此荣宠不断。

面对后宫那么多的美人，为了活命，为了争宠，为了更上一层楼，她也曾算计过那个人的真心。

现在想想，后宫的隐私，有什么他不知道的呢？那么多次的化险为夷，未必就没有他在背后护着帮衬。

哪怕她并不懂朝堂争斗，也知她想坐上后位有多难，一国之母怎能是一个商户之女？

所以她从未妄想过，昌帝却亲自给她戴上了凤冠。

纪婵眨掉眼角的泪珠，啜泣几声，极轻极哑地道："父皇是希望母后好好活着的。"

许皇后揉了揉她的发，抿着唇角浅笑："可母后是希望陪着父皇的。"

人间地狱，她都是想陪在他身边的。

明兰宫内殿的珠帘被夜风一刮，清脆的碰撞之声远远荡开，惊起些许伤感与诡秘。

纪婵捏着许皇后衣角的手一丝丝松动，直到最后，顺滑的布料从手中滑落。她坐在床榻上，双手环着膝头，声音实在艰难："婵儿都听母后的。"

许皇后欣慰地将她搂到怀中，最后一句句细细地嘱咐："你身子不好，平日里别总贪凉，性子也该收敛些，莫仗着别人宠爱就肆意妄为。今后的路，总还要你自己走。"

"太子妃与你交好，日后若有什么为难的事，可以去她那儿拿个主意。"

纪婵与陈鸾也是自幼的交情，纪焕又那么宝贝她，势必会因此多费几分心。

纪家的男人，都是爱屋及乌心偏得没了边的。

许皇后的死无疑又是一道惊雷炸响在整座皇城的上空，新旧主交替之际，稍有不慎就是牵一发而动全身，往日那些活跃的世家如今都安分下来，老实得不得了。

值得一提的是，羽林军在庸王府中一个幕僚的身上搜到了昌帝生前汤药里的一味药材。那药至寒，药力强劲无比，而昌帝身子亏虚已久，自然受不得这样的刺激。这才肝脏受损，药石无医。

奇怪的是，那药中有一味药材的生长条件极为苛刻，而大燕多雨，并不适合种植此物，因此并不常见。可偏偏就出现在了庸王府。

纪萧被囚，废太子一派的党羽分崩离析，不成气候，更被纪焕的人时时盯着，根本不可能接触到庸王府。那么现如今，提供这味药的又是何方势力？

事情查到这等地步，纪焕并没有喊停，而是让大理寺的人顺藤摸瓜查下去，竟又有了新发现。

除了庸王府的幕僚康禅与庸王之间难以启齿的关系，更叫人难以置信的是，那康禅竟还是镇国公府康姨娘失散多年的胞弟。

这样的当口，这样的关系牵扯，自然耐人寻味。

对外称是失散多年，谁知内情如何，是否早有牵连，才叫那康禅入庸王府，好伺机行事，以求……

弑君！

那可是诛九族的罪名！

新帝登基大典即将到来，而现在毓庆宫住着的，可正是镇国公府的嫡小姐！

当夜，大理寺卿的马车弯弯绕绕，从后门进了一处府邸。此事无人知晓，只惊动了一两只寒鸦，扑棱棱地飞走了。

第二日，行过登基大典之后，年轻的天子龙袍加身，器宇不凡，坐在那张象征着至高无上权力的龙椅之上，眉间威严竟一点也不输先帝。

左相司马南和其他两个老臣眼观眼心观心，在太监喊出那声"退朝"之前，齐齐侧首，朝着大理寺卿皱了皱眉。

这动作俨然就是某种暗示。

大理寺卿敛目，神情严肃地从百官之中站出，而后跪下，声音传荡大殿："臣有本要奏。

"皇上，先帝崩逝，幕后黑手虽是庸王府幕僚，却与镇国公府有着千丝万缕的干系，臣觉得此事该彻查到底。"

怎么查？这事本就不是镇国公府做的，陈申也没有这样的胆子，大家都心知肚明。可正因为查无可查，国公府不能自证清白，那么一瓢瓢脏水泼下来，也只能接着。

陈申被这似是而非含沙射影的一席话气得脸色煞白。若不是顾忌着颜面，这会儿非要上去和这大理寺卿争个脸红脖子粗不可。

什么叫和他有着千丝万缕的干系？

莫名其妙冒出康禅这么个人物，还有谁比他更蒙？

这屎盆子凭什么就往他身上扣？

还有谁比他更冤的？他可是把唯一的嫡女都送到纪焕身边了，正儿八经的东宫正妃，假以时日必定是中宫主位，吃饱了撑的去筹谋着弑君？

左相眼眸微抬，嘴皮子上下一掀，道："臣附议。"

左相在朝中分量颇重，他这一开口，自然有不少的党羽跟着附议。

陈申这会儿心里突然打起了鼓。他自然是没有做过这事，问心无愧，可就怕龙椅上那位不信啊。

毕竟镇国公府拿不出证据来，且康禅与康姨娘的关系是真的摆在明面上，无可辩驳。

陈申出列，陡然跪在冰冷的地面上，语气中充满愤慨："这简直是污蔑之词，凡事都要讲个证据吧。大理寺卿这是从何处审出那幕僚与我国公府有所勾连了？

"皇上！臣发誓从未做过这等大逆不道之事。当年先皇御驾亲征，臣多次将先皇救出险境，战事结束后先皇亲封镇国公，对臣有知遇提携之恩。臣怎么会做出这等大逆不道之事？"

陈申话音刚落，那大理寺卿就皱着眉头反驳道："这毕竟是弑君的大错，自然得严加追查，不放过任何蛛丝马迹。且那幕僚虽听命于庸王，可与国公府那位侍妾的关系也是实打实的，国公爷何必如此急着撇清关系？"

这样的屎盆子谁愿意一直扣在头上？

纪焕目光如箭，似能透过这场精彩纷呈的闹剧看穿众人各自隐藏的阴暗心思。他眸光微动，声音清冷肃然："此事待大理寺查清再议。"

朝堂上争议的声音顿时停了下来，众人各自讪讪地回到自己的位置。

左相司马南沉吟片刻后率先开了口，朝着纪焕拱手道："既然国公府尚有嫌疑，陛下打算如何安置太子妃娘娘？"

新帝已经继位，那么相应的，也应改口唤太子妃为皇后。

可司马南没有。

他们一开始筹划谋算的，不是将国公府拉下马，而是意在这皇后之位。

左相和其他几位大臣府上，可还有着未嫁的明珠呢，专等着新帝继位才好表态。

纪焕的目光彻底冷了下来，天子冕旒遮住了他眼中的寒光，唯有胡元看得心惊胆战，心里忍不住暗叹一声。

惹什么不好，非要惹到毓庆宫那位娘娘身上去。

既已开了这个口，司马南便索性全盘托出，温和的声音传遍整个大殿："太子妃曾与庸王有过婚约，本就配不上陛下，当不得这母仪天下之位。

"才将与陛下成婚，宫里就传来如此噩耗，况且当年太子妃降生不久，也是克死了生母。臣斗胆请钦天监一查，太子妃是否有生来不祥之命格。"

这一番话下来，朝堂上一时死寂，所有人都在观望着新帝的态度。

按理说，新帝也当不喜这样水性杨花的女人才是。

这下有了名正言顺的借口废黜，只要新帝态度有一丝松动，那这事基本就已成定数了。

"放肆！"

稳坐龙椅上的男人面沉如水，声音里似是夹着无法抑制的滔天怒火，又似是三九天里飘落的雪沫子。

司马南被这一声冷喝惊得瞳孔微睁，而后不动声色地一掀衣袍跪下，语调平缓："陛下息怒。

"臣所说每一个字，都是为了大燕的江山社稷着想。若中宫主位是这样的女子，岂不惹得别国非议，贻笑大方？"

大理寺卿也跟着跪了下来，声音低下去不少："皇上，左相所言有理。皇上宅心仁厚，若不想将娘娘送入冷宫，也可择一位份将其留在身边，只是皇后之位，却是万万不可啊！"

总而言之便是，若是您对她有感情不忍废黜，便留个昭仪或是妃位安置着，至于皇后之位她就别想染指了。

陈申险些被气得当场吐血。

这帮小人，伪君子！

这时许多睁眼看戏的朝臣也都回过味来。合着司马家意在中宫主位？难怪那位娇滴滴的嫡小姐已经及笄，却拒了所有上门提亲的人家，近些日子，更是足不出户在深闺里养着。

怕是以皇后的规格培养着的吧。

难怪当初镇国公府嫡女像踢皮球一样被踢给纪焕做太子妃的时候，左相及其一派附庸没有半个字的反对。

直到新帝登位才反咬一口，说那位生来不祥，克母克君。那位自然没有资格坐上后位与新帝并肩，更何况镇国公府还与弑君一案有所牵连。

一桩桩细数下来，新帝难免心存芥蒂。

哪怕还残存了一丝情意，只待日后司马月入宫，以她的手腕，必定压得其他人黯淡无光。

那是司马家最耀眼的一颗明珠，心性谋略皆不输男子，既有利剑出鞘的锋芒，又深知韬光养晦之重要。送她入宫，可稳后位。

那些大臣能回过味来，陈申自然也能。他当下就握紧了拳头，沉声冷哼："谁在左相心里是天生贵人？怕是只有相府的千金吧？"

这话问得诛心，司马南面沉如水，嘴角颤了颤，而后道："国公爷多心了。"

龙椅上坐着的天子听他们左一个"不祥"，又一个"克君"，掩在金丝龙袍下的手背蓦地凸出几根青筋，哪怕是轻易不显露情绪的清冷之人，这会儿心中的怒火也已到了顶点。

他声音寒凉，怒意如织："朕的家事，左相倒是颇费心思，多有惦念。"

司马家对后位有执念，这事不是什么秘密，可以说是尽人皆知。

司马南的胞妹司马云，便是如今的云贵太妃。当年入宫之时，更是将皇后之位视为囊中之物，司马家对她予以厚望。司马云生了一张祸水殃国的脸，生生压得后宫粉黛无颜色，一入宫便坐上了万人之上的贵妃位。

只是这个贵妃，一做就是二十多年。

从风华绝代的佳人等到心灰意冷年近不惑，上头死死地压着一个商户出身的皇后。

如何甘心？

论才艺，论家世，论长相，司马云哪一点都比许皇后强上许多，可偏偏昌帝就像是瞧不见，像被迷了心魂一样。

司马南动了动嘴唇，恭敬地回道："臣不敢。只是皇后乃一国之母，若生来不祥，怕是有损国运，请陛下三思。"

这话一经说出，便引来一声突兀的轻嗤声。众人循声望去，一眼便看到站在武将最前头的南阳王，与以文臣为首的左相司马南遥相对立。

南阳王眼皮一掀，说话毫不留情："左相说这话，便很不要脸了。"

两人素来不对付，但相比温和的文臣，武将出生的南阳王撑起人来十分不好听。

司马南狠狠皱眉，南阳王府上可是还有一位小郡主待嫁，难道并没有打算送入后宫？

不然何以在这时与他作对。

"陛下才与娘娘成婚没多久，登基之后便要将发妻废黜，传扬出去必将有损陛下声名。左相只想着自个儿，怎么忘了咱们作为臣子的本分，该是事事以君王为先，顾及君王声名。"南阳王有些玩味地勾勾唇，声音清润温和，却是字字诛心，掷地有声。

一时之间，文臣武将泾渭分明，还有几个默不作声，隔岸观火。

纪焕曾领兵平过动乱的边境，在军中威望颇深，心腹也多是武将。南阳王就是其中之一，知他的心意，这才站出来与左相分庭抗礼。

今日朝堂上发生的事，如深秋的寒风席卷过境，不消半日的工夫，便传遍了前朝后宫。

夜深如墨，毓庆宫中，流月将帕子浸了热水，而后拧干盖在陈鸾膝头上。绵白的帕子泛着热气，印着如凝脂一般的肌肤，叫人有些挪不开眼。

陈鸾放下手里头的书卷，侧脸柔和，杏眸水亮，仿若里头缀着无数颗泛着流光的星子，她侧首道："陛下送来的清凉膏是去瘀圣药，连着抹了几日，印子早便消了，不必如此费心热敷。"

流月抿了抿唇，眼神晦暗，心事重重，但瞧着陈鸾关切的眼神，只得勉强挤出个笑来，温声道："娘娘，太医嘱咐过，热敷可逼出膝上寒意，于娘娘身子是有益的。"

陈鸾含笑摇了摇头，倒也配合着侧卧在罗汉榻上，望着窗子外的皎月银河微微出神。

这些天变故颇多，她也没有时间沉淀下来好好想想那件事该怎么同纪焕解释。

她总不能直言相告，说是因他态度太过淡漠，不近人情，她在身后等得万念俱灰，便嫁谁都是嫁了吧？

指不定男人还认为她是在怪罪于他，罪加一等。

陈鸾微不可闻地叹了口气，着实是有些头疼。

等帕子的温度转凉，流月便端着盆轻手轻脚地出去了，推门进来伺候的是明月。

今日朝堂的纷争毓庆宫每个伺候的人都听了不下三个版本，但因为陛下随之而下的封口令，到现在都愣是不敢同陈鸾提起只字片语。

明月拿起小剪子剪了小半截灯芯，姣美的面容在曳曳烛光下柔和温顺，心底却已揪成了一团。

她是认可外头那些人的传言的。

分明是陈鸾生来不祥，为何陛下还要如此护着，不仅不废黜，还第一次对左相动了那样大的怒气。

明月脚步极轻地走到陈鸾身后，替她不轻不重地按揉着肩膀。嫉妒与怨恨交织，长久的沉默过后，她小心翼翼地抬眸，鬼使神差般地开口道："娘娘可别听外头那些人碎嘴，您身子还未好透，不可动气。"

明月欲言又止，陈鸾不由得抬眸，目光平和悠远，反问道："本宫会为何事动气？你且说来听听。"

女人的声音如山泉水顺着石缝而下时的轻灵碰撞，明月眉心一跳，急忙道："奴婢无心之言，娘娘莫往心里去。"

陈鸾唇畔蕴着的浅笑慢慢消散，她粉唇翕动，下颚微扬，出口的却只有一个字。

"说。"

对明月，陈鸾始终是心生防备的。但她好歹是老太太塞进来的人，这才一直留在了自己身边，只待日后找个时间远远地打发了，眼不见心不烦。

这会儿明月顾左右而言他的态度明显有问题，像是迫不及待地想让她知道一些事情。

明月眼眸微弯，二话不说"扑通"一声跪在地上，那与地面碰撞的闷响声，让陈鸾不由自主地皱了皱眉。

"娘娘，皇上下了封口令，奴婢万万不能说啊！"

陈鸾的面色一点点凝了下来，她将手中看了一半的书卷丢在软榻上，冷然道：谁是你的主子？

"若不说，这辈子都别说话了。"

　　明月被她身上那股气势镇住，下意识咽了一口唾沫，心里多少生出了些悔意。她抬眸看了陈鸾一眼，到底还是艰难地开了口："今日上朝，左丞相说娘娘是不祥之人，克母克君，配不上皇后之位，建议陛下将娘娘废……"

　　"住嘴！"明月话未说完，便被一道蕴着怒气的冷喝之声打断。

　　那一面珠帘之前，明黄色的龙袍在烛火光亮下泛着金光，男人长身玉立，眉间威严更添三分。此刻望着跪在地上头也不敢抬的明月，面上满是被忤逆的冷冽寒意。

　　他到底是来晚了一步。

　　该听的陈鸾都已听到，哪怕明月最后一个字没有吐露出来，她也知道那个字是什么。

　　不祥，克母，克君，废黜。

　　这些字眼如同一根根细针，直直地扎在陈鸾的心头上，她下意识地想朝着男人行礼，可身子却提不起半分气力。

　　胡元掀开半面珠帘，圆润的珠子间碰撞的清脆声传荡开，纪焕神情漠然，一步步走近，像是踩在人心尖上一般。

　　"朕的命令，你充耳不闻？"纪焕伸手捏了捏小姑娘的指骨，动作实在算得上温柔，可看向跪伏在地瑟瑟发抖的明月时，眼神却是极为漠然寒凉。

　　"皇上饶命，奴婢知道错了，奴婢再也不敢了。"明月这下是真的怕了，若早知皇上会来，就是再给她一百个胆子她也是不敢的。

　　"拖下去。"纪焕向来没什么怜香惜玉的心思，他没再看明月第二眼，直接冷声吩咐。

　　认错的哀号声渐渐融入外头凄清的夜色中，毓庆宫彻底安静下来。

陈鸾睫毛颤巍巍扇动了几下，男人存在感极强，那股子浅淡的苦竹香缭绕在鼻尖，她一双清润的眸子落在两人交缠的双手上，声音有些哑："陛下怎么来了？"

今晚的月色如水，一层银色薄纱轻柔地覆在每一个飞檐翘角上，琉璃瓦片上映照出清冷的寒光，窗子外的风一阵阵掠过，惊起三两叶片欲落不落地挂在枝头。

男人明黄色的龙袍瞧着就是七八分的冷硬威严，更别提他原本就是个清冷之人，陈鸾头一回生出些许的畏惧来。

他再不是当初那个无人搭理的小皇子了。

如今龙袍加身，他是这天底下至高无上、说一不二之人。

他的高傲淌进了骨子里，必然对那件事耿耿于怀，如鲠在喉。如今左相说她不祥，国公府又与弑君之事牵扯上，他废黜发妻的借口便名正言顺。

只要他想，自己与国公府都将永无翻身之地。

小姑娘的手指泛白，乖顺地任他牵着，小巧玲珑的，像是猫儿的爪子一样。

"怎么，我来不得？"他剑眉微挑，声调清冷却分明蕴着零星半点的笑意。

陈鸾抬眸看了他一眼，眉间眼角也跟着染上了些许温软的笑意，缓缓摇头道："登基大典才过，算着陛下要忙上一阵子的。"

被她一双含情杏目盯着，纪焕冷硬的轮廓柔和下来。但想到方才那没上没下的奴才，又不由得皱了眉，开口道："你性子还是太过和善，不然一个丫鬟怎敢如此胆大多事？

"若是身边缺人，明日便上养心殿挑些，必不敢这般以下犯上。"

陈鸾似笑非笑地望着他，声音沁入了一些月色的凉，娇娇糯糯，那双如水杏目中的风情曳动人心："皇上从前不是总说臣妾性子刁蛮，无人想惹更没人肯娶吗？"

不知从何时起，这男人竟开始改口说她性子和善柔顺了。

纪焕手指微动，清冷的目光近乎胶着在她一张灼灼芙蓉面上。

那时她还小，骄蛮任性，像跟屁虫一样黏在他的身后，心里那点小心思昭然若揭。他不以为意，只是没想到最后着了魔一样的人会是自己。

想娶她，想好生拢到身边护着，想着想着，便成了一种执念，日日夜夜在胸膛处叫嚣，欲念渐深。

陈鸾侧目，青葱一样的手指从他掌心滑落，惊起一阵细微的酥麻。水红色广袖之下，那截堪堪欲折的皓腕上，暗红的珊瑚手钏如血一样，欲落不落地挂着，红与白的碰撞来得尤为惊心动魄。

她明白，有些事情今日定要有个说法。

在这样忙碌的时候，他是应当在养心殿处理政务的，可他却来了毓庆宫。再结合今日发生的事，明月还未说完的话，纪焕亲自下的封口令。

陈鸾闭了闭眼，一颗心直直往下沉。

这一次竟然又要落得个凄惨的境地吗？

纪焕一双寒眸落在自己的手掌心上，那上头还有小女人手指冰凉凉的温度。他微微皱眉，声线清冷，不满之意昭然若揭："这么多日，你就待在毓庆宫足不出户，也不知去养心殿瞧瞧我？"

从筹划丧仪到他登基，足足小半月的时间，小女人安静得过分，老老实实地待在毓庆宫。倒是有吩咐人每日往养心殿送些点心，只是怎么也不见她人亲自来，每每问起，不是在看书就是在煮酒烹茶。

没了他，日子倒是舒坦。

陈鸢讶然抬眸，没承想他竟是问出了这么个问题，可最叫她觉着吃惊的，是男人从未变过的称谓。

从人人可欺的八皇子，到运筹帷幄的皇太子，如今更是坐上龙椅，成为无人敢忤逆的九五至尊。

从来都是你和我。

走到这一步，陈鸢再迟钝也明白了，如今的镇国公府不过剩下了一个空架子，若是那些寒门学士，倒的确可能动机不纯，可如今男人已然登基，那点子微末助力可有可无。眼下群臣对她群起而攻之，他若是想废黜她，这便是最好的台阶。

可他没有，男人只是有些不满甚有些委屈地问她，为何这么长的时间都不去找他。像是一个受了冷落的孩童。

纪焕朝她逼近一步，月光从窗口倾泻，流淌到男人的衣角上，处处渗着凛然的光。陈鸢不由得退后一步，却被他一把扼了手腕："躲什么？"

男人指腹摩挲在她清凉的掌心，漾起些微的旖旎，陈鸢垂着眸子浅笑道："陛下如今还缺前去探望的人吗？"

纪焕的目光扫过小姑娘那张白玉一样的小脸，而后一寸寸下挪，最终落在她那一对甜糯的小梨涡上。

男人眉间寒意稍敛，冷硬棱角柔和些许，声音醇厚如美酒："那些人，哪能同你相比。"

陈鸢心跳蓦地漏了一拍，男人一本正经地说着情话，字字入耳，又偏偏带着丝引诱的意味。她白嫩的耳尖倏而带了点花尖尖上的嫣红。

陈鸾低眸盯着鞋面上镶着的圆润珠子，嘴唇翕动，终于将心底的话问了出来："陛下，明月方才说的，都是真的吗？"

"嗯。"

男人这回并不迟疑，从喉间溢出低沉的一声，清冷冷的一声，外头夜风顺着窗子爬进来，将烛台上的火苗吹得左右飘忽。

小姑娘大半个身子浸在如水的月华中，此刻微微低着头不知在想些什么，乌黑的发髻上莹白的玉簪润泽点点，另一根簪子上的流苏垂下，如它主人一般安静。

纪焕好整以暇地看着她，手上却始终握着那根青葱一样的玉指，良久，带着八九分漫不经心开口问："在想什么？"

"陛下准备如何处置臣妾？"陈鸾抬眸，纤长的睫毛如同一把小扇子。说完了这句话，她如释重负，脊背挺得笔直，接着道："那个幕僚与康姨娘之间的关系确实微妙，此事虽与国公府没有干系，但终究堵不住外界悠悠之口……陛下秉公严惩，是情理之中的事。"

"陈鸾。"纪焕捏住她纤细的指骨，轻飘飘冷清清的两个字，截了她接下来想说的话。

他多是喜欢唤她鸾鸾，或是鸾儿，陈鸾每回听着，总觉着心里不受控制地涌起一种悸动。

再没有人，能将她的小字念得如此好听，如同一片片白羽拂过心尖，惊起些微的痒意。

可他如今眉眼漠然，念她大名的时候疏离清冷，如玉寒凉。

陈鸾心头一紧，杏眸微闭。

终于要来了吗？

所以他此次前来，便是对她略做安抚的吗？

纪焕喉结上下动了动，眼中蕴上星点寡淡的笑意，他眉心微动，哑着声音似笑非笑开口："过来。"

陈鸢听话地朝他靠近了几步，模样温顺乖巧，像是一株依附他而生的姝丽花朵。这样的错觉让男人眯了眯眼，眼神有些迷离，不过一瞬，就已清醒了过来。

从前的小丫头，的确全心全意依附他，相信他，近乎执拗地等着他。可忽然有一天，小姑娘的眼里除了迷恋，还多了一层深深的防备。

哪怕如今，她都竖着一身的尖刺，畏手畏脚，将从前那个天真烂漫只知跟在他屁股后头招摇的小姑娘牢牢锁在心里。

不知想到了什么，男人眉梢眼角柔和下来，他指尖微凉，覆上小姑娘光洁的额心，眼神晦暗幽深。

"将我哄高兴。

"我便不严惩了。"

皎皎月光缓缓流落到纱帐上，又漫到了地面上，像是一层清透的薄纱，覆在男人的侧脸上，无端端的多增上三分清冷。

陈鸢猛地抬眸，有一瞬间怀疑自己听错了。

小姑娘一双含水杏眸里净是无从掩饰的错愕，迷迷瞪瞪的，瞧着可爱得很，倒是与小时候的奶团子模样十足相似，纪焕心头微动，眉间清冷减去十之八九。

他已经许久没见到她这副模样了。

徐徐夜风拂过她鬓边碎发，又将她腰间的玉佩流苏吹得左右晃动，连带着床幔上挂着的银铃也发出清脆的叮当声。陈鸢思绪被猛地拉回，正对上男人那双威严满蓄的眼。

这般威严肃穆的表情，怎么瞧也是说不出那样的话的。

她侧首，眼尾处荡着如水的月光，将人衬得妖冶清婉。她有些不确定地轻声问："皇上方才说什么？"

纪焕寻了一张软凳坐下，剑眉微挑，声音再清冷凉薄不过，却是答非所问："你从前不是总与皇姐说英雄难过美人关，迟早叫我跌入凡尘吗？"

他勾了勾唇，难得漾出一个浅淡弧度，似笑非笑地望着小姑娘，接着道："若我今日果真过不了鸾鸾的美人关……

"那康禅与镇国公府的关系便是假的。这样一份赌约，鸾鸾觉得如何？"

谁都清楚，左相口中连串的说辞，唯有那幕僚康禅与国公府之间不清不楚的关系着实要命。既不能自证清白，又不能因此定罪，每每旁人提起，都只能默默顶着这顶似是而非的黑帽子。

哪怕所有人都心知肚明，此事系庸王纪萧一力所为，只是谁也不想蹚那浑水，为一个根基不稳摇摇欲坠的镇国公府讨回公道而得罪了势如中天的左相一派。

得不偿失。

可若是能证明康禅与镇国公府的那位姨娘毫无血缘关系，所有的流言蜚语便不攻自破，而那些虚妄的不祥之说，明眼人心里自然都不以为意。

他这话的意思再明白不过。陈鸾睫毛微扇，不知想到了些什么，白玉一样的耳尖慢慢泛开红晕，她侧首极低地道："皇上总爱看臣妾笑话的。"

那时她年岁尚小，身子还未彻底长开就已是闻名京都的美人。彼时的陈鸾情窦初开，又是出身大家，对着纪婵与沈佳佳放下不少豪言，定要暖化纪焕的那颗凉薄心。

也不知说了多少大话。

竟全部被正主知道了吗？

纪焕不置可否，修长如玉的食指轻点在小几上，一下一下的极有韵律，惊起些微压迫之感来。男人声音醇厚低沉，夹杂两三分诱哄："如何？"

陈鸾微咬下唇，朝着男人走近几步，杏目弯弯含水涟涟，小脸上三分清妩，每一步都像是踩在云端上一样。

不管怎样，她总得为自己争取一个机会。

更遑论自幼相处，她深知男人喜好，哄他高兴，并不算难。

这样一个不伦不类的赌约，她占尽了便宜。

美人纤纤素手，携着幽香拂过男人鼻尖，她伸手勾了勾男人有些粗糙的小指。仅仅是这样一个微小的动作，便叫纪焕身子陡然一僵，目光一暗再暗。

男人端坐在椅子上，面上一派风平浪静，丝毫不为所动，任她胡作非为。

陈鸾倏而勾唇一笑，露出两个娇软的小梨涡，在男人耳边吐气如兰："臣妾前两日去婵儿那，恰巧得了三坛桑罗酒。

"皇上酒量极佳，略斟几杯，当不会影响明日早朝？"

小姑娘的声音极好听，绵绵柔柔地绕在了心上，是个男人都不忍拒绝。

哪怕对象是素来淡漠不近人情的纪焕。

他从喉间低嗯一声，将她一缕长发绕在长指上，意味深长地道："无妨，今夜鸾鸾斟一杯，我喝一杯。"

陈鸾从他怀中轻巧脱身，妖娆多姿，欲拒还迎。男人的目光热烈得像一团熊熊燃烧的火随着她移动，直要将人吞噬才肯罢休。

他从未见过小姑娘这样的一面。

如蕴天地精粹而生的精灵，灵动张扬，眼底全是星光，勾人心魄。

红烛摇曳，从南边的窗子往外遥望，整个皇宫气势磅礴。隐约窥见幽深轮廓冰山一角，像是一个个伫立在黑暗中的远古武士，沉默而古老，守护着单代流传的秘密与血脉。

破开描着不知名古老图案的酒坛子，酒液的醇冽清香盖过了这殿中浅淡的桃花香。男人明黄色衣袍威严凛凛，微眯着眼接过小姑娘一次又一次递过的精致酒盏，并不急着一饮而尽，只是慢慢啜饮。

而坐在他对面的陈鸾，连着三小盏下肚，面上就升起了红晕。她以手托腮，露出手腕上戴着的珊瑚手钏，那是纪焕前些天派人送来的。

对斟不过一盏茶的工夫，陈鸾面前泛出影影绰绰的黑影，最后都重合成了一道人影。那人一身明黄，衣上五爪金龙游曳，如九重天上下凡的谪仙一样。

哪怕喝了酒脑子里一片混沌，她也一下认出了他。

夜风穿堂而过，床幔飘动，熏着的桃花香混合着桑罗酒独有的清冽，更引得人发醉。

陈鸾觉着自己已喝下去了许多，足够男人尽兴，可是他却迟迟不起身，也不见很开心的样子。

不知怎么的，她忽然想到很多事，想起她倒在甘泉宫的地上，死在纪焕的怀里。如今处处提防，还是被镇国公府推出去做了一颗无用的棋子，在她亲生父亲眼里，她还不及一个庶女来得重要。

人前光鲜，人后默默忍气吞声。

她几个月来一直都在步步为营，如履薄冰，唯恐一步踏错，便再没有重来的机会，一刻的放松也不能有。

这深宫重重，竟没有一处她的容身之所。

陈鸢神情愣怔，纤细的手指落在酒盏上，用力到指骨泛白，她抬起手臂，想将酒盏送到男人手里。

"哐当"。

清脆的一声，酒盏从陈鸢手指间滑落，在空中直直下坠，而后骨碌碌滚了个圈，里头的酒液洒了一地。

纪焕皱着眉头瞥了滚到桌凳角落的酒盏一眼，而后目光锁在对面的小姑娘身上。

这酒后劲极大，她像是醉得狠了，脸颊两侧泛出醉人的桃红。只是眼里不知何时蓄起了盈盈水光，像是受了惊吓一般，争先恐后从眼眶里滑落，一颗一颗砸在酒杯中，溅起一小摊水渍。

纪焕手中动作一滞，他站起身几步蹿到陈鸢跟前，才要伸手将她揽到身边，就见她提着裙角飞快地避了开来。

男人眸光骤然变冷。

陈鸢果真是醉了，脑袋疼得很，乱嗡嗡地直叫唤。她眼前幻变出五六个人，一会儿是纪萧阴冷的脸，一会儿是那幕僚嗤笑的神情，最后化成一个与她有着三四分相似的人影。

是陈鸢。

她手里端着那碗深黑的药汁，一步步朝她走近，一边走一边道："成王败寇，姐姐到底还是输给了我。"

陈鸢猛地抬头，眼尾微红，字字冷冽："我没有输给你。"

纪焕微愣，有些哭笑不得地随声附和，声音难得温和："好，鸢鸢没有输给我。"

陈鸾睫毛微扇，而后缓缓蹲下身子，抱着膝头无声啜泣，眼里的泪光看得纪焕喉头一紧，继而心软得一塌糊涂。他走过去将身子绵软的小姑娘拉到怀里，无声地喟叹一声。

早知她会醉成这样，就不该逗她的。

男人喝的酒也不少，却瞧起来丝毫没有醉意，倒是身上淡雅的竹香被酒味压下去不少。陈鸾软绵绵地靠在他胸膛上，止不住地抽泣。

纪焕将人好生挪到床榻上，拿了她手中雪白的帕子一点点擦过小姑娘哭得泛红的眼角，动作不敢太重，轻轻地一扫而过，眉头却是皱着，沉声道："你哭什么？"

陈鸾瘪了瘪嘴，靠在软枕上，不声不响地闭了眼睛，还是一副不甚舒坦的模样，对他的问话爱答不理。

纪焕起身，准备唤人煮了醒酒汤送进来。

可他才将将站稳，就有一双手环住了他的腰，一个软绵绵浑身缭绕着酒味的身子贴上来。男人沉默了一下，侧首与小姑娘商量："鸾鸾，我唤人去煮醒酒汤。

"喝了醒酒汤，你身子就不难受了，可好？"

陈鸾用昏热的脸蛋去蹭男人的脖颈，不说话，也不依言放手，闭着眼眸十分难受的模样。

脑子里有许多场景划过，最后定格在一个画面上。那日，昌帝和许皇后都在问她肚子的消息，那时她与纪萧每夜分榻而眠，两看相厌，恨不得对方永远消失不露面才好。

可就是那一催，晚上纪萧就去了她的宫里。

陈鸾脑袋歪在纪焕的肩头上，眉心紧蹙，极轻地低喃："纪萧……"

只这一声，纪焕的身子彻底僵硬下来，血液里有什么东西叫嚣着崩坏。他猛地闭了眸子，再睁开时全然不见了方才的温和，一双眸子幽深如古井，风雨欲来。

"陈鸾，你知道自己在说什么吗？"他哑着声音压着怒气问，声音里似乎夹杂着年末冬季飘飞的雪沫子，温度寒凉。

陈鸾不耐地将他伸出的手打落，声音里满是厌恶，带着些微的酒气："你知道的，我喜欢纪焕。

"你与……与那幕僚的肮脏之事，我替你掩护着，在外人跟前做戏，你也该遵守承诺……不碰我。"

她一段话说得断断续续词不接句，像是梦魇一样，嫣红的唇瓣血色流失，直至最后，苍白一片。

夜越来越深，皎洁的月轮被一片阴云覆盖，星辉变得越发炽盛。内殿中灯光灼灼，亮堂一片，她的呓语声显得尤为清晰。

纪焕坐回床沿上，小姑娘原本趴在他脊背上，这会儿顺势软倒在他怀中，眉目精致，娇侬软语，醉态十足。

她不过寥寥几句话，便能搅得他心里翻涌起无边的浪涛，这世间只怕是没人再有这样的本事了。

纪焕将小姑娘搂在怀里，她这会儿倒是对他百依百顺，他手臂才微一挪动，她就跟着靠了上来。

这时的风已带了八九分的寒意，从窗口缝隙飘进来，陈鸾便又往男人怀里钻了钻，细细地打了个哆嗦。

"冷了？"纪焕眉目稍缓，与那双蕴着朦胧水雾的眼眸四目相对，"快到床上躺着，我唤人进来伺候你沐浴更衣。"

陈鸾定定地看了他许久，好像是在仔细辨认着什么。过了好半晌她才哑着声音试探着询问："纪焕？"

这样专注而热烈的眼光，他已经许久没有看到过了。

"是我。"

陈鸾眨了眨眼，而后陡然抽泣一声，虚虚地揪着他的腰带，睫毛上还挂着一大颗颤巍巍的泪珠，欲落不落，楚楚可怜，能要了男人的命。

"阿焕，你为什么……为什么就是不喜欢我呢？我等了你好久好久，等到我都要嫁给别人了，你还是……还是不喜欢我。"

这段话如同最烈的酒，让男人的身子陡然僵直，血液逆流。他嘴唇微抿，张了张嘴，竟不知该说些什么。

"你若是真不喜欢我，为何又总要护着我，每一回都给我一点希望呢？"陈鸾双眸大而无神，眼神灰败，她松了男人明黄的衣袖，转而抚上那张俊美冷然的脸颊。

手指尖上的温度冰凉，她愣愣地停下了动作，转而问他："阿焕，你冷吗？

"我死的时候，你的脸也这样凉，冻得手都抖了。

"阿焕，你不要理陈鸾，我不喜欢你和她在一起。你们走在一起的模样，我看得眼睛都酸了。"

她抚着男人棱角分明的脸庞，自顾自地说了许多话。慢慢的像是有些累了，手从他脸上滑落，但马上又被一只温热的手掌牢牢包裹住，耳边是男人沙哑而低沉的应承声。

"好，都听我们鸾鸾的，不理她。"

陈鸾有些依恋地蹭了蹭他温热的手掌，眉眼微弯，吸了吸鼻头，有些委屈地抱怨："你从前都不叫我鸾鸾的。"

纪焕修长的食指微动，慢慢抚过她精致的眉眼，声音哑得不像话："日后都这样叫你。"

胡闹了这么一通，醉意袭来，陈鸾墨黑如海藻的青丝垂落在男人一身龙袍上，像是明黄色里开出了一团黑色的花。

纪焕将人轻轻放在那对绣着龙凤的软枕上，心里乱成了一团麻，那是一股说不清道不明的情绪，在浑身血液里冲撞，心口酸胀得要命。

偏偏小姑娘还用力揪着他的衣袖，目光涣散，嘴唇翕动："你别听他们胡说八道，我没有贪图太子妃的位子，我只是想和你在一起。

"你别不要我。

"阿焕……"

那声阿焕从她嘴里逸散出来，成了压垮骆驼的最后一根稻草。男人眼眶微红，俯下身子覆上那片温软，毫无章法地侵略，似要将心底那几乎压抑不住的情绪尽数发泄出来。

第十章

封后

深夜，整座皇宫都熄了灯，与幽深噬人的墨黑融为一体，唯有毓庆宫外头还有太监丫鬟提着灯等候。

内殿，玉案上还摆着两个酒坛子，沁人的醇香一刻不停地散发，勾动着舌尖味蕾。坛子旁小巧精致的酒盏七倒八歪，有两个还落到了地面上。

无人去管这些。

床幔被风吹得微扬，绵绵柔柔地搭在明黄交织的衣物旁。陈鸾觉出痛意，眼角渗出两颗晶莹泪珠，一双杏眸中蓄满春水，清波漾漾，勾动人心。

男人额上的汗滴在陈鸾如玉的手背上，他一点点诱哄着醉酒的小姑娘，隐忍而克制："鸾鸾，将方才的话再说一遍。"

小姑娘喝了不少酒，醉意大发，身子绵软得不像话。此刻又不知为何紧紧缠着他，嘴里还时不时嘟囔着什么，莺莺软语，是个男人都忍不下这样的诱惑。

那些从她嘴里逸散出的话语，男人原本是不放在心上的，只以为她是半醒半睡间说的梦话。可她喋喋不休，来来回回就那么几句，说话时的表情痛苦迷茫，眼神空洞。

陈鸾身体极热，难受得很，想稍稍挪着身子离远一些，腰却被男人的大掌牢牢禁锢住。她有些受不住地抬了手腕，深红的珊瑚手钏滑落到小臂上。她泪眼蒙眬，颤着声音道："我不想死……"

纪焕食指微动，拂过她鬓边汗湿的黑发，薄唇微抿，声音更沉了几分："谁要害你？"

陈鸾懵懵懂懂地望向他，像是没有听到他的问题。苍白的唇瓣好容易恢复了些血色，她就又咬着下唇，声音软糯，抛出一股子柔弱无力的撒娇之意："阿焕，你抱抱我。"

"呲"——

真是要命。

心底的洪流涌起，男人眸光陡然变得深邃，如浓墨渲染。他伸出温热的手掌，将那双清丽灵韵、暗凝秋水的杏眸覆上，轻叹一声："鸾鸾，别这样看着我。"

她那样纯真地躺在床榻上，眼瞳里满满的都是男人的倒影。这样专注的眼神只消一眼，他心底所有的戾气与阴暗都偃旗息鼓。

今夜的月格外惹人注目，如一轮硕大的银盘，里头盛着万千柔辉，如丝如缕，垂垂而下，皎皎生姿。

陈鸾累极，连手指头也不想动一下了，墨黑的发丝蜿蜒铺陈在软枕上。她蜷缩成小小的一团，窝在纪焕的臂弯里，睫毛轻颤，纤柔的手指搭在男人的劲腰上，酒劲未消。

"阿焕……"

她掀了掀眼皮，声音带着点甜腻后的暗哑，认真地问："你高兴了吗？"

"嗯？"男人从喉咙里闷哼一声，剑眉微皱，似是不解。

陈鸾眼睛睁得大了些，掩着唇打了个哈欠，眼角沁出些泪，换了种问法："我赢了吗？"

小姑娘喝醉酒后的模样惹人怜爱，明艳乖巧，还十分固执。纪焕顺着她的意点了点头，伸手抚了抚她纤瘦的后背道："答应你的自然算数，快些睡吧，不然明早该闹头疼了。"

陈鸢得了想要的答案，心满意足地往男人身边凑了凑，顺从地闭上了眼，呼吸声渐渐平缓下去。

就这样睡着了。

纪焕将薄被搭在小女人身上，自己也跟着闭上了眼，神情却渐渐寒凉如冰。

耳边是她一声声惶恐无助的话语。

"你为什么就是不喜欢我呢？"

"我都要嫁给别人了……"

"阿焕，你别不要我。"

"……"

搭在床沿边的大手缓缓握拢，一紧再紧。这些话语如同利剑，将他刺了个贯穿。当剧痛散去，每每想起方才的情形，便觉得心中升起一股子暴戾，压都压不下去。

在他不知道的时候，她到底都遭遇了些什么？

那些似是而非的话语，到底是她醉酒后神志不清的胡言乱语，还是确有其事，另有他人不知的隐情？

那样痛苦的表情以及那双涣散灰败的眼瞳，真实得可怕。这让他觉得那些话并不是随口而言，至少不全是。

说起来，也是他太过自以为是。运筹帷幄许久，什么都算计到了，什么变数都曾考虑过，唯独漏了她。

他以为小姑娘会永远不觉疲惫地跟在他的身后，却不知是人都会累。默默付出多年而得不到半点回应，扪心自问，他做得到吗？

纪焕猛地睁开眼眸，身边小姑娘似是觉出些夜里的寒意，摸索着与他挨得更近了些。

这是一种对他全然信任依赖的举动，也是这微不足道的一个动作，让纪焕哑然失声，将小姑娘搂得更紧了一些。

有些事，或许他该重新查一查了。

第二日一早，陈鸾睁开眼的时候，只觉得浑身如同散架了重组的一样，挪一挪便是伤筋动骨的痛。她半撑着靠在软枕上，瞥了一眼窗外。

天已泛亮。

她全然记不起昨日的事，目光缓缓划过那两坛桑罗酒，脑仁一阵发疼。

身边早已没了人，这个时辰，想来该是去上早朝了。

她手指微动，素白的中衣下，若凝脂的手腕小臂上，布着点点瘀青红紫，一触就发疼。陈鸾微微咬唇，隐隐记起了昨日夜里男人眼底交织的暗色，以及那一颗颗滴在她身子上的汗水，烫得她直瑟缩。

她从床榻上起身，一直在门外候着的流月与葡萄听见动静，相视一眼，急忙掀了帘子进去。见了陈鸾后两人身子微福，面上布满笑意，连声贺道："恭喜娘娘，贺喜娘娘。"

陈鸾黛眉微挑，倒也来了些兴致，含笑抚了抚眉心，问："好端端的怎么突然道起喜来了？今日是什么好日子？"

葡萄心直口快藏不住话，一边让小宫女将盥洗盆端进来，一边道："早间皇上离去的时候，特意吩咐奴婢们，叫娘娘醒后便收拾收拾，迁到明兰宫住着。"

仅这么一句，便已表明了帝王的态度。

明兰宫那是什么地方？向来是历代皇后所住之地，往往意味着六宫之主，母仪天下。

原本那就是如今陈鸢该住的地方，可因为前朝左相一派的态度，以及国公府与那幕僚之间的牵连太过微妙，这才一再推迟。

直到昨日，左相司马南说出那番诛心之话，此举意图昭然若揭，所有人都认为在这样的当口，新帝会有所退让。

包括陈鸢也这样认为。

她目光有些飘忽，望着毓庆宫外院那棵树冠极大的枣树，声音也带上了零星的笑意，轻轻颔首，道："也罢，用过早膳再搬吧，你们辛苦了。"

不过一个早上的时间，毓庆宫那位迁居明兰宫的消息便传遍了前朝后宫，再联想到昨日新帝是宿在毓庆宫的，众人顿时心情有些微妙。

这样的枕头风，也太厉害了一些。

与此同时，朝堂之上。

陈申才得了消息，心情很是不错。虽然陈鸢那日扬言与镇国公府断绝关系，但其中错综复杂的牵扯，自然不是一句话可以消除的。

至少在外人看来，这位嫁入皇家的国公府大姑娘与镇国公府之间，一荣俱荣，一损俱损。

与之相对的，左相司马南的脸色十分不好看，站在文臣最前头的几位皆肃着脸，他们自然都得了消息。

皇帝还没有来，南阳王抚着胡须站在武将前列咧嘴朗笑。那声音中的愉悦之意半分都不掩饰，听得司马南目光一沉，轻飘飘地瞥了一眼。

有勇无谋的莽夫罢了，懒得与他一般见识。

"看来左相也并不能如愿以偿。相府里那位千金，还是早些婚配吧。"南阳王声音不小，许多人都听到了。

司马南冷哼一声，不置一词。

与这等莽夫打嘴仗只是浪费口水，等新帝来了，所有人自会看到他的决心。

不过是迁个宫罢了，能迁宫自然就能移宫，只要封后大典还没开始，他司马家对后位便誓不放弃。

大燕文臣武将之间，从来都是互相看不惯。

文臣心里都有一股傲气，自命清高，看不起有勇无谋空有一身蛮力的武将。而那些武将自然心底不服气，认为男人就该顶天立地保家卫国，那些文绉绉的笔架子别的本事没有，整日里只会舞文弄墨，故弄玄虚倒是在行。

其中又以南阳王和司马南最为典型，两人碰面，往往是火药味弥漫，无声的战争一触即发。

"王爷说得在理，陛下与娘娘再怎么说都是打小的情谊，做不得假，自然不是随随便便就可替代的。"出声的是建威将军，他从始至终都是纪焕的嫡系一派，自然事事遵他意志。

司马南冷飕飕地望了过去，忍不住轻嗤一声，道："再怎样也得合乎礼数，顺应天意。"

南阳王反唇相讥道："怎么先帝赐婚之时，左相大人没有这样站出来义正词严地给大家说道说道？如今新帝登基，你这胡话倒是多了起来。"

司马南胸膛起伏几下，眯了眯眼，头一回生出了些许无力感。

简直是鸡同鸭讲，对牛弹琴。

纪焕坐在龙椅之上，冕旒上的流苏垂在眼前，底下依旧争得热火朝天，他微微侧首，清冷的目光落在左手上。

虎口之上，一个小牙印赫然泛着红痕，可见小姑娘咬的时候是下了狠劲的。

他伸手抚了抚那个浅淡印记，眉目柔和了许多。

那日早朝，新帝冷眼相看一群人为此争执，半句话都懒得说，直接退朝。

还没等众人回过神来，大理寺那边就传出了新的消息。那手持禁药的幕僚与国公府的那个姨娘根本没有关系，大理寺的人甚至还带回了康禅小时的几位街坊邻里，他们都说自己是看着康禅出生的，从未听说过那家还生了一个长女。

这样的消息刚一流传出来，就引起百官哗然。

皇帝震怒，下令严查。凡在背后推波助澜、助长谣言者一律关押，务必将此事查个水落石出。

不到一日的工夫，刑部就关押了数十人。

在大理寺任职的，尤其不好过。

先前说那康禅与康姨娘是姐弟关系的是大理寺，这会儿出来澄清的还是大理寺。

这是将左相一派耍着玩啊？

前朝的事陈鸢多少有所耳闻，只是再没有花心思去猜想。

今日天气极好，太阳告了假难得没有露脸，天空如同一块苍白的画布，里头白云交杂，挪移间自成形状。

湖庭岸边的垂柳尽低头，有些过长的枝条迎风飘扬，垂到了粼粼湖面上。此番情景，俨然是一副人间静好的惬意画卷。

明兰宫殿外凿了一个小湖，里头蓄着从外头涌进来的活水，三两莲叶亭亭，碗口大的荷花绽放，露出里头嫩黄的小莲蓬和花蕊，惹来几只扇动着翅膀的蜻蜓低飞。

一切都是欣欣向荣的模样，哪怕这座皇城的旧主才崩逝不久，却无人长久地沉溺在追思苦忆中。

旧的荣耀悲苦都已过去，他们得忙着迎接崭新的生活，以及新的主人。

新旧更迭，人生从来如此。

陈鸾坐在小湖护栏边的石凳上，手里握着本有些泛黄的书卷。身着翠碧色宫装的小丫鬟事无巨细地同她禀报，她漫不经心地听，时不时皱眉，也不知是因为手中的书卷还是因为宫女说的事。

"试嫁衣？"陈鸾终于抬起头，将手中有些破旧的古卷放在石桌上，杏眸微眯，轻声重复，面色凝重起来。

"回娘娘的话，二小姐前日出了趟府，去了京郊安置康姨娘的庄子里。回来后就如同变了个人似的，也不哭不闹了。今日奴婢出来的时候，二小姐正在屋里试嫁衣呢，看起来也没有前些日子那般不情不愿了。"小丫鬟模样机灵，说话也利索。

陈鸾玉指如青葱，面若芙蕖，眼尾微挑，一点点抚平了衣袖上的褶皱，开口问："可知她们说了什么？"

"二小姐最近对下人多有提防，奴婢无用，未探到两人谈话内容。"

意料之中的事，陈鸾松了松手腕，一圈羊脂玉手镯泛着润泽的水光，衬得她温婉灵动，只是掩在广袖下的那点点青紫，瞧着便有些微妙。

"继续跟着，若察觉异常速来与本宫汇报。"陈鸾抬眸，看向跪在地上的小丫鬟，声音里带上了些许笑意，"看着就是个机灵的，事也做得不错，等会儿下去领了赏再回吧。"

这就是极满意的意思了。

那丫鬟心里松了一口气，喜不自胜地跟着葡萄退了下去。

难得夏风温软拂过脸颊，陈鸾站起身来，小湖里有几尾红鲤游曳，动作不疾不徐，悠然自得。她不由得勾了勾唇，清浅笑意不达眼底。

这些日子，过得不舒坦的不只有陈鸾，镇国公府更是闹得不可开交。老太太本想卧床休养一段时日，不管那些扰人清静的琐事，可宫里的消息才传扬出去，就将她吓得当即就下了榻，连夜拄着拐杖去了玉色阁，指着面色苍白如纸的康姨娘一顿乱骂。

康姨娘有个胞弟一直潜伏在废太子身边，这样重要的事她竟一直瞒着，偏生又是在这样的节骨眼上，一旦牵扯进去，动辄就是诛九族要人命的大罪。旁人避之不及，他们镇国公府倒好，平白无故被一个蠢女人拖累，蹚了这趟浑水。

老太太气得胸口火烧火燎地疼，发作起来就连陈申也只能陪着听训，半句不敢多说。

若是以往，自然是一杯毒酒灌下去了结，也好给新帝看看他们的态度。可看着康姨娘已有些显怀的小腹，又念及国公府子嗣凋敝，老太太到底是于心不忍。

只是再如何不忍，也断断不可能再锦衣玉食地供在府上了。老太太雷厉风行，说一不二，第二日一早就叫人收拾了包袱，将康姨娘送到京郊的庄子上，美其名曰静养。

康姨娘再蠢笨也知道，这一走只怕就再也回不来了，等日后她诞下了腹中骨肉，还不知会被老太太如何处置。

最好的结果也就是在庄子上度此余生，最坏不过一杯穿肠毒酒。

她终于生出些许后悔的心思来：若是她不对当家主母之位心生觊觎，将其视为囊中之物；若她不处处与陈鸾过不去；若她没有嘱咐康禅好好挫挫陈鸾的锐气……

哪怕她仍只是府上的一个姨娘，但好歹丰衣足食，日子无忧，子女承欢膝下。看在多年的情分上，国公爷也会多给她几分体面。

等日后恒哥儿学成有为，成为大燕的栋梁之材，她也未必不可以母凭子贵。

这么多年都熬过来了，她竟被摆在眼前的尊荣冲昏了头脑。

只是此时后悔，为时已晚，没人会给她一次重来的机会。

害人终害己，余下的半生，她也该尝尝自己酿下的苦果了。

用过午膳之后，太阳冲破厚厚的云层，又露了个脸。陈鸾有午间小憩的习惯，她才躺在那张雕花嵌玉的黄梨大床上，胡元就带着笑从外头进了来，行过礼后开门见山地禀道："娘娘，皇上让您前往养心殿侍驾。"

陈鸾眼睫微眨，几滴困乏的泪被挤到眼尾。她拿帕子细细地擦了，而后起身换了身鹅黄的长衫裙，一路朝着养心殿去了。

养心殿里放了好几个冰盆，刚一踏足其间，便能感受到扑面而来的寒凉气息，夹杂着薄荷叶子的清润，沁人心脾。

陈鸾脚下的步子顿了顿，纪焕其实更偏爱苦竹香一些，而唯有极度不耐烦躁的时候才会命人熏上薄荷叶。

她偏头望向胡元，眼里蓄着些许疑问。后者讪讪地笑，而后默默低头，一言不敢发。

陈鸾了然，旋即哑然失笑。

她与胡元、方涵等人都是老相识了，能让身为太监总管的人精都露出这样无奈的神情，她猜也无须猜，就知里头的男人这会儿心情不算好。

不过转念一想，纪焕才刚登基，根基不算稳固。如今正是拉拢朝臣的时候，可为了自己，他毅然下了叫她迁宫的圣旨，那么今日早朝也就自然免不了一番争执。

她抿唇轻手轻脚地进了内殿。

男人大马金刀地坐在雕着五爪龙纹的紫檀木椅上，剑眉星目，颇显出一副龙凤之姿。陈鸾悄然走近的时候，竟有片刻的愣怔。

他从来都是俊朗的，最初吸引住她的，也是这张顶顶好的皮囊。如同天宫上下凡的谪仙，清辉皎然。

纪焕自幼习武，那些微的碎步声自然瞒不过他的耳朵。他掀了掀眼皮，有些不耐地抬眸看去，黑眸里尚凝着未散尽的寒气，猝不及防撞进小姑娘蕴着星点痴迷的杏眸，四目相对，一片静寂。

半响后，他放下手中的奏折，唇角微勾，声音里沁上些许笑意，问："我长得很俊朗？"

陈鸾到底有些害羞，微微侧首但笑不语。她亦步亦趋地靠近几步，还未走到案桌前就叫男人扣住了腰，温热的气息扫在如玉的脖颈上，令她细细地瑟缩了一下。

男人黑眸里划过笑意，伸手将小姑娘揽到跟前来，动作却下意识地克制了七八分。那样不堪一握的纤腰，一折就能断了似的。

还有那一身的冰肌玉骨，也不知是怎么长的。

勾人得很。

陈鸾抬眸，眉间难掩忧色，薄唇轻启，问："陛下可是因为臣妾的事被左相为难了？"

纪焕不置可否，剑眉微微上挑，有些凉的指尾划过小姑娘细嫩的脸颊，噬人的视线黏在她纤细的手腕上，勾唇哑笑几声，不置可否："知道为难，昨夜还想凑上来灌醉我？"

虽是质问的语气，可听着男人清冷声音里满足的喟叹，分明是食髓知味，满意得很。

陈鸾挣脱不开，索性将大半个身子的重量交到他身上。她伸手揉着额心，有些不确定地问："臣妾昨日醉酒，可说了什么胡话？"

她酒品不好，但有一点好，醉酒后不哭不吵，只会安安静静想睡觉。第二日起来，旁人或会觉着头疼欲裂，可她不会，反倒全然和没事人一样。

只是现下她憋在心底的秘密太多了，但这经历又太过惊世骇俗，即便是说出来，也不见得有人会信。

这样一想，她心底一直紧绷的那根弦才悄悄松了下来。

纪焕幽深的目光划过她略带慌张的秋水眸，食指微顿，而后俯身衔住那抹嫣红温软，掩了面上三两分复杂晦暗的神色，声线低醇沙哑："昨日说过些什么，看样子是全忘了。"

陈鸾被男人的气息笼罩，整个人迷迷瞪瞪地任他摆布，只有唇齿间发出极低的呜咽声。

纪焕的眸子一下子黑得如同打翻了的墨砚池，两人气息分离，他捏着小姑娘的下颚，心底蹿起一团火苗，越烧越旺。

他极想问问她到底发生了什么，昨夜那些似真似假的话又是什么意思。可这些话弯弯绕绕到了喉咙眼，却陡然拐了个弯，出口的声音前所未有的柔和。

"鸢鸢，你昨夜就是这样揪着我的腰带，醉得糊涂，稍离片刻也不行，一定要时时抱着才安生些。"他胸膛低低地起伏震动几下，宠溺疼惜之意分明，又确实有几分无奈。

撩拨完他便全忘了，难得她昨日醉语呢喃，叫了那么多声阿焕。

"昨日那酒不错，日后得闲了再陪我多饮几杯，嗯？"

陈鸢斜瞥了他一眼，杏眸中氤氲着一掬秋水，似怨似嗔，而后默不作声地垂下眸子，白净的耳尖上染上点点桃红色泽。

想想那个画面，虽确实丢人了些，但好在还算安分，没将心里的话一股脑儿都往外倒。

小姑娘近日似乎偏爱桃花香薰，娇软的身子上处处都散着甜香不说，就连发髻上别着的步摇簪子也是精巧的银丝描花，当真衬得她如同画卷里走出的花仙一般。

纪焕冷硬的棱角柔和了些许，骨节分明的长指绕在她一缕微垂的青丝上，竟有一种漫不经心的诡异美感。

他轻笑，问："这会儿倒知害羞了？"

以往勾得他神志全无的时候可没有半分自觉。

陈鸢悄悄弯了如画眉眼，纤柔的玉臂挣脱男人的禁锢，继而去捧了他坚毅的面庞，轻轻柔柔蹭上去，娇音怯怯，从唇齿间蹦出两个字眼："阿焕……"

只这两个字，男人高大的身子陡然一僵，脸颊上淡淡的余香漾开。他喉结上下滚动几下，而后猛地闭了眼。

真是要命。

陈鸢雾蒙蒙的杏眸微眨，还未来得及说些什么，便听到珠帘屏风之外胡元小心翼翼的声音："皇上、娘娘，左相求见。"

纪焕掀了掀眼皮，温热的大掌抚了抚小姑娘柔顺的发，看出了她的心思，道："无须刻意回避，到里头的帘子后坐着就是。"

小姑娘乖乖地点头，窈窕曼妙的身子很快就被那层层轻纱遮盖住，只余下一团朦胧的鹅黄影子。

男人收回目光，修长的食指触了触方才被小姑娘蹭过的下颚，那里似乎还残留着有些冰凉的温度。

酥麻，悸动。

不过是眨眼间的工夫，男人敛了心神，重又拿起那本被他丢在一旁的奏折。想到急急赶来的司马南，纪焕眸中寒光一闪而过，有些不耐地一挥衣袖："宣他进来。"

左相司马南不是头一回进养心殿议事，却是头一回如此忐忑难安。为臣为相多年，他早已被磨炼得圆滑世故，凡事遵循君王意志，但这一次到底不同。

他得为自己的女儿搏一回。

司马月生来聪慧，行事举动自有一套章程，就连先皇也曾夸赞此女有母仪天下之风。若说他唯一没有算到的，就是镇国公那位嫡女竟有那样的福气，婚事也能说改就改。

就是前些时日国公府深陷流言旋涡中心也没对那位产生一点点影响。

可见被龙椅上的新帝保护得有多好。

今日那幕僚之事才有所反转，转眼一道圣旨就将陈鸢从毓庆宫迁到了明兰宫，可见是一点委屈也不舍得叫那位受的。

司马南心里冷哼一声。他倒要看看，这段起于年少的感情，能持续多久呢？

新帝尚是皇子之时，便可看出些许端倪来。他断断不是那等能被儿女情长困住的人，他心中的抱负，是家国，是天下，是一统四方。

这样的宏图大业司马家能帮他实现，而镇国公府不行。

现实就是如此，能者居之。

司马南此次前来，也不卖什么关子，直接开门见山。聪明人之间打开窗户说亮话，只不过换了种方法。

"皇上，虽先皇丧期未过，此时大兴选秀确为不妥，可后宫只皇后一个，这属实有违常理。臣与诸位大臣商议后，一致觉得可先从皇城各府中挑选适龄女子进宫，也好为皇室绵延子嗣，同时充盈后宫，侍奉皇上左右。"

在常人眼里，就是稍微富足些的商户后院只正妻一人也是件稀奇罕见的事，更遑论是一国之君的后宫。若这事传扬出去，岂不惹得别国笑话看轻？

纪焕目光瞥过手头上那本折子，里头的缘由利害洋洋洒洒陈列满篇，看得人脑仁发疼。他狠狠皱眉，绷着声音道："西南干旱，百姓生活凄苦，流离失所。左相不想法子解决此事，反倒对朕的后宫指手画脚起来了？"

他倏而勾唇，声音凉薄，一字比一字重："不若朕这个皇帝，让给你司马南来当？"

司马南的身子绷得非常紧。在这寂静无声的宫殿里，膝盖触地的声音格外清晰："微臣不敢。"

来时的路上，他就一直在想，这世上当真有不爱美人的男人吗？

答案自然是否定的。

养心殿里熏着薄荷香，一缕缕细烟从鎏金大炉里逸散而出，升至半空后骤然失了踪迹，留下的却是恰到好处的舒缓。

陈鸾坐在十二扇屏风后头，珠帘轻放，只要她不出声儿，司马南断然猜不到帝王寝宫中还藏着这样一个人。

毕竟后宫不可干政的规矩摆着，新帝又是那么个理性冷静的人。

不过隔着十余步的距离，她将外头两人的对话听得一字不落。她对朝堂上那些盘根错杂的党羽关系都不甚清楚，只依稀记得，从前天子后宫中，倒是有这么一位司马家的姑娘，位分不是很高，只堪堪落了个嫔位，且并不得宠。

不是左相府上那位天之骄女司马月，而是一位唤做司马清的女子，是妾室所生。

陈鸾眼睑微垂，不远处男人愠怒低沉的声音稳稳入耳。不知怎的，在这样的境况下，她的心情也不是那般全然凝重。

几年的追逐与无止境的等待，换来的也不全然是落花有意流水无情的怅然，这几日男人的刻意维护，就连生在皇家的纪婵也觉着有些不可思议。

不知过了多久，外头的声音终于散去，珠帘掀起又放下的声音在这偌大的宫殿里荡出些许回音。

影影绰绰的轻纱薄幔遮不住屏风上的刺绣红梅点点，小姑娘端坐在那张垫着软毛毯的罗汉床上，模样乖巧安静，嘴角漾着清浅笑意。

纪焕脚步微顿，黑眸微眯，胸中的那腔怒火当真就如被年末的寒风吹过一样，转而变化为另一种酸胀的滋味。他神色莫测地问道："还笑得出来？"

她没听到司马南那个老匹夫的话？一个个都在撺掇着他广纳秀女，充盈后宫，她竟还在这笑得如无事人一样。

真是个没心没肺的。

陈鸢起身，眉目间笑意清浅。她轻轻颔首，娇娇俏俏站在他跟前，杏眸里蕴着亮闪闪的星光，道："皇上会护着臣妾的。"

小姑娘声音轻飘飘的没什么力道，语气却是异常笃定。

也因着这句话，纪焕冷硬的棱角一下子柔和下来。他将小姑娘带到怀里，下颚在她乌黑的发旋上摩挲，从喉咙里低嗯一声，旋即轻笑，语气愉悦："就这么相信我？"

陈鸢眼睫微垂，乌黑的瞳孔里流光一闪而过，她难得义正词严地回道："左相说得没错，我与皇上自幼结识，青梅竹马，情分自然不一般。那些人现在才开始仰慕，已然迟了。

"皇上护短，外人与我之间，定然是偏向我的。"

她太了解纪焕了，别看现在性子有所回暖，但几年前冷得简直如同冰块一样，孤傲清高，脾气又臭，还不会说话。

除了她，京都其他贵女压根儿都不想靠近同他说句话的。

纪焕听她口口声声将他划到自己人这一阵营，自然也记起了那段辛酸艰苦的日子。

所有人都选择冷眼旁观，看着他一步一泥泞挣扎着往上爬，没有谁想着施以援手，稍稍拉他一把。左相府是这样，镇国公府也是这样。

虽然是皇子，却过得连名书童都不如。

只有那个白嫩的奶团子，日日跟在他身后，声音甜糯，一声殿下能叫到人心坎里去，一见着他眼里就泛起琉璃星光。

从不谙世事的奶团子到美貌之名动京城的窈窕少女，她的喜欢从来不加掩饰。

这份纯粹的喜欢，见证了他每一个无能为力的弱小时刻，也见证了他一步步的崛起反击。直到如今龙袍加身，立于权力之巅。

十几年相伴，到了这个时候，难不成还要委屈她？

纪焕捏了捏小姑娘柔若无骨的纤细手指，对她那番说辞不置可否。

偏向她，偏心于她，本就是理所应当的事。

阳光彻底破开云层，万丈金光洒落，皇宫中的绿瓦红墙乃至古旧铜门都被镀上一层单薄的暖光。

陈鸾站在养心殿的那扇半开窗子前，瞧着几朵丈菊被晒得蔫头蔫脑的模样，不由蹙眉。

分明来时还没这样大的太阳。午间是最炎热的时候，她若是这时回明兰宫，非得被晒脱一层皮不可。

新旧主交替更迭之际最是繁忙，纪焕这些时日经常处理政务到深夜。这会儿他已坐回那张嵌珠的紫檀木椅上批阅奏折，剑眉紧锁，面色凝重。

陈鸾站在男人旁边磨了会儿墨，实在是有些困，她掩唇打了个哈欠，眼里顿时蓄起泪光。

纪焕抬眸望她，放下手中的御笔，低叹一声，道："就你最不叫我省心。"

到底还是遂了她的愿抱着人去榻上小眯了会儿，小姑娘几乎沾着枕头就睡了过去，面颊泛着红润，呼吸如兰。

不同于昨夜醉酒后那般活脱胡来，现在的她，安静美好得叫人心颤。

关于后位，或者说选秀这事，终究要有个说法缘由，总这样拖着也不是个办法。

百官心知肚明，于是倒也稍微消停了几日，风平浪静的假象下，他们都在等着新帝开口。

只是等来等去，万万没想到与在京城选秀的旨意同来的，还有册后的圣旨。

算来算去，耗费了那么多的心血，左相一派到底没有拗过新帝，再一次与皇后之位失之交臂。

太监总管尖利的声音回荡在金銮殿上，陈申足足吊了大半个月的心彻底放下来了，司马南的脸色也黑了个彻底。

文臣那边一片静默，许多中立派事不关己高高挂起，但他们也不会在此时触左相的霉头。

可南阳王就不一样了，这场好戏开演至今，他可是从中出力不小。

"本王早便与左相说了，有些东西，命里注定不该有，强求不得。"南阳王朗笑几声，走上前去善意地拍了拍司马南的肩。

可也不知他是用了几分蛮力，疼得司马南面色陡然扭曲几分，只觉得自己的肩骨都被拍碎了一样。

这南阳王真是年纪越大越有病。

司马南深深吸了口气，想起方才那一先一后下达的圣旨，眼底蓄起风暴。

先行立后大典再选秀，就怕想立后是真，选秀只是个安抚众臣的幌子。

所谓打一巴掌给颗枣，新帝深谙此道。

他眸子微垂，心里冷笑一声，瞥了南阳王一眼后道："王爷还是管好自己府上的事吧。"

皇后能立，也能废。

司马月从没有叫相府的人失望过，这次也当亦然。

早朝一散，圣旨一宣，有些位阶低的官吏便三三两两结伴朝外走，里头两尊神仙打架，可别祸及他们这些凡人。

左相府，正院里屋里。

司马南负手而立，一边踱步一边抚着半白的长须。褪去了朝堂上咄咄逼人的姿态，只见他一身淡青长袍，倒是颇有些道骨仙风的意味。

司马月与左相夫人捱着清茶，不声不响，一派悠然自在，想来是早就见惯了司马南这般模样。

"皇上已下圣旨，三月后在京城各府挑选适龄秀女进宫。月儿，你姑姑千叮咛万嘱咐的事，可都记在心里了？"

提到那位在贵妃之位上待了二十年的姑姑，司马月眸子微闪，轻轻放下手中的琉璃串，声音清亮："爹爹放心，月儿都记下了。"

司马南看着自己这个出色异常的嫡女，心下稍感安慰，苍老的面容柔和下来，道："以我儿美貌心智，自然可青出于蓝而胜于蓝。"

司马云已是贵妃，司马南口中那个"胜于蓝"是何意思，自然不言而喻。

司马月沉默了一下，没有接下这话，卷而长的睫毛微颤，转而问起一事来："爹爹，先皇崩逝，晋国与北仓那边遣来的使臣，应当都已经在路上了吧？"

司马南点头，沉吟片刻后道："再过四五日，两国的使臣就该到京城了。此次北仓派来的是个名不见经传的小侯爷，但传言北仓皇对其极为看重，在小辈中也算是个异军突起的后来之秀。

"晋国则是皇太子亲自前来，随行带着无数珠宝和稀罕物件，准备求娶三公主为正妃。"

这婚事也是许皇后与昌帝生前应下的。

无论是使臣前来还是公主出嫁，哪一件都是大事。司马南最近真是忙得焦头烂额，这会子提起这个，又想起招待之事上还有些没确认下来，急匆匆地又去了书房。

司马月眸子清冷，嘴角止不住微微上翘，左相夫人看了，不由得点点她光洁的额心，到底有些无奈，道："就会使小伎俩糊弄你爹，他若是中途发觉了，不定得被你气成什么模样。"

"我现在倒是想瞧瞧了，那小侯爷到底长个什么神仙模样，能叫我眼高于顶的女儿倾心至此。"左相夫人边说边端起清茶抿了一口，而后掀了掀眼皮，神色不变，"你怎就那样笃定那小侯爷能入得了你爹爹的眼？"

司马南好歹为相多年，眼光毒辣，不是惊才绝艳之辈都入不得他的眼。

相府门客学士众多，这么些年能叫他刮目相看的也就只一位，如今还在龙椅上坐着，已成大器。

司马月眸光流转，此时竟现出些小女儿的娇憨之意来，她红唇微抿，道："他原就不是无能之辈，再加上又是我自个儿真心喜欢之人，爹爹得知后虽然会生气动怒，可未必就不会松口应允。

"若是此时与爹爹摊牌明说，月儿今日只怕连这扇门都出不了了，可换个法子，反其道而行，说不定就会有意外之喜……

"娘是知道的，爹爹素来爱重有才有能之辈。"

司马月点到为止，脸上笑意狡黠。

没有因为儿女情长而昏了头，她一步步算得分毫不差，甚至包括司马南的反应与态度，都在她的意料之中。

这就是司马家最璀璨的那颗明珠。

左相夫人美眸微动，接着她的话往下说："所以你就先顺势应下你爹爹与姑姑，等那小侯爷前来京都，令你爹爹心生欣赏之时再和盘托出。若你爹爹不允，最后说不定还会演上一出苦肉戏叫你爹爹心软。"

不仅如此，司马月不入宫，还卖了新帝与皇后一个人情。

左相夫人顿了顿，似笑非笑地望着司马月，声音温柔似水："司马月，你这样欺负你爹爹，我真会生气的。"

封后大典行得隆重，比起当日太子大婚流程烦琐许多。

陈鸾第一次戴上了凤冠。

等一天的流程走下来，陈鸾只觉得浑身酸软，便是抬抬手的气力也没有了。

小姑娘一身皇后喜服，喜庆的正红色在烛火下散着熠熠的光泽。饮下合卺酒之后，满屋的宫女嬷嬷都面带笑意退了下去，陈鸾这才松了一口气，极小声地感慨了句："竟像是成了两次婚一样。"

酒的滋味甘甜清醇，纪焕似笑非笑地瞥了她一眼。男人今天心情好，嘴角勾着丝缕分明的笑意，听了这话，不由得捏了捏小姑娘的指骨，问："除了我，谁还能娶你两回？"

陈鸾垂眸，目光落在两人交缠的手上，他似乎格外喜欢这个动作，每回都对她的小指爱不释手。

从前倒没发现，只这段时间，男人倒是越发有些孩子气了。

思及此处，陈鸾脸上的笑容不自觉地更盛了两分。红烛摇曳下，小姑娘一张莹白的芙蓉面上润着些胭脂的嫩红，杏目蕴着朦胧的水雾，脉脉含情，勾魂摄魄。

饶是见惯了美人的纪焕，一时之间呼吸也有片刻滞塞，目光一寸寸幽深下来，如同平白打翻了一方墨砚，又似在黑暗中燃起了一团烈火。

陈鸾毫无所觉，她咬着下唇，有些羞涩，但又十分认真地与他四目相对，娇音软语："嗯，就是有，我也不嫁。"

不是你，都不想嫁。

轻飘飘的一句话，很快消散在了宫殿外呜咽的夜风中，却使得纪焕脸上笑意渐隐。

小姑娘端坐在软椅上，含羞带怯地望着他。男人心里兀自叹息一声，为她这样直白而傻气的话而动容。

他站起身来，将早有些犯困但仍强撑着精神的小女人带到怀中，软绵绵的身子因着那身镶珠嵌玉的喜服而带上了冰凉的温度。她乖巧地蹭上来时，带着点点温热，脸蛋软得如云锦。

"真是个小傻子。"

纪焕对男女情事这块向来淡漠，以往听着"温柔乡，英雄冢"这样的话，也只觉得荒诞不经。好男儿志在家国天下，怎会被儿女情长牵绊住？

今时今日，面对着那双盈盈水眸时，他才知什么叫束缚。便是她这个人站在你跟前，什么话都没说，自己的心就已经软得如水了。

就是死在温柔乡里，只怕也是甘之如饴的。

夜深时分，月亮的银光倾泻流动，像是一层层轻薄的纱衣，笼罩万物，如水温软。

陈鸾低低抽泣几声，声音里尚带着甜腻后沙哑的哭腔，背对着男人自顾自卷了被子缩到最里边。

封后大典多有烦琐，一天下来身子本就酸软得不像话，好不容易熬到了头，结果竟还遭了那样狠的欺负。

纪焕头一回见她这副模样，长臂一伸就连人带被都卷在了臂弯里。他伸手揩去小姑娘卷翘睫毛上的晶莹雾珠，又点了点她哭红的鼻头。

"鸾鸾，今夜也是洞房花烛。"他沉默了好一会儿才开口道。

陈鸾拂开他的大掌，身子蜷缩成小小的一团，半晌才闷闷地小声道："那皇上也不能……"

后边的话，她实在是说不出口，片刻后有些生硬地冷哼一声，离他远远的。

恨不得将她撕成碎片吞入腹中一样，不容她有半分的退缩，动作强硬，逼得她当即就哭出了声，这回当真是半分颜面也不剩了。

纪焕餍足，神情慵懒，隔着一层薄被环上小姑娘纤细的腰身，将下颚轻磕在小姑娘的肩头。他声音低沉，轻描淡写将话题扯了开来："鸾鸾，晋国与北仓的使臣明日便到了。"

小姑娘惨兮兮红了眼眶，他自然不可能无动于衷，半点也不心疼。

只是那个当口，他也着实是停不下来。

陈鸾被他圈在怀中，身心俱疲，连眼皮也不怎么睁得开了，她迷迷糊糊地应付着"嗯"了一声，便不再理他了。

纪焕失笑，倒是真的许久没有受到过这样的待遇了。

如今，也只有她敢如此肆无忌惮同他胡闹甩脸色了。

他眼底划过一丝异色，也不知想起了什么，附在小姑娘耳边道："晋国不知从哪儿探得了消息，皇太子亲自前来，携无数奇珍异宝，再次求娶三公主纪婵。"

陈鸾脑子瞬间清明了些，她睁开眼眸，声音软软的没有什么气力："前些时日臣妾特意去查问了一番，听说这个晋国皇太子是个风流不羁的，红颜知己不少。当真是个好归宿吗？"

不怪她如此问，实在是纪婵生性骄纵惯了，就怕在那等人生地不熟的地方吃了暗亏没人做主，只能忍着委屈得过且过，就这样蹉跎了一生。

那样浑浑噩噩的生活，她在梦里已体验够了，自然不会想让纪婵重蹈覆辙。

纪焕嗤笑一声，抚了抚她的小脑袋，有些意味深长地道："是否是好归宿暂不好断定，不过与其说风流不羁，倒不如说是个心狠手辣、六亲不认的。"

他还尚且顾忌着伦理纲常，有时还会捺着性子讲些道理。可这个晋国皇太子袁远行事当真是百无禁忌，随性至极，这样的人，也能被传出怜香惜玉、温润君子的声名？

晋国的人莫不是都瞎了眼不成？

陈鸾抬眸见他神色不似作假，眉头皱得死紧，困意全消。于是忧心忡忡地问："那纪婵嫁过去，会不会有危险？"

小姑娘问题傻气，一双杏眸黑白分明，纪焕勾了勾嘴角，难得解释道："若是她再不嫁过去，才有危险。"

袁远之流，若不是真心喜欢，怎会贸然同大燕提三次亲？

若是这回再不允，那位皇太子的耐心怕是该到极限了，直接进皇宫将人掳了也不是做不出来。再者那日养心殿病榻前,昌帝与许皇后亲口应下了这桩婚事,百官皆是亲眼瞧见了的,自然不好反悔。

陈鸾不明其意,睫毛微颤,接着道:"我明日去问问婵儿的意思,她与那皇太子应是见过的。"

何止见过。

纪焕目光寒冽,视线转到怀中小小的一团上又下意识地柔和了几分。他长指绕着小姑娘的墨发打着旋儿,神情专注,说出的话却带着十足漫不经心的意味:"不仅她见过,你也是见过的。"

陈鸾讶然抬眸,嘴唇翕动几下,才想说话,便听男人接了下去:"记不得也属正常,毕竟那日我在,别的男人自然都入不得你的眼。"

这话被男人说得再理所应当不过,陈鸾有片刻愣怔哑然,旋即失笑。她忍不住伸手触上男人冷硬的眉眼,轻声道:"皇上怎么这样笃定?"

她眉眼弯弯,语中带笑。纪焕默然不语,眼神却已挑明了。

这自然不消多说,她哪一回的目光不是全数落在了他身上?若不是如此,他自然懒得去那等无聊的场合露面。

陈鸾心里惦念着这件事,第二日一早,天边还呈青黑色的时候,她就睁开了眼睛。

层层床幔与珠帘之外,胡元正在伺候男人更衣。陈鸾挪了挪身子半靠在软枕上,就这样看了许久,直到天边泛出微蓝的亮光,她才如梦初醒般眨了眨眼。

纪焕穿戴整齐,一身明黄色朝服上张牙舞爪的金龙衬得男人威严冷硬,只叫人不敢直视。

"被方才的动静吵醒了？"纪焕面无波澜，皱着眉扫了胡元一眼，后者不敢做声，腰更弯了几分。

胡元苦不堪言。伺候这位爷多年，皇子府里除了丫鬟嬷嬷，一个女的也没有过，自然也没有这样那样的禁忌。

可自从主子爷成了亲，每日晨起更衣之际，进来伺候的哪个不是小心翼翼轻手轻脚，生怕吵醒了那位尚还睡着的娇贵人儿的？

就连主子爷自个儿，每每起床下榻之时，神色有多寒凉漠然，动作就有多温柔。那位稍不满地皱眉轻哼一两声，主子爷便又折回去轻哄好一会儿。

这会儿清醒了见了主子爷，都不带动动身子行礼的。

这宠得纵得，简直没了边了。

这镇国公府的嫡姑娘，那时看着就是个有福的，如今自然不消说。稳住明兰宫还深得帝王宠爱，日后再诞下个嫡长子，一生都富贵无边了。

陈鸾随着他的目光看向胡元，而后摇了摇头，轻抿唇角道："放心不下婵儿，想赶早去妙婵宫瞧瞧。"

纪焕拢了拢她如瀑布一样倾泻的长发，神色冰寒，声音里带着些戏谑的意味："对我都没这么上心，嗯？"

温热的气息洒在耳根子后，男人的声音醇厚如清酒，好听得很。陈鸾似笑非笑地看了他一眼，而后纤纤素手向下，将那绣着龙纹的荷包扯下。

胡元目瞪口呆，惊得身子僵直。

怎么这段时间……这位主子瞧着比几年前那会儿还要肆意妄为了？

纪焕的目光落在她莹白的小手上，那个荷包静悄悄地躺着，流苏穗子晃动几下。他眸子黝黑，声线清冷："看上这个荷包了？"

陈鸾摇头，朝着一直在外殿守着的葡萄吩咐道："去将昨日那个荷包拿来。"

葡萄的表情顿时有些微妙。

没过多久，葡萄拿着一个样貌比较寒碜的小荷包走进来，顿时吸引了几人的注意。

这个荷包呈嫩黄色，料子倒是好料子，只是上头的针线图案歪七斜八，看不出像个什么东西。

陈鸾任由原本那个精致的荷包掉落在床榻上，她眸子微垂，侧脸柔和，认真地将葡萄拿来的那个给男人系在腰带上，而后轻声细语道："这个荷包里放的香是宫外老师傅特调的，有安神醒脑的功效，臣妾的香料都是经他手的。"

纪焕不置可否地挑眉，反倒是瞧着那荷包缎面上七扭八歪的两排墨青来了兴致，问："这荷包出自谁手？"

陈鸾抿唇，而后抬眸反问："绣得不好吗？"

这话说得就连葡萄听了也不由得低了头。

自家主子琴棋书画样样皆通，偏偏女红这块，请了多少绣娘来教也死活不开窍，最后还是老太太发了话，将那些绣娘都打发了。

这也便罢了，偏生小姐在这方面丝毫没有自知之明。总以为经了那么多绣娘的手，绣出来的图案不说如何精巧，也还是看得过去的。

没人出声说话，这偌大的宫殿自然就静了下来。陈鸾蹙了蹙眉，侧首问伺候在一旁向来八面玲珑的胡元："你觉得如何？"

胡元蓦地就睁大了眼，身子微不可见地僵了一瞬，万万没想到这样的无妄之灾会降临到自己的头上。

　　主子爷默不作声，嘴角微抿，也不知是满意还是不满意。可不管怎样，这样的荷包戴出去终究是有损陛下形象。

　　思及此处，胡元脸上的笑有些僵："皇后娘娘，奴才觉着这荷包样式倒不错，只是颜色有些……欠妥。"他的声音渐渐低了下去。

　　倒有些像是小女儿家的玩物。

　　陈鸾原也觉得颜色有些问题，这会儿颇为认同地点了点头，才要将那荷包解下，却被男人伸出的宽厚手掌制止住了："瞧着尚可。快到早朝的时辰了，晚些再回来同你细说。"

　　男人的背影很快消失在视线里，天也已彻底亮了。

她只觉着自己足够了解身侧的男人。

殊不知她的一举一动，心思所在，尽在他眼中。

上架建议：畅销／长篇小说

酷威
文化
KUWEI

荣誉
出品

ISBN 978-7-5594-7846-7

9 787559 478467 >

定价：69.80元（全2册）

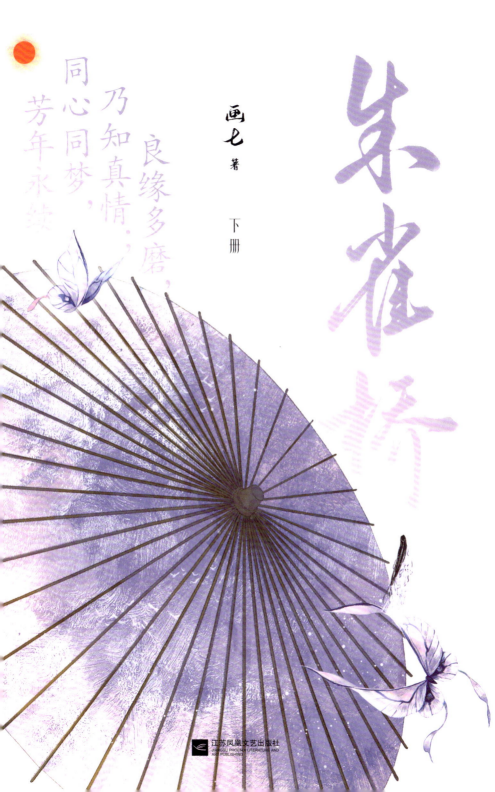

KUWEI

酷威文化

图书 影视

画七 著

下 册

江苏凤凰文艺出版社
JIANGSU PHOENIX LITERATURE AND
ART PUBLISHING

第十一章 印证

陈鸾洗漱更衣之后，惦念着昨夜男人提过的事，一早便去了妙婵宫。

纪婵及笄之后就搬出了皇宫，在京都另建了一座公主府。只是这回帝后崩逝，她身子受不住，大病了一场，暂时住在原来的宫殿里休养身子。也方便陈鸾时不时去看看她。

妙婵宫大门紧闭，比之以往萧瑟了不止一点，陈鸾心里暗自叹息一声，让流月上前叩门。

三响之后，有宫女前来开门，见了陈鸾，恭恭敬敬地行礼过后道："方才有人叩门，公主便猜到是皇后娘娘来了，娘娘请随奴婢来。"

妙婵宫除了地势，其余装置摆设比起明兰宫也是丝毫不逊色，可令陈鸾没有想到的是，纪婵并不歇在正殿，而是在偏殿的一间小屋子里卧着。

"殿下，皇后娘娘来了。"纪婵的贴身宫女冲着陈鸾福了福身，而后轻言轻语地提醒道。

妙婵宫坐落在皇宫西南小角，旁边就是御湖。风起时碧波荡漾，柔风过境，云涌时又静谧安宁，许皇后从前觉着纪婵性子跳脱，有意让她住在此处好生养养性子。

除了位置算不上好，其余雕梁画栋，处处用心。

一路跟着那宫女走到偏殿侧屋里，一小片竹林随风曳动，沙沙作响,同时也阻隔了太阳光线,倒是显得这处格外幽暗僻静。

纪婵是早早醒了的,这会儿又卧到了榻上。见她来了也不觉着奇怪,一张精致的小脸上布着几分慵懒之意,神情一如往常,只是瘦得越发厉害了,那手腕上的玉镯几乎要掉落下来。

原就不胜娇楚的人儿,这会儿更是弱不禁风,脸色白得如纸一般。

陈鸾看着她这副模样,心头涌出一股不明不白的酸楚之意。她侧首看向杵在屋里伺候的宫女,难得愠怒:"你们怎么伺候的公主?"

哪怕昌帝和许皇后已崩逝,纪婵身为唯一的嫡公主,怎么也不该落得睡偏殿的地步。陈鸾前几日来时这妙婵宫尚还有模有样的,今日前来见到的却是这样一幅场景,这让她如何能不气?

她下意识的就认为是殿里伺候的宫女嬷嬷阳奉阴违捧高踩低,眉间立刻拢上了几缕深浓寒烟,声音冰冷:"葡萄,带下去一个个查,这段时日谁伺候公主不尽心,直接带到慎刑司去,就说是我下的命令。"

话音一落,原就有些狭窄的偏屋里顿时跪了一地的人。纪婵从床榻上起了身,缓步走向陈鸾,身姿窈窕,只声音里尚带着几分沙哑的懒意:"在这妙婵宫里,自然没谁敢惹得我不如意的。"

她瞥向跪在地上大气也不敢喘的宫女们,轻轻摆了摆衣袖,道:"都下去候着吧,本宫与皇后说会子话。"

这僻静的小屋一下子静得能听见外头竹叶簌簌响动的声音,陈鸾瞧着一日比一日消瘦下去的人儿,眼眶泛出些微红,问:"为何要住在这样的地方?"

她从小到大的吃穿用度无不是最好的,什么时候受过这样的苦？

纪婵摇了摇头，伸出纤柔的手掌搭在陈鸾的手心里，声音格外平静："你瞧。"

从未沾过阳春水的手指根根如葱，此刻遵循主人意愿，安安静静地搭在另一只手上，只是不受控制的，一刻不停歇地微微颤动。

陈鸾猛地抬眸，与那双时时氤氲着媚色的凤眸相对，声音哑得不像话，她艰难发问："你这是怎么回事？"

纪婵把手收了回去，兀自坐在小凳上，伸手去拿那壶才沏上来的热茶，小巧的茶壶并不算重，可女人的手却抖个不停。纪婵低眸，神色极为认真，只是壶中的水却仍旧是溅了出来，那如凝脂一样的肌肤立刻红了起来。

陈鸾只觉得眼里像进了几颗沙子，又似是被熏了呛人的香，直逼得她喉头发紧，泪水不受控制地掉。

她走到纪婵身边，伸手将那茶壶放回原处，而后环着纪婵瘦弱的肩头，声音哽咽，心里酸胀得不得了："你这是何时的事，为何会这样？太医可有来看过？"

纪婵回身伏在陈鸾的肩头，泪眼蒙眬，这么多天来头一回露出些许脆弱之意。她将了将鬓边被眼泪打湿的黑发道："鸾儿，我真是难过极了。"

陈鸾默不作声，只是环着她的动作更紧了一些。

她没有感受过父爱母爱，但纪婵是从小在蜜罐子里长大的。父母是全天下最有权势之人，也是最爱她之人，骤然双双离世，任谁也受不了。

"这妙婵宫越发的冷清了，我前几日睡在正殿里，才一闭上眼睛便想起父皇与母后。他们惯爱来我宫里坐坐，父皇问功课，母后就在一旁笑着看……

"这些事就像是发生在昨天一样，可我每回一醒过来，就知道那只是一场大梦，我沉溺其中不愿醒来，可他们却再也回不来了。"

陈鸾也不知该如何安慰她，似乎现在唯一能做的，只是陪着她一块儿掉眼泪。

纪婵憋了许久的情绪，在这会儿终于有了一个宣泄的口子。陈鸾不来，这偌大的皇宫中，便再也没有一个人能与她感同身受，她就连哭也不能哭，生怕被别人看了笑话。

那些人卯足了劲儿往她宫里跑，无非就是想看她失魂落魄的颓废模样，可她偏不。她在人前肆意如旧，活得比谁都要骄傲，只是长夜梦魇袭来，一旦被惊醒，便是一宿一宿地睁眼到天亮。

不过半月的时间，她就不敢再睡在正殿了。

陈鸾眼中布满惊痛，纪婵低低呓语，模样是从未有过的失魂落魄："鸾鸾，我后悔了。"

"若是我那时候拼命拦着母后，或许时间久了，母后便想通了……"

"可我当初鬼迷心窍，我竟亲眼看着母后喝下了穿肠的酒，躺在父皇身边闭上了眼。"

说到这里，纪婵手抖得越发厉害。她抬起眸子，神色悲戚，一张小脸上凝着几条泪痕，红唇上的血色尽褪，整个屋子里都弥漫着一股子压抑的悲伤。

陈鸾与纪婵也算自幼相识，却是头一回见她这般模样，锐气尽失，失魂落魄，忧思难安。

"唤太医看过了吗？"过了许久，纪婵的哽咽声渐渐低弱下去，陈鸾执着她那双纤柔玉手，声音低哑，问得无比艰难。

纪婵嘴唇微动，任她握着不动，模样乖巧。只是那双眸子泛着水光，空洞得很："未曾，懒得麻烦。

"若是被有心之人探得消息，还不定会惊起怎样的流言蜚语，当真烦得很。"

纪婵抽回了手，薄唇抿成一条直线，而后自嘲地笑着："反正父皇留下了遗旨，我便是一辈子在公主府养到老，也不会有人敢说什么。"

言下之意，便是压根没考虑过婚嫁之事了。

陈鸢沉默了一下，语气难得严肃："你这样的症状，有几日了？"

"记不太清了，大概有七八日了。先前抖得也没这样厉害，便没当回事。"纪婵一副不甚关心的模样，眼尾处缀着颗晶莹的泪珠衬得她面容更艳丽三分。

"明日我从宫外请个医术高超些的大夫来瞧瞧。今日若我没来，你又打算瞒到几时？难不成真要任由它这样发展下去？"陈鸢一想到那样的情况，语气不由得更重了几分。

纪婵垂眸，眼中蕴着还未散去的雾气，倒是没有再说什么，转而岔开了话题，嘴角微弯："前日亲眼见你行过封后大典，我这心总算放下来一大半。

"在左相一派的施压下，纪焕仍要给你后位，可见对你情意不浅。"纪婵揉着额心，突然来了一句，"我就怕是司马月要入宫。"

陈鸢近日听了许多回这个名字，却从没有见过这位声名不显的相府嫡女。只是从每个人嘴里都能听到对她的赞美之词，可见容貌与才情皆是不俗。

"三月后便要选秀，司马月是必然会入宫的。"陈鸢实话实说，抬眸问，"她可是会生事之人？"

"被司马家从小当皇后培养出来的,生来聪慧。我与她有过交集,这人心眼十分多,很难缠。"

陈鸾垂眸苦笑道:"兵来将挡水来土掩,顺其自然吧,不然也没有旁的办法了。

"希望不是个心眼小的。"

男人为她已经做到了那样的份上,她总不好再得寸进尺地要求些什么,不然也未免太不识趣了些。

纪婵看出了她的心思,安慰道:"不过你也无需担心些什么,纪焕不是个沉迷女色的。这么些年他身边也只有你一个,饶是后宫进了别的美人,也不会偏帮着谁。"

从妙婵宫出来,陈鸾一路都有些心不在焉,才回到明兰宫就吩咐流月出宫将霍大夫请进宫来。

此人医术高超、德高望重,是老太太最信任的大夫,且从不多嘴生事,只是拿钱做分内之事,倒也算是可靠。

用完了午膳,陈鸾怕纪婵又睡不好,离开时后者那惨白的脸色叫她怎么也放心不下。于是她索性又去了妙婵宫,与纪婵坐在竹林的石凳上说了会儿闲话,在同一张雕花小床上躺着小憩了会儿,倒真像是回到了小时候一样。

而这边纪焕却在明兰宫扑了个空。

男人换上了常服,袖口盘旋着五爪金龙,金线在阳光下闪动着熠熠的光。此刻听了宫女禀报,原就冷硬的棱角都镀上一层凛然。

"皇后一上午都在妙婵宫?"

"回皇上,听下头人说娘娘回来过一趟,用了午膳后便又去了三公主那。"胡元落后男人三步距离,一边走一边如实禀报道。

　　主子爷午膳都没用，处理完了政务就巴巴的来了明兰宫，必是想见皇后一面的，这会儿扑了空，心里自然不甚舒坦。

　　纪焕剑眉深皱，明黄色的软靴踩在内殿的地上，发出轻轻的回声。

　　分明早上还是勾得男人生出几分倦怠之意的温柔乡，这会儿却因为少了那个人而显得冷清。纪焕黑眸沉如古井，有些疲惫地揉了揉眉心，问："使臣傍晚便到，下榻的驿馆安排妥当了没？"

　　胡元上前一步，一边替他揉捏肩膀，一边道："左相都安排好了，明晚在神仙殿设宴为远道而来的两国使臣接风洗尘。"

　　男人漫不经心地从喉咙里"嗯"了一声，神情隐忍，眉心皱得死紧，周身寒气越发浓重。胡元看得心惊肉跳，小心翼翼地问："皇上可是头疼又发作了？"

　　纪焕陡然睁开了眼睛，修长的手直指着胡元，漠然道："你亲自去妙婵宫走一遭，就说朕身子不舒坦，将皇后请回来。"

　　胡元紧绷的身子放松了下来，他不动声色地咽下自心底升腾而起的愕然，恭声应是，而后准备退下。

　　虽然主子爷平日冷得如石雕一样，但与皇后青梅竹马，如今又正是新婚燕尔，想时刻不离，倒也能理解。

　　"罢了。"纪焕的声音冷得如十二月末的飞雪，他站起身来，兀自坐到最里头那张紫檀床沿上，眸色幽暗，"退下吧。"

　　傍晚暮色如轻纱薄雾，带着点点青黑之色，撒在天幕最里边，如同一张笼罩天地万物的大网，一点点收拢。随着天边最后一缕暗光散去，整座皇城都陷入了幽暗沼泽。

　　陈鸾陪纪婵用了晚膳才回明兰宫。

恢弘大气的宫殿在黑暗中依旧如山岳般浑厚。殿外候着的宫女手里执着灯，远远看去，一点一点地闪着光，如同成群的流萤一般。

只是在内殿外守着的不是苏嬷嬷，而是胡元。

陈鸾的步子缓了下来，她隐晦地朝内殿望了一眼，问："皇上来了？"

胡元脸上的神情那是一言难尽，他眼皮子微垂，声音压得极低："娘娘快些进去吧，皇上从午时等到现在了。

"连晚膳都没用，专等着娘娘呢。"

陈鸾沉默了一下，而后对落后几步的流月吩咐道："先去御膳房端碗热的清粥来。"

男人处理起政务来废寝忘食。他脾胃不好，若是过了用膳的时间，便只能先用一碗热粥暖暖才好些。

夜里撤去了冰盆，桃花香袅袅而起，弥散于无形。两边窗子旁摆放着几个描墨白玉瓶，瓶子里放着早间摘下来的花枝，这会儿已显萎靡之态。

十二扇曲面屏风之后，男人身姿挺立，如竹如柏。一身月牙白的长袍半沁在如水的月华之下，衣袂飘然，更衬得他眉间清冷似雪，真真如皎月下凡的谪仙一般。

不论是纯黑还是这样风光霁月的白，到了他身上，皆是一身清冷，风华绝代。

陈鸾缓步走到他跟前，纪焕却始终没有转身，就连眼皮都没掀一下。

从她的角度看过去，男人侧脸冷硬，棱角分明，高大的身躯立在半开的屏风前，周身气势如深渊般不可洞悉。

这内殿安静得只剩下浅浅的呼吸声，陈鸾揉了揉眉心，沉默片刻后，开口解释道："臣妾早间去妙婵宫瞧了瞧，婵儿这段日子伤心过度，身子虚弱，臣妾实在放心不下，便多留了一会儿。

"听胡元说皇上还未用晚膳，臣妾已命人备了热粥，喝了身子也能舒服些。"

纪焕的目光一点点幽深下去，听着她口口声声的皇上与臣妾，掩在宽袖下的手背陡然暴出几根分明的青筋来。

"鸾鸾。"他的声音分外低哑，像是在极力压抑着什么，听得陈鸾微有一愣。

"皇上，臣妾在的。"小姑娘微微抿唇，上前扯了他半角衣袖，模样乖巧得叫人内心一颤。

男人身子僵硬得不像话，他缓缓低头回眸，正与那双清透的杏眸对上。她生来就是这样一双勾人的眼眸，看向谁都是一副含情脉脉、润水沁雾的模样。

男人眼尾微红，幽深的黑眸里浮着血丝，坚毅的面庞阴鸷异常，那是陈鸾从未见过的狠戾狼狈模样。

陈鸾蓦地松了手，下意识地往后缩了几步，眼底蓄满不明的惊惧之意："皇上怎么了？"

话音刚落，男人便陡然逼近几步，眼神不同于以往的隐忍克制，呈现出明明白白的寒凉与滔天的怒意，交织在一起，叫人不寒而栗。

男人的身躯如山一样重，陈鸾的后背被抵在一面放着古董器物的立柜上。微微踉跄的瞬间，一个花瓶站立不稳，直直的从陈鸾的头顶掉落，在即将砸中她的时候，又被男人轻而易举地拂袖扫开。

那是出自前朝大师之手的祥云花瓶，"哐当"一声便掉在地上碎成了无数片，刺耳的声音回荡在内殿之中，久久不散，就连空气也滞塞了片刻。

陈鸾使劲儿想将纪焕推开，只是她那点力气在纪焕的眼里显然就是小打小闹，他连眼皮都没多抬一下。

"既然这么想逃离朕，那么当初又为何突然找到皇子府上？"

陈鸾的手腕被他死死地扣住，似针扎一样的疼。她抬眸，实在是怕极了这般模样的纪焕。

一直候在殿外的胡元和苏嬷嬷听到花瓶碎地发出一声巨响，两人面面相觑，而后抬脚走进了内殿。

"皇上，娘娘……"

胡元瞳孔一缩，如同被人勒住了脖子一样，剩下的话都卡在了嗓子眼。

主子爷将皇后禁锢在一面立柜上，神情阴鸷，面色冰寒，似蕴着滔天的怒火。而皇后仅仅只是眨了眨眼，晶莹的泪簌簌而下，却是紧抿着唇一声也不吭。

这是怎么了？

"滚出去！"

陈鸾头一回见他发这样大的火。

从小到大他都是清冷傲然的性子，深知隐忍一词的重要，从来都是情绪内敛，严于律己，便是真的动了怒，也断然不是这般骇人的模样。

虽从旁人嘴里总能听到一些议论之语，说他手腕强硬，杀伐果决；说八皇子府的私牢里不知死了多少人，那双修长好看的手里染上了无数条人命的血。

可生在皇家的人，谁不是如此。这也导致陈鸾一直以为，他只不过是性子冷了一些，再加上这段时间朝夕相处，她下意识的就忽略了一些东西。

他是天底下最位高权重之人，可任意生杀予夺，拥有至高无上的权力，而她不过是破落国公府的嫡女，就连后位也是他给的。

纪焕纵着她时可以你侬我侬，不念尊卑，肆意温存，可若是不想纵着了，她就连自己的退路也没有想过。

今日这事，她甚至都不知到底因何而起。

陈鸾睫毛微颤，如珍珠般的泪滴大颗大颗地砸到男人青筋毕现的手背，而后又顺着肌肤滑落滴打在地面上。她死死咬着下唇，开口道："臣妾知错，请皇上恕罪。"

纪焕定定地瞧了她许久，眸中冰寒之色更甚。

她身上的桃花香丝缕幽静，又偷偷撩拨着他的心弦。

他陡然闭了眸子，终是松开了她纤细得有些过分的手腕，那圈被他扼住的肌肤瞬间泛起了触目惊心的红。

两人都没有说话，殿里一时安静得能听到外边风吹过树叶"簌簌"的响动声。

"你那日醉酒后叫了纪萧的名。

"你说你不想死。

"朕一直以为这只是你醉酒后的呓语。"

纪焕嘴角的笑意凉薄苍凉，眼底的暗色浓郁有如实质。他修长的食指克制地抚上陈鸾的眼尾，后者顿时就退后了几步，惶惶不安。

"你告诉朕，那日的话，到底是真是假。"

陈鸾心中的滔浪一阵强过一阵，她并不知晓那夜她说了些什么。可为何过了这么些天，男人突然旧事重提，反应还这样大？

小小的一个人，眼角还残留着泪痕，只离着他几步的距离，却怕他怕得要命。纪焕无奈地压抑住心中翻涌的邪气，问她："为何不说话？"

陈鸢张了张嘴，不知该说些什么，甚至就连嗓子也是哑的，半个字都吐不出来。

男人薄唇绷成一条直线，眉间的寒凉与薄怒如潮水般消退，转变成一种如死灰般的颓然。

"鸢鸢，梦中的朕与你会是何关系呢？"

夫妻？还是——叔嫂！

陈鸢心中隐隐约约的预感在这一刻得到了证实，她身子不受控制的微微颤抖，似是觉得不可置信，又像是如释重负，她终于出声，声音微不可闻，却叫男人觉着如遭雷击。

"你都知道了。"

没有委屈的否认，没有茫然而不知所措的神情。她身子纤细，站在他的跟前，一双杏目夹杂着水雾，神情坦荡，亲口应下。

所以她竟真的也做过那样的梦！

男人的喉结狠狠滚动半圈，声音嘶哑至极："在你的梦里，朕是不是还要称你一声皇嫂？"

话音落下，纪焕眼尾猩红更甚，手里捏着的那串珊瑚手钏终于承受不住压力，哗啦啦地掉了一地。珊瑚珠滚落到各个角落，发出刺耳的声音，外头等着的人听到后又是一阵心惊肉跳。

陈鸢身子微微发抖，被那声"皇嫂"刺激得瞳孔一缩，却是咬着牙颤着声音道："你冲着我发什么火呢？"

"我等了你多少年？早就等得腻了，累了。世家女子能挥霍的时间都用在了你身上，不嫁人还能如何？"

陈鸾从没这样大胆过，分明是如菟丝花一样纤细的身子，却生生叫她撑出了十二分的气势来。

"梦里我瞎了眼嫁错了人，便是最后赴死也毫无怨言。那日昏死在牢里，醒来后便浑浑噩噩地想着，若是能侥幸留下一条性命，便是青灯古佛常伴，了了余生。"

除了看错了人，除了脑子蠢笨受人蛊惑，她又做过什么伤天害理的事情呢？

纪焕面无表情地逼近了一步，陈鸾眼泪止不住地往下流。她胡乱地擦了一把，连连退后，沉浸在自己的世界里，声音哽咽得不像话："若说有错，便是那梦中的大雪夜里，我拼死抗旨也不该去养心殿，不该去见你。"

"如今更不该信了你的话，与你纠缠不休，甚至嫁给了你。"

压抑的情绪在此时爆发，陈鸾蹲下身子，缩在墙边一角，以袖掩面，泣不成声。

男人听着她这些话，额上的青筋根根分明，太阳穴突突跳动。他猛地闭了眼眸，再睁开时已是一派平静无波。

"如你所愿。"

他重重地丢下一句这样的话，声音里夹杂着雪花沫子一样的寒意，咬牙切齿，怒意昭然。

待人一走，陈鸾的身子顺势滑倒在冰冷的地面上，泪水淌到下颚，又滑落进衣领。她如同没了骨头支撑一般，竟半晌也起不来。

月光褪去，半夜又下了些雨，陈鸾一身素白中衣，坐在铜镜前。葡萄一边拿了个剥了壳的热鸡蛋敷在她红肿的眼下，一边忧心忡忡地劝："娘娘莫跟陛下置气，奴婢听好些人说前朝不太平，陛下想必就是因此心里不舒坦，您服个软哄哄就好了。"

陈鸾疲惫地揉着眉心，反问道："和他在一块儿，我服过的软还少吗？"

再说这也压根就不是服软能解决的事。

流月倒是看出了些端倪，觉着自家主子与陛下之间恐怕是出了大问题。她微微蹙眉，有些忧心地开口道："新一轮的秀女小选即将开始，若是没了陛下的照拂，娘娘处境委实有些艰难。

"娘娘，咱们日后该如何行事？"

陈鸾目光微凝，起身朝着养心殿的方向瞧了两眼，失了血色的唇瓣微抿，一双杏眸寒意微蔓，缓缓地捏紧了手中的帕子。

"再过两日本宫便请旨同三公主离宫前往佛山，为先皇和先皇后念经诵佛，以尽孝心。"

这只怕也是最体面的一种离场方式了。

于她，于纪焕，都好。

深夜，前几日举行的登基大典和封后大典，冲淡了先皇崩逝的哀伤。幽深的宫道曲折蜿蜒，黑暗的尽头，两侧的红灯笼被风吹得悠悠荡荡，却是寂静中唯一的亮光。

纪焕从明兰宫拂袖而出，原就冷硬的轮廓镀上一层寒光。脑子里无数碎片浮光掠影般闪过，那些记忆又如一把把尖刀插在胸口，刺得他鲜血横流，每一回的呼吸都带出更深的惊痛。

胡元一句话也不敢说，盛怒之下的君王走得飞快，他一路小跑着才能堪堪跟上，不多时他就出了一身的汗，经风一吹，钻心刺骨的凉。

养心殿灯火通明，伺候的宫女太监个个神色肃穆，从殿里鱼贯而出。胡元与方涵面面相觑，对帝王这般无故的盛怒摸不着头脑。

分明——午时去明兰宫的时候还是好好儿的。

皇后娘娘不过是去三公主那坐了一下午，那时主子爷的脸色虽算不得好，但总归也还是耐心等着的。后来主子爷头疼发作，又不准唤太医，只合衣在明兰宫内殿躺着眯了会儿眼。

期间胡元一直在明兰宫外头守着，一刻也没离。饶是他一向精明，生了颗八面玲珑的心，也实在是想不出这期间到底发生了些什么。

能让一向沉默内敛、清冷自律的主子爷气成这副模样。

甚至……

还对皇后发了那么大的火。

便是那回得知庸王与皇后结亲的消息，主子爷也只是隐忍克制地部署，连废了庸王数个暗桩。虽然最后自己跟自己怄气，大病了一场，但好歹没有这般人前失态。

夜色渐浓，庭院前的树枝上，几只乌鸦高站，发出的声音在无边的寂寥与黑暗中格外突兀，惊起一片残风落叶。

养心殿正殿，紫檀木椅扶手嵌着光泽莹莹的暖玉。纪焕稳坐其上，安神的龙涎香气味馥郁恬淡，却不及那女人身上的半点暖暖桃花香。

午间他歇在明兰宫的雕花红帐大床上，那些争先恐后融入脑海中的记忆，叫他饶是在梦中也觉得目眦欲裂。

与她成婚以来的这些时日，他也曾想过，若是那日南阳王府设宴，他没有抱那万分之一的希望赴约，而她也不曾开那个口，他们之间，是不是也就真的缘尽于此了。

陈鸾如果真的被十里红妆迎进纪萧的东宫，他是会无动于衷，如同以往每次一样沉默着咽下这苦果，还是会强硬地将人掳到自个儿身边护着？

每次想到这里，他的心里竟总会生出那么一两缕的庆幸来，这样的情愫对他来说是全然陌生的。他从泥潭中爬起来，见识过人世间诸多黑暗肮脏，自知事事当自个儿咬牙争取，绝不应抱侥幸之心。

这世上本也没有那么多意外之喜。

只陈鸾这一人，当真是上天赐下的珍宝。他情绪内敛，不知如何去爱一个人，却也将她的事时时放在心上，如珠似宝地捧在手心。

甚至他从未想过在她跟前当皇帝，当高高在上、生杀予夺的至尊。他低下头颅，只想做她的男人，成为她在这深宫中唯一的依靠。

偏生最叫他难以消受的一波三折，全是她给的。

讳莫如深的夜里，纪焕的身子绷成了一条直线，而后不堪重负一般软倒在了靠椅上，满脸疲惫，眼底全是深深浅浅的血丝，交错密布，骇人至极。

养心殿里的黄粱一梦，叫他梦到了陈鸾呓语中残酷的世界。他现在甚至分不清现实与幻境，原先那些许的庆幸，也像是一面水晶琉璃，绚丽虚幻，不堪一击。现在已是碎成了满天的玻璃碴儿，哗啦啦落在他眼前。

或许，她真的也会嫁给旁人，当了那人三年的太子妃，吃尽百般苦头。最后那个大雪纷飞的夜里，她瘦得像是能被风刮走一样。

她出嫁的那天，十里红妆，长安街一片繁盛场景，人人都跑去看热闹，普天同庆。他站在最高的角楼上，目光尾随着那顶红轿，直至入了东宫的正门。

此后三年，再无关联。

只是最后，多年筹谋尘埃落定之际，胡元小心翼翼来禀报说太子妃昏倒在大牢里。他面上毫无波澜，心里却踌躇艰难，到底不受控制一般亲自到牢里走了一趟，将人带到了甘泉宫。

男人再是冷漠绝情，也断不是罔顾人伦之人。哪怕废太子已死，她陈鸾在世人眼中，也是他的皇嫂。

长嫂如母，这样的道理三岁的孩童都懂。

那夜她明显被下了禁药，神志不清，呓语喃喃。小姑娘攀着他的衣袖目光迷离，吐气如兰，是他无数次梦中幻想的模样。

她失了神智，被药力驱动，可他却是清醒着的啊！

他清醒着，鬼使神差般伸出手搂了她不堪一握的腰肢。他低下头，覆上那抹念想了许久的温软，动作粗暴，心底憋着一股气。

可追究到底，他自己也不知道自己在气些什么。

直到瞥见那床榻上斑驳的点点红梅，他倏而觉得自己错得离谱，这样从天而降的惊喜，砸得他头晕目眩，不敢置信。

可最后的结果，却是她气若游丝地靠在他身上，轻得如同一片羽毛。

至死，她都没有听过一句来自他的承诺，甚至连句喜欢也是没有的。

又值月末，宫殿外高高挂在天幕上的弯月黯淡，时不时被几朵阴云遮住光华，黑夜漫漫竟格外的难挨。

纪焕双目赤红，负在身后的手紧了又松，最后将那串佛珠丢在案桌上，大步流星地出了养心殿。

胡元急忙迎上去，问道："皇上，可要传膳？"

一整日下来只早间用了一小碗粥，主子爷的尊贵之躯怎么受得了？

纪焕眼皮子都没掀一下，月白的衣角被夜风吹得微动，与这浓深的黑泾渭分明，却又奇迹般地融合在一处。他脚下的步子却是不停，径直朝着北边去了。

胡元一愣，而后急忙跟上。

直到立在甘泉宫的门口，幽冷的风一阵一阵吹过。胡元打了个寒战，才要开口劝他回去，就见他家主子爷神情凝重，眼底的悲怆之意浓得几乎化不开。

"鸾鸾。"

男人些许低的呓语被风传得有些远，胡元劝说的话愣是卡在了嗓子眼，半个字也不敢吐露。

整整一夜，被风吹成了半个傻子。

第二日，天才泛出青黑的光，陈鸾便睁眼起了身。昨日实在是哭得厉害，到现在眼下的余红都还未消，只能用胭脂水粉遮个十之七八。

她早膳都未用过，便去了妙婵宫。

纪婵尚还睡着，听了宫女的来报，睡眼惺忪地下榻洗漱，直到听了陈鸾的话才消了困意。

"你这是说什么胡话？皇后做主中宫，母仪天下，怎可轻易离开皇宫？"纪婵凤眸半开半合，声音尚带着几丝不分明的哑意。

这其中的弯弯绕绕缘由复杂，陈鸾垂下眸子，半晌没有说话，最后才蹦出一句："你昨日与我说想去佛山静养，我便寻思着同你一块儿去，皇上知晓缘由，也该不会驳回的才是。"

她这话一经说出，纪婵就微微蹙眉，没有追问其他，只问了一句："你可决定好了？这一去，便是清苦的日子，若想再回来只怕是难了。"

"这只怕是最体面的法子了。"陈鸾苦笑连连，心底生出些酸胀来。

天子榻边，男人骨子里又藏着那般的骄傲，怎容得下她这样一个人占了发妻之位。

从始至终她都觉着自己没做错什么，却独独忘了，皇家本就是一个不讲对错，吃人的地方。那人说她错了，她便是咬着牙也只能跪在地上说句臣妾知错。

她主动离去，也能全两人间最后一丝情面。

是夜，神仙殿设宴，为远道而来的两国使臣接风洗尘。场面盛大，大殿上舞姬身姿勾人，配着数不尽的美酒美食，一派歌舞升平的景象。

陈鸾坐在铜镜前的软凳上，手里拿着那串被纪焕捏断的珊瑚手钏，昨夜唤人找了许久，也还是缺了三颗。

她目光浅淡，手中珊瑚珠子温润的质感叫人觉着有些舒服。流月见状，抿唇安慰道："等会儿叫宫女们再仔细找一找，总归是落在这殿里的，娘娘莫急。"

陈鸾摇头，眼角的笑意渐浓，却是站起身来将手里殷红似血的手钏掷到了窗外。夜色苍凉，这回是再怎么找也找不着了。

"再喜欢的东西，碎了便是碎了，再强求也于事无补。多年犯傻，也该有个头了。"

葡萄从外头撩了珠帘进来，低声禀报道："娘娘，养心殿的公公来传话，说今夜神仙殿设宴，娘娘不可缺席。"

流月皱眉，有些不满地道："娘娘不是才派人去传了话，说今日身子不适，不去了吗？"

"不止娘娘，就连三公主那也被传了话，这会儿应该已经到神仙殿了。"

陈鸾缓缓闭了闭眼，再睁开时便是满目寒凉。她手指尖凉得可怕，声音里似夹带着簌簌寒雪，道："给本宫更衣。"

一路行过红绿宫墙，在神仙殿的门口，正遇上皇帝的仪仗。陈鸾眸子也不抬一下，当即退后三步，行了个大礼，当真是恭恭敬敬，疏离有加："臣妾参见皇上，皇上金安。"

纪焕才准备朝她伸出的手就这样僵住了，灯火晃悠，男人面上的表情看不真切，只声音是沙哑醇厚的："起来吧。"

陈鸾这才直起了身，也不与他并肩，老老实实的落后两三步，眉目间的冷意竟比纪焕还要深浓些。

她从来都是爱恨分明的性子，对欢喜之人笑魇如花，对旁人俱是冷若冰霜，连样子也不屑做的。

纪焕见过她恶语伤人、气急败坏的模样，却头一回见识到她这份漠然疏离。

再结合她昨夜在明兰宫说的那几句话。

他一颗心直直往深渊里坠去。

今夜神仙殿灯火通明，这个时辰大臣们都已到了，纪焕与陈鸾一先一后地进了殿。

"皇上驾到，皇后娘娘驾到！"尖锐得有些刺耳的声音从神仙殿门口的太监嘴里传出，远远地荡出几层回音。

原还热闹非凡的内殿一下子安静下来，众人肃然而立，无不拱手福身，翩然起舞的乐姬退到两侧，匍匐身子行大礼。

"参见皇上，参见皇后娘娘。"

一步步行过九层梯阶，男人明黄的衣角摆动，而后稳稳坐在正中的那张龙椅上。陈鸾稍落后几步，眸子微垂，也跟着落座在自己的位置上。

"诸卿平身。"纪焕的目光从身侧女人略显冰冷的侧脸上划过，而后落在下首乌泱泱的一大片人身上。

待诸位都落了座，陈鸾这才抬眸细看。

长长两列坐席并排，左侧坐着大燕的朝臣侯爵，右侧则是一些从未见过的生面孔，为首的男子一双桃花目，生得极为俊美，瞧谁都是几分漫不经心的模样。

在这样的场合，他除了一开始站起来朝纪焕拱手行了个礼外，便是谁也没放在眼里了。

只每每瞧向纪婵时，目光才堪堪柔和认真几分。

陈鸾不动声色地端起小案几上的清茶抿了两口，辨认出了此人的身份。

这定是晋国那个风评不算好却稳坐皇储之位数十载的太子，袁远。

也不知是有意无意，纪婵被安排在了大燕这边的首席，正与袁远相对而坐，因此脸色当真算不上好看。

此番两国使臣来觐，带了数不尽的奇珍异宝，特别是那袁远，当真是娶妻的阵仗，丝毫不顾忌些什么，任由流言传得沸沸扬扬满天飞。

开席前纪焕说了几句客套的官方话，接下来便是轻纱曼舞，歌乐阵阵，有酒瘾大的已喝上了头，大多数却还是冷静而克制地挂着笑，分析着局面。

纪婵双手掩在广袖之下，从头到尾连一口茶都没有抿，脸色冷得有如三九天里飘落的雪沫子。不经意的一个眼神，与对面那风光霁月的男人对上，袁远挑了挑狭长的眉，朝她遥遥举杯。

这人莫不是脑子有病？

纪婵轻飘飘地挪开了目光，心中暗骂一声，倒也没怎么放在心上。如今她这副人不人鬼不鬼的模样，莫说做太子妃了，便是去做普通高门贵族的主母，人家怕也是极不情愿的。

宫外请来的大夫均束手无策，只叫她安神静养，说不定时间一长，哪天便自己好了。

左右她对婚姻情爱之事无甚兴趣，再不济手里也还捏着昌帝遗旨，便是到了佛山那等清苦之地，也不会过得多落魄，更何况还没有世人的嘲笑讥讽，再好不过。

只是可惜了鸾儿……

纪婵看向坐在皇帝身边无端显得有些落寞的陈鸾，再想起这么些年她的追逐与付出，顿觉有些意兴阑珊。

"情"之一字，当真这么伤人又没道理可讲。

百般强求也未必能得到好结果。

宴会进行至尾声，丝竹声渐去。纪婵突然敛了面上神色，站起身来朝着主位上的男人福了福身，音色清亮得足以叫这殿里所有人听清。

"皇上，臣妹请旨即日前往佛山。一为父皇母后潜心诵经，以显孝道；二也是因臣妹身子虚弱，太医说宜寻僻静之所安养。臣妹思虑再三，特请皇上恩准。"

此话一出，当即引起殿中一片哗然。

纪焕的目光停在纪婵那张妖冶的小脸上。两人虽不是一母同胞，但同流着皇室的血，眉目间皆是如出一辙的傲气冷然。

念及自己对许皇后和昌帝的承诺，男人威严的目光稍缓，而后落在下首诸人身上："诸卿以为如何？"

左相司马南目光闪烁几下，皱眉的时候脸上的细纹堆成了褶子。

这事在所有人意料之外，可妙婵公主身为皇家唯一嫡女，先帝在世时当真是集万千宠爱于一身，提出这样的要求委实可行。百善孝为先，此举定会给大燕的朝臣百姓一个表率。

只是……

晋国的皇太子都大张旗鼓地到皇宫了，总不能又空手而归？

这都第四回了。

袁远脸上的笑意一点一点地消失，他慢悠悠地放下了手里把玩的酒盏，目光落在那女人纤细的身子上，眼中的幽光几欲将人吞噬。

他已经没什么耐心了，她再不愿，那便只能强抢回晋国了。

左右在她身上，自己面子已丢了十之八九，笑话也不知被人看了多少。她再不愿嫁给他，便也只能让她瞧瞧这副表皮之下叫嚣着快要压抑不住的掠夺念想了。

真是不想吓她的。

朝臣皆面面相觑，目光在两人之间游离。陈鸾伸手理了理衣裙上的褶皱，露出手腕上光泽润透的羊脂玉手镯，她站起身来朝着纪焕福了福身道："孝行天下，为国之根本。佛山又是昔日太皇太后礼佛之地，地方清净，是潜心诵经的圣地。"

她顿了顿，接着说了下去，"臣妾愿陪公主前往，请陛下恩准。"

这话一说出口，周遭空气都凝结成了冰。

左相默默地咽回了那句到了嗓子眼的不妥，面皮一抖，倒也没敢在这时去触两个男人的霉头。

小姑娘尚还半蹲着，纪焕仅仅能看见她小半边侧脸，像是淬了冰一样。他狠狠皱眉，声音低沉，一字一句皆蕴着遮掩不住的不悦："此事稍后再议。"

陈鸢与纪婵对视一眼，倒也没再说什么。

神仙殿晚宴结束后，晋国皇太子袁远以及北仓使臣皆去了养心殿与纪焕商议要事，陈鸢则与纪婵并肩回了明兰宫。

夜色已深，宫女们打着灯行在前头，风里带上些寒意。纪婵掩在广袖下的双手仍在不自觉地抖，她难得皱眉，叹息声轻得揉进了风里。

"烦心事真是一桩接一桩地来。"纪婵忍不住小声地抱怨，而后接着道，"只是方才我瞧着他那样儿，显然并不期望你远去佛山。

"若是有什么误会，还是说开的好，毕竟如今你们身份不同往昔，又是好容易才修成正果。"

陈鸢抿唇："若是他的情绪能叫人一眼看透，便不是纪焕了。

"在他身上，我都数不清到底低了多少次头，只是婵儿，我这回当真是心寒了。

"这世上，真有怎么努力也捂不热的心。"

养心殿，琉璃灯盏散发出炽热的光亮。偌大的书房之中，燃着袅袅的薄荷香，为这如水夜色更添三分苍凉。

谈完了正事，袁远随意地为自己寻了张凳子坐下，眼皮往上掀了掀，神色并不好看，声音却仍是漫不经心："今夜这事是怎么回事？特意送给我的见面礼？"

纪焕冷冷地瞥了他一眼，而后皱眉道："朕答应过父皇母后，必不叫纪婵受委屈。更何况她手里有父皇的遗旨，她若想去佛山静养，朕不会阻拦。"

袁远收了那副吊儿郎当的公子样儿，稍稍坐直了身子，目光隐含幽光："昌帝临终前，是有意将她许给孤的。"

枉他暗自乐了那么些天，一路风尘仆仆，像那些情窦初开的愣头青一样扑到了大燕皇城。

这才歇了一夜，没等来美人正儿八经地看上几眼，倒是得了这么个消息。

"那会儿母后说你为人还行，是个不错的归宿，父皇只说婚事由纪婵自己做主，任何人不得勉强。遗旨上写得明明白白，你可要一瞧？"纪焕揉了揉眉心，脑仁一阵发疼。

从神仙殿出来时，小姑娘的脸色苍白，寒凉如水，对他疏离恭敬得不像话。别说妄想听到一声软糯的"阿焕"了，就连皇上这两个字都是夹带着寒气的。

他现在一闭眼都是那个大雪纷飞的白日里，她嘴角染着血污，颤抖着倒在他的怀里，最后一句话都没说完整就走了。

那样的场景，光是想着就叫他觉着从头凉到尾。

昨日对她发了那样大的火，她必然是被吓到了，所以今天转而变成那样一副态度，甚至请旨随同纪婵一起前往佛山。

若真放她去了，她还打算回来吗？什么时候回呢，十年或是二十年后？

她是不是彻底对他失望了？

男人身躯高大，透过半开的窗子看向黑暗深处，而后缓缓闭了眸子，负在身后的手掌一紧再紧。

放她离开自己身边，做梦！

失去她的感觉，说是锥心刺骨也不为过。他那日骤然知晓了她梦中的一切，心里燃起的滔天怒火，与其说是对她的，倒不如说是对自己的。

怨自己自视过高，刚愎自用。明明自始至终都看着她付出，可哪怕到了最后一刻，都还以为在自己的羽翼下无人可动她。

是他没有保护好自个儿的小姑娘。

那恍若真实的梦境吓得她遍体鳞伤，可小姑娘醒来后却还是选择了相信他，小心翼翼地朝他靠近，哄他开心。他昨日发火时小姑娘被吓得泪水不住地流，他却觉着自己受了天大的委屈一样，拂袖而去。

简直不敢再深想下去。

纪焕额角隐隐跳动，克制着坐到了案桌前。

袁远把玩着手里的佛珠串子，看不出他在想些什么。一时之间，这偌大的养心殿寒流涌动，半晌无声。

"你总不至于还想着前年的那件事，为了寻回场子，连自己的皇后都舍得流放吧？"袁远皱着眉头颇为一本正经地问。

纪焕连眼皮都懒得动一下，根本不想同这等神经病说话。

"你我之间交情不浅，也知纪婵是我心之所向，四次求娶而不得……"

袁远白得有些吓人的食指拂过眼角，薄唇抿出一条弧线，一字一句道："你不会以为我和你一样是个能忍的，甚至能忍到她与别人定亲吧？"

深夜，明兰宫大门紧闭，庭院两边守夜的宫女提着灯站着。夜风渐大，正对着内殿的那棵枣树枝丫摆动，簇拥在一起的绿叶簌簌作响。

分明该是最热的时候，天却渐渐冷了下来，特别是夜里，总要再加上一两件外衣御寒。

陈鸾从神仙殿回来后沐浴更衣，这会儿早早地睡下了。红烛摇曳，芙蓉色罗帐轻放，她睡得并不安稳，梦里都紧紧地皱着眉。

明兰宫内殿熏着安神助眠的檀香，倒是将连日来的素淡桃花香压了下来。纪焕进来的时候，明黄色的软靴踩在地面上，脚步格外轻缓。

红烛灯芯"啪"的一声清响，火苗微闪烁几下。男人身子高大，负手站在暖帐前，居高临下地望着蜷缩成一团睡下的小姑娘，眉间淬着的冰寒总算稍缓。

明兰宫的大门无论何时总是敞着的，可今夜他来时却是紧紧地闭着，一丝缝隙也没留。

她不希望他来。

她不想再看见他。

这般想法在脑子里挥之不去，纪焕眉宇间俱是疲惫。他伸手拂开那芙蓉软帐，骨节分明的食指缓缓落到陈鸾鬓角，而后一路向下，在那嫣红的唇瓣边流连。

这抹温软，无论梦中还是现实他都念着。

男人手指尖的温度有些低。饶是在梦中，陈鸾也蹙了眉，缩着身子往床里边挪了挪。

纪焕在床沿边坐了整整一夜。在晨起第一缕光亮跃出黑暗时，胡元轻手轻脚地进来，声音压得极低地提醒："主子爷，该更衣上早朝了。"

那似真似幻的梦境，令纪焕对未来朝堂局势变幻有了充足的心理准备。

熬了一宿，男人的眼底布着深深浅浅的血丝。他不动声色地颔首，稍稍俯了身子将帐子放下，随后大步流星地出了明兰宫。

"朕来过明兰宫的事，半个字也不准叫皇后知道。"纪焕一边走一边吩咐，声音沉稳寒冽，那种与生俱来的帝王之意，竟比前些日子浓厚许多。

胡元迅速应下，心中叫苦不迭。

他如今是越来越摸不透主子爷的心思了。

原想着是皇后做了什么触怒帝王底线的事，可这两日过下来，明兰宫一切照旧，别说皇后娘娘亲自前来求陛下恕罪了，就是头也半点不低。倒是主子爷自个儿跟自个儿怄气，膳也不用，寝也不安的，再健朗的身子也受不住这样的糟蹋啊。

这两位到底在闹些什么，不止他不知道，就连皇后身边的贴身宫女也是满头雾水，一问三不知。

第十二章 惊变

今日早朝，又是一番争执不休。

自是为着昨夜神仙殿妙婵公主请旨前往佛山一事。

晋国皇太子为何而来，在场诸位心知肚明。听闻晋国天子年迈，整日沉迷声色，如今朝堂上的事皆是太子袁远一手掌控。权势之大，直压得其他皇子光芒黯淡，生不出任何夺嫡之心。

这自然不是个简单的人物。

若是此回再不应下，待日后袁远继位，说不定会因为此事而对大燕心生嫌隙，得不偿失。

只是这妙婵公主不比他人，手里头有着先帝遗旨，就连新帝也是多加祖护。她的意愿，谁也无法逼着更改。

"皇上，臣有一计。可将公主与晋国皇太子的婚事定下，待一年后公主礼佛归来，即刻完婚。一来可全皇室孝义之名，二来也可对晋国有个交代。"

天下三分，大燕占地最广，晋国却净是山灵水秀之地，物产丰富。北仓则是三者中最弱的一国，三者隐隐呈对峙之势。

"此言差矣。公主一去，谁能料到归期？若是此去三四载，难不成也叫晋国太子等上这么久？"

这边臣子才说出自己的看法，立刻就有人站出来反驳。

怎样都觉得有失妥当。

最后还是左相司马南出列，沉着声音道："皇上，臣认为可允了公主的请求。"

龙椅上的男人目光如利箭出弦，锐利至极，意味深长。随后他漠然出声问道："左相何出此言？"

司马南回道："自古孝道长存。先皇崩逝不久，公主与皇后前往佛山替陛下尽孝，实乃大燕皇室之表率，自然该允。"

其余人眼皮皆是一跳。

这司马家做什么都非得把皇后拉上，眼瞧皇上昨夜那神色，明显是不会让皇后一同前往，他却非要再次提出来。

当真是没事找事做。

纪焕则是深深皱眉，想起那夜梦中的诸多事来。司马月最后是嫁给了北仓一名虎将，司马南还特意求了昌帝恩典，叫司马月以县主的身份出嫁。

现实里，许多事都已经发生了变化。那名大将未出世，司马家倒是将主意打到了后位上。

司马南还在继续往下说："皇上可在六公主与十三公主中择一位，赐封号，与晋国皇太子结两国之好。"

听到这里，纪焕倒像是来了几分兴致一般，连带着声音也温和几分，难得露出了一缕笑意："既然如此，便烦劳左相抽空去一趟驿馆，与晋太子相商。若他应允，这也不失为一个好法子。"

帝王松口如此之快，司马南稍有一愣，而后顺势应下。

几日时间下来，陈鸢心底憋着的那股气慢慢地消散，整个人转而变得无比平静，气质都如水般温和。

因为有帝王下的封口令，葡萄和流月半个字也不敢透露给自家主子听，只能每晚偷偷将明兰宫的大门半开。

方便这三宫六院之主半夜溜进来。

一来二去的，二人失了最初的惊悚欲绝，现在也能从容应对，面不改色了。

这几日纪婵与陈鸾格外亲近，除了晚间就寝，其余时间就连用膳也多是一同的。

她们自幼就玩得好，能说的话也多。

"这几日用了药扎了针，你这手抖的毛病可好些了？"陈鸾坐在小庭院的秋千架上，有些担忧地问。

"也没什么变化，或许真的就一辈子这样了吧。"纪婵倒是比她看得开，连语调都带上三两分慵懒之意。

陈鸾才要细细叮嘱她几句，葡萄就走了过来，冲着她们福了福身道："娘娘、公主，皇上来了。"

陈鸾闻言下意识一愣，眉眼间温软的笑意消失殆尽，但转念一想，那件事也该有个说法了，便同纪婵起了身。才走到明兰宫的小花园里，就见到了长身玉立、一身明黄的男人。

行过礼之后，还是纪婵先开了口，她性子直，当下也不拐弯抹角："皇上，臣妹去佛山一事，可是被应允了？"

纪焕的目光从一开始就落到了陈鸾的脸上，那样炙热又叫人无从闪避的感觉叫后者下意识地皱眉，默不作声的离他远了几步。

男人沉吟片刻后终于开了口，声音醇厚："母后临终前所提之事，你是如何想的？"

纪婵自然知道他所说的是什么。许皇后觉着袁远是个不错的归宿，叫她一年后远嫁，可昌帝并没有发话，而是叫她自个儿选择良人。

"不瞒皇上，纪婵非不愿远嫁，实在是身染怪病，力不从心。

当下只好寻僻静之所安养，或有康复的一天。"纪婵神色寂寥，主动将掩在袖袍下的双手伸出来，如玉石一般晶莹的肌肤不受控制地抖动，没一刻停歇。

她不想被别人看了笑话，故而连太医都不宣，可瞒着眼前这人并没有用处，他想知道的事谁也瞒不过去。既然如此，还不如她自揭伤疤来得体面。

纪焕目光顿时一凝。

纪婵比他早出生半年，虽然嚣张任性了一些，却不是不明事理之人。他与陈鸾之间能有今日，她帮了不少忙。

纪婵接着道："皇上莫不是以为那皇太子看了我这般模样，还会想着迎娶吧？

"这事委实没有什么可犹豫的。"

纪焕掀了掀眼皮，声音到底温缓几分："你若不想嫁便不嫁吧，只是佛山清苦，在宫中静养或更有利于病情。

"你若当真想去佛山，朕也没理由不应允，只是皇后不能陪你前往。"

陈鸾猛地抬眸，声音清冷冷，极坚定地道："臣妾想去。"

男人身躯高大，站在她跟前，将十之八九的阳光都遮了去。剑眉浅浅一皱，她便没来由的生出了几分胆怯来。

他生得极俊朗，只是不知为何，几日没见看上去瘦削许多，棱角更为冷硬。

"你身为中宫之主，哪能如此随意离宫？"纪焕这话说得理所应当。就因为担着皇后的名位，她便不能离开，而不是因为其他，更不是舍不得。

陈鸾苦笑着抿了抿唇，一双勾人的杏眸中水雾氤氲，衬得那张芙蓉面更艳三分，没有再说那些他不爱听的话。

纪焕见状，威严并蓄的眉眼下意识柔了三分。他想，不管怎样他今夜宿在明兰宫，好好地认个错低个头，小姑娘心软得很，怎么着也会原谅他的。

这几日过得稀里糊涂，他日日夜夜都沉浸在那梦魇中。只有夜里瞧着她，看着她闭着眼呼吸均匀的模样，他心中的惊痛之意才稍稍缓解。

上天都不愿他们互相错过，用那噩梦刺破残酷的现实，他自然不能再叫历史重蹈覆辙。

陈鸾轻轻呼出一口气，对上男人那双漠然清冷的黑眸。她也不知是哪儿来的勇气，竟笑着一字一句道："若不做这中宫之主，陛下可放臣妾前往佛山静修？"

这话一经说出就如同泼出的水，再没有回旋的余地了。

陈鸾说完，捏紧了手中的帕子，觉着心中快意。这是头一回，她对他如此说话。

胡元和一众伺候在侧的人扑通一下跪在地上，大气也不敢喘，就连纪婵也深感讶异，没想到她能有这样的决心。

男人的脸色瞬间阴沉下来，古井无波的黑眸里风云顿起，积蓄成一方阴云压顶的天地。

面对他的目光，陈鸾从始至终没有退缩一步，神色坚定。足可见先前的话并非一时冲动。

纪焕这才清楚地感觉到，无论是皇后的无上荣耀，还是他的发妻之位，连带着两人之间的情意，如今在她心里皆可弃之如敝屣！

除了贴身伺候的流月与葡萄，明兰宫从里到外都换上了养心殿的人。再加上一个苏嬷嬷时时不离地看着，就连一只苍蝇也飞不出去。

明眼人一瞧便知，皇后这是遭软禁了。

内殿之中，檀香如远山人家的炊烟般袅袅升起，逐渐与空气融合，于是偌大的内室里漫上一层清淡的香甜。

陈鸢吐出了憋在心里许久的话，这会儿心情全然平复下来，素手微抬，煮茶啜饮。倒是坐在一旁的纪婵哑然失笑，凤目轻瞥过这明兰宫外守着的重重人影，不知该做何表情。

就在方才明兰宫的小花园之中，陈鸢与那位直直呛声，话中带刺，对人人趋之若鹜的后位弃之如敝屦。几番争执之下，那素来冷静自持的九五之尊被气得当场拂袖而去。

那场景，当真有趣极了。

纪婵掩唇打了个哈欠，慵懒的凤眸中水光潋滟，谁对上这么一双眸子，都会被勾得片刻失神。

"你与皇上之间，到底发生了何事，我可是难得见你这般模样。"纪婵头一回问起这个事，言语间难得蕴上几缕好奇之意。

陈鸢抬眸，眼底划过一缕暗色，她浅笑着回道："说来话长，我或许只是突然开了窍，觉着这么多年的欢喜都给错了人罢了。"

纪婵沉默了一下，也不好说什么，最后轻叹一声："瞧这架势，皇上是断然不会允你离宫的。这才多长时间，明兰宫的人全被换了一遭，可见你方才的话，是真将人气到了。"

陈鸢下意识地皱了眉，实在不明白纪焕他有什么好气的。如今她亲自给了契机与台阶，他完全可以顺势而为，全不用勉强自己与她共处。

"说来也怪，这些日子咱们几个如被下了诅咒一般，竟没有一个是过得舒坦的。"纪婵睫毛微颤，纤长的玉指落在雕花瓷盏上，食指微微抖动。

陈鸾闻言，嘴角嚅动："佳佳如今虽被逼着敛了性子相看人家，可有南阳王和王妃宠着，几个兄长又都是护短的性子，倒也无需咱们担心。"

眼下，纪婵的病才是关键。

今日的事若只到这里，便也罢了。

左相司马南才从晋国太子下榻的驿馆里出来，还没行出半条街，马车便被一匹受了刺激的疯马撞上。司马南当即被撞得飞了起来，在街上滚了两滚，抬回左相府后已是人事不省。

此事顿时在京都上流世家中掀起轩然大波。

大家都知道司马南所去为的何事，这突然的惊马委实来得太过微妙了。

左相府调查此事的人发现，他们查不到任何线索。那匹疯马被当场乱剑斩死后，他们动用全力，连马的主人是谁也查不出。

只知这马是受了刺激从乱巷中陡然冲出，那么多人都不追，偏偏追着左相的马车而去。

不需细想，也知里头必有蹊跷。

京都最繁华的街道，晋国使臣所在驿馆。

纪焕和袁远在二楼的堂屋里相对而坐。前者是微服出宫，不好多饮酒，袁远却没有那么多顾忌。烈酒一杯杯下肚，他罕见的收起了那副吊儿郎当的公子样，面容晦暗，沉沉如水。

"你出宫前来，便是与我说这个的？"袁远放下酒杯向外望去，二楼窗子外曳动的绿叶随风舒展身姿，伸手就能触到。

纪焕也跟着放下了精巧的酒盏。他被明兰宫里那个女人气得心气不顺，冷硬分明的棱角上都镀上一层冰霜，清冷冷的一身黑袍上挂着一个鹅黄的荷包，显得有些不伦不类。

昔日的娇音软语、恩爱温存皆如镜花水月般散去，徒留碎了一地的回忆。如今明兰宫里的那个人，连样子也不屑在他跟前装了。

她甚至能以不要后位来表明离开他的决心。

他知道，他们之间的矛盾以及叫她寒心的地方，绝不仅有一处。那日他对她发火时口不择言的话，只是一道导火线。

牵扯出的是她在那梦魇和现实中的两重怨与念。

纪焕的额心突突地跳了几下，他沉着声音道："大燕还有两位未出嫁的公主，身份与纪婵相当。你若是有意，依旧可成好事。"

袁远冷哼一声，黑眸里的锋芒直逼纪焕："若是如此，我何必大费周章多次求而不得？"

"她的婚事由自己做主。她不想嫁你，你就是迁怒我大燕的朝臣也无用，还不若多使使你英雄救美的招数，让她对你印象改观几分。"

袁远面色变幻不停，也不知过了多久，才蕴起一丝苦笑道："旁人不知，难道你还不知？当年那事之后，每每提起我，她直说面都未见过，一点解释都不听。"

实则还有几句话不好说，自从他来到大燕的京都，那妙婵宫夜里的守卫，竟森严得如同一个铁桶，他压根就找不到机会单独和她解释。

若说这不是她有意防着他，谁信？

若不是如此，他又何需指望着大燕皇室施压，逼着她同意这桩婚事？

先将人娶回来，再好好解释当年之事。

实乃无奈之举。

当日昌帝病榻前，许皇后说的那些话被夸大其词传到他的耳里，他当即就将晋国的事放下三分，带着东宫半数家当前来。这也不过是想让她看看自己的诚意。

只是那小妮子决绝起来，任你说得天花乱坠，她就是岿然不动，眼皮子也不带眨一下的。

纪焕不动声色地听，最后才掀了掀眼皮，直言不讳道："自己惹出的事，自己解决。"

随后，他似是想到什么，目光落在袁远的身上，突然问了一句："你可知女子生气，该如何哄才好？"

清心寡欲了一辈子的男人，对此当真全无经验。袁远是流连花丛的高手，在此方面自然是有些独到的见解。

袁远先是被他问得微愣，旋即眯了眯眼将纪焕从头到尾看了一遍，而后轻佻地勾唇，问道："怎么？皇宫里那颗小青梅与你闹别扭了？"

"纪婵的事，想不想知道些内情？"纪焕剑眉几乎皱成了一个"川"字，男人清朗肃正，哪怕是此刻有求于人，也将诱惑之语说得颇具威胁。

袁远俊朗如妖的面容上笑意顿消，他清咳了声："外头那些莺莺燕燕，惯会察言观色，八面玲珑，又何需我哄？真叫我想哄的那人，却半个字也不想听我说。"

说到这样的份上，纪焕黑眸里也泛起波动，竟觉出几分模糊的同病相怜之感来。他负手而立，手掌微握，声音沙哑："净说些没用的废话。"

话虽如此，但纪焕也知他说的皆是实话。到了他们这样的高度，想扑上来的女人不在少数，袁远这个人又极妖极傲，喜怒无常情绪莫测。

若不是半路出现个纪婵，他只怕也见不到这位皇太子一再低头的模样。

"你这人当真是一点不通情爱？这哄女人，无非是送些讨人欢喜的稀罕物件，出手大方点。这夫妻床头吵架床尾和，待她觉得心里舒坦了，夜里再小意温存一番，自然就好了。"

旁人不知纪焕对他那个皇后的用心，袁远却是知道得一清二楚，当初有许多隐秘的事还是他帮着做的。

那是一朵开在纪焕心尖上的红牡丹，美艳绝伦，同时也不见天日，滋生在黑暗里。

说罢，袁远站在纪焕身侧，问出了他心底在意的事："她不愿嫁我，其中有何内情？"

纪焕剑眉一挑，也不拐弯抹角，声音清冽，对他直言相告："她身子不好，比你想象的还要严重，当真是需要到山里静养。即使嫁入你晋国皇室，也会引人非议。其中种种如何取舍，你自个儿决定。"

袁远眼皮狠狠一跳，眸光几乎一瞬间凝在了原地，半晌后才猛的握拳，道："我等会儿随你一同入宫。"

他了解纪焕，后者断不会在这样的事上无的放矢。

"她若是真病得那样厉害，我更放不下心来。

"人，我是一定要娶回去的。"

而左相被疯马冲撞一事，从早查到晚，雷声大雨点小，最后也就那样不了了之了。

左相府，正院。

司马南尚躺在床榻上，将将喝了药睁开了眼，醒来第一句话就是今日之事作罢，不准再查。

他到底是在朝堂游刃有余的老狐狸，有些事情即使猜也能猜得出。

未来终将是年轻人的天下。连他都一度将那晋国的皇太子看走了眼，此人心性手段果敢狠绝，绝非善类。

他如今的确是老了，太久没有危机感，竟也开始倚老卖老。今日在驿馆所说之话，倒的确有点强买强卖的意味。

今日只是受点震荡的轻伤，但也多半是因为此处是大燕皇城，天子脚下。可换一个角度细想深思，便更觉可怕。

晋国皇太子这才来了几日？

这是何等的本事，在众目睽睽之下伤了位极人臣的左相，还能全身而退。

司马月守在榻边，面色透着些许阴沉。望着那张一夕之间苍老了许多的面孔，她抿了抿唇，最终还是开了口："爹，等您好起来，月儿带一个人来见您。"

为了能让她登上后位，一向中立机警的司马南不仅得罪了新帝，就连晋国的皇太子也得罪了个彻底。

再拖下去，还不知会生出什么样的事来。

南阳王有一话说得倒是没错，命里有时终须有，命里无时莫强求。

司马家对皇后之位的执念，太深了。

殊不知这样的举动在帝王眼里已是犯了大忌。树大招风就该老实的缩着，当皇室手中的一把屠刀，才能一代代延续下去。

七月天最是反复无常，傍晚一场突如其来的暴雨兜头而下。明兰宫外的那棵大枣树上原就深绿的叶片三两片簇在一块儿，晶莹透亮，另有几片朱兰狭长的叶片从南边的窗子口伸到殿里来，颤巍巍地开出了几朵米白色的花。

陈鸾命人拿了小银剪剪下，插在一个前朝的景泰蓝瓶里，这清冷的明兰宫也算是有了些生机。

"娘娘，夜里当值的人是往日的数倍，提着灯照得整个院子里灯火通明。"流月上前给陈鸾披了件上衣，同时将外头的情况如实相报。

饶是她不说，陈鸾也是看得到的。

"无事，让她们守着吧。本宫又没有飞天遁地的本事，还能在这么多人眼皮子底下跑了不成？"陈鸾声音有些散漫。

那些宫女内侍虽来自养心殿，但与原先伺候的人也并无差别，反而行事更稳重一些，毕竟是天子身边的人。

夜色悄无声息来临，像是一张大网，须臾之间就已将天地都罩在其中，挣脱不得。

纪焕来的时候，左右都没有人伺候，陈鸾正坐在铜镜前为自己散发。偌大的内殿之中，暗香涌动，佳人素手微抬，取下了头上最后一根簪子。顿时黑发如瀑般散落在雪白的中衣和瘦削的肩膀上，阵阵幽香弥散在殿里，也萦绕在男人的鼻尖。

陈鸾已听到了脚步声，她从软凳上起身，眸子微垂，朝着男人福了福身，薄唇微抿："皇上金安。"

纪焕点头颔首，发现他不过朝前走了三步，小姑娘却足足退了四五步。

真真如刺猬一样地防备着他，不让靠近分毫。

"皇上亲自前来，有何事吩咐？"陈鸾见他止住了脚步，这才开口问，声音清冷的如铃音响动。几缕黑亮的发随着她侧首的动作从耳边垂落下来，遮住了她小半边脸颊。

他既已做到了这个份上，她自然没必要再笑脸相迎。

"这明兰宫，我不能来？"纪焕剑眉微挑，周身凛然如冰。下一刻他想起袁远告诫的话，眉目下意识柔和几分，缓声道："处理完政务，想来瞧瞧你。"

这般神情语气，倒不像是来兴师问罪的。

男人一身黑袍上绣着金边腾龙，昏暗的灯光下也难掩其锋芒。陈鸾瞧着，唇畔突然就现出一两缕苦笑来。

"皇上换了明兰宫上上下下伺候的人，是要将臣妾软禁一辈子吗？"

小小的人儿身子纤细，脊背却挺得笔直，一丝一毫都不肯再弯，天生勾人的杏目黑白分明，其中的倔强之意简直要溢出眼眶。

纪焕忍不住握了握手掌，声音沉下几度来："只要你不再说那些气话，明兰宫明日一早便可恢复原样。"

"如此，皇上随意即可。"

男人眉心狠狠跳动了几下，他上前几步，一把扼住那细得仿佛一掐就断的手腕，声音低沉得能凝成冰块："鸾鸾，你能和我好好说话吗？"

陈鸾从前便是这样同旁人呛声，但他从未想过有朝一日风水轮流转，这样的待遇会落到他头上来。

世人都知她对他情根深种，与众不同。

可当这份特殊待遇陡然消失的时候，饶是果决沉稳的帝王，心里也忍不住起了波澜。

陈鸢掀了掀眼皮，离唇的声音清润柔缓，如珠玉落在银盘里，悦耳舒心。但这却是轻轻的一声嗤笑："皇上今天来明兰宫，实是想与臣妾就梦境做个清算吧？

"实则回门那日陈鸢的话也没错。世人皆说我痴恋陛下，可饶是我自个儿也说不清这份痴恋和欢喜，到底有多深。

"这几日我常在想，或许这仅仅只是一种从小到大的习惯。所以那段时日遭到你的冷待，不过受了旁人三言两语哄骗几句，我便可以点头应允嫁给他人。"

她语速不慢，却字字清晰，最后尾音略有些上扬，眸中清冷之色更甚："我没有兄长，可能下意识就把皇上当兄长一样看待、依赖，我们两人之间或许一开始便错了。"

她望着男人晦暗沉恒，宛如黑云压城的神色，后脊梁骨上不由得蹿起一阵寒凉，却仍是说了最后一句："那日你说得没错，按那荒唐梦中的辈分礼法，你是该唤我一声皇嫂的。"

这句话话音才落，男人捏着她手腕的力气陡然大了许多。陈鸢凝神一望，却见他铜色的手背上冒出几条深浅不一的青筋，配着他阴鸷狠戾的神情，骇人无比。

陈鸢使了几分气力将手腕抽回，饶是男人一再克制，那上头还是不可避免的留下了一圈红印。她默不作声地掀了衣角跪在地上，声音稍软："请皇上恕罪。"

殿里熏着的兰香馥郁，空气却死一般的宁静。

"你就这么想离开？"纪焕不怒反笑，嘴角的弧度细微冰寒，眼底晦暗如织，光看额角跳动的细筋就知他已克制到了极限。

陈鸢则是因为彻底的失望，她已经自暴自弃地将一切罪名揽到身上，左右也没什么可期待的了："陈鸢戴罪之身，不配长伴陛下身侧，更不能占了皇后名位。请陛下恩准，允陈鸾出宫，青灯古佛了此残生。"

纪焕深深吸了一口气，腰间的鹅黄色荷包刺目异常，他声音低沉，开口只有三个字。

"朕不信。"

其余的事他或许会相信一二，唯有陈鸾不爱纪焕这件事，他死也不信。

梦魇里，陈鸾至死未完的呼唤仍回响在耳边，她爱不爱还有谁能比他更清楚？

这样的气话，简直就如同一把淬了毒的冷箭，一箭穿心，痛入骨髓。

烛光摇曳，"啪嗒"一声清响，一行烛泪缓缓流了下来，混着馥郁的兰香。殿中旖旎一片，可两人之间的气氛却如对峙的水火，互不相容。

男人气场太强，当他皱眉走过来将她半圈在怀里的时候，陈鸾的身子已僵成了一块石头。耳边是他呼吸出的热气，传进来的声音竟有一丝苦意："没用的，气话说得再多，我都不会同意你离开。"

陈鸾一愣，旋即眸中滑过诸般复杂的神色。

纪焕怎会是这样的神情语气？

他不该是居高临下前来兴师问罪，神情冷漠而厌恶，巴不得她走得越远越好的吗？

她都那样说了，他竟还能忍下？

傍晚下了些雨，到了这时候，竟也跳出半个朦胧的月影来，只是被乌云遮住，少数光亮渗透下来，为人间蒙上一层轻纱。

芙蓉帐半挂，暖香氤氲。那张紫檀木雕花榻上，陈鸾眼尾缀着颤巍巍的泪，被强制禁锢在男人温热的臂弯下，一句话也不想说。

纪焕骨节分明的食指抚过小姑娘嫣红得有些妖冶的樱唇，将人搂得更紧一些，心底愉悦不少："不闹了？"

陈鸾顿时冷了脸，捂着嘴唇兀自背对着他。

哪有这样的，气氛正僵着的时候，他不由分说俯身就亲上来，极尽缠绵挑弄，她到了嗓子眼的话全咽了进去。

纪焕见她终于不再是那副冷若冰霜的模样，眉目才柔和下来。他抚着小姑娘乌黑的发，薄唇微动，揉着她的眉心道："那日你去妙婵宫，我在你殿中歇了会儿，便做了那个好似经历了人生的大梦。

"这梦来得太过猝不及防，我当时头疼欲裂，脑中翻江倒海的只觉得荒谬。"

他将小姑娘的脑袋一点点掰过来与他对视，神情无比认真："那日对你生气非我本意。这些时日我总是在想，我当时那样滔天的怒火，到底是在气些什么。

"鸾鸾，我只是在气我自己。

"怨我次次自视甚高，这才总是在不知不觉间丢了你，甚至在那梦魇的最后，也没有能保你安然无恙。"

她双眸紧闭、气息全无地躺在他怀中的模样，想一次便痛彻心扉一次。

那夜之后，两人都没再提此事，明兰宫又恢复了原样。就连那日纪焕打碎的前朝古董瓷花瓶，第二日一早也叫胡元亲自送了一对过来。

于是两边伺候的人皆大欢喜。

可若陈鸢未踏出去皇子府的那一步，一切是否会按照梦中的情形发展？这么大个心结，寥寥几句哪能解得开？可男人说的那些话实在诚恳。闹到了这一步，他还愿意好好将事情解释清楚，本身就足以证明一些东西。

他身为帝王，本就无需向任何人解释些什么。哪怕是皇后，被冷待也就被冷待了，皇家从来没有道理可讲。

置之死地而后生，男人的低头，已超乎了她最好的一种预想。

日子一晃过去三五日，宫中安静无波。纪焕夜夜宿在明兰宫，就连午膳晚膳都多和陈鸢一同用。

一时之间，皇后深得帝心的消息传遍前朝后宫。此前传得风风雨雨的两人感情不睦的流言也不攻自破。

七月十七日，正午，阳光正毒辣。

陈鸢坐在铜镜前抹口脂，身后流月正准备出去传膳，就见胡元甩着拂尘踏进殿来。他笑容溢满了脸庞，手里头还托着一个盘子，盘子上蒙着一层黑布。

"胡公公。"流月与胡元也算是老熟人了，倒并不像其他人那样恭敬惶恐，"公公早上才亲自送来了翡翠头面和珠钗，这回又是什么劳烦公公跑一趟？"

胡元笑容更深，声音尖细地回道："皇上对娘娘上心，咱们这些做奴才的多跑几趟心里开心得很。"

黑布撩开半个角，露出里头一串殷红手钏。手钏上的珊瑚珠子里缠绕着血丝，如同老参的无数条触须，密密麻麻沉沉浮浮，温润通透，一下子就吸引了所有人的注意。

陈鸢的目光一顿，旋即抿了抿唇，牵扯出一缕极淡的笑意来：

"公公有心了。"

胡元笑容更盛,连声道:"不是奴才有心,是皇上对娘娘上心。"

旁的倒不说了,光是这珊瑚手钏,主子爷就亲自挑了半晌。选的都是库里最有价值的存货,每一颗都是独一无二的花纹图案。

珊瑚是海底之物,算不上贵重,但这帝王的心意却是实打实摆在明面上的。

陈鸾瞧了眼自己手腕上挂着的碧玉镯子,心下微沉,那串珊瑚手钏被她丢到窗子外没了影。也不知纪焕是不是知晓了此事,这几天来遣人送的发簪发钗、镯子手钏不在少数,光是宝石头面就有三副。每一件都是价值连城的不凡物。

流月上前将手钏收入盒中。

这边胡元前脚才踏出明兰宫,后脚就在铜门之外看到了帝王仪仗。

"皇上。"他脚步一顿,旋即笑着到了纪焕身后回道,"您交代的事,奴才已办妥了。"

"皇后如何说?"纪焕眉尖微蹙,双手负在身后,明黄色的金线勾边衣角在阳光下渗出绚丽的七彩光,眉宇间锋芒毕露。

"娘娘自然是欢喜的,叫人给收起来了。"

纪焕瞳孔微不可见地一缩,目光在明兰宫鎏金大气的牌匾字符上停顿了会儿,而后大步进了殿门,胡元立马跟了上去。

他撩开帘子进内殿的时候,陈鸾才净了手准备用膳。一桌子膳食香气四溢,小姑娘端坐在软凳上,杏眸湿漉漉,眼底仿佛燃着繁星无数,胭脂色的长裙曳地,衬得人眼角眉梢都浸着柔光似的。

屋里摆着冰盆,热风吹进来已夹带着三四分凉爽。纪焕倚在珠帘旁，狭长的剑目里微不可见地闪过一丝眷恋，这样鲜活灵动的小姑娘，他曾经彻底失去过一次。

有些人和事，只有失而复得时才知珍贵与感恩，这是亘古不变的事实。

纪焕虽自幼异于常人，可到底也只是尘世间一个俗人。他爱陈鸾，他曾彻底失去过陈鸾，虽然那只是在梦里。

可那梦又是如此的真实。

从来冷硬非常、杀伐果决的男人头一回生了惧怕之感，这种感觉无由头地盘踞在他的心上，越见深浓。

他怕极了再失去一次。

珠帘响动，陈鸾不经意间侧首回眸，便发现身躯高大的男人斜倚在门帘口，神情悠然，默不作声，瞧样子也不知是站了多久了。

她沉默了一下，起身冲他福了福身，问："皇上怎么站着也不出声？"

她的声音又软又细，像猫的爪子挠在人心上，痒酥酥的又带着几分娇嗔抱怨。纪焕几步走到她身后将人环住，声音里隐着几分别样的情愫："怎么也不等等我？"

陈鸾微有一愣，低头见到那一桌子菜时才有所反应，而后有些哭笑不得地回他："明兰宫比不得养心殿的膳食，皇上若不嫌弃，便一同用吧。"

纪焕颔首，有些硬的胡茬扎到陈鸾如玉似绸的颈间，她不由得伸手将他推开了些，却不期然见到他眼底遮不住的疲倦之色，话就不由自主地问出了口："皇上昨夜又没歇好？"

回答她的是一声克制的叹息："鸾鸾，镇国公府出事了。"

陈鸾身子陡然有些僵硬，下意识地脱口而出："出什么事了？"

他们虽都做过那好似记录了人生的离奇梦，但这次事情的走向显然与梦境不相符，所以才引得纪焕叹息。

"今日一早，镇国公府老太太咽了气，而在郊区庄子里静养待产的小妾被一箭贯穿心肺，陈鸾被发现在房里上了吊。镇国公昨日外出，倒是躲过了一劫，而前往国公府探看的锦绣郡主则失了踪迹。"

男人的语调平缓，面色也算不上好看。

镇国公府在他眼里不算什么，特别是见识了那梦魇中的种种后，对这一家子更是打心底里厌恶。但在自己眼皮子底下发生这样的事，无异于挑衅皇威。为避免朝臣恐慌，他自然得将此事查个水落石出。

天子脚下，不容放肆。

这话落在陈鸾耳里，却无异于石破天惊，像是平地炸起一声响雷。她不敢相信，嘴角颤颤地嚅动几下，最后有些慌乱地抿着唇，对上男人黑不见底的眼眸："我要回去瞧瞧祖母。"

十几年的感情在陈鸾的心里涌出，她好歹是老太太一手带大的，国公府嫡女该有的，哪怕陈申再不情愿，老太太也还是会给她。这在自幼没了嫡母照看的陈鸾心里，无疑是一把强有力的庇护伞。

虽然在老太太心中，国公府的荣光与兴衰排在第一位，但老太太仍是府上唯一一个让她感受到亲情的人，在陈鸾心里有不轻的分量。

而且照纪焕说的来看，老太太多半也是死于非命。

她不去看看，往后余生难安。

但按理说皇后是不能离宫的。

可国公府遭此劫数，若是皇帝恩准的话，出宫祭奠也属人之常情，倒不会有人追着不放。

小姑娘急得眼里都蓄了泪，一张小脸上血色尽褪，拽着他的袖口，下嘴唇咬得嫣红似血。纪焕心肠瞬间软得化成了一汪春水，他伸手揉了揉小姑娘柔顺的发，声线醇厚入耳："好，我陪你一同前往。

"别怕，有我在。"

可她怎能不慌不乱？陈鸾在养心殿绞着帕子枯坐了一整个下午，终于在日落西山、天边洒下余晖的时候坐着一顶小轿出了宫门。

深红色的大门恍若与天同存的守卫，沉默地守卫着这座偌大皇城的秘密。它是人与人之间的一道天堑鸿沟，外边隔着普通众生，里边往来王公贵族。

镇国公府已经被朝廷的官兵团团围住，就连院子里也有着戒备森严的羽林军，更别提隐在暗处的帝王影卫时时留意盯梢。

巷子口也被封了，但他们的马车却一路畅通无阻地停在了国公府的大门前。陈鸾瞧着门口的那个牌匾，浅淡的眉心狠狠蹙起。

只有亲自站在国公府的门口，才能体会到行凶之人对国公府的人痛恨到了何种程度。甚至到了最后奔逃的时刻，也不忘出手将那块先帝亲笔所写的"镇国"二字划出两个剑花。

牌匾摇摇欲坠，上面的大字已模糊不清，唯一可见的，便是那个毫发无损的"府"字在上头形影相吊，凄凉到了极致。

陈鸾在门口站立了许久，直到太阳的强光照得头皮都有些发烫，她才堪堪挪了步子，侧首问身侧的男人："皇上可知镇国公府有何明面上的仇人？"

若不是怨恨不满到了极点，又何至于在天子脚下灭人满门？远放庄子身怀六甲的小妾不放过也罢了，就连和国公府有所牵连但未过门的锦绣郡主也不放过，甚至到现在羽林军也没发现她的下落。

估计情况也不会好到哪里去。

陈申昨夜若留在府上，只怕死状还要惨一些。

男人墨发如绸，俨然一副白衣书生儒雅翩然的模样，周身凛冽气势收敛许多。此刻一言不发地看着那个牌匾许久，古井无波的眼中异色一闪而过。

这样犀利的风格，他隐隐约约有些熟悉。

"在朝堂上的政敌不少，生死仇家倒没发现。"

朝堂之上，政见不和的人不少，但也仅限于金銮殿上拌拌嘴，气得心中暗骂一阵。若说因此而下死手灭人满门的话，那倒着实不至于。

这事一做出来，势必会被各方势力调查。一旦落了实证，便是抄家夺爵的下场，自然没必要。

为解心头之气而置整个家族于死地，这明显是愚夫所为。

陈鸢睫毛上下扇动几下，眼眸中泛着隐隐的红丝，那是一整天的猜疑折腾出来的。

她没说什么，只是紧了紧手中的帕子，跟在纪焕身后抬脚进了国公府。

陈申跪在福寿院老太太的床榻前，眼睛熬得血红。别人不明白他们为何遭此横祸，他跪在这里这么久，神思混沌，也还是想不出个所以然来。

似乎谁都有理由对国公府出手，但似乎也都没有。

看谁都可疑，可是盘踞在陈申心里的，却是脑海中下意识出现的那个人。

左相府，司马南。

可这样的猜疑他说不出口，他自己都觉得荒谬，更遑论皇帝和满朝文武了。

因为左相府这么做根本没有任何意义，也得不到什么好处。这种行为只能解一时闷气，却要拖上司马家全族荣耀，旁的他陈申不知，却知司马南绝不是这等不知深浅的人。

退一万步来讲，就是国公府满门皆亡，只要陈鸾还活着，司马月也坐不上皇后之位。

可除了他，满朝文武他实在是想不出来有谁和他结下了那样的仇，非要灭满门不可。

若不是昨日他出了门未归，只怕此刻也是凶多吉少……

国公府一些女眷自然惹不下这样的仇敌，这杀局，分明是冲着他来的。

陈申拳头狠狠一握，眼眶通红，从脊梁骨蹿出一股森森彻寒。

陈鸾踏进福寿院里屋的时候，屋子里还弥漫着一股浓郁的草药味，间或掺杂着几分酸烂腐朽的气味。南北两面的窗子大开，亮堂的天光下，床榻上的人被蒙上一层白布，一动不动，了无生机。

她面色沉如死水，嘴唇紧抿，一眼未看从地上起来向她与纪焕行礼问安的陈申，而是一步步走向那张古木雕花床榻。及至跟前，她伸出的手指头已是颤抖不停。

素手微执，白布之下的老人银发苍苍，面色青黑，双眸紧闭。可能是因为死得痛苦，原本慈爱的面容呈现出扭曲狰狞之态，陈鸾看着，一股酸意直冲鼻尖。

陈申并没有像想象中的那样生怒，只是抱着拳冲着纪焕哑声说了句:"谢皇上和娘娘关心。然逝者已逝,现下当务之急是加紧人手,将郡主救回来。"

"朕已派出羽林军在京都搜寻,并封锁出城的各个卡点,想必今晚就会有结果。"纪焕白袍胜雪,此时声音儒雅温润,与白日早朝金銮殿上居高而坐的男人恍若两人。

陈申面色凝重地点头颔首,象征性地又说了几句必逢凶化吉的话。他整个人如同老了十岁一般,就连一向挺得笔直的腰杆也不堪重负地弯了下去,颓然灰败展露无遗。

陈鸾身形纤细,如同一朵开败的娇牡丹,她将那白布重新遮上去,而后在床踏板上跪着恭敬地磕了几个头。

再怎么说,国公府也是生她育她的地方,若说一点感情也没有自然不现实。一直以来她对国公府的痛恨与念想总保持着诡异的平衡,谁也无法彻底压制住谁。

那日她放下狠话离去,当真是一辈子不想再与陈申扯上干系的。只是如今老太太死得不明不白,连带着她向来最痛恨的康姨娘和陈鸾也都死得凄凉,她心里却并没有多少解脱之感。

"娘娘节哀。"陈申神色极复杂地盯着自己这个嫡女的背影,最后还是说了句话。

他对这个嫡女一直不算是喜欢,因为她实在是太像死去的苏媛了。每每回想起那个人,他就会想到自己的懦弱,以及当年那些目睹了真相的朝臣鄙夷不屑的神色。

他身为开国武将,受帝亲封镇国公,年纪轻轻便已位极人臣。可他却在危难关头失了分寸冷静,最后靠一个女人挺身而出挡下那锥心的一箭。

苏媛表现得多英勇,就衬得他有多懦弱。

其实苏媛才走的那几个月，他并不是真的半分不为所动。只是那段时间受到的冷嘲热讽多了，他心底的反感也跟着多了，渐渐地，提也不能提了。

再后来先皇下了封口令，他才终于松了一口气，心里竟奇迹般的平和下来。

康姨娘为他生下鸢姐儿和昌哥儿后，他对风月之事就渐渐淡了下来。偌大的国公府，后院只剩下康姨娘一个，明着受宠，可他也没怎么碰过她了。

每月的初一和十五，他都是宿在正院里。

正院里有另一个女人的味道。

苏媛，那是他明媒正娶的发妻，是他的枕边之人，他们曾也是人人羡慕的一对神仙眷侣。

可饶是如此，每回他看到陈鸢那张一日比一日更像她的脸，心尖总像是陡然被尖刺扎了一下，又疼又麻。

这样的感觉多了，堆积到一处，他对这个嫡女便越发上不上心起来，倒是对康姨娘母子三人多有恩赐体恤。渐渐地陈鸢看他的目光越来越淡，他这才在心底松了一口气。

陈申既惆怅又觉得理所应当。是了，她是苏媛怀胎十月诞下的骨肉，理应与他这等宠妾忘妻之人势如水火，冷眼相待，这样她在九泉之下，才能有所安慰。

可现在他已过不惑之年，膝下子嗣竟只剩下了陈鸢一个。好在这个嫡女如今已是能与帝王并肩的国母，大气端庄，十足像她。

陈鸢半分察觉不到他的心绪，她抿唇不置一词，跟在纪焕后边抬脚去了隔壁的屋子。

康姨娘和陈鸢的尸体并排放着，白布上蜿蜒浸透着黑红的血痕，那股子冲鼻的气味让她面色当即转白。纪焕环着她的腰，大掌如铁钳般，带着人转了半个圈，离了那间压抑沉闷的屋子。

但仅仅只是那几眼，陈鸾就已经看清了两人的死状，嘴角均被咬得破了皮露了肉，脖颈间更是青紫斑驳，明眼人都知道那是什么导致的伤。

这个行凶之人到底有多恨国公府？

"朕派出的羽林军不少，那人在京都如过无人之境，留下的线索不多，故而慢了些。"男人目光幽深晦暗，眸中锋利显露无疑。

过了许久，陈鸾才有些艰难地出声，目光落在老太太福寿院的方向不离一刻："祖母的死可查明原因了吗？"

胡元面色恭肃，极快地回："娘娘，大理寺那边已派人来验过了，是被长条的绸缎勒着颈部，窒息而亡的。"

陈鸾瞳孔蓦地一缩，旋即抿了抿唇，没有再问什么。

这等情况下，老太太自然不可能是寿终正寝的，她心里早有预想。

纪焕白衣儒雅，鬓发随着动作晃落在瘦削的肩头上，浓烈的黑白碰撞尤为触目惊心。他伸手揽住小姑娘的肩头，道："鸾鸾，别怕。"

陈鸾积蓄了一日的烦闷与委屈终于有了个宣泄口。她倚在男人的肩上，瞧着回廊里的朱红柱子出神，一低头，大颗的泪水就啪嗒啪嗒地落在了那身胜雪的白衣上。

她没想到自己有朝一日竟还会为国公府掉下眼泪。

到底是血浓于水，她可以置国公府于不顾，但在看到熟悉的血亲一个个死去的时候，心里便不能无动于衷。

肩部传来的温热触感叫男人面部有些紧绷，他微微侧身，瞧见小姑娘微垂的眼睫毛，根根分明，空气中无端透着七八分的压抑。

纪焕从陈鸢握得紧紧的小拳头里拿出一条绣着牡丹的帕子，看也不去看陈申瞬间变得惊愕与微妙的眼神，只皱着眉细细扫过小姑娘哭得通红的眼尾。帕子上的图案衬着雪白如凝脂的肌肤，就像是眼尾开了半朵绚丽的牡丹，妖冶得很。

天彻底黑下来后，镇国公府被火把照得灯火通明。纪焕与陈鸢登上回宫的马车时，陈申出来相送，趁着皇帝吩咐事项之时，陈申走到陈鸢身边压低了声音诫道："娘娘切勿冲动，在事情尚未水落石出之时，不要妄下定论，惹得陛下不悦。"

只要陈鸢还在，镇国公府满门荣耀便在，陈氏的香火仍可延续不断。

陈鸢勾勾唇，连眼皮都懒得掀一下，声音随着风飘出些距离，冷漠又疏离："镇国公怕是贵人多忘事，那日本宫回门之时说的话全忘了不成？今日本宫还会踏进这道府门，全是为着最后见祖母一面，这些提醒的话，你还是对别人说去吧。"

到了如今，他这样假惺惺的关怀和提醒，谁在乎？

陈申瞧着那张与苏嫒像了五六成的明艳脸庞，愣是半晌没有回过神来。再抬眸看时，那马车只留了一个背影，夜色中传荡着车轱辘碾过弯道的声音。

他这个原本该与镇国公府一荣俱荣一损俱损的嫡女，终于被他一步步逼远，直至现在彻底分道扬镳。

发生了这么一连串的事，陈鸢脑袋有些昏沉。相比之下，男人倒是一派气定神闲，仍是那副儒雅温润的模样，修长的食指骨节分明，上面绕着她的一两缕黑发。

"陛下……"陈鸢抬眸看了他一眼，欲言又止。

"鸾鸾想问什么？"

陈鸾稍顿了顿，而后轻声道："头发有些疼。"

纪焕似笑非笑，手指间力道稍松，那两缕青丝就如同没了依附的牵牛藤一样，松散着躺在那男人宽大的掌心里。

情愿心中百般猜忌，也不愿开口问出来。

他的鸾鸾，还是胆子小，不敢再信他。

至少不敢再全心全意依附着他。

第十三章　和解

当夜，陈鸢睡得极晚。半睡半醒间，外头来来往往的灯笼光亮晃得人眼花，流月匆匆进了殿，在她耳边细声细气地禀报："娘娘，胡公公来了，说是陛下连夜召了羽林军统领和大理寺少卿进宫。这会儿两位大臣才出宫，陛下唤娘娘前往养心殿呢。"

陈鸢一听，原就不多的睡意瞬间消散，梳洗穿戴一番后赶着夜色入了养心殿。

夜里下了些雨，淅淅沥沥的雨势也不算大，蜿蜒的小道上积了些小水洼，需得用灯笼时时照着才能避开。是以就明兰宫与养心殿之间的距离，她们一行人足足用了两盏茶的工夫。

养心殿作为后宫众殿之首，单单一个侧影瞧起来也是宏伟异常。磅礴苍夷的气势扑面而来，像是一头潜伏在黑夜中收敛爪牙的巨兽，周遭稍有异动便会以雷霆之势暴起镇压。

三小层台阶之上，殿宇飞檐翘角之上传来隐约模糊的银铃声。胡元是一路跟着他们过来的，这会儿走到陈鸢身后，躬着腰道："娘娘，您直接进去吧，皇上该等急了。"

葡萄收了纸伞，伞面蜿蜒的雨水流到了她的脚边，陈鸢点头颔首，眼下的乌青在幽幽灯笼火光下显眼异常。

她绕过十二面青山屏风，自有低眉顺眼的宫女替她撩起珠帘。

内殿无声，她一眼就瞧到了存在感极强的男人。纪焕大半个身子斜靠在那张方正大椅上，见人来了，朝她招了招手，声音清冷，略带慵懒之意："过来。"

陈鸾才靠近那张檀木座椅，就见男人长臂伸展，不过眨眼的工夫，她就落在了他的怀里。清冽的薄荷香混着她身上的清甜之味，淡淡地萦绕在鼻尖。

"鸾鸾，以后都宿在养心殿吧。"纪焕高挺的鼻梁骨蹭在小姑娘馨香的脖颈间，引得后者细细地哆嗦一下，开口问："为何？"

"天气转凉，有时处理政务晚了宿在养心殿，连个抱的人都没有。"

男人语气中微不可查的委屈之意叫陈鸾微有一愣，而后浅笑着避而不答，转而问起另一件事："方才听胡元说皇上找臣妾有事相商，不知是何事如此着急？"

实则她想问什么，关心什么，以男人的心机眼力，只消一眼便能看穿看破。可他的小姑娘却始终不明说，哪怕心中满腹猜忌。

他们是君臣，更是夫妻，她在他跟前还需顾忌些什么呢？

男人轮廓冷硬坚毅，他倾身覆上小姑娘微张的樱唇，一触即离，克制而轻浅，眼底划过沉浮浓烈的眷恋之意。

眼看着怀中没什么重量的小人儿脸上泛出桃花尖儿样的红，纪焕棱角分明的脸庞上难得绽出一缕稍纵即逝的笑意，声音清润："不出意料，羽林军没有查到什么消息，倒是朕派出的暗卫从锦绣郡主府搜了一些不起眼的物件。"

若是真不起眼，暗卫自然不会作为线索带回来。

陈鸾顺着他的目光看向檀木桌上的小木盒。木盒呈长条方形，刷着朱红的漆，还有锋利物划过的凹凸痕。看得出来木盒的材质不凡，只是上头竟积了厚厚一层浮尘。

看穿了她的疑惑，纪焕长臂微松，小姑娘的脚便落了地，手指微动，将那木盒上的锁扣轻轻挑开。

"啪嗒"一声脆响，呛人的气味顿时弥散开。陈鸢下意识地退到了男人身边，瞥过他幽深若洞的黑眸，黛眉紧蹙，问："这盒子是？"

"定北王妃留给锦绣的遗物。"纪焕有些漫不经心地答，注意力全凝在小姑娘身上。这黄花梨木盒中装着的东西，在她来前他就细细观察过。

呛人的气味弥散在空气中，几根簪子和手帕静静地躺着，展露真面目，陈鸢走近些，拿起最上面那条帕子，刚一展开，眼中就露出惊讶之意。

干涸猩红的血迹扭曲地拼出三个略显娟秀的字迹，陈鸢拿着看了半晌，才极轻地缓缓念了出来："赵子谦。"

她仔仔细细看了好些遍，确定脑海里对这个人没有印象，于是侧首问身侧的男人："皇上可认识此人？"

纪焕眸底渗入寒光，紧皱着眉没有说话。男人修长的手指执起盒底那根桃花木簪端看几眼，而后从喉间发出低低的嗤笑声，神色寒凉得不像话。

陈鸢自然也看到了那根雕得活灵活现的簪子，桃花寓意深长，多为男女传情之物，可锦绣郡主和离之后，整日里狩猎赛马，世间男人皆入不得眼。

昌帝再三相问，锦绣郡主才说了陈申的名。可那时陈申才娶妻，她便以此为由在郡主府上苦等十几年。

这份痴情与深明大义，令世人啧啧称叹。

可这帕子上明明白白地写着"赵子谦"三字，显然不可能是那位负了郡主的前夫，更不可能是陈申。

可那赵子谦，到底又是何人？

桃花簪入手有些微凉，簪头上的花瓣栩栩如生，陈鸾无意识地摩挲着簪身，手指头摸到一些不平的凸痕，拿到烛火下一照，赫然又是三字隽秀小楷。

赵子谦

男人眼底泛着晦暗的幽光，周遭温度顿时降了不少，陈鸾扯了扯他的袖口，细声细气地问："陛下可是想到了什么？"

烛火幽光下，那张瓷白的小脸格外柔和美好。她的相貌多随了镇国公夫人，但眉宇间仍有几分陈申的影子，特别是抿唇的时候，那股子倔强与陈申如出一辙。

到底是血浓于水，不可磨灭。

纪焕剑眉紧皱，抚了抚小姑娘清隽的眉目，沉着声娓娓道来："成亲前，你去过一趟郡主府，可还记得她同你说过什么？"

陈鸾当然记得，她那时对娘亲的死耿耿于怀，在纪婵说锦绣郡主知晓当年真相的时候，她第二日就寻了个由头去了郡主府。

而锦绣郡主也确实告诉了她一些事情。

左将军第四子，正是叫赵谦！当初从郡主府出来，她还特意叫人搜寻打探关于此人的消息，只是皆如石沉水底，了无音讯。

那个赵谦，是不是就是这帕子上的赵子谦呢？

陈鸾蓦地倒吸一口凉气，瞳孔微微一缩，指尖搭在男人的指骨上无意识地轻点，喃喃出声："皇上是说，这次的事，是赵谦所为？"

单凭这帕子和桃花簪，最多也只能说明锦绣郡主与赵谦之间关系匪浅。那日说的话可能或多或少掺了些假，但若是因此就说赵谦单枪匹马入了京都，血洗镇国公府，那显然没有什么道理。

毕竟这么多年赵谦了无音讯、生死不明，没有任何人再见过他，也没有任何有关于他的消息流传出来。

这么个大活人，如同人间蒸发了一般。

时间一点一滴地流逝，养心殿中一片静寂，纪焕再次开口的时候，外头又下起了小雨。

"当年左将军权极一时，以谋逆罪致全族两百多口人被下狱斩首时，唯独赵谦成了漏网之鱼。父皇派人搜寻过，并未发现赵谦的踪迹，又念着左将军昔日功劳，有心放赵家一条血脉，便也没有细究下去。

"后来秋猎，诸臣的行踪隐蔽。赵谦不顾暴露，带着暗卫杀了出来，只为要陈申性命。

"当日监斩左将军一家的人就是陈申。时隔多年，若说有谁对国公府心心念念恨之入骨的，恐怕也只有他了。"

当年的事太过久远，昌帝又下了封口令，知晓此事的人多是一些老古董，如今都在府上颐养天年或已告老还乡。渐渐地，人们便忘了这事。

无论多么盛极一时的家族，多么惊艳绝伦的儿郎，一旦消失在人们的眼中，便会被忘个一干二净。哪怕是相识相交的熟人亲友，也会被时间抹去痕迹。结识了新的志同道合的伙伴后，偶尔在梦里蹿过故人熟悉的影子，寻常人还得回想半天方才有所印象。

喜新厌旧，趋利避害，人的本性如此。

陈鸢嘴唇微抿，迟疑了半响才犹疑不定地开口问他："那郡主此番失踪，可是也与赵谦相干？"

纪焕揉了揉隐隐作痛的眉心，沉闷地"嗯"了一声："若是如此的话，便不用担心她的安危了。只怕这回的事情，郡主府也插了手。"

说到后面，男人的声音蓦地冷了下来，他将下巴抵在小姑娘的肩膀上，被她嗔着躲开，还小小地抱怨了一句疼。

纪焕唇畔的浅笑默了下去，再一次感受到了小姑娘的脆弱。这样娇小玲珑的身子，连手腕上的镯子都险些要挂不住，冬日里在风口站着都能被吹走似的，受不得半分惊吓。他不得不往更深处想一层。

能在京都隐匿这么些年，赵谦必然有着自己的一股力量。百足之虫，虽死不僵，陈鸾身上到底也流着镇国公的血，谁能保证她在这深宫之中就不会遭到同样的杀害呢？

梦魇中的事情便是一个警钟，狠狠地在纪焕的脑海中撞响。

想到这里，他环着小姑娘的力道便不由自主的重了些，薄唇抿成了一条直线，声音沙哑克制："鸾鸾，前朝政务繁忙，我不能时时守在明兰宫。这段风波过去之前，你便在养心殿住下吧。"

他实在是无法忘记小姑娘躺在他怀中了无生机、任凭他唤到声嘶力竭也不睁眼的模样，那是如坠深渊的噩梦。

陈鸾多多少少能察觉到男人话语中那抹藏得极深的惶悸之音，她眨了眨眼睛，纤长的睫毛像是一柄撩动人心的小扇子，在眼皮底下落出一小片阴影，嘴唇翕动："臣妾日日宿在养心殿不合规矩，难免落人口舌，损了皇上英明。"

一天两天的倒还好，日子长了，本就看不惯她的朝臣更要群起而攻之。

如今镇国公府人丁凋敝，复兴无望，跟前男人的怜惜便是她

唯一的倚仗。他是帝王，可以肆无忌惮，她却不能不识好歹，恃宠
而骄。

她其实打心眼里还是怕的，怕死，怕被冷落。说到底，哪怕她
已在梦中颇为真实地经历过生死，到头来依旧是个俗人。

"在大燕的土地上，朕就是规矩。"

纪焕抱着人转了个身，陈鸾低低地惊呼一声，发现自己稳坐在
那张镶金嵌珠的方正大椅上，男人则是长身玉立站在她的身侧。从
来锋芒毕露的剑眸中缠绕着难以言喻的痴迷与深情，渐渐转化为轻
风细雨般的浅淡笑意。

"鸾鸾，听话。"

片刻之后，纪焕伸手揉了揉陈鸾柔顺的发。那发丝如水，一根
根从指尖流走，最后空落落的手掌平摊着什么也没留下，他才沙哑
着道："你都不知道我有多害怕。"

纵为帝王，也是凡人，也有七情六欲。他怕极了真的会发生梦
里那样的事。

陈鸾心尖像是被一柄小锤子重重地敲过，她站起身捂了男人的
眼，鬼使神差般环了他的腰，点头道了声好。

镇国公府的事，无疑在京都掀起了滔天巨浪。第二日的早朝难
得安静，最后出金銮殿的时候，就连一向和陈申极不对付的左相司
马南，也走近他说了句节哀。

这样的事，搁在谁身上都叫人难以接受。同朝为官多年，平素
政见不和是一回事，人家摊上了这样的事，谁若还想着往日的不对
付而落井下石的话，也未免太掉身价了。

在天子脚下发生这样恶劣的事，自然不会悄无声息的了结，经

过三四日的酝酿，所有人都在观望着事情的后续发展。

这期间连左相府都被查过，只不过一切都是在暗处进行。而面对着帝王的这等怒火，司马南显得格外的配合。

他是明白人，自然知晓在这样的当口，十之八九的人都会疑到左相府头上。既然他没做过此事，问心无愧，便也没什么可遮可挡的，任由上头查便是了。

清白人自留清白，谁也甭想凭空诬陷他。

就在第五日夜里子时，羽林军悄无声息地围了锦绣郡主府。这座昔日里荣光无限的宅子才失去了主人，又迎来了灭顶之灾。

无人知晓其中发生了什么事，只知道天明得到消息时，偌大的郡主府已经人去楼空，连只苍蝇也见不着了。

所有在郡主府上伺候的人，不论出处，一律收押大理寺。就连平日里与锦绣郡主走得稍近一些的贵夫人都难以幸免，天不亮就被一道圣旨请到了明兰宫陪皇后喝茶品诗。

可怜她们连出了什么事都不知道，上自家马车入宫的时候腿肚子都是抖的，平素养尊处优惯了，真要是出了个什么事，大多心里六神无主慌张心虚得很，只是面上还在强装镇定。

陈鸾这日也难得起得早了些，养心殿的床榻比明兰宫的还要软上几分，倒是将她赖床的毛病又隐隐养了回来。

纪焕也是乐见其成，半分不管她。每回她早间被男人更衣的动静吵得迷迷糊糊睁开眼，便又会被他哄着睡过去，再一起来，太阳都快挪到天的正中间去了。

今日倒好，就连更衣的声儿也听不见。陈鸾起来一问，便听葡萄边将帘子挂上，边笑着回："皇上体恤娘娘身子弱，需得日日好生养着，今日晨起更衣便去了外殿。"

末了又忍不住抿唇笑，声音压低了些："皇上对娘娘可真好。"

照她看，便是寻常百姓人家，都找不着这样体贴入微的夫君。主子过得如意，她们伺候的人也跟着得脸，这样的日子，多少人求都求不来。

明黄色的络子半垂在空中，陈鸾定定地瞧了半晌，还未来得及扯动嘴角说话，就觉出小腹处一股子熟悉又尖锐的痛感，还伴随着温热涌动。

她面色有些苍白，由葡萄扶着起身。果不其然，明黄色的云锦床被上，大片大片的红梅绽开，耀眼夺目。

陈鸾蒙了片刻，捂着小腹倒吸一口冷气。葡萄反应极快，她一边扶着陈鸾在软凳上坐下，一边道："算着时间，娘娘的小日子是该来了。您坐着歇会儿，奴婢去熬碗红糖姜茶给您暖暖，再叫人将被褥都撤换掉。"

陈鸾点头，连手指头都是冰的。

她的日子时常不准，有时提前保暖便好些，但有时才来便会痛得直不起身来，恨不能时时蜷缩成一团才好。

这是幼时被推下水池染了寒气落下的病根，老太太也曾找过许多名医来瞧，全都只叫好生养着，实在疼得厉害了再照着方子抓些药熬着喝了，忍忍便也过了。

只是这一次，似乎发作得格外厉害些。

几位世家夫人都已进了宫候着，陈鸾自不能驳了圣旨，只好起身上了轿辇去了明兰宫。

今日日头不大，风吹叶拂动，是难得的好天气。陈鸾脚才落了地便趔趄一下，流月连忙扶着她，叫她把大半个身子的重量倒到了自己身上。

里头几位夫人一个比一个坐得端庄，俱都穿着诰命服，配上宝石翡翠头面，贵气逼人。

她们在这等了小半个时辰了，连一口茶也不敢喝。

昨夜郡主府才被查封，那么多的丫鬟侍卫被大理寺收监。她们平素里闲得无事的时候也喜欢去郡主府上坐坐，聊聊天，一来二去的自然也熟了。

原本锦绣郡主是昌帝跟前的大红人，在皇室人缘也算不错，性子和善，遇着谁都能聊上两句。前几日听闻她扯进了镇国公府的是非里，至今下落不明，她们几个都替锦绣暗地里捏了一把汗。

结果事情的反转来得突如其来，叫人猝不及防，这把火居然顺势烧到了她们自己身上。

珠帘的响动声打破了这方死寂。陈鸢从后边直接入了明兰宫，她从屏风后走出坐在主座上，下头的夫人皆站起身来行礼问安。

四五个人，或大或小都有诰命在身，还有几个都是曾经与陈鸢碰过面互相眼熟的。

"诸位夫人起来吧。"陈鸢出来时抹了点胭脂，面色显得好了些，只是笑得仍有些牵强，掩在冰凉护甲下的手指尖都泛着苍凉的白。

小腹一阵阵的抽痛，使得她每呼吸一下都像是被尖锐的刀片一下下划过。只是她顾忌着身份与场合，脊背僵着挺得笔直，如同一支攀附在座椅上的牵牛花藤。

那五位也都是人精，心里虽慌张没个底，却极会审时度势，再加上来之前长辈夫君再三叮咛，该说什么自然有个数。

陈鸢心底门儿清，今日唤她们进宫也只是走个过场，真要能问出些什么才怪。圣旨下达的真正目的只不过是让那背后之人警觉，进而如芒在背，自乱马脚。

锦绣郡主与赵谦此刻必然还在京都某处藏匿着，毕竟他们最想杀的人还好好地活着。既如此，一日不出京都，他们便不见天日一日。一连数日的酝酿下，自然会忍不住再次行动。

若不是暗卫搜出了耳房暗格里的木盒，谁也不会将事情联想到锦绣郡主身上。

毕竟她也是深陷其中的受害者。

陈鸾强撑着精神与她们挨个聊了几句，却还真打听出了些意料之外的东西。

这会儿说话的人是安逸侯夫人，这位是个憋不住话的主，在陈鸾小时还逗弄过她几回。这会儿见主座上的女子笑意柔和，依旧和小时候一样瘦弱，忍不住又多说了两句："那是很久远的事了，郡主那时和离回京都不足一年，整日闲在府上发呆。臣妇还未许人家，便时常去她府上待上一两个时辰陪她解解闷。

"时常说着说着，郡主就开始无声无息地掉眼泪，却是一句话也不说。臣妇觉着她是与夫君和离了才如此感伤，便天天抽空出府去陪她。

"只是说来也怪，自打熟了以后，郡主终于开口说些别的话，也会关心一些旁的事。那阵子时常揪着臣妇问些问题，不过问得最多的还属左将军一家被下狱的事。

"那时娘娘的父亲为主，臣妇的父亲为辅一并审查此事，最终人赃并获。先帝震怒，下令夷三族，这事当时闹得沸沸扬扬的，臣妇便透露了一些给郡主，谁知过一段时间后，郡主就喜欢上了娘娘的父亲。"

陈鸾神色微动，当真没想到还有这么一层隐情。

她一直便觉着有些不对，若陈申仅仅是当时的监斩官，那个赵谦为何非要两次冒着那样的风险置陈申于死地。一次未遂，隐忍数十年也要将国公府满门血洗。

原来陈申不仅仅是监斩官，还是当年昌帝派去主查此事的官员，若是如此，也怨不得赵谦记恨至此了。

毕竟是全府上下两百多条人命。

眼看着时间差不多了，陈鸾与她们说了几句客套的话，临了又赏了些绫罗绸缎下去。那些担惊受怕一早晨的贵夫人万万没想到这样聊了几句就结束了，临走前互相看了几眼，都觉着有些难以置信。

这和想象中的不一样啊。

明兰宫殿外鸟鸣虫和，颜色绚丽的蝴蝶停落在半开的花尖上，羽翅收合，与周遭环境完全融为一体，一片郁郁生机。

院里的陈鸾却是失了所有气力软倒在座椅上，哪怕椅上提前铺了一层软垫，坐久了那股子寒凉的冷意便流淌到了骨子里。

流月与葡萄急忙上前将她扶到床榻上，又拿了两个软枕垫在身后。陈鸾这才觉着好受了些，松了被咬得现出一排牙印的下唇。

葡萄见状，不由气得又念了几句："若不是那年康姨娘和二小姐心黑推主子下水，现在主子也不用受这样大的罪。照奴婢看，她们有今日的下场也是罪有应得！"

流月难得没有出声呵斥，只是拧着眉接过宫女手中的玉碗端到陈鸾跟前，道："娘娘先将这碗红糖姜汁喝了暖暖身吧，也能稍缓疼痛。"

陈鸾睁眼，睫毛颤巍巍扇动，却是望着她们两人，气息不稳地道："我与她们的恩怨已然了结，今日之后，谁都别提前事了。"

陈鸢与康姨娘得了个那样凄惨的死法，也算是因果得报，她总不能将人拉起来鞭尸。而且就算不发生这档子事，陈鸢和康姨娘的结局也不会好到哪里去。

在这个当口说这样的话，被有心之人听了，只会道她凉薄恶毒，连已死之人都不放过，全然不顾念血缘亲情。

流月与葡萄也明白里头的利害关系，前者点头道："娘娘放心，奴婢们知分寸的。"

陈鸢什么也吃不下，肚子里翻江倒海的，喝什么吐什么。这次的反应如此之大，倒是将见多识广的苏嬷嬷都吓得不轻。

她伺候过不少的贵人娘娘，从没见过来小日子如此痛苦的，便是陈鸢上月里，也是没操什么心，安安稳稳的就过来了。

纱帐轻荡，陈鸢眼皮子耷拉下来，头软软的一歪，面色苍白，竟是不省人事了。

一时间，明兰宫里乱作一团。还是苏嬷嬷镇静些，急忙吩咐人去太医院请太医，接着又抓住流月让她赶去太和殿告知胡元。

这个时辰，早朝也该结束了。

龙椅上，天子冕旒珠玉微动。近日里没出别的乱子，所以令这帮大臣们口诛笔伐的皆是那作乱国公府的歹人，但更多的人却是在观望。

他们都没见过那木盒，自然无法把这桩事件同十几年前谋逆案的漏网之鱼联系到一起，但是皇帝一早派人封了郡主府的行为却令端倪隐现。

难不成是锦绣郡主干的？

一个和离了一次的女人，苦等陈申十数载，在其原配死后也不乘人之危。现在终于等来先帝赐婚圣旨，眼看着快要进门了，突然发疯把镇国公府满门灭了？

先不说她出于什么心理，锦绣郡主府上有那个实力吗？

相比于这种不切实际的猜想，他们更愿意相信是贼人背后作祟。血洗了国公府不说，还劫了郡主，顺便还不忘泼一盆脏水混淆视听。

朝臣们心里的猜测有很多，大家众说纷纭。可龙椅上那位却始终不开口，由着他们各抒己见，一来二去的，安静了许久的朝堂又乱成了一锅粥。

正在这时，掌扇的宫女身后探出了半个人影。胡元斜眼一瞥，才要下意识皱眉走过去呵斥教训一番，就瞧见了那张熟悉的脸。

可不正是在皇后身边伺候的大宫女流月吗？

在主子爷还是皇子，皇后还是国公府嫡女的时候，他们也是三天两头碰面的老相识。

流月不比葡萄，她心思细腻懂规矩，知道这是什么地方。若不是皇后娘娘那边真出了什么事，自然不会贸贸然跑来。

思及此处，胡元默默地瞥了一眼龙椅上稳坐的男人，却见后者侧首往流月的方向扫了一眼，意思十分明显。

流月等在外头没多久，便见胡元偷溜了出来，手里的拂尘也随着动作晃动。

"可是皇后娘娘出什么事了？"

流月点头，面色凝重："娘娘早上起来身子就不舒坦，方才实在受不住晕过去了。苏嬷嬷要奴婢来告知皇上一声。"

胡元听完，"嘶"的倒吸了一口凉气，又隐晦地看了看上头的方向，压低了声音道："我这就禀告给皇上。只是这早朝还未结束，可能要劳娘娘多等一会儿了。"

"应该的，劳烦公公了。"

流月担心陈鸾的身子，说完了话便转身急匆匆地出了金銮殿，玉色的宫装在暖阳下映出散乱的光辉，胡元顿了一会儿转身又猫着身回了殿前。

龙椅之上，男人居高临下，在冕旒珠玉的遮挡下，他神情莫辨。可饶是这样，下头的那些官员也能猜想到他的表情，定然是与平素如出一辙的淡漠阴鸷和不耐烦。

胡元弯着身在纪焕跟前耳语："皇上，明兰宫那边来人，说是娘娘身子不适晕过去了。"

纪焕猛地抬眸，似是没有听清般，声音寒冽如冬日里的冰棱子，听得胡元心头颤了颤。

"晕过去了？"

"回皇上，是娘娘身边的大宫女来禀报的。"

主子爷也是认识流月的。

纪焕食指在扶手上的硕大夜明珠上轻点两下，胡元便识趣地退了几步，继续在一旁充当木头人。

也对，皇后娘娘再怎么得宠，那也只是一个女人，必然是没有朝政重要的。

心中的念想一闪而过，底下大理寺卿正在慷慨陈词。昨夜那么多郡主府的人被收押大理寺，他整整一夜没有合眼，这会儿眼下还是乌青一片。

"……昨夜微臣再三审问了几位伺候郡主日常的大丫鬟，什么法子都用了，她们还是没吐出什么有用的线索。这是否还要继续审下去，请皇上明示！"

话音才落，龙椅上的天子已起了身，明黄的龙袍渗着凛然寒光，再配上那张极好的容颜，当真是无双之姿。大理寺卿垂下眼，又重复着道："请皇上明……"

那个"示"字还未出口，纪焕就冷然皱眉打断，声音低沉："今日到此为止，退朝。"

皇帝的仪仗浩浩荡荡而去，大理寺卿在原地足足愣了片刻，而后禁不住问司马南："相爷，我可是说了什么不该说的？"

明兰宫内，宫女来往皆小心翼翼。两位太医跪在内殿的屏风前，才写下方子交给苏嬷嬷，就见纪焕疾步走了进来。他眉峰紧皱，声音沁冷："可给皇后诊过脉了？到底是何原因导致的昏迷？"

那太医急忙把方子又递到纪焕手里，道："皇后娘娘小日子来了，微臣方才问过伺候的人，得知娘娘幼时被人推到水里过，许是那时落下的病根。娘娘身子羸弱，近来湿气太重，这才会疼得受不住。"他瞧了瞧男人的脸色，接着道，"皇上放心，臣已为娘娘开了药，喝下去等一段时间娘娘就无碍了。"

"可有根治的法子？"

"臣无能，尚未找到法子根治。只能每日进补，以中药滋养，时间长了，许会有所好转。"那太医说完，也是在心底叹了一口气。

这皇后娘娘也是遭罪，虽说是女人家最常见的病症，但能疼成这样的，却是少见。

和风细软，帷帐撩动。陈鸾眼皮子十分沉重，才睁开一条缝，便见着了坐在床沿上的男人。许是累了，他的脊背有些微弯，闭目倚在床侧的柱子上，不知是在想事情还是睡着了。

陈鸾眨了眨眼，小腹处的疼痛缓了下去。她动了动嘴角，发现唇舌干裂，嗓子哑得发不出声来，搭在床侧的左手微动，男人也随之睁开了眼。

"肚子还疼？"纪焕皱着眉凑上来，声音轻缓温和，大掌仍将她的左手包裹着。

陈鸢抬眸，细细看眼前这人，他仍是那般俊朗，只是面上的疲惫之色怎么都遮掩不住。她先是摇摇头，而后挪了挪身子，忍不住问："皇上怎么守在这？"

外头天热了起来，伺候的人原要将冰盆放进来，但被纪焕喝退了。太医临走前嘱咐过，小姑娘这段时日碰不得冰的冷的。

小姑娘手脚冰凉，他光是感受着那样的温度，就下意识地想起梦魇中的那个雪夜。皑皑的雪在皇宫铺了一层又一层，等到天气泛暖冰雪消融，在他怀中闭眼的人也长埋于此。

谁也无法与他感同身受，那般惊惧苍凉的滋味，只有他自己能懂。

陈鸢对他的心理无知无觉，只是心头一动，离他稍稍近了些，冰凉的手指头抚上男人的眉峰，轻声问道："怎么不去歇会儿？"

她瞧了瞧外头的天色，已然不早了，这人莫不是就这样在她榻前坐了这样久？

纪焕摁住她的手放到锦被里头暖着，眼皮微掀，到底有些无奈地开口："怕你醒了见不着我哭鼻子。"

实则是不放心，昨夜他才抱着人睡下的，今日去上了个早朝，小姑娘就成这副模样了。

陈鸢一怔，旋即抿唇低低地发笑，眼底盈着光："皇上还当臣妾是那个长不大的小丫头呢？"

男人闻言突然倾身将她揽到怀里，声音如同酿了许多年的老酒，一字一句都诱得人心头一荡："在我心里，你一直都是。"

一直都是当初那个摔倒了需得他扶着起来，一边走一边哭的奶团子，也是他的小姑娘。无论是梦中还是现在，这都是不变的事实。

外头的日光洋洋洒洒地落了一些在陈鸾的脸颊上，她突然觉得喉咙口堵了些东西，咽不下去也吐不出来。许久之后，才从嗓子里挤出一声细微的哽咽出来。

"嗓子干，要水。"

男人起身，当真想去给她倒水润喉，全然没有一丁点儿帝王的架子和姿态。陈鸾看了更不是滋味，长指绕在他腰间的系带上，一圈圈的也不松开。

天色一点点暗下来，热意揉着细风逐渐退散。明兰宫里药香浮动，在空气中漫无目的地游离，几片细叶从南边敞开的窗子伸到殿里来探了个头，像是承受不住外头的热气般。

陈鸾捧着描花玉杯小口小口地抿着，喉咙里的灼热沙哑之感渐渐消退。清水温热，小腹的疼痛之感已远没有早晨那般剧烈。

她将玉杯放在床侧的小几上，慢慢的又觉出些热意来。原本就是正热的天，又喝了那么些热水，此刻额上沁出些细密的汗珠来。

"流月。"她轻声唤人。

下一刻，流月便撩了珠帘进来，她们这些伺候的人一直守在外边，听候主子差遣吩咐。

"奴婢在，娘娘有何吩咐？"

陈鸾目光瞥过长身玉立斜靠在床头一侧的男人，而后顿在他同样缀着细汗的鬓发上，顿时心头一凛，如被生了锈的钝刀划过，说不出是个什么滋味。

她不动声色地挪开视线，眼睑微垂，皱着眉问："这样热的天，怎么殿里也不知道摆个冰盆？

"你们如今倒是越发会做事了。"

声音清冷，隐含愠怒之意，她眉目浓丽，生气起来容颜更胜。

眼瞧着流月猛地跪在床榻前，陈鸾的眉头皱得越发紧了。旁人不说，她也知道流月和葡萄定是顾忌着她的身子碰了寒气发作得会更厉害才将冰盆撤下，但既然纪焕还在这殿里，最先考虑的就不该是她。

在这宫里，永远是一切以帝王为中心。

流月以头触地，声音压得极低："奴婢知错，请皇上和娘娘恕罪。"

陈鸾这才眉目稍缓，才要说话，便被男人略带懒散的声音打断："是朕命人撤下去的。

"身子不好还贪凉，早间疼成那个样子也不知道唤一下太医。"纪焕眉峰蹙起，也不顾忌是否还有其他人在场。他骨节分明的食指微弯，勾了勾小姑娘白嫩的小指，半晌后有些无奈地叹道："当真是个长不大的。"

这话中的无奈之意占了三分，更多的却是毫不掩饰的宠溺意味，话落在陈鸾的心里，不自觉又泛起了一圈圈的涟漪。她食指掩在锦被下，拨弄着身下的垫褥，原本苍白着的小脸泛出些许红晕来。

本就是一年中最热的天儿，外头吹进来的风都是滚烫的，像是一柄柄被火烤热的刀片，毫不留情地刮在人的脸上，不消多少时间整个人便像是从水里捞出来的一样。若不摆上冰盆，在这样闷热的环境下待足半日，任谁都要生出些火气来。

纪焕手掌朝外扫了扫，流月便弯着腰退了下去，身影没在屏风之后。

陈鸾抬眸望着他，乌溜溜的杏眸中曳起粼粼的水光，像是勾人的迷魂香。男人只消看一眼便要沉溺进去，纪焕的手指微动，眸光暗了不少。

她却恍若未觉，迷迷瞪瞪地看了许久，最后才从喉咙里挤出一句复杂的话来："皇上不必如此的。"

她其实最不想要的，就是他的愧疚。

因为那种东西无用又无力，积埋在心，徒增伤悲。再说她那荒诞的梦中之死，与他扯不上多少的干系，是她自己蠢笨痴傻，也是她自己选的路。从踏出第一步开始，结局就已经定了下来。

这话其实她一早就想与他明说，可自他们成亲以来，除了那次突然爆发的争吵，他对她的好，当真是没话可说的。

潜意识里她也知晓是怎么回事，出生皇家的男人，骨子里天生就流淌着冷漠。人情冷暖在他们眼中不过是惹人嗤笑的东西，无用得很。

这样一想，她又觉着他是全然没有那等愧疚情绪的。其实世上的女人都是敏感的，别人的喜欢与爱，饶是再迟钝也会有零星半点的感知和触动。

男人身躯高大，脊背挺直，明黄色的软靴轻挪，就这样站在她的床榻前，遮挡住了半数天光。

"不必怎样？"他收敛笑意，俨然便是对付那群朝臣的淡漠面孔。他白衣翩然若仙，黑衣沉稳有余，独独穿上这身明黄龙袍时，叫人第一眼瞧着就觉得胆寒心颤。

陈鸾终还是讷讷出声："皇上大可不必委屈自个儿。这样热的天

414

儿，又没有冰盆散热。若让皇上中了暑，臣妾是万万担待不起的。"

她声音越来越低，直至最后话音落下，男人才眯起眼意味不明地"啧"了一声，随后将她下颚抬起调侃道："原还以为你开了窍良心发现知晓心疼一下夫君了。"

却不料人家只是怕他在明兰宫中了暑逃脱不了责任。

小没良心的，越养越没心没肺。

"罢了，你若是不想，朕以后便不再来了。"他肃着脸说得煞有其事，眼底蕴着浓深不见底的黑，目光在她脸上扫了扫道："以后莫再任性，将自己身子不当一回事了。"

前一句还在说着夫君，后一刻就翻了脸。谁都瞧得出来这不过就是一句玩笑话，为的就是要这人学着来哄哄他。

像从前一样。

但这玩笑话从他嘴里吐出来，任谁也要不知所措起来。陈鸾左边眼皮蓦地跳了一下，这一跳，她居然心慌起来。

纪焕说完了话，竟真的转身就要走。

也不知是否有意，他的步子有些慢，像是专等着床榻上的人伸手去挽留一样。只是走了一步又一步，纪焕脸上些微的笑早就消失殆尽了，明明天色尚明，他却觉着寒夜已来。

这世上当真存在因果循环，前些年他对小姑娘的态度与如今她对自己的态度倒是如出一辙的相似。

当真是毫不关心，见着他离开，手也不带伸一下的。纪焕这时候突然特别想回身瞧瞧她的神情，看看那张姝丽温软的小脸上，有没有一丝的不舍。但是他却不敢，他怕最后回了头，连一丝挣扎的情绪也看不见。

风水轮流转，苦果该自尝。

原本就是脱口而出的一句玩笑话，却演变成了这般局面，男人的身影一点点慢慢地挪出视线。陈鸾终于忍不住伸出右手，微不可闻地"哎"了一声。

只是除了她自己，没有旁人听见。

他们每回的争执，分明都是因为再微小不过的一件事，可又不全是因为事情本身。

按时喝了药，陈鸾的小腹只有些坠坠的隐痛，比早间那会儿无疑好了许多。

天很快暗了下来，陈鸾心底存着事，她坐在铜镜前心不在焉地瞧着镂空窗外被灯火照亮的小路，开口问着："皇上现下在哪儿？"

流月和葡萄对视一眼，前者斟酌了下言辞，蹙着眉忧心忡忡地开口："娘娘，皇上在养心殿呢，您若是实在放心不下，便去看一眼吧。"

葡萄接着有些急道："娘娘您不知道，皇上得知您疼得晕过去之后，连早朝都没议完便赶过来了。又从巳时守到了申时，午膳未用，冰盆也不让放，就连娘娘喝下去的药都是陛下亲自喂的呢。"

流月年长，她先是瞪了葡萄一眼，轻声呵斥道："娘娘跟前，哪有你这样说话的？"

而后她还是对着陈鸾温声道："娘娘，您还是去一趟吧，皇上在等着您呢。"

陈鸾睫毛狠狠地颤动了几下，而后猛地闭了眼。葡萄适才说的那些，是她从没有想过的，但这些东西一下子被掰开了揉碎了摆在她面前，她竟一时愣在了原地。

这事确实是她的错。

一片好心结果还要被她气走，以他那个言出必行的脾性，日后当真再也不踏足明兰宫也不是没有可能。

陈鸾到底还是没去。

夜渐渐深了，天气凉了下来。她躺在软榻上，眼睛睁得大大的，盯着飘动的床幔，翻来覆去毫无睡意。

一切都还是熟悉的模样，她却觉着哪儿哪儿都不对劲了。

睁着眼睛想了大半晌，陈鸾终于明白哪里不一样了。她习惯了一睁眼就瞧见明黄色的流苏络子，也习惯了身边男人火热的温度。

月光如烟雾弥漫、如轻纱笼罩，陈鸾手脚冰凉，她蓦地从床榻上起了身，开始为自己套衣裳，也没惊动旁人，只对流月和葡萄说了声想出去走走散心。

流月不放心地劝她："娘娘身子弱，这夜风又刮得厉害，若是染上风寒了可怎么办啊。"

更何况这天彻底黑了，若是有不长眼的冲撞了主子，那她们伺候的也是难逃其咎。

陈鸾勾唇浅浅地笑，摆了摆手道："不会出什么岔子的，等会儿便回了。"

她态度摆明了，葡萄和流月也不好说什么。

回环曲折的宫道幽暗，两侧的红墙绿瓦失了白日里的昭昭荣光，变得收敛而沉静下来。迎面而来的风吹起了她的一侧衣角，倒是将她吹醒了几分。明兰宫与养心殿隔着并不远，哪怕她走得这样慢，也在一盏茶的工夫后到了养心殿的大门口。

守在外边的是常跟在胡元身边的小太监，模样瞧着颇为老实，脑子却极为灵活，早就将这宫里的形势摸了个清楚。

实则也没什么可摸的。毕竟这偌大的后宫，就只有一个皇后，还被皇上那叫一个如珠似宝地捧着，旁的美人一个也没有。明眼人自然知道该怎么做。

陈鸾很顺利的就进了养心殿。

小宫女进来撤换了熏香。陈鸾下意识地蹙眉，细思之后才发觉，莫说在明兰宫，就是现在的养心殿也多是以她的喜好为主。

茶是她爱喝的茶，香是她爱闻的香，就连那扇价值连城的屏风，也因为她的一句话而被换了下去。

这些，她以往都没有注意过。

男人还在前边议事，陈鸾放了半面帐子下来，而后躺到了床榻上。熟悉的龙涎香充斥着鼻腔，陈鸾喟叹一声，终于合上了眼。

纪焕议事回来之后，养心殿一片清冷。他先在椅子上坐了会儿，揉着眉心疲惫倦乏，声音却仍是颇具威严的，他沉着声问胡元："那边如何了？"

胡元连忙接道："这个时辰，许是已经睡下了。"

纪焕便起身到窗子前看了会儿夜色，双手负在身后，沉默片刻后又开口道："让那边多看着点，药每日按时送，多提醒几次。她惯爱耍性子，这事由不得她自己。"

男人低沉的声音似水，隔着不远不近的距离淌进陈鸾的耳朵里，烛火幽帘，她竟觉着在做梦一样。

纪焕沐浴更衣之后，胡元进来熄了灯。黑夜静无声，他才躺下去，一双手臂就从背后缠了上来。

在那双纤柔的手臂环上来的时候，纪焕的神情冷到了极致，才要怒斥出声，便被那一缕幽幽桃花香安抚下去，僵硬的身躯悄然放松。

同床共枕数月，他熟悉小姑娘身子的每一处，更遑论鼻尖还萦绕着那每每勾得他欲罢不能的桃花香。

"你怎么来了？"纪焕半坐起身，将侧躺着的小姑娘拉到自己跟前，神情晦暗复杂。

一片的静寂无声里，陈鸢一只手轻拽着他雪白寝衣的袖口不松，也不说话。只是抬眸与他对视，借着外头仅存的一盏烛火，纪焕恰能看清她眼里的粼粼水光。

像是一个小勾子，能勾出男人心底所有的柔软与怜惜。

纪焕忍不住想，这世上当真有这样的女人。分明是她前来服软，还未听得她开口说半个字，他险些就要将错都往自己身上揽了。

他心底叹了一口气，温热的大掌抚了抚她纤瘦的后背，透过一层单薄的衣物，清楚地摸到了一根根骨头。他忍不住皱眉，声音严肃了几分："太医开的药，可是按时吃了过来的？"

陈鸢如实点了点头，小脑袋一啄一啄的，竟是难得的乖顺模样。纪焕心尖点点发烫，俯身捏了捏她挺翘的鼻尖，到底是有些无可奈何地轻嗔一句："当真是个没良心的。"

男人夜里歇息时不喜灯火通明地照着，因此当下的养心殿仅剩一盏不明不暗的雁足灯燃着。陈鸢垂下眼睑，环着他腰的手臂力道更紧了几分。

"对不起。"她抿了抿唇，与男人幽暗不见底的剑眸直直对上，模样十分诚恳。许是觉着这样一句太没头没尾，她又道，"我知道你对我的好，那会儿只是睡糊涂了。"

"你别难过，我要说的不是你想的那个意思。"

陈鸢第一次跟人解释，一时之间竟不知该从哪里说起才好，倒显得有些语无伦次。

纪焕在见到她的时候便有所预料，但他依旧为这番话而动容。那冷硬异常的棱角似被春水浸泡过一般，变得格外柔和起来。

"嗯，我不难过。"男人的目光细细地描摹她优美的唇形，将梗在心里半晌的事一笔带过，继而问，"肚子还疼不疼？"

陈鸾摇头，伸手覆上他苍劲有力的手掌，眼神闪烁几下，有些不好意思地问："那你还生气吗？"

这问题一经问出，倒叫男人愣了一会儿，旋即将她拥得更紧了些。他的下颚抵在她的发顶，两人离得这般近，就连心跳也是一样的频率，像是浑然融为一体般。

"就说是个傻的。"纪焕闷闷发笑，"哪里舍得真与你置气？"

陈鸾一直蹙着的眉终于舒展开来，她浅浅地笑着，露出两侧的小梨涡，一双如玉藕的长臂环上男人脖颈。这似水蛇一样的柔，顷刻间就叫男人的身子僵了个彻底。

素来引以为傲的自制力不堪一击地被瓦解，男人眼底幽幽蹿出一团黯淡的火苗来。

小姑娘虚虚地挂在他怀中，那两条胳膊看着使了些劲，却还是娇娇弱弱的，仿佛一折就断。可偏偏他享受得很，视线从小姑娘艳若芙蕖的小脸上落到了锁骨处，继而停在了那不堪一握的腰肢上。

纪焕尚是皇子时，也听过男人间常说的一些荤话，都说"女人的腰，夺命的刀"，那会儿他实在是嗤之以鼻，不以为然。

这会儿却奉为真理了。

当真是勾魂夺命的刀。

只是今夜无福享受，他也只能干看着苦笑，将小姑娘哄得昏昏欲睡了再轻手轻脚去外头冲个冷水澡。

陈鸾这回睡得很快。

纱帐随风而舞，整个皇宫都陷入静谧里，只待晨起的第一缕霞光升起，万物复苏。

第十四章　审问

然而这样的安静没能一直维持下去。

外头的走动声越来越多，越来越杂。陈鸢睡意蒙胧地眯眼，推了推睡在外头的男人，而后将脑袋埋在被子里，声音含糊不清："你去瞧瞧。"

这蛮横的小性子，倒像回到了从前那段时光一样。

纪焕无声无息地眯眼，伸手将锦被拉到小姑娘脑袋以下，继而翻身下榻，朝着外头低声问道："何事？"

胡元在外头来回走动，正急得直跺脚，终于听见了主子爷的声音，当即面色一喜，轻手轻脚推门而入。他神情严肃，目光半分不敢乱瞥，恭恭敬敬地如实禀报："皇上，方才侍卫巡逻，路过妙婵宫的时候，听到里头传来一声尖锐的惨叫声。他们忧心公主安危，于是上前相问，竟……竟在公主偏殿发现了一个衣衫不整的男子。"

胡元捏着拂尘的手全是细汗，他咽了咽口水，顶着倍增的压力接着道："同样衣衫不整的还有伺候公主近身的大宫女。

"奴才方才亲自去看了，才发现那男子是晋国的皇太子，皇上您看……"

他实在不敢再说下去了。

半个时辰后，陈鸢与纪焕到了妙婵宫的门口，伺候的宫女太监以及深夜巡逻的侍卫跪了一地。只是纪婵没出来，袁远也没出来。

夜风徐徐，全然不似白日那样闷热，陈鸢行得快，三步并做两步就进了内殿。主座空着，留出了两个位置，而袁远与纪婵相对而坐，地上跪着面若死灰的大宫女巧巧。

一时之间，众人的面色皆算不上好看。

伺候的人皆被挥退，这殿里便只剩下他们相熟的几个人大眼瞪小眼，外加一个无声啜泣、衣衫半解的巧巧。

"说吧，怎么回事？"纪焕将殿中场景尽收眼底，而后漫不经心地瞥了一眼袁远，漠声发问。

袁远面色铁青，眉心上青筋跳动，目光却死死地落在了纪婵的脸上，一丝一毫细微的表情也不放过。

他连着好几夜溜进这妙婵宫，像做贼一样，又是送药又是谈心。最要紧的，每夜必提的还是当年令她误会之事，好不容易她态度有所松动了，却出了这档子叫人恶心的事。

纪婵今日搬回了主殿歇息，他却不知，依旧跑去了侧殿厢房。刚一进去就吸入了迷情香，里头站着衣裳全解羞涩莫名的巧巧，他来时毫不设防，那会儿只能冷眼瞧着那女人越贴越近，越来越大胆。

之后的事，不说也罢。

着实丢人现眼。

袁远冷冷闷哼一声，面对着其余三人的目光，最后从牙缝里憋出来一句："孤没碰她。"

陈鸾听了这话，不由得诧异地看了他两眼，而后侧首问纪婵："你准备如何处理？"

纪婵的面色极冷，她站起身来冲袁远遥遥行了个礼，声音像是淬了冰碴子一样："本宫御下不严，身边宫女竟敢干出秽乱宫闱之事，自会向帝后请罪。只这宫女如今已是太子的人，本宫也不好贸然插手，如何处置，全凭太子说了算。

"也请太子日后不要再来了。"

她也是被这桩事恶心得够呛。

袁远目光一凝，旋即狠狠眯眼："什么叫是孤的人？孤可没碰过她。"

陈鸢眉心紧蹙，目光落在巧巧的身上。后者常年跟在纪婵身边伺候，她自然是眼熟的。平时挺机灵的一个人，怎么突然干出这样的蠢事来？

一个不好，就是小命不保。

她难道真的认为，这样做便能飞上枝头变凤凰了吗？

"嬷嬷，带巧巧下去验身。"

一切都等结果出来再说。

袁远坐在方椅上，面色阴鸷，沉如寒铁的目光紧落在对面的人儿身上。他这一生极为顺遂，唯独在她身上栽了数个大跟头。

前些年的那桩荒唐事还未彻底解释清楚，却又碰到这等恶心事，这大燕莫非是天生克他不成？

思及此处，袁远侧首与主座上的男人隔空对视一眼。纪焕挑眉，不动声色地侧身同陈鸢耳语两句，同时明晃晃地牵了人家的手。

啧！现在得意什么？当初情场失意的时候，他可没比自己好上几分。

袖口下的伤口上蒙了一层白布条，旁人不知情，他自个儿也没当一回事。

他袁远是何等骄傲矜狂的人物？面对战场上的千军万马，寒光冷箭他也没皱过半下眉头。现下着了一个宫女的套，闻了那等下作的香料，最后不得不以铁刃逼回清醒神智。

也是这样疯狂的行为和那柄寒光凛然的匕首将巧巧吓破了胆，令她愕然尖叫出声，惊了外边巡逻的侍卫。

若不是那一声，下一刻那吹毫断发的匕首该刺中的，就该是她的心脏了。

可这样的内情，他是万万不会透露一句的，但凡传扬出去，还不得叫人把大牙都笑掉了？

巧巧被带下去验身后不久，苏嬷嬷肃着脸撩了帘子进来，顿时几个人的目光都凝在了她身上。

"皇上，娘娘，带下去验过了，还是处子之身。"苏嬷嬷的声音不大不小，正巧殿里的诸位都能听到。

袁远冷哼一声，又朝纪婵看了一眼。

纪婵的神情仍是淡淡的，只是紧蹙的眉微松了些，因为愤怒而抖动得厉害的双手也慢慢平息了下去。

这些日子不光是纪焕对她的病上了心，就是袁远也广招奇能异士，数不尽的奇珍药材如流水一样进了妙婵宫。她的病情好了不少，平素里已经看不大出来了，只有情绪波动得厉害的时候才会显露端倪。

方才她面上不显，实则心里是存了怒的。

与此同时，方涵也大步到了殿中跪下，沉声道："皇上，经臣验查，在那偏房的角落确是发现了迷魂香与助情香的香灰。"

他这话一经说出，陈鸾与纪婵的目光皆是一顿。她们自幼身在后庭深院，自然或多或少知道些魅惑男人的手段。这迷魂香便也罢了，只那助情香烈得很，十个男人里十个都得昏头认栽。

这种玩意通常出现在那等勾栏瓦舍的销魂地，有很多男人威风不再，这时便得借用这助情香之威来重整雄风，哪怕跟前是年近半百满脸麻子的粗使婆子，之后发生的事也毫无理智可言。

巧巧虽不是倾国倾城的美人坯子，但也算是小家碧玉，且跟在纪婵身边多年，哪怕只是个伺候人的，也养得和普通人家的小姐一样弱柳扶风。袁远竟能忍着不动她，这般毅力，倒叫人刮目相看。

纪焕挥挥衣袖，方涵便肃着脸退了下去。宫女适时送上了茶水，嫩绿的叶片在滚烫的水中翻滚沉浮，陈鸾微抿一口润润喉，朝着袁远开口："今日之事，是我大燕对不住太子。"

后宫中发生的污秽之事，理应由她来处理。

"待此事查清后，必定给太子一个交代。"

这话是漂亮话，只是袁远并不是个好糊弄的人，他的面色当即冷了几分。

交代？什么交代？

他难不成真会以这样丢人现眼的事为由，发兵攻打与晋国势均力敌甚至更胜一筹的大燕？他吃饱了撑得没事干了？

"不知皇后如何查清，又准备给孤个什么样的交代？"

陈鸾抚着冰冷的护甲，上头嵌着颗颗润透的宝石，在灯火亮光下蜿蜒出一丝丝的七彩光。她朝苏嬷嬷点了点头，开口道："把巧巧带上来。"

巧巧被带上来的时候，脸上挂着两行清泪，不言不语半声不吭，瞧着便是一副楚楚可怜不胜娇柔的模样。袁远挑眉，嫌恶地侧过了眼。

"本宫记着公主待你不薄，今日何以行如此不知廉耻之事？"陈鸾皱眉，直言发问。

巧巧恭恭敬敬跪在冰冷的地面上，才一开口，便尝到了嘴里苦涩的味道。她以头抢地，倒是干脆："奴婢犯下死罪，无话可说，请皇后娘娘责罚。"

说罢，她又挪动身子冲着纪婵磕了个响头，泣不成声："公主对巧巧极好，是巧巧心存妄想，鬼迷心窍，对不住公主的好。"

纪婵凤眸微眯，瞧着她涕泪横流的忏悔模样，心中毫无波动，甚至连话都不想开口说一句。

她生平最恨白眼狼，有些事明知是错的还要做，便该预料到种种后果。她不是贤明圣人，没有那容人的肚量。

做了就是做了，错了就是错了，该如何处置便如何处置。

巧巧伺候她那么多年，也知道她的脾气，当下也没说什么求饶的话，只是哽咽着道："太子对公主一往情深，世人皆瞧在眼里。可公主却对这份深情嗤之以鼻，多次避而不见，甚至为了不嫁而想着远上佛山，奴婢实在是瞧不过去。"

她苦笑连连："太子心悦公主多年，而奴婢在第一眼见到太子的时候就惊为天人，只是奴婢身份卑微，连让太子多看两眼都不配。"

纪婵饮了一口茶水，而后眼皮子一掀，慢条斯理出声："既知道配不上，怎敢做出这样的事？"

"奴婢自然知道，做出这等事情，不论成与不成，这条命是怎么也保不住了。可公主也曾说过，若这一生都没做上一件自己想做的事，也只是在世上白走一遭，行尸走肉而已。"

巧巧面色一苦，看着自己的手掌，眼神黯淡下来："这些日子，公主身染怪病，太子依旧不弃，不顾身份夜夜前来，不是轻言细语的开解就是如流水一样的药材药丸。您却仍是那副爱答不理的模样，奴婢想着，或许奴婢的机会来了。

"这是奴婢这辈子做得最大胆的事，也是最想做的事。

"只是奴婢万万没想到，都到那种份上了，太子明明都已经忍到那种份上了，他竟情愿用匕首、用剧痛让自己恢复清明。"

巧巧最后朝着纪婵磕了个响头，清泪两行："是奴婢输了，任凭公主处置。"

纪婵没有再说话，眸光流转间瞥了袁远一眼，那男人面色沉如水。见她看过来，混天混地的太子爷人生头一次红了小半截耳根子。

这样的事被当众揭发，当真丢人得很。

这巧巧倒也乖觉，跪在地上自己什么都招了。

"拉下去，按宫规处置。"陈莺淡声吩咐，很快就有力大的嬷嬷将人拖了下去，偌大空旷的宫殿里，连声求饶的呼号也没有。

事情开始得突然，结束得也突然。

纪焕剑眉微挑，漠然开口，声音极严肃，又分明蕴了几分调侃的意味在里头："我大燕皇城的奇珍异宝，但凡你看得上眼的，朕都允你带回晋国。"

袁远心头一梗，这样就想打发了他？

他可是差点就栽到了一个疯癫的宫女身上。

纪婵也接着出声："我妙婵宫的私库也可为太子而开。"

袁远深吸一口气，手臂微抬，也不跟这几个人卖关子。这大燕有的珠宝他晋国也有，此间唯有一样叫他魂牵梦萦的，纪焕这厮又推三阻四的不肯许配给他。

"孤之所向，唯三公主一人，不知陛下能否割爱？"

男人掷地有声，眸光略显妖冶，沉寂已久的心不受控制地轻跳。他求婚多次，却是头一回当着纪婵的面说出口。

他的婚事是一拖再拖，那些不成器的兄弟们连孩子都会跑了，他这八字还没一撇。但这回出来的时间有限，他不日即将回晋。

纪焕没有说话，只是目光转向了纪婵，其中意思不言而喻。

纪婵目光闪烁几下，理了理衣裳上的轻褶，迤迤然起了身，既没有一口回绝，也没有答应下来，只是平静地开口："能否问太子几个问题？"

袁远面色一凛，自然应下。

只要她愿意正面谈这件事情，不是一味的逃避和回绝，他便求之不得。

"本宫身为公主，手有遗诏。便是随意在朝中择一青年才俊为驸马，往后的日子不说滔天富贵，至少日子无忧，悠闲自在。

"就是前往佛山静养，也依旧为千金之躯，无人敢怠慢分毫。观山赏水，修身养性，乐在山水间，余生亦是快哉。"

说到后来，袁远的脸色已渐渐变得凝重，她凤眸微眯，话锋陡转："我不求荣华富贵，不求后世留名。既然如此，若我嫁给太子，与姬妾钩心斗角，为难自个儿，又是何必？

"今日太子觉着本宫甚合心意，改日便会有第二个纪婵让太子神魂颠倒。那个时候，我又该如何自处？

"太子也莫说什么情意深笃，这世上最靠不住的，便是人心。"

她这一席话尖锐而刺耳，不光将袁远问住了，就连陈鸾也内心震动，暗叹一声。

纪婵活得肆意。她身份尊贵，处处有人护着，可这天下大多数女子如浮萍，未出阁时随父母，顺兄意。出阁后以夫君心意为依归，有了子女后又要处处担忧谋划，一生都在为难自己。

纪婵冲着袁远福了福身，声音竟是格外的柔和："太子还是想清楚了再来吧。"

陈鸢侧脸柔和，跟着道："先将太医唤过来给太子处理下伤口吧。"

陈鸢与纪焕出妙婵宫的时候，夜风刮起两人的衣角，幽幽宫道的深处像是潜伏了什么狰狞巨兽一样，一眼瞧不到尽头。

纪焕一路捏着小姑娘柔若无骨的手掌，脚步声沉缓。他清透的声音散在风里："在想些什么？"

陈鸢瘪了瘪嘴，道："在想那个胆大包天的宫女。"

纪焕失笑，捏着她指骨的力气大了点，薄唇抿成一条直线，直接拆穿了她："在我跟前也学会说谎了？"

前边是一条蜿蜒小道，有一个积了水的小水洼横亘其中。陈鸢提着裙角踏过去，瞳孔黑白分明，神情极为认真，黛眉拧成了一个结："臣妾只是在想，若是以后后宫进了诸多姐妹，而皇上也遇到了第二个陈鸢，会是何等的情景？"

既然她的心思遮挡不住，那不如摊到明面上。

虽然也并没有什么用。

男人噙着笑反问："吃味了？"

头顶乌云四散，露出一点点月牙儿的尖尖，一端散着柔和的银光，一端浸在黑暗里。弯弯的半轮儿，银光与深浓的墨色交织，诡异地交相融合。

陈鸢眼睑微垂，手臂如蜿蜒向上的花枝一样缠了上去，身后跟着伺候的都是些人精，顿时眼观眼心观心地落后了一大截。

纪焕停下了步子，眸光深邃，终是伸手捏了捏她一侧脸颊，道："越发会撒娇了。"

也越发没脸没皮了。

这在纪焕看来，是件乐见其成的好事。

"袁远是个聪明人，今日这样的场合，他但凡真碰了那宫女，日后任他如何舌灿莲花，纪婵也不会听一句进去。"纪焕捏了捏小姑娘的尾指，声音如沁了水般的清润："若我是他，也会那样做。"

陈鸾蓦地抬眸，显然有些震惊。

纪焕却不再多说什么，只脸上的神情实在算得上是柔和，诸天月华都拢在他一人身上。

这世上，哪儿会有第二个陈鸾？

又哪里会有第二段布满沼泽泥泞，寸步难行的六年？

男人的影子投在青石路上，影影绰绰的一大团，陈鸾的则小了许多。两人依偎在一起，影子也亲密无间的靠在一起，陈鸾头一歪撞到他怀里，两团影子便成了一团。

小姑娘临到睡时嚷嚷着要回明兰宫，说是小日子来了不好睡在养心殿，晦气。闹了一阵后又疼得哼哼，半晌后枕在他的胳膊上呼吸均匀地闭了眼。

与此同时，妙婵宫依旧点着灯。纪焕临走前封锁了消息，抓了不少嘴碎的人敲打警醒，导致整个妙婵宫的宫女婆子战战兢兢，不敢多言一句。

袁远还没有走，他歪在一张摇椅上，袖袍微掀，露出精瘦有力的小臂，两条血痕触目惊心。太医为他撒上药粉又缠上细布，最后少不得叮嘱几句忌口忌怒。

等太医提着药箱走了，这妙婵宫便静得能听得见外头的虫鸣鸦叫声。

纪婵坐在书案前描字，她手抖的毛病还未好彻底，每日就用这个法子坚持控制。原本一手连昌帝也要夸赞不绝的字如今像蝌蚪一般的陈列。

最后，纪婵"啪"的一声将笔搭在砚台上，而后莲步稍移行到袁远跟前，漫不经心地擦着指尖的墨迹，声音里是八九分懒散："还不走？莫不是想在妙婵宫睡一宿？"

袁远眯了眯眼，不动声色地抚了抚自己胳膊上的细布，妖冶的桃花眼上挑，倒比女人还来得勾人心魄："伤口疼，迷魂香的药效还没消。"

这话叫他说得，纪婵险些笑出声来。

"袁远，方才在外头，我与你说得十分清楚了。若你没有想清楚明白，就不要再来扰我了。"她正了神色，直言相告。

"你我身份相当，到时候真要闹起来谁的脸上都不好看，你就此罢手回去吧。"纪婵难得柔和了神色，如是劝道。

"啧。"袁远面色变换了一会儿，而后意味不明地轻"啧"一声，站起了身，一步步将纪婵逼到了窗口。她背后抵着墙，孤立无援，只是神色仍是毫无波澜。

"十四岁那会儿，是谁先招的谁？你也不看看，便是恶作剧，又有谁敢惹到我头上来？"

褪去了人前洒脱的纨绔公子样，这人偏执起来，竟比四年前还要难缠些。

"你只怪我当年有失偏颇，失诸理据。怎么不说你连夜收拾行装回了大燕，特使三百里加急也没能追到你？"

之后四五年，就因这一桩事，原本两个将要定亲的人彻底闹僵。他提亲三次皆被婉拒，连个人都见不着，解释都没地儿解释。

纪婵冷笑着呛声："这么说你还认为是我的错？"

袁远默然不语，而后缓缓地将人揽到怀里。她身子一瞬间绷得极紧，手掌紧握成小拳头，而后又被他压着一根根强硬地掰开，强硬地十指相扣。

"纪婵，我只是很想你。"

我没有怪你，我只是很想你。

再没有比这句话更叫人内心震动的了，饶是冷静理智如纪婵，也有片刻的失神。直到她感受到一阵温热停留在自己的眉心，整个人顿时绷紧了身子，一把将人推开，恼怒的声音传出老远："赶紧滚回去。"

袁远站在原地，近乎苍白的手指轻抚上薄唇，桃花眼中泛出妖冶的神采，勾唇低低笑了一声，喃喃道："这回还能让你跑了不成？"

他又坐回那张躺椅上，南窗半开，竹藤编的躺椅不堪重负，嘎吱嘎吱地响动。袁远眯了眯眼，想着这时候来一坛酒就好了。

他又想起了许多事，从她十四岁未及笄到如今十九岁，整整五年时间，恍若隔世。什么东西都变了，就连他自己的初衷也改变了，唯独她没变。

那样一出闹剧之后，宫里又安静了几天，陈鸾日日喝药调理身子，肚子倒也没再疼得那样厉害过。养心殿俨然成了第二个明兰宫，摆设布置一切比照着陈鸾的喜好来。

纪焕也是一副没打算让她再回去的模样，随便她可劲地折腾。

八月中旬的天依旧是极热的，太阳高高地挂着，人往外头一站，不消片刻，头顶都要冒起烟来。

日子一天天过去，陈鸾却再没有听到过有关锦绣郡主与赵谦的消息。所有似是而非的线索齐根而断，十几年前的事再次重演，两个大活人在京都的茫茫人海中蒸发。

陈鸢许多次睁眼闭眼，都是老太太直挺挺地躺着，身上盖着白布，再也睁不开眼的模样。老太太吃斋念佛了大半辈子，最后却是被无辜牵连至死，甚至死不瞑目。

而陈鸢身为国公府的后裔子孙，心中隐有猜测却迟迟找不出这个人来，心里头难免是有不痛快的。不管怎么说血脉都是相连的，承受无妄之灾的是她的至亲。

康姨娘和陈鸢死有余辜，但老太太和康姨娘肚子里那个孩子终究无辜。

八月十六日正午，天光大亮，日头毒辣。

因着昨夜中秋节刚过，外头的一颗香桂树上还挂着几个圆圆鼓鼓的花灯，花式图样各不相同，瞧着莫名的喜庆。

流月端着一碟子糕点进来，脸上溢满了笑，轻声细语地道："娘娘快尝尝，这是三公主差人送来的枣泥糕，说是王嬷嬷亲自做的，娘娘进宫前是最爱这口的了。"

陈鸢放下了手头的羊脂玉簪子，目光落在那精致小巧的点心上。她笑着颔首，继而开口询问："本宫记着王嬷嬷前些日子向公主讨了恩典，说是不日将出宫养老？"

在陈鸢还未与纪焕成亲的时候，纪婵住在宫外的公主府里，陈鸢与沈佳佳常去做客。王嬷嬷是纪婵身边的管事嬷嬷，又做得一手的好菜，慈眉善目时时噙着笑。这一来二去的，陈鸢自然就和她混了个面熟。

到了这样的年纪，出宫颐养天年也是最好的选择。

流月点头："正是呢，公主念着她照顾多年辛劳勤恳，赐了不少东西下去，此外还特许嬷嬷下月初十出宫。"

陈鸾捻了一块枣泥糕放到嘴里，绵甜的香味在嘴里蔓延开来。她惬意地眯了眯眼，轻声道："嬷嬷出宫那日，记得提醒本宫一声儿，咱们也该去送送的。"

这一走，怕是以后再难相见了。

陈鸾用过午膳后有小憩的习惯，养心殿安静，没人敢出什么声儿。纪焕处理完政务进来的时候，小姑娘正安安静静地躺在屏风外的那张罗汉榻上，身上搭着一层薄薄的小被，曲线窈窕，将那份惑人勾勒得淋漓尽致。

纪焕瞧着，无声地挥退了两侧扇风的宫女，轻手轻脚地将人抱着去了内殿的榻上。

陈鸾睡得浅，睁眼见是他后轻轻嘟囔一声，伸手勾着人的脖颈又闭了眼，当真半分不顾忌他的身份。纪焕不由失笑，掂了掂手中的重量，哑着声音开口："怎么比之前又重了些？"

陈鸾睫毛微颤，冰凉的手指头捻着他颈后一块细肉，糯糯地争辩："分明没有，这几日连点心都戒了，皇上莫拿这事来吓唬我。"

纪焕将人放在软榻上，粗砺的手指摩挲着她细嫩的脸颊，凑上去闻了闻，而后皱眉："怎么朕又闻着莲子糕的味了？"

陈鸾顿时背对着他，将身子挪到里头去了。

越来越会使小脾气了。

小半个时辰后，陈鸾低声闷哼，小脸上润着花尖的红晕，可怜兮兮的似没了气。她手无力地搭在男人的肩上，声音颤颤："我就吃了一块。"

声调颇为委屈，纪焕从胸膛里发出闷闷的一声笑，声音哑得不像话，目光幽深得能将人吸进去："上早朝前你如何应下的，可还记得？"

陈鸢顿时瘪嘴，难耐地揪着身子底下的被褥，娇娇地低哼："我现在已经没事了，也不能全信太医的啊。"

纪焕简直要被这小妖精的歪理气笑，不听太医的，难不成还任她疼得直吸冷气？

陈鸢最后汗水津津，像猫儿一样地呜咽，再没有气力与男人争辩。昏昏欲睡之际，只听男人醇厚的声音响在耳畔，夹带几分餍足，可恨得紧。

"这段时间，一块也不许吃。"

小姑娘才安安稳稳地过了小日子没多久，又喜欢上吃糕点了，到了用膳的时候，往往就只挑几粒饭吃。这倒也罢了，一段时日之后，半夜里突然嚷嚷着牙疼，第二日早起一看，一侧脸颊都肿了起来。

之后几日更是没个安稳，这养心殿里的宫女太监没一个能看得住她，时常被忽悠着端上一小碟子点心。偏偏陈鸢见了他还能面不改色的矢口否认，一点儿也不长记性。

明明她从前是不爱吃这些甜腻的东西的。

陈鸢一觉醒来的时候，太阳已落西山，晚霞如血一样染红了整片天空，妖冶而绚丽。不知怎的，她两边眼皮竟开始狠狠地跳动起来。

也许这世上当真存在着心灵感应这样的荒诞事。在某一刻，陈鸢心口像是被锤子重重地敲了一下，而后空落落的竟掉下一滴眼泪来。她困惑地蹙眉，不动声色地将那滴泪擦了。

约莫着过了半个时辰，天边泛出灰色的薄雾，夜晚即将到来，一轮月影已经挂在了天幕上，光影朦胧。

纪焕在正殿批阅折子，陈鸢心里始终觉得不安，于是将手里的书放在一旁起身去寻他。

胡元远远地迎了上来，声音比往常低了好几度，道："娘娘进去吧。"

陈鸢下意识觉着不对，一只脚才踏进去，就听见里头方涵的声音："……半个时辰前，派去保护国公爷的暗卫被调虎离山，守在庄园的禁卫军不是对手。等微臣得到消息赶去查看时，国公爷与三公子都已尸首分离，被人拦腰斩断。"

调虎离山，腰斩，尸首分离。

里头还没有传出什么动静，陈鸢就脚下一滑，险些撞到柱子上去。胡元急忙扶住她，连声问："娘娘没事吧？"

说话间，纪焕听了动静出来，眸中蕴着惊人的狂风暴雨。他什么话也没问，只在众目睽睽之下抱着她，怜惜地亲了亲她的额头，嗓音嘶哑："都交给朕。"

陈鸢也不知自己是怎么了，她有些迷茫地抬眸，眼角透着点点的红，她想对他说自己没事，却一个字也说不出口。

八月十五才过，就在诸臣还沉醉在热闹的团圆节日中时，镇国公被害的消息如同疾风骤雨般席卷了京都的大街小巷。从此之后，陈氏一脉便只剩下明兰宫里那一根独苗了。

京都人心惶惶，人人自危。这时候有些敏锐的世家也根据蛛丝马迹各自猜想出了一些东西，比如连夜进宫面圣的左相和南阳王。

他们说了大半夜，陈鸢就一动不动地僵在珠帘后的凳子上坐了大半夜，期间也起身去翻了一些有关当年那件事的记载，以及左将军亲自画押的供词。

当年那件事，左将军府两百八十口人，全部葬在刑部的屠刀下，那么多老幼妇孺，一个也没能幸免。

帝王之怒，唯鲜血可以平息。

意图谋反，多么大的一项罪名啊。陈鸾拿着那薄薄几页纸，手指尖都凉了个彻底。

她不傻，那赵谦不惜潜伏二十年也要血洗国公府，甚至搭上自己好不容易逃脱出来的一条命，难道仅仅只是因为当年的陈申是主审此事的官员吗？

左将军府曾经权极一时，自然知道君王的命令不可违抗。再者左将军到底有没有那样的想法，他作为儿子的难道不清楚吗？若那事是真的，他除了叹一声上天不眷顾之外，也没什么好说的，捡回一条命，就应该从此老老实实做人。

江山皇位之争，成王败寇。输的人赌上所有，赢的人自然要斩草除根，永绝后患。

可瞧他如今的所作所为，这事便显得越发扑朔迷离起来。

陈鸾止不住地想，若左将军是被诬陷的，又或者是陈申使了手段冤枉了人家……

简直不敢想。

如今国公府的人死了个干净，上上下下正经的主子十人不到，跟当初枝繁叶茂的左将军府比起来，不过是九牛一毛。

到了后半夜，司马南与南阳王踏着薄雾星光回了府，纪焕坐在那张黄梨木椅上闭目养神，眉宇间震怒与疲惫交织。

陈鸾走过去替他静静地按着额角。一阵桃花香飘然而至，纪焕无比自然地捉了她另一只手握着，抬了眸子道：“方才暗卫来报，在京郊废弃的寺庙里发现了赵谦的踪迹，但尚不确定那处宅子里藏了多少人，是何身份。我没让他们轻举妄动，以免打草惊蛇。”

这事陈鸾早有预料，那赵谦隐匿这么多年，手里自然有着一股自己的势力，只是她没有想到，竟这么快就找着了赵谦。

按照她的推想，身上流着国公府血脉的自己，将成为赵谦最后一个目标。在此之前，他一定会藏得极深。

"锦绣郡主可是和赵谦一起的？"半晌后，陈鸾才咬着唇慢腾腾地问。

纪焕沉了面色点头。他抬眸看着小姑娘那与陈申两三分相似的容颜，忍不住极缓极慢地捏了捏她的小指："鸾鸾。"

陈鸾"嗯"了一声，见他没有再出声，垂着眼睑问："怎么了？"

纪焕突然勾了勾唇有些自嘲地笑："无事，就是突然有些怕。"

陈鸾讶异，这是她头一回听他说怕这个字，他这个人竟还有怕的东西？

小姑娘懵懵懂懂的，一双漾着秋水的杏眸像是有大雾弥漫，瞧着人的时候，那大雾便被一阵柔风吹散了，再是坚毅的铁石心肠，也要被寸寸捏碎。

纪焕将下巴磕在小姑娘的肩头上，控制着力道，不想叫她看到自己此刻的表情。

"怕一个不小心，没有看好你。"

然后又将面对着噩梦中那样的场景。

他眼底闪过压抑不住的深浓煞气。

纪焕对镇国公府全然没什么好感，却还是命人厚葬了陈申。他出殡入土那日，纪焕和陈鸾站在太和殿的玉栏前，天的那头升起一轮橘红的太阳。阳光伴着迎面而来的阵阵清风，不仅没有让人觉得热，反而有些寒凉。

陈鸾被不知从哪儿刮来的细沙迷了眼，她拿帕子擦了擦，那原本就有些红的眼角经她这样一擦，便又红了一小片。

国公府分明是一个龙潭虎穴，里头住着的人，没有一个是真心实意对她好的，哪怕是老太太。在他们的心里，永远是以国公府的荣耀与利益为上。

而陈申仅剩的那么一点儿温情，全给了庶出一家。为了他乖巧懂事的庶女，他可以让嫡女入东宫嫁给纪萧；因为疼惜他庶女的一片真心情意，他可以在嫡女出嫁次日传信给女婿，让女婿纳庶女为妾。

言行举止，皆如得了失心疯一样。

明明替他挡箭的是正妻，想拉他同下地狱的是妾。陈鸾有时候真是百思不得其解，可换个角度一想，便也释然了。

他这样不分黑白不念旧情的男人，只配与工于心计害人害己的康姨娘在一起，生是这样，死也是这样。

她只要想起母亲的死，便觉得如鲠在喉，咽不下吐不出，那滋味难受极了。

纪焕温热的指腹揉开她蹙起的眉，声如寒泉过涧，与这清风日朗的天融为一体："镇国公留下的信，鸾鸾可看过了？"

陈鸾嘴角动了动，神情如冰雪一样冷漠："看了，烧了。"

想到这里，她眯了眯眼，语速有些快地道："母亲因他而死，这么多年芙蓉院荒芜，他从未踏进去瞧过一眼，每年母亲祭日，他饮酒作乐提也不提一句。现下觉着性命堪忧便留下一纸书信，一旦遭遇不测便想与母亲合葬，这可能吗？"

此时想合葬了，有用吗？来得及吗？

若是他从一而终，一错到底也就罢了。这会儿反悔了想与嫡妻合葬，苏媛九泉下若是有知，只怕也是被硌硬得不行。

这样的荒唐事，陈鸾也就当笑话一样地看，看过之后便烧了那信纸，免得自个儿看一次难受一次。

大燕民间素有传言，死后同葬者，百年之后可再续前缘，恩爱一世。苏媛这辈子错付于人，死于非命。若是再来一次，哪怕仅仅只是传言，陈鸾也是无法接受的。

陈申既然怕一个人孤零零地在地底长眠，陈鸾便让他与康姨娘葬在了一起。这样他们两个，连同着康姨娘肚子里的那个孩子一家三口其乐融融，岂不最好？

不知怎的，直到这个时候，陈鸾突然觉得心里的一块石头狠狠地落了下来。无论是梦里还是现实中的仇恶都悄然泯灭，她再也不用去恨谁了。

小姑娘站在台阶之上，身形纤细，虽然较之以往丰腴了些，不过瞧着仍是一副要随风而逝的模样。芙蓉色的袖口上绣着一只盘旋的彩凤，金银勾丝，风情别样。

纪焕幽暗的眼底柔光乍现，牵过她的手转身，声音温和地问她："早间接到暗报，赵谦已被擒住。鸾鸾可要随我一同前去审问？"

这些日子赵谦闹出来的都不是小事，惹得京都世家的官员们惶恐不满。如今既将罪魁祸首缉拿归案，又牵扯到十多年前的旧案，纪焕自然是要亲自过问的。

陈鸾早先也听到了些风声。她想，就算是为了老太太和苏媛，她也要去看看，将当年之事问个明白。

"臣妾的母亲、祖母和镇国公府一脉皆丧在他的手中，臣妾自然是要去的。"

纪焕并不感到意外，只是对后边伺候的宫女道："天牢阴冷，皇后畏寒，到时多拿件外衣，都仔细伺候着。"

流月与葡萄对视一眼，皆笑着应下。

帝王这般恩宠，事事都替主子着想，她们这些伺候的自然也跟着脸上有光，说话时腰杆子都比旁人更直一些。

陈鸾心头微暖，眉眼稍弯，两人走着走着，她手指悄悄缠了上去，冰凉凉地搭在男人的小臂上。纪焕也任她这般孩子气地胡闹，向来注重礼节规矩的男人愣是没有觉出半分不妥来。

胡元暗暗咂舌，这皇后没了娘家倚仗，不仅没有失宠的迹象，主子爷倒是越发宠得厉害。如今这明兰宫与养心殿都是皇后一人说了算，主子爷不但不动怒，瞧着还一副欣慰的模样。

果真年少的情意是谁也无法替代的，就看下月大选进宫的那些个贵人，有没有那等福气和手段，在主子爷心里占据一席之地了。

这后宫，也能跟着热闹热闹了。

午膳是在养心殿用的，陈鸾原本是没有胃口的，可瞧着一大桌子菜，不知怎的，竟有几分馋了，最后足足用了一碗米饭，她这几日也都是这样。

所以眼看着一日日胖了起来。

陈鸾看着自个儿跟前空了的瓷碗，再看看男人似笑非笑的目光，白净的耳根子红了小半截。她自己也有些不好意思，低着声有些无力地道："平时也不是这样的。"

她食欲不大的时候，见了什么都不想吃，只略用几块糕点，可不就是"人比黄花瘦"吗？

纪焕敛目，闷笑几声，在小姑娘恼羞成怒之前附和着道："吃得着实不多。"

胡元眼观眼心观心地上前笑着道:"娘娘,奴才再给您盛一碗。"

陈鸢气急,在后来流月伺候她更衣的时候还特意束了腰。她眉心贴了红色的花钿,身姿窈窕,面若桃花,似画卷中走出的仙人一般。就连苏嬷嬷这等见惯了美人的都忍不住赞了句:"娘娘身子丰腴些好看,身子养好了再生个皇子,这后宫的地位便稳了。"

本身就已坐在了皇后高位,又有了帝王的宠爱与怜惜。若再来一个皇嗣好生培养着,将来得封太子,这辈子就没有遗憾了。

比起那些苦熬数十载算计无数才上位的后妃,陈鸢无疑顺风顺水太多了。

陈鸢勾了勾唇,浅笑着道:"嬷嬷说的且还早呢,不着急。"

苏嬷嬷立马正色,蹀步到她跟前压着声音提醒道:"娘娘万不可掉以轻心。您可要记得,下月初便要大选,虽只是在京都范围内,可这会儿进来的人,恰恰是最棘手的。"

她说的是大实话。虽然皇上以先帝丧期未满一年为由,推迟了大选的时间,但那会儿为了封后,不得不又下了一道圣旨安抚那些大臣的心。这道旨便是先在京都择适龄女子进宫。

京都是什么地方?基本上官位稍大些的都留在了这里,有了雄厚的家世背景做后盾,有些人一入宫,位份便不会低到哪儿去。

比如那司马家的嫡女,便是陈鸢首当其冲的劲敌。

大家出身都不低,琴棋书画样样精通,相貌也差不到哪里去,比的就是手段与毒辣的心肠。如何讨男人欢心,如何用自身优势谋得最多的好处。

自然,到最后拼的还是子嗣。

陈鸢青葱一样的手指顿了顿,放下了内务府才送来的夜明珠。

她脸上的神色没什么变化，眼睑却是微垂，薄唇亦是轻抿："嬷嬷说的在理，本宫大意了。"

这段日子发生的事太多，一件接一件的，她倒是真的没将这事记在心里头。许是因为那次争吵过后，浓情蜜意冲淡了许多东西，她以为两人心意相通，这日子便这么过下去也是不错的。

可若是美人一个接一个地进了后宫，当真就没有人可以将她取而代之吗？

陈鸾不知道。

不是不相信纪焕，只是未来会发生什么，没有人可以说得准。

念着天牢阴冷，苏嬷嬷又给陈鸾披了件外衣。她转念一想，陈鸾总归十几岁，又被皇上护得跟宝贝似的，语气也不由得软了几分，宽慰道："娘娘也不用太在意，这宫里没人可越过您去。"

话陈鸾是听见了，可心里总有点不舒坦，这种感觉梗在心间，直到她和纪焕踏进了大理寺的天牢。

大理寺卿早早地就候着了，见了两人忙行大礼，跪地叩安："皇上金安，皇后娘娘万安。"

原本这等地方皇后是不应涉足的。可今日要审的这人毕竟灭了镇国公府一家，皇后为人子女，定是要严惩凶手，而后出一口恶气的。

这般想着，大理寺卿心里也叹了一口气。虽然陈申此人越老越糊涂固执，也越来越没了当年的气魄，但同朝为官多年，他仍依稀记得当年陈申在战场上的风姿，引得京都无数少女春心暗动。

"皇上，娘娘，那赵谦武功极高，虽已受了刑，带了枷锁镣铐，但仍不可靠得太近，以免被伤。"大理寺卿一边朝前引路一边嘱咐。

毕竟是关押犯人的地方，陈鸾刚一踏进去，就觉出几分阴冷来。冷森森的刑具倒挂陈列，血腥味冲鼻，经久不散，这还是大理寺卿提前令人打扫过后的场景。

别的犯人都移到了旁处，天牢就显得格外的空旷，一步几重回音。陈鸾手心里出了些细汗，眉头皱得紧紧的。

不知怎的，她闻着这里头的血腥味，实在想吐得很。

好不容易将那股子冲动压了下去，这天牢的通道也到了最里头。

最后一间牢房里，赵谦盘膝而坐，脊背挺得笔直。他面容清隽，打眼瞧着倒像是一个手无缚鸡之力的书生，可就是这么个人，长袖卷起，露出的伤痕条条入骨，已是被打得皮开肉绽。他睁眼见了纪焕和陈鸾，十分和善地笑着，声音温柔地开口："陛下和娘娘来了？"

陈鸾顿时觉着一股寒意从脚底直冲天灵盖。纪焕不动声色地上前半步将她挡在身后，浓浓的剑眉一皱，威严毕露，龙袍上的张牙舞爪格外惹眼："该说的不该说的，今日都招了吧。

"你处心积虑多年，不就是想给左将军一脉平反吗？如今朕来了，机会只有一次，聪明人就该好生把握。"

赵谦眼底划过欣赏之意，他不忙不乱地点头，噙着浅笑，道："你比你父皇要英明睿智许多。"

"赵谦，你简直放肆！"大理寺卿眼皮子一跳，急忙出声呵斥。

赵谦随意地瞥了他一眼，低低呵笑一声："实话罢了。"说完，他转眼看向纪焕身后的那道倩影，眼底神色复杂。只是杀意才起，便被另一道寒意逼退。他赫然清醒，自嘲地笑笑，话语诚恳："抱歉，看见陈申的女儿，有些忍不住想见血。"

　　赵谦平淡的话语波澜不惊，却叫大理寺卿大惊失色。他倒吸一口凉气，神情复杂无比，像是再次看到了当年风华无限的赵四公子。

　　哪怕如今他已然深陷牢狱，又多半免不了砍头死罪，可这番傲骨与淡然，倒与当年豪迈仗义的左将军如出一辙。

　　纪焕双眸如两口幽潭，叫人探不清深浅。他身躯高大，如一块仁立千百年的巨石般厚重，彻底将陈鸾遮了个严实。

　　他面色并不好看，上下打量了赵谦两眼，良久嗤笑一声，声音暗含不屑与愠怒："激怒朕，对你有好处？"

　　确实是没有，也违背了他自投罗网的初衷。

　　赵谦遗憾地轻叹一声，十分认真地低笑道："皇上别气，你虽将陈申的嫡女保护得很好，可若我豁出性命，这些时日也不是没有机会让她去见阎王。"

　　轻描淡写的几句话，语气也再平和不过，却俨然如毒蛇吐信，叫陈鸾眉头一皱再皱，只觉得冰冷寒意蔓延全身。

　　她是俗人，自然也怕死。

　　这人给她一种十分危险的感觉，那是一种与生俱来的直觉。

　　赵谦不再盘膝而坐，转而站起身来，隔着铁笼与他们遥相对立，唇畔笑容如温酒一般愈发醇厚。他开口徐徐地道："苏媛是个好姑娘，她的父亲曾对左将军府有恩，最后却阴差阳错死在我手里，这实在非我所愿。说到底我欠苏家一条命，可又实在不想放过陈申的后人。"

　　矛盾了许久，到底是失去了千载难逢的机会，等到再下定决心想出手的时候，她身边的暗卫竟又多了许多，彻底无从下手了。

　　纪焕没有再给他第三次口出妄言的机会，明黄的袖袍翻动，掌风凌厉，不偏不倚地朝着赵谦的胸口而去。后者没有还手，只是身子一偏，而后捂着左肩闷哼一声，殷殷血迹从指缝间流淌而出。

赵谦原就受了不少的刑，自然挨不住这一掌。好在纪焕并没有想着要他性命，只使了五分力道，饶是这样，他也面色煞白地咳了好半晌才缓过来。

纪焕目光阴寒，怒意涌动，他漠然收手，盯着咳得弯下了身的赵谦，一字一句道："若再不说，你便永远没有机会了。

"朕没有时间陪你耗，你想好了想明白了再开口。"

大理寺卿见状也厉声喝道："大胆赵谦，敢对皇上和娘娘口出狂言，不要命了吗？"

说是呵斥，实则为变相的提醒。

他年轻时与赵谦有份交情，那时赵谦是连他父亲也称赞不绝的奇才，文武双全，天纵之资。因着这份交情，赵谦被关入刑部这两天，他并未对其用大刑，身上的鞭笞痕迹也是得知帝后要来才做的样子。

同时代的世家子弟，到了他们这个年纪，难免生出一分惺惺相惜来。既然赵谦难逃一死，又何必死前再叫他受那么多罪呢？

赵谦满不在乎地用破烂的袖口擦去嘴角溢出的血沫子，看着站在他跟前岿然不动的皇帝道："就这一掌，你已比你父皇优秀许多。当年若没有我父亲舍生忘死，他御驾亲征时不知死了多少回。"

昌帝是唯一的嫡子，继位也是众望所归，他一生顺遂尊贵，也没经历过什么凄苦。可纪焕不同，他生而低微，不受重视，能有今日的地位全靠一路摸爬滚打。时势处境不同，自然也没什么好比的。

赵谦十几年来的心愿，除了覆灭镇国公一脉，就是为左将军府平反昭雪。可若是昌帝在世当政，必然是没有机会的。

他等了十几年，终于听到了昌帝驾崩的消息。于是他偷偷入了京城，带着这些年来培养出的暗卫，买了一处废弃的宅子，伪装成外地进京的商户。他们悄无声息地入住城内，无人知晓也无人怀疑。

而后在一日夜里赵谦带人潜入国公府，老太太被他亲手勒死，那个庶女和姨娘则交给了他的手下百般玩弄，最后死的时候，面如厉鬼。

这样才对，当年他左将军府一脉，在万人的唾弃中上了刑场。两百多条人命啊，鲜血都流成了河，国公府死这么几个人算什么？

什么也算不了。

那日陈申命大，外出躲过一劫，但赵谦并不气馁。因为他算准了，在那个节骨眼上，所有人的目光都会放到左相府上去。

他可以借由这点，再次出手。

可千算万算，赵谦怎么也没有算到，在他杀了人悄然而去的时候，巷口处，一顶小轿正悄无声息地等着。锦绣画了精致的妆，时间似乎总是善待美人，她丝毫不见老，他却已生了白发。

故人再见，英雄也红了眼眶。所以哪怕明知会使帝王生疑，他也仍将锦绣带了回去。他这一生，前半生顺遂，后半生波折，注定不得善终。唯一叫他心生波澜，想过放弃复仇的，便也只有锦绣了。

锦绣为了逼他出来，不惜求圣旨、布大局、嫁陈申。他选在婚期前下手，又何尝不是怕她真的妥协，就那样进了镇国公府。

但凡能给她归依的，谁都可以，唯独陈申不行。

陈申后来提高了警惕，侍卫日日夜夜守着，不离分毫，若不是突然宫里又派了暗卫来护着，他当真以为能躲过去？

回忆到这里，赵谦有些意犹未尽地抿了抿唇，道："陈申见到我的时候，面色当真是精彩纷呈，可惜你们没能见着。就连他自己都说，因果轮回，这是他应得的报应。"

陈鸢从头到尾默默地听着，直到这时候才开口问了第一句话："我父亲确实是当年主审左将军意图谋反一事的官员，可当时协助调查的官员亦有两位，你为何就非要置镇国公府于死地呢？"

结果是由几位官员一起上报昌帝的，难道只因为陈申是主审，就惹得赵谦如此痛恨？

到了这时候，陈鸢心中的猜测呼之欲出，但她仍抱着万分之一的希望。若当年的事陈申真的从中搞鬼，使得昌帝大怒，乃至下令夷人三族，把两百多条人命无辜葬送。她该如何面对这样的真相？

光是想想，陈鸢都觉着脑仁泛疼。

赵谦目光如炬，温润如玉的面孔终于出现了一条裂缝。他望着陈鸢，一字一句地道："你们这些天没少关注当年的案子吧。他做了什么，你们不清楚吗？"

陈鸢朝流月看了一眼，后者朝她点了点头，而后肃着脸将手里的那几张泛黄纸张交到赵谦手里。陈鸢道："当年之事，能查看到的记录一共也就这么多，你不妨自个儿看到底能看出个什么花样来。"

赵谦拿起来一页一页细细地看，看到最后竟是笑出了声。笑着笑着，他的眼角又泛出了点滴银光："哈哈哈，两百多条人命啊，全在这几张轻飘飘的纸上了！"

纪焕面色更冷，按在黑色桌上的长指用了几分力，手背上凸出几根惹眼的青筋来："含沙射影非君子所为。当初为打下大燕江山而丧生的儿郎足足数十万，江山渐稳之际，你父亲却意欲谋反，改朝篡位。若你觉得谋逆之罪不该夷三族，觉得左将军一脉两百多口人死得冤枉，那按你的意思便是要听之任之，放任不管？"

赵谦抬头，眼角猩红一片。他一字一句咬牙切齿地回道："左将军府一脉，从没有过谋逆的想法。

"当年父亲入狱，不知多少人赶来落井下石。纵是有多次的救命之恩，昌帝却连一句辩白的话也不听，直接将此案交给了当年与我一般年岁的陈申，他那时才多大啊？"

赵谦眼角的那颗泪终于落了下来："他一个后辈，不过有了点战功，哪里会审什么案，不过整日里严刑逼供，全看昌帝的脸色行事。我父亲征战一生，也落了一身的暗疾，根本熬不住那样的酷刑，那是活生生的屈打成招啊！

"左将军府上上下下两百口人命，成了他上位镇国公的垫脚石。他没罪，我的父母兄长何罪之有？"

陈鸢手指头微微颤动，不知是被冷的还是被赵谦癫狂的模样吓的，直到这时候，她才彻底明白了一些事。

左将军或许真的无辜，他的死和陈申有关不假，但若说他是罪魁祸首却是不该的。因为当年那个局面，昌帝的态度已经明摆在那了。

他容不下如日中天、威望渐深的左将军。

功高盖主，特别是左将军为人耿直，常与昌帝有不同的见解。他也不会迂回解释，往往与昌帝争个脸红脖子粗，这搁在哪个帝王身上都是心存隔阂的。

陈申的错，就是不问青红皂白，没有反复审查，或者明明知道真相却坚定不移地顺了昌帝的心意，甚至夸大其词，捏造莫须有的事来抹黑左将军。

不知为什么，陈鸢身子慢慢放松下来，旋即又想起那些无辜被牵连的人，她的眸光暗了下去。

陈鸢能想明白的事情，纪焕自然能想得更透彻深远。只是他一句话也没说，等他们从天牢出来的时候，天已经黑了下来。

第十五章　倚仗

里头赵谦又恢复了那副见谁都温文尔雅的模样，大理寺卿一撩衣袍在他对面坐下，又吩咐人倒了两碗酒，将其中一碗推向了赵谦，低叹一声道："喝吧，我记得你也是爱酒之人。"

赵谦倒也不推辞，他端着酒碗一饮而尽，笑道："你这般行事，也算是徇私枉法了。"

大理寺卿摇头："这天牢之中，处处都是皇上的人，有什么事能瞒得过去？"

现在是这样，十几年前也是这样。

皇上有意给赵谦一个机会，所以他敢和赵谦小聊片刻，昌帝有心要治左将军死罪，所以陈申严刑拷打。

赵谦朝着四周瞥了一眼，眼底划过讥讽之意："也对。"

"赵谦，说句实话，你怪陈申当年没能主持公道，想替左将军府申冤。可你有没有想过，功高盖主不知收敛，屡屡惹得先帝龙颜大怒，将左将军府带向灭亡的恰恰是你父亲。

"平心而论，就是换个人，哪怕换十个人来查，人家又凭什么冒着被圣上记挂的后果替你父亲申冤？他陈申怕祸连家人，我也怕。"

说到这里，赵谦的脸色已经很不好看了，大理寺卿轻飘飘地留下最后一句话："趋利避害是人的本性，当年那事陈申并没有大错，也只有对你父亲用私刑这事稍过了点。"

"灭人满门，你已经比当年的陈申还要叫人不齿了。"

身后的木桌应声而碎，大理寺卿停下了脚步，叹了一口气道："你还是把锦绣郡主和你那些暗卫的下落都供出来吧，圣上或可饶你一条性命。"

翻案是不可能翻案的了。

赵谦这时候自投罗网，也是个痴傻的。

从大理寺天牢出来的时候，天已暗下，繁星闪烁。这颗才亮起来，那颗又黯淡下去，一来二去，整个天幕都是一片荧光斑驳，像是有种特殊的魔力般，轻易就勾得人目光迷离，久久回不了神。

陈鸾从进去到出来情绪都算不得好，神情蔫蔫的，眉头一刻也没松下来过。身侧男人鼻梁高挺，侧脸温淡，光是这样瞧着便觉出一种压迫与寒凉来。陈鸾眸子微垂，小手攥了他一角衣袖，仰着头细声细气地问他："皇上准备如何处置赵谦？"

总归现在处置不了，锦绣郡主和赵谦手下暗卫都不见踪影，仍在继续隐匿。这终归是一种潜在的隐患，纪焕不可能放任不管。

赵谦自投罗网，可能是抱着万分之一的希望替左将军府翻案，也有可能是叫他们放松警惕好筹谋下一次的行动。

国公府人都死光了，这唯一剩下的一个……

纪焕将小姑娘如细葱的玉指根根理开握在手里，冷硬的眉宇像凝了细碎的冰棱子一样，说出的话却是杂糅了温和的，随着风轻飘飘地落进了陈鸾的耳朵里。

"活着不好好做人，死了应能做个明白鬼。"

陈鸾一愣，落在他宽大掌心里的手指微微瑟缩了一下，却叫他握得更紧了些。她几乎是下意识地问："皇上不准备重查当年的案子吗？"

就在这话脱口而出之后，陈鸢便后悔了，声音也跟着小了下去。

当年那事摆明了是一件冤假错案，里头牵涉众多。若是一个处置不好，令先帝的名声受损，纪焕便要被扣上一顶不孝的帽子。

再退一步说，就是重查了当年的事，还了左将军府一个迟来的公道，那也是于事无补。两百多条人命回不来了，便是恢复了昔日清誉，人已死绝，徒留名声何用？

纪焕停下步子，似笑非笑地望着她开口："皇后竟如此明事理，甘心以德报怨？"

分明是极严肃的神色，说的却是极轻佻的话，陈鸢勾唇笑了笑，撩了一下耳边的一小撮碎发，温声道："哪儿就有皇上说的那样夸张？只不过觉着这赵谦也是个可怜人。"

时至今日，陈鸢才深刻地体会到那句可怜之人必有可恨之处是个什么意思了。

她对国公府的感情极为复杂，往往是恨与怨大过于挂念的。饶是这样，这些天来她也是一觉都没有睡好，睁眼闭眼都是老太太他们死时的惨状。将心比心，赵谦这么多年过的是什么日子她猜都能猜到，他不可怜吗？

曾经的天之骄子沦落至此，自然是可怜的。

但是非不分、一意孤行，自然也是可恨的。

夜色如凉水淌过，陈鸢这时候觉出些冷意来，她不再说话，身子往男人那侧挪了挪。纪焕目光瞥过她微红的鼻头，转而问起其他来："瞧你午膳后便心不在焉的，在想些什么呢？"

提起这个，陈鸢嫣红的唇便紧紧抿成了一条直线。她抬眸偷瞥他一眼，夜色如墨，但借着前头太监手里打着的灯，她仍能清楚的看清他脸上的每一丝表情。

男人天生有着一副好皮囊，与陈鸾见过的任何一个男子都不一样。他只消换一身衣裳，便有另一番气质风韵，这样风光霁月般的男人，即便只是寒门学子，也必定惹得许多女子春心萌动。

更遑论他如今的身份，自是引人趋之若鹜的。

将来进宫的美人数都数不尽，她一眼望过去，不定得有多少张千娇百媚的新面孔。她们会为了帝王恩宠，为了皇后尊荣，将来为了太子之位，一步一步紧逼。

纪焕见她欲言又止，不由得挑了挑眉，从喉咙里发出一声低沉的带有疑问语气的"嗯"字来。陈鸾看着他略显慵懒的神情，默默地将卡在嗓子眼的话咽了回去，垂下眸子顺其自然地改口："养心殿伙食太好，臣妾今日照镜子时，觉着是胖了好些。"

美人多愁，纪焕上下扫了她一眼，似笑非笑地哄问："陪我回养心殿用晚膳可好？劳累了这么久，腹中有些空。"

陈鸾于是彻底不说话了。

这人绝对是成心的。

用完晚膳，宫女们将膳食一样样撤下，胡元走进来，眼皮耷拉，嘴角却恰到好处地上扬着，瞧不出他神情是悲是喜，这是他一贯的表情。

"皇上，才得到的消息，兰老夫人带着几位少爷小姐进京了，住在了以前的宅子里。瞧这样子怕是老太傅也要回来。"

他的声音并不小，自然也落到了陈鸾的耳朵里。她讶异地抬眸，轻咦一声，重复地念了一遍："兰老夫人？"

胡元躬着腰解释："正如娘娘所想，是娘娘的外祖家。"

陈鸾默了半晌，侧首去瞧一侧气定神闲的男人，眉尖微蹙，问：“皇上早知此事？”

纪焕漫不经心地按着她纤细玲珑的手指，眼皮子也没抬一下，声音温淡：“老太傅辞官归隐，如今再次举族回京，定然是要递上折子上报一声的。”

“皇上允了吗？”陈鸾瞳孔黑白分明，眸底澄澈，一丝杂质也没有。

这样的傻问题，她竟也能一本正经地问出口来。

不允兰老太太能这样大摇大摆地回来？

纪焕别过眼，生硬地回她：“没有。”

陈鸾陡然笑开了，杏眸成了一轮弯月，任由身子一歪，跌到兀自冷着脸的男人怀里。那双有力的臂膀将她虚虚地揽着，两人挨得那样近，就是心跳也要声声融在一起似的。

“都将人外孙女拐到宫里来了，朕若不允，岂不得罪了宫里最得圣宠的皇后娘娘？”

自她封后以来，外边的流言蜚语不少，陈鸾也听底下的宫女们愤愤地暗骂过，却头一次听男人这般揶揄轻佻的话。微愣间，她眼底的笑意一点点积淀，如煮沸的春水，蒙了一层雾气又转瞬消失无痕，只有如铃的笑音是真实存在的。

“皇后再得宠，必然也是比不得皇上英明决断的。”说罢，她又忍不住抿了唇。

小姑娘平素多见稳重，难得有这般犯傻的时候，纪焕伸手拂了拂她微红的脸蛋，也跟着勾了勾唇，问：“这般开心？”

陈鸾点头。

她确实开心。

从她有记忆开始到现在，外祖家连着母亲这块儿便一直是空白的，她只能从别人的口中知道一些零碎的陈年往事，大多还不尽准确。饶是这样，她对外祖家仍是有一种天生的好感与亲近。

读着就是十分温暖的字眼啊。

外祖苏祁曾担任太傅一职，是昌帝最尊重的老师。当年苏媛去世，老两口受不住这样的丧女之痛，老太太更是哭得晕过去好几回，险些没能挺过来。最后还是苏祁去面见昌帝，而后走了一趟国公府，第二日便举族离开了京都。

至于谈了些什么，没人知道。

只是那一天之后，陈鸾就被接到了老太太屋里养着，吃穿用度样样精细。而康姨娘苦等十几年也没能扶正，直到陈鸾定了亲，老太太才堪堪松了口。

这些事陈鸾不止听人提起过一次，且每年生辰，老太太那儿总会有许多稀奇古怪的玩意儿。那些东西大多别致金贵，是花了心思准备的，她却一眼便能瞧出不是老太太的手笔。

这么些年，礼物一次也没少，外祖家的关爱，她实打实的感受到了。十三四岁的时候她也写过几封信给外祖家，只是奇怪的是，那些信如同石沉大海一般，连半个水花也没冒便杳无踪影了。

夜色漫进殿里，带着冷森冷森的寒气。纪焕将睡过去的小姑娘抱到床榻上，细细地掖好了被角。明明外头还堆着好些奏疏要批阅，他的脚却像生了钉子一样，半步也不愿意挪动了。

这些日子他嘴上不说，实则心里时刻都绷着一根弦。明里暗里护着她的人不算少，他却总觉得不放心，直到赵谦被抓回天牢关着，他心里绷着的那根弦才终于松了些。

橘色的灯映出昏黄的暖光，一圈圈照在小姑娘的脸上和身上，每一寸都渲着柔和的雾。纪焕伸手将覆在她脸上那两撮黑发拂开，低叹一声，才要收手起身，便被另一只纤细嫩白的手握住了。

那手腕细得实在可怜，纪焕不敢使力，怕一碰就折。他沉沉低笑，意味深长："怎么，舍不得我走？"

于是小姑娘那睫毛颤得愈发厉害，就连白玉凝脂一样的颈子都泛出粉红来，只是怎么也不睁眼，覆在男人大掌上的手也不曾拿开。

纪焕于是撩了明黄色的衣袍坐在床沿上，脊背直挺，眼里幽幽燃起一团森暗的火。他不是那等沉迷声色无法自拔的男人，若今日做此举动的是旁的女人，只怕他眼也不眨就嫌恶地拂袖而去了，可偏生榻上这位轻易就能勾出他的心软与怜惜来。

"醒了还不睁眼？那我可真走了。"纪焕哑着声音笑。

陈鸢这才睁开眼睛，不知是才睡醒还是想到了些什么，她眼里蒙着一层朦胧的雾气，水光涟涟，像是才哭过一场，叫人见了心里不忍极了。纪焕目光在她脸上扫了一圈，声音低了好几度："又做噩梦了？"

这些日子她时常做些怪梦，醒来就挂着泪水，一言不发地呆坐着。纪焕自然看不得那样的场景，所以哪怕政务处理得再晚，也会回养心殿陪着她小眯一会儿。

陈鸢摇摇头，伸出纤柔的藕臂环住男人的腰，一股熟悉的薄荷香便飘到了鼻子里，她吸了吸鼻子，声音里尚带着些鼻音："阿焕……"

陈鸢叫完这一声，也不知道后边该说什么，有很多东西堆在心里不吐不快，堵得她难受极了。

纪焕身子陡然一僵，唇畔的笑意也淡了下来，喉结上下滚动一圈，漆黑的眼底却燃起了炙热的焰火。

她叫他"阿焕"的次数屈指可数，记忆中也唯有喝醉酒神志不清的时候脱口而出，此后便再也没有过了。

两回，每回她这般叫他的时候，他都恨不得将她揉成团融入骨血里去，生与死都永远不分离。

陈鸾知道，他一直期望听到什么，希望得到什么。其实她心里特别清楚，可心底的那道坎她过不去，直到方才，她才突然明白了很多事情。

身为高不可攀的九五至尊，她身侧的这个男人，其实一直都在低着头弯着腰同她相处，迁就她，包容她，急她所急，想她所想。

陈鸾声音更加哽咽了，她揪着纪焕胸前的衣物不撒手，觉得自己真是不懂事极了。她从喉咙里挤出声来，一声声的就像是最烈的酒，灌在纪焕心上，灌得他飘飘然分不清东南西北。

"外祖进京的事，是你开口先提的对不对？

"前两天有个宫女碎嘴，说我没了国公府做倚仗，日后迟早会被其他妃子踩下去，你当即发火将那宫女处了。当着我的面没说什么，实则心里比谁都在意。是你联系的外祖父对不对？"

陈鸾自顾自地说着，泪水却跟着越掉越快，像是流不完一样。她也不去管，抬起袖子胡乱地擦了，一张小脸狼狈得很。

男人从始至终都没有出声，只是安静地听她说着。

"外祖父年事已高，但在文臣武将中都有威望。你叫他们全族搬回京城，是为了培养新锐力量，多加提拔，日后好成为我新的倚仗对不对？"

她曾说人心是最不可靠的，比人心还不可靠的是男人的嘴，所以纪焕暗地里做了什么，其实很少同她讲。他只是将这份爱化作另一种实质的能叫人放下心来的力量，他将来若真的见异思迁爱上了第二个陈鸾，这份力量也能保她在后位上安枕无忧。

陈鸾脑子转不过那么多弯来，直到今日胡元前来禀报说外祖母已经到了京都，她才如打通了经脉一样，想明白了许多事情。

她声音越发颤得不像话，但仍在断断续续地说："还有你前两日说想要个孩子，其实是想让我生下嫡长子，这样即使后头进宫的妃子再多、再厉害，也动摇不了我的位置对不对？"

她一连好几个对不对，唯独这条，被男人否定了。

纪焕抽过床角小几上雪白的帕子将小姑娘的泪一点点擦干，有些无奈地道："还能回过味来，倒也不算太笨。"

陈鸾才要说话，鼻子里却冒出个鼻涕泡泡来，她顿时觉得没脸看他。

纪焕边笑边掰过她的小脑袋将那鼻涕泡擦了。他笑起来时眼角眉梢都柔和下来，就连声音也似带着丝缥缈仙气般："不拘男女，是咱们的孩子就好。"

他抚了抚陈鸾平坦的小腹，神情罕见的十分温柔："后来想想，朕的鸾鸾自个儿都还是个小姑娘呢，还是缓两年再说罢。"

陈鸾突然将脑袋往他怀里一埋，闷闷的声音随之传来："那往后，你就多疼我一些，少去别的地方好不好？"

她才说完，便又不放心了，抬眸细细观察男人的神色。因为刚哭过一场，一双原就勾魂的杏眸似是盛了两泓清泉，整个人像极了林间被箭瞄着不安的麋鹿。

纪焕揉了揉她松散如海藻一般的墨发，含着几分逗弄的意味开口试探："再叫我一声。"

陈鸾于是乖乖地又叫了一声"阿焕"。

不是那声白日里娇滴滴却又带着疏离的皇上，也不是羞恼时的连名带姓。这样的一声，叫纪焕听了只觉得身心愉悦，倒真不想去管堆在前殿那些恼人的奏疏了。

只是现在时局未定，锦绣郡主和赵谦余党尚未被收监归案，他可不认为他们会就此收手离去。这始终是一根留在心底的刺，一日存在他便一日寝食难安。还有苏祁，回京路上，保不齐有什么人听到了风声欲除之而后快。

这些事，都需要他亲自操持定夺。

想到这里，纪焕剑眸里积郁许久的暗色有若实质，脸庞上的线条更紧绷了些。他对着小姑娘温声道："别乱想，有那时间还不如去前殿接替胡元研墨的活，也好多陪陪我，嗯？"

陈鸾顿时不声不语地摇头。

她实在没那等心性，站着不消片刻便要走神，往往沾了一手的墨汁。此前已是被男人接连取笑了好几回。

于是纪焕就只好将没骨头一样软在他怀里的小姑娘拉起来，想了想实在舍不得，又将人拉回来抱了会儿，温声道："前殿还有好些折子没看，你先睡着。若觉着饿了，便叫苏嬷嬷做些糕点吃。"

陈鸾顿时摸了摸腰间的肉，摇头拒绝："我不饿，不吃。"

长夜漫漫，几根抽了枝的兰草叶爬到了镂空的窗上，才两天的工夫便往上蹿了一大截，和着殿里的香薰起舞，夜色都柔和了几分。

纪焕走的时候，陈鸾眼巴巴地望着，他迈了两三步又折了回来，银线勾边的软靴落在床边。他挑起小姑娘的下颚，面色阴晴不定，开口道："哪儿来的那么多别处他处、后宫姐妹？

"一个也不会有。"

他语气有些凶，说完就大步绕过了屏风。陈鸾在床榻上呆坐许久，而后渐渐地泛出深浓的笑意来。

高高悬起多日的心，这一刻轰然落地。

这一夜，陈鸾睡得极好。

纪焕处理完政务回来后，小姑娘已经睡下了，但这么些天养成的自觉倒是不赖。他才将将躺到榻上，她就摸索着自觉地凑了上来，一只手臂搭在了男人的胸膛上，轻飘飘的也没什么重量，纪焕却觉得有一簇火在胸口烧了起来。

他知道小姑娘睡得浅，这会儿其实是半睡半醒间，迷迷糊糊的不想睁眼。他忍了忍，最终还是动了动身子将人虚虚搂过来，哑着声音在她耳畔唤："鸾鸾。"

陈鸾这些时日气性大了些，他声音低沉，沙沙哑哑的还带着热气，她一下子就躲了开来，眼也没睁的就抱着被褥躺到了最里侧，嫌弃之意显露无疑。

男人哑然失笑，偏生又稀罕她这副模样，倒也没舍得真将人吵醒。

她这些日子见天儿的做噩梦，往往醒来时衣裳鬓角都湿了，眼角还缀着一大片乌青。

一夜无梦，第二日陈鸾睁眼的时候，太阳都几乎到了头顶。流月与葡萄听了细微的动静，一个笑着将才摘了含苞待放的花枝递进白玉冰纹瓶里，一个则将垂着的床幔帘子挂了起来，后边伺候梳洗的宫女鱼贯而入。

陈鸾念着昨夜男人的那句话，禁不住勾勾唇，露出两个温甜的小梨涡来。葡萄见她心情好也跟着笑，似是想到了什么，声音清脆地道："方才胡公公身边的小太监又来送了好些东西，娘娘要瞧瞧吗？"

这后宫中，无论是珍贵的字画古玩还是稀松平常的簪子手钏，只要前头加上一句皇帝赐的，便足够领赏的人得意许久。

若不是得君心圣宠，皇上怎么会特意赐下东西？

寻常人总会将赏下的东西摆在殿里的显眼位置，不光为了给别人瞧，自个儿多看两眼也是舒心的。

可如今整个后宫，就明兰宫这么一位女主人，占的还是陛下嫡妻的位置，自然无需显摆炫耀什么。

所以起先还是胡元亲自来送，后面次数越来越多，来的人就成了常年跟在胡元身后的小太监，有时一天得来上好几回。

常说"物以稀为贵"，这送得多了，陈鸾往往扫一眼就叫放在库里了。但是现在陈鸾心里念着男人昨夜说的那些话，每字每句都像是裹了层糖衣的糖葫芦似的，怎么品都是甜的。听了葡萄的话，她嘴角的笑意又大了两分，温声道："呈上来吧。"

流月于是憋着笑去端了来。

是两盘炒得喷香的瓜子。

陈鸾脸色登时由白转青，最后又晕开些红来，为了不被两个丫鬟看笑话，硬生生地抿着唇不出声。片刻后，自个儿又绷不住地笑了。

她自然知道这瓜子为何而来。

自从苏嬷嬷昨日提了那事，她心里头不舒坦，就是在去大理寺的马车上头，也有一搭没一搭地说着"等新的妃嫔入宫，臣妾便不再这般日日无聊了，得了闲就约几个妹妹赏赏花、嗑嗑瓜子，日子倒不乏味了"这等话来。

乏不乏味她不知道，但确实能怄死她。

这话说得傻气，任谁都能听出那话里夹杂的酸醋味来，偏生昨日马车上男人只是冷淡地"嗯"了一声，便再无后话了。

原是留着这茬等她呢。

陈鸾身子离了铺就软裘的凳面，走到那两碟瓜子前，白细的指尖捻起来一颗放在唇边，动作微顿，觉出一股子酸枣味来。

流月迎上自家主子疑问的目光，肩膀颤了几下，竭力稳着音道："娘娘，那来送东西的小太监说是皇上特意吩咐的，说是娘娘最近爱吃酸。"

陈鸾捧了一捧在手心里，她掌心白净，这会儿沾上瓜子外衣的沙砾也仍是根根如青葱。她扬了扬下巴，道："拿下去分了吧，本宫若是嗑完，牙又得疼上一阵儿。"

流月和葡萄这才没有推拒，各自捧着一捧瓜子放进了兜里，笑着打趣道："托娘娘的福，咱们竟也能见见这样的稀罕物。"

皇上赏的，若放在外头，说是一颗千金也不为过，自然是稀罕的。

养心殿前头有一方鱼池，大理石砌的栏杆旁，是一棵又一棵并排的小桂树。前些日子才挪过来生了根，这会儿倒也褪去了那颓萎之色，枝丫间甚至还缀起了些嫩黄，一簇一簇的小花，馥郁的香味飘出好远。

陈鸾赶在午膳的当口去了趟妙婵宫。

纪婵这些日子热衷于侍弄花花草草，庭前的小院子里摆放得满满当当，陈鸾一眼扫过去，认识的竟没有多少。

陈鸾的脚步声极细微，流月与葡萄都守在妙婵宫外，纪婵却仍是听着了动静，侧身回眸时脸上的寒意有些重，见是陈鸾，才眉目稍弯，缓缓地笑开了。

"瞧你这模样，是打算在我这宫里蹭顿午膳？"纪婵用帕子擦了擦手上的木屑，笑着说道。

"有这打算，不知公主留不留客？"

她们自幼相识，笑闹贫嘴惯了，倒也没觉得有什么不妥，互相看了两眼后又各自撇开眼抿出个笑来。

纪婵手抖的病已好了不少，每日汤药不断，她自个儿倒没觉着什么。可陈鸾每回一来，总觉着她又消瘦不少。

像是开春飘落的柳絮，白羽一样，停落在某个温暖角落里，眷恋着人间的风光多逗留了一会儿，最终还是要随风而上，消失在第二日晨起茫茫雾霭里的。

这样的感觉让陈鸾心里十分不是滋味。

用过午膳之后，纪婵与陈鸾躺在摇椅上，足尖轻点，那竹子做的摇椅便嘎吱嘎吱地摇了起来，一声声的不紧不慢，像是敲在人心尖上一样。

这般静谧里，连外头的虫鸟鸣叫也渐渐远去。纪婵突然侧首望向陈鸾，声音有些弱："鸾儿，过几日咱们让佳佳进宫一趟吧。"

陈鸾点头："听说南阳王已应下建威将军府的提亲，我问过皇上，确实是个不错的人选，咱俩还未同她道一声喜呢。"

以南阳王夫妇和沈佳佳那几个兄长对她的疼爱程度，选的绝不会是凡俗之辈，其处处思量考虑自不用多说。

如此良缘，自然该道贺一声。

纪婵闻言轻笑了一声，将手上的冰冷护甲一一取下，留了一个握在手里把玩："说起来咱们三个自幼玩到大，就佳佳活得快活自在些。"

"这深宫多少重门，将你我锁在了牢笼里。行有规矩，寝有规矩，处处都是枷锁，活得就像一只精贵的金丝雀儿。"说罢，她自嘲地闭了闭眼，睫毛印下一排阴影。

陈鸾不知她为何突然说出这样的话来，三公主盛宠之名三国传遍，这宫中的礼法典规通通束缚不了她。虽说犯了严重些的事时许皇后也会罚她，不过昌帝往往心疼，惩罚之事也就不了了之。

她在这宫中来去自如，宫里住腻了就搬去外边的公主府玩上一段时日，如此反复，哪能算是被困在笼中的金丝雀呢？

就是陈鸾也是与这几个字眼沾不上边的。

两张摇椅离得近，并排躺着。纪婵伸手勾了勾陈鸾的手腕，脸上的神情复杂又恍惚，声音轻得几乎听不见："我答应了袁远。"

陈鸾从躺椅上支起身子，她自然知晓纪婵不可能以这样的事开玩笑逗乐，当下就讶异地出声问："答应了什么？晋国的求亲？"

不过是眨眼间的工夫，纪婵就已收敛了原先的颓唐，姿态重又散漫起来："大燕与晋国两相交好，联姻是常事，且鸾儿……"她突然望向了陈鸾，接着道，"撇开其余不谈，我是当真想嫁给他，只是晋国的皇宫，人生地不熟，再没人宠着护着，每走一步都得如履薄冰、瞻前顾后，时时计较着得失，又不是我喜欢的。"

陈鸾能想象那样的场景，皇宫从来都是吃人不吐骨头的地，为了争宠，为了更高的荣耀和显赫的地位，各种阴私下作的手段层出不穷。

她回握住纪婵有些冰凉的指尖，安慰道："虽然我与袁远才见过几面，但瞧着他是真心待你的，自然会处处护着你。"说罢，她又有些不放心地道，"若是那边日子不好过，千万别闷在心里，一纸书信到我们手上，皇上自然会想法子接你回来。"

这也是纪焕答应许皇后的。

纪婵时时都有后路可退。

她的身子就像蜿蜒的藤蔓，软软地躺在摇椅上，片刻后轻笑着开口："他待我自然没话说，不然我也不会想去那尔虞我诈的地儿。"

陈鸾这才点点头，问："皇上知道了吗？"

纪婵眼尾微敛，额心处的花钿泛着妖冶的红，美得触目惊心，她掩唇打了个哈欠，慢吞吞地道："不知，我还没与袁远说，你别说漏了嘴。"

陈鸾哑然失笑，旋即也跟着眯了一会儿。

等天色渐暗，太阳不遗余力地洒出最后一缕热气，整片天空顿时泾渭分明，一半是昏昏沉沉的暗，一半是印在琉璃瓦上的暖光，最后竟慢慢地融成了灰青色。

风越刮越大，夜里估计要下一场雨。

陈鸾在养心殿门口没瞧着胡元，略思索一番又带着人去了御书房。

男人果然还在里头批阅奏疏，也不知用过晚膳了没。

胡元为陈鸾挑开帘子，一边走一边小声提醒："陛下方才发了好大的火，晚膳瞧都没瞧一眼就叫撤了，娘娘多劝着些。"

男人沉稳内敛，凡事心中有数，少有人前发怒的时候，可一旦真生了怒，无人敢上前劝一句。

陈鸾脚下步子缓了缓，蹙眉问："发生了何事？"

"是大理寺那边出事了，就在方才，有人擅闯大牢意图劫狱，死伤了不少人。"

外头的云聚在一起，堆叠成了不知名的形状。天气越发闷热起来，狭长宫道两侧的琉璃瓦上像是被泼了一层油上去，很快，一道惨白的光划破天际，第一声雷炸响。

雷响几声，雨才淅淅沥沥而下，与前些日子的滂沱大雨不一样，但也足够消解闷热。

陈鸢眉心紧皱，重复着又念了一遍："劫狱？"

天牢守备森严，进去的多是些臭名昭著的恶徒或是犯了事的官员，看管得十分严，她从未想过有人敢闯天牢劫人。

胡元躬着腰替她撩开齐整的珠帘，珠子与珠子碰撞的声音在这方天地里格外清脆。他压着声儿道："不瞒娘娘说，是为着赵四公子来的。"

他不说，陈鸢也猜到了。

这段时间入狱的，且有那等背景的，也只有赵谦了。

这也恰恰证明了锦绣郡主及其他余党都还在伺机而动，并未离开京都。

珠帘之后是一扇十二屏孔雀图屏风，上边金绣银织，孔雀开屏，外边随之绣上了祥云和福字，瞧着格外大气。

御书房里熏着龙涎香，胡元送到这里也弯腰退了下去。陈鸢于是边走边看，拐过一处摆放着书橱的小角，她视野陡然开阔，一眼就瞧到了黄梨书案上正襟危坐的男人。

"来了？"纪焕抬眸，瞳孔中威严之色如潮水般退却，冲她招了招手，隆起的眉峰稍缓。

陈鸢踱步走了过去，才走到他跟前，就被一双温热有力的大掌掐了腰肢。男人语气淡漠，隐含疲惫："胡元都说了吧？"

陈鸢迟疑着微微颔首，细声道："大概知道了些，是大理寺的天牢出事了？"

纪焕眉头皱得更紧了些，环着她的力道也更紧了些，他声线绷得厉害，补充道："就在一个时辰前，天牢守卫更班的时候，赵谦培养的暗卫动了手，天牢守卫不是对手。"

说到这里，陈鸢不由得出声问："他被救出去了？"

纪焕摇头。

陈鸢松了一口气，便听他继续道："天牢里也有暗卫守着，再加上赵谦受伤不轻，这才没有得逞。"

言下之意就是只差一点点，就真叫那赵谦逃出去了。

"皇上在为此事烦恼？"陈鸢手指纤细，根根如细嫩的青葱一样搭在男人的袖口上，白得如上好的羊脂玉，于是威严冷冽的五爪金龙上也融了一层暖光。

男人高大的身子有些僵直，他缓缓地松开手，看着小姑娘懵懵懂懂的模样，低叹了声，道："接下来的这段日子不会太平，赵谦已被转移了地方，他们也不会再贸贸然行动了。"

这话只说了一半，陈鸢却懂了他的未竟之意。

不会贸贸然行动是因为他们现在摸不到赵谦具体所在的位置。但有锦绣郡主在，是绝不可能眼睁睁就这样瞧着赵谦上刑场或者悄无声息死去的。

他们必然会想些别的法子……

陈鸢深想下去，只觉得从头到脚凉了个彻底，外头又是一声闷雷炸响。她嘴角嚅动几下，最后还是勾出了一个笑来："我不怕。"

她将下颚轻轻压在男人的肩膀上，他的身上有股子令人心安的味道，她轻轻用脸颊蹭了蹭他温热的脖颈。若不是时候不对，这样全身心的信赖足以使纪焕身心愉悦。

纪焕眸光更暗，如同两口幽暗无底的深洞，他不想再和她多提这件事，转而伸手捏了捏她长了些肉的脸蛋，低声哑问："我早些时候遣人送去养心殿的东西可看过了？"

那两碟瓜子？

陈鸾默不作声，半晌才蹦出来一句："皇上竟这么爱戏弄人了？"

从前的那个八皇子，冷着脸的时候是一块冰疙瘩，常年没个笑脸的，一丝人气也没有。当了皇帝后威严更深，板着脸的模样人人瞧了骨子里都冒寒气，独独对她却是不同的。

私心里，她欢喜这样的变化，欢喜得不得了。

纪焕站起身来，天生冷硬的眉眼惊起一种逼人的气势，他个子比陈鸾高了许多，这会儿居高临下地望着她，漠然勾唇道："难不成是我那天会错了意？"

陈鸾不明所以，她抬眸，杏目里似乎能滴出水来。

他目光在她玲珑的身子上扫了几眼，欲笑不笑的，声音也听不出什么情绪来："鸾鸾莫不是真想多找几个姐妹嗑嗑瓜子聊聊后宫琐事？"

陈鸾这回反应过来了，她嘴角微垂，眉梢眼角都落上了几分不愉快，抓着男人宽大的衣袖一个劲儿摇头道："前个儿夜里，你自己说了的。"

她顿了顿，有些不放心地问："皇上金口玉言，难道要对一个小女子食言不成？"

纪焕眼里泛开三两缕笑意，小小的一个人儿仰着头看他，咬着下唇，神情既有些忐忑又蕴着倔强。纪焕再是如铁的心肠也得软下来，他缓缓将人带到怀中，极低地笑："朕瞧瞧，果然是酸枣子味的。"

时间如水从指间流过，日子一过就是十几日。陈鸾仍住在养心殿，这段时日她虽没觉着有多惶恐不安，却也是留了心眼处处小心，每回出养心殿，哪怕只是饭后走动，身后也是一大群人跟着。

这还仅仅是明面上的。

日子过得波澜不惊，此时正值夏季末秋季初，空气中那几欲将人吞噬的炙热总算开始消散，偶尔起风，也多了份寒凉萧瑟的意味。

苏祁是在九月初九到的京都，只歇了一夜，第二日就得了宫里的旨意进宫面圣。

陈鸾昨夜自得知了消息便心绪不宁，嚷嚷着想瞧瞧外祖。

她长这样大，包括在成亲那日，都没能见见外祖一家。现在终于能见了，心情实在是复杂，既忐忑又期待，还夹杂着一丝两缕的好奇意味。

小丫头最近嗜睡，又不需每日晨昏定省，常常睁眼的时候，他都差不多快下早朝了。

好在她心里念着事，今日倒没有睡过头。纪焕遣胡元来接她的时候，陈鸾已经穿戴齐整，笑意温软，眼眸都弯成了漂亮的月牙儿，心情显而易见的好。

从养心殿到御书房并不远，一条青石小路倒也平坦，只是昨夜刮了风，打落了些花和枯枝落叶，踩上去便发出清脆的断裂声。胡元一路走一路说，陈鸾却听得十分认真，一个字也不曾错过。

"……娘娘去瞧了便知道了，苏太傅身子硬朗，瞧起来也是健旺，这会儿已经跟陛下谈完事了。"

按理说前朝臣子与后宫嫔妃是不能相见的，便是远远的见着了，也应该避让着躲开，以免落人口舌，多生是非。这后宫里的人，哪个是不想家人的呢？奈何规矩摆在那儿，若不想被污蔑指证前朝后宫相互勾结，便只能老老实实地守着。

想到这里，胡元不动声色地瞥了一眼陈鸾柔和的侧脸，憋了半晌，终是悠悠吐了一口气，感叹道："皇上对娘娘当真是极好的。"

这好的都没了边，皇宫里的规矩也不知为这位破了多少了。

这绝不仅仅只是顾念着以前的情谊，而是实打实的庇护与宠爱。

陈鸾与胡元也是打了多年交道的熟人了，她低眸瞧了瞧鞋面上缀着的圆润珠子，那珠子随着她走动的步子左右晃动。她似是有些不好意思，挽了挽鬓边的黑发笑了笑，到底还是没有开口说什么。

好不好这种事，她心里感受的比谁都真，但一附和便有些微妙了。

一路到了御书房门口，有太监进去通报了声，而后小跑着出来，毕恭毕敬地请陈鸾进去。

陈鸾理了理衣裳，觉着没有不妥当的地方，这才抬步进去。走动的时候，她余光瞥见发髻上的银钗流苏垂下来一穗，随着步子轻荡，倒也别致。

当着外祖的面儿，陈鸾表现得十分得体，脸上的笑容恰到好处。她眼眸微抬，朝着正座上的男人盈盈福身："皇上金安。"

纪焕绕过长案儿，亲自将她扶了起来。

一直在旁边站着的老者像是终于被唤回了理智，朝着陈鸾拱手，苍老的声音里暗蕴着激动："老臣参见皇后娘娘，娘娘万安。"

陈鸾身子僵了片刻，眼神却像是有自己意识一样望了过去。那是一个白发白须的老者，瞧着年岁已高，可气质十分温和，乍一看，像是话本中活了几百年的老神仙。

陈鸾勉强稳着声音道："外祖无需多礼。"

话虽如此，该行的礼数还是得周全了。

许多年未见，当年小小糯糯的一团儿如今已成长得如此亭亭玉立，眉眼与小女儿生得别无二致。饶是苏祁这样的心性，一时之间也收不回视线，只觉得心里堵得厉害。

这么些年，没有嫡母与外祖家照拂，也不知她是如何在那恶臭的国公府活下来，又是如何凭着自个儿的力量在这吃人的后宫里站稳脚跟的。

苏祁辞官前是太傅，眼力这块自然没有话说，只是寥寥几眼，便看出元成帝对自己这唯一的外孙女是存了情意的。

这样一想，他有些怅然若失，不过须臾间，又被另一种庆幸取代了去。

能得帝王恩宠，是莫大的福气，鸾丫头在后宫也算是享了独一份的特殊待遇，等苏家稍稍景气些，便可能成为她的后盾。

不知怎的，被苏祁以那样一种慈爱而温和的目光看着，陈鸾竟有些紧张。她不动声色地咽了咽口水，手里出了些细汗，纪焕有所感应，对苏祁道："太傅桃李满园，再任太傅之职也是众望所归。"

谁一把年纪再回来任太傅之职都会惹群臣非议，唯独苏祁不会。

许多官员都受他提拔，叫他一声老师。

苏祁这才收回了目光，神色严肃起来。他有些犹豫，不知该不该应下。

被传召回京的时候他并没有想得那么深远，直到方才纪焕提起叫他官复原职再操劳几年的时候，苏祁思虑良多，最后还是婉言推拒了。

他这次上京，最主要的还是想瞧瞧外孙女，次要的便是监督家中两个小的孙辈准备科考，他到底是老了，精力不行了。

可现在他瞧着像是与自己已亡幼女一个模子里刻出来的外孙女，心里头已经熄灭下去十数年的火又重新有了燃起的苗头。

"皇上，此事容臣再考虑考虑，回去与家人商议一番，三日之内必定给个答复。"苏祁目光微闪，还是松了口。

从原先毫不迟疑的推拒到现在的三日考虑时间，纪焕闻言已是满意地颔首，声音也温和许多："太傅才回京都，朕今日便不留你了。明日朕与皇后登门拜访，定要与太傅喝个尽兴。"

苏祁原本肃正的脸庞一松，偷偷看了陈鸾一眼，见她笑意恬淡，心里五味杂陈，怜惜之意愈浓。对于元成帝提早冠上的太傅之称也没有过多计较。

等老人略显佝偻的身影消失在视线尽头，陈鸾这才收回目光，有些不放心地对着纪焕问道："外祖父年事已高，当真能继续任太傅之职吗？"

闻言纪焕冷哼了声，提笔在素白的宣纸上勾画，边写边说："装的。"

"能吃能喝，能蹦能跳，天天还能打两遍拳。昨夜赶到院子里的时候，还挥鞭将你那表弟吓唬了一顿。"纪焕眼皮子都没掀一下，手下的动作如行云流水，丝毫没有停顿。

陈鸾万万没想到是这样，檀口微张，半晌才回过味来，也不知该不该笑，只是憋得辛苦。

就方才那几眼，她对苏祁有种无理由的亲近之感，这种感觉在陈申或者老太太身上都没有过。

"我听说府上几位表弟表哥特意进京参加科考，皇上为何非要将外祖留在朝堂？"陈鸾有些不解，问得也认真。

以苏祁那样的年纪，就是现在应了下来，不过三五年就得彻底回府养老，来来回回折腾，岂不是多此一举？

纪焕将笔搁下，揉了揉她乌黑的发，黝黑的眸子里大浪一层比一层高。他瘦削的下颚微抬，声线绷得有些紧："苏祁亲自培养出来的后辈，我倒没什么不放心的。只是少年再好，也需时间历练积淀，一开始便委以重任，难以服众。

"这两三年，只要苏祁在朝堂上顶着，苏家后辈便能顺势崛起。"

男人什么都考虑到了，每字每句都是在为自己着想。陈鸾吸了吸鼻子，想说些什么，张了张嘴却发现什么也说不出来，鼻尖贸然冲上一股子酸意。

纪焕瞧她深受感动，红了一张小脸的模样，忍不住扯了扯唇角，将话给补完整了："两三年之后，咱们的长子或许便会出生。朕想给你最好的，孩子也一样。"

他曾经受过的泥泞苦难，遭到的冷眼慢待，自然不会落在他们的孩子身上。

那个孩子一出生便会是太子。

陈鸾下意识地伸手抚了抚平坦的小腹，忍不住问他："那若是个女孩，皇上又如何呢？"

纪焕神情温和，他脑子里勾勒出一幅画面：一个白白小小的姑娘，长着与陈鸾七八分相似的脸，整日里腻在他身边，娇声娇气地喊着父皇。

必然与她娘亲小时一般惹人怜爱。

"也好。"偌大的御书房中，男人的低笑声格外醇厚，如同低低奏起的风笛："女孩随你，我更欢喜。"

陈鸾脸上突然泛出好似花苞尖尖的微红粉霞来，她盯着自己的脚尖，细声细气地嘟囔了一句："现在还早呢。"

第十六章

疏忽

陈鸾原以为纪焕说的第二日登门拜访是客套话，直到第二日一早醒来，却见床边站着的男人一身银月色长袍，隔着屏风也能窥见他笔挺的身姿和身上那股子清冷出尘的气质。

葡萄开了一扇窗子，阳光照进来，白色的尘末在七彩的光晕里旋转，欲落不落，浮浮沉沉，恬淡的香味随着风逸散出去。陈鸾从榻上起了身，刻意压低了声音问："现在是什么时辰了？"

流月端着银盆进来，瞧了瞧外头高高挂起的太阳，如实相告："娘娘，巳时了。"

陈鸾于是又偷瞥了外头的人一眼，问："皇上来了多久了？"

说起这个，流月都替主子觉着不好意思，她贴近了陈鸾，声细如蚊："皇上来了约莫有大半个时辰了，还唤了娘娘好几声儿……"

只是您睡得熟，没醒。

这后半句话流月是断断不敢说出来的。

可饶是她不说，陈鸾也能根据她的表情猜到些东西，她沉默了一会儿，悄无声息地又躺了回去。

流月的表情登时变得一言难尽。她踌躇片刻，还是凑上前去提醒了一声儿："娘娘，您今日还要和皇上出宫去苏府呢，您忘了吗？"

陈鸾眼神迷蒙了，坐起来瞥了瞥屏风外端坐着的人，终于确认他身上穿的是出宫的常服。她目光变换了好一会儿，好歹还是起了来。

流月与葡萄这才对视一眼，松了一口气。

娘娘这阵子不知道为何，许是前阵子日日熬药调理身子的原因，竟变得嗜睡起来。两三个月前她们进来都得是轻手轻脚的，一有什么响动娘娘就醒了，醒了就再也睡不着了。

说来这倒也是件奇事。

但娘娘眼看着身子也丰腴了些，瞧着也不像是坏变化。再想想苏嬷嬷说的，女人与女孩是不一样的，她心思灵透，隐隐约约知道苏嬷嬷的意思，只是脸皮薄，没敢深想下去。

出宫的马车并不惹眼，陈鸢尚有些睡意，又靠在男人的肩膀上小眯了会儿。纪焕有些不放心地蹙眉问："昨夜朕没回养心殿，可是又梦魇了没睡好？"

男人心情不算好的时候，总会下意识自称"朕"，陈鸢眼皮子动了动，却仍是睁不开眼。

她爱答不理地回了句没，又往他身上靠了些，细声细气地抱怨："不知是什么原因，现下躺在榻上眼一闭就能睡着。"

且还唤不醒。

得亏后宫里头上没有皇太后压着，下没有妃嫔要应付，不然一天天的都得劳累死。

车轱辘转动的声响不大，马车也驶得平缓。外边日头大，却没了之前的那种炙热之意，清风微撩起车帘，露出最里边一张千娇百媚的女人面孔。

他们的马车并不起眼，一路驶过最繁华的东西两街，默默从人流中穿过。而后停在幽幽小巷最尽头一处略显破旧的宅子门口。

陈鸢弯着身子出了马车，流月才想上前将人扶住，便见清风更快一步牵住了那双在阳光下白得如玉的手，动作不由得僵了会儿，旋即垂着眸子站到了陈鸾的身侧。

陈鸾有所察觉，杏眸含笑瞥向流月，倒也没说什么。

她身边的两个丫鬟是从小跟在身边伺候的，如今宫里大事没有，琐事不断，流月与葡萄两人终究有不得闲的时候。于是她便将伺候的二等宫女清风提了上来，这几日瞧着安分勤快，也不是个多事多话的性子。

这样就挺好了，毕竟她身边大多数的事，依旧是流月和葡萄在管着。

苏府空置了许多年，但因一直有人留在宅子里看家打扫，倒也没有显得脏乱，瞧着就是宁静安和的地儿。而那扇紧闭的铜门之上，漆金的苏府两个大字遒劲有力，不同于国公府那般盛气凌人，而似在平和地娓娓道来。

这应当是苏祁的手笔。

纪焕今日穿着月牙白长袍，袖口衣领处都镶着银线，阳光一照下来，便泛着熠熠的光。褪了那身龙袍，他身上的锋利威严也跟着消减不少，那股子书生的温和清冷便显露出来，墨发玉冠，温文尔雅。

老管家早早的得了苏祁的吩咐在门口守着，这会儿跪地行了个大礼后起来开了门请他们进去，一边侧身引路道："老爷早早的就吩咐过不得声张，因而也不好出来亲迎，请皇上皇后恕罪。"

"无妨。"纪焕将手里的玉折扇一收，流苏穗子随之坠下。他牵着陈鸾的手，两人今日穿的衣裳也是一对儿，又都是天生的好皮囊，瞧起来就如同画卷中走出的神仙眷侣一般，跟在老管家身后漫步。

陈鸾的心里五味杂陈，她的目光瞥过府上错杂的小道和长廊水亭，脚尖如同踩在云端上一样，每一步都软绵绵的。

这里边住着的人，都是母亲的至亲。

这是她的外祖家！

亲近的感觉自心底而起，她面上不显，其实心里有些激动与雀跃。昨日在御书房她头一回见了苏祁，可是碍着身份，也没有说两句话，今日特地便装前来，自然不用讲究这些。

纪焕随意一眼就看穿了她的想法，在花园拐角处捏了捏她纤细的手指头。清冷的眸子望向别处，话却是对她说的："怎么见朕的时候，就没见你这样开心过？"

陈鸾讶然，旋即勾出浅浅的笑："胡说，臣妾每回见陛下，笑得都十分开心。"

笑得十分开心，谁知你心里几分开心。

在纪焕的潜意识里，陈鸾这个人算得上是无欲无求。早些年除了自己以外什么人和物都看不上眼，就是再好再贵重的物件摆在她眼前，也属于瞄一眼就过的那类。

只有看到他出现的时候，那双蕴着烂漫星河的杏眸才会泛出星星点点的光亮来，那是专属于他的待遇，如今被另一家人分去了。

纪焕心头有些梗，他嘴角微动，若再继续说下去，自己都能觉出几分幼稚来。

罢了，第一回相见总是不一样的。

苏府百废待兴，照顾的丫鬟婆子都是一路从小地方跟过来的，但有人特意教导着，行为举止像模像样，倒是没有人往他们身上偷瞥打量。

正堂里，苏祁和兰老夫人听见了声响，带着回了京的小辈出来迎接。日光昭昭里，一对璧人携手而行，可此时此刻，苏家所有人的目光都汇在了那蕴着浅笑的女子身上。

只那么一瞧，兰老夫人呼吸就重了几分，身子都要站不稳，大半重量都压在四姑娘身上。

"祖母，您没事吧？"四姑娘苏粥忧心忡忡地问。

苏祁皱着眉头握了老太太的手，温声道："你身子不好，等会子见了人就回屋歇着吧，赶路赶了这么多日，你也辛苦了。"

兰老夫人摇头，视线胶着在了陈鸾身上，这孩子那般年轻美貌，像极了她的母亲。

"我身子自己心底有数，你们都别担心。我只是瞧着皇后娘娘，想起了她。"老夫人嗓子哑了，十分艰涩地发出声来。

至于那个她是谁，大家都心知肚明。

苏媛，自从她去世后，这个名字在苏府便成了一种伤痛，提都提不得，老太太为此哭晕过去许多回。

"参见陛下，参见皇后娘娘。"

苏府百年书香世家，自是人丁兴旺。陈鸾一眼望过去，除了苏祁，全是生面孔。

"都起来吧，今日朕与皇后微服前来，不必讲究那许多规矩。"纪焕声音温和，单手将苏祁扶了起来。

等人都起来，陈鸾的目光就落在了兰老夫人的身上。老太太一身绛紫，梳得齐整的发髻上白发占了大多数，许是长途跋涉月余，精神瞧起来不是很好，只是目光十分慈祥和蔼。

苏祁后边站着两个身高体壮的男人，瞧着和陈申差不多岁数，面容粗犷，板着脸的时候威严十足。两人瞧向她的目光热切又激动，陈鸾心想，这应当就是两位舅父了。

苏媛是当年苏家最小的孩子，又是唯一的女子，是苏府里千娇百宠的嫡小姐。及笄时提亲的人都踏破了门槛，她却怎么也看不上，最后自个儿择了一门那样的亲事，落得个不得善终的下场。

正是花一样的年纪，生活都才刚刚开始，人就莫名其妙的没了。

一场从天而降的无妄之灾，让他们白发人送黑发人不说，还留了一个尚不知事的外孙女。小小的一个人，没了嫡母照拂，在那镇国公府的深宅后院里，怎么过的都不知道。

这么多年，苏府的人都没有从伤痛里走出来。

他们躲在穷乡僻壤的小镇里，做起了商人生意。这么多年过去，苏家在当地声名显赫，财富也积蓄了不少，眼看着要给府上的小辈择亲的时候，一张密旨被送到了苏祁的书桌上。

没人知道上头写了什么。

只晓得苏家发生了翻天覆地的变化，乡下那些庄子铺子都变卖了出去，就连伺候的丫鬟婆子和府上的侍卫都放出去不少。这一度让小辈们心慌意乱，甚至以为苏家出了什么大问题。

直到来京都前，苏祁才肃着脸将情况告诉了他们。镇国公府遭人复仇血洗，现在皇后中宫无援，他着重问了两个儿子的看法。

他老了，苏家以后能做主的就是他们。

答案是毋庸置疑的。

苏家小辈心气高，哪怕没有发生这样的事，他们也是准备进京科考入仕撑起一方天地的，苏祁亲自教导出来的后辈，没有哪一个是甘于平凡的。

这个时间不过是提早了小半年罢了。

正午的日头有些大，虽不像之前那般热得叫人受不住，可陈鸾和苏府的几位小姐皮肤娇嫩，脸上都泛了红。兰老夫人看了心疼，连声道："陛下和娘娘请到正堂一叙。"

于是众人退到两侧，纪焕一副温文尔雅书生模样，手里摇着一柄玉扇，不急不慢地走在前头，陈鸾落后两步，也跟着进了正堂。

正堂里满满当当挤了一屋子的人，瞧着陈鸾的目光或好奇，或慈爱，或激动。热热闹闹的，叫陈鸾也不由得抿唇笑了。

最后还是苏祁觉着吵闹，目光在那些小辈身上扫了一圈，开口驱道："人也见着了，都该干什么干什么去，等会子考校功课，谁若是答不出来……"

他没有再说话，陈鸾瞧着几个与自个儿差不多大的男子抖了抖身子退出去的模样，就知道那未竟之意不是什么好话了。

陈鸾的两个舅父苏耀和苏宁没有离开，余下的小辈，也只剩下一个四姑娘。她安安静静地守在老太太身边，忍不住偷偷看了主位上的男人几眼。

这是她见过最俊朗的男子，身上那股子清贵气质无法遮掩。相比之下，沅城的那些才子俊杰简直像生在了泥土里。

她不动声色地垂下眼眸，一声不吭地挽住了老夫人的手臂。

能够站在这样的男子身侧，做他的皇后，她这个表姐哪里就有父亲母亲嘴里说的那样可怜了？

陈鸾没有察觉出她的小动作和心思，因为站在她跟前的老夫人眼里泛起了泪花，激动得浑身都在细细地抖，想伸出手摸摸她又顾忌着规矩犹疑不决。

纪焕把玩着手里的玉扇，见状似笑非笑地眯了眼，抬手将鱼白瓷盏推回原位，起身对苏祁道："今日朕带皇后回娘家，如此拘谨倒失了本意。"

　　因为这句娘家，叫所有人都有片刻的呆滞，包括在朝堂上如鱼得水的苏祁。

　　所有人都知道，外祖家和娘家到底不同。一个外字，将距离拉出千万里，可亲口说这话的人，是皇帝。

　　苏祁与兰老夫人对视一眼，前者深吸了一口气，有些激动地朝纪焕抱拳道："臣谢陛下恩典。"

　　纪焕沉默了三秒，没有再说话。

　　陈鸾难得见他这副模样，忍不住笑出了声，而后踱步到苏祁面前，端端正正地福了个身，笑意温软清浅："外祖父安。"

　　苏祁登时急得摆了摆手，声音粗得不像话："娘娘这是做什么？老臣哪里受得住这样的大礼？"

　　能让中宫皇后福身拜礼的，除了皇上和太后，再无他人了。他一个才谋面的外祖父，哪里能当着帝王的面受这样的礼？

　　这万万使不得。

　　苏祁急忙伸出双手去扶她，却见跟前停了一双银白金线边的软靴。那软靴的主人白日里坐在金銮殿上发号施令，这会儿却半弯了腰冲他作揖，跟着喊了一声外祖父。

　　若不是声音仍是极冷的调子，苏祁简直要怀疑眼前之人是被调了包专程来耍他的。

　　什么情况？苏祁活了这么多年，头一回觉得自己耳朵和眼睛都出了问题。

　　果然是老了吗？

　　屋子里的人都像是被施了巫咒一样，一动不动。就连苏祁也极迟疑地看着眼前的一双璧人，眼睛瞪的如同见了鬼一样。

　　陈鸾没有想到他竟会做出如此举动，她眨了眨眼将那股子直冲眼眶的酸意逼下去，转而笑着冲愣怔的兰老夫人也行了个礼，唤了声外祖母。

兰老夫人下意识地应了声，可当姿态清贵的男人也跟着叫外祖母的时候，她眨了眨眼，不知该如何是好。

这谁敢应？

苏府的正堂里一片寂静，外头的鸟鸣虫吟便越发清晰了，太阳的暖光透过微黄的镂空窗打进来，一束一束地交织在一起，泛着七彩的流光，正正好落在陈鸾那双如琉璃的眼眸里。

最后还是苏祁重重咳了一声，敛了面上的波澜，开口道："都坐着吧。"

于是依次落座，陈鸾思量二三，抬步坐在老太太身侧。纪焕掀了掀眼皮似笑非笑地望了她一眼，而后坐在了陈鸾二舅父苏宁的右首侧，神情看不出喜怒来。

陈鸾见得分明，在他坐下的那一刻，她那高大魁梧的二舅父面皮颤了颤，原本大刀金马放在椅背上的手也默默地收了回去。

兰老太太终于敢伸出手握住陈鸾，目光格外慈祥和蔼，从上到下仔仔细细将她瞧了一遍，最后颤着声道："长得真像你母亲。"

陈鸾笑意又浓了几分，白皙的小脸上露出两个梨涡。一旁站着伺候的苏四姑娘有些腼腆地出声："姑姑是美人，娘娘也美。"

小姑娘是在沅城出生长大的，虽然跟在老夫人身边学了许多东西，但环境摆在那儿。她看不到京都才子佳人的风采，目光所及皆是沅城的小打小闹，到底是眼界不同，所以说出的话都带着一股子未见世面的娇憨意味。

两人以前从未见过，这是头一回见面。兰老夫人放下手里的佛珠串，温声同她介绍："这是你二舅父的女儿，比娘娘且小一岁，单名一个粥字。苏家这一辈里头就她与娘娘两个女孩儿，因而一直在我身边养着。"

陈鸾认真地听，直到老夫人说完，她才笑着望向苏粥，软声道："来前就听说过有这么一个表妹，这会儿算是见着了。是个美人坯子，嘴也甜。"

出宫前流月与葡萄就将苏府上下的人都打听了个齐全，陈鸾也瞧了那列出来的单子，对苏家后辈的情况略有了解。

苏粥是苏宁的嫡女，二房正室所生，下头还有两个庶弟。然苏家家规严明，嫡庶分明，所以哪怕二夫人只生了苏粥这么一个女孩儿，地位也丝毫没动摇。

而苏粥作为苏家后辈里唯一的女孩儿，俨然就是当年的苏媛。人人都宠着纵着不说，还自幼被抱到老太太屋里养着，就连请来教书的先生也比沅城其他千金好上许多。

男人们聊着聊着面色凝重起来，一同去了书房，而陈鸾与老太太也换了个地儿坐着。凉亭上软风幽幽，小水渠里荷花开败，剩下几只莲蓬懒懒地挂在荷叶梗上，细细一瞧，里头的莲子都泛着黑，已经吃不得了。

苏粥一直站在老太太身侧，陈鸾几回叫她坐下，都叫她红着脸摆着手推拒了去。兰老夫人见状也只是笑："娘娘不知道，这丫头脸皮薄又怕生，叫她坐下反而更不自在些。"

陈鸾于是也就不再强求。

到底是女人间的谈话，兰老夫人说着说着，想起赵谦那桩事来，眉头皱成了一个结，压着声音道："没想到那赵谦是个这样是非不分的人，我当时听着你外祖父说起这事儿，一阵的心惊肉跳，生怕你也遭了殃。"

　　茶盏盖儿碰撞的声响细微一顿，陈鸾脸上的笑也跟着淡了几分，片刻后叹着气道："陛下去审问时，那赵谦说欠苏府一条命，这才没有对我下手，不然也不好说。"

　　兰老夫人听了这话，吓得脸都白了，拿着手里那串佛珠手钏连着念了两声阿弥陀佛，而后才将那件陈年旧事慢慢道来："实则也算不上什么救命之恩。当年左将军还未犯事入狱，先帝爷派你外祖父和左将军去福州赈灾。那地儿不是好地方，再加上左将军才从战场上下来，明伤暗伤都还未好，自然而然的就病倒了。

　　"所谓病来如山倒，左将军高烧数日不退，当地的大夫束手无策。那样的情况就是回京都是万万不能的了，随行的官员都已然放弃。独你外祖父日日去探看，最后还用上了自己随身带着的老参给左将军吊命。

　　"左将军醒来后，常常将此事挂在嘴边，说欠我们苏府一条人命，实则你外祖父那样的人，见了谁都狠不下心来置之不理。"

　　陈鸾这才知道赵谦嘴里的欠苏府一条命是什么意思，她手指头摩挲着发热的杯身，若有所思。

　　苏粥抬眸偷偷看了几眼陈鸾，她和自己想象中的皇后不是一个样子，倒显得温和随意许多，没有端着架子高高在上。但转念一想，今日跟着前来的男子那般温柔体贴，而后宫也只有她表姐一个，不需争不需斗，自然是不一样的。

　　如果……

　　苏粥眨了眨眼，不动声色地将念头压了回去。

　　陈鸾不再提这样沉重的话题，她声音轻得如初春飘开的柳絮，这导致兰老夫人和她说话都不敢说重一个字，生怕惊着了这样的可人儿。

"我今日才见着外祖父和外祖母，还未同几位表兄弟说过话。陛下来时同我说，若是他们愿意，可到学宫学习知识，为明年的科考作准备。"陈鸾手腕微动，露出一截水灵通透的玉镯子。

老夫人有些无奈地笑骂："那群兔崽子……我唤人去寻了叫娘娘见见，希望他们莫辜负了陛下与娘娘的一片好心。"

陈鸾点头颔首，目光落在小亭栏杆外的一丛月季上，一簇簇的开得正好，阳光的映照下，花瓣呈现出透明色，片片晶莹剔透。

她母亲是最喜欢月季的，因而苏府荒废这么多年，月季花却是盛开不绝，这份心意，比镇国公府不知强了多少倍。

苏粥亲自去唤人，兰老夫人乘机握着陈鸾的手，悄悄地问："娘娘与陛下成婚多时，可预备着要个孩子了？"

陈鸾脸皮薄，被老夫人这么一说，脸上登时就泛出点点红霞来。她迟疑着摇头道："我年少时落了水，身子骨弱，现下在宫里还得时时熬着药静养。陛下也说不急，等两三年后再要也不迟。"

毕竟她和纪焕的年纪也都不大，没到那等急迫的地步。

老夫人却是叹了一口气，替她着急起来："我眼下是瞧见了的，陛下对你有心，这是好事儿。可这男人，心都是会变会偏的，得趁着后宫没进人的时候，怀个孩子傍身。你是皇后，又是嫡长子的生母，日后皇上就算贪新鲜宠上了别人，你也是独一份的体面。"

这话陈鸾从许多人嘴里听过，但凡位高权重的男人，哪个不是妻妾成群享齐人之福的？

老夫人也是为陈鸾着想，旁人也不会说这样的话惹她不开心。

远处苏粥和一帮青年的身影越走越近，陈鸾敛眸回道："外祖母说得有道理，然孩子这事倒也急不来，且看缘分罢。"

老夫人握着她的手，心底叹了一口气，倒也没有再说什么。

孩子这事，当真是求也求不来，不然也不至于那么多后宫嫔妃郁郁而终，一生都没求来一个孩子。

绿叶红花之间，苏粥带着人穿梭而过，最终停在了小亭子口。为首的两名男子稳重，后面的三个瞧起来年纪不大，都冲着陈鸾行了大礼。

陈鸾起身一个个将人扶了起来。

老夫人由人扶着挨个儿给陈鸾介绍，两个年纪稍大的分别是苏耀和苏宁的长子，一个嫡出一个庶出，剩下三个小的，有两个是苏粥的庶弟，还有一个则是苏耀的嫡子。

苏家家教好，嫡出庶出间的隔阂不是那般深，兄弟间的感情都不错。

陈鸾一一见了，才侧首对流月吩咐道："将出宫前备的礼拿上来分给少爷和小姐们。"

既然是前来探望，自然不可能两手空空。她早早的就叫流月与葡萄准备了些稀罕物件备着，这会儿子刚好拿出来做个见面礼。

至于几位长辈的礼，则是胡元亲自备好，由纪焕送出，也显得格外隆重些。

叫陈鸾觉着有些意外的是，那两位比她年纪大的表兄也给她备了份礼，其中一个挠着头有些不自在地道："别家都是兄长给妹妹备礼。苏府这些年经商，别的没有，一些古董物件倒是多得很。只怕比不得皇宫宝物贵重，但愿能博娘娘一乐。"

礼虽不是什么大礼，这份心意却是实打实的，陈鸾心尖上涌上暖意，笑着颔首，轻言细语："两位表兄有心了。"

老夫人一边看一边笑，临到头眼中又泛起了泪花。

老人家年纪大了，最大的愿望便是看着这些孩子们长大成家，和乐顺遂。男子心有大志、安家报国，女子身子康健、夫家和善。至于其他皆是虚名而已，不提也罢。

此番若不是为了她这可怜的外孙女，她和苏祁这两把老骨头也不会再踏入京都。

苏府书房，四季常青的藤蔓顺着墙壁一路向上攀爬。这么多年时间，早已经将两侧的房梁屋脊裹上一层油脂般深色的翠，细嫩的触须探到了屋顶的瓦片上，安安静静地接受着日光的照耀，不声张不招摇，生机勃发，绿意盎然。

男人坐在窗子下的藤椅上，身姿挺括，嘴角噙着浅淡笑意，手里把玩着那柄玉扇，耐心地等着什么。

书房里的其余三个男人紧皱眉心。半晌，苏祁将手里的笔砚放回原处，终于苦笑着开了口："陛下这是吃定了老臣啊。"

"太傅于先帝有师生情谊，若不愿意，朕不会相逼。"纪焕起身，书生模样，声音温润。

苏祁看着眼前锋芒尽敛的男人，眸光闪烁一下，一时之间竟不知该说些什么。

说是不会相逼，可才见了外孙女的他，哪里舍得那么小的一个人独自在后宫那样吃人的地儿沉浮谋生？

见他迟疑，纪焕微不可见地皱眉，而后淡声道："三年之后，太傅便可彻底隐退，朕绝不挽留。"

苏祁不解，沉声发问："为何陛下一再强调三年的时限？"

"皇后少时伤了身子，现下不宜有孕，若年后调理得当，或许便会诞下皇子……"他的目光在苏家几个男人身上扫了一圈，接着道，"皇后没有娘家撑腰，太子不得立，势必又会掀起一场血雨腥风。"

苏祁深深吸了一口气，拢在袖袍下的双手不稳，他有些不确定地问："皇上的意思是……只要皇后产下长子，那个孩子便是太子？"

每朝皇帝上位，势必都是在夺嫡之争中脱颖而出，凭借真本事与鲜血赢来的尊位。虽嫡庶有别，但太子之位关乎江山社稷，轻易不立。

毕竟那孩子届时成不成器还十分难说。若是烂泥扶不上墙，哪怕是中宫所出，也难以服众，不可能担太子名位。

纪焕长指敲打在古籍上，一下一下有节奏地轻响，声音清寒："无论是不是长子，太子之位只可能落在皇后所出的嫡子身上。"

从苏府回宫前，陈鸢被兰老夫人拉住再三叮嘱了好些话，最后拐到一件事上。

老夫人朝苏粥努了努嘴，道："说来也有些不好意思，四姑娘从小在我身边长大，性子随了她娘，有事闷在心里头什么也不说。现在也到了成亲的年纪，我与你外祖父离京数十载，对京都的才子俊杰不甚了解，娘娘若有觉着好的，提前与我说一声儿。"

她年纪大了，能活一年是一年。只是先得将这些个小辈安排好，这样便是哪天两腿一蹬走了也不至于留有牵挂。

两个年龄稍大的孙辈自有他们爹和娘操心相看，单这苏粥的亲事，她是怎么也放心不下，一定要万般考虑妥善后才定下的。

当年苏媛的事无疑是前车之鉴，那样刻骨铭心的教训，苏府再承受不来第二次了。

陈鸢微愣，目光随即落在绿叶红花丛中安安静静站着的苏粥身上。她略思忖半晌后点头应下："等过了这段日子苏家安稳下来，外祖母和舅母可接下一些帖子去往各府赴宴拜访，最后还是得问问四表妹自个儿的意思。

"我在宫里倒没有留意过这些，回头叫人摸清了底细再给外祖母传个话，有几家儿郎当真是不错的。"

兰老夫人这才欣慰地咧了咧嘴，一笑起来眼角的细纹堆叠，慈祥又和蔼，叫人一见就生亲近之感："也不拘家世如何，主要是人好有担当，夫家之人和善，容易相处。"

眼看余霞染红了半片天，独属于秋日傍晚的寒凉袭来，纪焕终于踏出了书房，白衣出尘，瞧起来心情不错的样子。

陈鸾见状，知道事情是谈妥了。

马车沉默而缓慢地行驶，陈鸾身子放松下来，脑袋倚在男人的肩胛骨上，有一搭没一搭地同他说话。后来不知想到什么，她眼睑微垂，漫不经心地开口："外祖父可答应了？"

纪焕嘴角微动，似笑非笑地伸手捏了捏她柔软的指骨，声线低沉："明知故问。"

陈鸾来了精神，她支起身子，藕荷色袖口滑下去半截，露出一段冰肌玉骨和手腕上的翡翠镯子，勾得人口干舌燥。她却偏生不觉，转而说起苏粥的事来。

苏家对她好，投桃报李，她自然对老夫人亲自开口的事格外上心些。

小姑娘玉手托腮，喋喋不休地说了好些话，调子既懒又有些沙哑。纪焕原还分出七八分的心神听，到了后头，眼神已然变了。

之前数个夜里的芙蓉帐内，小姑娘哭过后便是这么个声调，浑身软得如面团一样，每一声都叫他难以自持，勾得人又起了食髓知味之感。

"皇上？"陈鸾声音微顿，娥眉微蹙，如细葱一样的指尖搭在男人腰间的玉佩上。她又问了一遍方才的问题："这京都的未婚儿郎，哪位堪为良配？"

男人没有吭声，剑眸中涌动着有若实质的浓黑，宛若打翻了的墨砚池。半响后，他突然轻笑一声，蕴着七八分隐忍克制开口，声音粗哑得不像话："不若今夜鸾鸾再将朕哄高兴一回，明日朕便下旨赐婚……"

他话意未尽，陈鸾回过味来登时就红了半截耳根子。她将手里的玉佩一松，挪着身子离人远了些，端着脸回他："不必了，臣妾自个儿回去查。"

啧，男人有些遗憾地抿了抿唇。

之后三日，她再也没有见过纪焕。有些大臣被召入宫，在御书房一待就是一个下午，连午膳晚膳都是在宫中用的。

陈鸾对朝政并不感兴趣，但在这样的情况下也隐隐约约猜到了一些事，不是前朝时局有变就是为着赵谦的事。

毕竟锦绣郡主和那些隐匿的暗卫一日不除，便一日是个威胁。

这伙人穷凶极恶能灭人满门，还神不知鬼不觉地藏在暗处，京城哪个世家不怕啊？

当年参与了这事的官员和世家都被愁云笼罩，府邸里的防卫力量增到了最强。甚至就连当年只在口头上落井下石了几句的人都惶惶不安起来，就怕自家成为第二个镇国公府。

好在赵谦被捉住了，锦绣郡主他们也不可能真不顾及他的生死妄自行动。

陈鸾坐在养心殿的罗汉榻上，瞧着外头被风吹得晃动的树梢出神。良久她捧过放在小几上的白瓷杯在唇畔轻抿一口，温热的茶香熨平了她的眉头，她长长地松了一口气。

前来报信的还是总跟在胡元身后跑的小太监，他躬着腰毕恭毕敬地道："皇上叫奴才给娘娘带句话，说晚膳就不在养心殿用了。"

瞧这样子，今晚也不会回来歇息。

陈鸾瞧了瞧外头的天色，默不作声地点了点头，道："本宫知道了。"

再这么熬下去，铁打的身子也吃不消啊。

又到月中，夜色如潮水般席卷了大地，同时还带出了九月的凉意。树叶沙沙作响，若有人不小心踩过，便会惊起树梢上的一两只夜鸟，悲鸣声传出老远。

陈鸾在绵软的床榻上翻来覆去的闭不上眼，最后到底还是起身下地唤了人进来。

她已经连着三日没有见到纪焕了，自从他们成亲以来，这是头一回。

陈鸾心里头涌出些不安与惶然，又被她强自压抑了下去。于是她吩咐人去御膳房提了些点心过来。

月光如银皎洁，投落在御书房的前庭，顿时水光浮动，波光粼粼。远处成群的高大殿宇都成了陪衬，成为这幅月光画中不可或缺的一部分。

门口三五太监提着灯照明，灯笼在冷风中晃晃悠悠。羽林军分布在两侧，表情如出一辙的冷漠，手中的佩剑寒光凛凛，跟在陈鸾身后的清风见状缩了缩脖子。

胡元见她亲自来了，一边下台阶将人迎上来一边低声解释："娘娘，主子爷和南阳王在里头谈事情呢，谁也不让进，您看……"

陈鸾笑着打断了他左右为难的话，道："规矩本宫是知道的，公公不必为难。本宫忧心陛下身子，带了些点心来，且在门口等会儿也无妨。"

胡元听完，脸上现出了几条很深的皱纹，愁得不行："这几日降了温，夜里凉。娘娘身子金贵，不若还是先回养心殿歇息？待陛下谈完事，奴才自会将点心送进去。"

陈鸾似笑非笑地瞥了一眼清风手里提着的食盒，不咸不淡地问："你劝得动？"

那男人忙起来，全然不把自己的身子当回事的，胡元提了一嘴后自然不敢再三相劝。

这倒也是。

胡元讪讪地笑，没有再说什么只是将陈鸾引到了背风的漆红圆柱下，简单说了几句："娘娘不必忧心，皇上心里都有数呢。"

"到底发生了何事？"陈鸾皱眉，向来温和的声音有些发冷。

出了什么大事，大半夜的也不得安生。

胡元苦笑着摇头，只说了一句："奴才知道的也不多，但好像是与锦绣郡主有关。"

陈鸾紧了紧手中的帕子，目光落在眼前紧闭的雕花门上，似是能透过去看到里头的情形。

"嘎吱"一声，门被人从里边推开，南阳王身子高大挺括，然而面上净是掩也掩不住的疲惫之色。他一边揉着眉心一边踏过栏槛，在瞧到陈鸾的时候步子顿了顿，旋即扬起和善的笑，抱拳行了个礼，随意扫了眼身后宫女提着的食盒便大步流星地出去了。

皇宫有皇宫的规矩，又是入了夜，他得尽快出宫。

南阳王的背影很快融入进无边的夜色，陈鸾扫了几眼后收回了目光，踏过朱红门槛进了御书房。

珠帘掀起又落下，发出清脆的碰撞声。

屋里熏着安神静心的沉香，精巧的香炉上燃起袅袅的烟，东南两边的窗子都关得严严实实。甘甜的香顺着呼吸淌到了心里，陈鸾繁杂的心思一点点沉寂下来。

纪焕却并没有坐在屋子正中央那张威严凛然的紫檀木椅上。陈鸾脚下步子顿了顿，而后转过双龙争珠的屏风，见到了半倚在床沿上神情疲惫的男人，而后者也闻见了空气中若有若无的桃花香，缓缓睁开了眼。

陈鸾将手里的食盒放在一侧案几上，发出细微的碰撞声响，好看的眉立时皱起，朱唇轻抿，面色不虞。

这个角度，正巧能叫她将男人眼中纷杂的血丝看个清楚——也不知他到底多长时间没有好好歇息过了。

纪焕倒是若无其事地支起身子，朝她勾了勾手，声线慵懒："来了？"

没有丝毫意外，倒像是早料到她会过来一般。

陈鸾挑眉，朝他走了几步，男人长臂一揽就将人带到了自己身边。

"过了今夜就是第四日了。"男人终于开了口，"朕不出现你也当真不来找？"

说罢，却是将自个儿气得轻笑起来。

小姑娘怪没良心的。

陈鸾眨了眨眼，长而卷翘的睫毛像是一小片撩拨人心的羽毛，悄无声息地垂落着，连带着说话的声音也是极轻的："皇上这几日不是见朝臣就是忙着批奏疏，臣妾便是想来也没有机会。"

后宫不可干政,她虽然受宠却也不能将老祖宗定下的规矩破了,不然还真成了蛊惑君心、犯上作乱的妖后。

再说能让男人忙得三天两夜都合不上眼的事必然十分重要。她帮不上忙也就算了,却不能在这时候拖了他的后腿。

小姑娘心里的想法明摆着写到了脸上,纪焕哑然失笑。因是夜里,她没梳白日里那种齐齐整整的发髻,如海藻般的长发自然垂落,上头别着根精致的羊脂玉簪。靠的近了,那股子桃花香便越发诱人。

御书房里有一张玉雕花床榻,专供帝王处理政务劳累之余小憩所用,这几日纪焕便是在这里将就着歇息的。

两人侧躺,四目相对,陈鸾瞧着他眼里的血丝,软声细语地道:"我给你带了些点心,先用了再歇吧。"

纪焕轻笑一声,须臾间已闭了眼,孩子气地迫着她躺在他精瘦有力的臂膀上,声音里现出些疲惫来:"朕有些累了。"

这是她第二回听他说累这个字。

第一回是成亲前,纪萧突然被发现在京郊的庄子里暗藏兵器。陈鸾不懂这其中的玄妙,只知昌帝动怒,纪萧从高高在上的太子之位跌落,那日她见到纪焕时,他眼下挂着两团浓郁乌青,对她笑着说有些累。

那么这回,又是因为什么呢?

她的模样太过纯真无辜,纪焕伸手,瞧着黑发如水一般从自己指间流淌而过,眼底流露出淡淡的笑意:"赵谦五日后将被腰斩示众。"

陈鸾迟疑着开口:"那锦绣郡主和那伙左将军府的暗卫该如何找出?"

纪焕揉了揉她光洁的额心，但笑不语。

过了一会儿，陈鸾自个儿也反应过来。她于是勾勾唇，自我调侃了一句："当真是傻了。"

以锦绣郡主对赵谦的情意，苦等十几年都无怨无悔，又怎么可能眼睁睁地看着赵谦去死。

既然如此，那么五日之后的刑场上，锦绣郡主必然会现身，就如同他们那回劫狱一样。

这样一想，陈鸾就知道这几日纪焕都在忙些什么了。既然知道了锦绣郡主下一步的动作，那相应的，他们也能在刑场周围设下天罗地网，只待敌人上钩。

这样一想，陈鸾觉着轻松了些。

这事一日不处理便有一日的隐患，她也不想日日被皇家暗卫盯着护着。

"待这事过后，臣妾想宣佳佳入一趟宫，她才定下人家，年后便要出嫁了。"她声音顿了顿，接着道，"袁远几日前回了晋国，临走时婵儿应下了与他的婚事。"

她们三个再想聚在一块儿谈天说地，也不知是何年何月了。陈鸾与沈佳佳见面倒是不难，只是若纪婵嫁往晋国，便与他们隔了千万里的距离。

陈鸾说着说着，心里突然涌起一股子说不清道不明的滋味。纪婵与沈佳佳从小就护着她，三个人几乎是手牵着手长大的，一眨眼却都到了嫁人的年纪。她的心里有直面未来的希望，同时也夹杂着离别前的伤感不舍。

她们三个都会好好的，多年以后，也依旧可以坐在一处笑着提起年少时的风趣事。

男人久久没有出声，御书房里一片静寂。陈鸾低眸一看，却见他已然闭了眼，睫毛和女子一般浓密，静静地搭在眼皮下方。这个男人睡着之后，脸上的阴鸷寒凉都消失殆尽，那张有棱有角的面庞变得柔和温雅。

陈鸾将手轻轻搭在他的腰身上，心里头一片安宁，没过多久也跟着睡了过去。

时间过得飞快，三天时间眨眼间就从指尖溜过。第四日早晨，外头的鸟叫虫鸣不绝于耳，一轮太阳散着耀眼的光芒。昨夜下了一场暴雨，今日却是个好天气。

陈鸾手里握着晦涩难懂的古卷，心思却全然没在那上面。

明日午时，赵谦就要被拉出来腰斩示众了，锦绣郡主那边却迟迟没有动静。她突然有些心慌，但不过是一瞬间的工夫，却又被她压了下去。

流月今日在花瓶里放上了几枝月季花，上头的花苞才将吐露芬芳，娇嫩鲜活，让这有些沉闷的养心殿也跟着有了些活力。

葡萄将一碗清粥端到陈鸾跟前，问道："御膳房又做了许多新的糕点，娘娘可要试试？"

陈鸾眼眸一亮，旋即又暗了下去。她摇了摇头，有些遗憾地拒绝："不了，等会子又闹起牙疼来，真真儿受不住。"

苏嬷嬷倒是若有所思地盯着陈鸾小腹瞧了好一会儿，也不知是在想什么，片刻后她笑着道："娘娘这段时日的胃口好了不少。"

陈鸾颔首："或许是一直用徐太医的药调理滋补身子的缘故，这段时日吃的东西确实比从前多了些。"

她顿了顿，接着道："该拘着些了。"

"娘娘可觉出别的不适来了？"

陈鸾瞥了苏嬷嬷一眼，见她神色认真严肃，便也细细思索起来。良久后才有些不自然地道："睡得时间也长了些，时常日上三竿才起。"

自她十三岁后便没有了赖床的毛病，日日早起去给老太太请安，久而久之也就形成了习惯，就是最难挨的冬日，也是早早就起了的。

苏嬷嬷深深吸了一口气，旋即笑了起来，眼底净是欢喜。她喃喃着道："娘娘上个月的小日子还没来呢。"

陈鸾一愣，旋即明白了她的意思，登时就傻了眼。她摇了摇头，迟疑不定地开口："可本宫小日子时常不准，有几回也是漏了一两个月不来。况且太医也说了，这两年怀上孩子的可能性很小。"

不然纪焕也不会念着两三年后再要。

就怕因此损了她的身子。

苏嬷嬷喜得涨红了脸，她拍着手道："错不了错不了，奴才这就命人去唤太医给娘娘把把脉。"

这可是件天大的喜事。

流月与葡萄也围了上来，笑得和墙边才开的月季一样。她们都是自幼跟在陈鸾身边伺候的，从镇国公府一路到东宫，再到入住明兰宫。这一路走来看似宽阔，实则处处是陷阱与荆棘，而今这小主子的到来，对她们来说无疑是一剂有力的强心针——娘娘今后可安枕无忧了。

陈鸾心里乱糟糟的，被苏嬷嬷这几句话说得既惊又喜，她伸手抚了抚自己一马平川的小腹，怎么也不敢相信里头会有个孩子。

她和纪焕的孩子。

陈鸾的杏眸慢慢弯成了月牙形，以往诸多不曾留意过的身体反应都印证了这个答案。她想今夜若是男人回来，她该怎样告诉他这个好消息。

他定会高兴地浅笑，当下可能没什么表现，暗地里却会去偷偷翻古籍，给孩子选许多好听的名字，然后心里猜测是男孩还是女孩。

男孩女孩都没有关系，他们的日子还那么长。

陈鸾想，原来不知不觉，她居然这样了解他，连他下意识的反应都推想了出来。

苏嬷嬷还没有回来，帘子却被另一名神色慌张的宫女撩了开来。她提着裙角，二话不说就跪在了陈鸾的跟前，脸上两条泪痕明显。

流月一下子护在陈鸾跟前，厉声喝道："放肆，皇后娘娘还……"

她很快就说不下去了，陈鸾也发现了端倪，目光落在柳枝的脸上，笑意淡了下去，心底的不安之感越来越强。

她们都认识眼前涕泪横流的宫女，和流月与葡萄一样，她是自幼跟在纪婵身边伺候的，颇得纪婵看重，就如同流月、葡萄与陈鸾之间的关系一样。

陈鸾眼皮子一跳，葡萄将人扶了起来，皱眉问："柳枝姐姐，你这是做什么？"

"皇后娘娘，您快救救公主吧，公主快不行了！"她身子倚在葡萄身上，哭得浑身无力，断断续续地重复，"公主被人下了毒，奴婢出来的时候，已经连话都说不出来了。连心去请了太医，这会儿也不知到了没有，公主最后和奴婢说想见娘娘，奴婢这才……"

这才急得没能顾上礼数。

陈鸾面上血色全无，茶盏陡然落地，摔得粉碎，温热的茶水如小溪一般蜿蜒流淌到了她的脚下。

养心殿寂静得可怕，昭昭日光下，就连外头风拂过枝叶"簌簌"的响动声也极为清晰地传到陈鸾的耳朵里。而让她面色一寸寸涌上惊慌的，则是柳枝抑制不住的低低的呜咽声。

陈鸾觉着此时此刻自己尚在清晨未醒的梦里，场景是那般的荒诞不经，一个字她都不能相信。

直到最后一块碎片落地，发出"铛"的一声脆响，她才陡然回过神来，二话不说就朝外头走去，脚下是绵软的，可步子却是飞快的。

流月和葡萄自然知道她与三公主的关系，也能窥见一两分她的心情，但仍免不得轻声提醒："娘娘您慢一些……"

万一——个脚下跟跄摔了小主子，谁也担不起那个责任。

此时此刻，太医虽还未来瞧过，可两个丫头都一致认定她家主子定然是有了。

难怪这两月胃口好了，也跟着嗜睡了。

陈鸾手指尖冰凉麻木，掩在软烟色袖口下细微而不受控制地抖。她根本就想不通缘由，脑海里混杂，思绪乱成了一团麻。

纪婵怎么会突然中毒？

谁敢偷偷潜进深宫下毒？又为何独独要害纪婵？其中到底有何目的居心？她一概不知。这事来得突然，就如同当头一棒，打的人措手不及。

袁远才走不到两日，会不会是晋国那边的人看不得他们俩的联姻结合？又或者只是袁远的仇家，在那头下不了手，于是……

陈鸾摇头，否定了自己的想法。

袁远在路途上，身边只带了一小队人马，再加上守在暗处的人，不过三四十人而已。这伙人不敢直接对袁远下手，却敢来大燕皇宫下毒，这是什么理？

也不怕露了蛛丝马迹，从而引起两国对峙开战？

妙婵宫偏僻，从养心殿走过去有段不小的距离，陈鸾每走一步身子就软上一分，心口处的惶惶之感也越加浓烈，这种感觉让她抿唇，面色沉了下来。

她突然觉得这样强烈的感觉有些熟悉。

上一次是在那梦魇中，陈鸾给她灌毒药的时候。

两盏茶的工夫后，陈鸾终于站到了妙婵宫的门口。宽大的铜门上刷了一层朱红色的漆，离得越近越刺眼，两个铜环吊在门栓下，在太阳底下泛着幽黑的寒光。

此刻的妙婵宫早就乱成了一团，守门的宫女不见了踪影。陈鸾踱步朝里走去，有两个太医气喘吁吁地跑在前头，甚至没有察觉到她的存在，脚下生烟一样进了正殿。

"葡萄，你去一趟太和殿。皇上现下在上早朝，你将此事告知胡元，叫他转告皇上。"

陈鸾眉心突突地跳动，她三步并做两步地朝妙婵宫正殿走去，很快踏过那一小方荷池，就在即将踏过门槛的时候顿了顿，而后对着葡萄吩咐道。

这捉凶手的活，交给擅长的人来处理再好不过。

内殿的熏香已被撤下，尚未消散的檀香味混着浓烈的草药味扑面而来，令人呼吸一室。三名太医跪在屏风后，脸色紧绷，互相低语交谈，见到陈鸾急急起身跪拜："皇后娘娘金安。"

陈鸢眼皮子狠狠一跳，下意识朝屏风那头瞧了一眼，却什么也看不到。她竭力稳着声音问："公主如何了？中的是什么毒？"

那三名太医互相看了几眼，最后跪在中间的老太医回了话，嗓音沙哑，道："回娘娘话，公主是被人喂了断肠草。此毒发作较慢，服下后十分遭罪，有口吐白沫、呼吸不畅、腹痛不止等症状，恰好与公主反应一一吻合……"

言下之意，纪婵就是服了断肠草无疑了。

陈鸢呼吸都停了一瞬，心跳如鼓，叫嚣着像是要从胸膛口冲出来一般。她缓缓冷静下来，哑声问："可有法子治？"

谁也不知道，她捏着雪白手帕的手指头根根青白，有的还突出了几缕细细的筋。

她是真的怕。

其中一名太医点头颔首，略迟疑地道："断肠草毒性不比鸩酒和鹤顶红，尚有挽救的余地。只是法子恐冲撞了公主身子，且也只有五成把握能解毒，这……没有皇上首肯，臣等实在不敢贸然开方子。"

光听他们这话，陈鸢便知事情的严重性。

陈鸢才松了一半的心又绷了起来，她咽了咽口水，声音发干发涩："什么方子？"

"古书上言，服断肠草下肚，将腹痛至死。若以杂血喂下，炭灰催吐，而后用绿豆、雷公藤、荔枝蒂等药材急煎可解此毒。"

这后边说的东西倒是简单好找，只那"杂血"叫陈鸢有些疑惑，下意识里就觉得不是什么好东西。

"何为杂血？"

那太医身子抖了一下，接着道："鲜鸭血或热羊血。"

这等脏秽的东西在平常，他们提都不敢对公主提一下，这会儿却将用这种法子来为三公主解毒。最要命的是皇帝没来，皇后眼看着也没有那个胆子妄下决断。可时间过去一分是一分，到时候三公主真的出了事，也是他们的责任。

左右都不是，只好当乌龟缩着。

陈鸾也明白这个理，她拖不起那个时间。

纪婵的命等同于握在了她的手里。

她闭上眼眸，如玉的脖颈露出一小截，如她人一样纤弱，语气却是不容置喙："没别的办法了，就用这个法子来。都别愣着了，公主若出了事，你们一个也跑不脱。"

陈鸾的目光如寒针一样从跪了一地的宫女太监中扫过，面色沉如水，漠声吩咐道："昨日到今日所有接触过三公主的人都关起来，等候陛下发落处置。"

连纪婵身边的两个大宫女也没能幸免。

陈鸾想，有这等机会接近纪婵且毫不被察觉的，只有近身伺候或被足够信任的人。所以相比于那些根本进不了内殿的小宫女，几个近身伺候的才应该逐一重点审问排查。

她的话音才落，便是一地的求饶声，自有人将他们押着带了出去。陈鸾脸上毫无波澜，她有些疲惫地摆摆手，道："本宫进去瞧瞧公主，你们配合太医，瞧瞧有什么能做的。"

现下去内务府领十几个宫女太监来充数，她自然不放心。

屏风上的白鹭三行，有两行已隐入祥云中，露出几只弧形优美的翅膀。不知为何，陈鸾突然心跳得有些快，脚下的步子顿了顿，也没有再多想。

床幔开一半闭一半，纪婵双眸紧闭，嘴唇已呈乌紫之色，整个人瘦得不像话。陈鸢甚至都感受不到这具躯体上有任何人的活力。

她心里顿时咯噔一下。

她走过去坐在床沿，才握上纪婵冰凉的手，眼里就蕴上了一层水雾，漂亮的杏眸睁得溜圆。不知是被纪婵的模样吓的，还是被脖颈上突然出现的一柄尖刀吓的。

那个从半遮的床幔下闪现出来的人戴了黑色的面纱，从头到脚都包裹在黑色长袍里，仅露出一双如水的眼睛。如今这双眼眸里，灵动温和不再，只剩下有若实质的偏执与疯狂。

陈鸢苦笑一声，认出了锦绣郡主。

第十七章　生死

架在自个儿脖颈上的匕首寒光毕现，陈鸾还未在现实中如此清晰地感受过死亡的气息。

还是流月发现了殿内的不对，闯进来却是看到这样的情形。她登时吓得面色骤白，出口的惊叫都破了音，其他的人赶过来一瞧，顿时惊叫四起，内殿混乱起来。

陈鸾耳边是锦绣郡主冷静而不屑的低笑声："大声叫吧，快些把皇帝喊过来，我好同他谈谈条件。"

那泛着寒光的匕首压在陈鸾修长的脖颈上，很快就压出来一条血痕，鲜血殷殷流出，在雪白肌肤的映衬下更显触目惊心。

随身保护陈鸾的暗卫们面无表情地走出来，铁面具下眸子如出一辙的冰寒，他们身上或多或少都沾上了些血迹。

显然是中了调虎离山之计。

既然他们出现在了这儿，那么显而易见，锦绣郡主派出去的人多半是死绝了。她勾勾唇，神情如毒蛇吐信一般阴冷，惊起陈鸾一身的细疙瘩："我那堂弟对你还真是没话说，皇家暗卫都派到你身边护着了，再加上一个纪婵，我这次的谈判该是十拿九稳了吧？"

陈鸾有些费力地侧过头问她："如此大费周折，是为了赵谦？"

锦绣郡主目光阴沉下来，握着匕首的力气也更大了几分，这回陈鸾真真感受到了一阵温热淌过肌肤。流月厉声道："锦绣郡主，你可知自己在干什么？"

难道不要命了吗?

锦绣手里的匕首急转,在那双纤细嫩白的手里如蝴蝶般飞舞,每一下动作都牵动人心。最后匕首又压回了陈鸾殷殷血迹的脖颈上,她冷嗤一声道:"我再说最后一遍,让皇帝来和我说话。"

陈鸾侧首,眼角的泪欲落不落,怎么看都是被吓破了胆的娇弱美人,偏生这美人声音还算镇定地和她讲起了道理:"你若是还想见着赵谦,就该将匕首拿得离我脖子远些,然后让太医来给纪婵诊治,待解了毒之后再控制我也不迟。

"你该知道,我与纪婵就是你手里的底牌,你得靠着我们见到赵谦,也只能靠着我们胁迫皇上将人放了。可这里是皇宫,我死了,你们踏不出皇宫一步。"

陈鸾声音顿了顿,目光落在床榻上一动不动的纪婵身上,心里急得火烧火燎,面上一派波澜不惊:"纪婵与晋国皇太子才定了亲,她若死了,为给晋国一个交代,皇上也势必拿住你们。"

所以她们两个,一个都不能出事。

锦绣郡主沉默了片刻,倒真的将那匕首拿远了些,虚虚架在她的脖颈上,没再用力。

她是聪明人,此举实在是被逼无奈,但从踏进妙婵宫的门开始,她就没想着能活着出去,这点陈鸾猜错了。

可有一点陈鸾是说对了的,她还想见见那个男人。人的一生那么多年,可留给他们两个的时间却是那么少,每一回他出现,都是拿命在刀尖上行走,他想复仇。

可比起复仇,他更想的却是能还左将军府一个清白。

哪怕左将军府只剩下了他这么一根独苗。

纵然骂名无数,她还是想让他好好活着出去。

将军府留下的那些挑唆赵谦复仇的附庸全被她坑死了，赵谦若能一洗心中仇恨，重又变回当年那个风流倜傥的赵四公子，她黄泉之下也是无限欢喜的。

锦绣郡主手里有进出宫的令牌，这皇宫闭着眼睛都能走出去，养心殿她不敢下手，妙婵宫却没有什么不敢的。

胡元前脚才得到葡萄的传信，后脚又来了个跌跌撞撞、神色慌张至极的小宫女，那架势看得他下意识的呼吸一停，生怕下一秒就听到三公主去了的消息。

主子爷会有何反应他猜不准，但是才动身回晋国的那位太子爷发疯是一定的。

那位真要没了理智，主子爷都不一定能压下来。

来报信的宫女是在陈鸾身边伺候的，头一回碰到这样的事，她脚底生烟一样来了太和殿，话都说不利索。只见她先是喘了一口气，嘴皮子动了几下，而后才道："胡总管，不好了，娘娘出事了。"

整个后宫只有一位娘娘，她说的是谁，大家心里都有数。

胡元听着这声急促的胡总管，心里跟着狠狠咯噔了一下，忙问："娘娘也中毒了？"

那宫女摇头，想着来时锦绣郡主那架势，眼泪都要掉下来，又是点头又是摇头："娘娘去妙婵宫看三公主，谁知锦绣郡主早早的就守在内殿了，娘娘才一进去就被郡主截了。"

胡元脑子都停止了转动，下意识地问了句："被截了是何意思？"

才问完他就拍了拍自己的脑袋，心里暗骂了一声，锦绣郡主这时候现身皇宫，分明就是不要命的架势，她不要命没事，可若是拖上明兰宫的那位和三公主……

天知道会发生怎样的事儿！

那宫女这时候终于不抖了，她定了定神，脸上露出惶恐之色："锦绣郡主手里拿着刀架在娘娘的脖子上，奴婢出来报信的时候，娘娘的脖颈已经被划破了，出了好多的血。"

葡萄听了这话，吓得向后跟跄几步，她这个人藏不住情绪，声音跟着尖了些："你们是怎么照顾的？那么多人跟着都是当摆设的吗？娘娘还怀着身子，正是最经不得吓的时候……"

胡元瞪大了眼，急忙问："你方才说什么？娘娘有了身子？"

葡萄身子半弯，掩着面带了点崩溃的哽咽："今早苏嬷嬷才发现的。"

苏嬷嬷是宫里的老嬷嬷了，伺候过好几位贵人，在宫里的时间比胡元还长，因而也更加谨慎。若不是心底有把握的事，不会说出来白叫人空欢喜一场。

胡元登时站不稳了，他顾不得主子爷尚在早朝这事，只觉得若再晚一刻说自己的项上人头就要不保。

纪焕从金銮殿出来的时候，面色沉得如同冬日里遮天蔽日的阴云，仿佛能滴出水来一般。从太和殿到妙婵宫，他愣生生只用了半盏茶的工夫。

从那扇朱红大门闪身进去的时候，男人的鬓角还滴着汗，顺着冷硬的脸颊一路下滑。黑眸里酝酿着惊人的暴风雨，深邃晦暗到了极致，也隐忍到了极致。

从他离开养心殿去上早朝到现在，不过一个时辰。只这一个时辰，锦绣郡主就发了疯似的，不惜以全部手下调开暗卫，潜入纪婵宫里，给她喂下毒物，从而将陈鸾骗过去。

这一手玉石俱焚，出乎了所有人的意料。

而里头被人拿着匕首威胁的小姑娘才有了身子。

他竟在这样的情况和处境下听到了他最渴望听到的消息，他和鸾鸾的孩子。

男人深不见底的眸子里锋芒毕露，锐利至极，周身气势压得人几乎喘不过气来。

内殿的人跪了一地，在这样压抑反常的气氛里，半分声响都显得突兀。纪焕一步一步踏进来，软靴与地面接触的声音沉稳而有节奏，最后停在了那扇白鹭入云的屏风旁，将里头的情形一眼扫过。

锦绣郡主全身裹在黑袍里，见不得光一般，哪怕所有人都认得出她来，她也没有伸手摘下脸上的黑面纱。此刻她手里握着一柄寒光凛凛的匕首，那刀刃直接压在陈鸾白嫩的脖颈上，上边一道血痕殷红而可怖，就这样暴露在空气中，也暴露在男人的眼皮子底下。

而床榻上，纪婵直挺挺地躺着，面色苍白，嘴唇乌紫。若不是纪焕常年习武，眼力够好，能看见她身子微弱的起伏，说不定就认为那上面躺着的已经是一具冰凉的尸体了。

锦绣郡主望向来人，身子绷得像一根弦，连带着手里的动作也粗鲁几分，锋利的刀刃碰到方才划出的刀口，此时又渗出些血珠来。

纪焕一双原就凌厉的剑眸暗了暗，额心被这般动作逼出几根隐忍的青筋来。他终于开口，声音嘶哑，一字一句像是从牙缝里蹦出来的一般："想和朕谈些什么？"

谁都能分辨出那句话下藏着的滔天怒意和杀意。

锦绣郡主朝南窗口看了看，禁卫军的铠甲在阳光下泛出森冷的光，每一个人的脸上都是如出一辙的冷漠。于是她明白，整座妙婵宫都被里三层外三层地围住了。

可最让她心有余悸不敢大意一分一毫的，还是站在跟前存在感极强的男人。

她与这个堂弟相识多年，碰面的次数也不少，头一回见他如此神情。他这副模样，让她不由得有种错觉，仿佛他是一头潜伏在暗处的野兽，没有立刻伸出利爪撕碎她仅仅是因为她手里还有着可以制衡他的东西。

锦绣郡主一下子就清醒过来，她将陈鸾粗鲁地拉到跟前，刀尖逼入她雪白的肌肤里，声音尖厉，也不在纪焕面前卖什么关子，开门见山地提出自己的要求："只要你为左将军府翻案昭告天下，再放赵谦离开，赐圣旨保他余生无恙，她们俩自然不会有事。"

说完，她的目光扫过挡在她跟前的陈鸾和床榻上人事不省的纪婵，一脸的理所应当。

纪焕面色变幻几下，继而沉沉笑了一声，那笑意有多寒凉，光看锦绣郡主暗下去的脸色就可以窥见一二。

纪锦绣其实是有点发怵的，只是事到如今，木已成舟。她不可能再扭转时空回到过去改变自己的想法行为，如今也只有一错再错下去，才能为赵谦换一条生路。

那毕竟是她爱了那么多年的男人啊。

只要他能活着，她愿意拿自己的命来换。

陈鸾原本还是镇定自若的，这时候惊慌失措只会起到相反的作用。可当她瞧见纪焕的时候，眼睛一眨，泪水就"啪嗒"一声滴落下来，打在衣裳上绽开一朵小水花。

她咽了咽口水，望向床榻上近乎没有呼吸和心跳的纪婵，哑着声一遍遍道："快给纪婵解毒，她快撑不住了。"

相比于自己，纪婵才是踩在阎王爷头上的那个。

她原本身子就不好，连着几场病下来，一场稍厉害些的风寒也能要了她的命，更别提被灌了断肠草这等听起来就不祥的毒物。能撑到现在还吊着一口气已经算是运气了。

纪焕自然也看到了，他深深地瞥了纪锦绣一眼，道："她们俩，少一根汗毛都不行。"

纪锦绣听他这话，心里下意识松了一口气，其实她也只是在赌。纪焕能松口说出这话，代表她手里的这两个筹码找对了。

纪锦绣与纪婵实则关系不错，这位嚣张跋扈的三公主在很多时候也很善解人意，对自个儿欢喜的人绝对没话说。

毕竟骨子里都流着纪家的血液，又听她叫了自己那么多年的堂姐，纪锦绣垂下眼睑，淡漠出声："我若真想要她的命，直接一杯鸩酒下去最省事。"

她话音才落，陈鸾就接着道："那可以唤太医进来解毒了吗？她真的等不了了。"

"让他们滚进来，就在这里治。"

说完，纪锦绣握着刀的手更紧了几分。陈鸾也不知道她哪儿来的那么大的力气，几乎是把她强硬地抓到了自个儿跟前，那把匕首就压在她突突跳动的青筋上。

只要纪锦绣手一抖，陈鸾就得去见阎王。

内殿顿时传来阵阵倒吸凉气的声音。纪焕手背青筋毕露，缓缓地握成了拳，毕竟纪婵还只着了件中衣躺在床榻上，所以禁卫军全部在外殿听候命令，只有方涵手握刀柄立于屏风之后。但因为瞧不清里头的情形，他只能时时绷紧了神经，像头蓄力攻击的猛兽。

事实便是所有人都不敢轻举妄动。

就连一向果决英勇的主子爷也投鼠忌器，他们自然更不必说。

这事若是处理不好传扬出去，皇室的英名大损，保不得上上下下都要血洗一遍。

这锦绣郡主也是个脑子糊涂的，明明可以荣华富贵一生，得人尊敬，偏偏要了一个男人行这等大逆不道之事，定北王夫妇九泉之下都要被连累得名声扫地。

上去的两个太医战战兢兢，手都在抖，宫女嬷嬷们大气也不敢喘，配合着太医行事。过了片刻，纪婵歪头，嘴里吐出了一些黄绿色的苦汁，太医面色一喜，擦了擦头上的汗道："接下来就看三公主自个儿的造化了。"

吐出了那些脏物后，纪婵并没有转醒的迹象，反而出了很多汗。她额心细细密密的全是大颗大颗的汗珠，就是在昏迷中也紧紧皱眉，一副十分痛苦的模样。

她本就瘦弱，这会儿认真一看，当真就如同飘荡的柳絮，轻得不像话，好似风过一阵就要被吹走似的。

陈鸾这会儿真的急得掉了眼泪，又不想在纪锦绣面前太过丢人，硬生生地将即将出口的抽泣声与哭腔憋了回去。

纪锦绣警惕地望了眼四周，开口提了要求："我要见赵谦。"

没人应答。

纪锦绣生怕他们提前处置了赵谦，声音凶狠了几分，重复道："带他来这，我要见他。"

"嘶。"纪锦绣情绪一激动，手里的匕首更是陷入肉里一分。陈鸾这回是真真切切地觉出来一股尖锐的痛意，吸气声混着含糊的哭音让人心疼。纪焕闭了闭眼，声音哑得不像话，对着方涵吩咐：
"将赵谦带过来。

"她身上有几道伤口，赵谦今日就要断几根骨头在这里。"

纪锦绣瞳孔一缩，倒也不敢再逼得那样紧了，她了解纪焕，后者绝对言出必行，说到做到。

纪婵现在熬不熬得过来还是两说，她手里真正握着的底牌只有陈鸾一个。若是当真将纪焕逼急了，直接舍弃了这个皇后也不是不可能。

天子威严不容挑衅。

现在处于弱势的，是他们这一方。

足足小半个时辰，在赵谦还没到的时候，两方就这样对峙着。纪锦绣俨然将陈鸾当成了救命的稻草，手里的匕首时时都蓄了力，她知道纪焕这人的武功高深莫测。

然他动作再快，也没有信心快得过她的匕首。

纪锦绣猜的，正是纪焕想的，他头一回对自己的身手没有信心，也不敢去赌。

站在那里泪水涟涟哭得可怜兮兮的是他的发妻，肚子里还怀着他的嫡子。

那是他的所有。

群山环绕，苍松翠柏成排，入目皆是浓郁的绿，如同一块上好的翡翠。溪水潺潺，一队人疾驰而过，扬起阵阵水波。

为首那人骏马红衣，长眉入鬓，比女子还耀眼几分。他一牵缰绳，身下的马儿通灵一样的鸣嘶一声，慢慢停了下来。

大燕人都以为袁远几日前便回了晋国，实则他只是换了个隐蔽的地儿住着掩人耳目，真正的出发时间是今日卯时。

免得路上又要碰上他那几个不安分的皇兄皇弟派来的杀手，这种招数，他陪他们玩都玩腻了，待他回去也没必要留着人上下蹦跶了。

纪婵那女人身子弱，脾气大还难哄，像个小孩儿似的。到时候可不得被他那些不成器的兄弟气坏？

袁远心里如是想着，面上却是实诚地弯了弯嘴角，露出个轻佻邪气的笑来。

啧，可算将人连哄带骗地劝好了。

只待明年年初大婚，把她迎到晋国。往后她再有钻天的本事，还能往哪儿逃？

一想起这个，袁远愉悦地眯了眯眼，将自己求亲四回被拒了三回这事忘了个一干二净。

副将骑着马跑到身边，指了指天空道："殿下，这天看上去不太好，可能会下一场大雨。咱们要不要先停下来歇歇？"

袁远也跟着瞥了一眼，无甚兴趣地道："歇吧，孤也没兴趣被淋成个落汤鸡。"

于是后边的人马也都停了下来，十几个糙汉子没那么多讲究，直接席地而坐围成一圈生起了火。

那副将从小跟在袁远身边做事，把这位太子爷的追妻史看得清清楚楚。他只一看袁远这表情，就闷着声道："殿下笑得这般开心，定是在想三公主了。"

袁远眼皮子掀了掀，也不知是想起了什么，笑骂一声："大老爷们一个，倒是挺会察言观色。"

他并没有否认。

那副将搔了搔头，声音如闷雷："属下只是觉得殿下和公主极为登对。"他跟着袁远翻身下马，靠近后压低了声音道，"前几日公主得知咱们要离开后，还再三嘱咐属下要细心护殿下周全呢。"

袁远那双丹凤眸登时亮得像是点了一簇火，他轻啧了一声道："这女人啊多半口是心非，非得哄好了才给一两颗甜枣吃着。咱们男人呢，就索性大度些纵了这些小性子，你看，这不就服服帖帖了？"

林副将欲言又止，神色复杂。

被治得服服帖帖的那个怎么看都是太子啊。

袁远压了压唇畔的弧度，声音比之以往温和了几个度："她还说了些什么？"

那女人刀子嘴，愣是半句关心叮嘱的话也没对他说。原以为她是当真不待见他，谁道是脸皮薄说不出口，全在背地里对他用心思呢。

那副将摇头，声音如闷雷："别的就没什么了，不过依属下看，公主是很舍不得殿下的。"

明眼人一看就知道他在睁眼说瞎话。

袁远却深以为然地颔首："那是自然。"

由远而近的马蹄声吸引了这伙人的注意，包括袁远。他敛了笑眯着眼，瞧着来人那不要命的速度，八百里加急的军情报怕是也没急到这种程度。

若来的是十几个杀手他还觉得好理解些，可偏偏单枪匹马的只有一个人，看上去还是个不太强壮的。

袁远漫不经心地收回了目光，身子却没跟着放松下来。

无论什么时候，轻敌都是致命的错误，袁远自然不会犯。

江信憋着一股劲足足跑了两个时辰，好在袁远他们一路走走歇歇，倒是没有走出很远，这才叫他追到了。

直到江信下了马大步走向袁远，后者才眯了眯眼认出了他来。他似笑非笑地耸肩，开口问："怎么？孤都走出这么远了皇帝还想着派人送？"

玩笑归玩笑，他的神色也跟着认真起来。他和纪焕也是多年相识，若是没有正经要紧的事，他不会派人前来。

江信咽了咽口水，气喘吁吁，嗓音嘶哑："太子殿下留步，宫里出事了，陛下叫您回去一趟。"

袁远抚了抚手肘，唇角漫出三分笑意，挑眉道："哪个宫？晋皇宫还是大燕皇宫？"

那副将抚额，实在不知该说什么是好。人是大燕皇帝派来的，他们此刻站在大燕的国土上，还有哪个宫？

太子殿下这回为了能成功迎娶三公主，没少拉着一张老脸和大燕皇帝称兄道弟，这亲事才定下来就要过河拆桥，像是要把之前那些气全讨回来似的。

江信也知这位的秉性，他抱拳稳了稳气息，道："锦绣郡主为将赵谦保出来，拿刀劫持了皇后娘娘。"

袁远饶有兴致地轻笑："啧！"

他稍稍瞥了江信一眼，接着道："那皇帝岂不是要发疯？"他说到一半，话锋突转，"这与孤有什么干系？"

难不成是要他去大燕的皇宫救大燕的皇后？是这大燕无人了还是纪焕那男人成废物了？

江信沉默了一下，声音陡然低了几分："在此之前，锦绣郡主藏入妙婵宫中，给三公主喂下了断肠草……"

他眼睁睁地瞧着跟前这位脸上的笑意缓缓消失，像是没有听清一般皱着眉重复着一字一句问："你说谁？"

江信只能硬着头皮道："三公主危在旦夕，皇上派属下前来告知太子一声。"

半晌没人说话。

袁远手里长鞭一甩，哑声骂了句脏话。

男人翻身上马，绝尘而去，半句话也没说，只那脸色黑得如暴风雨来临前浓墨压抑的天。林副将与留下来的人面面相觑，最后反应过来也纷纷上马追了上去。

时过正午，在妙婵宫对峙的人都没有用午膳，时时刻刻紧绷着神经，半刻也不敢放松。

纪婵情况反复，吐了又吐，胆汁都吐出来了身子还是没见好转。这会儿又发起高热来，烧得面颊通红，额上的湿帕换了一面又一面，眼看着是难熬下来的。

陈鸾见了这一幕，鼻尖冲上一股子巨大的酸意，心里恨得不行。若不是脖子上架着一把尖刀，她恨不能冲上去与纪锦绣这个蠢女人同归于尽。

定北王夫妇牺牲战场，留一世美名。昌帝更是将这个侄女当女儿一样对待，甚至比自己的孩子还要上心些，锦衣玉食地供着养着，连一句重话都没说过。

如今昌帝才去不久，尸骨未寒，纪锦绣就为了个男人毒害堂妹，犯上作乱。陈鸾简直怀疑这人是不是已经被迷惑得没有神智可言了。

又是小半个时辰过去，赵谦终于被带了进来。他身上戴着枷锁镣铐，长长的铁链拖在脚下，除了一双眼睛偶尔还泛出些属于人的精光，整具躯壳死气沉沉。

他眉头皱得很紧，比上回陈鸾在牢里看到的时候苍老了许多，两鬓也染上了灰白之色。苍白的囚服血迹斑斑，处处都是长鞭和其他刑具留下的痕迹。

纪锦绣才看一眼，便心痛如绞。

天牢的刑罚那么多，他这些天是怎么挨过来的？

纵使他杀人满门，但昌帝也曾不分青红皂白地将左将军府一脉夷三族。纪焕他到底还有没有良知，竟还敢对他用刑？

纪锦绣目光如刀一样，声音却柔和下来，她低低地唤他："四哥哥。"

赵谦脊背僵直，他抬眸慢慢看了圈周围，最后目光凝在了那柄抵着陈鸾的匕首上，猜出了个大概来。他神情复杂地张了张嘴，声音极哑："你这又是何必？"

纪锦绣痴迷地望着他，手下的动作却是丝毫没有松懈。她勾了勾唇，笑容漂亮得如同夏夜里骤然划破黑暗的萤火虫。

纪锦绣的唇瓣有些白，还有些发干。她不在意地笑着，轻声细语道："十几年前锦绣无力为你做什么，今日却不能眼睁睁地瞧着你去死，这是我如今唯一能做的事。"

说罢，她扭头望着纪焕，强硬道："当年左将军意图谋反一事，真相如何，你我心中都有数。现在叫御史和大理寺的人来重新记过，而后昭告天下，我要左将军府沉冤得雪。"

听到这里，赵谦原本昏暗的眼眸里泛起千万束亮光，整个人仿佛都注入了活力，原本被压弯的脊背也挺直了起来。

锦绣瞧着这一幕，漂亮的桃花眸里温柔得像是蕴了一湖初春的碧波。

只要他开心了就好。

她见纪焕迟迟没有动作，忍不住冷哼一声，手里的刀子缓缓抬起，落到陈鸾那张如玉的芙蓉面上。她眯了眯眼，手腕一动，便是一条狭长的口子："快点，我是等得及，就怕咱们皇后等不及。这么漂亮的一张脸蛋，若是花了可怎么得了？"

陈鸾狠狠闭眼，在脸颊接触到冰冷刀刃的时候下意识瑟缩一下，硬生生把即将滴落下来的泪水眨了回去。

纪锦绣就是个神经病！

葡萄和流月捂着嘴堵住了即将出口的惊呼，这样的角度下，陈鸾只能看到纪焕抿成一条直线的薄唇，和他眼底遮掩不住的阴鸷和暴戾。

九五至尊却被当着这么多人的面威胁，束手束脚。陈鸾有一刻在想，若今日站在她跟前的不是这个男人，她这会儿是否当真就交代在这里了。

可眼一睁，瞧见是他，心底的慌张便通通沉下去了。

他从未对她食言过。

可显然周围人并不这么想，苏嬷嬷是宫里的老人，她的面色一下子就白了。

这娘娘要是真的破了相，不仅害得帝王威严扫地，就是能活下来生下皇嗣，也免不了落得个被帝王厌弃的下场。

至于牺牲先帝爷的名声去为左将军府平反，那是想都不用想的。

天下女人那么多，皇后又如何？再是情真意切的誓言在帝王英明面前也是不值一提。

纪焕手指头根根用力到青白,手背暴出一缕缕细筋来。半晌后他终是松了口,一字一句道:"朕应了,你把匕首放下。"

众人瞠目结舌,兀自不敢相信。陈鸾站得身子都僵了,挪一挪便是钻心的麻意。她眼角缀上一颗晶莹的泪,声音发颤:"皇上不必……"

纪锦绣手腕一转,那匕首便落在了她的唇边,不想让她再多说一个字。

陈鸾其实想说,她真的不想让他那般为难,不想他日后被朝臣所指斥,所以她不怕的。

只是一个眼神,纪焕便懂了她的未竟之意。

他视线落在那张惨白的小脸上,梦魇里的画面又一幕幕浮在脑海里。

你是不怕,可我怕,怕得要命。

妙婵宫中散着一股子晦涩的草药味儿,南北镂空窗外是盛放的孔雀菊与竹节海棠。若是放在以往,正是赏花好时节,今日这座宫殿却蒙上了一层轻纱似的阴影。

禁卫军里三层外三层地将这里围了个水泄不通,连苍蝇也出不去一只。

内殿的熏香袅袅而起,淡若青烟,那香味儿实实在在地缭绕在所有人的鼻尖,可陈鸾闻了却只想掉眼泪。

这是纪婵素来最爱的茉莉香,她人现在就躺在不远处的床榻上气若游丝,她却受人挟持只能眼睁睁地看着,连安慰鼓励的话都说不了一句。

纪锦绣对纪焕的松口并不意外。早在两人还没有成亲的时候,她就旁敲侧击，试探出了这娇滴滴的小姑娘在纪焕心里的位置。

不然，也不能找上她。

纪锦绣压了压唇，心里一口郁气憋着不上不下。若不是当年昌帝没有容人之量，轻信他人之词，半句辩驳申冤的话也听不进去，她与赵谦本该是门当户对的神仙眷侣。

她不用苦等十数年，他亦不用东躲西藏如过街老鼠一样见不得光，他们本不用这样的！

以至于到最后，他与她都成为了自己最厌恶的那类人。

若是能好好地活着，谁会做这种叫人不齿的事呢？

纪锦绣眼神更凌厉几分，大理寺那边很快就来了人，正是当年辅助陈申调查左将军谋逆一案的老臣。许是活得久了见得也多了，他藏住内心的惊愕，伏案埋笔疾书，最终将两张宣纸填得满满当当，毕恭毕敬地呈到了纪焕手里。

纪焕面色阴鸷，眼底寒冰，只瞥了一眼那上头的内容，便转手抛在了赵谦的身上。后者眼底泛起千万重波澜，双手捧起那两页薄纸，身子佝偻，手里头像是捧了千斤重的东西，激动得身子都不受控制地抖。

二十年前定罪是两页薄纸，毫无道理可讲，二十年后沉冤昭雪，又换来两页薄纸，却是以他挚爱之人性命换来的。

纪焕是何等人物，今日这一出闹下来，他与锦绣必是一个人也走不脱。

命数早早就定了。

片刻后，赵谦冷静了下来。他将那两页纸珍而重之地叠放进了袖袍，而后站起了身，对着纪焕道：“劳烦陛下解下枷锁。”

他这话自然而平静，纪焕似有所感，眼皮子一掀，一侧跟来的守卫手掌摊开，露出那柄小小的铜钥匙，接着拿起来一拧，赵谦身上那副枷锁便应声而开。

他拖着脚链，一步一声响地走到纪锦绣跟前，披肩墨发下的脸庞瘦削温润。后者看得恍惚，还未回过神来，握着匕首的手就被他攥住了。

"四哥哥，你想做什么？"纪锦绣声音低哑，神情不解。

因为赵谦握着她的手缓缓将那匕首从陈鸾血迹斑斑的脖颈间挪了开来，这让纪锦绣心里有种不好的预感。

她现在还不能将人放了，赵谦还没有好好离开这皇宫。

"锦绣，我累了。"赵谦声音充满释然，"仇也报了，冤也申了，我独活没有意思。"

纪锦绣愣怔片刻，泪如雨下。

他是人间一缕不羁的风，朝她刮来，不过一眼，便引她痴醉念了一生，用尽全身气力挽留也没能修成正果。

匕首缓缓挪开，最后"扑哧"一声刺进肉里。赵谦这时候才因为剧痛皱了一下眉头，笑得有些狰狞："锦绣，来世若不为赵家子弟，该换我护你半生无虞。"

为了赵家，为了当年的旧事，他一生都在奔波算计，手里染了许多鲜血。最终也没有活成自己想要的那番模样，反倒辜负了待他真心一片的人。

匕首上残存着两人血液的余温，像是隆冬时节开出的一枝绯红花朵。纪锦绣又哭又笑地点头，抱着他缓缓地倒了下去，姣好的面容上净是满足之色。

纪焕闪身上前，一脚将那匕首踢得老远，把一直被纪锦绣挟持的小姑娘拉了出来。

陈鸾僵直身子站了足足三个时辰，双腿都在细细打战。神经绷紧时倒不觉得有什么，现在看到眼前之人相依倒在血泊里，脑子里的那根弦被狠狠拨动，身子软塌塌地落在了纪焕的怀里。

涉及两代人的恩怨情仇，今日终于有个了结了。

苏嬷嬷跑过来才要说话，便眼尖地瞧见了陈鸾裙摆底下缓缓沁出的猩红色，顿时脑子一蒙，像是炸开了几朵烟花一样。她声音陡然尖了起来："娘娘……娘娘见红了！"

"太医，太医呢？！"

一阵兵荒马乱后，好歹没又出什么岔子。陈鸾躺在云绸丝花团垫褥上，整个人如在梦中一样晕乎乎的提不起什么气力，只听得太医的声儿在耳边嗡嗡地响。

"……皇后娘娘受了惊吓，脖子上受了些伤，又站了那么久，这才有些动了胎气。臣已开了安胎的方子，每日按时服药便可，皇上不必担忧。"

虽先前她心底就有了数，但这会儿听太医亲口确认，心情到底还是不一样些。

她竟真有了孩子。

纪焕眉心终于舒展了些，声音温淡："皇后有孕几月了？"

"尚不足两月。这头三月是最危险的时候，忌讳颇多。不可太过操劳伤神，心浮气躁，但只要身边人仔细伺候着，再不出什么岔子就没事儿。"

陈鸾劫后余生，听了这话也放下心来，只心里记挂着另一件事儿，是怎么也放心不下的。她侧首望向那太医，声音哑得不像话："公主如何了？可有好转的迹象了？"

那太医偷瞥了眼身侧的帝王，缩了缩脖子，战战兢兢地开口："回娘娘，三公主气息微弱，现在还未缓过来。"他顿了顿，突然道，"恕微臣直言，三公主底子实在太弱，若是到今夜子时还没有转醒，只怕是凶多吉少了。"

死一般的寂静。

陈鸾张了张嘴，最终也说不出半个字。她颓然地垂下手腕，最后还是纪焕开了口吩咐太医道："尽全力医治，所需药材皆用最好的。"

可事实上，这根本就不是药材的事儿。

那太医肃着脸点头颔首，弯着腰退了出去，将空间留给帝后。

纪焕上前三两步坐在床沿上，脸颊半面浸在阴影里，薄唇压成一条直线，神情是陈鸾看不破的复杂。

"皇上。"陈鸾伸手扯住他的袖口，声儿低弱，带着丝缕的轻颤，显然还没完全从那事儿中缓过来。

"是朕不好。"纪焕反握住她冰凉的指尖。他眸中墨一样的浓黑散了些许，声音低沉暗哑，神情间懊恼之意不加掩饰。

"胡说。"陈鸾缓缓挪了挪身子，离他更近了一些，眷恋地蹭了蹭他温热的手掌，"她竟能为了个赵谦做出这样的事儿来，你我皆想象不到，哪儿能怪你？"

他也只是个凡人，并不能未卜先知。

就连专护帝王安全的暗卫都分了一半守在她身边。在联想后来被纪锦绣要挟时的种种言行，步步退让，这个男人待她当真无话可说。

陈鸾转念又想起纪锦绣和赵谦双双倒下的一幕，心中复杂唏嘘，这世间当属情字最伤人。

"皇上准备如何处置锦绣郡主？"

赵谦是死了，可那匕首没有伤及纪锦绣心脉，纪焕命太医给她包扎了伤口，显然是不打算就此收手的。

纪焕的脸色十分难看，他薄唇绷成一条直线，声音冷得像是掺了冰碴儿："禁卫军已将赵谦拖去了乱葬岗。纪锦绣被严加看守，褫夺郡主封号，贬为庶人，流放三千里。"

"她不配姓纪。"

陈鸾眼睑微垂，心里半分同情也没有。为了这么个丧心病狂的男子，舍了父母和定北王府的名声，亦忘了昔日昌帝对她多有疼爱。更不顾纪婵叫了她多年堂姐的分上，毅然决然地给纪婵喂了那等要命的东西。

单单说这几样，便俨然是不孝不忠不义之人所为，更遑论后边还紧跟着挟持皇后、逼迫天子的一连串罪名。就是定北王夫妇重返人间，也不敢为这样的子女求情。

纪焕眯了眯眼，手掌缓缓收拢握紧，道："若纪婵今夜还醒不过来，朕活活扒了她的皮。"

提起纪婵，陈鸾的泪水眼看着又要掉下来，她用力地眨了回去，憋得鼻尖都泛了红，只声音里的哭腔无从掩饰，实实在在显露出来："婵儿怎么办？若是真的醒不过来……"

她不愿再想下去。

分明前几日见着还是鲜活的人儿，这会儿就成了那副模样。她身子本就弱，太医那话说得真叫人觉着胆战心惊。

纪焕默了半晌，将人虚虚搂在怀里，声线罕见的带上了点脆弱："鸾鸾，朕是真的怕了。"

那是一种深入骨髓的无力感，发妻受惊险些落胎，胞妹中毒不省人事。他身为帝王，一则不能护人周全，二则不能叫人起死回生，只能眼睁睁干看着。那种滋味，令他下意识就又记起了梦魇里陈鸾躺在他怀里气息全无怎么唤也唤不醒的样子。

夜晚，繁星闪烁，月色朦胧似水，妙婵宫没有等到度过危险睁眼醒来的主人，反倒是迎来了袁远。

当时陈鸾喝了药实在撑不住刚刚睡下，纪焕听人来禀后便踱步走了出去。左脚才踏出门槛，迎面就是一道凌厉的拳风，他掀了掀眼皮，闪身躲过。

胡元也反应了过来，忙不迭地拦在纪焕跟前，问："太子这是做什么？"

袁远脸色很不好看。他刚刚去看了纪婵，也拎了太医一一问过情况，一颗心沉到了谷底。因为加急赶路疾驰而来，他眼底布着骇人的细红血丝，咬牙切齿，一字一顿："人呢？"

纪焕多多少少能理解他此刻的心情，他皱着眉冷静地回："死了一个，丢去了乱葬岗，还有一个关进了牢里。"

今日死在暗卫手里的昔日左将军的部下足足有十人，个个都是一等一的好手，但或许还有个别漏网之鱼逃出生天，这些都是纪焕要查清楚的。

纪锦绣是唯一的突破口，所以她暂时还不能死。

袁远轻嗤一声，盯了他一会儿，直言道："将人交给孤处置。"

纪焕剑眉深皱，坦言道："朕还需三日，三日之后由你处置便是。"

袁远深深地看了他一眼，拂袖而去，径直回了妙婵宫。

方涵听着那人桀骜的话语，忍不住道："皇上，这晋国皇太子也未免太嚣张了些。"

就是晋国的老皇帝也不敢和主子爷如此呛声说话。这皇太子倒真应了那边那些的流言蜚语，目下无尘，孤高桀骜，也只在三公主面前性子才软和些。

纪焕食指修长，目光晦暗幽深，整个人浸在月色里，墨发衣冠上都镀上了一层银光。过了许久，他漫不经心地开口："改日你去与他对练一番，便不会觉着他嚣张了。"

胡元登时有些怜悯地看着方涵。

且不说别的，就晋国那些心比天高、上下蹦跶的皇子们，哪个没在袁远手下脱过几层皮？

当一个人实力强到一定程度时，说了什么做了什么，那都不叫嚣张，那叫有本事。

纪婵当天夜里还是没有醒过来，到第二日鸡鸣之时，呼吸更是一点点弱了下去，精致的小脸上布着诡异的青白之色。太医们均束手无策，只说光看个人造化，袁远也就这样陪着她熬了一宿。

素来最爱干净的男人一路风尘，连澡也没洗，眼睛都不敢闭一下，生来风流的桃花眼也失了神韵，眼皮子下缀着两团乌青。

终于在东方照出第一缕光时，纪婵身上的高热退了下去，身子慢慢变凉。袁远紧紧地抓着她的手，却又觉得怎么都抓不住她，最后低着头眉一皱，一滴泪顺着眼角而下，滴落在冰凉凉的地面上，晕开了一小团。

他头一回如此清晰地意识到，他再也抓不住她了。

这尘世间最叫人无能为力的，恐怕便是人之生老病死了。纵使身居高位，权势在握，也断免不了这些困苦，所以古往今来，有那么多的帝王都在寻求长生不死，方法用尽。

　　三足金乌铜炉里燃着梨花香，因太医说着屋里要通风散气，所以南边的小窗半开着。外边天儿刚泛出鱼肚白，窗子正对着两棵桂花树，绿得发亮的叶片上露珠涟涟。风一吹而过，那水珠就随着三两米黄色的小花无声落地，消失在土里。

　　这一夜难熬，纪婵额头滚烫，袁远亲自去打了水来一遍遍撤换帕子，那温度却还是降不下去。可就在方才，那温度突然一点点退了下去。他明明用尽全身力气去握着那只纤细的小手，却暖不了她一丝一毫。

　　那种感觉宛若凌迟。

　　袁远终于慢慢松了手。他坐在床沿上，原本俊逸风流的一张面孔现在染上了憔悴，疲惫颓然之色无从掩饰。他的身子微弯了下去，声音近乎咬牙切齿："纪婵……

　　"你这回着实太过分了。"

　　袁远说到最后两个字，话语中到底又蕴上几缕无奈，男人一双含情的风流桃花目向下耷拉着，皱出一条很深的褶子。而眼尾的那抹猩红与这张潇洒不羁的脸格格不入，显得突兀又沉重。

　　"你若是不想嫁，我便再不强求你了。

　　"你别用这种方式吓我。"

　　床榻上的人静静地躺着，对此并没有半分回应。无动于衷，一贯的没心没肺。

　　袁远仰了仰头，抚着床沿的大掌微有些不稳。只要稍微一闭眼，他脑子里就是这些年两人的点点滴滴，他和娇蛮小公主的初次见面，以及其中的重重误会，再后便是他接连三次的求亲，再到这回他心花怒放地准备回晋国筹办婚事。

　　而那个几日前在桂树下难得红着脸亲口应下这门亲事的女人，

这会儿却人事不省。

他所以为的守得云开见月明不过是另一重的绝境，前方再无路可走。

她身子弱成那样，太医已几次三番暗示了某件事情，他却怎么也接受不来。

他想，这世上怎么会有这样会折磨人的女子？

从始至终将他吃得死死的，袁远想，这可恶的命运实是叫人难过。

良久，袁远不知想到了些什么，勉强勾唇自嘲地笑，声音里充斥着艰涩："早知道孤当初就该接下白家的好意。现在好了，一辈子都过不去了。"

她今日若真去了，这道疤就将一辈子横亘在他心尖上，轻轻一触便鲜血横流。

纪婵自万重混沌中清醒过来听到的第一句便是这样的话。她胸膛处仍感受到火烧火燎的刺痛，嗓子也干得直冒烟，再听到他哑得如鸭子一般的声音，不由得艰难出声："若真这般后悔，现在还来得及更改。"

因为这低低弱弱的一声儿，袁远心跳骤停，下一刻猛地低眸。床榻上的女人瘦得厉害，但眼睛总算是睁了个半开，呼吸间已见顺畅。

他沉默了片刻，只是慢慢俯身将人牢牢抱住，像是刻意压着情绪，声如沙砾般的粗哑："纪婵，你能不能让人省点心？

"吓死老子了。"

纪婵认识这人多年，见他从来是一副风度翩翩、君子端方的面孔，这还是头一回从他嘴里听到这样粗俗的词语。直到她眼神扫过男人长出胡茬的憔悴面容，继而停滞在眼尾的猩红上。

心就这样慢慢软成了一滩水。

纪婵呼吸慢慢平复下来，她有些不适地轻咳了几声。太医复又来瞧过，均是一脸的不可思议，细细检查之后，才道毒性已清，这几日只需注意些便无大碍了。

这般劫后余生出乎所有人意料，纪焕与陈鸾也得了消息，只不过后者此刻需卧床静养，便没有过来。

纪婵这时候才知前头发生的事情，惨白的面上登时晕开两抹潮红，被气得心窝发疼。她眼神冰冷，一只纤细的手搭在床沿上，不胜娇柔。

"这么说，我方才气息全无，所以你以为我已去了？"

她又喝了碗药，苦涩的滋味在舌尖蔓开。她眉头紧锁，直到又含了块蜜饯才稍稍缓过来，目光落在压根没打算起身离开的男人身上。

一晚上，袁远经历了平生第一等的大起大落，心中滋味只有他自个儿清楚。他这会儿倒是又没脸没皮起来，兀自捏了那只如玉一般寒凉的手，哑着声回："可不是？直挺挺地躺了一夜，好容易天亮了，你气也没了。"

纪婵似笑非笑地动了动手腕，袁远却装聋作哑似的怎么也不松开。她心中觉着好笑，意味深长地开口："方才你悔不当初，觉着当年就该接了白家的那份好意，可是当真？"

袁远眼皮子骤然一跳，身子微僵，而后满不在意地压压唇，道："白家那个小姑娘若是配了我，只怕胆子都要吓破，哪有婵儿这般得我心意？"

纪婵清楚这人惯是个爱嘴上逗能的，她喝了药，又开始昏昏欲睡，眼皮子都慢慢耷拉下来。袁远生怕她又无声无息的像方才那样吓他，时不时捏捏她青葱一样的手指，没话找话说。

许久，纪婵隐隐地皱眉，声音噙着些散漫：“你今儿是当真准备在我这宫中住下了？”

袁远对此不置可否，又捏了捏她莹白剔透的手指，半晌才开口：“纪婵，我还是有些怕。

“不若你再骂我几声吧。”

这宫里他自然是不好多待，纪焕真要动怒起来没人承受得住。但纪婵这样的情况，他只要离开一步就觉得心下不安。

纪婵一愣，旋即被这话气得笑了起来，睡意也散了些。她索性睁开了眼问他：“你这话说的，我何时骂过你？”

提这等奇怪的要求，这人怕不是脑子不正常了？

袁远顿了顿道：“我曾见你骂过安武侯世子，声音好听极了。”

那时的纪婵骄横得像带了刺的玫瑰一样，字句犀利，声音却没什么力道，骂起人来都带着一股子居高临下的散漫慵懒。那安武侯世子声都不敢吭一下，她却还恶人先告状，讽刺完就晕在了随行宫女的身上。

那场景当真是有趣极了。

纪婵听了他这话，头一回生出了些无力感。她身子微缩，腹中依旧残留着灼热之感，并没有接男人之前的话，反而问起另外一件事：“你方才哭了？”

她声儿有些迟疑，想来也是觉着“哭”这个字眼和他是万万不搭的。

袁远重重地捏了她手掌一下，面不改色地否认：“自然没有。”

纪婵于是轻“嗯”一声，没再开口了。

妙婵宫一片寂静，时间渐渐流逝。不知什么时候，天空上蒙着的那块巨大灰幕被一双大手猛地撕开，天边的太阳露出了个头。

纪婵这下是真的有些耐不住翻了个身，眼皮子都耷拉下来，卷翘的睫毛低低地垂在眼皮子下方，像柄小扇子一样整齐地落着。

"你不是已在回国的路上了吗？这般赶回来可有何影响？"

"不碍事，等你身子养好了，再带你一道回。"

纪婵眼睛又眯了条缝，没理会这人的胡言乱语。她再怎么说也是大燕公主，哪有在晋国出嫁的道理？

她手指尖微凉，捉了他温厚的大掌贴在一侧脸颊上。男人目光骤然幽深，手掌上常年习武而磨出的老茧蹭过细嫩的肌肤，惊得他脊背挺直，身子紧绷。

他们从未靠得这般近过。

"别吵，有些困，肚子疼。"

就这么颇为敷衍的一声儿，这个高傲到天上去的男人竟就真的噤了声，因着那颗甜枣着实甜到了心里去。于是那只手半分没有抽开，愣是叫她枕了足足两个时辰。直到太阳升到正中，他才轻手轻脚地起身去了御书房。

胡元对这位皇太子算是熟悉，见他来了便不急不慢地迎上去，笑得恰到好处："皇上正在处理政务。太子有何事，老奴先进去通报一声儿。"

袁远似笑非笑地看着他，倒也真的没再往前了。

旁人不知道他们俩的关系，胡元却是从小跟在纪焕身边，与他没少打交道。哪回他进去还需要通报的？晋国的军机要地，他纪焕不也是说闯就闯的？

不过是昨夜他情急了些，说的话也不算客气，这人成了精，替主子出口气呢。

御书房中，纪锦绣被五花大绑着跪在地上，不过一夜的工夫，身上已没了完整的地儿。她的精神也算不上好，满脸憔悴，嘴唇上布着密密麻麻的咬痕，看上去触目惊心。

不过两月，从高高在上的锦绣郡主到犯上作乱的阶下囚，这是她自己选的路。不过如今心爱之人已死，她的心也枯成了灰，于她而言肉体上的疼痛折磨倒越发麻木了。

纪焕手里捻着紫檀手钏，手里的珠子一颗颗转动着，半晌才抬了眼皮看她，问："说还是不说？"

纪锦绣目光涣散，她抬眸看着自己这个表弟，像是头一回认识一般。片刻后才低低地笑，摇头道："我说了皇上不也还是不信？"

"这倒也是。"纪焕颔首，面色阴鸷森寒，"当初左将军府的杀令是父皇下的，你锦绣郡主三十多年的荣华富贵、锦衣玉食也是父皇给的。你若当真有那样的骨气拒绝这一切殊荣恩宠，也还能叫人高看几眼。可你一边享了这份待遇一边与给予者为敌，这叫吃里扒外。"

纪锦绣胸膛起伏几下，最终也没有说什么。自从赵谦死后，她便一直是这副模样，不言不语的，就连用刑的时候也不多吭一声。

"没有撬不出来的话，只是打得不够狠罢了，此人就交给孤吧。"袁远从外间走了进来，笑声清寒。

纪焕皱眉，将他上上下下看了一遍，眉心舒展开来："无大碍了？"

"服了药，现在睡下了。"因着昨夜的失礼，袁远的声音尤为温和些。清醒过来之后，自然女人和兄弟缺一不可，更何况两者又是兄妹关系。纪婵和他成婚之后，他还得叫这位一声"大舅哥"。

纪锦绣也是认识袁远的，她目光平和，听到纪婵没事的时候，心里突然松了一口气，又觉得有些不值。

她和赵谦两条人命，就连拉个人陪葬都做不到。

许是她的表情有些遗憾，袁远的脸色也像变戏法一样阴了下来。他几步走到纪锦绣跟前，笑意瘆人："孤的私牢里有一百六十三种刑法，郡主定十分欢喜。"

昨夜妙婵宫那边闹得不安生，纪焕也没闲下来。禁卫军尽皆出动，终于确认当年左将军府的残党一个不剩，隐患不再，纪锦绣留着自然也没什么用处了。

他双手负在身后，有些不耐地道："人就交给你了，收拾好了赶紧滚回晋国去，天天在朕的宫里晃悠，碍眼。"

说罢，他的目光又落到纪锦绣惨白的面庞上，饶有兴味地道："你的惩罚远不止于此。"

纪锦绣茫然地抬眸，不明白他的意思。

她孑然一身，也就只有这条命能稍稍平息帝王怒火了，郡主府也没什么亲人好友可以连累的。

"朕已下令，削去定北王爵位与封号。往后凡史册上提及，定北王功勋盖世之后该加上一句奈何其女不孝，祸及家门。

"你的父亲身上也流着你最为不齿痛恨的纪氏的血。你说黄泉之下他们得知此事，该是何表情？"

纪锦绣眼底泛起涟漪，她挣扎着挪动身子，声嘶力竭地喊："我父亲母亲为大燕战死，立下汗马功劳，大燕百姓无不敬仰称赞，你怎么能如此作为？"

"是。"纪焕坦然承认，眼里却带了一丝讥笑，"可你父亲的盖世功勋，一世英名，全部被你败掉了。

"他们在沙场浴血杀敌，为你博了半世荣华无度，父皇待你如何大家也是看在眼里。你不也是因为这样才敢肆意妄为，百无顾忌的吗？"

纪锦绣彻底慌了，她不停地嘶喊，最后喉咙都哑了。御书房里站着的两个男人眉头都不见皱一下，像看跳梁小丑表演一样。她终于泄气，瘫倒在冰冷的地上。

这个时候，她突然后悔了。只是好像后悔也没有什么用了。

锦绣郡主和赵谦的事也就这样过去了，在京都掀起一阵血雨腥风的灭门案终于告一段落。善恶有报，锦绣郡主和定北王府的结局令人不胜唏嘘，但也仅此而已。

第十八章

选秀

　　十月初，京都天气开始转凉。连着两场大雨过后，天空放了晴，和风暖阳，叫人的心情也不由得跟着好转起来。

　　陈鸾卧床静养数日后也慢慢好了起来，能下榻后的头一件事就是去妙婵宫看望纪婵。

　　后者的情况并不比她好多少，留得一命已是运气，就这还是得益于宫中的天材奇物吊命。毒物清干净后，身子却是越发虚亏得厉害了，每日汤药不断，也是好生将养数日才渐渐地缓了过来。

　　外殿奢华，雕梁画栋，花香不绝，亭中轻软纱帐随风起舞。陈鸾到的时候，纪婵正坐在前庭花廊的秋千下握卷细读。暖光照得她半面精致的侧脸如玉一样剔透，只是身影瞧上去越发的纤细瘦弱，一阵风吹来就要被刮跑一样。

　　陈鸾踱步上前，水红色的裙摆漾起细微的弧度。她脸色尚有些苍白，但精神却不错，声音里充斥着些担忧："太医说能下榻走动了吗？这过堂风口上一吹，你身子能受得住？"

　　纪婵将手里的书卷折个角做记号，倒也没有起身，只是指了指身边的位置，含着点笑道："前两日都提不起什么气力，又连着下雨，寒得骨子里生疼。难得今日太阳好，便想着出来走走。你这会儿不来，用过午膳后我也是要去找你的。"

　　她们两个劫后余生，都是在阎王爷的刀口上踩了一圈，没见的时候时时惦念着。这会儿见上了面除了相视一笑，想说的话却都没有说出口，一切尽在不言中。

风一吹，花廊下紫色的花瓣落下，在青石板路上铺了厚厚一层。纪婵觉得瞧着好看，便没叫下头人打扫，这会儿淡淡幽香袭来，她眯了眯眼，道："纪锦绣的事我都听说了，只是有些诧异。平素里连只兔子也不敢下手的人，竟有胆子闯到妙婵宫来下毒。"

她叹了口气，语气陡然冷厉："是我大意，将你也拖进来了，险些铸成大错。"

"说这个做什么？她原本的目标就是我，若说连累，只怕是我连累了你。"陈鸾坐在那铺了软垫的石凳上，握了她的手道，"也不说那些糟心的了。总归大难不死必有后福，咱们两个命硬，有福。"

纪婵被她说得笑了起来，目光停在她并未显怀的小腹上，眼神柔和下来："可不是有福？眼看着大选就要开始，这孩子来得当真及时。"

说起大选，陈鸾脸上些微的笑意隐了下去。她紧了紧手里雪白的帕子，皱着眉突然来了句："婵儿，我不想后宫进人了。"她顿了顿，接着补充，"一个也不想。"

现在这样儿，挺好。

纪婵微愣，明白了她的意思。她的眼底晦暗不明，坦白地问："咱们这些人，凭自个儿意愿能决定的事很少，你……皇帝可知道你这想法？"

若是可以，谁愿意让别的风华正好的女子分了丈夫的心？新人一个接一个，花儿一样的娇嫩。男人见得多了，被迷了眼，再看旧人心生厌弃也是常有的事。

只是世间之事十全十美的到底少，既已十全九美了，就没必要执着那剩下的一分了。

再者，男人三妻四妾是再理所应当不过的事了，何况那还是皇帝。

陈鸾摇头，神色复杂，倒也没藏着掖着。事实上随着大选的日子越来越近，她这心里也越发不安起来，尤其现在还怀了孩子，她更不想将男人往外推。

"我没与他说过这事儿，不过他倒是曾对我说过一句。"

纪婵问："说了句什么话？"

陈鸾觉着有些不好意思，又有些不大确认。虽那日男人说得斩钉截铁，可这样的话，谁知道不是随口一说哄她高兴呢？

若这样，她还能一辈子揪着这话不松口吗？

"就说后宫不会有其他人，一个都不会有。"

纪婵咂舌，颇为所动，但还是提醒道："你们从小青梅竹马，如今又成了夫妻。他说这话一是为安你的心，二也是真心喜爱你，但后宫只进一人终究不太现实。纵使皇帝能忍住外头那些花花草草的诱惑，大臣们也断不能答应。

"若他食了言，你可千万捺着性子，别因为此事前去吵闹。平白的失了体面身份，也损了你们之间的情谊。"纪婵不放心地叮嘱。

陈鸾笑了笑，也意识到了自己今日心态不稳，她温声道："你放心，我都明白。"

道理谁都懂，只是接受起来有些困难，需要些时间。

纪婵瞧她患得患失的模样，不由得叹了一口气："说起这个，那日我要袁远给出个嫁他的理由，他后来只说，别的男子能给的他一样不落全能给我。

"可细细想来，却还是我亏了。这京都的才子何其多，随便择一个当驸马都比远嫁来得好，异国他乡的连个说话的人都没有。

"驸马不可纳妾，可他的身份到底不同些，未来不可能什么都由着我。用这话表表心意倒还算诚恳，真要行动的话，岂不是显得我太不识趣？"

虽是低声不满的抱怨，可瞧她神情，分明与那位是一个愿打一个愿挨。

两人又说了些话，日头也越发的大了。纪婵身子尚未好透，过了片刻便起身回殿内坐着，陈鸾也没有多待，转身回了养心殿。

说起来如今养心殿俨然成了她的寝宫，先前是担忧赵谦那边出岔子，为了她的安危着想，便与纪焕在养心殿同吃同住。如今赵谦和纪锦绣皆有了各自的报应，她再住在养心殿便不合规矩了。

于是用过午膳之后，陈鸾便着人收拾东西搬回了明兰宫。这些日子她虽去了养心殿住着，但明兰宫里一切如故，花瓶里的桂花枝都是带着露水的。

苏嬷嬷端了安胎的药进来，见她又在犯困，忙不迭道："娘娘可是困了？快些喝了药躺下歇歇吧，您现在可是半分累受不得。"

苏嬷嬷的想法十分简单也十分现实，陈鸾现在怀胎两月，尚不安稳。而十月二十五日便要开始大选，还有小一月的时间，将这胎稳定下来才是正事。

过了三月，便不用这样万事小心了。

夜里天黑下来，陈鸾沐浴后，坐在软椅上任流月用帕子一点点擦拭着半干的青丝，望着外头的弯月问："皇上现在在哪儿？"

"回娘娘话儿，主子爷还在御书房呢。"

陈鸾轻嗯了一声，没有开口说话了。

这几日京都表面和平下来，但暗地里却又是一场风波，因为她，因为苏家。

朝堂上那么多人精，岂会看不明白苏家回归，陛下的强势，皆不过是为了后宫那位撑腰？

若是如此的话，大选来得越早越好。

说到这里，倒又不得不说另一件稀罕事。先前左相司马南为了后位与镇国公那样互相看不对眼，甚至几次三番叫陛下不愉。现下不知道是何缘故，竟给他那个掌上明珠司马月配了一门亲事。

对方是北仓派来的使臣，一个名声不显的小侯爷，听说过了司马南的重重考验，后者对他满意得不得了。

这番举措叫所有人都有些摸不着头脑。

这司马南前段时间怕不是吃撑了没事做闲得慌吧，连累得数家都提心吊胆没个安生的。

就连陈鸾听到这消息都半晌说不出话，找纪焕问了才知事情原委，而后哑然失笑，白担心了许久。

夜深后，陈鸾熄了灯躺在床榻上，左右睡不安稳，翻来覆去半睡半醒。直到身侧靠床边的位置塌下去一块，男人身上清冽的叫人安心的淡香随之传来，她颠颠儿地靠过去，低而轻地蹭了蹭他的手掌。

黑暗中男人的轻笑声格外清晰，他在她耳边低着声问道："这回是你想我了呢，还是孩子想了？"

他的怀抱刚好，温度适宜，叫人心安。陈鸾蜷缩着朝他那边又挪了挪身，睡意清醒几分，听了他这话后不满地哼道："自然是我想了。孩子还小，连你是谁都认不得。"

纪焕没忍住伸手捏了捏她绵软的脸颊，笑着道："这些日子没少凭着孩子作威作福，私库里的东西瞧上哪样要哪样，哪有你这样当娘的？"

　　孩子才多大啊，就被她这长不大的娘伙同着来坑他父皇。

　　男人伸展长臂轻松摸到她的腰腹处。隔着一层单薄的中衣，她小腹处还是扁平的，没有丝毫隆起，纤细的腰身勾得人眼都挪不开，怎么瞧也不像是即将要当娘的人。

　　但世事好似就是这般神奇。他一想六七个月之后，一个雪白的团子会从小姑娘肚子里蹦出来，再等他长大一些会开口叫父皇母后的时候，那又该是何等的乐趣。

　　他一个原本对孩子无感的人，也不由得期待了起来。

　　那是一种神奇的、血脉互融的牵连与羁绊，是他与怀中女人共同孕育的骨血。

　　男人的手掌宽厚温热，覆在小腹像是塞了个汤婆子一般熨贴。陈鸾先是低低地喟叹一声，旋即和他说起理来："皇上是体会不到女子怀胎的苦楚。见天儿的汤药灌下去，闻着什么味吃什么东西都想吐，胆汁都快吐干净了。不过是派人到库里找皇上讨了些胭脂水粉，皇上竟也要心疼吗？"

　　这女人声音轻得和风一样，像是说理，倒不如说是撒娇，纪焕向来受不住她这一套。

　　男人沉默半晌，而后稍显笨拙地解释："我何时心疼吝啬过那些东西了？你若是想要，我明日就叫胡元再送些过来。只是太医说了，胭脂里配了花露香料，能少接触便少接触些，到时候受罪的还不是你自个儿？"

　　这男人实在是不会说好话哄人高兴的，分明挺好听的话经他这么一说出来，陈鸾登时扶额，不想再多说什么了。

　　像是知晓她心里的想法，纪焕轻笑，将小小的人搂得更紧一些，道："又在腹诽些什么呢？

"怎么突然想搬回明兰宫了？"男人墨黑的发丝垂落在她的脸上，随着气息轻微地拂动。陈鸢似笑非笑地望着他，道："哪有后妃长住在养心殿的？皇上莫不是还想臣妾在那儿住一辈子不成？"

"有何区别？"纪焕长眉微皱，语气一派自然，仿佛本就该如此一样，"迟早的事。"

"现在是秋日，倒不显得多麻烦。等冬日下起雪来，天寒地冻的，你身子又不方便，想去瞧瞧我都不能。还不若就在养心殿住下，我时时瞧着你也放心些。"他一边捏着小姑娘漂亮的指骨一边道，声音温和清润，像连串雨滴从屋檐一角滑过，滴落在青石砖上。

陈鸢勾了勾唇没有接这话头，转而同他说起了纪婵的事："袁远当真就打算在京都住下不走了？晋国那边他就当真不担心出乱子的？"

纪焕揉了揉额心，提起他就隐隐头疼："出乱子倒不至于，只是传出去，晋国那边对纪婵的印象将大打折扣，名声有损。"

他几次三番出言赶人，袁远的脸皮却似又厚了一个层次般刀枪不入。随着纪婵情况渐好，他又恢复了那副吊儿郎当的不正经模样，见了谁都能调笑两句，就是说什么也不走。

人家不走，纪焕也不能把人五花大绑了塞到晋国去，只好由他住下。十月的天里，袁远愣是顶着一张好像桃花初开的脸在他跟前乱晃悠，和夏日里的苍蝇一般烦人。

陈鸢面色变幻，伸出手指尖点了点男人的胸膛，无端端叹了一口气，声儿里带着些困意道："分明是男人犯下的错事，罪名却要女子来担，真是没天理可讲了。"

她这话里的委屈几乎要溢出来。纪焕挑眉，缓缓"嗯"了一声，继而尾音上挑，净是疑问的语气："为何如此说？"

陈鸢抬眸，暖灯的光落在床幔纱帐上，隐隐约约只能见到两道交缠的轮廓，如胶似漆，一片静谧安好。她突然像是掉进了蜜罐里一样，每说一个字都要拔出一根糖丝儿来："袁远留在大燕是他的决定，婵儿却要背了那红颜祸水的锅。而皇上待臣妾好也是出于自愿，若皇上不愿来明兰宫，臣妾也不能绑了强迫着来。可外头总有人说臣妾惑乱君心，勾走了皇上的魂儿。"

从纪焕的角度看，小姑娘言辞切切，柔软的唇瓣张张合合，脑袋抵在他的胸前，吐气如兰，声里带着点点不平的怒。他竟是看得一愣，而后才反应过来她说了些什么。

"陈鸢。"他噙着笑喊她的名，同时将她下颚抬起，对上一双仿若盈满秋水的眸子。他手下用了些劲，半坐起身饶有兴味地笑，"你现在当真像极了小时候……"

他眯了眯眼，终于找到个词语来形容："得了便宜还卖乖，嗯？"

陈鸢也知道自个儿有些没理，但想了想仍是皱眉小声反驳："我说的本就是事实。"

他最是喜欢她这副模样，这小娇气包怀了孩子后渐渐地变得有些傻里傻气，他平素里每每瞧着都想将人压到心尖上好好疼爱一番。

前阵子忙着赵谦的事，这阵子她有了身孕沾不得身，前前后后这都多久了？

纪焕闭着眼吸了口气，觉得这日子是真的难熬。

说来也怪，他分明也不是个纵欲的人。前二十年清心寡欲，身边连个晓事的女子也没有，在小姑娘身上尝了滋味，便怎么也做不到如从前那般心如止水了。

"纪婵的事有袁远操心，他乐意捧个祖宗回家供着谁也拦不住。你有那闲心，还不如放到我身上来。"男人侧首，剑目幽深，压迫感十足，"你昨日在廊下坐了许久，今日又去瞧了纪婵，独独没想过去瞧我？

"从前还能偶尔见到鸢鸢送的点心，现在连人影也看不到了。"男人似笑非笑，话语说得轻松，心底的想法怕也只有自己知道。

他现在地位一落千丈，跳崖式地往下跌。小姑娘想一出是一出，说搬出养心殿就搬，别说商量了，连个信也没叫人报去他那儿。他好不容易处理完了琐事，回养心殿一看，连个人影都没了。

心里又放心不下，只好赶着夜路过来，她却偏生还觉得背了黑锅冤枉得很。

黑夜里，陈鸢沉默了一下，而后道："明日叫苏嬷嬷做些点心，臣妾给皇上送去？"

纪焕失笑，抵着她眉心，声音醇厚："真是个傻丫头。"

日子安稳，京都秋日的天气比夏季更阴晴不定，酷暑难耐好了许多，基本日日暖风暖阳，桂花香飘出了十里。

陈鸢开始操心起三件事来，头一件困扰人的自然是十日之后大选的事儿，第二件是袁远说要带纪婵回晋国的事，第三就是兰老太太拜托的苏粥的亲事。

袁远提的那事被纪焕一口就回绝掉，但他显然也并不是开玩笑闹着说的，几番与纪焕详谈下来，后者的态度明显比之从前松软不少。

陈鸢却总觉着不妥当，纪婵这次中毒乃是奸人作祟，这样的事儿百年才见一回。年后纪婵出嫁，自然是得以最高的规格来风光大办，也好叫晋国看出他们的重视来。

好在纪婵听说了这事，也是一口回绝掉，袁远便再没有提起这事过了，当真被治得服服帖帖。

至于京都中适合苏粥的人家，陈鸾倒是真的找出了三四家。各个出色优秀，内宅干净，对于涉世未深的苏粥来说，显然再合适不过。

她将那几家的情况一一列成了单子叫人带出宫送到了苏家人手里，接下来的事她便插不了手了。

这两件事儿一解决，大选也已经来了。

十月二十四日，大选前一日，京都各府各院的适龄小姐都从偏门入了宫，那马车一辆接一辆像是没有尽头似的。陈鸾在墙头看得眼睛酸涩，直到太阳下山才由流月扶着回了明兰宫。

二十四日晚，一轮清月横在天边悬悬地挂着，若是长时间地瞧着，便会觉着它下一刻就要稳不住从天的那头掉下来一般。

明兰宫灯火通明。

陈鸾沐浴过后，周身都飘着一股子浅淡的花香，三千青丝松散，被一根翠玉簪简单地绾着，她换了件胭脂色长纱裙，闭眼将眼前漆黑的半碗药汁抿下，而后赶紧含了颗葡萄递过来的蜜饯，神情疲倦。

知道她此刻心情不好，明兰宫上上下下伺候的人皆屏声息气。苏嬷嬷听闻她下午在城墙上站了一两个时辰的事，怕她心中郁结，暗生闷气，更是急忙开导："娘娘不必介怀，三年一大选那是老祖宗定下的规矩，您见的还只是头一遭，完全不必放在心上。咱们好好的将腹中的孩子生下，旁人只有巴结讨好的份。"

若是往日，陈鸾还会含笑应下，多多少少能听进去一些。可就在亲眼瞧了那一辆接一辆入宫的马车后，她却根本说服不了自己。

每每一想到那么个场景，便是说不出的头疼胸闷。

就像把一个在蜜罐子里长大的人丢到了黄连水里，陈鸾心里堵得慌，就连勉强挤出的笑容都是苦的。

直到这个时候，陈鸾才惊觉原来自个儿在嫁给纪焕后过的是何等的神仙日子，什么也无需愁，什么也无需恼。男人将一切安排得妥妥帖帖，能做的都做了，不能做的也都破了例。

她从恍惚中回神，纤细手指尖有一搭没一搭地点着眉心，朝苏嬷嬷吩咐道："去将此次的选秀名册拿来，本宫再瞧瞧。"

苏嬷嬷心里暗叹一声到底是看不开，一边又没了法子，只好将名册取出放到女子白嫩的手掌心中。

除却司马家的嫡女，此次进宫的权贵之家的嫡女千金基本都是未出阁前熟悉的人物，曾经都有所交集。陈鸾美目每扫过一个人的名，心便陡然再往下沉一点儿。

流月上前给她系上披风，与苏嬷嬷互相打了个眼神，也跟着柔声细语地劝："娘娘快莫看这些了，天色已晚，还是上榻歇着吧。"想了想，她又接了句，"劳累了这么大半天，小主子也累了呢。"

陈鸾伸手抚上一马平川的小腹，声里暗含疲倦，开口问："进宫的秀女都安置在储秀宫了吗？"

"正是。"

"将人都看好了，其中有两个是多事的性子，可千万别出什么岔子。"说起这个，陈鸾不由有些头疼。

苏嬷嬷忙道："娘娘操心这些做什么，老奴早早的就吩咐了下去。皇上体恤娘娘身子，也派了嬷嬷前去管着，您啊，只管放宽心好好歇着便是了。"

如今陈鸢的肚子，才是这皇宫上上下下的重中之重。

陈鸢点了点头，起身坐到了南窗口的罗汉床上，侧脸恬静柔和，瞧着窗子外婆娑的树影不知在想些什么。

只是最后还是起身叫人更衣，拿着手里的册子去了趟养心殿。

今日纪焕难得没有忙到月下三更，自用过晚膳后便随意寻了本书翻阅。从酉时到现在将近一更天，薄薄的书卷仅仅动了几页，茶倒是连着喝了五六盏。

胡元头一个察觉不对，却没那胆子上前询问，缩着头当乌龟。只心底暗暗猜测，多半又是因为明兰宫的那位。

只是不知这回又是因为什么惹得主子暗地里生闷气。

这话在下一刻便得到了验证，男人皱着眉将手里的书丢到一侧，力道不小，将一个景泰蓝花瓶撞得摇摇欲坠。胡元忙上前将花瓶扶稳，一面不动声色地问："皇上？您……"

话还未说完，男人就眯着眸望了过来，满脸是风雨欲来的郁色，连带着声音也越发清冷起来："这次参加小选的秀女名册给明兰宫送去了？"

胡元默了半晌，道："回皇上，早早就送去了。"

您这一晚上都问过多少遍了，胡元心想。

纪焕眉心突突跳动两下，又问："不是说皇后下午去看了进宫的秀女？"

胡元不明所以，观察着男人的脸色，小心翼翼地纠正："听下头人来报，皇后娘娘倒是没有特意去储秀宫见那些秀女，只在城墙上瞧了许久，没看着里头的人呢。"

男人侧卧在雕花卧榻上，眼尾挑出凌厉的弧度，叫人望而生畏。他摆摆手，将人召到跟前，问："皇后看了那名册是何反应？"

有没有不悦，或是暗暗生闷气？

胡元一时之间犯了难，不知道自家主子到底是个什么心思。

皇后能有何反应？心底再不乐意也只能大度的接受啊。反倒是主子爷您是想要个怎样的答复？

"皇后娘娘性子温和，瞧了那名册后只笑着吩咐苏嬷嬷看紧点人，别出什么乱子才好……至于旁的反应，却是没了。"

再正常不过的反应。

纪焕面色寸寸寒凉下去。他闭着眼，指骨节节分明，一下下敲打在床沿边，在寂寂黑夜里显得格外突兀。

片刻后他嘴角轻扯，怒极反笑，却又不可避免地生出些颓然来。

那些秀女都已经进了宫，马上就快入住后宫了，她竟也丝毫不急，甚至还笑得出来？

她脑子里想的都是些什么？

她是当真不怕他流连花丛收不回心吗？亦或是太过信任他，胜过于信任她自己？

夜半不知名的鸟叫惊起阵阵回音，在这样的夜里，花落的声音都是清晰而温柔的。

胡元正左右为难的时候，徒弟胡泰进来行礼禀报："皇上，皇后娘娘来了。"

男人支起身，眼底的寒凉又慢慢融成了一池温水。他意味不明地轻"啧"了声，月白的宽袖微微一摆，胡元就退了出去。

一股子香甜的味道不急不缓地逼近，纪焕虚虚闭了眼。小姑娘每回沐浴之后人是软的，更是香的。纤瘦的身子是早春盛放的桃花，柔顺的发却是沁甜的柚子。他时常觉得奇怪，两味不同的香泾渭分明，怎么在她那儿就融合得那般妙，生生勾得人欲罢不能。

因着怀了孩子，苏嬷嬷天天换着法子给补身体，各种滋补之物轮着来。乍一看，陈鸾的身子比起之前丰腴不少，小脸也圆了些。她已褪去那份撩拨人心的清妖，变成全然的可爱，看上去竟像未及笄的小姑娘一般。

陈鸾一来，胡元便识趣地退了下去。

陈鸾虽然从养心殿搬了出去，但这殿里的摆设布置和她在时一模一样，并没有变动过。她不由得生出一种错觉，仿佛总有一日，她会再住回这帝王寝宫一样。

"皇上金安。"她象征性地福了福身，声音温淡。榻上侧卧的男人睁开眼，似笑非笑地朝她招了招手，问："今日这般懂事，又看上什么东西了？"

他臂膀微张，陈鸾便自然而然地坐着靠上去，被他抱了个满怀。两人紧紧贴在一起，那股幽香便无法控制地往鼻尖下钻。男人低笑着喟叹一声，目光扫过她手里的名册，声音里终于带上了些愉悦的意味："还是……有事相求？"

陈鸾皱眉，嘴角向下压着这副委屈的模样，若是顶着从前的皮囊，那定是我见犹怜，八成男人看了都要心软。可现下她一皱眉，脸就成了包子，怎样都是可爱的。

纪焕这段时间爱极了她这委屈巴巴的小模样，见状脸上笑意更温润几分。

陈鸾不知他心中所想，她将手里的那本秀女名册递到男人手里，声音听不出什么情绪，只试探着道："今日胡元送到我手里时，说皇上已看过了，那臣妾不绕圈直问了。"

她一双杏眸黑白分明，自以为认真得不得了，落在男人眼里，却是一派无辜纯真的模样。他浅笑一声，捏了捏她有了些肉的手掌，漫不经心地应了声："直说无妨。"

"这名册上的人，皇上中意哪几个，可否与臣妾提前支个底？免得明日留牌子的时候一个大意，错过了去。"

陈鸾问出了这话，呼吸下意识轻了不少，心跳都险些停了下来。

纪焕坐直了身子，眸光晦暗难明，一时之间竟不知该如何答这个问题，只是被气得脑仁都隐隐作痛。千盼万盼，只以为小姑娘开窍了，知道维护主权了，结果倒好，竟是专程赶来气他的。

陈鸾见他久久不答话，不由得有些疑惑，不得不抿着唇开口："臣妾觉着林三姑娘和阮家大姑娘都还顺眼，家世样貌都属上乘，不知皇上觉得如何？"

饶是她面上装得再好，也到底还是一个小姑娘呢，傻傻呆呆的，在见惯了人心的君王跟前根本瞒不住什么。

男人被这份再明显不过的言不由衷取悦，眉心悄然舒展。他松开小姑娘软乎乎的手掌，转而翻开那份名册，目光随意一扫，手指头往前面几排中随意点了几个，道："我白日里也看过几回，觉着前头的几个都还不错，模样也生得好。原还担心鸾鸾不喜欢，如今看来，却是我多虑了。"

陈鸾一愣，黯然低眸。

这人说过什么当真忘得一干二净了。这才多长时间，连那些秀女的画像都一一看了，那她接下来想说的那些，一句也不必多说了。

男人手指铁一般的冰凉，他捏着陈鸢的下颚，迫使她抬起眸子与他对视。在看到那汪眼泪的时候他只觉得心都顿了一下，几乎是立刻就后悔了。

小姑娘正是敏感爱多想的时候，他原不该这么逗她。这样一想，他便觉得自己方才那些话当真是伤人极了。

"怎么又委屈上了？不知情的见了还以为朕欺负人。"纪焕手指冰凉，在她眼尾处轻描。陈鸢登时被这温度给唤醒了神智，她立即笑着摇头，小声道："就是有些乏了，往常这个时辰眼皮子都要睁不开了。"

纪焕轻"啧"了声，眼皮子朝上掀了掀，威严顿显，声音低沉："怀了孩子后，连说话都不老实了？"

自从那回陈鸢从纪锦绣手上死里逃生之后，两人便是心意相通了，平日里好得蜜里调油。男人哄她逗她，全然没有帝王的架子和脾气。陈鸢以为日子会一直这样过下去，可她从来没有这般清晰地意识到过，今时今日他给的耐心与柔情，将来也会给别的女子。

她嘴唇往下压了压，用力眨掉眼里的泪珠，道："没有不老实。

"既然皇上心中已有了人选，那臣妾就拿笔将这几人都圈起来，明日留用。只是这几人的位份，臣妾有些拿捏不准。"

小姑娘眼底黯色遮都遮不住，仍强撑着精神将那名册翻开，葱白的手指头点在最上面的那个名上，道："林尚书家的嫡三姑娘，聪慧过人，相貌才情皆是一等一。按理位份该在贵嫔之上，皇上觉得该如何安排？"

笔尖轻轻划过纸张，留下三四个黑色的圆圈，陈鸢咬着下唇敛了心神提笔，在给林三姑娘的名字画了圈之后顿了顿。纪焕从身后环着她的腰身，极无奈地叹了一口气，惊起她半身酥麻："这几人的位份朕早就想好了，不必为她们费心。"

"那……"

陈鸢还没来得及发问，手中的笔便被男人抽走，轻轻一掷便落到笔架边，划出一道深深的墨迹。

男人复又从身后环了她的身子，在她耳畔轻描淡写地道："不用纸笔，我说一遍，鸢鸢记着便是。"

身子有片刻的僵硬，陈鸢闭了闭眼，有些自暴自弃地胡乱点了点头，哑着声儿道："皇上说吧，臣妾定然记着。"

苏嬷嬷说得没错，这还只是头一遭。这都经受不住的话，往后的日子还那样长，她该如何面对？

既然做不成唯一，便退而求其次，做让他记得最久，真正放在心上疼的那个，她比其他人更占优势。

纪焕伸出食指，在林妙那个名字旁点了两下："工部尚书的嫡女，才情出众，我记得她曾与鸢鸢并称'京都双珠'？"

"皇上这是听了谁的传言？'京都双珠'自当是婵儿与佳佳，无论身世还是才情美貌，林妙都稍逊一筹。"陈鸢实话实说。

纪焕闻言只是似笑非笑地瞥了她一眼，缓声道："啧，那就给个恩典，赐婚给远郡王。一个郡王妃，也不算委屈了林家。"

陈鸢讶异，猛地抬头，却撞上了男人坚硬的下颚，如同撞上了铜墙铁壁一样，疼得她立刻捂着头蹲下了身子，低低地惊叫了一声。

一股酸意直冲鼻尖，她险些直接落泪，好歹忍住了。

纪焕皱眉将小小的人儿拉起来，关心地问道："撞哪儿了？"

陈鸢摇头，一双杏眸里蕴着两汪泪水，小巧的鼻头变得通红。她愣愣地摇摇头，旋即将脑袋闷到男人胸膛处，瓮声瓮气地问："为何是郡王妃？"

纪焕将人揪出来，小姑娘除了额上红了些，其他倒没有什么不一样。他边皱着眉边揉了揉她的额心，动作是极温柔的，声音却有些不悦："不然还能是什么？真让她做朕的妃嫔？"

"嘴巴都噘到天上去了，鸢鸢能真乐意那般安排？"

陈鸢登时不吭声了，她必然是不乐意的。

乐意的话也不会郁闷那么多日了。

纪焕揉揉她的发顶，道："宗室和京都其他世家里还有许多优秀子弟尚未婚配。明日朕将你怀了孩子的喜讯传扬出去，皇家有喜，朕心里高兴。赐婚圣旨下来，那些老家伙虽会有意见，但也并没有什么办法。"

他登基已有大半年，朝纲严正，天下太平，大权在握。昌帝虽然在有些事上不足，可也确实将一个成型的盛世交到了他的手里，只待他励精图治数载，便可稳稳压住其他两国。

他并不是一具任朝臣摆布的傀儡，他的话即是无上的圣旨。

陈鸢哑然，神情复杂，好半晌没有出声，一张脸皱成了包子。

"皇上……"陈鸢揪着他袖袍一角，仰着头望着他坚毅的下颚，心就像是被一柄小锤子敲开了一个口，里头涌出来醋甜的蜜。她此刻觉着自个儿这段时间来小心翼翼的试探是多此一举。

她的那些小心思肯定瞒不过他。

纪焕猜都能猜到这小活宝此刻心里在想些什么，他忍不住伸手捏了捏她脸上才长出来的嫩肉，笑意温和地调侃她："白给的承诺都不接着，还张罗着替朕相看妃嫔？真将人弄进来了就凭你那脑袋，还不知够不够人家算计。”

陈鸢憋了会儿，时不时偷瞥他一眼，认错得十分干脆："我以为只是你那夜心情好，说些话哄我的。"她咽了咽唾沫，侧首现出一个舒心的笑来，"是我多想了。"

纪焕瞧着她那张长了些肉的小脸，到底无奈。

若是旁人得了君王那等承诺，不知该开心成什么样子。她倒好，全只当他是在开玩笑了。

"鸢鸢。"纪焕正色道："你先为我明媒正娶的妻，再为这大燕之后。若这两者身份发生冲突让你左右为难的时候，我希望你能顺从自己的心愿行事。

"娶你，本就不是为让你受委屈的。"

不然这至高的皇后之位也全然成了笑话。

男人的声音并不大，融在夜色和凉风里，却像是沁入了粗砺的沙，吹得陈鸢眼角一阵接一阵地发酸。

自从怀孕过后，她的泪水仿佛流不尽一样。稀松平常的几句话，或喜的或悲的，都能勾起她的情绪。有时只是一段话本中的事儿，她看了也要暗自垂泪，一直到月上正空也睡不下，真真叫一个多愁善感。

她这会儿却没有掉金豆豆，只是泪眼汪汪地埋首在男人月牙色的长袍里，带着些细碎的哭声，糯糯地应了："嗯，这回真记下了。"

纪焕将人抱到内殿的床榻上，亲自伺候着给人散了发。那根玉簪子在男人的手指上转了几圈，他目光落在轻纱薄衣下那具曼妙的身子上，目光一点点幽暗下去，喉结上下滚动。

他已经快成寺庙里的和尚了。

纪焕的视线转到小姑娘迷迷瞪瞪的脸上，而后一路向下，顿在那一马平川的小腹上，终是闭了闭眼将那团出自本能的火焰熄下去。

陈鸾解决了心事，困意也跟着一点点不受控制地爬上来。她如同黏人的糖块，巴巴地抱着男人的腰身不撒手。

就在纪焕闭眼后不久，小姑娘支起身子爬了起来，接着一片绵软如蜻蜓点水一样的吻点在他的额心，轻声细语地保证："我会对你好的。"

男人的态度无疑是最好的良药。她不再惶惑，不再疑虑，像是穿上了最坚硬的盔甲，一路与他携手，全无后顾之忧。

小姑娘又轻手轻脚地躺了回去，蜷缩成小小一团挤在他怀里，再过了一小会儿，她的呼吸均匀，身子也松了下来。

黑暗中，男人勾了勾唇，寻了她没骨头一样的小指勾着，随后也跟着闭了眼。

他又想起了那个恍若真实的大梦，他知道她在梦魇里经历过什么，他是这世上最能与她感同身受之人。

正是因为那些经历，从前那个无畏无惧的陈鸾被磨成了小心翼翼的性子。她瞻前顾后，步步小心，多是因为怕梦里的结局再现。

故而他最爱她耍小性子时鲜活又机灵的模样，也只有这个时候他才能暂时窥见几年前的那个小姑娘的影子，纯粹干净，不知天高地厚。那时候他虽处于微末，可有她在身侧没心没肺地笑，也是岁月静好。

他曾将人弄丢了，如今他想再找回来，为此愿穷极半生，只盼山高水长。

就像袁远那日发狠所说，这天下普通男子都能给的东西，他有何给不起的？

十月二十五日早，明亮暖和的太阳纵身一跃到了天边，这是个难得的好天气，但早晨仍是冷的。陈鸾从温暖的被褥里睁开眼，看了看天色又一头躺了回去。

葡萄很无奈，自家主子的嗜睡越发严重了，奈何皇上纵着，平素里也就算了，可今日这样的大日子，皇后必得亲自到场。

总不好让一众秀女在太阳底下晒着，误了选秀的时辰。

于是她只好轻手轻脚地上前挂起床幔，温声劝道："娘娘快些起吧，等会子更衣梳妆还需要一些时间，快来不及了。"

陈鸾这回倒是配合得很，心情十分好，还挑了最爱的羊脂玉手镯戴着。倒是叫苏嬷嬷忧心忡忡，一肚子开导的话都烂在了肚子里。

这位是如何想通开窍的？

日上三竿，陈鸾乘步辇到了储秀宫。因是京都小选，入宫的秀女自然比不得大选时人多，因而三位一行，依次进殿。

纪焕还没有来，陈鸾便已连着略过了三四组，没有一人留了牌子，连话都没说一句。

这样的情况持续了一会儿后，众人看她的眼光都变了。

民间都传皇后娘娘善妒，后宫到现在都只有她一人。此次小选就是为了打破陈家女后宫独大的局势，可这小半个时辰下来，略过的人足足小几十个，她竟连话都没问一句，这是什么意思？

后边那些暗含希望的秀女面色登时有些不好看了。

皇上怎么还不来？

就连苏嬷嬷也看不下去了,在陈鸾又一次掀开茶盖轻抿的时候溜到她身后,目不斜视地小声道:"娘娘,这人都过去了小半,该选几个了。"

您做做样子也行啊。

陈鸾抬眸才要说话,就听见尖厉的唱报声,越走越近的明黄衣角在阳光下褪去了冷色,最终在她身侧站定。

陈鸾敛目勾唇,跟着众人一起下拜:"皇上金安。"

众目睽睽之下,她仅仅行了半礼就叫男人亲自扶了起来:"都起来吧。"

那些秀女这才起身,纷纷拿眼偷偷去瞥高座上俊朗异常的男人。只一眼,心就砰砰跳个不停。

这样的男人,谁不爱呢?

纪焕随意往下瞥了一眼,便又漫不经心地瞥过去,眼神落在小姑娘的脸上时温和了些,他低声问:"高兴了?"

陈鸾勾唇笑,半点儿不避讳地点头颔首,声儿也压得极低:"高兴。"

纪焕眉头一挑,嘴角弧度也跟着大了些。

这两位旁若无人地私语,将下头娇滴滴的贵女小姐们晾了好一会儿。胡元于是假咳了声,凑上去道:"主子爷,娘娘,选秀是否继续?"

纪焕点头,下一组进的身份都不低。他随意点了其中一位,再加上后来的林家、舒家、阮家三位贵女,大半天下来,留了牌子的竟才将将十个。

那几家还没来得及欢天喜地好生庆祝一番,就得到了消息,自家女儿要进的根本不是皇宫,这场选秀根本就是一场闹剧。

皇帝亲自赐婚，圣旨连下十道。在外人看来这赐婚对象都是些显贵人物，虽然是皇室宗族子弟，没有实权，但也算身份显赫，女方并不委屈。但那些将嫡女送进宫的高门贵族心里皆憋着一口气，宅子里闹腾得不像话。

在这京都没有实权，便只是个空壳，名头好听些罢了。

皇帝实打实摆了所有人一道。

圣旨一下，这就不是商量，而是命令！

他们这把老骨头，难不成真要在金銮殿的门口跪个三天三夜不起，逼着皇帝收回颁出去的十张圣旨吗？

皇帝的威严脸面往哪儿放？那些被指婚的天潢贵胄难道能眼睁睁地看着这样的事发生？

这是在羞辱谁呢？

于是便只能打落牙齿和血吞，默默无声地接了那份圣旨，接了不说，还得好生供着。

第二日早朝时，群臣激愤，是一派难得的热闹场面。

激愤归激愤，一时之间，再没有哪个臣子敢提选秀的建议。

皇后有孕的消息不胫而走，再是早已辞官归隐的苏祁又回了朝堂，且一来就官复原职。连着两个苏家子都进了官场，虽担任的官职无关紧要，但也足够叫人眼皮一跳。

这无不在传递一个讯息。

皇帝要为了皇后，重用苏家。

如果是这样的话，那陈皇后肚子里那个孩子只要是个男孩，太子之位多半是没得跑了。

这么个陈家女，可真是好命。

在这样的气氛里，司马家最安静。司马南对新女婿十分满意，好一段时间上朝时都红光满面，明里暗里帮着皇帝解决了好几个岔子。

这是在为曾经的事示好赔礼呢！

第十九章

初衷

安逸的日子总是过得很快，时光荏苒，一晃过去两月。

今年的最后一日迎来了第一场大雪，也算是给旧年画上了一个完美的句号。

仅仅只是一夜的工夫，皇宫便成了一片银装素裹的世界。雪花纷纷扬扬，直到正午也没有减缓的趋势。远远望去，周遭红墙绿瓦皆消失在雪色里，屋檐下还挂着几根长而尖的冰棱子。来往宫女和太监被这寒风刮得面上生疼，脚下每一步都小心翼翼。

养心殿，陈鸾正对着半开的窗子，寒风扑面而来。她鬓边的发很快被风中的雪丝浸湿，一缕缕沾在脸庞上，许是穿得多，她倒并没有觉着冷。

流月从廊子下回来，手里头抱着一捧寒梅，那花在雪地里红得刺目，格外显眼。她抖了抖身上的雪掀开帘子进来，一边笑一边道："今日巧了，雪才下了一夜，那后院的红梅就全开了。奴婢方才去采梅枝的时候还瞧见了三公主身边伺候的。"

陈鸾回过身来，手里的汤婆子正好将微隆的腹部遮掩住。她瞥了几眼被流月插在瓶中的寒梅，摇头失笑道："咱们三公主惯是爱这些的，等会子遣人送几坛梅子酒过去，她眼馋许久了。"

因为纪婵手抖的怪病，这小半年来忌讳颇多，喜好之物许多都不能沾碰。好在前些日子太医来禀，说她的病已然大好，陈鸾这才敢将这酒送到她宫里去。

说罢，她又怅然若失地叹了口气，望向仍在飘雪的灰暗天空，葱白的手指尖点在红色喜庆的窗花上，低声道："等过完这个年，再想见她也不知道是何时了。"

元宵一过，纪婵便要出嫁晋国。袁远虽是个好归宿，但异国他乡隔着无数重山水，两人身份又那般特殊，此次一别当是多年难再相见。

苏嬷嬷笑呵呵地上前将人搀扶到凳上，道："娘娘可不能这样想，三公主不是任人拿捏的软柿子，晋国皇太子又是万般的上心。这样的天生富贵命，娘娘该替公主高兴呢。"

陈鸾自然明白这个理，她笑着颔首，旋即将手里的汤婆子放下，问她："陛下现在何处？"

一听得这话，苏嬷嬷、流月和葡萄都心照不宣地笑起来。

"娘娘这是想陛下了罢，一个上午都问了好些遍了。"

葡萄声音清脆地答道："皇上在御书房呢。"

陈鸾撑着身子站起来，也笑道："去取件暖和点的衣裳来，本宫去瞧瞧。"

自闹得沸沸扬扬的小选事件之后，陈鸾对纪焕就格外的依恋，这或者也和怀了身子有关系。现在宫里宫外都知道，帝后好得如胶似漆，蜜里调油。

苏嬷嬷笑着"哎"了声，便扶着陈鸾向外走。才挑开两扇珠帘，就撞上了一并前来的纪焕和纪婵。

这一年来有陈鸾在中间调和，这对姐弟的关系比原先又好了不少。纪焕依旧是清冷的性子，却也能听进去纪婵的话，进而给出点回应了。

"鸾儿，你这是预备去找皇上吧？"纪婵将人上上下下打量一遍，朝着后者眨了眨眼。

陈鸾脸不红心不跳地改口："方才命人送了几坛梅子酒去你那，想想又怕你贪吃，才准备去瞧瞧，你和皇上就来了。"

正面迎上帝王似笑非笑的眼神，苏嬷嬷脸皮抖了抖。

娘娘如今信手拈来的本事越发高深了，她压根儿跟不上节奏啊！

纪婵来了没多久便走了，内殿里伺候的人都极有眼力见儿地退下。陈鸾自然而然地踮脚将男人身上的雪色披风取下，纪焕于是将人轻轻环着，好半晌才松开。

"外边天冷，下回想见朕就叫下头人来传话，冰天雪地的也不怕摔着？"

"哪儿就有那般娇贵了？太医也说了要多出去走走，日后更利于生产。"

小姑娘身上实实在在的带着一股子奶香味，肚子越大便越发明显，藏都藏不住。特别是夜里睡觉时，简直能把人逼疯。

纪焕不动声色地抚了抚她圆润起来的小脸，笑意清隽："今日才下了雪，地面还结了冰，滑得很，朕担心你闲不住便过来瞧瞧。"

用过了午膳，陈鸾有小憩的习惯，纪焕便陪她合衣躺着。外头冰天雪地，内殿却是春日一般的暖和，两人亲密无间，互相依偎着说了些话。

纪焕心满意足地陪她躺了一下午，这会儿子也跟着掀了掀眼皮，火热的身子覆了上去，声音里透着才睡醒的沙哑："醒了？"

陈鸾不想理会他。

纪焕也知道自己方才闹得厉害了些。他凑到小姑娘跟前，声音如拂动的羽毛："明日除夕，诸地进贡了许多新奇玩意儿，晚上我带你去瞧瞧？挑些你看了欢喜的摆在殿里，也图个热闹。"

陈鸢有些不耐烦地捂着耳朵，只露出一截黑如浓墨的长发，那无理取闹的小模样叫人恨得痒痒。

纪焕揉了揉她顺滑的长发，爱不释手，他惬意地眯眼，低声问："这么不待见我？"

若是旁人在这，必定要诚惶诚恐跪一地。可陈鸢早见怪不怪，男人不知道怎么变了性子，有外人在时尚没什么变化，可一旦两人独处，他便开始顶着这张俊朗面孔肆无忌惮地行"美男计"，时不时还配上些委屈的声调。

成效十分不错。

陈鸢从鼻子里重重地"哼"了声，到底还是露出了脑袋。如今她的脸又小又圆，哪怕皱着眉头都是可爱又可怜的，全没了当初那份撩倒众生的娇媚，纪焕对她越发珍惜怜爱起来。

"你分明说过不乱来的。"陈鸢不满地抱怨。

纪焕心情尚不错，啄了啄她粉嫩的小脸，又瞥了眼她微微隆起的小腹，道："为了这小子，我可真受了不少苦。"

民间都传"酸儿辣女"，而陈鸢自怀了孩子到现在，一口辣的也没碰过，倒是什么酸梅子、酸杏，吃起来面不改色。

就连苏嬷嬷也说这胎一定是个皇子。

纪焕见她吃得那样欢，也曾跟着吃过一个酸杏，当即脸就黑了，连喝几盏茶都没缓过来。

第二日便是除夕，宫中也开始忙碌起来。陈鸢亲自去外边的树上挂了花灯，又在南北面的窗子上都贴上了窗花，各处都洋溢着喜庆的氛围，热闹得不得了。

她不由得有些感叹，嫁给纪焕时从未想过有这么一日，她会真的将这深宫后院当成和家一样温暖的地方。

这是她渴望了良久的温情。

而这份温情是他亲手给她打造出来的。

年夜饭是纪焕和纪婵陪陈鸾一起吃的，外边炮竹烟花声齐鸣，在天空中泛出一圈又一圈巨大的焰火光环。

饭后纪婵喝了些酒，许是因为新年的到来，又许是因为别离在即，她喝得微醺靠在陈鸾的肩头，一顿胡言乱语。

等被人搀着去偏殿歇息的时候，她眼神迷离，眼角都是红的，还未从酒劲中缓过来。

陈鸾瞧着那个渐行渐远的寂寥背影，突然走上前抱了抱纪焕。小脸在他的衣衫上蹭了几下：“没事儿，你还有我呢。”

纪焕目光从外头绚烂的烟花中收回，他微微勾唇，将人带到怀里，从喉咙里“嗯”了一声，情绪莫辨。

还有你，也只有你。

从前没能给的东西，往后通通给你。

阳春三月，陈鸾怀胎七月，肚子一日比一日大，像个胀起来的皮球。最叫人难受的是手脚都开始浮肿，每到晚上都胀得想哭。

这样的情况连着十几日，太医一夜夜的被拎过来，眼看着皇帝的脸色一日比一日暗沉下来，太医院院首不得不主动求见了皇帝。

御书房里，纪焕将笔搁在一边，白纸上是重重的一道划痕，浓深的墨晕染开来。他紧皱着眉，看向下头跪着的太医，问：“你方才说的那话是何意思？”

王太医是太医院中医术最高明的，女人生孩子这事对他来说不算什么大事，可那位身份金贵，没怀之前就受宠得不得了。这不怕一万就怕万一，提前说明总比到时候从天而降的无妄之灾好。

他敛了心神，镇定开口："回禀皇上，皇后娘娘身子原就不足，小时还受过寒。若想顺利生产，须得日常多走些锻炼下身子。"

纪焕从椅子上起身，声音低哑："皇后的模样你也瞧见了，双脚肿成那样，连路都走不了，如何多锻炼？"

而这恰恰是王太医忧心的地方。

皇后腹中的孩子来得出人意料，他原本听从皇帝命令给明兰宫那位开了补身的方子。想的就是两三年后待皇后身子全好时再考虑子嗣的事，那时要生产也不会如现在这样艰难。

"皇后体虚，怀胎期间也没有多加走动，虚不受补，微臣忧心生产时会有所风险啊。"王太医头低了些，声音却不低，一字不落地落进纪焕的耳朵里。

"有何风险？"纪焕岂会听不出他话中之意，当即就冷了声追问，面色已见阴沉。

"若无意外便也罢了，微臣现在只怕两种情况，一种是未足月早产，一种便是生产时熬不过去。"

从那日开始，也不知怎的，无论男人有多忙，即便御书房的奏疏堆成了小山，他也还是会每日抽空扶着她去别的地方走走。

有时是在庭前的小院绕几圈，有时走得远些，甚至到了御花园。

天气暖和，陈鸾现在一走路便只能看见高高挺起的肚子，连脚尖都瞧不见。偏生男人似是下定了决心，竟半分不松口，跟他红眼闹别扭都没用。

态度前所未有的强硬。

陈鸾终于后知后觉地察觉到了什么。

但她不说，每日照常吃吃睡睡，再不济就随着纪焕到处走走。

又过了十日，在一年中最温暖的时候，大燕迎来了一个比较重要的日子。

三月二十日，三公主出嫁晋国，红妆浩荡，绵延数十里。

高高的城楼上，太阳闪着点点金光，如同一只温柔的手拂过脸颊。陈鸢瞧着那长长的仪仗在晋国来使的护卫下出了宫门，她忍了忍，最后还是抿着唇垮了笑容。

纪焕大抵是知道她心里不舒坦的，他点了点陈鸢额心，道："又不是从此不回了，何必伤感？"

他这会儿倒是看得开了，先前不知是谁跟着在城墙上站了那么久，眼都不带眨一下的。

这男人口是心非到极致了。

"也称不上伤感，袁远待婵儿上心，今日是难得的好日子。"陈鸢站了会儿，直到那长长的仪仗出了视线，才又道，"只是总有些不放心罢了。"

"等出了大燕边境，袁远会亲自带人去接。那日他说的承诺你也听着了，既然经过深思熟虑后还是开了那个口，就必然不会食言。"纪焕捏了捏陈鸢有些发胀的手，淡声道。

他和袁远是同类人。

给出的承诺，将一辈子践行，所以他信袁远会好好对纪婵。

在城墙上迎着风站了许久，陈鸢早就觉着累了。她行动不便，平时就连多走几步都会觉着四肢酸痛，身子重得提不起来，自然每日围着养心殿绕圈的计划也跟着搁浅了。

四月草长莺飞，随着月份越大，陈鸢的精神也越来越差了，像是营养都被肚子里的孩子吸去了一般。原先因为有孕而变得圆润起来的小脸也迅速消瘦了下去，除了肚子，身上其他地方都没见什么肉了。

这一幕叫苏嬷嬷看得提心吊胆，每日亲自下厨变着法儿地给陈鸾开小灶做补汤和药膳，可还是没有什么明显改善，一殿的人都跟着暗自愁眉苦脸。

纪焕忙得再晚也是要回养心殿宿着的，夜里但凡有一点点动静都会被惊醒，眼下很快多了两团乌青。

陈鸾几次三番提议让他去偏殿睡着，不然第二日没精神和心思处理政务。

可他说什么也不听，每回听她絮絮叨叨念完才似笑非笑地道，若他真睡在外间，只怕无法入睡的人就成了她。

千防万防，到了四月月中，最害怕的事还是来了。

原本暖和的天突然降了温，仅仅一夜的工夫，宫里就有许多人染上了风寒。陈鸾也不例外，眼睛酸涩，咳嗽不止，头疼还伴有发热。又因着腹中的孩子，太医们束手束脚，许多药都不敢用，生怕伤了肚子里的那个小祖宗。

这样的情况持续了两三日，陈鸾的病情非但没有好转的迹象，反而越来越严重了。到了第四天晚上，陈鸾已经在养心殿连着发了两回热。

祸不单行。

四月二十一日傍晚，日头还未彻底从天边落下，晚霞像是被上了色一般，朵朵绽开，染红了大半片天。

陈鸾才褪下高热，正是头昏脑涨的时候，肚子就开始疼了起来。起先还是可以默默地忍受的抽痛，后来就发作得厉害了，一阵接一阵得疼到了骨子里。

养心殿早早就有产婆守着了，苏嬷嬷一边喊人去告知皇帝，一边命人去请太医。自己则守在陈鸾面前，握着后者冰凉的手指连声安慰："娘娘不急，咱先憋着劲，等产婆喊要使劲的时候再发力，一鼓作气，这小皇子也就出来了。"

说虽是这样说，但苏嬷嬷心里不由得暗暗心急，感叹这孩子挑的也太不是时候了些。

本来就只有八月，生下来也多半是个体弱的，还偏偏选在娘娘染上风寒之后。这可如何是好啊？

纪焕是和太医一同赶过来的，立着的一排屏风后。女人低低的痛呼声无声地流淌，他几乎下意识就想抬脚进去，却被胡元拦住了。

"皇上，这女子的产房进不得。"

纪焕眼皮子一掀，面上神色更冷几分，轻喝道："都什么时候了，还在乎这些怪力乱神之说。"

陈鸾只觉得一阵阵撕裂般的痛席卷全身。她像是一条脱了水的鱼，就连痛呼声也是微弱而无力的，而这还只是开始。

纪焕进来的时候，她漆黑的发丝已被汗水浸透了，湿哒哒的一缕缕沾在额间和衣领上。她这副模样就如同一柄锤子敲在了他的心上，男人走过去紧紧地握着她出了些汗的手指，哑声唤道："鸾鸾。"

陈鸾听了他的声音，侧首朝他望过去。她咬了咬下唇，声音轻如柳絮："有点痛。"

纪焕捏了捏她冰凉的手掌，道："没事儿，我在这儿陪着你。

"若是疼得厉害了，你就使劲掐我，男人皮糙肉厚，不怕这个。"

他声音清润，模样温和，只是手背上隐忍的青筋到底骗不了人，透露出了他心中一星半点的真实情绪。

接下来的两个时辰，从黄昏傍晚到月至中空，孩子的头都没见着。陈鸾却已经没了半分力气，全靠参药吊着才没有晕过去。

血腥味弥漫开来，胡元凑到纪焕耳边轻声说了几句话，男人从屏风后出来时，眼尾都是猩红的一片。

王太医无奈极了，他苦着声道："皇上也该知晓娘娘身体状况。早年落下的病根还未好，生产又需体力。撇开这些不谈，娘娘的风寒也颇为严重，这会儿已经没有……"

"你这话是什么意思？"又是一盆血水端出来，纪焕仅仅看了一眼，就逼着自己挪开了视线。眼底酝起晦暗的风暴被他缓缓压了下去，只是出口的声音实在算不上和善。

他是从死人堆里一路爬上来的，手里沾了数不尽的鲜血，可从来没有哪回能够与此刻相比。那一盆盆端出的血水叫他如此心悸，心口处像是被活生生撬开了一道口。

他甚至都在想，是不是他做的孽、欠下的债都报复到了她和孩子身上去了。

王太医与身边经验丰富的产婆对视了一眼，决定破釜沉舟一试，总比等会子大人小孩都保不住的好："皇上，若是娘娘实在没有气力完成生产，可否要试试当日微臣在御书房提过的法子？"

"放肆！"似是怕里头的人听见，纪焕压着声音喝斥，五指并拢，铜色的手背上突兀地现出了几根青筋。他闻言已是怒极，脸色阴沉如墨，"此事休要再提，皇后与腹中孩子若出了事，朕只拿你们是问。"

王太医垂眸不语，心中暗叹一声：这皇后肚子里的小皇子或小公主也太不体贴了些，非得挑这个时候出来。

想要大人小孩均安，怕是不怎么现实了。

那个法子是不得已而为之，王太医念着这位的身体情况，早早的就准备好了麻沸散。只是对皇后来说，若行此法要痛苦凶险许多，最多到了危急关头，算是个保小孩的法子。

至于大人，能不能挺得过来就全靠造化了。

陈鸾意识混沌，眼神涣散。不知怎的，她脑海中突然十分清晰地闪过那梦魇中的重重画面，她想，莫不是自己终究难得圆满吗？

她突然十分不甘心，若是梦里不得善终也就罢了。可现实里她有纪焕，有孩子，有亲人，她舍不得就这样撒手而去。

纤细如葱尖的手指因为使力，根根都泛出细细密密的青筋来。她知道，若是再沉沦下去，她就要彻底迷失在那不着边际的梦里了。

陈鸾拽着绸缎的手突然被一双温热大掌包裹住，她用力地睁开眼睛，指甲尖泛出浓烈而尖锐的青白色，深深弯到他手掌心的肉里。耳边是他难得惶恐的声，一字一句如流水般淌到她的心里。

"鸾鸾，你知道我最怕这个的。"似是有些无力，他说话的声音嘶哑极了，当真是不够好听的。

陈鸾朝他艰难地弯了弯唇，梦魇中的画面如潮水般退去，尖锐的痛直击灵魂深处。她重重地哼了声，嘴唇都咬得出了血。

小半个时辰后，孩子出生的那一刻，她彻底脱了力。眼前一暗，就完全没了意识。

真的是在鬼门关走了一遭。

苏嬷嬷将襁褓中白嫩嫩的奶娃娃抱到纪焕跟前，脸上笑得开了花："恭喜皇上，娘娘生了个小皇子。"

在一地的恭贺声和欢笑声中，纪焕目光沉沉，才觉着自己出的汗一点也不比陈鸾的少。他有些疲惫地挥手，哑着声道："抱去叫奶娘好生照顾着。

"都退下吧，朕与皇后说会子话。"

苏嬷嬷活了大半辈子，头一回见到有新晋父亲因为担忧妻子，连孩子都提不起劲抱的情况。她张了张嘴，觉着小皇子真有些可怜。

伺候的人鱼贯而出，内殿又是一片祥和。陈鸾尚在昏睡当中，自然没见着清隽从容的男人捉了她的手放在脸颊边，但冥冥之中，似也能感受到手指尖上流淌而过的一颗温热晶莹，灼得人心头发烫。

"再不要第二个了。"

只要他们两个好好儿的在一起，旁的都不重要。

嫡长子纪逍出生第二日便被封了皇太子。一时中宫盛极，苏家在朝堂之上也渐渐得到重用，甚至还要超过鼎盛时三分。

而苏家唯一的小小姐苏粥，则一举从乡野丫头成了贵族名媛，受人追捧无度，前来求亲的人踏破了门槛。

谁知苏粥心气也跟着高了起来，谁也瞧不上眼。兰老太太一问，就支支吾吾开始遮掩，但言语中透露出来的意思已是十分明显。

兰老夫人问了两三次之后，心中大愕，急忙捉了人关在屋里问个清楚。

时值夏日，屋里开始摆放起冰盆，苏府如今比起以前不知好了多少，就连老太太屋里熏的香都是御赐的，地位恩宠可见一斑。

兰老太太对苏家这个幼女就如同对当年的苏媛一样呵护宠爱。这会儿银发烁烁，却是难得阴沉了脸，声音里头虽也噙着笑意，却是不达眼底。她朝苏粥招手，道："你且站过来些，祖母问你些事。"

苏粥绞着帕子站到老太太跟前，心里大概有了个底，她如今也希望开诚布公地与老太太谈一谈。

见过了纪焕那样的男人，又是那般深情，她的眼里哪还看得见京都那些纨绔子弟？

她也想得很清楚了，哪怕进宫会遭堂姐打压，她也仍想试一试。更何况那人是天子，天子的后宫，怎么可能一直只有一个人呢？

自当肥水不流外人田。

等老太太和陈鸾说道说道，她自然就能想的通了，本来两人就是姊妹关系，都在宫里也互相有个扶持。

"你到底是怎么想的？你堂姐三月前专程托人递出来的名册，那上头的三四家少年郎我和你祖父也看过，家世清白，人也上进。你如今到了婚配的年龄，总这般拖着也不算个事。

"你今日就跟祖母放个准话，看上了哪家的儿郎？只要真是个还不错的，祖母便也不留你了。"

兰老太太目光如炬，紧盯着苏粥的神色，一丝一毫的变化也逃不过她的眼。

苏粥眸色几经变化，而后咬了咬下唇，泪水涟涟地望着兰老夫人，那样的眼神看得后者心里顿时咯噔一下，暗道不好。

果不其然。

"祖母，孙女想进宫。"

这话如同平地一声炸雷，兰老夫人面色凝重，气都险些倒不匀。她拄着拐杖缓缓起身，问："你为何会有这等想法？"

苏粥沉默了会儿，回答道："孙女曾见过皇上几回，仅仅只是看上一眼便面红心跳，瞧京都其他男子却无半分动容。"

她侧首朝着兰老夫人一拜，眼里的泪掉在白皙的手背上。她声里蕴着哭腔，一张小脸楚楚可怜："孙女长这样大，从未向祖母求过什么，如今只求这一件事儿，望祖母成全。

"孙女进宫以后，定会尽心为娘娘做事，尽力帮衬着娘娘，断不会碍着娘娘和太子殿下的路。"

兰老夫人那根镶金嵌玉的拐杖重重敲在地面上，发出沉闷的声响。她低喝一声，到底没舍得对苏粥说重话，只是竭力说服她打消这个念头。

"你说得倒是轻巧。你堂姐自幼丧母，没人疼没人爱的，好不容易现在熬出了头，我与你祖父再将你送进宫去，和那镇国公府有何差别？我们举家前来是想做你堂姐的靠山，不是拦路石！

"这样的想法，你还是趁早消了的好。若是你祖父知道了，腿都要给你打折，我保都保不住你。"

苏粥不解，愕然抬眸，有些执拗地答："为何我与堂姐有所差别？明明孙女才是苏家的小小姐，而堂姐虽说与祖父祖母亲密，但也分个亲疏远近，她到底还是姓陈啊！"

按理说，苏粥是苏府之人看着长大的，乖巧懂事，每个人对她都是喜爱有加的。直到遇见了陈鸾，头一次见面，后者就是高高在上的皇后了。

而清隽俊朗的帝王因为她放下了身段，跟着她对苏祁和兰老夫人行了半礼，叫了声外祖父和外祖母。

这样的男人，哪个女子不心动呢？

以她现在的身份，也不比曾经的陈鸾弱几分。她也不求皇后之位，只想做朵温柔的解语花，在那人处理政务烦累之际，柔声宽慰几句。

兰老太太摇头，有些失望道："你怎么这般拎不清？苏家能重焕生机不过都是因为皇上看在娘娘和太子的分上，不然这会儿你只能在沅县的寒门学士中择一人为婿。"

她顿了顿，又道："你也莫说什么亲疏有别的话，你堂姐没有你姑姑照拂，我们苏府多少年没管她？你自幼在我们的照拂下长大，又受过多少委屈？"

"我今日这些话，你自个儿好生琢磨琢磨，别让人失望了才好。"

这原本是极隐秘的一段谈话，却不知怎么传到了陈鸾耳里。她听了传得模棱两可的话浑不放在心上，转而就叫流月往御书房跑了一趟，将这话说给男人听了。

当夜被收拾得有些惨。

当了爹的男人更见成熟内敛，陈鸾有时候望着，都觉得岁月善待，仿佛没在他身上留下什么痕迹。反倒是她，在生了孩子之后，有一两个月的时间憔悴得不像话。

风停雨止后，纪焕哑着声在她耳畔意味深长地低语："怎么白日里又叫人给我传那样的话，还嫌我不够疼你？"

陈鸾拭去鬓角的细汗，蛮不在意地笑了笑，伸出纤长的手指尖点了点男人坚硬的胸膛，道："那倒不是，只是外祖父母都对我不错。苏粥若是想进宫，我必然不允，只怕到时候叫人两面为难，反而伤了和气。"

纪焕握住她到处煽风点火的小手，眼皮子突然向上一掀。他噙着些笑意开口："不错，生了孩子果然不同，态度都强硬了许多。"

陈鸾不理他的调侃，揉了揉眉心处道："等弯弯百日宴上，我再与那姑娘说说。"

"人家也不比你小几岁，没必要给留多少面子，早点打发了嫁出去才是正道。"男人怀里搂着美人，心思自然不会在这等琐事上停留太久，连带着声音都有些不耐。

"皇上是香饽饽，谁都想啃上一口，这事也正常。"陈鸾发笑。

纪焕捏着她下颚懒散勾唇，轻"啧"一声，问："怎么就皇后娘娘无动于衷，怎么都不想着上来啃一口呢？"

她生了孩子后，男人对她越发纵容得没了边，近乎百依百顺，对孩子倒没那么上心，小小的一个人儿就全然交给了奶娘。陈鸾去看的时候，瘪着嘴哭得跟小狗似的。

聊着聊着，话题又扯到纪道身上去了。纪焕对这小子特别不满，究其原因，无外乎是他出生时太过折腾人，把他父皇吓得够呛。

"男子从小就得严格教养，整日和爹娘腻在一起如何像话？"

陈鸾有些无力地反驳："弯弯才两个月大，哪里有这样的忌讳？"

男人只当耳旁风，听过就忘。

陈鸾心里有些暖，她自然知道这男人嘴上有多嫌弃，心里对纪道就有多在乎。只是面上逞逞强，不然也不会半夜三更轻手轻脚地去偏殿看望了。

日子一晃而过，很快就到了皇太子纪道出生百日的时间，帝后设宴神仙殿，款待众臣。

苏家俨然就在被邀请出席之列，陈鸾一早就吩咐葡萄，晚宴间隔时邀苏粥向晚亭一叙。

皇太子百日宴，神仙殿当晚热闹非凡。但凡在京都中有头有脸的世家皆都携亲眷前来，一时之间，觥筹交错，歌舞升平。今日这样的大日子，每个人脸上都挂着笑。

苏家在文臣之列的席位紧挨着司马家。苏祁多饮了几杯，满面通红，兰老夫人没有动放在跟前的酒盏，只略略抿了几口清茶润喉。

今日来的苏家小辈有两个，一个是长子苏耀的嫡女苏粥，一个是次子苏宁的嫡子苏珩。

作为苏家后辈中唯一的女孩儿，苏粥这些日子走到哪里都是人群中的焦点。她自身就是个美人坯子，虽不及她堂姐陈皇后姝丽勾人，但眉目极温柔，远远一瞧就是似水一样的人儿。

娶了这样的回来，家中也清净。

虽说从小是在穷乡僻壤的小镇子长大，但有苏祁和兰老夫人教导，行为举止都落落得体，家中兄弟又都对她爱护有加。将来苏家小辈在朝堂立足，自家也能得到不少帮衬。

这才是最主要的。

苏祁看中的是常家的嫡次子。常家低调，在京都从不显山露水，最叫人动心的是内宅清净，婆母慈善，在京都是出了名的好脾气。

只是苏粥怎么也不领情，将两个老人愁得寝食难安，百般相劝也没有进展。

皇太子身在襁褓，被奶娘抱着走了个过场就又被带下去了。虽然大多数人都没有看见纪道的正脸，但奶娘在苏家跟前多停留了会儿，显然是得了吩咐，叫苏祁和兰老夫人认个脸。

"这孩子长得真好。"苏祁翘着胡子有些兴奋地灌了一杯酒下肚，对着身侧的老夫人说道，"小时那般黏人的奶娃娃现在都当娘了，媛儿在天有灵，该放心了才是。"

远处是舞姬扬歌舞袖，娇颤颤的戏腔勾人三分。有许多人贪嘴多喝了些酒，目光就自然而然落到了那些江南来的歌姬身上。苏粥安安静静地坐在自己的席位上，觉得与这个地方格格不入。

来之前，她才被兰老夫人明里暗里地敲打过。

她是真的不明白，为何表姐可以，她却不行。

明明出身都差不多。

繁星点缀，晚宴散场。陈鸾同纪焕耳语几句，而后迤迤然起身，离开前有些意味深长地瞧了苏粥一眼，裙角曳出一道潋潋金光。

朝臣们携家眷离开，苏祁才要起身，就见皇帝身边的太监总管前来，恰到好处地笑："皇上请太傅移步一叙。"

苏祁走后不久，葡萄就上前给兰老夫人行了一礼，旋即看向目光追着纪焕跑的苏粥，不咸不淡地道："四姑娘，娘娘请您去亭子上说会儿话。"

老夫人立刻反应过来，这是陈鸾已经知道苏粥的心思了啊。

苏粥抿着嘴，身子才往前挪了一步，就叫老夫人给抓住了手腕，后者苍老的面容上布着些无奈："我同着一道去。"

她对陈鸾这个外孙女不够了解，看着模样是和善温柔，但能到如今的地位，内里是什么性子谁也不知道。

苏粥这孩子一时鬼迷心窍，实则并没有什么害人之心，等她想明白了就好了。

若为此事伤了姐妹情分，更叫陈鸾对苏府避而远之，那就真叫人头疼了。

葡萄见状也没有多说什么，转身给她们带路。

陈鸾在一处凉亭里坐着，手里拿着把宫扇不疾不徐地摇，那扇子下缀着的流苏拂在手指上，温温柔柔。直到老夫人和苏粥上了凉亭，她才站起身往前走了几步，受了老太太和苏粥的礼。

"原只预备着叫四姑娘来说说话的，想着外祖母定是横竖放不下心来，一并来了也好。"许是当了娘，陈鸾说话的声比之从前又温柔许多。

兰老夫人重重地叹了一口气，拽过苏粥道："这姑娘理不清，倒叫娘娘看笑话了。"

陈鸾并没有给这位蜜罐子里长大的四姑娘许多面子。又因天色已晚，留给她们说话的时间并没有多少，她噙着笑掀了掀眼皮，轻抿了一口茶道："本宫与四姑娘是表姐妹，今日当着外祖母的面儿，有些话便也不拐弯抹角地藏着了。

"听闻你想入宫侍君？"陈鸾点了点茶盏杯盖，好整以暇地观察着苏粥的神情。

出乎意料的是，苏粥承认得干脆。几乎就在陈鸾话音刚落的瞬间，她就咬着下唇点头，道："回皇后娘娘，臣女确实有此想法，希望娘娘成全。"

她很清楚，如果这回不说，她就没有机会了。

来京都几个月，她已将她这表姐的事打听得八九不离十了。皇上对她格外宠爱，那时候就连司马家的嫡女都入不了宫，更别提她了。

老夫人脸色沉了下来，万万没想到苏粥会如此说话。她吸了一口冷气，讪笑着赔不是："娘娘，四姑娘还小，您别和她一般见识，这件事我们苏府是断断不允的。"说罢又扭头看向苏粥，语气是前所未有的严厉，"赶紧向娘娘请罪，你现在什么话都不经脑子就能说出嘴了吗？我和你祖父平素都怎么教你的？"

陈鸾眼尾一挑，如玉的食指放在唇边，笑着做了个噤声的手势。那笑容虽然随和，可又带着七八分的强硬，竟是连老夫人的面子也没给留全了。

"话无需多说，本宫今日前来，就是想亲自告诉四姑娘一声。除了皇上，这京都未婚的男子你看上哪个，本宫随你挑选，也算是全了你我之间的姐妹之情。"

她由葡萄扶着站起身来，抚了抚指尖冰凉的护甲，眼皮一掀，嘴角向下压了压，无端端的生出了几分压迫与威仪来："世人都说本宫狐媚惑主，善妒不容人。可这嘴长在皇帝身上，真正能一言定乾坤的人不是本宫，而是皇上。

"这后宫里不会再有第二位娘娘，这是本宫的意思，亦是皇上的意思。苏四姑娘，你可懂了？"

她分明是嘻着笑说话的，可那声苏四姑娘，喊得苏粥和老夫人身子一僵。原本亲亲热热的表姊妹，竟要生分成这样。

兰老夫人想到早死的独女，又看了看自幼养在身边的孙女，当真是两面为难。手心手背都是肉，打着哪边都是钻心的疼。

苏粥愣了半晌，抬眸望进那双澄澈明亮的眼里，讷讷地道："娘娘可是怕臣女进了宫会费尽心思争宠，挡了娘娘和太子的路？"

这话着实逾矩，可陈鸾却没有出声打断。她似是感知到了这姑娘本性不坏，直言率语的，比那些背后捅刀子的要好些，她也乐得给几分脸面。

"就是你对本宫绝对忠心，甚至灌了绝子汤下去，本宫也不能允。"

陈鸢不经意瞥到凉亭花枝外那抹明黄的衣角，挑眉漫不经心地笑："哪有女人愿意将美人送到自己夫君怀里的？你如今还小，花一样娇嫩的年龄，见过的人有多少？一腔真心热血是好事，只是莫要自误才好。"

说罢，她踱步到老夫人跟前，声儿尚算温和："四姑娘是苏家小一辈里唯一的女孩儿，千娇百宠的长大。而我到底姓陈，对苏府来说，是外人。可正是因为这样，我今日才要当着老夫人的面明说，有我在，四姑娘进不了宫。"

话都说到这样的份上了，陈鸢扪心自问，对苏家算是诚恳真挚。若是苏粥再执迷不悟使什么下作手段，她也就不必客气了。

兰老夫人点头，眼前不知什么时候一片模糊蒙胧。她捉着陈鸢冰凉的手，颤颤巍巍道："孩子……你，你怎么会是外人呢？你在我和苏家人的心里，是和四丫头一样的分量啊！"

陈鸢知道她的意思。她是苏媛的独女，苏府的人怜她自幼丧母，又因着爱屋及乌，对她自是付出了真心实意。可比之承欢膝下的嫡亲孙女，到底还是差了打小看到大的情分。

她不会拿这去赌，也全没有必要。

夏夜沉凉如水，一轮明月照得这亭子仿佛沁在水中央一样，波光皎皎。陈鸢才生完孩子没多久，气血亏损，比不得从前，这会儿子在风里站久了就觉着有些不舒坦。

又宽慰了老夫人几句，陈鸢便转身离去，凉亭里伺候的宫女太监跟在她身后，浩浩荡荡的一群。一时之间，与她们大眼瞪小眼的就只有两个掌灯的小宫女。

拐角处的纪焕眉心隆起，等得有些不耐烦。他忍了忍，还是对流月道："什么不知所谓的人也要亲自去见，下回看紧些你主子，太医嘱咐的话都忘了不成？"

胡元和流月皆噤声不语。

皇上估计是被太子出生时的那一幕吓惨了，现在天天傍晚要拉着皇后去御花园和亭廊下走走，更是拿上好的人参灵芝供着。甚至连桌上都见不着一点辛辣重盐的菜食，素得和山上寺庙的修行僧一样。

这夜里吹着风跟人聊天，怎么想都对身子不好，这位会恼怒也是意料之中的事。

陈鸾来时，正巧听着这最后一句。她提着裙角踱到男人跟前，踮着脚都才到男人肩胛骨的位置，又因着身形消瘦，是以显得格外小巧玲珑些，一点也不像是生过孩子的人。

"皇上别恼，臣妾就去说了几句话。小姑娘心气高，一瞧就瞧中了京都最出色的，臣妾去使使绊子解解气。"陈鸾似是觉着这样的说法好笑，话音才落，自个儿就先笑了起来。

纪焕自然地牵过她的手，侧脸如铁一般的坚毅。他朝后方的凉亭看了一眼，神色不虞地开口："就你心慈。何不依朕所言，顺势赐婚直截了当。平白着在夜风里苦待一阵，临到头来还讨不着好。"

"讨不讨着好臣妾倒管不着。只是好歹沾亲带故的，贸然将人家许了，若对方不如我们所见那般纯良，也是害了她一生。"陈鸾顿了顿，失笑道，"这样想想，臣妾当真良善，也不知外头那些人为何总将一些臭帽子扣到我头上来。"

纪焕眼底现出暖色与分明的笑意，与她携手往养心殿去："与他们计较什么，那些人哪个嘴里是干净的？

"皇后在朕眼里，分明良善得不像话，才叫那些人都觉着好欺负。"

这男人突如其来的情话，倒叫陈鸾愣了愣，片刻后瞥着凉亭后的那抹萧瑟倩影，在他耳边压低了声："皇上真是不懂怜香惜玉。"

纪焕心底觉着好笑，伸手揉了揉她的发，又将她外边披着的衣拢得紧些，声音到底还是严厉了几分："自个儿的身体还是不注意，整日就知道嚷嚷着想再生个公主。就你这风一吹就倒的身子，再过十年朕也不敢让你生。"

这人不知怎的，在她跟前就慢慢变了个样子。在外头说一不二，金口玉言，独独面对她时，开始唠唠叨叨的，一段话连着说上数遍，再不是当初那个清傲绝伦如高山之巅的八皇子了。

陈鸾脚下步子一顿，扯着他的一片袖角软着声问："我生弯弯那日，到底发生了何事？叫你闭口不提不说，还如此忌惮？"

她只知道那日生产确实凶险，人也遭了不少的罪。但女人生孩子时都是那样儿，谁都得走上一走。只是不知这男人到底瞧见了什么，一提起那日脸色就黑得不像话，别人还提都提不得。

她躺在那承受痛楚，却不知纪焕立在一排屏风前，干瞧着那血水一盆盆的被端出去，又有新的热水端进来。听了她一夜压抑的痛呼声，又有太医和产婆几次三番的提醒暗示，饶是天上的神仙也淡定不下来。

更何况他终究是一介凡人。

一个深爱着陈鸾的凡人。

痛不能替她受，苦不能替她扛。如今能做的想做的就是将这对母子护在羽翼之下，一如娶她时的初衷。

　　这日以后，不知到底是因为陈鸾那番警告敲打，还是纪焕那不大不小不咸不淡的几声"抱怨"起了作用，亦或是苏祁和老夫人采取了什么法子。苏粥不久后就定下了亲事，对方正是常家的嫡次子。

　　这日养心殿中，陈鸾亲自去摘了一花篮带着清晨露珠的各色花瓣做胭脂，听了这消息也没感到意外，只淡淡地道了一声："还算是个能说通的，不然这事也不好办。"

　　苏家为了她做了许多，她也不可能真撕破脸皮去闹，这样的结局再好不过了。

　　晚上纪焕回来，先是冷着脸抱了抱纪道。也不知他是从哪儿听说的，坚持从小在儿子跟前树立慈父的形象，哪怕陈鸾几次笑话他说孩子尚小，哪能看懂这些，他却偏认定了如此。

　　内殿不冷不热，陈鸾沐浴之后躺在榻上拿着话本闲看。男人伏案疾书，半身笔挺，才批完折子预备着看会儿兵书，手里的书卷便被一只皎白玉手截了去。

　　"怎么还不睡？"男人无奈，将女人揽到怀里，下颚摩挲着她的发顶温声问。

　　陈鸾伸出小指勾了他一缕墨发，秀气地掩唇打了个哈欠，娇声娇气地开口："你不在，睡不着呀。"

　　纪焕低笑，胸膛狠狠起伏几下，而后轻松抱着她起身，言语间宠溺之意不加掩饰："怎么当了娘之后倒越发爱撒娇了？嗯？"

　　一挂到他身上，陈鸾就立刻来了困意，只是在睡着之前，她强撑着在他耳边喃喃："阿焕，我觉着这样的日子真好。"

有他，有她，还有他们的孩子。组成了一个完整的、梦里奢求不到的家。

男人的手在她的背上轻拍着，闻言眼皮一掀，道："傻气。"

见她呼吸慢慢均匀下来，他才跟着勾了勾唇，眸光深邃幽然。

"你若是觉着好，咱们就这样过一辈子。"

—正文完—

番外

旧宿

乘月

晋国地处北边，天气寒冷。饶是在五六月的天，太阳高高挂在头顶，也并不觉得热，只和春日是差不多的。

公主出嫁的仪仗历经一个月，终于踏入了晋国的边境。

夜里，繁星缀在天幕上，一颗颗亮起，又一颗颗黯淡下去，交织成一汪星河。和亲的车队停下来休整。夏夜露深，纪婵由人扶着从马车上下来，侧首瞥着身后一长排的火把问："咱们这是到何处了？"

舟车劳顿，她身子原就不大好，这样赶路月余，虽处处都置备妥帖，细心伺候，但到底有些吃不消。这几日暑热褪去，却似跳过了最热的当口，直接进入了秋季一般。纪婵幼时曾到过晋国，这时心里就已有了底，心想是离目的地不远了。

护送纪婵和亲的卫将军冲这位皇室最尊贵的金枝玉叶抱了抱拳，回道："公主，此处乃虎口岭。过了前边那座山，就是晋国的地界了。"

纪婵颔首，紧了紧身上的披风，低低咳了几声，眼底登时泛出潋潋的水光。那将军看得一怔，才觉着失态想要赔罪，那一缕香风已然远去。

他不由得拍了拍自己的额，觉得方才真真是鬼迷心窍了。这闻

603

名京都的第一美娇人，果真名副其实，一个眼神足以撩拨人心。

难怪那晋国皇太子何等的风流人物，也要几次三番地求娶，最终才抱得美人归。

柳枝知道自家主子此时此刻的心情，她一边伸手将头顶横长出的枝叶抬高，一边细声宽慰道："公主莫伤感，咱们又不是就此回不来了，明日到了晋国的地界，就能见着太子了。"

纪婵面色有所松动，她勾唇莞尔，眼尾轻挑，目光平视前方的黑暗沟壑，道："既然已有所选择，自当一路向前，多想无益，你无需劝我。"

实际上，她本就不是悲春伤秋的性子。路是自己选的，人是自己喜欢的，涉千山万水，跟他回去罢了。

柳枝笑了笑，又接着道："方才下午公主小憩的时候，皇上派人来报，说皇后娘娘生下了小皇子，现在已经被封为皇太子了。"

纪婵摩挲着枯竹枝的手一顿，而后展颜："果真寒冬已过，福报就来了。鸾鸾今后的日子，自该一路顺遂如意了。"

沈佳佳也有了好的归宿。

曾经无话不说的三个人，也到了分别的时候。

此次的和亲队伍格外的长而肃整，浩浩荡荡远不止十里，在进入晋国后就与袁远派来的人汇了合，一路向皇城行进。

直到这个时候纪婵才知道，袁远派来护卫她的人手里已经活捉了十几个埋伏着试图刺杀她的人。大燕的三公主，那可是两任皇帝的掌中宝，地位绝非那种临时封的公主可以相比。

昌帝临终前的那番话可是连晋国皇帝都有所耳闻，若有朝一日三公主在外受气，遭夫家冷落虐待，不惜代价也要迎回。

就连这门亲事也是她亲口应了才作数的。

娶了她，袁远必能再上一层楼，这晋国也将彻底落入他的掌中。那几个原本就被压制得喘不过气来的皇子自然不会放过这样的机会。

三公主一旦遇难，大燕的诘难足够给这素来无法无天的皇太子一个当头棒喝。

自然，人也不能弄死就是了。

等到了晋皇城，纪婵被安置在客栈，里里外外保护她的人又多了一成，她这才恍惚意识到什么。

这里是他的地盘，她跑不掉了。

当天袁远就抓了那批刺客进了宫。接下来的事纪婵约莫着能猜个八成，参与此事的皇子，估计就和当年的纪箫一个下场。

夜里星河流转，纪婵难得可以睡个安生觉，早早的就叫丫鬟熄了灯。又额外给了恩典叫她们下去歇息，一路上舟车劳顿，她们也快吃不消了。

月光投落在窗纸上，如水如银。纪婵坐在小案几上，一只玉手托腮，另一只抓了串珠子百般无聊地玩弄。过了片刻，她突然不耐烦地将那珠子掷到桌面上，屋里登时发出一声沉闷的声响。她皱眉冷声问："想偷看到什么时候？"

"嘎吱"一声，房门被轻轻推开，只见男人身姿挺拔修长，一身淡青长袍。袁远此时眉目若妖，心情似是极不错。他嘴角上扬，声音较之从前温润不少："万里迢迢而来，公主好歹待我温柔些。"

纪婵淡淡地瞥了他一眼，颔首漫不经心地问："你这又是从何处来的？一身的脂粉味。"

她像是想到什么，俏脸微寒，一双好看的凤眸微弯，眯出个危险的弧度，连带着声音也降了几个度："才与姑娘共处一室过？"

一句话，让袁远翩然自若的面具碎成了渣渣。

"瞎说什么，没有的事。"他脸上的笑容变戏法一样隐了下去，但想到外面那些对自己的评价，又不得不为自己辩解几句："没当上太子的时候，为麻痹他人才有了民间那些传讹，都是以讹传讹，不可信。"

纪婵只是站在他跟前，似笑非笑地打量着他，挑眉不置可否。

袁远走近她，似是觉着有些无奈，到底还是低声解释着："你在大燕不是总欢喜梨花味的熏香吗？我来之前特意沐浴，殿里熏的是梨花香，身上的香袋也是。只是没想到闻起来和你妙婵宫的略有不同。"

他伸手揉了揉纪婵的发，如海藻一样的发丝在指尖倾泻而下。他惶惶了几个月的心终于安稳下来，眸色与外头浓深的黑融合在一起，喟叹道："没有亲眼看着你站在跟前，总有种你会突然反悔的错觉。

"不安心，觉着在做梦一样。"

男人这话缱绻又露骨，纪婵平素再强势，也终究是个没有尝过情爱的女子。就在他话音落下不久，她一侧脸颊就慢慢泛出蔷薇一样的粉来。她佯装自然地别过眼，冷静地开口："本公主说过的话，绝不食言。"

男人从喉咙里低笑几声，爱极了她这种慌乱到转移话题的反应。

只是素来蛮横惯了的三公主也小看了这人的厚脸皮，才见面时的温馨在这男人跟着躺在榻上的时候荡然无存。她沉默了一下，伸手推了推身侧的男人，声音难得无措："你做什么？"

月上中空了，还不走？

真准备在这睡一宿？

身侧的男人突然没了声，怎么推都不醒。纪婵担心动静大了将人都招进来，索性就卷了整张被子，随他厚脸皮地黏着。

等过了一盏茶的工夫，她又从被子里露了个头。权衡片刻，她还是咬着唇红着脸将带着体温和馨香的锦被分了一小半在他身上盖着。

岂料手还没收回去，就被一只火热的手掌稳稳握住。男人声音里像是极力压抑着什么情愫，沙哑低沉，听得人胆战心惊："还未过门，婵婵就学会关心夫君了？"

纪婵被这声夫君惊得身子一僵，竭力想将手抽离出来，可动作却像是猫儿挠爪一样，软绵绵得没什么气力，反倒被袁远越握越紧了。

"你做什么？"清冷的声传到袁远的耳朵里，只觉得静谧的夜都生动起来。男人低嗯了一声，带着那只纤细冰凉的手落在了他的胸口位置。

手中心跳如鼓，一声接一声的，像是一场突如其来的暴雨，纪婵置身雨下，无处可躲无处能避。

"听到了吗？"朦胧的暗色中，袁远眸光深邃，声音里带着些诱哄。纪婵与他四目相对，能十分清楚地瞧见他上扬的桃花目中清晰而温柔的笑意，也能瞧见他深压眼底的熊熊火焰。

不知怎的，纪婵突然冷静下来。她浅浅地笑，凑上去胡乱蹭了蹭男人的脸颊，感受着身侧陡然硬成石块的身子，坏心眼地在他耳边吐气如兰，偏生又带着一股子嚣张的挑衅意味，只一句就勾得他头皮发麻："殿下，待咱们大婚之夜，拭目以待？"

于是这夜便格外的难熬，怎么过也过不去了似的。

撩拨人的小妖精已经安安静静地背着他睡着了，袁远苦笑，侧着身子将人虚虚地揽着。一夜苦熬下来，走的时候手臂尚还麻木着没有知觉。

他心里默默念想了千万遍，又因为她那句拭目以待夜不能寐数日。终于在一日清晨起来，袁远冷着脸吩咐下属多找些话本进东宫，那下属领命下去的时候，一脸的错愕和惊讶。

大婚之日很快到来。

礼数一一周全之后，一身太子喜服的男人喝得微醺。或是因为终于得偿所愿，外头人灌酒时他便也都十分给面子地喝了。

人逢喜事精神爽，他倚在屏风后，瞧着安静坐在床榻上的那抹倩影，桃花眼晶亮，嘴角忍不住的上扬。整个人此时是意气风发，温润如玉。

彼时的太子爷并不知晓，这个夜里，他将迎来人生中最打脸的时刻。

在喜娘的笑声里，男人低头挑了红盖头，在看到新娘正脸的时候，所有的人皆是呼吸一滞。她们早先并没有见过这位大燕的三公主，只是听过其美貌之名，日子长了听得多了，便不以为意了。

可只有在这个时候，她们才知道何谓美人一笑倾国又倾城，这太子妃，属实妖得过分。

莫说旁人，就是袁远自个儿也愣了片刻，哑然失笑。

这块叫他心心念念觊觎许久的美玉，终于成了他囊中私有之物。

饮过合卺酒，喜娘和伺候的人都得了赏银，高高兴兴地下去了，纪婵这时候才抬眸看她。

正正撞进一双温柔含笑的黑瞳里，印出一个完整的倒影。

晋国的夏夜是凉如水的，微风徐徐，间或裹挟着一两声不知名的虫鸣送入耳中。

今夜东宫处处都挂着喜庆的花灯，映着各式各样的红色。一阵阵的风拂过，荡起层层橘色涟漪，哪怕只是远远瞧着，也觉喜庆好看。

太子妃喜服繁复，暗红色的龙凤纹理清晰大气，越发显得坐在床榻上的人儿娇小瘦弱。任谁目光落在那张千娇百媚的面孔上，便只能一点点沉沦，怎么也挪不开眼了。

袁远手里拿着那方喜帕，目光深邃悠长，觉得自己方才喝下的酒，后劲在这个时候全数迸发了出来。

"婵儿曾说过什么可还记得？"男人眼底笑意有若实质，瞧着灯下美人脸上的一层薄薄胭脂粉。他轻"啧"一声，长指勾起她的下巴，心情极好地问："拭目以待，嗯？"

殿里的三足金炉里熏着助情的夜来香，一缕缕细烟升到空中。纪婵侧身，软软地歪在了榻上的靠枕上，冲着他细细地抱怨："天不亮就起了，浑身上下都不舒坦，累得慌。"

若不是因着这是洞房花烛夜，她都要扬声唤柳枝进来捶捶腿和肩了。纪婵瞥了眼笑得如沐春风的男人，沉默了片刻，青葱一样的食指点了点身侧的位置，声儿娇娇："你坐过来呀，总站着做什么？干杵着和那些喜嬷嬷一样。"

这天底下，敢在他跟前如此做派的，唯她而已。

袁远坐在她身侧，自然而然地握了那根冰凉纤细的手指，噙着笑道："就属你最娇气。"

纪婵眼眸半睐，低低地哼了声，勾着三四分媚意懒懒地回他：

"你替我揉揉肩吧，一日都戴着这头面，酸乏得很，人都要散架了一样儿。"

这人哼起来和猫儿一样的软，袁远虽是旁人口中的花心公子，实际也不是个会怜香惜玉的主。从没近过女人身的男人，这会儿听着这么一声，直接酥了半边身子。

所谓温柔乡，不外乎如是。

就这样一路打闹着，小两口日子过得蜜里调油。在第二年开春之际，晋国皇帝突然中风猝死。皇帝死前已留有一道密旨，着皇太子袁远继皇帝位，同时择吉日分别以贵妃礼、妃礼迎宋王两家嫡女入宫。

此为平衡之道。

一来大燕朝后宫空虚，独尊皇后一人的事给了老皇帝一记警钟。眼看着这唯一出息的儿子也有着朝这方面发展的趋势，他未雨绸缪也是有必要的。

二来也为了平衡朝中局势。

这道密旨的存在有不少人知道，登基大典举行完，这后半边的内容却迟迟不见践行，朝中难免传出些风言风语来。

其中两家的人更是在暗地里推波助澜，施加压力。

人素来是最不长记性的，他们只记得如今龙椅上这位在成亲后多有收敛约束，却压根忘了当年他最是天生反骨，镇得诸皇子唯唯诺诺，无人敢再出头半分。

又是小两个月过去，有人彻底是按捺不住，推了几个小官在朝堂上明提此事，与帝王一党闹得不可开交。袁远在上首看着，始终是漫不经心的看戏样。

他倏尔想起了纪焕。

当年那些让他费解甚至嗤之以鼻的行为，到了今日，答案呼之欲出。

他袁远走上了与纪焕如出一辙的道路，说起来也算是栽得彻底，输得心甘情愿。

这一场争执自然是没有意义的。它所起到的作用，不过是提醒龙椅上的帝王，那道密旨的存在大家都知道，藏着掖着并没有什么用。

是夜，月上柳梢头，两家掌权人入宫。袁远见人都来了，十分和善可亲地赐了座，又指了指桌案上堆成小山的卷宗，言简意赅道：“你二人都瞧瞧。”

那两人上前各拾起一卷，才看了几行字下去，面色便骤然大变。两人看完皆是后背发凉，都跪在地上喊冤。

袁远似是早就料到了这等情况，噙着笑温声道：“今夜月色甚好，朕不欲动怒。”

“都起来坐着，好好替朕将这卷宗瞧完。”

天子喜怒无常，那两人是见识过的，当下心中叫苦不迭，捉摸不透他笑吟吟的面具后究竟是个什么意思。两人心中虽是抗拒，身体却似有意识一般起来，在袁远的目光下一卷接一卷地看。

当年寒窗苦读时都没这般用功在意。

等全部看完，两人的后背湿了一片，幽幽的风一吹，便是一阵钻心刺骨的寒意，竟比寒风腊月的冰刀子来得还要厉害些。

这回是真的跪着不敢起了。

宋、王是大家贵族，支脉门客众多，往日约束不及，总有不肖子孙在外仗势欺人、惹事生非。平素他们睁一只眼闭一只眼，觉着这都是些无足轻重的事，可直到瞧了那上头堆得如山一般的罪行，才知自己错得有多离谱。

盛极一时，就更该约束自身。帝王若有意要怪罪，光凭这大大小小的罪证加在一起，便足以使他们平素的芳名美誉变成恶名昭彰，罄竹难书。

两人到底也是经历过大风大浪的人物，惊诧过后便是一百个抵死不认。他们大抵也知道，袁远既然选择暗自召他们入宫，就当没有想将这事闹大，尚有回旋的余地。

本身也都不是些什么致命的罪。

袁远脸上的笑意更深了些，他指了指那散落一地的罪证，踱步到两人跟前，不疾不徐地开口："两位大人是国之栋梁，为大晋鞠躬尽瘁，尽心尽力，只不过子孙有些混账罢了。

"朕也不是什么不依不饶的人。"

他的目光在两人身上扫了一圈，声音温和低沉："两位是想私了还是公了？"

那两位简直不敢相信自己的耳朵。

袁远看了看外边的天色，有些不耐烦地敲了敲案桌："快些做决断，朕耐心不比先皇。"

最后还是王浮能屈能伸，咬着牙憋着气道："陛下，我们私了，私了。"

袁远这才满意地颔首，从乌木盒里拿出一张密旨，在两人的注视下丢进了炭盆里。很快就被火舌吞噬，殿里顿时漫上烟熏味。

"父皇并没有留下什么密旨，希望两位大人回去平息四起的流言，这才不辜负了朕的一片苦心。"

沉沉浮浮大半辈子，王浮和宋乾从没遇到过这样的情况，勉强点了点头后就出了宫，走的时候步子都有些虚浮。

珠帘掀起又放下，珠子的碰撞声清脆细微。纪婵又踱过两扇屏风，才站在他跟前就被揉了揉发丝，男人笑意清浅，眉目温和，低声问："睡醒了？可是吵到你了？"

纪婵并不知道方才这里发生了什么，只是鼻尖微动，揪着他衣襟埋首进去，有些不满地嘟囔："怎的一股子煳味？"

"刚刚烧了些东西。"袁远轻描淡写地回了一句，接着问："饿不饿？可要现在传膳？"

纪婵摇头，凤眸在灯下亮晶晶的，氤氲着水雾。许是才睡醒，她好不容易养出些肉来的小脸粉粉嫩嫩，瞧着他欲言又止。

袁远忍不住捏了捏她一侧脸颊，眼底滑过一丝笑意和宽纵，有些无奈地道："又想吃什么新奇玩意？我已修书给纪焕，给你安排了两名御厨，再忍十日便到了。"

先前这人还稍微能捺着性子，奈何跟来的厨子只会做药膳，又因地理文化的差异，大晋的御厨做的不合她口味。每回用膳时还要遭她挑食，心情好时还行，若不好，则就挑几粒白米饭草草了事。

就身上那点儿肉，都是他想着法子恨不能一日摆五回膳才养出来的。

小东西磨人得很，俨然就是个祖宗，须得时时供着捧着。偏生两个凑一对，一个作天作地一个甘愿哄着，这小打小闹的也成了别样的情趣。

纪婵踮了踮脚尖，凑到他耳边呼出柔柔的热气，声线如流水般淌到男人的耳里："我今日睡得久了些，做了个格外清晰的梦。"

"嗯？又梦到朱雀桥上的甘棠梨和酒蟹了？"

纪婵斜瞥他一眼，难得没有理会这人话里话外的揶揄，而是握着他温热的大掌，落到了她一马平川的小腹上。

寂静的夜里，男人因为她这个动作呼吸骤停，嘴唇连着张合几次，也冒不出一个字来。

她似是有些难为情，拿眼偷偷瞥他，声音娇怯："做梦梦到的。"

袁远愣怔片刻，直到被窗外灌进来的冷风吹得回了神，才猛地扬声道："高贺，传太医！"

半个时辰后，那太医诊了再诊，长松了一口气。皇后多灾多病，他每回来都提心吊胆，半点好都讨不着，还得被冷面君王吓唬，终于盼到了一个好消息。

纪婵看他难得慌手慌脚的模样，竟觉着比腹中的孩子来得还要叫她开心。袁远也不和她计较，只吩咐人照看好别叫她没深没浅的又跑到外头吹风。

自个儿则是喊上太医到了隔间书房，认认真真记下一条条禁忌事项，倒是让那太医束手束脚，百般不自在。

等诸事忙完，袁远回到内殿的时候，纪婵正捻着一块肉脯送进嘴里。见他进来了，仅仅只是掀了掀眼皮子慢悠悠地冲他招手，半点没有当娘的自觉："你快些来，这肉脯做得不错，我午睡前吃了一些，给你留了几块，你尝尝味儿。"

"怎么长不大似的？"袁远尝了下，觉着滋味算是不错。当然他自己也明白此时的心境，就是给他塞下一块黄连，那滋味也是甜的。

"你瞅瞅，吃了还得数落我的不是。"纪婵又伸手点了点空荡荡的香炉，皱眉问，"为何连熏香都给我撤下了？"

她眼神随心意而变，立刻就流转出涟涟水光来："太医分明说过，这香是可以用的。"

夜里纪婵睡眠浅，必须靠熏香助眠，不然一个翻身便是睁眼到天亮了。

袁远将人带到怀里，如以往每一次那般温声劝她："如今胎儿未足三月，恐生意外，咱们忍着些。"

纪婵听着这话，便也默默认下了。她哼哼唧唧到半夜，欲睡不睡地歪在他身上，突然开口："哎，你以前好像不是这样儿的。"

"那我以前是怎样的？"

"自大，狂妄，讨人嫌。"纪婵想了会儿，又往他身上蹭了蹭，"现在变好了些。"

袁远失笑，声音放轻了些："我知道，快睡吧。"

其实哪有什么突如其来的转变？不过是因为遇见了一个美好的人，想要将自己也镶上一层玉，足够与她并肩而已。

并蒂

春去秋来，一晃三年过去。大燕新君励精图治，百姓安居乐业，京都更见繁华昌盛，元成帝的威名传遍四海。

只有一件事儿，让朝臣们烦心不已。

别的皇帝享齐人之福，左拥右抱后宫佳丽三千，到了元成帝这便是三千弱水只取一瓢饮，每回都以各种借口推脱选秀。

登基四年，后宫却还是只有一个皇后。若仅仅只是这样便也罢了，偏偏皇后又不是个能生养的，自生了皇太子后肚子便一直没有动静，这也导致皇嗣凋敝，群臣不满。

纪焕却是充耳不闻，将那些洋洋洒洒的劝谏通通丢到一边，晾的日子久了，说的人自然也就少了。

初秋的第一场大雨落了整整一天一夜，第二日推门一瞧外边，黄叶尽落，在弯弯曲曲的青石小路上覆了一层。前阵子开得正好的米黄色桂花，一簇簇掉得只剩十之七八,七零八落地散在潮湿的地里。

因着昨日的那场大雨，纪逍见了风，到了夜里喉咙就有些不大舒服。陈鸾传太医来开了药，再加上苏嬷嬷连着熬了几碗姜汤，喝下去便也没什么事了。

可纪逍是个机灵鬼，见难得有这样大好的机会缠在香香的母后跟前，灵机一动，平素活蹦乱跳的人儿便马上虚弱了好些，歪在陈鸾的怀中说什么也不肯下去。

爹娘都是出了名的好相貌，纪逍除了生下来丑点，现在俨然就是一颗珠圆玉润的小丸子，一等一的惹人怜爱。只要他嘴一瘪，苏嬷嬷和葡萄流月几个就能给他上天将月亮都摘下来。

陈鸾只觉得好笑，平素里任着他打打闹闹穷开心，一旦真出了格就将人招到跟前轻声细语讲道理。许是她太过温和没有威慑力，纪逍到底小孩子心性，每每点过头就忘了。

对此，陈鸾往往只是眯了眯眼笑而不语，摇着宫扇慢悠悠去了趟御书房。她收拾不了这皮实的小兔子，自有他父皇能收拾。

可怜皇太子年纪小小，就多次见识到了枕边风的厉害。

用过晚膳后，纪逍磨磨蹭蹭地赖在陈鸾的怀里，扯着她袖子东说西说就是不肯下去。陈鸾用手摸了摸他的额心，温度已经降了下去，于是轻轻拧了他的耳朵道：“还不下来？等会儿你父皇回来见了又得叫你抄书了。”

听到抄书，纪逍“嗷呜”一声，捂着耳朵又蹭到她怀里，奶声奶气地问："父皇今日去校场了，儿臣听胡公公说，怕是夜里赶不回来的。"

陈鸾一愣，哑然失笑。

怎么倒还忘了，被这小子哄得找不着东南西北的，可不仅仅只有她身边伺候的人啊。

"弯弯今日想和母后睡。"纪逍说起这话来，神情里既有委屈又带着三四分的不满。

平日里他是不敢提这等要求的，因为有冷脸父皇在。

只要纪焕宿在养心殿，他就得早早地回自己的寝宫。稍一表露心思，他父皇便会淡淡地开口警告，罚起他抄书来那叫一个毫不心软。

这点就是陈鸾也颇有微词，好几次忍不住替纪逍抱不平。他才多大，不过三岁多的小孩儿，虽天资聪颖随了他爹，但正是爱玩爱闹的年纪，原也不打紧的，偏生纪焕对他严上加严。

陈鸾回神，揉了揉他肉乎乎的小脸，低头问："今日的功课完成了吗？"

纪逍一听有希望，两眼亮晶晶，连连点头，带着些鼻音道："完成了，舅舅亲自瞧过，还夸赞了儿臣几句。"

陈鸾眼里漫上暖意，她拍了拍奶团子的肩，对苏嬷嬷道："将太子带下去沐浴，水放热一些，别又冷着了。"

苏嬷嬷应了一声，和几个宫女一起拥着纪逍下去了。

纪逍知道母后这是无声默认的意思，高兴地咧嘴，露出两颗尖尖的小牙。陈鸾看着好笑，心里也暖，冲他摆了摆手，温声道："快去吧。"

得知今夜能宿在养心殿，三岁半的太子殿下迈着短腿跑得欢实，颠颠地就下去了。

这性子，委实有些不像他爹。

待小小的人儿出了屏风，陈鸾脸上笑意隐没下去。她揉了揉额心，冲着葡萄招了招手，问："皇上那可有遣人来传话？"

葡萄摇头道了声无，仔细瞧她脸色，也是有些疑惑地开口："说来也是奇了，皇上今日下早朝后就去了校场，一待就待到这个时辰。"她探了探头，瞧了眼外头的天，压低了声道，"奴婢听闻是金紫光禄大夫陪同着一块儿去的。这位大人生性风流，京中之人无不知晓。听说前段日子还纳了几名江南的美妾，将正房夫人气得回了娘家，这会儿还没回呢。"

这一个说的有意，听的却没心。陈鸾往南边的窗子探出半个身子，一眼瞧到外头的曲幽长廊，掌灯太监手里的灯泛着橘色的光，将一方黑暗照得纤毫毕现，她有些意兴阑珊地收回了视线，点上了葡萄的额："你呀，多心多想。"

她这么一说，葡萄也缓过神来，连声道："是奴婢多心了，皇上对娘娘几年来如一日的呵护备至，咱们这等在娘娘身边伺候的，别提多有福气了。"

再加上她是自幼跟在主子身边一路陪着过来的，早就一荣俱荣，一损俱损。照她看，两位主子恩爱如初是好事，但未雨绸缪的心也还是要有，不然真生了变故，岂不一开始就落入了下风？

陈鸾才要说话，怀中就扑进了一个暖暖的小身子，许是才沐了浴的缘故，小家伙肉乎乎的小脸红扑扑粉嫩嫩。陈鸾忍不住捏了捏，拍了拍他的背，道："快上床躺着吧，这几日天气凉，等会子病又重了，喝药的时候有你受的。"

纪逍一听到喝药，脸上表情跟见了他父皇一个样，松开小手，往内殿跑去了。

陈鸾眉目弯弯，朝葡萄颔首轻声道："去将药热了端上来，先叫奶娘哄着太子喝了。"

她点了点额心，有些头疼："这小子闹起来可不安生。"

纪逍继承了他爹的聪颖，悟性十足，性子却是半点儿也不像。怕苦怕疼不说，一天到晚上蹿下跳，没人看着的时候简直就是要上天摘月亮星星。

出人意料的，他倒是特别爱黏着陈鸾，一钻着空子就要他娘哄着抱抱，偶尔还能得到个香吻。

纪焕偶尔还有所感慨，笑称儿子与他爹一般，这辈子都离不开陈鸾。

养心殿的龙榻上，一大一小紧在一块儿。小家伙身子像个小暖炉，不多时就来了困意，揪着陈鸾的袖子头点得似小鸡啄米。陈鸾笑着给他哼调子道："睡吧，今夜就叫你睡在这里，不回允成殿了。"

纪逍揉了揉眼睛，这才吃了定心丸一样的，呼吸慢慢匀称下去。

母子俩还未睡下多久，殿外便传来响动。陈鸾睡眠浅，一下子就被惊醒了，她睁眼发现小家伙挤到了她怀里毫无睡相可言，外头响动却是未停，且还有越来越大的趋势。

流月轻手轻脚卷了半面纱幔，见她已睁了眼，面色凝重地低声禀报："娘娘，皇上回来了，还喝了些酒，您去瞧瞧吧？"

陈鸾心里咯噔一下。

这些年，男人只在逢年过节，兴致好时略饮一些，极为克制。他原也不是嗜酒成性的人。

陈鸾下意识地皱眉，才要轻手轻脚地下榻，那人却已经进了来。

男人一身五爪金龙相扣，寒光凛然，蜂腰虎背，龙章凤姿。三年的时间一晃而过，而纪焕却像是一坛烈酒，越积淀越见醇厚，岁月仿佛总是格外厚待此人。

离得近了，一股浓烈的酒味便遮也遮不住，一时之间竟压过了这殿内的熏香，混着他身上惯有的龙涎香，就显得格外的奇怪。

陈鸾上前给他解下披风，两人的呼吸交缠，他身上女人的脂粉味儿便直往她鼻子里钻。她再凝神细看，男人的袖袍间恰巧落下一块女人的帕子来。流月暗道不好，连忙上前半步，问："娘娘，还是让奴婢来吧？"

陈鸾摇头，精致的小脸上裹着深浓的寒。她瞧着跟前风流倜傥的男人，像是瞧陌生人一般，片刻后轻声问："去哪儿了？"

纪焕上前几步拢住她的身子，冰凉的下颚蹭在女人温热的脖颈间，抱怨道："同温自溱那老狐狸喝了两杯，险些被摆了一道。"

平素里沉着稳重一皱眉头诸臣惶恐的人撒起娇来却是不含糊，环着她的腰连着唤了三声她的小名。

没人应他。

与此同时，纪遒也被他的声音吵醒了，揉着眼睛坐了起来。小团子花了点时间消化眼前的场景，开口第一句就无比失望："父皇怎么回来了？"

纪焕这才注意到殿内还有一个小人儿，他一下子拉下了脸，冷着声皱着眉厉声道："纪遒，谁叫你睡在养心殿的？都多大人了还成日黏着你母后？"

说罢，他直接扬声朝外道："奶娘呢？进来把太子抱回允成殿歇息。"

话音才落，奶娘就进来了，陈鸢闭着眼深深吸了一口气，眼皮子朝上掀了掀，声音清冷冷："下去。"

那奶娘进退两难，纪焕这时候再迟钝也察觉出了她话里的火药味来，冷硬的棱角柔和几分，低低地哄道："怎么了？"

陈鸢不想和他多说什么。

她朝着纪逍招手："弯弯过来，咱们去允成殿。"

注意到她说的字眼，纪逍眼睛一亮，听话地跑过去用肉乎乎的小手牵起陈鸢。在路过纪焕的时候他鼻子动了动，然后打了个喷嚏，有些嫌弃地开口："父皇身上什么味儿？"

碍着他父皇的脸色实在不好看，有着敏锐直觉的太子殿下把已经到了舌尖上的"好臭"两个字又咽了回去，只是小身子坚定地站在陈鸢身侧，雄赳赳气昂昂地催："母后，咱们快走吧，等会子夜深了，走路时磕着碰着儿臣要心疼的。"

陈鸢心里总算舒服了些，她低下身揉了揉纪逍的小脑袋，一眼也不去瞧干杵着皱眉思索的男人，一大一小就这样出了养心殿。

夜色深浓，前头的宫女提着灯，橘色的光瞧上去便是温暖而澄澈的，映出一长一矮两道身影。偶有寒鸦从枝头被惊起，扑棱棱打着翅膀从他们上空飞过，这些稀松平常的景色，如今每一面儿都透着凄冷。

陈鸢愣是走了一路没说话，纪焕也真的没有跟过来。

他们成亲已有四年，这样的事，属实算是头一遭。

允成殿布置得大气，纪逍到底是小孩心性，不懂大人间的事儿，睡得香甜。陈鸢的睡意却像是被兜头一盆冷水下来，半点也没了。

她憋着一股气，也不去问那人如何，翻来覆去大半个时辰，终于将自己折腾得睡了过去。

夜里起了风，吹得烛台上的火苗含糊摇曳，直到一双大手将榻里头那个睡得酣甜的皇太子稳稳地抱出来交给奶娘时，那火苗才像是完成了使命一般，彻底的熄了下去。

身边躺了个火热的身子，陈鸾如何不知是他来了。左右心里存着一口气，她眼帘紧闭，过了片刻，又背着人转过了身，只留下一道单薄而瘦弱的背影。

纪焕才沐了浴，就怕身上酒气熏着她。这会儿绞尽脑汁也想不出个所以然来，只好如往常一般伸手揽了她肩头，温声问："可是恼了我在外喝酒？"

他低笑了两声，又接着道："你若不喜欢，下次再不会了。"

陈鸾腾的一下从床榻上坐起来，二话不说就掀开被子站起身来，衣服也不披一件便往外头走。

才走了三五步，就叫男人拦住了。

纪焕没料到她突然这样大的气性，脸上的笑意渐渐没了下去，疑心是今日他不在的时候出了什么事，当即就问："纪逍又不听话了？"

这宫里没其他人敢惹她发恼，想来想去便也只那个皮实的兔子了。

这话如同一根导火线，惹得陈鸾瞬间变脸，默默地拿开他搭在自己肩上的手，一字一句道："你若真不喜欢弯弯，直说便是。左右我们母子不得你爱，你也别总对他横眉竖眼的，他再如何顽劣，那也是我拼了一条命才生下的。"

这话当真来得莫名其妙，纪焕意识到了不对，面色也跟着寸寸凝重起来。他皱眉道："你今日是怎么了？他是我们的长子，我又怎么会不喜欢。只是他如今年岁不小了，又是大燕的皇太子，以后的担子全要压在他的身上，是该从小管着些的。"

他接着放缓了声线轻声哄问："就因为这事和我闹性子呢？"

若没有瞧见那方帕子，他这样的说辞举动倒要叫陈鸾觉着自个儿又在无理取闹了。她深深吸了一口气，直言道："你今日去了哪里？那手帕又是怎么回事？"

纪焕默了片刻没有说话，半晌后才皱着眉缓缓问："那帕子不是你在早朝时递给我擦汗的吗？"

他常年习武，早朝前都会到养心殿的前院练剑。陈鸾倚着门半睡半醒地瞧，每回他练完了就递上一块帕子，看着他去上了早朝就又窝回去睡个回笼觉。

陈鸾的气焰顿时消了一半，她有些迟疑地开口："那你身上的脂粉味又是哪里的？海棠香在哪个宫里都是没有的。"

"温自溙纳了个江南的戏女为妾，那戏女最喜海棠香。他耳根子软，女的在耳边一磨就脑热应下今日下朝去调香馆亲取，结果那香带在身上，十里都能闻着味。我只和他饮酒时坐得近些，没承想就沾上了。"

说到这里，他似是回过味来，逗弄似的挠了挠她的下巴，似笑非笑地问："皇后一进门就严加拷问，合着是心里吃味了？"

事情解释清楚了，陈鸾心里的气也消了，只免不得嘀咕几句以示心中不满："哪有这样的臣子，在朝为官那么多双眼睛瞧着呢，平素里言行举止也不知收敛些。我还听人说他气走了嫡妻，不去哄回来也就罢了，倒还有闲心替小妾买香料，这人也是真的宽心。"

纪焕就倚在屏风旁瞧着她，等她抱怨完了才抬眸开口："他那个府上乌烟瘴气的，谁也不想管，只他这人还算是有本事才华，给他个施展的空间，倒也能干出一番成就来。"

听到这里，陈鸾倒替他那个嫡妻觉得不值。

纪焕解释完这事，勾唇好整以暇地望着她："你又冤枉我。"

陈鸾听着这带着些微委屈和些微笑意的声音，站在原地沉默了一下，而后踱步到男人跟前，拍了拍他的背，柔着声道："喝了那么些酒，头可疼吗？你坐到那边，我替你揉揉？"

送上门的体贴温柔，不要白不要。

纪焕深谙此道，不紧不慢一撩衣袍就坐到了床沿边。陈鸾站到他跟前，指腹温软，带起一抹袅袅幽香，半晌憋出两句来："今日的事儿，是我冤枉了你。可若是下回，你就是临时叫人带个话给我也是好的，平白无故的叫人提心吊胆。"

纪焕手指绕了她长发两圈，笑得散漫懒怠，声线低沉沙哑：

"没能想到这遭。"

陈鸾便低低地嗯了声，眼看折腾了这么一大圈，她困意上头，缀着泪掩着唇打了个哈欠。

可男人极细微地勾了勾唇，并没有就此放她去睡觉。

红纱帐软，寒风也带上了旖旎的暗示，男人喝了酒，兴致一上来，呼吸都重了几分。

陈鸾声音半哑，难耐地抓了身下的床单以缓冲眼前阵阵炸开的晕眩之感。男人被她一身冰肌玉骨晃花了眼，声音哑得不像话："今日晋国传来密信，纪婵诞下一双麟儿，男为兄，女为妹。袁远高兴得不得了，一再奚落我没有女儿。"

他似是极为不满，动作也跟着重了些。陈鸾耐不住哭出声来，他动作一顿，从喉咙里发出低哑艰涩的声："咱们生个闺女吧。"

他一想起方才纪道那臭小子嫌弃的眼神，气就不打一处来。

生个小闺女，香香软软的，和陈鸢一般模样，光是想想都觉着心软和成了面团。

陈鸢全身无力，在他怀里抖着应下了这事儿。

于是小公主还未出生便成了受她父皇期待的那个，对比兄长的遭遇，简直一个天上一个地下。

在三月之后，陈鸢又怀上了身子，众人皆喜出望外，宫里宫外一片新的气象。唯独纪焕时常不放心，生怕生纪道时的情形再现，却又对这个孩子满怀期待。

这回肚子里这个特别听话，也不怎么折腾，陈鸢少受了许多罪，就连吐都是少有的，吃什么都香。每回她贪吃嗜睡之后，男人总要拉着她去外边的亭子小花园走几圈，实在是被一次吓破了胆，再不敢赌第二回了。

说来也奇怪，许是这胎太过安稳，生的时候反而更遭罪，连着闹了一天一夜。最后陈鸢气若游丝地歪着头，闭着眼睛流泪。纪焕拉着她的手，来来回回的就那么几句话，旁的一个字也说不出来。

好在最后万事均安，但结果却叫人大吃一惊。原因无他，两个孩子终于不再闹腾，一前一后地挣破了束缚，开始哇哇大哭起来。

两个公主自打生下来就白白净净的惹人爱，一下子成了宫里的重中之重，倒是少不得抢了兄长的一二风头。但叫人不禁莞尔的是两人都特别欢喜纪道，他每回下了学都会过来养心殿瞧一瞧。不论纪澄和纪清哭得多么厉害，只要瞧上他那张脸，就比什么法子都好使，立刻就乖乖的安静下来。

纪道心里颇为骄傲自豪，一段日子走路都带上了风。

陈鸢两次生产都是纪焕亲自陪着，每一次都无比凶险。他只要想想便是心有余悸，很长一段时日做梦都能梦见，一觉醒来，衣裳全都被汗打湿。

于是之后几十载，两人恩爱到白首，陈鸾每回有心为他再添子嗣，都被他肃着声一口回绝，一生只有一子两女。

近来陈鸾总反复做一个梦，梦里的朱雀桥上行人众多，两边小贩的吆喝声不绝于耳。她还不是一国之后，也还没有成亲，面上蒙了一条轻薄面纱，缓缓行至桥的正中间，这时四周身影皆隐去，她拨开云雾，瞧见了诸多熟悉的面孔。突然她的手被人用力握住，于是陈鸾不解地回首一看，纪焕眉目如画，好似天上下凡的谪仙，他温柔地抚着她的发，在她耳边一遍遍说着百听不厌的情话，目光所至皆是温柔纵容。而近边是年轻时的纪婵，沈佳佳，苏祁一家，再远一些甚至还能瞧见早早就死去的老太太，陈申和只在画像中见到过的苏媛。

人的一生，便也这样过完了。

雏凤

一晃十几年过去，当初蹒跚学步的孩童也长成了人中龙凤。纪道初见风姿，早早的就跟在纪焕身边学习帝王之术，慢慢的开始接过他爹肩上的担子，独当一面。甚至到了后来，已成了纪焕不可缺失的左膀右臂。

相比之下，两位公主倒是过得自在潇洒许多，被元成帝娇惯着，要星星不给月亮的，也只有陈鸾能狠下心管教她们。

就算这样，纪焕十次有八次都要挺身而出充当个和事佬，大事化小小事化了。那般待遇，瞧得陈鸾哭笑不得。

两个小的里头，纪澄性子柔些，心思也细腻，平素总爱捧着书在廊下一瞧就是一整日。她相貌不如妹妹纪清精致，却自有一股子诗书雅气，因不喜热闹，并不怎么爱见生人。

而纪清生来就是一副好皮囊，一刻也闲不下来。一条长鞭舞得虎虎生风，为人豪迈仗义，时常女扮男装偷溜着出宫惹事。仗着她父皇睁一只眼闭一只眼的纵容，日子过得如鱼得水，却也是最叫陈鸾头疼的一个。

两姐妹一同出生，虽性子有些差异，感情却是好得不像话，日常同吃同睡。纪澄拿这个妹妹没办法，多次为其顶罪一同受罚。

眼看着及笄礼过去，纪清这性子却是半分没收敛，在她再一次惹事后，陈鸾对着她们发了好一通火。

冬日，今年第一场雪飘落，陈鸾手里捧着汤婆子，气得心头不顺，抿了口茶润喉，实在无力，侧首对一旁站着的父子俩道："都是你俩平日里总纵着她胡闹，如今越发不知天高地厚了。"

她身子不好，受不得气。纪焕瞧了瞧她酝酿着水雾的浅眸，顿时无条件倒戈，一边伸手抚着她的后背顺气，一边冷着脸肃着声对纪清道："今日起到月末，抄书百遍送到养心殿，亲自给你母后过目。"

纪清认命地闭了闭眼，小声道："儿臣知道了，母后别气，仔细身子。"

纪道同时接到胞妹的暗示和父皇淡淡的一瞥，不得不硬着头皮上前，轻咳一声说起了正事："清清确实该收敛着些。再过五日，晋国的来使便要到京都了，同来的还有晋国皇太子和小公主，到时候别唐突了人家坏了我大燕的名声。

"母后也是为此才心急，巴巴着警告你两句。"

陈鸢顺了气，颔首接话道："晋太子和公主是受你们姑母吩咐前来祭拜先帝和太后，以尽孝道。小公主身子弱，格外多病，路上便不大见好。若是到了京都里，清清你还要胡来吓唬人家，瞧我不关你一年的禁闭。"

纪澄这时才从外边踱步进来，先是朝纪焕和陈鸢福了福身，再一瞥殿中情形，不免觉着头疼，也跟着柔声细语劝了几句。

到了夜里，纪焕给陈鸢揉捏肩膀。

男人经过岁月的打磨沉淀，年少时那种骨子里的锋利狠戾也慢慢变得温和。如今一身月白长袍，霁月风光，风骨昭昭，在月光勾勒下，就连声音都染上清隽。他笑着问："今日何苦动那样大的气？清清倒像极了那时的纪婵，她虽行事鲁莽了些，但也不是好坏不分，随意欺辱他人的性子。"

陈鸢原本还有些昏昏欲睡，这会儿倒是来了些精神，半眯着眼懒散开口："你还记得前阵子婵儿写给我的信吗？"

"就是你当宝贝一样瞧了好久，一个字也不肯对我透露的那封？"纪焕觉着好笑，长臂穿过她腰间，将无精打采的人儿拉到自个儿腿上坐着，揉捏着她没骨头一样的手掌。

"婵儿说，想叫她长子娶咱们女儿为妻，也好亲上加亲。清清和澄儿她是见过的，任哪一个都没有话说。"陈鸢眼眸微亮，"若是她们中哪个真与袁缚看对了眼，嫁到晋国去，以婵儿的性子，必不会叫她们受半分的苦才是。我仔细想了想，也没什么不放心的，左右儿孙自有儿孙福，咱们也不能时时刻刻盯着，这姑娘家，总是要嫁人的。"

这话才一说完，纪焕就不赞同地蹙眉反驳："朕的掌上明珠，若在大燕择一驸马，就是天塌下来也有朕给顶着。就是朕将来不在了，也有她们兄长纵着，将天捅个窟窿都没什么不可，怎的非要去别国仰仗他人？

"谁知道袁远那厮会如何为难朕的女儿？"

陈鸾似笑非笑地望着他，绯红的唇微勾："这满朝文武加上满京城的世家子弟，哪个是能入你眼的？"

照他和纪逍那般的挑剔法，这世间男人没一个配得上纪澄和纪清，说不定就真得养在宫里成老姑娘。

五日之后，袁缚与袁颐准时到了大燕京都，陈鸾这么多年来却是头一回见他们。两人才被请到宫里，她就携纪逍和纪清去了正殿相见。

袁缚生得仪表堂堂，笑起来叫人如沐春风，生不出半分脾气来，而袁颐则瘦弱些，与纪婵像是一个模子里刻出来的一样。

陈鸾瞧着，心中又是感慨又是难过。

她已经许许久久未见纪婵了，时常保持着书信往来已是极限，想见上一面儿，竟比登天还难上几分。

几个孩子因着父辈交好的关系，很快也熟悉了起来。

这段时间，就连纪焕也忍不住松口夸了袁缚几句。虽然语气仍旧算不上好，但好歹态度有所松动，许也是因为陈鸾一日日的在耳边念久了。

陈鸾原想着撮合袁缚和纪清，前者性子宽厚，嘴角永远噙着笑，从不与人红脸。这样的人也能待纪清包容些，关键时候又能镇得住她的嚣张气焰，不由着她胡来。

可谁料这么一圈下来，两人竟是彼此无意。

陈鸾忧心忡忡，导致夜里也是翻来覆去地想着这事。纪焕困得眼也睁不开，侧着身子搂着人有一搭没一搭地哄："担心这些做什么？清清还小，横竖不急，总得她自个儿喜欢。"

陈鸾翻了个身道："我何尝不明白这些。他们三个中，澄儿最是通透沉稳，纪逍我也不担心他。只是清清这个性子，不找个好点的婆家，未来有得她受的。"

儿女都是债，陈鸾现在唯一愁的也就是这么个事。

纪焕倾身在她额上印下一片温热，含糊着道："等忙完这一阵子，带你去行宫避寒，就咱们两个，政务交给太子处理。"

陈鸾这些时日连着操心纪清的亲事，这在纪焕看来，纯粹就是因为她困在宫里无聊，闲得久了才会如此东想西想，找点事做将她注意力拉回来就行了。

他的女儿才貌双绝，若是普通公侯王爵家，求亲的人必定踏破了门槛，哪用得着操心婚姻大事？

再说就算有人来求，那也得看他允不允。

袁缚头一回见纪澄的时候，是在明兰宫的长廊下。午后的阳光正暖，冰雪慢慢消融，屋檐下开始有雪水滴落下来。就在这样的光景里，女子穿着件纯白小袄，手里握着书卷冥思，鬓边一两缕长发垂落，侧脸温柔至极。

他久久站立，自有身边小厮去通传了身份，于是廊下那人有些讶异地合了手里头的泛黄古书，远远朝他点头。

自小在美人堆里长大的袁缚有片刻的愣怔，倒不是因为女子有多美艳不可方物，而是那点头一瞬间，他耳里分明听到了花开的声响。

纪澄见的外男不多，但想着自己母后平素里常念叨着与那素未谋面的姑母的深厚情谊，思索片刻，觉着不好驳了贵客的面子，起身出了长廊相见。

她一身姜黄色的长罗裙，袖口处绣着两只栩栩如生的蝴蝶。步子一动，那蝴蝶便是蹁跹袅娜，流连在那袖间方寸之地。

到了跟前，纪澄冲他福了福身。她声音平缓，既不刻意又不显疏离，含笑淡淡地喊了一声"表哥"。

袁缚敛了笑，也拱手周全了礼数，声音清润："听舅母说二表妹染了风寒身子抱恙，我与皇妹来了好几日也不曾见到。今日一见，果真如传闻中那般温和大气。"

纪澄听纪焕和纪道说过此人，只道是君子端方，芝兰玉树，是个谪仙一样的人物，今日一见，却觉不大尽然。

这人的目光，炙热得像要将人生吞活剥了似的，若不是她长这样大宫都没出过几回，只怕真会怀疑与他有过什么过节。

谁也没有料到，晋国皇太子和公主这一住就是半年时间。期间袁远连发三封密信，全叫袁缚不动声色地烧了，直到最后一封，他才提笔写了寥寥几句在上头。

袁远收到信后气得跳脚，最后不得不妥协。只叫他先把自己的闺女送回来，免得儿子没了还得赔个女儿在大燕。

日子还那么长，属于后一辈的故事才开了个头，酸甜苦辣百味尝尽，那是属于另一代的精彩纷呈。

图书在版编目（CIP）数据

朱雀桥：全 2 册 / 画七著 . -- 南京：江苏凤凰文
艺出版社，2023.9
ISBN 978-7-5594-7846-7

Ⅰ . ①朱… Ⅱ . ①画… Ⅲ . ①长篇小说 – 中国 – 当代
Ⅳ . ① I247.5

中国国家版本馆 CIP 数据核字 (2023) 第 120158 号

朱雀桥：全 2 册

画七 著

责任编辑	曹 波
特约编辑	张开远 刘雪华 宋艳微
装帧设计	春帆设计 QQ:2649686699
责任印制	刘 巍
出版发行	江苏凤凰文艺出版社
	南京市中央路 165 号，邮编：210009
网 址	http://www.jswenyi.com
印 刷	北京市松源印刷有限公司
开 本	880 毫米 × 1230 毫米 1/32
印 张	20
字 数	464 千字
版 次	2023 年 9 月第 1 版
印 次	2023 年 9 月第 1 次印刷
书 号	ISBN 978-7-5594-7846-7
定 价	69.80 元（全 2 册）